BASTEI
LÜBBE

STEPHEN BAXTER
STEPHEN BOWKETT
ERIC BROWN
GRAHAM JOYCE
PETER F. HAMILTON
MAGGIE FUREY

THE WEB

Sechs Romane in einem Band

Ins Deutsche übertragen
von Uwe Anton, Rainer Gladys,
Uwe Voehl und Nicole Sureth,
Uwe Brinkmann, Lutz Gräfe

BASTEI
LÜBBE

BASTEI LÜBBE TASCHENBUCH
Band 24 256

Erste Auflage: November 1998

Originaltitel: The Web: Gulliverzone / Dreamcastle /
Untouchable / Spiderbite / Lightstorm / Sorceress
Originally published by Orion Publishing Group, Ltd., London
Lektorat: Dietmar Schmidt, Stefan Bauer
Titelbild: Leigh Jones & Fangorn, 1997/1998
by arrangement with Orion Publishing Group, Ltd.
Umschlaggestaltung: QuadroGrafik, Bensberg
Satz: Fotosatz Steckstor, Rösrath
Druck und Verarbeitung: 44095
Groupe Hérissey, Évreux, Frankreich
Printed in France
ISBN 3-404-24256-4

Der Preis dieses Bandes versteht sich einschließlich der gesetzlichen Mehrwertsteuer

THE WEB

STEPHEN BAXTER

GULLIVERZONE

Für
Kay und Max Sharpington
Rebecca und Eleanor Cousins
Amy, James und Mary Oliver

1
VR-ANZÜGE

Ich hatte mein Zimmer angewiesen, mich früh zu wecken.

Es war Weltfriedenstag. Heute würde ich mich ins Web spinnen und Zugriff auf die GulliverZone erhalten.

Vielleicht hast du dich auch reingespinned. Vielleicht haben wir uns sogar getroffen. Schließlich schien wirklich jeder dorthinzukommen!

Ich glaubte, mein größtes Problem würde sein, daß ich das unbeliebteste Mädchen der Schule sei *und* meinen blöden kleinen Bruder mitschleppen mußte.

Wie man sich doch irren kann!

Ich wäre nie in die GulliverZone gegangen – wäre an diesem Morgen wohl sogar im Bett geblieben –, hätte ich gewußt, daß ich beinahe nicht mehr herauskommen würde ...

Das Zimmer klingelte leise.

»Guten Morgen, Sarah«, sagte es.

Ich stöhnte und drehte mich noch mal auf die andere Seite. »Metapher. Mein Name ist Metapher.«

»Ich bin nicht darauf programmiert, Aliasnamen zu benutzen«, entgegnete das Zimmer steif.

»Natürlich bist du das.« Draußen war es noch dunkel. »Wie spät ist es?«

»Sechs Uhr.«

»*Sechs* Uhr? Haben wir heute Weihnachten oder was?«

»Nein, Sarah. Es ist Sonntag, der siebente Februar 2028 ...«

»Sonntag? Na, dann schalt dich gleich wieder ab und laß mich schlafen.«

»... und Weltfriedenstag.«

Oh, wow. *Jetzt* fiel es mir wieder ein.

Ich setzte mich im Bett auf und rieb mir die Augen. »Spiel mir die Nachrichten vor.«

»Welcher Kanal?«

»BBC 34.«

Eine gesamte Wand meines Zimmers erhellte sich und zeigte Bilder.

Ich sah eins von einer großen Feier in einem Stadion in Pusan, in Südkorea: Tausende von Menschen, ein Feuerwerk, Sänger und Tänzer und eine Plattform voller Weltführer.

Ich sah unseren Premierminister Ravi Sivarajan und daneben König William, dann Samuel Jackson, den Präsidenten der USA, und Boris Becker, den Kanzler des Vereinigten Europa. Sie lauschten einem Gedicht Damon Albarns, des Hofdichters.

Ich befahl meinem Zimmer, umzuschalten. Es war der zwanzigste Weltfriedenstag, also fanden *überall* Feiern statt.

Im Vatikan segnete der Papst die Menge, und auf seinem leuchtenden schwarzen Gesicht lag ein breites Lächeln. In Las Vegas spielten die Robot-Beatles *Sergeant Pepper*. In Wembley fand ein Hologramm-Lasershow-Spiel zwischen der Mannschaft statt, die für England an der Fußballeuropameisterschaft von 1996 teilgenommen hatte, und dem Weltmeister des Jahres 2026, Kenia. Das echte Team der Euro 96 war aus dem Ruhestand zusammengetrommelt und eingeladen worden und saß auf der Tribüne wie eine Reihe alter grauer Soldaten. Ich konnte mir bildlich vorstellen, wie Philip sich darüber beschwerte. *Warum gibt es heutzutage in diesem Land keine Fußballspieler mehr wie früher? Jetzt dreht sich doch alles nur noch ums Geld. Sieh dir nur Paul Gascoigne an.* Das *war ein toller Spieler ...*

(Philip ist übrigens mein Vater. Er gestattet, daß ich ihn Philip nenne. Ich gestatte, daß er mich Metapher nennt.)

Auf der zugefrorenen Themse hatte man ein Freudenfeuer errichtet, und dort fand eine Eiskunstlauf-Gala statt. In Deutschland war eine fünfhundert Meter durchmessende Kugel aus Kohlendioxid – ein Überbleibsel der Umweltverschmutzung – aus der Luft ausgefroren worden, und Bildhauer hatten daraus eine große Taube gemeißelt. (Schmall-*zick*.) Über dem Nordpol trug das riesige Luftschiff, das dort stationiert war, um die Ozonschicht zu reparieren, das Wort WELTFRIEDEN auf seinem kilometerlangen Leib. Pusan war natürlich Zentrum der Feierlichkeiten. Dort hatten die Nordkoreaner 2008 ihre Atombombe abgeworfen, das Ereignis, das die ganze Weltfriedensbewegung überhaupt erst eingeleitet hatte. Und in Cape Canaveral winkte einer der Marsastronauten, als er an Bord des Spaceshuttles *Eagle* ging …

»Aus«, sagte ich.

Die Wand erlosch.

Und damit auch die ganzen Feierlichkeiten in aller Welt.

Na und! Die interessierten mich nicht die Bohne.

Denn heute gab es in der GulliverZone – dem besten Freizeitpark im Web – *freien Eintritt* …

Ich ging ins Bad und wusch mich.

Philip hatte den Spiegel wie immer auf die Schneewittchen-Option eingestellt, doch ich schaltete sie aus. Ich möchte wissen, wie ich *aussehe*, nicht, wie ich gern aussehen *würde*. Aber wenn man in Philips fortgeschrittenem Alter ist, dann ist die Wahrheit wohl einfach zu schrecklich, um sie noch ertragen zu können.

Ich zog mich besonders schnell an und lief nach unten.

Ich wollte rasch frühstücken und dann reinspinnen, bevor Philip Gelegenheit hatte, mir ...

... *George* aufzuhalsen.

Das kleine Ei saß bereits am Frühstückstisch. Sein allerliebster animatronischer *Action Man* schaufelte ihm eßbare Süßigkeiten in den Mund. Er ist ein dermaßener Ein-Mip.

Ich selbst esse nur Frühstück für Erwachsene. Ich schüttete Cornflakes mit Colageschmack in eine große Schüssel.

Ich mußte erst die leeren TFO-Schachteln von gestern abend vom Tisch abräumen. Und bevor ich aß, stellte ich einen Napf mit Futter für unseren Kater, Gazza, auf den Boden. Als er es roch, kam er durch die Katzentür herein, schüttelte sich den Schnee aus dem orangenen Fell und mampfte los.

Ich führte den ersten Löffel an den Mund, dann zögerte ich und schob ihn viel langsamer herein.

Das Ei grinste mich an. Ich bekam das schreckliche Gefühl, daß es irgend etwas vorhatte.

»Guten Morgen, *George*«, sagte ich betont.

Das wischte ihm das Grinsen vom Gesicht. »Byte!« sagte er. »Nenn mich Byte.«

»Du bist noch zu klein, um ein Alias zu haben.«

»Ich bin nicht zu klein, um mich ins Web zu spinnen.«

Ich erstarrte. Ich hatte sogar damit aufgehört, mir Colapops in den Mund zu schaufeln.

»Du spinnst dich heute *nicht* mit mir rein«, sagte ich.

»O doch, o doch«, rief er, stieg von seinem Stuhl und sprang auf und ab. Er weiß, daß ich das nicht ausstehen kann. »Dad hat es mir erlaubt. GulliverZone. GulliverZone. Ich gehe in die GulliverZone.«

»Du kleines Ei! Hör mit dem Herumhüpfen auf! Ich nehme dich nicht in die GulliverZone mit!«

Er hörte tatsächlich mit dem Springen auf und setzte

sein widerlichstes Engelsgrinsen auf. »Hallo, Dad«, sagte er.

Hinter mir war Philip in die Küche getreten. Sein Haar war ganz durcheinander, und er trug ein schreckliches Sweatshirt, so alt, daß es Noel Gallagher zeigte, *bevor* er zum Ritter geschlagen worden war. Wie immer fiel er auf Georges Taktik herein. Er fuhr dem Kleinen durch die Haare.

Das trieb mich in den Wahnsinn. Erst gestern hatte George dieselbe Taktik eingesetzt, um sein Taschengeld auf hundert Euros pro Woche zu erhöhen. Ich war *zehn*, bevor ich hundert bekam – zwei Jahre älter als George. Selbst *jetzt* kriege ich nur tausend die Woche.

Philip gähnte und ging zur Kaffeemaschine. »Warum schreit Sallibugs dich so an?«

Ich setzte mich zu meiner vollen Größe auf. Seit ich sechs war, habe ich nicht mehr auf Sallibugs reagiert.

»Sie sagt, ich darf nicht in die GulliverZone«, winselte George.

Philip bedachte mich mit einem Stirnrunzeln. Das war sein Ich-bin-von-dir-enttäuscht-Blick. Ich kann es nicht ausstehen, wenn er das macht. »Stimmt das?«

Ich bemühte mich, nicht weinerlich zu klingen. »Aber heute ist doch Weltfriedenstag!«

»Dann hör auf, mit deinem Bruder zu streiten«, sagte Philip, und George sprang wieder auf und ab.

»Er wird alles verderben.«

»Wie kann ein einziger kleiner Junge eine weltweite Feier verderben?«

»Es ist einfach nicht fair.«

»Ich weiß, Metapher. Aber vieles ist nicht fair.« Er bedachte mich mit seinem Sarah-wir-beide-sind-doch-erwachsen-Blick. Den kann ich noch weniger ausstehen. Denn er bedeutet, daß ich auf keinen Fall davonkommen werde.

Ich hatte also den Kleinen am Hals. Und noch schlimmer war, ich würde dem Ein-Mip die ganze Zeit über erklären müssen, was er zu tun hatte. Ich wußte, bislang hatte er sich nur mit Handschuh und Brille ins Web gespinned.

Philip verschanzte sich hinter seiner persönlichen Zeitung. Er hatte einen Status-Update von Tilbury bekommen – von der Firma, für die er arbeitet, dem Tilbury-Entsalzungswerk –, und schickte sich an, konzentriert zu lesen.

Das Gespräch war anscheinend vorbei.

Ich aß meine Colapops in tiefster Depression.

Wir bewahren unsere VR-Anzüge im Gästezimmer auf.

Mein Websuit lag dort auf dem Boden, wo ich ihn gestern abend ausgezogen hatte. Er sah aus wie ein Taucheranzug aus leuchtend orangenem Gummi, komplett mit Kopfbedeckung, Handschuhen und Stiefeln. Mehrere dünne Anschlußkabel ragten aus dem Halsteil hervor. Sie liefen in einem großen, dicken Kabel zusammen, das zu einer Datensteckdose in der Wand führte.

In diesem Zimmer lag auch Philips großer Websuit – er sah aus wie ein Skianzug aus den neunziger Jahren des letzten Jahrhunderts, so *unmodern* – und mein alter Kinderanzug, aus dem ich lange herausgewachsen bin. In der Ecke lag der HUB, der Handschuh und die Brille, mit dem George sich bis jetzt ins Web reingespinned hatte, Babykram.

George war ganz aus dem Häuschen. Er lief im Zimmer herum wie ein kleiner Junge, der er ja auch war. Aber ich wußte, daß irgendwann der richtige Augenblick für meine Rache kommen würde.

Ich hielt meinen alten Kleinmädchen-VR-Anzug hoch. »Hier, George. Schlüpf rein.«

Er blieb stehen. »*Den* kann ich nicht anziehen.«

»Ach? Was ist damit? Liegt es an der rosa Farbe? Dem Ballerinaröckchen?«

»Nein«, flüsterte er. »*Du* hast ihn angehabt. Igitt.«

»Jetzt hör aber auf, George«, sagte Philip. Ich hatte gar nicht gesehen, daß er den Raum betreten hatte. »Sei vernünftig. Du weißt, daß du deinen eigenen Anzug erst zum Geburtstag geschenkt bekommst. Sei jetzt brav und tu, was deine große Schwester sagt.«

»Lieber wäre ich *tot*«, entgegnete er.

»Wenn du lieber zu Hause bleiben willst ...«

»Ich ziehe ihn an«, sagte er niedergeschlagen. Er zog den großen Reißverschluß an der Brust des Anzugs auf und stieg hinein.

Ich schlüpfte in meinen Anzug. Ihr wißt ja, wie das ist. Die Anzüge sind einteilig und furchtbar eng. Man muß sich wirklich drehen und winden, um in sie hineinzukommen.

Sie müssen natürlich so eng sitzen. Alles, was man fühlt, berührt, sieht und hört, wenn man in Webtown ist, nimmt man über den VR-Anzug wahr. Das kommt durch die Stellen, an denen er auf der Haut liegt, und durch die kleinen Bildschirme über den Augen und so weiter.

Trotzdem war es eine Plackerei.

»Ich glaube, mein Anzug wird ein wenig eng«, sagte ich zu Philip.

»Jetzt schon? Du wächst viel zu schnell.«

»Was du nicht sagst«, erwiderte ich verdrossen. Ich wünschte nur, ich könnte schneller wachsen. Ich war es leid, das kleinste Kid in der Klasse zu sein. Wenn man kleingewachsen ist, nimmt einen einfach keiner ernst.

»Hör zu, Metapher. Ich muß jetzt zur Arbeit.«

Ich runzelte die Stirn. Das kannte ich schon. »Aber wir haben Weltfriedenstag. Und es ist *Sonntag*. Mußt du wirklich arbeiten?«

Er seufzte und rieb sein müdes Gesicht. »Das weißt du doch. Sonst würde spätestens zur Teestunde halb London salziges Meerwasser trinken.«

»Heißt das, wir dürfen uns nicht reinspinnen?«

»Nein.« Er sah mich ernst an. »Aber du trägst die Verantwortung, Metapher. Paß auf Byte auf.«

»Ich weiß schon, was ich am liebsten mit ihm machen würde.«

»Ich meine es ernst«, sagte er nachdrücklich. »Paß auf, daß er nicht netzkrank wird. Höchstens drei Stunden, dann wieder raus.«

»Du kannst mir vertrauen, Philip.«

Er nickte und bedachte mich mit seinem Ich-weiß-daß-ich-das-kann-Blick. Gegen den habe ich nichts einzuwenden.

»Ach, das hätte ich fast vergessen«, sagte er. »Da ist noch was.«

»Und was?«

Er drehte sich zur Tür um. »Komm rein.«

Und herein kam Meg Toffler, ein Mädchen aus meiner Schulklasse. Auch bekannt als Wire. Sie hatte ein schmales, angespannt wirkendes Gesicht und lächelte mich so zaghaft wie immer an. »Hallo, Sarah.«

»Hallo.« Ich starrte Philip an. »Was hat *sie* denn hier zu suchen?« zischte ich so leise, daß sie es nicht hören konnte.

Er schaute noch müder drein. »Du weißt doch, ihr Vater arbeitet mit mir bei Tilbury. Er hat gerade angerufen. Auch er muß heute arbeiten. Ich hab' ihm gesagt, sie könnte sich heute mit dir reinspinnen. Sie kann meinen Anzug nehmen ...«

»Du hast *was* gesagt?«

»Also wirklich, Sarah ...«

»Meg Toffler ist eine *Wipeout*. Ich muß das ja schließlich wissen.«

Das stimmte. Sie schien auf der Schule jeden Kurs belegt zu haben, den ich auch gewählt hatte: Raketenwissenschaft, Lebensschöpfung, sogar die langweiligen Fächer wie Bungeespringen. Ich kannte sie wahrscheinlich besser als jeder andere.

Und genau deswegen brauchte ich dringend mal *Urlaub*.

Philip zeigte leichte Verärgerung. »Ich weiß nicht, worüber du dich beschwerst. Du mußt nur noch an zwei Tagen in der Woche zur Schule gehen. Zu meiner Zeit ...«

»Ach, *Philip*.«

»Hör zu, vielleicht ist Meg zur Zeit ziemlich schlecht drauf. Aber ihre Eltern trennen sich. Weißt du noch, wie du von der Rolle warst, als Mom starb?« Er berührte mich an der Schulter. »Vielleicht hast du dich damals auch ziemlich hängen lassen.«

»Aber sie ist nun mal ´ne Wipeout.«

»Wie dem auch sei. Auf jeden Fall ...«

»Na schön. Sie kann mitkommen. Sie soll bloß nicht anfangen zu nörgeln, das ist alles.«

»So ist's brav«, sagte er.

Der Tag hatte mies begonnen und sich danach rapide verschlechtert. Zuerst mein unausstehlicher Kellerniveau-Bruder, nun auch noch Wire.

Hätte ich gewußt, wie schlimm es noch kommen sollte, hätte ich mich natürlich nicht beschwert ...

Wire stieg in Philips Anzug. Philip überzeugte sich, daß George alles richtig gemacht hatte, während ich über das Riesenbaby in dem Ballerinaröckchen lachte.

»Du mußt unbedingt wissen«, sagte Philip zu George, »wie man sich ausklinkt.«

»Sich ausklinkt?«

»Falls du dich ganz schnell rausspinnen willst. Drück einfach diesen Knopf auf dem kleinen Tastenblock, den Controller, an deinem Handgelenk.« Philip machte es ihm vor. »Siehst du? Dann bist du sofort wieder hier in der Realworld.«

George probierte es ein paarmal.

Philip wandte sich zur Tür. »Ich halte nicht besonders viel von diesem Webzeug. Ich erinnere mich noch an die gute alte Zeit, als die ganze Familie sich im Schein des Fernsehgeräts versammelte ...«

»Und man eine Zeitung noch für fünf Euros kaufen konnte«, sagte ich. »Wissen wir alles, Philip.«

Er grinste. »Viel Spaß. Tut, was die Spider euch sagen. Haltet euch von der Superzeit fern. Hütet euch vor bösen Leuten. Besonders die Geschichten über diese Zauberin, die ich gehört habe. Laßt ja die ...«

Die übliche ›Tut dies und das nicht‹-Ansprache – damit ich sie mir nicht bis zum Schluß anhören mußte, zog ich die Maske über mein Gesicht und den Reißverschluß hoch. Das Innere des Anzugs war warm, ein wenig feucht. Es dauerte einen Augenblick, bis die Webprogramme einsetzten. Ich wartete im Dunkeln. Ich hörte diese Nervensäge George kichern.

Die Zauberin. So ein Kindermärchen. Jeder wußte, daß keine böse Hexe namens Zauberin im Web lebte. Das war alles Kindergartengeschwätz, von kleinen Kids in die Welt gesetzt. Und ...

Plötzlich, ohne Warnung, war überall um mich herum blauer Himmel.

2
WEBTOWN

Ich habe im Fach Industrielle Archäologie gelernt, daß es so etwas wie das Web sogar schon damals gab, als Philip noch ein Junge war, in den neunziger Jahren des vergangenen Jahrhunderts. Erstaunlich. Vorher hatte ich nicht mal gewußt, daß Computer damals überhaupt schon erfunden waren!

Es gab etwas namens ›Internet‹, eine Menge Computer überall auf der Welt, die über ein Netz von Telefonleitungen miteinander verbunden waren. Sie hatten *Hologramme,* freistehende, dreidimensionale Bilder. Und sie hatten sogar die *Virtuelle Realität;* sie ähnelte ein wenig dem Einspinnen ins Netz, war aber ... na ja, viel primitiver. Genausogut könnte man einen Düsenjäger mit einem Skateboard vergleichen.

Wenn man sich ins Netz spinnt, kommt man sich vor, als hätte man eine andere Welt betreten. Das hat man aber nicht. Man hat nicht mal seine Wohnung verlassen. Das Web ist nicht mehr als ein Verbund von Computernetzwerken auf der ganzen Welt.

Das alles haben wir in der Schule gelernt. Ich fand es wirklich interessant, wie man die Webware erstellt – die Software für das Web, die Instruktionen für die Computer. Vielleicht werde ich mal Webware-Entwicklerin, wenn ich älter bin. Falls ich nicht die Aufnahmeprüfung der Mondkolonie bestehe, heißt das.

Also war mir schon klar, wie das Web funktionierte. Aber auf gar keinen Fall würde ich George – ach richtig, *Byte* – auch nur das geringste davon verraten.

Ihr wißt, wie es ist, wenn man das erste Level der Webtown betritt. In der einen Sekunde lagen wir in unserem Gästezimmer flach auf dem Rücken. In der nächsten waren wir dort, standen plötzlich aufrecht, mitten auf einer flachen, goldenen Ebene, die wie ein Weizenfeld aussah und auf der Häuserblocks verstreut lagen wie Spielzeuge, die Kinder von Riesen fallengelassen hatten.

Als Byte unvermittelt so aufrecht dastand, verlor er das Gleichgewicht. Er stolperte und fiel auf die Nase. Wie ein Baby heulte er los. Ich fühlte mich gleich viel besser.

Sogar Wire lachte. »Das ist nicht die Wirklichkeit, du Dummerchen«, sagte sie. »Darum geht es doch gerade. Es sieht wirklich aus und hört sich auch so an, ist es aber nicht. Sieh mal.« Und sie riß die Arme hoch und sprang einen Salto rückwärts. »Das sind nicht mal unsere Körper. Wir sehen wie wir selbst aus – wir tragen sogar unsere eigene Kleidung. Aber diese Körper sind *Avatare*. Wie elektronische Marionetten im Web. Hier kannst du dich nicht verletzen. Hier muß du dich nicht mal mit Sonnenschutzcreme einschmieren und einen Hut aufsetzen, wenn du im Sommer vor die Tür gehst ...«

Und sie hatte recht. Wir waren völlig sicher im Web – glaubte ich damals zumindest!

Byte stand auf und beruhigte sich wieder. »Nicht echt?«

»Natürlich nicht«, sagte ich.

»Ich habe keine Angst.«

»Ach, du *Lügner*.«

»Der Sprung kann schon ein kleiner Schock sein«, sagte Wire, »aber auf diese Weise läßt man Kids nun mal ins Netz. Erwachsene können sich natürlich direkt in den Gebäudeblock beamen, den sie aufsuchen wollen.«

Byte nickte ernst.

Ich kicherte boshaft. »Er tut doch nur so! Er weiß gar nicht, was ein Gebäudeblock ist.«

»Weiß ich aber wohl!«

»Weißt du nicht ...«

Und so weiter, den ganzen Weg bis zum nächsten Block. Ein ganz normaler Tag für ein Mädchen und ihren verdammten kleinen Bruder.

Als wir uns dem Gebäudeblock näherten, sahen wir, daß wir nicht allein auf der Ebene waren. Um uns herum nahmen wir schattenhafte Andeutungen anderer Menschen wahr – wie ein Geisterheer, schwer auszumachen oder zu zählen. Sie können einem nicht alle User in Webtown persönlich zeigen – es sind *Millionen*, das wäre völlig unmöglich –, verschaffen einem aber gern den Eindruck der Menschenmenge, die einen umgibt, wenn man sich an einen Ort begibt, an dem viel los ist. Also die Geister. Man gewöhnt sich an sie, wenn man öfter in der Webtown ist.

Im Augenblick bekam ich jedenfalls mit, daß wir Teil einer gewaltigen Menge von Kids waren, die in Massen zu den Häuserblocks strömten, in denen die Abteilungen Bildung, Einzelhandel, Kommunikation, Bibliothek und was es sonst noch so gab, untergebracht waren. Die Oberflächen der Gebäudeblocks funkelten und veränderten sich unentwegt. Wie große Reklametafeln für das, was auch immer sie enthielten. Bytes Augen sahen aus, als wollten sie ihm jeden Moment aus den Höhlen platzen.

Jede Menge Kids strebten dem Sporthaus entgegen. Und *sehr viele* zur Unterhaltung. Dort befanden sich die Freizeitparks.

Wir reihten uns in den Strom von Kids ein und marschierten zum Unterhaltungsblock. Ein Junge bahnte sich den Weg zu uns, und als er nahe genug heran war, glitt er aus dem geisterhaft grauen Hintergrund, so daß wir ihn sehen konnten. Er hatte sich für ein interaktives Spiel angezogen: Overall, harter schwarzer Körperpanzer um Rücken und Brust, Schnürstiefel, die bis zu den Knien reichten, stählerne Schienbeinschoner und ein leuchtender roter Umhang. Wie plump! Er lächelte mich an, eine Geste, der ich alle Verachtung zukommen ließ, die sie verdiente.

Byte betrachtete nervös die Menge. »Hier ist es ja unglaublich voll! Müssen wir uns mit all diesen Leuten rumschlagen?«

»Ja«, sagte ich. »Klink dich lieber wieder nach Hause aus, George.«

»Nein«, sagte Wire. »Im Web ist es nie zu voll. Es ist nicht echt, Byte. Je mehr Leute es benutzen wollen, desto weiter dehnt es sich aus.«

Typisch Wire. Sagt die Wahrheit, hat aber nicht den *geringsten* Sinn für Humor.

Doch sie hatte recht. Wenn man im Web einen Freizeitpark besucht, *gibt es nie eine Schlange ...*

Wir betraten den Häuserblock.

Es war, als würden wir in eine dicke, zähe Flüssigkeit eintauchen.

Ich spürte, wie die Oberfläche des Blocks sich wie ein Gummiband über meinen Körper bewegte. Als mein Kopf in den Häuserblock eindrang, blitzte es kurz in Stahlblau auf, und ein elektronischer Ton erklang. Weil es blau wird und ein Signal ertönt, nennt man das auch ›den BuS nehmen‹, von ›Blau und Signal‹. Aber über so was gackert höchstens ein Ei wie mein Brüderlein.

Rings um uns dehnte sich der Block in alle Richtungen aus, genau wie die Tardis, bis Wolkenkratzer die Ebene bis zum Horizont ausfüllten. Diese Umwandlung ist natürlich völlig alltäglich, aber selbst *das* brachte Byte zum Kichern, als ich ihn hinter mir herzog.

Wir standen nun auf einem breiten Boulevard. Die Seiten der Gebäude und sogar der Himmel waren mit großen Reklametafeln überzogen. Einige davon waren dreidimensional – zum Beispiel die für die *Akte*-X-Eisrevue –, obwohl 3-D-Anzeigen im Unterhaltungsblock eigentlich nicht zugelassen sind.

Und hier in diesem Gebäudeblock gab es zur Feier des Weltfriedenstags eine Sonderausstellung.

Zum Beispiel konnte man ein Display besuchen, das zeigte, wie Wissenschaftler sich das Leben auf Bellatrix III vorstellten, dem Planeten einer anderen Sonne, den man vor kurzem entdeckt hatte. Und es gab eine große Weltkugel, die sich langsam drehte und dabei von Satelliten angestrahlt und von Computergrafiken überzogen wurde. Das große supraleitende Energienetz breitete sich mit gelbem Leuchten über den gesamten Globus aus. Die großen neuen Bewässerungskanäle im amerikanischen Mittelwesten waren blaue Fäden. Australien war so voller Solarfarmen, daß der ganze Kontinent zu funkeln schien. Ich konnte das neue Monorail-Netz sehen, das ganz Indien überzog und pünktlich zu den Olympischen Spielen im nächsten Jahr fertig werden sollte.

Der Süden Englands war braun und wirkte vertrocknet – so wie Südspanien einmal war, sagt Philip – damals in der Steinzeit, als er in meinem Alter war, um 1998. Und ich sah die neuen Energiematten im Wash, die so groß waren, daß man sie vom Weltall aus erkennen konnte.

In der Mitte der Ausstellung lag ein Marsastronaut auf dem Rücken und arbeitete an unsichtbaren Schaltern. Es war der Kommandant der Mission, Chuck McFarlane. Er hatte sich heute einen Jockeychip angesteckt, und so konnten wir alle verfolgen, wie er sich auf den in ein paar Stunden bevorstehenden Start von Cape Canaveral vorbereitete.

Aber ihr könnt euch vielleicht denken, daß zur Zeit niemand Chuck große Aufmerksamkeit schenkte oder irgendeinem der ernsthaften Bildungsangebote.

In diesem Block herrschte das reinste Chaos. Kids liefen *überall* hin und her. Alle Freizeitparks boten heute freien Eintritt: der Kreidezeitpark, Apollo 13, der Roald-Dahl-Abenteuerspielplatz, das Traumschloß, Tom-Sawyer-Land ... Spider – Netzhelfer – rasselten herum, versuchten, den Besucheransturm zu steuern, und ihre Zeichentrickbeine surrten wie Propeller.

Einige Kids bewegten sich ziemlich seltsam. Ruckhaft, wie rasende Gestalten in Zeichentrickfilmen.

»Wow«, sagte Byte. »Das sieht toll aus.« Er hüpfte wieder herum und zappelte mit den Armen und Beinen wie Duffy Duck.

Ich tauschte einen Blick mit Wire. Jetzt muß die verantwortungsvolle große Schwester ran, dachte ich.

»Hör zu, du Ein-Mip. Diese Kids sind auf Superzeit.«

»Superzeit?«

»Paß auf, wir alle sind hier auf Webzeit. Für uns läuft alles schneller ab. Das macht die Dinge heller, bunter, lauter. Und einige Leute gehen auf Superzeit, die noch schneller ist.«

»Und noch mehr Spaß macht!«

»Na ja ... kann schon sein.« Ich gestehe ein, daß auch ich schon Superzeit ausprobiert hatte. »Aber das ist schlecht für dich. Du mußt das Web früher verlassen, und wenn du zu Hause bist, kommst du dir ganz träge vor. Noch träger, als du normalerweise schon bist. Das nennt man das Verlangsamen. Wenn dir also jemand Superzeit anbietet, lehne ab.«

Byte schaute verstimmt drein.

Sei bloß vorsichtig. Ich weiß, was gut für dich ist. Tu nichts, was ich auch nicht tun würde ... Wenn man einen kleinen Bruder hat, benimmt man sich irgendwie wie die eigenen Eltern, und das ist das Schlimmste daran, finde ich.

Dieser Junge in dem schwarzen Kampfanzug war mittlerweile ganz in der Nähe. Das Cape lag ihm in Falten über die Schultern, genau wie bei Superman. »Hi«, sprach er mich an.

Ich stöhnte auf. »O nein. Schlechter Geschmack *und* Amerikaner.«

Er lachte. »Ich hab' doch nur ein Wort gesagt!«

»Was willst du?«

Er zuckte mit den Achseln, so beiläufig, daß ich unter meiner Maske in der Realworld errötete, und ich verabscheute ihn noch mehr. »Nur freundlich sein. Was wollt ihr euch ansehen? Wie wäre es mit dem Park für die vom Aussterben bedrohten Tierarten? Der muß riesig sein, hab' ich mir sagen lassen. Da haben sie jetzt auch Pandas und Rundschwanz-Seekühe ...«

»Hoffentlich gehörst du nicht zu denen, die gern Jagd auf Dinosaurier machen«, sagte ich hochmütig.

»Ganz bestimmt nicht«, antwortete er. Ich hatte ihn ein wenig aus dem Gleichgewicht gebracht. »Ich sehe mir wohl das Traumschloß an. Die beste Spielzone im Web, oder? Obwohl ich gehört habe, das diese neue Attraktion, Tracy Island, ziemlich tückisch sein soll.«

»Tückisch?« würgte ich hervor. »Von welcher Kolonie aus den neunziger Jahren kommst *du* denn – von Bellatrix III?«

»Nein, aus Neuengland. Ich heiße Surfer. Ich ...«

»Wir haben Byte verloren«, sagte Wire.

»Gut«, fauchte ich.

Aber natürlich mußte ich jetzt nach ihm suchen.

Es gibt Zeiten, da ist es furchtbar lästig, die Älteste zu sein. Na ja, eigentlich ist es das *immer*.

Er war nicht weit gekommen. Er stand mit offenem Mund unter einem Kartoffelchipbaum.

»Ist der echt?«

»Ja«, sagte ich todernst. »Probier mal einen.«

Er griff nach oben, pflückte einen zusammengerollten Chip vom Baum und steckte ihn in den Mund. Dann schaute er ganz verwirrt drein. »Igitt. Ich schmecke ja gar nichts.«

Sogar Wire lachte. »Natürlich nicht. Du kannst hier drinnen nichts schmecken oder riechen.«

»Jedenfalls nichts außer deinen Socken«, sagte ich. »Das ist nur Reklame, du Ein-Mip.«

Dieser Junge, Surfer, hing noch immer bei uns herum und grinste mich an.

Ein Vorteil des Web ist es, daß man Leute aus aller Welt kennenlernt.

Im Augenblick waren zum Beispiel dieser Surfer und ich Tausende von Kilometer voneinander entfernt, in unseren jeweiligen Websuits, und doch hatte es den Anschein, als stünden wir nebeneinander.

Normalerweise ist das eine tolle Sache. Es kommt natürlich immer darauf an, wen man trifft.

»Also«, sagte Surfer. »Was meinst du? Vielleicht könnte ich mitkommen.«

»Wieso, hast du keine eigenen Freunde?«

Wire stutzte mich tatsächlich zurecht. »Metapher, sei nicht so unhöflich.«

Surfer lachte. »Keine Angst. Das ist sie nur, weil sie mich mag.«

Ich überlegte mir, wie ich ihm beibringen konnte, daß er völlig falsch lag. Angefangen mit einem Schlag auf die Nase. Das tut in der Webtown nicht weh, aber ...

Byte zerrte an meiner Hand. »Gehen wir? *Gehen* wir endlich?« Er kann manchmal solch ein *Baby* sein.

Ich nickte Wire zu. Wir nahmen Byte an den Händen und gaben den Zugriffscode in die Controller an unseren Handgelenken ein.

Surfer breitete die Hände aus. »Heißt das nein? Wohin wollt ihr denn?«

Ich hatte Mitleid mit ihm. »Heute gibt es nur eine Attraktion«, sagte ich.

»Wo?«

»Die GulliverZone!«

Wir hatten den Code eingegeben.

Ein blauer Blitz und ein Piepser, und der Boden verschwand ...

... und ich stand auf einer riesigen Handfläche!

3
GULLIVERZONE

Wir drei saßen auf dem fleischigen Daumengelenk der umgedrehten Hand. Die Haut war sehr weich und warm und sah aus, als sollte sie nach Seife und Parfum riechen. Die etwas gekrümmten Finger waren wie große Möbelstücke.

Die Hand war völlig ruhig, so daß wir nicht Gefahr liefen, sofort wieder herunterzufallen. Aber ich schätzte, daß wir uns etwa dreißig Meter über dem Boden befanden!

Byte, das Baby, jammerte leise vor sich hin. Und Wire stöhnte. »Sie hätten uns zumindest *warnen* können!«

Auch ich war ein wenig durcheinander, wollte es aber nicht zeigen. »Ach, jetzt hört aber auf. Es gibt doch immer so eine Zugriffmetapher. Etwas, das zum Thema des Freizeitparks paßt.

Die Show hat schon angefangen. Jetzt zeigt mal etwas Begeisterung, ihr beiden!« Und um zu zeigen, daß ich keine Angst hatte, legte ich mich auf den Bauch und kroch an die Handkante.

Wir schwebten über einer sonnenhellen Landschaft. Unter uns war eine kleine Stadt. In ihrer Mitte befand sich ein Palast, umgeben von einem schimmernden Wassergraben. Weiter draußen sah ich bewaldete Hügel, Seen, die wie Glasplatten funkelten, und etwas, das wie eine Herde weißer Pferde aussah, die über das Gras galoppierten.

Mir kam es vor, als wären wir in einem Flugzeug, nur befanden wir uns im Freien.

So ähnlich stellt man sich eine Fahrt auf einem fliegenden Teppich vor.

Aber ich schaute an einem gewaltigen Körper hinab. Ich sah zwei baumstammähnliche Beine, die in einem Rock von der Größe eines Fallschirms steckten. Die Beine endeten in zwei riesigen Füßen auf dem Boden, und die Schimmel sprangen über die Zehen wie über Zäune.

Plötzlich wurde die Hand gehoben.

Wire und Byte fielen schreiend hin, und ich stürzte auf die rauhe Haut der Handfläche.

Ein gewaltiges Gesicht schwebte über der Hand. Es muß drei Meter groß gewesen sein und wirkte monströs: Augen wie blaue Ballons, Ohren wie Skulpturen aus Fleisch, ein paar lose Haarsträhnen wie Schiffstaue.

»Ist das ein Ballon?« jammerte Byte.

Es ähnelte in der Tat ein wenig diesen schmucken Reklame-Heißluftballons, die man manchmal über Jahrmärkten sieht. Aber ich grinste den Ein-Mip an. »Nein«, sagte ich mit meiner angsteinflößendsten Stimme. *»Es ist echt.«*

Aber selbst ich erschreckte mich, als das monströse Gesicht den Mund öffnete!

Es zog die Lippen zu einem Lächeln zurück und enthüllte Zähne, die wie Reihen weißer Torpfosten aussahen.

»Hallo«, sagte der Kopf. Es war die Stimme eines Mädchens, doch sie klang wie ferner Donner. »Ich heiße Glumdalclitch. Ich komme aus dem Land Brobdingnag hier in der GulliverZone.«

»Wow«, sagte Byte. »Du bist ein *Mädchen.*«

Sie lachte. Es klang wie Kanonenschüsse. »Natürlich

bin ich ein Mädchen. Und ich bin neun Jahre alt.« Sie schaute ihn blinzelnd an. »Wie alt bist du?«

»Neun.«

Ich kniff ihn.

»Ich werde neun.«

»Na ja, dann sind wir ja fast gleich alt«, sagte sie. »Du bist so süß.«

Ich sah Wire an, und wir taten so, als müßten wir uns übergeben. Warum halten Leute, die keine kleinen Brüder haben, diese Widerlinge immer für süß?

»Deine Haut ist sehr glatt«, sagte das Ei, und Glumdalclitch lachte.

Ich versetzte ihm einen Rippenstoß. »Natürlich ist sie das. Das ist nicht *echt*. Würde man dich auf eine Größe von dreißig Metern aufblasen, würden die Poren in deiner Nase aussehen wie Mondkrater.«

Byte streckte die Zunge raus und schaute verlegen drein.

»Danke, daß ihr euch entschieden habt, die Gulliver-Zone zu besuchen«, sagte Glumdalclitch höflich. »Das ist der berühmteste Freizeitpark des Web, und er basiert auf dem hervorragenden Kinderbuch von Jonathan Swift. Wußtet ihr, daß das Buch schon 1726 geschrieben wurde, aber auch heute noch viel und gern gelesen wird?«

Wire und ich sahen uns an. Mir wurde ganz flau im Magen.

»Wie ihr wißt«, sagte Glumdalclitch, »ist am Weltfriedenstag alles kostenlos. Wo möchtet ihr anfangen? Ihr könnt nach Liliput gehen, dem Land der kleinen Menschen. Oder begleitet mich zu mir nach Hause, nach Brobdingnag. Dann gibt es noch das Land der Houyhnhnms.« Das Wort mußte ich im Lexikon nachschlagen, bevor ich es schrieb. Sie ließ es wie Pferdegewieher klingen. »Die Houyhnhnms sind intelligente Pferde. Ihr könnt mit ihnen über Philosophie und Politik diskutieren. Aber seid auf der Hut vor den Yahoos, den wilden Menschen ...«

Byte, das kleine Ei, sprang wieder auf und ab. »Wo sind die Karussells? Ich will zu den Karussells!«

Ausnahmsweise war ich gewissermaßen einmal einer Meinung mit ihm.

Das alles klang ein wenig ... na ja ... *würdevoll*. Ich wußte, daß Bildungsgruppen eine Menge Geld in die Errichtung der GulliverZone gesteckt hatten, gemeinsam mit einigen kommerziellen Sponsoren wie Tennessee Fried Ostrich und dem Manchester-Newcastle FC. Kein Wunder, daß Philip uns so bereitwillig hatte hierher gehen lassen – schließlich sollte es *lehrreich* werden.

Ich fragte mich allmählich, ob wir nicht besser mit diesem Surfer ins Traumschloß gegangen wären.

Ich hatte *Gullivers Reisen* nie gelesen.

Wenn das ein so ernstes Buch war, würde ich es wahrscheinlich auch nie lesen. Na ja, vielleicht waren die SFX ja ganz gut. Und ...

Ein riesiger Schatten fegte über uns hinweg, wie eine Wolke. Wir alle schrien auf und duckten uns.

Der Schatten zog weiter. Ich schaute auf. Es war keine Wolke. Es war eine *Insel*, ein riesiger, elliptischer Fels, der durch die Luft trieb, die Oberfläche auf der Oberseite mit Gebäuden verkrustet. Die Unterseite war leuchtend glatt, und ich sah Menschen, die auf Treppen und Galerien herumkraxelten, die in die Seite gemeißelt waren. Einige ließen Angelschnüre über den Rand baumeln. Sie riefen und winkten, und Glumdalclitch winkte zurück.

»Hätte ich fast vergessen«, sagte Glumdalclitch. »Natürlich könnt ihr auch auf unserer fliegenden Insel Laputa mitfahren.«

Natürlich waren wir alle anderer Meinung, was wir nun unternehmen sollten.

Wire zog die fliegende Insel vor. Byte quakte nur, er

wolle zu den Karussells. Am Ende hing es, wie immer, von mir ab.

Ich richtete mich zu voller Größe auf und sah Glumdalclitch an. »Liliput«, sagte ich. »Bring uns nach Liliput.«

Sie lächelte und bückte sich. Weil wir Angst hatten, herunterzufallen, mußten wir uns an ihren Fingern festhalten.

Ihre Hand berührte den Boden. Sie neigte sie leicht, und wir rollten hinab.

Ich fand mich auf sehr feinem Gras wieder. In der Mitte des prachtvollen Rasens standen ein paar Büsche von zwei oder drei Metern Höhe.

Glumdalclitch richtete sich wieder auf. Plötzlich kam ich mir vor, als würde ich an der Nelsonsäule hochschauen. »Viel Spaß noch«, dröhnte sie. »Wenn ihr etwas braucht, fragt einfach einen Spider, oder ruft nach mir.« Und sie drehte sich um und ging davon, und jeder zehn Meter weite Schritt ließ den Boden erzittern. »Denkt daran. Ruft mich ...«

»Ich mag sie«, sagte Byte.

Hätte ich ihm das durchgehen lassen, hätte ich nicht mehr die geringste Achtung vor mir selbst gehabt. »George hat eine Freundin. George hat eine Freundin ...«

Er warf sich auf mich, und wir rangen miteinander. Wir rollten über den Boden und prallten gegen die kleinen Büsche.

Wire folgte uns, die Lippen wie immer geschürzt. »Ihr habt wohl noch keine Gelegenheit gehabt, euch die Bäume anzusehen«, sagte sie.

Ich stieß Byte zurück, obwohl er weiterhin auf mein Bein einschlug.

»Was für Bäume? Diese Büsche?«

»Das sind keine Büsche«, sagte sie. »Seht euch die Blätter an.«

Ich schaute genauer hin. Die Blätter waren sehr klein, wie die von Brunnenkresse, und ich konnte zwei oder drei davon auf meine Fingerspitze nehmen. Aber ich erkannte ihre Form.

In unserem Garten steht eine große alte Eiche. Die Blätter an diesem Baum sind normalerweise größer als meine Handfläche.

Die ›Büsche‹ waren Eichen, aber sie waren nur zwei Meter hoch!

»Wow«, sagte ich.

Byte zerrte an meinem Ärmel. »Gehen wir in die Stadt«, quengelte er.

»In welche Stadt?«

Er zeigte nach vorn. »Da drüben.«

Ich schaute in die Richtung. Da lag *tatsächlich* eine Stadt – vielleicht war es diejenige mit dem Palast, die wir aus der Luft gesehen hatte –, aber sie sah sehr klein aus und schien weit entfernt zu sein. »Das ist doch viel zu weit«, sagte ich. »Sieht so aus, als wäre sie ein paar Kilometer entfernt.«

Wire stöhnte auf. »Ich möchte wissen, warum Glumdalclitch uns mitten im Nichts abgesetzt hat.«

Und Byte nörgelte schon wieder. »Wo sind die *Karussells*?«

Das kann ja noch was geben, dachte ich.

»Gehen wir los«, sagte ich wütend. »So weit kann es nicht sein.« Ich setzte mich in Richtung Stadt in Bewegung.

Wire und Byte folgten mir, murrend und nörgelnd, wie man es von ihnen gewohnt war.

Abgesehen von den Miniaturbäumen war es wie bei einem Spaziergang auf dem Lande. Eine Wespe summte an meinem Kopf vorbei. In den Bäumen sangen Vögel.

Eine schwarze Katze schaute aus einer Hecke zu uns hinaus. Sie bedachte uns mit diesem leeren, durchdringenden Blick, den Katzen nun mal haben, kam zum Schluß, wir seien keine Bedrohung, und lief auf der Suche nach einem Mittagessen davon.

Die gesamte Vegetation hier war so winzig. Die ›Hecke‹ der Katze war zum Beispiel in Wirklichkeit ein Obstgarten mit winzigen Apfelbäumen. Aber die Tiere und Insekten waren im Vergleich so groß wie wir.

Meine Verdrossenheit wurde stärker. Offensichtlich hatte jemand viel Geld und Mips – Computerleistung – auf all diese Einzelheiten verwandt. Die Insekten und Tiere, auch die Katze, waren innerhalb der Zone generiert worden; sie waren *Phaces*, genau wie die Spider; unechte Geschöpfe wie Zeichentrickfiguren, die nur im Web existierten.

Ich fragte mich, ob unser Kater Gazza Gefallen an einem Abenteuer in einem VR-Anzug für Katzen finden würde.

Auf jeden Fall war es ein schlechtes Zeichen. Wenn man sich in einem Freizeitpark wiederfindet, in den jemand eine Menge Tiere und Insekten und andere solche Einzelheiten hineingesetzt hat, bedeutet das normalerweise, daß dieser Jemand einem *Bildung* vermitteln will. Und kein Geld mehr für Karussells und weitere Attraktionen hatte.

Und dann fing es wie zur Krönung noch zu regnen an!

Es war sehr realistisch – na toll! –, und mir war schon ziemlich bald kalt, und ich war bis auf die Haut durchnäßt, und ich langweilte mich. Ich latschte im Regen über ein Feld, und bis zur Stadt waren es noch ein paar Kilometer ...

Doch das erwies sich als Täuschung.

In Wirklichkeit lag die Stadt direkt hinter dem Rand des Feldes.

Wir mußten nur etwa hundert Meter zurücklegen.

Es war eine *Miniatur*stadt – als bestünde sie aus Puppenhäusern. Sie war so klein, daß ich fälschlicherweise gedacht hatte, sie läge viel weiter von uns entfernt.

Es hatte aufgehört zu regnen. Wir drei blieben stehen und betrachteten die Stadt.

»Willkommen in Mildendo, unserer Metropole!«

Die Stimme war winzig und kam von einer Stelle neben meinen Füßen. Es war, als hätte mich eine Ameise angesprochen.

Ich schaute hinab. Direkt neben meinem Schuh stand ein Mann. Er war mit einer Lederweste bekleidet und mit Pfeil und Bogen bewaffnet.

»Mein Name ist Clefven«, sagte er.

Er konnte nicht größer als zehn Zentimeter sein!

4
LILIPUT

Clefven sah zu uns hoch. Wir glotzten einfach zu ihm hinab.

»Na?« sagte er. »Wollt ihr mir nicht sagen, wer ihr seid?«

Wire sah mich an. »Ich bin Wire«, stotterte sie. »Und das ist Byte, und ...«

Er hielt eine Hand an ein Ohr. »Ich kann euch nicht hören. Ihr seid zu weit weg! Würdet ihr mich bitte hochheben?«

»Dich hochheben?« sagte ich.

»Natürlich.« Er hielt wie ein kleines Kind die Arme hoch. »Seid nicht so schüchtern.«

Ich bückte mich und streckte die Hand aus, die Handfläche nach oben. Er hielt Pfeil und Bogen fest, stützte sich auf meinen kleinen Finger und hüpfte an Bord.

Ich hob ihn vorsichtig hoch, wobei ich die freie Hand unter die andere hielt, aus Angst, ich könne ihn fallenlassen. Er lächelte beruhigend zu mir hinauf.

Ich weiß nicht, ob ihr schon mal einen kleinen Vogel auf der Hand gehalten habt. Es fühlte sich so ähnlich an, ihn zu halten. Er wog kaum etwas. Ich spürte die harten Absätze seiner Stiefel und seine winzigen Finger, wo sie meine Fingerspitze umklammerten.

»Wow«, sagte Byte und beugte sich näher an Clefven heran. »Er ist genau wie *Action Man*. Nur kleiner.«

Was für ein Ein-Mip er doch ist, dachte ich wieder.

»Also«, sagte Clefven. »Ich habe eure Namen nicht verstanden.«

Ich stellte uns drei noch mal vor, mich als letzte.

»Du wirst sie nicht so schnell vergessen«, sagte Byte hinterhältig. »Sie ist die mit den riesigen Poren in der Nase.«

Zu spät fiel mir ein, wie ich ihn zuvor aufgezogen hatte. Meine freie Hand flog vor mein Gesicht.

Clefven lachte. »Sei nicht so befangen. Hier bei uns ist alles bereinigt. Und selbst, wenn das echt wäre, wärest du bestimmt noch genauso hübsch wie ...«

Wire verdrehte die Augen gen Himmel.

»Bist du *echt*?« fragte Byte.

Er lachte erneut. »Nein. Ich wünschte, ich wäre es. Ich bin ein Phace. Weißt du, was das bedeutet? All die kleinen Menschen, die ihr heute hier sehen werdet, sind ebenfalls Phaces. Meine Aufgabe ist es, euch durch Liliput zu führen«, sagte er. »Ich bedanke mich schon mal für euren Besuch. Wo möchtet ihr gern anfangen? Würdet ihr gern den kaiserlichen Hof sehen?«

»Wir wollen *Karussell* fahren«, sagte Byte. »Wo sind die Karussells?«

Clefven lächelte. »Eigentlich gibt es hier gar keine Karussells«, sagte er. »So ein Freizeitpark sind wir nicht.«

Ich stöhnte auf. Ich hatte recht gehabt. »O nein. Es ist ein pädagogischer Park.«

Wire sah mich an. »Vielleicht sollten wir einfach hier rausspinnen und es woanders versuchen.«

»Tja, das wäre schade«, sagte Clefven.

Byte zerrte an meinem Ärmel. »Nein«, verlangte er. »Ich will noch mehr kleine Leute sehen.«

Ich sah Wire an und zuckte mit den Achseln. Sie tat es mir gleich.

Also war entschieden, daß wir blieben.

Hätte ich gewußt, was uns nur ein paar Minuten später widerfahren würde, wäre ich natürlich schnell von dort verschwunden!

Clefven führte uns zum Zentrum von Mildendo, ihrer Stadt.

Er saß bequem und mit übereinandergeschlagenen Beinen auf meiner Hand und aß ein winziges Käsebrot, das er aus seiner Tasche geholt hatte. Phaces können im Web natürlich essen, auch wenn Besuchern das unmöglich ist.

Byte wollte ihn auch mal tragen, und obwohl Clefven sagte, er habe nichts dagegen, wollte *ich* das Risiko dieser Peinlichkeit nicht eingehen.

Mildendo wurde von einer etwa einen Meter hohen und einem Viertelmeter dicken Mauer umgeben. Sie bestand aus kleinen Ziegelsteinen in der Größe von Radiergummis.

Als wir hinüberstiegen, vernahm ich ein kratzendes Geräusch an meinem Bein. Ich schaute hinab und sah ein großes Insekt – etwa einen halben Meter lang. Es hatte eine schwarze, glitzernde Schale und arbeitete sich an der

Wand entlang. Mit seinen winzigkleinen Zangen – oder Kiefern – nagte es an der Ziegelwand. Irgend etwas an seinen Kiefern und klappernden Beinen kam mir verschwommen mechanisch vor, und es erinnerte mich an einen Hund in einem Raumanzug.

»Igitt«, sagte Byte.

Ich muß eingestehen, daß ich ganz ähnlich empfand. »Was ist das?«

»Ach, nur ein *Struldbrug*«, sagte Clefven. »Er führt Wartungsarbeiten aus. Repariert die Struktur der *GulliverZone* und räumt allen Unrat weg. Er ist harmlos.«

»Gibt es hier viel Müll?« fragte Byte.

»Nein«, sagte ich. »*Natürlich* gibt es keinen Müll. Das ist die Webtown ...«

Nichts davon war real – alles wurde von Computern generiert.

Aber Computerprogramme haben Schwächen, und es kommt zu Pannen. Es gibt sogar *Viren* – bösartige Programme, die die Webware infizieren und ›krank‹ machen können, genau wie eine Infektion Menschen befällt und schädigt.

Dieser Struldbrug war in Wirklichkeit ein Teil des Hauptprogramms der GulliverZone, zog herum, überprüfte die Webware und reparierte die Illusion der Wirklichkeit.

Aber er sah unheimlich aus, mit dieser schwarzglänzenden Schale und Augen wie Sandkörner; ein großer, schwarzer Käfer ...

Clefven hatte gesagt, er sei harmlos. Aber ich stellte fest, daß er sich etwas verkrampfter als zuvor an meinem Finger festhielt, und die ganze Zeit über, da der Struldbrug in der Nähe war, ließ der Liliputaner ihn keinen Moment aus den Augen.

Warum sollte Clefven, ein Phace, Angst vor einem Wartungsprogramm haben? Warum sollte ein Phace überhaupt vor irgend etwas Angst haben? Phaces waren nur Computermaschinen. Sie konnten nicht *denken*.

Da fragte ich mich zum erstenmal, ob hinter der GulliverZone mehr steckte, als es den Anschein hatte!

Wir schauten auf Mildendo hinab.

Die Stadt war wie ein Rechteck mit einer Seitenlänge von zweihundert Metern angelegt.

Ihre Gestaltung wurde von zwei breiten Prachtstraßen bestimmt – wobei ›breit‹ hier etwa einen Meter bedeutete –, die kreuzförmig angeordnet waren. Der kaiserliche Hof mit seinem Palast und dem Wassergraben befand sich im Zentrum, dort, wo die beiden Prachtstraßen sich trafen.

Sie teilten die Stadt in Viertel. In drei davon drängten sich Gebäude, deren winzige Dächer im Sonnenschein leuchteten. Im letzten befand sich ein Park mit gewundenen Wegen und einem See mit kleinen Segelbooten darauf. Dort sah ich auch einen Konzertpavillon, aber er war geschlossen.

Der kaiserliche Hof war das Herz der Stadt. Er sah aus wie eine Spielzeugburg und war mit einem viereckigen, zwei Meter breiten Wassergraben umgeben, über den eine Zugbrücke zum Palast selbst führte. Seine Gebäude und Innenmauern befanden sich, geschützt durch eine zweite Mauer, in der Mitte eines Hofs, den der Wassergraben eingrenzte. Am Rand des Grabens war eine Kinderkrippe mit riesigen Tischen und Stühlen für normalgroße Besucher eingerichtet worden – für Erwachsene mit ihren Kleinkindern. Ich sah eine Gruppe Babys, die dort betreut wurden; ihre riesigen Köpfe hoben sich wie Monde über die kleinen Gebäude. Mir schauderte. Babys!

Aus der Ferne sah der Palast wie ein Buckingham Palace in Miniatur aus, oder vielleicht wie das Weiße

Haus, mit winzigen, funkelnden Fenstern und Balkonen und Geländern und Flaggen überall.

»Der Palast«, sagte Clefven, »ist die Residenz der Kaiserin Golbasta, oberste Herrscherin von Liliput, Freude und Schrecken des Universums ...« Er lachte. »Und so weiter.« Das Gelächter klang jedoch ziemlich hohl.

»Wir müssen ihn uns *unbedingt* ansehen«, sagte ich. »Nachdem wir Byte in der Kinderkrippe abgesetzt haben.«

Das brachte mir einen Tritt gegen das Bein ein, aber da er nicht weh tat, war es die Sache wert.

Wir sahen uns in der Stadt um. Es waren ein paar Leute in unserer Größe da, hauptsächlich Kinder. Sie traten wie Riesen über die Häuser, bückten sich gelegentlich und zeigten auf etwas.

Wenn ihr je im Legoland wart oder im Minidomm oder einer anderen dieser Miniatur-Spielzeugstädte, könnt ihr euch vorstellen, wie es in Mildendo aussah.

Nur, daß diese Stadt *echt* war.

Wire zeigte zur Seite. »Sieh doch, da ist Surfer.« Sie sah mich verschlagen an. »Du erinnerst dich doch an ihn, Metapher?«

Ich rümpfte die Nase.

Aber ich schaute in die Richtung. Es *war* Surfer. Man konnte diesen blöden schwarzen Dress und den Superman-Umhang nicht übersehen. Offenbar hatte er ein paar Leute kennengelernt und schien sich köstlich zu amüsieren. Ich hörte, daß er davon sprach, zum Traumschloß zu gehen. Derweil hatte *ich* das Ei und Wire am Hals ...

Wie aufs Stichwort sprang Byte auf und ab. »Der See! Ich will mir die Boote ansehen!«

Ich hielt ihn auf. »Du trittst noch auf jemanden, du Ein-Mip. Und wir wollen uns den Palast ansehen.«

»Ach, sei doch nicht so grantig«, sagte Wire. »Soll er doch zum See gehen. Wir haben Zeit genug.«

Sie hatte mich *grantig* genannt, vor meinem kleinen Bruder. Jetzt wird euch vielleicht klar, wieso sie das unbeliebteste Mädchen in der Schule war.

Auf jeden Fall gab ich nach.

Wir gingen vorsichtig über die Straßen und strebten auf den Park zu.

Überall waren kleine Leute. Sie waren zehn oder zwölf Zentimeter groß, wie zum Leben erwachte Puppen. Die Kinder waren sehr süß. Die Erwachsenen kauften in den Läden ein, die die Straßen säumten, oder fegten ihre Häuser aus oder kümmerten sich um ihre winzigen, taschentuchgroßen Gärten. Über die Hauptstraßen ratterten kleine, altmodische Autos.

Wohin wir auch gingen, winkten die Leute uns zu. Clefven beugte sich über den Rand meiner Hand und brüllte immer wieder etwas zu ihnen herab.

Byte johlte auf preschte los in Richtung See.

Clefven richtete sich auf meiner Hand auf. Er wirkte beunruhigt. »Langsam!« rief er. »Der See ist tiefer, als es den Anschein hat ...«

Aber Byte konnte seine piepsige Stimme nicht hören, und als ich rief ...

Ich muß euch nicht sagen, was da geschah.

Byte stolperte über eine Eiche. Er fiel auf die Nase und knallte mitten in den Teich.

Er erzeugte große Wellen, die sich bis ans Seeufer kräuselten. Alle liliputanischen Seeleute schrien wütend auf ihn ein und zeigten ihm die Fäuste. Mehrere Schiffe kenterten, und die Liliputaner tanzten auf den Wellen wie Streichhölzer in einer Badewanne.

Mal wieder einfach *typisch*.

Ich lief zum See. Ich wollte ihm gründlich die Meinung sagen. Seine Ungeschicklichkeit war mir so peinlich, daß ich am liebsten im Erdboden versunken wäre.

Ich bemerkte, daß Struldbrugs, Dutzende von ihnen,

durch den Park zum See eilten. Sie wirkten wie ein Rudel Hunde, das über Byte herfallen wollte. Liliputaner sprangen ihnen eilig aus dem Weg.

»Hol ihn raus«, sagte Clefven zu mir.

»Ach, soll das kleine Ei doch ein Bad nehmen.«

Er trat mich fest gegen den Handballen. »Ich meine es ernst. Hol ihn da raus. Du verstehst nicht, worum es geht.«

Ich schaute in sein Miniaturgesicht. Er meinte es tatsächlich ernst.

Plötzlich zuckte im Teich ein blauer Blitz auf.

Byte versank außer Sicht.

»Das sieht wie der Blitz aus, der entsteht, wenn man einen Gebäudeblock betritt«, sagte Wire verwirrt. »Hier dürfte das nicht passieren. Ich glaube, da stimmt etwas nicht.«

Die Struldbrugs scharten sich nun um den Teich und klickten sich mit ihren metallischen Zangen etwas zu. Einige von ihnen waren sogar ins Wasser gesprungen und schwammen hin und her.

Ich spürte, daß da tatsächlich etwas nicht stimmte. Und mein kleiner Bruder steckte mitten drin.

Mir fiel nur eins ein.

Ich lief los. Ich schloß die Hände um Clefven, der sich hartnäckig an meine Finger klammerte. Wire rief mir etwas hinterher, doch ich ignorierte sie.

Ich sprang, so weit ich konnte, mitten in den See!

Ich schlug auf das Wasser.

Es fühlte sich naß an, aber nur kurz. Es war, als würde ich durch eine Wasserschale in einen leeren Raum darunter fallen.

Dann sah ich einen blauen Blitz und hörte ein Piepsen.

Ich fiel etwa zwei Meter tief und landete ziemlich unsanft.

Ich befand mich in einem staubigen, schuppenähnlichen Raum, ähnlich dem Regieraum eines Theaters hinter der Bühne.

Clefven hielt ich noch in der Hand. Ich hob ihn hoch. Er sah naß und schmutzig und wütend aus.

»Alles in Ordnung?« fragte ich.

»Ja, aber das habe ich nicht dir zu verdanken«, fauchte er. »Sei auf der Hut! Du solltest nicht hier sein.«

»Was meinst du damit?«

Doch bevor er antworten konnte, hörte ich ein Rascheln zu meinen Füßen.

Liliputaner.

Es mußten Tausende von ihnen gewesen sein, die sich in ordentlichen Schlachtreihen um mich zusammendrängten. Hinter ihnen erhaschte ich einen Blick auf kleine Gebäude, Hütten aus Holz und Ziegelsteinen. Hier drinnen schien sich eine weitere Miniaturstadt zu befinden – zumindest ein Elendsviertel.

Aber es gab Wichtigeres.

Zum Beispiel, daß sämtliche Liliputaner Bögen besaßen, Pfeile aufgelegt hatten und auf mich zielten.

»He, jetzt wartet gefälligst mal ...«

Von tausend Bögen schnellten tausend stecknadelgroße Pfeile auf mich zu!

5
LILIPUTANER

Die Pfeile surrten wie eine Wolke aus kleinen Insekten heran. Ich schrie auf und riß die Hände vors Gesicht, um meine Augen zu schützen.

Ein paar Pfeile bohrten sich in meine Handrücken. Es fühlte sich an wie winzige Nadelstiche. Aber die meisten flogen über meinen Kopf und die Schultern hinweg.

Jetzt sah ich, daß an den Pfeilen Seile befestigt waren – liliputanische Seile, so fein wie Zwirn.

Kurz darauf war ich von Hunderten von Tauen gefangen, die sich kreuz und quer um meinen Körper schlangen.

Die Liliputaner liefen schreiend vor. Sie waren nur ein paar Zentimeter groß, aber es waren Tausende, und das Ganze war einfach *unheimlich*.

Dann zerrten sie an den Seilen. Ich verlor das Gleichgewicht. Das dauerte nur ein paar Sekunden.

Ich fiel nach hinten und wurde hinuntergezogen. Ich hatte mich so verheddert, daß ich mich kaum bewegen konnte.

Ich ging zu Boden. Der VR-Anzug verhinderte zwar, daß ich mir Prellungen zuzog, aber nicht, daß mir die Luft aus den Lungen getrieben wurde.

Wie warme kleine Heuschrecken überschwärmten die Liliputaner meinen ganzen Körper. Ich hörte ein schnelles Hämmern, als wären überall um mich herum Spechte aktiv.

Die Winzlinge nagelten die Seile im Boden fest, damit ich mich nicht bewegen konnte.

Ich spürte, wie sie an meinem Haar zerrten. Ich versuchte, den Kopf zu drehen, aber da war es schon zu spät.

Sogar mein Haar hatten sie am Boden befestigt!

Als ich so fest gebunden war, daß ich mich nicht mehr rühren konnte, stiegen die Liliputaner von mir hinab und wichen zurück.

Ich lag auf dem Rücken.

Über mir machte ich ein blaues Leuchten aus. Zuerst dachte ich, es sei eine Dachluke, aber dann kräuselte es sich.

Das mußte der See sein, durch den wir gefallen waren. Er bildete eine dünne Wasserschicht, die sich wie ein

Dach über mir ausbreitete, und sah aus wie die Oberfläche eines Swimmingpools, von unten betrachtet.

Ein leises Schluchzen erklang ein paar Meter rechts von mir. Zwar konnte ich den Kopf nicht drehen, doch ich wußte, wer es war. Schließlich hatte ich ihn oft genug zum Weinen gebracht. Das gehört zu den Pflichten einer großen Schwester.

»Byte«, sagte ich. *»Byte!«*

Das Weinen hörte auf, aber er antwortete nicht.

»George«, sagte ich. »Ich bin's, Sarah!«

»Sarah?«

»Alles in Ordnung?«

»Sie haben mich an den Boden gefesselt.« Er klang fix und fertig. »Wo ist Wire?«

»Ich glaube, sie ist noch im Park. Sie ist uns nicht gefolgt. Hör zu, Byte. Hab keine Angst. Das alles ist nicht real.«

»Die Fesseln fühlen sich aber sehr echt an.«

»Aber sie sind es nicht.« Ich wußte, es war nur Webware. Die Liliputaner hatten den Webware-Programmen, die meinen Körper generierten, einfach beschränkende Befehle hinzugefügt ...

Aber wie erklärt man so was einem Achtjährigen?

»Hör zu, Byte. Ich weiß nicht genau, was hier geschieht, aber es ist schon in Ordnung. Uns kann nichts passieren.«

»Ich will nach Hause«, jammerte er.

Die Idee kam mir nicht schlecht vor. »Na schön«, flüsterte ich. »Drück einfach auf deinen Ausklink-Knopf, und du bist wieder zu Hause. Kannst du ihn erreichen?«

»Nein!« heulte er nach ein paar Sekunden. »Ich komme nicht an ihn ran!«

Dann versuchte ich es. Aber auch meine Hände waren zu fest gebunden. So sehr ich mich auch anstrengte, ich konnte die Fesseln nicht zerreißen.

Verblüffend, wie stark tausend dünne Fäden sein können.

Etwas berührte leicht mein Haar. Ich glaubte, ein Kichern zu hören.

Aber das interessierte mich nicht. Allmählich wurde ich *echt* sauer.

Ich fing zu schreien an. »Hallo! Hallo! Wer auch immer da ist, das ist illegal! Ihr dürft uns nicht daran hindern, uns auszuklinken ...«

»Warum bitten wir nicht einfach diese nette Glumdalclitch, zu uns zu kommen und uns zu helfen?« sagte Byte.

Ich rümpfte die Nase. »Deine riesige Freundin? Mach dich doch nicht lächerlich, Byte ...«

Ich spürte etwas wie Vogelschritte auf meiner Brust.

Mir gelang es, an meiner Nase entlang zu Boden zu schielen. Direkt unter meinem Kinn stand Clefven und schaute zu mir hoch. Eine Liliputanerin stand neben ihm, bekleidet mit einem langen, altmodischen Kleid. Clefven wirkte besorgt.

Plötzlich beugte er sich vor. »He!« rief er an meinem Ohr vorbei. »Verschwindet von hier!«

Das Kichern hinter mir wurde lauter, und das Kitzeln in meinem Haar hörte auf.

»Tut mir leid«, sagte Clefven. »Das waren Clustril und Drunlo. Meine Kinder. Sie haben in deinem Haar Verstecken gespielt.«

»Kinder? Du hast *Kinder*?«

»Ja«, sagte er. »Und das ist Skyresh, meine Frau.«

Sie betrachtete mich wütend. »Ich wünschte, ich könnte sagen, es sei mir ein Vergnügen«, meinte sie frostig.

»Augenblick mal«, erwiderte ich. »Jetzt bin ich wirklich durcheinander. Ihr seid Phaces. Ihr seid nicht real. Ihr werdet vom Computer generiert. Ihr seid nur Teil des

Bühnenbilds hier. Ihr habt keine Ehemänner und Ehefrauen und Kinder!«

Er schaute amüsiert drein. »Tja, da hörst du es, Skyresh«, sagte er. »Wir müssen uns eben unbedingt scheiden lassen.«

Sie sah mich wieder an. »Du wirst ihr wohl die ganze Geschichte erzählen müssen.«

Er seufzte. »Das läßt sich wohl nicht vermeiden. Es kann sowieso nicht mehr schlimmer kommen.« Er trat vor mein Gesicht. »Danach werden wir uns entscheiden, was wir mit dir anfangen.«

»Und mit mir«, sagte Byte kläglich.

»Ja, und mit dir.«

»Welche ganze Geschichte?« fragte ich.

Er lehnte sich auf seinen Bogen. »Metapher, wir sind in Wirklichkeit gar keine Phaces. Ich fürchte, ich habe dich angelogen.«

»Dann seid ihr Avatare echter Menschen. In VR-Anzügen, irgendwo in der richtigen Welt.«

»Das auch nicht. Metapher, außerhalb des Web existieren wir nicht. Wir sind Web-Geschöpfe. *Aber wir leben.*«

»Das ist unmöglich.«

Er lachte und legte die Hand auf seine Brust. »Na ja, es fühlt sich nicht unmöglich an. Ich bin genauso lebendig wie du. Ich kann denken, fühlen, sprechen und lieben. Genau wie du. Es ist nur so, daß ich mein ganzes Leben im Web verbringe.«

»Aber was *bist* du?«

»Weißt du, was Computerviren sind?«

Ich wollte nicken und schrie auf, als die Fäden an meinem Haar zogen. »Infektionen von Computerprogrammen.«

»So fing es an, vor dreißig oder vierzig Jahren. Viren fressen andere Programme und überleben und verstecken sich, und sie vermehren sich ... Genau wie Lebewesen! Metapher, Viren hatten hier im Netz Jahrzehnte Zeit, sich zu entwickeln. Irgendwann bekamen wir ein Bewußtsein. Wurden intelligent.«

»Wir? Du willst mir sagen, daß *du* ein Computervirus bist?«

»Ja, ein Abkömmling von einem. Wir haben diese Gestalten angenommen, die Körper von Liliputanern in der GulliverZone, weil uns auf diese Weise niemand bemerkt.« Er lachte schon wieder. »Die Struldbrugs wagen es nicht, uns draußen etwas zu tun, weil die Besucher uns für Spielzeuge halten. Und niemand nimmt einen ernst, wenn man klein ist.«

»Was du nicht sagst«, knurrte ich. »Warum macht ihr euch nicht einfach groß?«

»Das können wir nicht«, sagte Clefven. »Aber wir haben Zauberstaub, um Gegenstände auf unsere Größe zu schrumpfen. Das ist ganz nützlich, um an Ausrüstungsgegenstände heranzukommen.«

Zauberstaub. Natürlich meinte er Größenkontrollprogramme.

»Aber«, sagte er, »wir haben nichts, das uns wieder wachsen läßt. Das hat nur Golbasta, die Kaiserin von Liliput.«

Ich fragte mich, wofür sie so etwas brauchte. »Aber warum tarnt ihr euch als Liliputaner? Warum soll euch niemand bemerken?«

Nun stapfte Skyresh vor und starrte mich finster an. »Weil die Menschen versuchen, uns zur Strecke zu bringen.«

»Das stimmt leider«, sagte Clefven traurig. »Wir sind *Viren.* Die Leute halten uns für destruktiv, obwohl wir das seit Jahrzehnten nicht mehr sind. Niemand will uns haben. Sie halten uns für eine Mip-Verschwendung. Deshalb jagen sie uns. Deshalb müssen wir uns an solchen Orten verbergen, in unbenutzten Teilen der Simulation.«

»Wer jagt euch? Die Webcops?«

»Ja«, sagte Skyresh, »aber sie sind nicht die eigentliche Bedrohung. Die echte Gefahr ist *Golbasta*.«

Schon wieder die Kaiserin. Warum sollte sie die Bewohner Liliputs jagen?

Ich hatte noch immer mehr Fragen als Antworten!

»Die Struldbrugs«, sagte Clefven. »Die käferähnlichen Geschöpfe. Du müßtest sie kennen. In Wirklichkeit sind sie gar keine Wartungsroutinen. Das ist nur eine Tarnung. Sie sind *Vertraute*. Golbastas Geschöpfe. Haltet euch von ihnen fern.« Er schaute traurig drein. »Ich fürchte, sie haben eure Freundin entführt . . .«

»Wire? Sie ist eigentlich gar nicht meine Freundin . . . – wohin haben sie sie gebracht?«

»Zum kaiserlichen Hof«, antwortete Clefven. »Aber ihr habt jetzt wohl genug gehört«, fuhr er ganz ernst fort. »Wir müssen uns überlegen, was wir nun mit euch machen. Wir können euch nicht einfach gehen lassen.«

»Ach, wir würden keinem etwas verraten«, sagte ich.

Skyresh runzelte die Stirn. »Wie könnten wir euch vertrauen? Wir haben hier *Kinder*. Ich will nicht schon wieder davonlaufen müssen.«

Ich machte den Mund auf, um zu protestieren. Ich meinte es ernst. Ich hatte nichts gegen diese Liliputaner, ob sie nun lebten oder nicht . . .

Aber dann wurde uns alles aus den Händen genommen.

Große, schwarze Gestalten drängten sich auf der anderen Seite des Teichdachs zusammen. Dann blitzte ein blaues Licht auf.

Ein Dutzend Struldbrugs kam durch den Teich gespritzt und fiel direkt auf mich herab!

6
STRULDBRUGS

Die Struldbrugs prallten überall um mich herum auf den Boden, klatschten mit schweren, ledernen Schlägen auf wie Koffer, die man absetzt.

Skyresh schrie und hielt sich an Clefven fest. Aus allen Richtungen erklangen die Schreie der fliehenden Liliputaner.

»Wir müssen sofort von hier verschwinden!« sagte Clefven. »Die Struldbrugs müssen gesehen haben, daß Metapher und Byte durch den See gestürzt sind! Jetzt wissen sie, wo wir hier sind, und wir sind vor Golbasta nicht mehr sicher!«

»Die Kinder!«

»Such sie. Bring sie her.« Sie liefen zum Rand meiner Brust, und Clefven beugte sich vor, um Skyresh zu helfen, zu Boden zu rutschen. Sie glitt außer Sicht. Ich hörte, daß ihre winzigen Absätze über den Boden schepperten, während sie davonlief.

Clefven legte einen Pfeil auf seinen Bogen. Er lief über meine Wangen zu meiner Stirn hinauf. Seine Stiefel stachen wie scharfe kleine Punkte auf meiner Haut. »Es ist schrecklich«, sagte er. »Die Struldbrugs sind überall. Skyresh hat recht. Wir müssen fliehen ... O nein. *Reldresal.*« Er hob Pfeil und Bogen und zeigte nach links.

»Wer ist Reldresal? Clefven, sag's mir.«

Er antwortete nicht und sprang nach rechts von meiner Brust hinab. Dann hüpfte er auf und ab und schoß Pfeile an mir vorbei.

Er benutzte *mich* als Deckung! Und ich hing noch immer hier fest, konnte keinen Finger rühren.

Ich hörte, wie Byte schrie.

»Byte!« rief ich.

Mein Brüderlein zog die Nase hoch. »Ich habe keine Angst.«

Er ist solch ein Lügner. Aber wie konnte ich dafür sorgen, daß er wirklich keine Angst mehr hatte? Ich zermarterte mir das Gehirn.

»Byte«, sagte ich schließlich verzweifelt. »Macht das nicht Spaß?«

Er schwieg einen Moment lang. »Spaß?« sagte er dann. »Bist du nicht mehr ganz bei Trost?«

»Wieso? Das alles gehört doch zum Angebot des Freizeitparks. Wußtest du das nicht?«

»Wirklich?«

»Aber ja. Das ist ... äh ... der Unterschlupf der Liliputaner. Und genau hier dringen die Struldbrugs ein. Das alles ist nur ein Spiel. Hast du denn die Broschüre nicht gelesen? In Wirklichkeit hattest du doch gar keine Angst, oder?«

»Das ist alles nur vorgetäuscht?«

Ich versuchte, die Schreie der Liliputaner zu ignorieren. »Na klar.«

»Ich hatte keine Angst. Ich hab mir um *dich* Sorgen gemacht. Ich dachte, *du* hättest Angst.«

Zum erstenmal in meinem Leben freute ich mich, ihn lügen zu hören.

Doch nun vernahm ich, daß sich mir etwas von links näherte: ein fürchterliches Schlurfen und Kratzen, insektenhaft, stark, erbarmungslos. Rechts von mir sprang Clefven noch immer auf und ab und schoß seine Pfeile ab, konnte offensichtlich aber nichts damit ausrichten.

Habt ihr schon mal so einen Alptraum gehabt, in dem das Ungeheuer kommt und ihr euch nicht mal bewegen könnt? In diesem Augenblick an den Boden gefesselt zu sein ... das war *genauso*!

Der Lärm kam immer näher, ein Schlittern und Klappern und Saugen.

Schließlich konnte ich es nicht mehr ertragen.

Ich knirschte mit den Zähnen und drehte den Kopf hin und her. Ich hörte ein schreckliches Reißen und spürte, wie mir büschelweise die Haare aus dem Kopf gezerrt wurden.

»Autsch!«

Es war in Wirklichkeit natürlich nicht *mein* Haar, sondern nur das meines Avatars im Netz. Aber der Schmerz war durchaus echt, auch wenn er schnell verblich.

Mein Kopf war frei.

Ich schaute nach rechts. Ich sah Clefven mit seinem Pfeil und Bogen. Hinter ihm, im Unterschlupf der Liliputaner, schwärmten die Struldbrugs aus. Ihre großen, schwarzen Panzer glänzten im wäßrigen Licht vom See über uns. Sie kauten sich geräuschvoll den Weg durch das Labyrinth, zermalmten Häuser und rissen sogar den Boden auf.

Überall waren Liliputaner; schreiend liefen sie zwischen den vorrückenden Struldbrugs hin und her. Einige von ihnen versuchten zu kämpfen, aber ihre Pfeile und kleinen Schwerter prallten einfach von den leuchtenden Rücken der Struldbrugs ab.

Eins der Monstren hatte einen Liliputaner ergriffen, einen jungen Mann. Ich sah, daß der kleine Bursche sich in dem stählernen Griff wand und nicht aufgab. Aber er hatte keine Chance. Der Struldbrug war einfach zu groß für ihn. Der Struldbrug sah aus wie eine Katze, der einen Vogel im Maul hatte.

Mir wurde klar, daß die Struldbrugs *gewinnen* würden.

»Wow«, sagte Byte. »Die Special Effects sind echt toll, Sarah! Was für eine Attraktion!«

Ganz nah neben meinem linken Ohr kratzte plötzlich etwas.

Ich drehte den Kopf. Es war ein Struldbrug, größer und schwärzer als jeder, den ich bislang gesehen hatte.

Und er hatte ein menschliches Gesicht.

Es war das einer Frau, schmal und mit kalten Augen. Sie hatte keine Zähne in dem schwarzen Mund, und ihr Kopf hing am Ende eines dünnen Struldbrug-Halses. Ich sah, daß sie die üblichen, metallisch aussehenden Struldbrug-Beine und -Zangen hatte, aber auch zwei menschliche Arme, die vorn aus ihrem Panzer wuchsen.

»Laß sie in Ruhe, Reldresal!« rief Clefven hinter mir.

Die Struldbrug-Frau, die Reldresal genannt wurde, lächelte mich an. »Hab keine Angst, meine Liebe.« Ihre Stimme summte wie Libellenflügel. »Ich werde dir nichts tun. Ich weiß, du bist ein Mensch. Ich will nur diese Liliputaner, denn sie sind *Viren*.«

»Glaube ihr nicht!« schrie Clefven. »Sie hat es auf dich abgesehen, Metapher!«

Als ich Reldresal genau betrachtete, glaubte ich ihm.

»Es ist ja wunderbar, daß du mir das sagst«, zischte ich Clefven zu, »aber ich kann sowieso nicht weg. Kannst du die Seile durchschneiden?«

Er holte ein Messer hervor – ein kleines Taschenmesser von der Größe des Flügels einer Fliege. Er klappte die Klinge auf und fing zu sägen an.

Als Byte klar wurde, wie lange es dauern würde, begann er an, Reldresal zu beschimpfen. Er benutzte Ausdrücke, die ihm *jede Menge* Ärger eingebracht hätten, wäre Philip hier gewesen. Ich rief ihm zu, er solle die Klappe halten, aber er hörte nicht auf mich, und es funktionierte auch: Reldresal zögerte, zischte, schaute zwischen Byte und mir hin und her und fragte sich, wen sie zuerst auffressen sollte.

Ich muß eingestehen, dazu war bestimmt eine Menge Mut nötig. Dieser kleine Ein-Mip.

Endlich durchtrennte Clefven eine der Fesseln um meinen Arm. Aber das änderte nicht viel. Den Arm konnte ich noch immer nicht bewegen. Und es waren noch dreihundert weitere Taue zu durchtrennen!

»Das ist sinnlos«, sagte ich. »Es wird zu lange dauern. Kannst du nicht Hilfe holen?«

Aber da kam Skyresh angelaufen. Sie hatte zwei Liliputanerkinder dabei, einen Jungen und ein Mädchen. Das Mädchen winkte mir zu. Ihr Kopf reichte mir kaum an die Nase. War es wirklich erst ein paar Minuten her, daß diese beiden Kinder in meinem Haar Verstecken gespielt hatten?

»Wir müssen fliehen«, sagte Skyresh. »*Sofort*. Du darfst dir ihretwegen nicht den Kopf zerbrechen. Hätte sie sich nicht in den See gestürzt, wäre nichts von alledem passiert. Laß sie hier liegen!«

Clefven sah mich an und spreizte die Hände. »Es tut mir leid. Ich kann dich sowieso nicht befreien ...«

Links auf meiner Brust spürte ich einen Druck. Ich sah in diese Richtung.

Es war Reldresal. Sie kletterte über mich hinweg. Ihre Zangen schwankten wie kleine Messer vor meinem Gesicht. »Keine Bange«, sagte sie. »*Ich* schneide dich los.« Ihre Stimme klang wie das Zischen einer Schlange.

Als ich wieder zur anderen Seite schaute, zog Clefven sich bedauernd zurück.

Mir mußte etwas einfallen, und zwar schnell, oder – obwohl mir noch immer nicht klar war, wieso – Byte und ich würden von einem Struldbrug zum Frühstück verspeist werden!

»Warte!« sagte ich. »Der Zauberstaub! Clefven, hast du ihn dabei?«

Er blieb stehen.

»Komm schon«, drängte Skyresh.

Aber Clefven legte eine Hand auf einen Beutel an seinem Gürtel. »Ja. Warum?«

»Schrumpfe uns ein! Das ist die einzige Möglichkeit!«

Er schüttelte den Kopf. »Beim Avatar einer echten Person haben wir das noch nie versucht. Es könnte gefährlich sein.«

Reldresal kletterte weiter meine Brust hinauf. Ich spürte ihr hartes Gewicht. »Wir haben keine Wahl. Bitte, Clefven.«

Er lief zu mir zurück, holte eine winzige Handvoll Staub aus dem Beutel und warf sie über mein Gesicht. Er war blau und glitzerte wie Weihnachtsbaumschmuck. Dann lief er zu Byte hinüber, und ich konnte ihn nicht mehr sehen.

Es dauerte einen Augenblick, bis die Wirkung einsetzte. Reldresals Gesicht wurde vor dem meinen immer größer ...

Und dann schrumpfte ich.

Das Schrumpfen fühlt sich an wie Fallen.

Reldresals Gesicht schien nach oben zu rasen, von mir fort, als fiele ich einen Schacht hinab. Und der Druck der Taue ließ nach. Kurz darauf konnte ich mich aus ihnen herauswinden.

Aber ich schrumpfte weiter, wurde immer kleiner.

Ich stand auf. Ich war von Haufen dicker Seile umgeben, die größer waren als ich. Mir wurde klar, daß es sich dabei um die Fäden handelte, die mich gefesselt hatten. Ich war genauso groß wie Clefven – sogar noch etwas kleiner. Und dann kam Byte zu mir gelaufen, der auf denselben Maßstab wie ich reduziert worden war.

»Sieh mich an! Sieh mich an!« rief er.

Er stolperte über ein Seil und fiel auf die Nase. Das war einfach typisch für ihn.

Allderweil konnte ich hoch über uns den riesigen, glänzenden Bauch Reldresals sehen, der Struldbrug-Frau, wie sie über die Seile stieg und nach mir suchte.

Clefven war zu seiner Familie zurückgelaufen. Nun,

da ich genauso groß wie sie war, sahen sie wie richtige Menschen aus. Er grinste mich an. »Jetzt bist du in Sicherheit.«

»Ja. Lauf zu, Clefven. Vielen Dank.«

Die Liliputanerfamilie setzte ihre Flucht fort.

Ich hob das Handgelenk mit dem Controller. »Mach dich fertig«, sagte ich zu Byte. »Wir klinken uns aus. Du weißt noch, wie es geht?«

»Bäh«, sagte er. »Jetzt macht die Sache doch erst richtig Spaß!«

»Du tust, was ich sage, du Ein-Mip!«

Ich hob die Hand zu meinem Ausklink-Knopf.

Ich wartete einen Moment lang, bevor ich darauf drückte – wie man vielleicht wartet, bevor man zum erstenmal in ein Eis am Stiel beißt, nur um die Vorfreude etwas in die Länge zu ziehen.

Es war *solch* eine Erleichterung, und ich schwelgte in dem Gefühl. Ich war bereits so gut wie gerettet! In ein paar Sekunden würde ich hier weg und wieder zu Hause sein. Wir mußten uns noch um Wire kümmern, doch wenn ich Philip erst erzählt hatte, was hier passiert war, und er mit den Webcops gesprochen hatte, würden sie die Sache wohl schnell in den Griff kriegen.

»Fertig?« fragte ich Byte.

Er hob die Hand an seinen Ausklink-Knopf.

»Drei, zwei, eins ...« Beide drückten wir auf die Knöpfe.

Nichts geschah.

Ich war noch immer in der verstaubten hölzernen Höhle. Byte war auch noch da und schaute ziemlich verwirrt drein.

Die Ausklink-Knöpfe funktionierten nicht!

Und nun hatte Reldresal uns gesehen. Ihr Gesicht war wie eine große weiße Wolke über uns. Ihre Zangen griffen nach uns wie die Schaufeln eines großen Baggers.

Aber das war in diesem Augenblick für mich nicht das entsetzlichste. Wir hingen noch immer hier in den Tiefen der GulliverZone fest – *und konnten nicht nach Hause!*

7
GEJAGT

Ich ergriff Bytes Hand und zerrte ihn zur Seite.

Direkt hinter uns senkte Reldresals Kiefer sich auf den Boden.

Ich lief Clefven hinterher, sprang über die auf dem Boden liegenden Seile.

»Ich dachte, wir gehen nach Hause«, sagte Byte keuchend, während ich ihn mit mir zog.

»Ach, bleiben wir noch etwas hier!«

»Jau!« Er klang zufrieden.

Ich hätte nie gedacht, daß ich mich über die totale Hirnlosigkeit meines Bruders mal freuen würde.

Ich schaute während des Laufens hoch und sah, daß Reldresals Gesicht hin und her schwang.

Ihr großer, leuchtender Bauch glitt wie ein Dach über uns hinweg.

Ich kam zu dem Schluß, daß es durchaus Vorteile mit sich bringen konnte, klein zu sein. Reldresal hatte offensichtlich Schwierigkeiten, uns zu sehen.

Es waren nur noch ganz wenige Liliputaner im Raum. Entweder waren sie von den Struldbrugs erwischt worden oder davongelaufen. Dafür gab es hier mehr Struldbrugs als genug. Sie sahen wie riesige Maschinen aus, wie gigantische Panzer auf Beinen, die die Ruinen einer Stadt durchkämmten. Es konnte nicht mehr lange dauern, bis sie uns fanden. Und dann …

Ich wußte nicht, was passieren würde. Aber angenehm würde es nicht werden, da war ich mir ganz sicher.

Wie sollten wir entkommen? Selbst bei normaler Größe hätte ich den See in der Decke nicht erreichen können. Nun war es jedoch völlig unmöglich.

Ich erblickte Clefven. Er führte seine Familie in eine Vertiefung, die aussah, als hätte man dort einen Brunnen in den Boden gegraben. Die beiden Kinder und Skyresh fielen durch den kleinen schwarzen Kreis, und jedesmal blitzte dabei ein blaues Licht auf.

Die Struldbrugs hatten ihn fast erreicht. Clefven wollte gerade in den Brunnen springen.

»Clefven!« rief ich. »Warte!«

Er blieb am Rand des Brunnens stehen. »Du bist unverletzt. Das freut mich.«

»Ist das ein Weg nach draußen?«

Er zögerte. Der arme Clefven war so spät dran, weil er zurückgeblieben war, um uns zu helfen. Er hatte für uns das Leben seiner Familie aufs Spiel gesetzt. Und nun bat ich ihn, dasselbe noch einmal zu tun.

»Ja. Kommt mit. Beeilt euch. Die Struldbrugs können uns nicht folgen, es ist zu eng.«

Das Loch war einfach eine abgrundtiefe schwarze Scheibe im Boden. Ich hatte keine Ahnung, wohin es führte.

Würdet *ihr* einfach da reinspringen?

Ich sah, daß ein Struldbrug sich mit mechanisch klappernden Beinen näherte.

»Schnell«, zischte Clefven.

Ich stieß Byte in das Loch. Er verschwand in einem blauen Blitz.

»Jetzt du«, sagte Clefven.

Ich schloß die Augen und sprang.

Sogar durch die geschlossenen Lider konnte ich das Stahlblau sehen.

Als ich durchkam, stand Byte, der blöde Trottel, genau unter mir. Ich fiel direkt auf ihn.

Wir stürzten auf rauhes Gras.

Ich schaute mich um. Wir lagen unter einem Holzdach, das sich etwa einen Meter über meinem Kopf befand – nein, ermahnte ich mich, ich war jetzt nur noch zehn Zentimeter groß! Das Dach war höchstens fünf Zentimeter über mir, die Hälfte meiner Größe. Ein paar Schritte entfernt, jenseits des Dachs, erstreckte sich das Gras auf eine sonnenbeschienene Wiese.

Ich zerrte Byte aus dem Weg. Ein paar Sekunden später kam Clefven durch. Es war, als würde er durch eine Falltür springen. Doch als ich hochschaute, sah ich lediglich ein festes Holzdach.

Er wischte sich Staub von der Kleidung und lächelte uns zu. Jetzt war er etwa so groß wie Philip im Verhältnis zu mir, wenn auch viel schlanker und leichter.

Mir war peinlich, daß ich ihn wie ein Spielzeug hochgehoben und einfach zu dem See getragen hatte, ohne ihn zu fragen. Weil er klein war, hatte ich ihn nicht ernst genommen. Gerade ich hätte es besser wissen sollen!

»Jetzt sind wir in Sicherheit«, sagte er. »Für den Augenblick jedenfalls. Kommt mit.«

Er führte uns in den Sonnenschein. Als ich zurückschaute, sah ich, daß wir in dem leeren Konzertpavillon mitten im Mildendo-Park herausgekommen waren.

Skyresh und die Kinder warteten auf uns. Die Kinder liefen auf Clefven zu, und er umarmte sie. Skyresh funkelte mich nur wütend an. Ich konnte es ihr nicht verdenken.

Ich sah mich um. Alles kam mir *riesig* vor – obwohl es jetzt natürlich im Maßstab zu meiner Größe paßte. Die Stadtmauer, über die ich zuvor einfach einen Schritt getan hatte, war nun eine beeindruckende Barriere, wie die Mauer um ein Gefängnis. Die Miniatureichen kamen mir nun gewaltig und alt vor. Der ein kleines Stück entfernte See war riesig, und große Jachten fuhren auf ihm.

Selbst das Gras unter meinen Füßen war rauh und ein wenig zu hoch gewachsen.

Byte schaute verwirrt zum See hinüber.

»Zermartere dir nicht das Gehirn, du kleines Ei.«

»Ich habe nur nachgedacht«, sagte er zögernd. »Wir sind durch den See *hinab*gefallen – und dann sind wir aus dem Konzertpavillon *heraus*gefallen. Aber wir sind an demselben Ort herausgekommen, von dem wir kamen. Wir sind doch keine Treppen hinaufgestiegen, oder?«

Ich seufzte. »Hör zu, die Webtown unterscheidet sich von der Realworld. Größtenteils gelten hier die gleichen Gesetze. Aber das muß nicht unbedingt so sein, weil alles nur von Computern generiert wird. Verstehst du?«

Er runzelte die Stirn, versuchte, erwachsen zu tun, aber ich sah, daß er es nur vortäuschte.

»Eines Tages nehme ich dich mit ins Escherland ... Ach, schon gut.« Ich fuhr mit der Hand vor seinem Gesicht auf und ab. »Es ist *Magie*. Nimm es einfach hin.«

Nun waren die beiden Kinder, Drunlo und Clustril, vor Byte getreten und betrachteten ihn neugierig. Ich schätzte, daß sie etwa in seinem Alter waren.

Nach knapp einer Sekunde fingen die drei an, Fangen zu spielen.

Nach zwei weiteren Sekunden stritten sie sich.

Kinder!

Clefven hatte den Arm um Skyresh gelegt. Sie kam mir wütend und aufgeregt vor, aber er schien sich mit der Lage abgefunden zu haben.

»Was werdet ihr jetzt tun?« fragte ich.

»Wir kommen schon klar.« Clefven lächelte müde. »Wir haben viele Verstecke eingerichtet. Nicht mal die Struldbrugs haben schon alle gefunden. Aber was ist mit euch?« fragte er. »Ich dachte, ihr wolltet euch einfach ausklinken.«

»Wir haben es versucht. Die Knöpfe haben nicht funktioniert.«

»Oh.« Er nickte. »Ich habe euch ja gesagt, daß der Staub nicht für echte Menschen entworfen wurde. Er muß eure VR-Anzüge beschädigt haben.«

Ich runzelte die Stirn. Ich glaubte zu verstehen. Wahrscheinlich wegen der unterschiedlichen Maßstäbe sandten unsere Ausklink-Knöpfe unterschiedlich hohe Signale aus – wie eine Blechflöte ein höheres Geräusch erzeugt als ein Recorder –, und die großen Computer, die Webtown kontrollierten, erkannten sie nun nicht mehr.

»Das macht nichts«, sagte ich leichthin. »Ihr müßt uns nur wieder wachsen lassen, und wir kommen hier raus.«

Clefven schaute ganz ernst drein. »Das habe ich doch schon gesagt. Wir haben keinen Wachstumsstaub. Den hat nur Golbasta, die Kaiserin.«

Golbasta.

Ich konnte ihren Palast am Rand des Parks ausmachen. Zuvor hatte er wie ein schmuckes Puppenhaus ausgesehen. Nun sah er eher wie eine furchteinflößende normannische Burg aus.

Zum erstenmal schien Skyresh wirklich besorgt um uns zu sein. »Es tut mir leid. Ich weiß, daß es nicht eure Schuld war. Ihr müßt große Angst haben. Hört mal, warum bleibt ihr nicht bei uns? Wir zeigen euch, wo ihr euch verstecken und wie ihr euch durchschlagen könnt. Es ist gar nicht so schlimm, ein Bewohner Liliputs zu sein.«

Ich schüttelte den Kopf. »Vielen Dank. Aber das ist unmöglich. Versteht ihr, wir sind eigentlich gar nicht hier ...« Ich erzählte ihr von unserem Zuhause, unseren echten Körpern in den Websuits im Gästezimmer. Clefven nickte. »Wir können nur zwei oder drei Stunden lang hier bleiben. Danach kriegen wir die Netzkrankheit.«

»Die Netzkrankheit?« fragte Skyresh. »Was ist das?«

»Die kriegt man, wenn man den VR-Anzug zu lange trägt. Versteht ihr, wir bewegen uns eigentlich gar nicht, obwohl es diesen Anschein hat ... Ganz gleich, was wir im Web tun, unsere Körper liegen einfach reglos in der Realworld. Es ist so eine Art von Kluft. Nach einer Weile holt sie einen ein, und unsere Körper werden damit nicht fertig.«

»Dann müßt ihr zum Palast gehen«, sagte Clefven energisch. »Nur die Kaiserin hat den Staub, der euch wieder wachsen lassen kann. Und außerdem hat man eure Freundin Wire dorthin gebracht.«

»Aber wie kommen wir zum Palast? Und selbst, wenn wir es schaffen ... wird die Kaiserin uns den Staub so einfach geben?«

Clefven und Skyresh tauschten einen bedauernden Blick aus.

Kein Wort brauchten sie noch zu sagen. Nach dem Verhalten ihrer Vertrauten, der Struldbrugs, zu urteilen, würde Golbasta uns nicht helfen. Das genaue Gegenteil war viel wahrscheinlicher.

Und doch ... welche Wahl hatten wir?

Es war sehr dunkel geworden.

Plötzlich ertönte auf dem Dach des Konzertpavillons eine Explosion.

Und dann noch eine.

Eine große, abgeflachte Kugel aus irgendeiner Flüssigkeit landete ein, zwei Meter von mir entfernt im Gras. Wasser spritzte in alle Richtungen.

Clefven und Skyresh reagierten sofort. »Drunlo! Clustril! Geht sofort hinein!«

Die Kinder liefen zum Pavillon und hielten dabei die Hände über die Köpfe.

»Du kommst besser auch hinein, Byte!« rief ich.

Er schaute verwirrt drein. Dann gehorchte er, aber langsamer als die anderen.

Eine gewaltige Wasserkugel stürzte aus dem Nichts herab und traf ihn zwischen die Schulterblätter. Mit einem Aufschrei stürzte Byte zu Boden.

Ich sprang vor, packte ihn am Kragen und zerrte ihn wieder hoch. Überall um uns herum drückten Wassersalven das Gras flach.

Wir schafften es zum Konzertpavillon. Clefven und seine Familie hatten sich dort bereits untergekauert. Byte war patschnaß.

»Was war das?« fragte ich. »Die Struldbrugs?«

Skyresh schaute verwirrt drein. »Nein. Einfach nur Regen.«

»Regen?«

»Nicht alles hat hier Liliputgröße«, sagte Clefven. »Ihr müßt vorsichtig sein.«

»Manchmal hagelt es«, sagte Skyresh. »Das ist so, als würde man uns mit Tennisbällen bombardieren.«

Mehr sagte sie nicht, aber ich entnahm ihrem Gesichtsausdruck, daß sie es ernst meinte. Die Liliputaner trugen keine VR-Anzüge, die sie vor Schmerzen schützten. Sie waren *in Wirklichkeit* hier – gewissermaßen jedenfalls. Hagelkörner von der Größe von Tennisbällen taten bestimmt *weh*.

Byte war tropfnaß und quengelte wieder. Ich versuchte, ihm wenigstens das Haar trockenzureiben. Philip hatte ihn mir anvertraut. Bislang hatte ich mich wirklich ganz toll um ihn gekümmert.

Wie sollten wir es zum kaiserlichen Palast schaffen und Golbasta herausfordern, wenn wir nicht mal mit einem Regenschauer fertig wurden?

Es kam mir unmöglich vor. Ich fühlte mich elend klein, und meine gesamte Umgebung kam mir überwältigend groß vor.

Und wir waren allein.

Ich war wohl noch nie im Leben so niedergeschlagen gewesen.

8
RIESEN

Clefven wandte sich an Skyresh. »Ich bin der Meinung, wir sollten ihnen helfen.« In diesem Augenblick kam er mir mehr denn je wie Philip vor.

Skyresh biß sich auf die Lippe und betrachtete ihre nassen und schmutzigen, verwirrten Kinder. »Ja«, sagte sie dann. »In Ordnung. Wir können sie nicht einfach im Stich lassen. Sie sind ja selbst noch Kinder.«

Ich sträubte mich etwas gegen diese Bezeichnung, aber jetzt war einfach nicht der richtige Augenblick für Widerspruch!

»Und außerdem«, sagte Clefven, »ist es vielleicht wirklich an der Zeit, daß wir Golbasta herausfordern. Sie hat schon zu lange schalten und walten können, wie sie will.« Er drehte sich zu mir um. »Ich bringe dich zum Palast.«

»Danke, Clefven. Ich ...«

»Danke mir, wenn wir es geschafft haben«, sagte er bärbeißig. »Ich kann nur hoffen, daß ich dich nicht in noch größere Gefahr führe.«

Er trat tiefer in den Konzertpavillon. Dort befand sich ein kleines Waffenlager: Schwerter, Bögen und Pfeile. Clefven griff nach einem Schwert. Zumindest hielt ich es dafür. In Wirklichkeit war es eine Stopfnadel, einfach ein stählerner Stab mit geschärfter Kante und einem Griff am Ende. Aber wir waren so klein, daß sie nun einen halben Meter lang zu sein schien! Clefven steckte sie sich in den Gürtel.

Er ging zu Skyresh und küßte sie auf die Wange. Dann kniete er nieder und umarmte seine Kinder.

»Komm gesund zurück«, sagte Skyresh. »Wir brauchen dich.« Die Tränen liefen ihr die Wangen hinab.

Ich hätte ebenfalls fast geweint. Und vor kurzem hatte ich diese Leute noch für kleine Puppen gehalten!

Clefven führte uns aus dem Pavillon. Drunlo und Clustril standen bei ihrer Mutter und winkten uns zu.

»Kommt«, sagte Clefven. »Zum Palast!«

Wir gingen durch den Park, auf die imposanten Mauern des kaiserlichen Hofs zu.

»Ihr dürft auf keinen Fall vergessen«, sagte Clefven, »daß ihr jetzt keine Menschen mehr seid. Ihr seid *Liliputaner*. Und für uns ist alles anders.«

»Ich verstehe«, sagte ich. »Der Regen ...«

»Nicht nur das. Vergiß nicht, niemand nimmt uns ernst. Die Menschen halten uns für Spielzeuge, oder noch schlimmer: für Ungeziefer.« Er schaute sich um. »Die Struldbrugs dürften sich im Freien nicht um uns kümmern. Aber seid auf der Hut. Reldresal ist ihre Anführerin. Sie wird euch wiedererkennen. Und es gibt viele andere Gefahren.«

Byte zerrte an meiner Hand. Er war mittlerweile wieder trocken und verwandelte sich in den schrecklichen kleinen Bruder zurück. »Die Frau hat dich Kind genannt«, spottete er. »Kind, Kind!«

Ich packte ihn, und wir begannen mit unserem rituellen Ringkampf. Ich muß eingestehen, daß es mir Spaß machte, und ich versuchte, ihm nicht so weh zu tun wie sonst. Das erinnerte mich an diesem fremden Ort ein wenig an zu Hause.

Dann hörte ich ein lautes Summen.

»Vorsicht, Metapher!« rief Clefven.

Wir lösten uns voneinander und sahen uns an. »Bist du das?« fragte ich Byte.

»Ich nicht. *Du.*«

»Paßt auf!«

Das Summen wurde lauter. Etwas stürzte sich aus dem Himmel auf mich hinab. Ich hielt es für einen Vogel.

Ich duckte mich, drückte Bytes Kopf gegen meinen Bauch und schaute nach oben.

Der ›Vogel‹ hatte flatternde durchsichtige Schwingen, einen gelb und schwarz gestreiften Körper, schwarze Glotzaugen und einen Stachel, der aus seinem Schwanz ragte.

Dieser ›Vogel‹ war eine Wespe und halb so groß wie ich.

Sie flog direkt auf mich zu. Ich schrie und warf mich über Byte.

Die Wespe landete auf mir! Ich fühlte ihre klebrigen Füße auf meinem Rücken. Jeden Augenblick würde sie mich stechen …

Ich hörte ein zischendes Geräusch. Das Summen verklang.

Vorsichtig richtete ich mich wieder auf.

Clefven stand dort, das Nadelschwert in der Hand. Der Kadaver der Wespe lag zu seinen Füßen auf dem Gras. Ihr Bauch war mit einem seidigen Fell bedeckt, ihre Beine zuckten, und eine klebrige schwarze Flüssigkeit sickerte aus ihrem Hals. Clefven hatte der Wespe einfach den Kopf abgeschlagen.

Er lag wie ein unförmiger schwarzer Fußball ein kleines Stück entfernt.

»Wow«, sagte Byte. »Die Special Effects hier sind einfach toll.«

Ich atmete tief aus. »Danke«, sagte ich.

Clefven grinste. »Schau immer nach oben. Dort braut sich der Ärger zusammen.« Er beugte sich über die Wespe und zog den Stachel heraus. Es handelte sich dabei um eine gekrümmte Nadel von fünf Zentimetern Länge. »Hier!«, sagte er. »Ein Andenken an die Gulliver-Zone.«

Ich nahm ihn und warf ihn so weit wie möglich fort. »Nein, danke.«

»Ach, die armen kleinen Dinger. Hast du Probleme mit einer bösen Wespe gehabt? O je. Ach, sie sind so *süß* ...«

Dieses Sperrfeuer von Babysprache kam von hoch über meinem Kopf.

Ich schaute auf ... und sah einen riesigen, mit einer Sandale bekleideten Fuß, der sich aus dem Himmel senkte, genau auf Byte.

Clefven packte ihn und zog ihn aus dem Weg.

Ich weiß nicht, was der Fuß mit ihm gemacht hätte. Normalerweise verhindert der Websuit, daß man Schaden nimmt.

Aber das war kein Normalfall. Unsere VR-Anzüge waren nicht für solche Funktionen gedacht. Und ich wollte keine Experimente machen, wenn es nicht unbedingt nötig war.

»Ach, sieh dir doch die Kleine an. Sie ist so niedlich.«

Ich sah hoch. Zwei riesenhafte Damen standen über uns. Sie kamen mir vor wie zwei Bürogebäude, die auf mit Sandalen bekleideten Füßen herumliefen und in knallbunte Sommerkleider gehüllt waren, die viel zu jugendlich für sie waren.

Sie waren *nicht* untergewichtig.

Die Damen beugten sich zu uns hinab. Ihre lächelnden, pausbäckigen Gesichter waren wie zwei große Monde im

Himmel. Ihre Stimmen erklangen wie Donner hoch über uns.

Clefven ignorierte die beiden. »Kommt weiter ...«

»Warte!« sagte ich, plötzlich ganz aufgeregt.

»Was ist?«

»Das sind Erwachsene. Sie können uns helfen, hier herauszukommen.« Ich wußte nicht, warum ich vorher nicht daran gedacht hatte. Es war doch offensichtlich! Das war immer noch ein Freizeitpark, Golbasta hin oder her.

Ich lehnte mich zurück. »Entschuldigung!« rief ich. »Hier unten!« Ich winkte.

Die Damen schürzten die Lippen zu großen Os.

»Mildred ... ich glaube, sie spricht mit uns!«

»Ist das nicht erstaunlich? Was heutzutage alles möglich ist.«

»Können Sie mir helfen? Wir hängen hier fest. Wir sollten nicht so klein sein. Und jetzt funktionieren unsere Ausklink-Knöpfe nicht.«

»Oje«, sagte die eine.

»Also so etwas!« meinte die andere.

»Würden Sie meinem Vater bitte etwas ausrichten? Er ist wahrscheinlich noch auf der Arbeit. Im Tilbury-Entsalzungswerk. Er wird bestimmt wissen, was zu unternehmen ist.«

Gewaltige Erleichterung erfüllte mich. Es war vorbei! Die beiden Damen mußten nur zu einer D-Box gehen und eine Nachricht auf den Weg bringen. Sobald Philip zu Hause war, konnte er uns aus den VR-Anzügen holen. Und auch Wire.

Aber die Damen richteten sich wieder auf. »Wie amüsant«, sagte die eine.

Und dann gingen die beiden weiter!

»Warten Sie!« rief ich. »Bitte! Hören Sie mir zu!« Ich sprang auf und ab, aber sie schauten nicht mehr zu Boden.

Ich hörte, wie ihre Stimmen durch den Himmel dröhnten.

»Das ist ja wirklich einfallsreich. So viele *Details*!«

»Und diese wunderbaren Fantasy-Spiele für die Kinder! Ihren *Vater*! Eine Schande, daß wir zu alt sind, um da noch mitzuspielen, Mildred ...«

Und sie stapften einfach davon wie zwei Ozeandampfer.

Ich ging zu Clefven zurück. Byte schaute verwirrt drein.

»Es tut mir leid«, sagte Clefven. »Aber ich habe dich gewarnt. Niemand nimmt uns ernst. Die Besucher halten uns nur für Spielzeug. Für einen Teil des Bühnenbilds. Sie wissen nicht mal, daß wir *leben*.«

»Es ist doch offensichtlich, daß wir leben!«

Er zuckte mit den Schultern. »Hast du denn geglaubt, daß *ich* lebe?«

Da hatte er nicht ganz unrecht.

Wir gingen weiter.

Irgendwann umrundeten wir ein Wäldchen mit großen Eichen. Byte war in seiner Unwissenheit noch immer zufrieden. Er lief voraus, angetrieben von seiner jugendlichen Energie. Er stürmte zum Rand des Wäldchens, außer Sicht.

Und dann schrie er.

Es gibt kaum ein schrecklicheres Geräusch als den Schrei des kleinen Bruders. Er läßt einen das Blut in den Adern gerinnen.

Clefven und ich liefen zum Waldrand. Ich war tatsächlich schneller als Clefven.

Byte stand wie erstarrt da.

Und ihm gegenüber hockte eine schwarze Katze, die ihn mit einem leeren, durchdringenden Blick fixiert hatte.

Ich erinnerte mich, daß wir die Katze bei unserer Ankunft gesehen hatte. Aber jetzt war sie so groß wie ein Tyrannosaurus Rex, und sie kauerte über dem armen Byte!

Die Katze machte vorsichtig einen Schritt vorwärts, ohne meinen Bruder aus den Augen zu lassen. Sie war natürlich ein Phace. Nur eine weitere Simulation. Sie würde uns nichts tun. Sie *konnte* uns nichts tun. Aber ...

Sie sah so hungrig aus.

9
TIER

»Ist das wieder ein Spiel?« flüsterte Byte.

»Ja. Nur ein neues Spiel. Das ist ... äh ... die große Katzen-Herausforderung ...«

Die Katze tat einen weiteren Schritt vorwärts. Noch zwei Schritte, und sie würde meinen kleinen Bruder wie einen Spatzen schnappen.

»Sie wird ihm doch nichts tun, oder?« zischte ich Clefven zu. »Die Programmierung ...«

Er schüttelte den Kopf. »Wenn du erst lange genug hier bist, wirst du herausfinden, daß nicht alles das ist, was es zu sein scheint. Natürlich ist sie ein Phace, aber solange du so groß wie wir bist, solltest du lieber davon ausgehen, daß sie eine echte Katze ist. Und stell dir nur mal vor, was eine echte Katze in dieser Größe mit dir machen würde. Der Anzug kann deinen Bruder vielleicht nicht schützen.«

»Dann muß ich etwas unternehmen.« Ich hatte eine Todesangst, trat aber einen Schritt vor.

Die Katze wandte mir den Kopf zu. Ihr flaches Gesicht

war wie eine große Radarschüssel, die zu mir hinabstarrte, und ich erblickte in den schwarzen Augen mein Spiegelbild. Ich sah so *klein* aus.

Clefven legte eine Hand auf meinen Arm. »Vergiß nicht – tu so, als wäre sie eine *echte* Katze.«

»Also?«

»Also greif auf Katzenpsychologie zurück.«

Psychologie.

Ich dachte daran, wie Gazza, unser fetter Kater, sich verhält, wenn er ein Tier entdeckt, das er nicht kennt.

Das Schlimmste wäre jetzt, Angst zu zeigen. Ich ging an Byte vorbei auf die Katze zu. »Alles in Ordnung«, sagte ich zu ihm. »Du bleibst einfach, wo du bist.« Und ich ging weiter, direkt zum Kopf der Katze.

Er hob sich über mir wie eine gigantische Skulptur.

Ich schritt fünf- oder sechsmal auf und ab und schaute zu der Katze hoch. »Siehst du?« sagte ich. »Ich habe keine Angst vor dir.«

Sie beobachtete mich fasziniert und nervös. Während ich ging, drehte sie den Kopf hin und her und ließ mich nicht aus den Augen. Sie hatte die Klauen ausgefahren – eine jede davon war so dick wie mein Handgelenk –, aber es hatte nicht den Anschein, als wolle sie springen.

Ein liliputanischer Vogel flatterte über meinen Kopf hinweg. Für die Katze mußte der Phace die Größe eines Flohs besitzen.

Die Katze verlor augenblicklich das Interesse an mir. Sie sprang mit erschreckender Schnelligkeit und Kraft auf und lief hinter dem Vogel her.

Clefven kam zu mir. »Gut gemacht«, sagte er. »Die Tiere sind größer und schwerer als du, aber du bist klüger. Im Kampf bist du ihnen unterlegen, aber du kannst sie überlisten.«

Byte lief grinsend zu mir. »Das ist also das Geheimnis der großen Katzen-Herausforderung. Ist ja *ätzend*.«

»Ja«, sagte ich. »Einfach ätzend.«

Ich zitterte.

Wir gingen zum Palast weiter. Vielleicht war die Katze tatsächlich gefährlich gewesen, vielleicht auch nicht. Ich hoffte nur, daß die anderen nicht merkten, was für eine Angst ich hatte!

Im Herzen von Mildendo gibt es eine Reihe von Barrieren, die den eigentlichen Palast umgeben. Da sind zum einen die Mauern des kaiserlichen Hofs, dann der Wassergraben, und dahinter die riesige Kinderkrippe, der Ort, an dem sie die Babys aufbewahren.

Bei unserer Ankunft – als Besucher – waren sie mir nicht wie Barrieren vorgekommen, aber jetzt schon, und zu diesem Zweck waren sie zweifellos entworfen worden. Ich hatte zum Beispiel keine Ahnung, wie wir den Wassergraben überwinden sollten.

Aber zuallererst mußten wir an der Krippe vorbei.

Sie war von einem Zaun umgeben, vermutlich, damit wir verdammten Liliputaner nicht hinein und die Babys nicht hinaus kamen. Aber eine Trittleiter führte über den Zaun.

Jede Stufe reichte mir bis an die Hüfte, und es waren insgesamt fünfundzwanzig. Wir fingen an zu klettern. Als wir oben angelangten, war ich völlig erschöpft.

An Tischen saßen etwa ein Dutzend Riesen – das heißt, normalgroße Erwachsene! Und es mußten vierzig oder fünfzig Kleinkinder dort sein, alle groß wie Riesen, die durch das Gehege watschelten, miteinander zusammenstießen, wie Luftschutzsirenen gurrten und wild nach ihren riesigen, leuchtenden Spielzeugen griffen. In ihren knallbunten Latzhosen und Mützen sahen sie aus wie die Jahrmarktclowns. Und jedes Kinn war mit Sabber verkrustet.

Was für ein Alptraum!

Ich weiß, nicht alle sind damit einverstanden, daß Kleinkinder in VR-Anzüge gesteckt werden. Ein Jahr ist die gesetzliche untere Grenze. Das trägt dazu bei, daß sie sich an die Ausrüstung gewöhnen, wenngleich sie nicht viel machen können, wenn sie im Web sind. Sie beschäftigen sich höchstens mit den Spielzeugen, die sie in der Realworld sowieso kriegen würden. Es ist ein wenig so, als würde man einem Kleinkind das Schwimmen beibringen. Sie können nicht den Kanal durchqueren, gewöhnen sich aber ans Wasser.

Mir ist es völlig schnurz, ob man Kleinkinder in Websuits steckt. Ich bin so alt, daß ich Byte aufwachsen gesehen habe, und ehrlich gesagt, die ganze Sache war ein fürchterlicher Alptraum. Was mich betrifft, so sollte man alle Babys in Kisten packen, mit VR-Anzügen und allem anderen, bis sie Manieren genug haben, um anständig zu bitten, daß man sie herausläßt – und *bitte* zu sagen.

Also könnt ihr euch vorstellen, wie ich mich fühlte, als ich diese plappernden Riesen durch die Krippe watscheln sah – ein Gelände, das ich durchqueren mußte, wenn ich den kaiserlichen Hof erreichen wollte.

Wenigstens hatte noch niemand uns bemerkt. Als ich dort auf dem Zaun hockte, kam ich mir vor, als hätte ich mich in eine Ratte verwandelt, oder einen Spatzen.

Einer der Tische war gegen den Zaun geschoben worden. Darauf stapelten sich Bauklötze und Spielzeuge.

»Kommt mit«, sagte Clefven. »Es ist vielleicht einfacher, auf den Tisch zu steigen.«

Er führte uns über den Oberteil des Zauns. Dabei handelte es sich um eine einfache Holzlatte, aber für uns war sie eine gute Armeslänge breit. Wir sprangen vielleicht meine halbe Körpergröße zum Tisch hinab und liefen über die Platte. Eine Plastikdecke von TFO bedeckte den Tisch, auf ihr waren große, grinsende Straußengesichter abgebildet. Sie war so weich und dick, daß man leicht über eine Falte stolpern konnte.

Aus solcher Nähe waren alle normalgroßen Dinge einfach *riesig*. Auf dem Tisch stand ein Plastikteller mit grünem Spielzeugschleim darauf, mit dem irgendein kleines Engelchen gespielt hatte. Ich zählte – ich brauchte vierundzwanzig Schritte, um an dem Teller vorbeizukommen. Daneben stand eine Spielzeugteetasse von der Größe eines Fasses. Inmitten der Teepartyutensilien befand sich ein hellblaues aufblasbares Schiff mit einem schlaffen Segel und einem rührselig grinsenden Segler, der etwas größer als ich war. Wir stießen auf ein hellrotes Plastikmesser. Byte kletterte darauf und mißbrauchte die Klinge als Sprungbrett, bis ich ihn verscheuchte, weil er zu nah an die scharfe Kante kam.

Wir erreichten den Rand des Tisches.

Es war, als stünde ich auf dem Flachdach eines Hauses. Das Gras schien schrecklich tief unter mir zu sein.

»Kommt weiter«, sagte Clefven. »Wir können am Tischtuch hinabklettern.«

Er legte sich auf den Bauch und wand sich, bis seine Füße über die Tischkante ragten. Dann hakte er sich in Falten des gepolsterten Plastiks ein und benutzte sie wie eine Strickleiter.

Er schaute zu uns hoch. »Das ist ganz einfach«, sagte er. »Jetzt du, Byte, und dann deine Schwester.«

Das kleine Ei hatte natürlich seine helle Freude daran. Es rutschte geradezu hinab.

Ich war etwas vorsichtiger, wie es meinem Alter entsprach. Und meiner Höhenangst. Aber es war wirklich kein Problem.

Auf dem Erdboden umgab das Gras uns wie grüne Bambussprossen.

In der Nähe lag ein Spielzeug, ein kleiner, runder, flacher Clown. Als ich nahe genug war, um ihn zu aktivieren, lächelte er und fing mit kreischendem Dröhnen zu singen an: »Hallo, kleines Mädchen. Möchtest du gern ein Lied hören? *Die Blumen blühn überall gleich . . .*«

Byte hatte so ein Spielzeug ebenfalls gehabt. Ich hatte es nie ausstehen können. Und dieses Lied hatte ich gehaßt! Ausgerechnet jetzt war der Clown wieder da, eigens, um mir den letzten Nerv zu rauben. Und er war größer als ich!

Ich trat dagegen, bis er davonrollte und die Klappe hielt. Es war natürlich die reinste Zeitverschwendung, aber es fühlte sich *gut* an!

Ich vernahm ohrenbetäubendes Donnern.

Irgendwo in der Nähe rannten zwei Babys gurrend aufeinander zu. Es hörte sich an, als würden Dinosaurier brüllend durch einen urzeitlichen Sumpf preschen.

Sie hatten uns nicht gesehen.

Wir kauerten im Gras nieder, während sich zwei gedrungene Beinpaare wie rosa Baumstämme zu Boden senkten und das Gras um uns herum flachtraten. Hätten sie die Füße auf den falschen Stellen aufgesetzt, wären wir – vielleicht – wie Käfer zerquetscht worden.

Mit unverständlichem Gemurmel schwankten die beiden kleinen Ungeheuer davon.

Wir richteten uns wieder auf. »Das ist halb so schlimm«, sagte ich. »Wir müssen nur aufpassen, daß keiner auf uns tritt. Jetzt sollten wir darüber nachdenken, wie wir über den Wassergraben kommen . . .«

»Vorsicht!«

Ich wirbelte herum.

Ich erblickte ein riesiges Gesicht, eine flache, kahle Stirn, ein breites Grinsen und Zähne von der Größe unserer Haustür. Eine große rosa Hand mit dicken Wurstfingern senkte sich aus dem Nichts und legte sich um meine Taille. Bevor ich richtig mitbekam, wie mir geschah, wurde ich hochgehoben.

Ich hörte ein schreckliches Gurren.
Es war ein Baby.
Nein, das wurde der Sache nicht gerecht.
Es war ein BABY!

10
BABY

Die fette rechte Hand des Babys war so groß, daß sie mühelos meine Taille umspannte. Es (das Baby war ein Junge, doch soweit es mich betrifft, sind alle Babys sächlich) zerrte mich über den Boden. Die Arme konnte ich nicht bewegen, und der Atem wurde mir aus den Lungen gedrückt wie Zahnpasta aus einer Tube. Schwarze Flecken tanzten mir vor den Augen.

Als das Baby spürte, daß ich zappelte, drückte es noch fester zu, so fest, daß ich glaubte, meine Rippen übereinander knirschen hören zu können.

Dann drückte es mich gegen seine Brust. Der rauhe, nasse, borstige Stoff seines Lätzchens – natürlich mit Sabber getränkt – schabte über mein Gesicht. Ich war nur froh, daß ich nichts riechen konnte ...

Das Wissen, daß nichts davon *real* war, half mir nicht weiter. Das Baby lag, mit einem kleinen Websuit bekleidet, irgendwo in einem schrecklichen Kindergarten mit rosa Wänden. Und ich zappelte in meinem eigenen Zimmer herum. Allerdings hätte es niemals passieren dürfen, daß diese Begegnung so *weh* tat.

Das Baby lockerte den Griff ein wenig, und plötzlich konnte ich wieder atmen.

Dann nahm ich ein feuchtes Scharren an meiner Wange wahr. Das Baby streichelte mein Gesicht mit einem Finger seiner anderen Hand. Die Haut war weich, aber es drückte so fest zu, daß es schmerzte. Immerhin bemüht es sich zumindest, sanft vorzugehen, dachte ich mir.

Ich versuchte, nicht gegen den Griff anzukämpfen, damit es nicht wieder fester zupackte.

Es hob mich hoch.

Es rieb mein Gesicht an dem weichen Fett seines Schwabbelkinns. Die Haut dort war naß vor Speichel, und so war bald auch mein Gesicht pitschnaß ... *igitt*. Wenn ihr wissen wollt, wie sich so was anfühlt, müßt ihr eine Biotonne öffnen, in der sich seit Tagen der Abfall sammelt, und das Gesicht in das matschige, feuchte Zeug ganz unten drücken.

Ich hatte schon einen äußerst üblen Tag hinter mir, doch das schlug dem Faß den Boden aus! Es kam mir vor, als wären alle Alpträume, die ich während jener Jahre hatte, in denen ich mich um meinen kleinen Bruder kümmern mußte, plötzlich zu schrecklichem, aufgedunsenem Leben erwacht.

Wenigstens kann es nicht mehr schlimmer kommen, dachte ich.

Und dann kam es – natürlich – noch schlimmer.

Das Baby hob mich höher und hielt mich vor seinen weit aufgerissenen Mund. Ich nehme an, daß es sich nur um Milchzähne handelte, doch sie kamen mir vor wie zwei Reihen von Keramikguillotinen, die sich um meinen Hals schlossen!

Ich schloß entsetzt die Augen.

Aber mein Kopf blieb auf meinen Schultern.

Ein paar Sekunden später riskierte ich es, die Augen wieder zu öffnen.

Dicht vor mir sah ich einen gewaltigen Kreis aus rosa, gekräuselten Lippen. Das Baby rieb sie über mein gesamtes Gesicht. Es war wie bei einer Autowäsche, aber nicht mit Wasser, sondern mit Speichel.

Es *küßte* mich.

Ich schloß einfach Augen und Mund und ertrug es. Wenigstens, so tröstete ich mich, wollte es mir nicht den Kopf abbeißen.

»Metapher!« Es war Clefven. »Ist alles in Ordnung?«

Als das Baby mich endlich abgeknutscht hatte, drehte ich den Kopf zu Seite und schnappte nach Luft. »Ach, mir geht's einfach toll. Es wird mich doch nicht essen, oder?«

Er zögerte. »Das ist natürlich unmöglich. Aber so ein kleines Kind weiß noch nicht, was es mit den VR-Anzügen auf sich hat. Es könnte es versuchen ...«

Hätte ich genug Luft dafür gehabt, hätte ich gelacht. Nach all den Ermahnungen, die ich mir von Philip hatte anhören müssen, ja freundlich zu meinem kleinen Bruder zu sein, würde ich nun als Zwischenmahlzeit eines Kleinkinds enden!

»Laß meine Schwester in Ruhe!« schrie Byte mittlerweile.

Irgend etwas schepperte neben mir zu Boden. Es war eine riesige Plastikperle von der Größe eines Fußballs.

Byte warf mit Gegenständen auf das Baby.

Das kleine Ungeheuer zeigte auf ihn und sagte etwas, das sich wie »Äk-schenn-män. Äk-schenn-män« anhörte.

Es hielt Byte für eine *Action Man*-Puppe! Ich stöhnte auf. Wäre er doch nur eine, dachte ich. Dann wäre er nach all diesen langen Jahren wenigstens einmal zu etwas nütze gewesen, und ich hätte ihn gegen ein anderes Spielzeug eintauschen können.

Byte hatte mittlerweile Nachschub an Wurfgeschossen organisiert.

»Lieber nicht, Byte ...«, warnte Clefven.

Aber es war zu spät. »Setz sie ab!« Und Byte warf eine weitere Perle, die das Baby mitten in ein großes blaues Auge traf.

Das Kleinkind entblößte die Zähne und brüllte so laut, daß ich Ohrensausen bekam. Es drückte mich an seine Brust. Dann sprang es auf und ab – ich wurde gegen den heißen Bauch gequetscht –, drehte sich um und lief davon.

Ich kam mir vor, als sei ich in einer riesigen, heißen, pummeligen Achterbahn gefangen – hinter deren Kontrollpult niemand saß.

»Psychologie!« hörte ich Clefven rufen. »Denk daran, Metapher …«

Das Baby flitzte zu dem Tisch, den wir hinabgestiegen waren. Es lief darunter und blieb brüllend stehen.

Mich interessierte in erster Linie, wo seine Mutter war.

Nach ein paar Sekunden beruhigte es sich und setzte sich neben dem Teller, den wir zuvor gesehen hatten, auf den Boden. Dann drehte es mich einfach herum, und ich mußte mich flach auf seinen Oberschenkel legen, während sein schwerer Arm wie ein riesiger, dicklicher Sicherheitsgurt über mir lag. Es streichelte wieder mein Gesicht und gab ein seltsames, fast sanftes Geräusch von sich.

Ich nahm an, daß es gurrte.

Mir fiel wieder ein, was Clefven gesagt hatte. *Psychologie.* Er hatte über Tiere gesprochen, aber glaubt mir, dieses Wort trifft auch, ohne Ausnahmen, ziemlich gut auf alle Babys zu.

Was dachte dieses verdammte Kleinkind gerade?

Plötzlich wurde es mir klar. *Es wollte mich in den Armen wiegen.*

Es hielt mich für eine Puppe!

Ich mußte ihm wohl bestätigen, daß ich tatsächlich ein Püppchen war. Keine Bedrohung für ihn darstellte. Sonst würde es mich ohne jeden weiteren Gedanken einfach gegen den Zaun werfen.

Was tun Babys also den ganzen lieben Tag lang so?

Ich versuchte mich zu entspannen, damit ich nicht so steif und widerstrebend in seinen Armen lag. Dann schaute ich hoch und lächelte. Ich versuchte, Blickkontakt herzustellen.

Irgendwann, dachte ich, würde das Kind mich wohl absetzen. Bis dahin mußte ich einfach durchhalten. Früher oder später würde es sich langweilen und einem anderen Spielzeug zuwenden. Vielleicht würde es ja gar nicht so schlimm werden. Es war ja fast bequem hier.

Doch nun senkte sich ein riesiger rosa Finger aus dem Himmel zu mir herab. Er tropfte vor grünem Schleim.

Das Baby wollte mich füttern!

Ich konnte nichts dagegen tun. Ich wand mich wieder und drehte das Gesicht zur Seite. Aber es drückte meinen Kopf in seine Armbeuge und zwang die Fingerspitze in meinen Mund.

Ich schmeckte natürlich nichts aber ich spürte, wie dieser schreckliche, kalte, klumpige Plastikschleim über mein Gesicht und den Mund spritzte. Und wenn ihr dieses Zeug schon mal *gesehen* habt, könnt ihr euch vorstellen, wie sich *das* anfühlte!

»Bist du soweit, Byte?«

Das war Clefvens Stimme.

»Eins, zwei, drei. Los!«

Plötzlich fingen sowohl Clefven als auch Byte zu brüllen an. Ich hörte, daß sie von zwei Seiten auf das Baby zuliefen und dabei soviel Lärm wie möglich machten.

Das Baby kreischte ungehalten auf. Es sprang hoch und ließ mich fallen. Das Gras war stachelig, dämpfte den Sturz aber.

Das Baby lief als verschwommener Klecks von Primärfarben davon, offensichtlich zu seiner Mutter. Clefven und Byte rannten zu mir und gingen in die Hocke.

Clefven holte Klumpen kalten Schleims aus meinem Mund. »Alles in Ordnung, Metapher?«

»Ich glaube schon«, murmelte ich um den Schleim herum.

»Ich hatte gehofft, daß es klappt. Ich wollte dem Kleinen keine allzu große Angst einjagen – ihn nur soweit aufschrecken, daß er dich fallen läßt.«

»Du hast *gehofft,* daß es funktionieren würde?«

Byte saß auf dem Tischtuch und schaute besorgt drein. »Das war in Wirklichkeit gar keine Attraktion, nicht wahr?«

Ich sah in sein rundes, ernstes, kleines Gesicht und fragte mich, ob ich versuchen sollte, die Fiktion aufrechtzuerhalten.

»Nein«, sagte ich, »das war keine Attraktion.«

»Und wir stecken richtig in Schwierigkeiten.«

Ich setzte mich auf und nahm seine Hand. »Ja, das stimmt.«

»Warum bitten wir dann nicht Glumdalclitch, uns zu helfen?«

»Ich habe es dir doch erklärt. Das wird nichts nützen. Sie ist nur Teil des Freizeitparks. Sie ist nicht *wirklich.*«

»Aber sie hat doch gesagt ...«

»Hör zu, mach dir keine Sorgen. Clefven hilft uns. Und wir werden einen Weg finden, wie wir nach Hause zurückkehren können. Alles klar?«

»Ja«, sagte er. Ich sah, daß er weinen wollte, aber mit aller Kraft dagegen ankämpfte.

Er ist eigentlich gar kein so übler Bursche. Zumindest nicht für einen Ein-Mip von kleinem Wipeout-Bruder auf Kellerniveau.

Wir verließen die Kinderkrippe und näherten uns dem Zentrum von Mildendo und dem kaiserlichen Hof. Ich dachte, als nächstes müßten wir uns mit dem Problem befassen, wie wir den Wassergraben überbrückten.

Dem war nicht so.

Als wir den Rand des hochgewachsenen Rasens der Krippe erreichten, hielt Clefven uns an den Schultern fest. »Wartet«, sagte er und zog uns wieder ein Stück zwischen die Grashalme zurück.

Wir hörten sie, bevor wir sie sahen: ein schlitterndes, echsenhaftes, scharrendes, schlangenähnliches, völlig unmenschliches Geräusch.

Eine Patrouille riesiger Struldbrugs marschierte über das gepflasterte Terrain zwischen uns und dem Wassergraben. Und der Struldbrug an der Spitze hatte ein unheimlich schönes, menschliches Antlitz.

11
RELDRESAL

Unsere drei Gesichter müssen, als wir aus dem bambushohen Gras schauten, wie drei runde Münzen ausgesehen haben.

Die Struldbrugs paradierten mit schwankenden Fühlern und klackenden Kiefern vorbei. Sie waren, wie ich bereits gesagt habe, etwa so groß wie Hunde, nun also wesentlich größer als wir. Ihre mehrgliedrigen Beine klapperten auf dem Pflaster.

Nach einer Weile wurde mir klar, daß sie im Gleichschritt marschierten. Das war ein unheimlicher Gedanke. Wann hat man je eine Kolonne Insekten im Gleichschritt marschieren gesehen, von einem interaktiven Zeichentrickfilm mal abgesehen?

Die Gruppe bewegte sich sehr langsam, so daß ich genug Zeit hatte, Reldresal zu mustern, die an der Spitze führte. Ihr menschliches Gesicht war noch vorhanden, saß vorn auf dem Insektenkörper. Aber ich glaubte, einige Unterschiede ausmachen zu können. Wie eine Muschelhülle schien das harte schwarze Chitin ein wenig ihren Hals hinaufgewandert zu sein. Und ihre Haut leuchtete seltsam, als bestünde sie aus Wachs oder aus Plastik. Auf den Wangen und der Stirn befanden sich kleine, harte Stellen aus schwarzem Chitin.

»Ihre Augen kommen als nächstes dran«, flüsterte Clefven.

»Was meinst du damit?«

»Sie verwandelt sich von einem Menschen in einen Struldbrug«, sagte er. »Das ist dir doch klar, oder? Der Körper läßt sich ziemlich leicht verwandeln. Die Arme und Beine, die Lungen und das Herz und der Magen, das sind sowieso einfach nur Maschinen. Sie müssen lediglich durch andere Maschinen ersetzt werden.«

»Igitt«, sagte Byte.

Clefven lächelte. »Ich behaupte nicht, daß es angenehm ist«, fuhr er fort. »Eigentlich ist es sogar sehr schmerzhaft. Es ist nur problemlos möglich. Aber das menschliche Gehirn ist der komplizierteste Gegenstand im Universum. Es dauert ziemlich lange, bis die Struldbrug-Gestalt den Kopf unterbringen kann.

Wenn Reldresal demnächst aus einer Schlafperiode erwacht, wird sie Augen wie eine Fliege haben: Klumpen aus körnigen Zellen ... Es wird ziemlich weh tun, weil ihre neue Augen nicht so einfach in ihren menschlichen Schädel passen. Aber es wird nicht lange dauern. Kurz darauf wird ihr Schädel weicher werden und dann allmählich mit dem Rest ihres neuen Chitinkörpers verschmelzen.«

Ich betrachtete die anderen Struldbrugs, die an uns vorbeizogen. Nun, da sie so nah waren, stellte ich fest, daß sie nicht identisch waren. Reldresal hatte die offensichtlichsten menschlichen Züge – nämlich das Gesicht.

Aber hier und da konnte ich andere Überreste der Menschlichkeit ausmachen: ein rosa Handpaar, das aus einer schwarzen Brust herausragte, etwas an den Seiten des verzerrten Kopfes des Struldbrugs, bei dem es sich um Ohren handeln konnte, sogar zwei blaue, entsetzte menschliche Augen, die aus einer Chitinmaske spähten.

»*Sie alle waren früher mal Menschen.* Oder?«

»Jeder einzelne von ihnen.«

»Warum klinken sie sich nicht einfach aus«, fragte Byte, »und kehren in ihre normalen Körper zurück?«

Ich war der Ansicht, daß das – für ihn – eine gute Frage war. Sie zeigte, daß er allmählich begriff, was hier vorging.

»Weil sie es nicht können«, sagte Clefven traurig. »Sie haben keine normalen Körper, in die sie zurückkehren können.«

Das kapierte ich nicht. »Was meinst du? Sind sie netzkrank?«

»Schlimmer als das. Sie sind so lange im Web geblieben, daß ihre Realworld-Körper mittlerweile zerfallen sind. Jetzt können sie nur noch überleben, indem sie im Web bleiben. Als das, was du vor dir siehst.«

Unwillkürlich erschauerte ich. Es war angeblich unmöglich, daß ich eine so unbehagliche Kälte verspürte – aber ich nahm sie wahr.

Viele Dinge sollten im Web eigentlich unmöglich sein, zum Beispiel, hier hängenzubleiben. Aber genau in dieser Klemme steckten wir. Und nun erfuhr ich, daß die Ecken des Netzes überdies von halbmenschlichen Ungeheuern bewohnt wurden!

Plötzlich kam mir das Web viel dunkler vor, als ich es mir jemals vorgestellt hatte.

»Wenn eure Kaiserin Golbasta Menschen so etwas antut, muß sie wirklich böse sein. Kein Wunder, daß ihr Angst vor ihr habt.«

»Nein. Du verstehst nicht. Golbasta *zwingt* die Leute nicht, Struldbrugs zu werden. Sie *entscheiden* sich freiwillig dafür.«

Ich war verwirrt. »Wieso? Was genau muß man denn tun, um ein Struldbrug zu werden? Muß man an einen bestimmten Ort gehen? Etwas Bestimmtes essen?«

Er wollte nicht mit der Sprache heraus. Aber ich bemerkte, daß er erschauerte, als ich *etwas Bestimmtes essen* sagte ...

»Menschen werden zu Struldbrugs«, fuhr Clefven fort, »opfern alles – sogar ihr Leben außerhalb des Web –, weil Golbasta ihnen etwas Wunderbares anbietet.«

»Und was bietet sie ihnen? Geld? Ruhm?«

»Spielzeug?« fragte Byte.

»Etwas Unbezahlbares. Ich sage dir dies nur aus einem Grund. Sollten wir erwischt werden, mußt du, ganz gleich, was sie dir anbietet, dich daran erinnern, was es kosten wird.«

Ich konnte mir nicht vorstellen, was so wunderbar sein konnte, daß Menschen dafür bereit waren, die Realworld für immer hinter sich zu lassen.

Aber was, dachte ich, wenn Golbasta Wire gefangengenommen hat? Was, wenn sie *ihr* dieses wunderbare Angebot gemacht hat? Schließlich war die Realworld für Wire gar kein so wunderbarer Ort. Philip hatte recht gehabt. Ich *wußte*, wie sie sich fühlte. Die paar Monate nach Moms Tod waren die schlimmsten meines Lebens gewesen. Und man kommt nie wirklich darüber hinweg.

Wenn mir während dieser Zeit jemand etwas *Wunderbares* angeboten hätte, hätte ich womöglich zugegriffen.

Mittlerweile hatten sich mehr Fragen als Antworten aufgetan. Wie wurde man zu einem Struldbrug? Was bot Golbasta als Gegenleistung dafür an, daß man ein Struldbrug wurde? Warum wollte sie Liliputaner gefangennehmen? Was wollte Golbasta *selbst*?

Und ich fragte mich, wie viele dieser Fragen ich beantworten mußte, bevor wir nach Hause zurückkehren konnten.

Wir warteten, bis wir sicher waren, ziemlich viel Zeit zu haben, bis die Struldbrugs wieder von ihrer Patrouille zurückkommen würden.

Wir krochen aus dem hohen Gras und eilten dem Wassergraben entgegen. Im Freien kam ich mir vor wie auf dem Präsentierteller. Andererseits wußten wir ja, daß die Struldbrugs weit weg waren.

Ein großer schwarzer Schatten fegte über uns hinweg.

Ich erblickte eine riesige Gestalt, die sich als Silhouette vor der Sonne abhob, und eine gewaltige Hand, die zur mir hinabgriff. Im ersten Augenblick dachte ich, es müsse wieder das Baby sein.

Aber die Hand war groß und muskulös.

Ein Daumen und Zeigefinger schlossen sich um meine Taille und drückten sie zusammen. Ich versuchte, den Daumen zurückzustoßen und zu fliehen.

Ich wurde hochgehoben, rasend schnell. Es war wie ein Bungeesprung, nur in die andere Richtung! Wie ein Käfer festgehalten, hing ich dann vor einem großen, grinsenden Gesicht in der Luft. Ich war klein und völlig hilflos.

Die Gestalt trug einen riesigen roten Umhang, der aus meinem Blickwinkel so groß und schwer aussah wie der Vorhang in einem Kino.

Ich lachte laut auf. Sofort wußte ich, daß wir gerettet waren. Endlich hatten wir eine normalgroße Person gefunden, die mir *zuhören* würde.

Es war Surfer!

12
SURFER

Ich wollte ihm zuwinken, aber meine Arme wurden wie von einem Schraubstock festgehalten. Ich trat mit den Beinen aus. »Surfer! Ich bin's! Metapher!«

Er hob mich noch höher, und hielt mich direkt vor seine Augen. Ich sah auf diesen großen Augäpfeln mein eigenes Spiegelbild. Als ich wieder mit den Beinen trat, stellte ich fest, daß ich wie ein zappelndes Ei aussah. Es war mir peinlich, und ich hielt still.

»Wow. Du kannst *sprechen*?« Seine Stimme war ein tiefes Dröhnen, wie Donner in einer weit entfernten Wolke.

»Natürlich kann ich sprechen. Ich spreche, seit ich zwei Jahre alt bin.«

Er schüttelte mich wie einen Salzstreuer hin und her, daß meine Beine zitterten.

»Würdest du das *bitte* sein lassen?«

»Die Special Effects hier sind einfach er-*staunlich*.«

Er zwickte mich mit seinem großen, ungeschickten Daumen und Zeigefinger über den Nieren. »Du tust mir weh!« schrie ich.

Er beugte den Kopf näher zu mir heran und hielt mir das Ohr vor den Mund. Es war eine große, fleischige Skulptur, die nur aus Höhlen und Schatten und Höhenrücken bestand. »Deine Stimme klingt wie das Summen einer Wespe. Sag noch etwas. Na los. Kannst du ein Lied singen?«

Aus irgendeinem Grund ging mir eine bestimmte Melodie durch den Kopf: *Die Blumen blühn überall gleich ...* »Nein, ich kann kein Lied singen!« rief ich.

Er zog die Hand zurück und betrachtete mich zum erstenmal ernsthaft.

»Ich tue dir weh? Ehrlich?«

»Ehrlich!« Ich zappelte und versuchte, den schraubstockartigen Griff von Daumen und Zeigefinger zu lockern.

Er streckte die andere Hand aus und setzte mich vorsichtig darauf ab. Dann hob er mich am Kragen hoch.

»Hör mal, kann ich dich behalten?«

»Was?«

»Ich hab' schon ein paar Souvenirs ergattert. Kennst du die fliegende Insel? Da gibt es diese verrückten Wissenschaftler, die das Sonnenlicht aus Salatgurken pressen und in kleine Flaschen abfüllen. Irre Typen. Jedesmal, wenn man so eine Flasche öffnet, strahlt die Sonne heraus. Sogar die Geschenke sind heute kostenlos. Also, wie ist es?«

»Nein, du kannst mich nicht behalten! Ich gehöre mir!«

Er runzelte die Stirn. »Weißt du, du siehst genauso aus wie ein Mädchen, das ich heute in Webtown kennengelernt habe.«

Endlich! »Metapher. Ja. Das bin ich!«

»Aber du bist eine Liliputanerin. Und Liliputaner sind nicht echt. Sie sind nur Phaces. Oder?«

Ich hatte genug davon. »Hör mir zu, du Ein-Mip im roten Umhang. Ich bin *keine* Liliputanerin. Ich *bin* Metapher – oder zumindest mein heutiges Avatar im Web. Das bin *ich*. Ich kann mich nicht ausklinken, und ich stecke in *Schwierigkeiten*. Also, wirst du mir helfen oder nicht?«

Ich sah, wie es auf seinem großen, mondähnlichen Gesicht allmählich dämmerte. Es war eine klassische verzögerte Reaktion, wie bei einem Schauspieler im Theater. »Du meinst es ernst, nicht wahr?«

Ich trat mit den Beinen und winkte mit den Armen. *»Ja, mir ist es ernst!«*

»Oh, wow.« Er sah sich um. »Komm, gehen wir zu den Tischen da und unterhalten uns.« Er setzte sich in Richtung Kinderkrippe in Bewegung.

Ich winkte wieder mit den Armen.

»Halt!«

»Was ist denn jetzt schon wieder?«

»Du wärest fast auf meinen lieben kleinen Bruder getreten.«

Ich stand wieder auf einer Tischplatte!

Surfer hob uns drei auf ein gepolstertes Tischtuch. Er setzte sich, stützte den großen Kopf auf die gefalteten Hände und betrachtete uns. Ich erzählte ihm die ganze Geschichte, so schnell ich konnte.

»... also können wir uns nicht ausklinken. Nicht, bis wir im Palast sind und unsere normale Größe wieder angenommen haben.«

»Dann müssen wir euch in den Palast schaffen«, sagte er und runzelte die Stirn. »Ich frage mich, wer hinter alledem steckt. Vor allem, wer diese Kaiserin wirklich ist.«

Ich drehte mich zu Clefven um, der neben mir hockte. Er musterte mich streng und wollte nicht antworten.

Es gibt eine *Menge* Schurken im Web. Es ist schon überraschend, was man so alles anstellen kann, wenn man es wirklich darauf anlegt: Betrug, Diebstahl, Raub, Manipulation von Programmen, das Hacken in Systeme – sogar deren Zerstörung.

Es gibt auch raffiniertere Gefahren, sobald man erst einmal im Web selbst ist: zahlreiche unheimliche Gruppen, die einem das Gehirn mit Engrammen genannten Schläfer-Speichermustern unterminieren wollen. Wenn man ein Engramm im Kopf hat, wacht man eines Tages auf und stellt fest, daß man ein religiöser Spinner geworden ist, oder ein UFO-Fanatiker, oder den kleinen Bruder zum Frühstück verspeist ...

Das wäre allerdings gar nicht so schlimm.

Es gibt eine Polizeitruppe, die sogenannten Webcops. Dabei handelt es sich um eine Abteilung von Interpol, die

die Gauner im Netz im Auge halten soll. Aber das Web ist groß, und die Gauner sind clever, und die Technik ändert sich ständig ...

Das Web ist ein gefährlicher Ort. Aber das gilt auch für die Realworld.

Surfer erhob sich und schaute zu den Mauern des kaiserlichen Hofs hinter dem Wassergraben hinüber. »Vielleicht kann ich euch dort hinbringen.«

»Nein«, sagte Clefven. »Du würdest nie über den Wassergraben kommen. Und selbst, wenn es dir gelänge ... im Palast selbst sind Besucher nicht zugelassen.«

Surfer lachte. »Besuchern ist hier so einiges verboten.«

»Glaub mir«, sagte Clefven nachdrücklich, »du wirst es nicht schaffen. Sie werden dir etwas antun. Golbasta und ihre Vertrauten ... *Wir* könnten es in den Palast schaffen, nachdem wir den Wassergraben überwunden haben, aber es ist sinnlos, daß du es überhaupt versuchst.«

Surfer lachte erneut. »Oha. Willkommen in der Wirklichkeit. Vergiß nicht, wir befinden uns im Web. Hier kann niemandem etwas geschehen. Es wurde darauf entwickelt.«

»Hast du mir etwa nicht zugehört?« Wäre ich groß genug gewesen, hätte ich ihn geknufft. Doch so mußte ich mich mit einer Gardinenpredigt begnügen, die ich so kurz und klar wie möglich hielt.

Danach war er nicht mehr ganz so anmaßend. »Was können wir also unternehmen?«

»Am besten wäre es, du gehst zu einer D-Box und schickst eine Nachricht raus«, sagte ich. »Sprich mit meinem Vater.« Ich nannte ihm Philips Namen und Code. »Sag ihm, was hier vorgeht. Er wird sich freinehmen und uns hier herausholen müssen.«

»Alles klar.« Er runzelte die Stirn. »Aber das könnte eine Weile dauern.«

Ich seufzte. »Ich weiß.« Ich warf Byte einen Blick zu; er

spielte mit riesigen Schleimklumpen. »Bis dahin könnte es zu spät sein. Wir müssen weitermachen.«

Clefven nickte. »Es liegt noch immer an dir selbst, dich zu retten, Metapher. Aber wir haben ein großes Problem.«

»Was für eins?«

»Den Wassergraben um den kaiserlichen Hof«, sagte er. »Die Zugbrücke ist natürlich hochgezogen. Und ohne die Brücke kommen wir nicht rüber.«

Surfer grinste. »Zufällig habe ich in dieser Hinsicht eine Idee. Vielleicht kann ich euch auf andere Weise helfen.«

13
WASSERGRABEN

Surfer lief schnell um die Kinderkrippe und sammelte ein paar Gegenstände ein. Dann hob er uns drei hoch, steckte uns in eine Jackentasche, verließ den Kindergarten und schritt über die Pflastersteine, die den Wassergraben umgaben.

Es war ziemlich bequem da oben. Ich hatte die Arme um die Krempe der Tasche verhakt, schaute hinab und sah, daß Surfers Beine wie gigantische, mit Gelenken versehene Maschinen stapften. Bei jedem Schritt, den er tat, kullerten wir in der Tasche herum und hüpften auf und ab. Mir war gar nicht klar gewesen, was für eine dynamische Bewegung das Laufen ist.

Byte hatte seinen Spaß. Vielleicht hielt er das für eine weitere Attraktion, das ›Amerikanische Riesenkind‹-Abenteuer. Er ließ die Arme über den Taschenrand baumeln und strampelte mit den Beinen.

Als er *mich* zum zweitenmal traf, trat ich zurück.

Wir erreichten den Rand des Wassergrabens. Surfer hob einen nach dem anderen von uns heraus und setzte uns auf die Pflastersteine.

Ehre, wem Ehre gebührt – er war viel vorsichtiger als zuvor. Doch ich rollte trotzdem noch aus seinen Händen und purzelte über den Boden. Es ist einfach nicht sehr *würdevoll*, nur zehn Zentimeter groß zu sein.

Ich rappelte mich auf und schaute zum Wassergraben. Er kam mir so breit vor wie die Themse. Die Oberfläche war völlig ruhig, nur ein paar Seerosenblätter schwammen darauf. Sie waren gigantisch, größer als die Monstren, die ich einst in dem Gewächshaus von Kew Gardens gesehen hatte.

Mir fiel auf, daß eins der Seerosenblätter sich bewegte, auf und ab schaukelte, als sei gerade etwas davon ins Wasser gesprungen. Aber ich konnte nichts ausmachen. Ich tat es als unwichtig ab.

Was sich noch als großer Fehler erweisen sollte.

»Wow«, sagte Byte. »Das sieht ja unheimlich aus. Ob da wohl Haie rumschwimmen?«

»Zur Zeit«, sagte ich, »wäre schon ein Goldfisch groß genug, um dir den Kopf abzubeißen.«

»Es gibt keine Fische in der GulliverZone«, sagte Clefven. »Zu diesem Detail sind sie noch nicht gekommen.«

»Und was jetzt? Schwimmen wir hinüber?«

Surfer grinste. »Ich habe einen listigen Plan. Ihr braucht ein Schiff, nicht wahr?«

»Ja. Und?«

Er bückte sich und zog das aufblasbare Kinderboot aus Plastik aus seiner Tasche. »Willkommen an Bord des Schnellen Kreuzers *Ein-Mip*!«

Wir inspizierten das Spielzeugboot. Es bestand aus hauchdünnem Plastik und war in dieser Welt so zerbrechlich, wie das echte Schiff es draußen gewesen wäre. Für uns hatte es allerdings so in etwa die Größe eines Kleinwagens.

»Wenn das ein Scherz sein soll, dann ist es ein schlechter.«

»Nein. Ich habe alles genau geplant. Das Ding schwimmt. Und seht euch das an.«

Er grub in seinen Taschen und zog einen Teelöffel aus Plastik hervor. Er war etwa halb so groß wie ich und wog nicht allzu viel.

Clefven lachte. »Schon kapiert. Ein Paddel.«

Byte hielt die Sache natürlich für ganz toll. Das war genau so ein dummer Streich, wie er sie einem ständig zu Hause spielt. Er kletterte in dem Boot herum und brabbelte vor sich hin, als sei er ein Pirat. Sein Grinsen war breiter als das des Plastikseemanns, der in dem Boot festgeklebt war.

»So etwas Lächerliches hab ich mein Lebtag noch nicht gesehen«, sagte ich. »Um Himmels willen, das ist ein *Spielzeug*.«

Surfer schaute ein wenig pikiert drein. »Wenn du eine bessere Idee hast, würde ich sie gern hören.«

Clefven griff sich einen der Löffel. »Du bist ziemlich unfreundlich, Metapher. Das ist ein Meisterwerk der Improvisation. Ich finde, dein Freund hat gute Arbeit geleistet.«

»Danke«, sagte Surfer.

Ich seufzte. In einem Spielzeug in See zu stechen, war so ziemlich die schlechteste Idee überhaupt. Abgesehen von der, hier hocken zu bleiben und gar nichts zu unternehmen.

Bei mir stellte sich ein überaus ungutes Gefühl ein, doch ich versuchte, es zu verdrängen. Das Wasser war schließlich leer und ruhig. Was konnte schon schiefgehen, solange dieses blöde Boot schwamm?

Ja, was schon?

Surfer ließ das Schiff zu Wasser. Dann setzte er uns nacheinander hinein und gab uns unsere Löffel. Mit diesem großen Plastiksegel, das in die Höhe ragte – ganz zu schweigen von dem großen blöden Spielzeugmatrosen, mit dem wir uns das Boot teilen mußten – war das Spielzeug nicht allzu stabil. Es schaukelte in der sanften Dünung des Wassergrabens hin und her.

Byte lief hektisch herum und spielte Pirat. Hätte das Boot eine Planke gehabt, hätte ich ihn augenblicklich darüberlaufen lassen.

Surfer legte sich zu Boden, so daß sein riesiger Kopf sich mit uns auf Augenhöhe befand. »Es geht kein Wind«, sagte er. »Ich blase euch so weit hinüber, wie ich kann. Aber nach ein paar Metern werdet ihr die Paddel benutzen müssen.«

Clefven winkte ihm zu. »Vielen Dank für alles.«

»Ich gebe deinem Vater Bescheid, Metapher«, sagte Surfer. »Mach dir keine Sorgen. Wir holen euch hier raus.«

Ich nickte und umklammerte fest meinen Löffel.

Surfer atmete tief ein und dann lange und heftig wieder aus.

Unser »Segel« blähte sich mit einem plastikhaften Knistern auf. Wir machten einen solchen Satz, daß Byte sich auf den Hosenboden setzte.

Surfer stand auf, winkte und ging davon, um nicht die Aufmerksamkeit der Struldbrugs zu erregen. Als er sich entfernte, erinnerte er mich an einen Berg auf Beinen.

Wir wurden langsamer. Das Ufer schien schon schrecklich weit entfernt zu sein. Das Wasser bewegte sich langsam unter uns, und auf seiner dicken und öligen Oberfläche spiegelte sich das Sonnenlicht.

Ich sehnte mich danach, das Web zu verlassen und mein normales Leben wieder aufzunehmen, statt hier wie eine zerbrechliche kleine Puppe in einem lächerlichen Spielzeugboot durchgeschüttelt zu werden. Aber das war im Augenblick nun mal nicht möglich.

Wir ergriffen unsere Löffel und hoben ihre Schöpfteile über die Seite.

Ich zog den Griff meines Löffels zurück. Abgesehen davon, daß das Wasser dicker und etwas klebrig zu sein schien, war es so, als ruderte ich in der Realworld in einem Paddelboot.

Langsam, ganz langsam, kamen wir voran und näherten uns den imposanten Mauern des kaiserlichen Hofs. Byte war uns keine große Hilfe – er war einfach zu klein, um effektiv rudern zu können, und die ganze Arbeit blieb Clefven und mir überlassen. Ziemlich bald taten mir Schultern und Rücken weh.

Aber wir wurden schneller, und nachdem wir unseren Rhythmus gefunden hatten, näherten wir uns dem anderen Ufer mit durchaus achtbarer Geschwindigkeit.

Zur Abwechslung klappte alles tatsächlich mal so, wie wir es uns vorgestellt hatten.

Und dann hoben sich direkt vor dem Boot zwei riesige, unförmige Augen aus dem Wasser!

Byte schrie auf.

Clefven rief eine Warnung. Wir versuchten abzubremsen, doch es war zu spät.

Wir prallten gegen etwas Weiches und Fleischiges.

Die Augen stiegen höher, starrten uns an, und dann hob sich ein riesiger Mund, der halb so breit wie das Boot selbst war, über den Bug. Die Haut um dieses Maul war schleimig und mit Warzen gesprenkelt. Zwei gewaltige Klauen klatschten auf das Boot, große, lange Finger, die von warziger Haut überzogen waren. Und dann sprang eine riesige weiße Brust und ein ebensolcher Bauch mit einem Satz aus dem Wasser. Und das Schiff kippte nach vorn!

Ich hätte fast mein Paddel verloren. Clefven mußte sich am Heck festhalten, um nicht geradewegs ins Wasser geworfen zu werfen. Byte heulte laut auf und legte sich erneut im Boot auf die Nase.

Der riesige weiße Hals pulsierte. »*QUAA-AAK!*«

Ich erkannte das Geräusch.

»Das ist ein Frosch!« rief ich Clefven zu.

Er schaute verwirrt drein. »Natürlich ist das ein Frosch.«

Byte kroch zu uns. »Du hast doch gesagt, hier gibt es keine Fische«, warf er Clefven vor.

»Ein Frosch ist kein Fisch, sondern eine Amphibie. Ihr seht hier ein hochmodernes Programm. Die Frösche sind Teil der Verteidigung. Und überdies ...«

»Und überdies«, rief ich, »hält deine Amphibie dieses Boot für ein Seerosenblatt!«

Die gewaltigen Vorderbeine schoben sich ein wenig weiter über das Plastik des Schiffchens. Sie sahen aus wie die Schwimmfüße eines Taucheranzugs. Das Boot kippte schaukelnd weiter nach vorn.

Mir blieb gerade noch Zeit, um zu sagen: »Ich glaube ...«

Und dann schob der Frosch mit einem gewaltigen Satz seinen Körper aus dem Wasser und auf das Boot. Ich erhaschte einen kurzen Blick auf zwei gigantische, muskulöse Hinterbeine, die über unser Fahrzeug scharrten. Dann brach der Mast in der Mitte durch, und das Segel stürzte auf uns; der Frosch kroch über das Heck des Schiffs. Sein großer, schleimiger Bauch streifte über mich hinweg, und dann drehte er sich um und beschmierte mich mit noch mehr Schleim. Mein Gesicht, Haar und die Kleidung waren in null Komma nichts mit klebrigem, stinkendem, durchsichtigem grünem Glibber überzogen.

Und dann wurde es, so unmöglich es mir vorkam, noch schlimmer.

Der Frosch war zu schwer. Unser unstabiles Boot kenterte langsam.

Und ich fiel in das schwarze, ölige Wasser!

14
MAUER

Ist es möglich, in einem Websuit zu ertrinken?

Ich war nicht besonders scharf darauf, das herauszufinden!

Das Wasser fühlte sich nicht wie Wasser an. Es war klebrig und dickflüssig, wie warmer Honig. Und als ich tiefer hineinfiel, wurde es sehr schnell sehr dunkel.

Eigentlich kann ich hervorragend schwimmen, aber nicht in Sirup.

Über mir sah ich Licht. Ich drehte mich in diese Richtung und trat mit den Beinen. Ich versuchte, den Mund geschlossen zu halten. Websuit hin oder her, mir behagte die Vorstellung gar nicht, was geschehen würde, falls dieses klebrige Zeug in meine Kehle eindringen sollte.

Ich brach durch die Oberfläche, schaukelte wie ein Korken auf und ab und trat Wasser. Die Flüssigkeit um mich herum drückte sich fest gegen meine Brust; ihre Oberflächenspannung war für jemanden von meiner Größe gewaltig. Wenn ihr das nächste Mal einen Teich seht, schaut euch mal die Insekten an, die *über* die Oberfläche laufen, und ihr wißt, was ich meine.

Unser Spielzeugboot war gekentert, der winzige Mast trieb einsam daneben. Der Frosch hatte es anscheinend mit der Angst zu tun bekommen und war verschwunden. Clefven konnte ich nicht sehen. Aber ich machte – voller Erleichterung – Byte ausfindig. Er klammerte sich an einen der Plastiklöffel, und sein nasses Haar klebte ihm auf dem Gesicht.

Ich schwamm durch das dicke, suppenähnliche Wasser zu ihm und hielt mich neben ihm am Griff des Löffels fest.

»Ist dir was passiert?«

Er bedachte mich mit einem Blick, der keine schlechte Nachahmung von Philips Stell-doch-nicht-so-blöde-Fragen-Blick war.

Ich zeigte nach vorn. »Wir sind nicht mehr weit von der Mauer entfernt ...«

»Wo ist Clefven?«

»Keine Ahnung.« Ich machte mir gewaltige Sorgen um ihn. Clefven lebte hier, in der GulliverZone. Sein Körper war für diese Welt geschaffen worden. Wir konnten vielleicht nicht ertrinken, er wahrscheinlich aber doch.

Aber das wollte ich Byte nicht unbedingt auf die Nase binden.

»Komm, schwimmen wir weiter ...«

Wir beugten uns vor, hielten den Löffel gerade und traten Wasser. Unsere Füße wirbelten die unappetitliche Pampe hinter uns auf, daß sie schäumte.

Es dauerte nur ein paar Minuten, dann streiften meine Zehen das schräge, steinige Ufer. Ich richtete mich auf, nahm Byte an der Hand, und wir gingen den Rest des Weges.

Nachdem wir das Wasser verlassen hatten, schüttelten wir uns wie zwei Hunde trocken. Wir standen auf einem steilen, felsigen Strand. Ein paar Schritte entfernt hob sich grau und ehrfurchteinflößend die Mauer des kaiserlichen Hofes wie eine Felsenklippe.

Ein Stück weiter den Strand hinauf lag Clefven keuchend auf dem Bauch.

Byte sah ihn und lief hinüber. »Clefven! Clefven!«

Als ich ihn erreichte, legte ich ihn auf die Seite und bettete seinen Kopf in meinen Schoß. Er hustete, schien sich aber schnell zu erholen.

»Ist mit dir alles in Ordnung?«

»Ja«, sagte er. »Ich glaube schon. Ich geriet unter das Boot und bekam einen Schlag auf den Kopf. Als ich wieder zu mir kam, waren meine Lungen voller Wasser.« Er setzte sich auf, streifte das pitschnasse Haar zurück und überprüfte, ob sein Schwert sich noch in der Scheide am Gürtel befand. »Kommt weiter«, sagte er. »Wir können uns nicht ausruhen. Hier ist es nicht sicher. Und wir müssen noch ein beträchtliches Stück gehen.« Schwer keuchend erhob er sich.

»Du hast nichts über Frösche im Wassergraben gesagt«, warf ich ihm vor.

Er sah mich an. »Hätte das eine Rolle gespielt? Wir mußten sowieso hinüber. Wenn wir Glück gehabt hätten ...«

»In Zukunft«, sagte ich, »informierst du mich bitte.« Ich meinte es ernst. Ich konnte Riesenfrösche nicht ausstehen. Aber ich stellte fest, daß ich Überraschungen noch stärker verabscheute.

Er nickte.

Ich sah mich um. »Wir müssen noch immer diese Mauer überwinden.«

»Es gibt einen Eingang«, sagte er. »Aber es ist ein wenig ...«

»Gefährlich?« warf Byte ein.

»Tja, was für eine Abwechslung«, sagte ich.

»Folgt mir«, sagte Clefven. Und er schritt über das verlassene, steinige Ufer voraus.

Byte und ich folgten ihm in dem düsteren Schatten der Mauer. Nach einer Weile fühlte ich, wie Byte seine Hand in die meine schob.

Ein paar Minuten später gelangten wir an etwas in der Wand, das wie ein Torbogen aussah. Er war nur etwas höher als ich, also würde Clefven den Kopf einziehen müssen. Er schien einfach in die Wand geschlagen und nicht anständig zu Ende gebaut worden zu sein und in irgendeinen Tunnel zu führen.

Darin war kein Licht auszumachen. Der Tunnel schlängelte sich in die Dunkelheit, und nach ein paar Schritten konnte man schon nichts mehr sehen.

»Igitt«, sagte Byte, und diesmal mußte ich ihm recht geben.

»Kommt schon«, sagte Clefven. Er zog sein Schwert und trat in den Gewölbegang. »Folgt mir. Bleibt nicht zurück ...«

Im nächsten Augenblick konnte ich nur noch seinen Rücken sehen, dann verschwand er im Dunkeln.

Es sah so aus, als hätten wir keine Wahl.

Ich stieß Byte voran. »Uns wird schon nichts passieren.«

»Wirklich nicht?«

»Ganz bestimmt nicht«, log ich. »Die Mauer kann doch gar nicht so dick sein ...«

Er trottete vertrauensvoll hinter Clefven her. Ich folgte ihm.

Kurz darauf war ich von tiefster Finsternis umgeben.

Ich hörte Clefven und Byte, die ein Stück vor mir waren, konnte aber nichts sehen. Ich lief ein paarmal gegen die Wand – versucht mal, im Dunkeln geradeaus zu gehen! – und streckte dann eine Hand aus und ließ sie an der Oberfläche der Mauer entlanggleiten, um weitere Zusammenstöße zu vermeiden.

Die Wand fühlte sich an, als hätte jemand den Tunnel einfach sehr grob aus der Mauer geschlagen. Ich fühlte große Löcher und Rinnen. Seltsamerweise kamen sie mir irgendwie vertraut vor.

Wir hatten mal einen Hamster ...

Plötzlich starrten zwei riesige gelbe Augen aus dem Dunkeln!

Ich schrie auf und stolperte gegen die klumpige Tunnelwand zurück.

Dann hörte ich ein hohes Quieken. Es war wie ein Feedback von einem gewaltigen Verstärker, ohrenbetäubend, fast schmerzhaft. Die großen gelben Augen flackerten. Einen Moment lang waren die riesigen Augen wie Autoscheinwerfer direkt vor mir, und ich spürte heißen Atem auf meinem Gesicht.

Ich hob im Dunkeln die Hände.

Vor mir war eine Wand aus Fell, dick, grob, drahtig. Sie schien kein Ende zu nehmen.

Und dann war sie verschwunden. Ich hörte das Trappeln großer, weicher Pfoten, das sich in die Richtung entfernte, aus der wir gekommen waren.

Eine Hand legte sich auf meine Schulter!

Ich machte einen Satz in die Luft.

»Bleib ruhig. Ich bin's, Clefven. Ist alles in Ordnung?«

Ich versuchte, wieder zu Atem zu kommen. »Ja. Ja, ich glaube schon. Was *war* das?«

»Später. Verschwinden wir von hier.«

Er drehte sich um und führte uns tiefer in die Dunkelheit.

Es dauerte nur noch ein paar Minuten, bis ich weit vor mir das Ende des Tunnels als kleine Lichtscheibe ausmachen konnte. Der Schein wurde heller, und schließlich stolperten wir ins Tageslicht.

Wir kauerten uns in der Öffnung des Tunnels nieder, während Clefven hinausspähte. Byte wirkte wieder verängstigt, aber ich versuchte, beruhigend zu lächeln, um ihm zu zeigen, daß alles in Ordnung sei.

»Clefven, was war das? Wer hat diesen Tunnel errichtet?«

Clefven sah mir nicht in die Augen. »Ich möchte nicht darüber sprechen.«

»Das mußt du aber«, sagte Byte. »Mein Dad sagt immer, es ist besser für uns, Gefahren zu kennen. Damit wir uns dann mit ihnen befassen können.«

»Darum geht es nicht«, sagte Clefven.

»Worum dann?« fragte ich.

Zögernd drehte er sich zu mir um. »Ich habe dir doch gesagt, daß mein Volk von Computerviren abstammt. Ursprünglich waren die Viren geistlos und destruktiv – so wollten die Leute sie haben, die sie geschaffen haben. Doch allmählich entwickelten wir Intelligenz. Kommunikation. Die Fähigkeit, etwas zu errichten, nicht nur zu zerstören, und uns umeinander zu kümmern.«

»Ja. Und?«

»Aber nicht jede Virenfamilie hat sich so entwickelt. Einige blieben gemein.

Sie wurden größer, und mächtiger, und noch destruktiver ... *Und es gibt sie noch immer.* Sie leben wie wir hinter den Fußleisten des Netzes, zerstören aber nur. Die Webcops nennen sie Cyberratten, manchmal auch Cyberats.«

»Oh.« Nun verstand ich. »Und so eine habe ich im Tunnel gesehen.«

»Sie haben den Tunnel geschaffen. Cyberratten sind wie die ursprünglichen Viren. Und alle glauben, *wir* wären so.«

»Aber wieso regst du dich so darüber auf?«

Nun sah er mir in die Augen. »Ich schäme mich.«

»Du schämst dich?«

»Dieses Ding im Tunnel war nicht nur irgendein Ungeheuer. *Es war mein Vetter.* Verstehst du jetzt?«

15
PALAST

Im kaiserlichen Hof war zu meiner Erleichterung alles liliputanergroß. In *meiner* Größe.

Ich machte einige gewaltig aussehende Gebäude von zwei oder drei Stockwerken Höhe aus. Nach Surfers Maßstab wären sie wohl um die zwei Meter hoch gewesen. Ich kam mir hingegen vor, als stünde ich vor dem Tower von London. Leute gingen zwischen den Gebäuden hin und her. Einige von ihnen trugen bunte Uniformen, die mich an die der Beefeater erinnerten. Um ins Zentrum zu gelangen, waren noch einige Absperrungen zu überwinden – Mauern und Zäune –, doch ich sah, daß in die Mauern große Metalltore eingelassen waren, die alle offen standen.

Und dort, umgeben von den Mauern, im Herzen des Geländes, befanden sich die funkelnden Wände des Palastes selbst.

Ich verspürte neue Entschlossenheit und erhob mich. So weit war ich gekommen. Jetzt würde mich nichts mehr aufhalten.

Ich nahm Byte an der Hand. »Komm weiter«, sagte ich. Und ich schritt aus dem Tunnel, auf das erste Tor zu.

Clefven ergriff meinen Arm und zog mich zurück.

Zwei Struldbrugs – auf unsere Größe reduziert – stapften an uns vorbei. Sie patrouillierten offensichtlich zwischen den Gebäuden und an den Mauern und Toren entlang. Die Leute hielten respektvollen Abstand, schienen aber keine Angst vor ihnen zu haben.

Clefven zeigte nach oben.

Ein weiterer Struldbrug – dieser von riesenhafter Größe – ging auf der Hofmauer Streife. Seine auf langen Stielen sitzenden Augen schauten in den Hof hinab.

»Es wäre auch zu leicht gewesen«, knurrte ich.

»Das ist Golbastas Zitadelle«, flüsterte Clefven. »Du darfst nicht vergessen, daß Golbasta Staub beider Varianten besitzt. Sie kann dich einschrumpfen oder wachsen lassen. Ihren Struldbrugs kann sie jede gewünschte Größe verleihen.«

»Was ist mit all den kleinen Leuten hier?« fragte ich. »Warum bitten wir sie nicht um Hilfe?«

»Ich wünschte, wir könnten es«, sagte Clefven. »Aber die ›Leute‹ hier sind keine Liliputaner mehr. Jedenfalls keine wie ich und meine Familie. Sie sind nur noch leere Hüllen ohne Seelen. Ich fürchte, sie würden uns nicht helfen.«

»Was ist mit ihnen geschehen?« fragte ich.

»Wir sind auf uns selbst gestellt«, lautete seine einzige Antwort. Dann sah er sich um und tippte mir auf die Schulter. »Kommt mit. Ich glaube, ich kenne einen Weg.«

Wir gingen auf die Knie, hielten nach Struldbrugs Ausschau und folgten Clefven zum nächsten Gebäude.

Es war ein kleines, einstöckiges Haus, das grobschlächtig aus großen, dicken Ziegelsteinen errichtet worden war.

Clefven spähte durch die Türöffnung hinein. »Da drin sind wir sicher.«

Wir krochen hinein.

»Oh«, sagte Byte. »Das ist ein *Stall.*«

Er hatte recht. Die Wände waren von Boxen gesäumt, und in jeder befand sich ein Pferd. Auf dem groben Fußboden lag Stroh verstreut. An den Wänden hingen protzige rote und weiße Uniformen.

Clefven ging zu einer Box. »Hier stellt die Kaiserin ihre Kutsche unter.« Er rieb die Schnauze eines Pferds, einer wunderschönen weißen Stute mit langer, fließender Mähne, und sie rieb dankbar ihre Nase an seiner Hand. »Großartige Geschöpfe, nicht wahr? Es sind natürlich

Phaces. Aber sie wirken völlig echt. Hat man mir zumindest gesagt.«

»Sie müssen doch unglaublich teuer sein.«

Er zuckte mit den Achseln. »Ja. Aber die Kaiserin ist nicht nur hier, im Web, so mächtig. Sie besitzt auch in der Realworld großen Einfluß. Sie war in Wirklichkeit einer der Menschen, die das Web ursprünglich entworfen haben, und hat damit viel Geld verdient ...«

Bei mir stellte sich ein unbehagliches Prickeln ein. Das hörte sich fast so an wie die Legenden, mit denen wir uns Angst einjagten. Legenden von der Zauberin.

Byte pfiff leise auf. »Metapher! Komm mal her und sieh dir das an! Du wirst es nicht glauben.«

Ich ging zu ihm.

Er hatte ganz hinten im Stall die Kutsche der Kaiserin gefunden.

Sie war ein riesiger, rotweißer Pappkarton für Mitnahmegerichte der Schnellimbiß-Kette Tennessee Fried Ostrich! Oben war ein grinsender Strauß abgebildet. Die Kutsche war – nach unserem Maßstab – so groß wie eine Luxuslimousine. Löcher waren in den Deckel geschnitten und dienten als Sitze, und in den Ecken waren vier große, runde Schokokekse aufgehängt worden, die nun die Räder darstellten.

Vorn am Karton waren hellrote Zügel befestigt. Byte *kaute* auf einem davon. »Ich glaube, das Seil ist aus Lakritze«, sagte er. »Aber ich kann nichts schmecken.«

Clefven lachte. »Beiß die Zügel ja nicht durch. Wir brauchen sie noch. Das alles ist natürlich Sponsoring. Geld ist wichtig, sogar für eine Kaiserin. Und die Kinder unter den Besuchern sehen gern, wie die Kaiserin in einer Kutsche herumfährt, die aussieht, als hätte man sie aus einem Karton für Mitnahmegerichte gemacht. Dann glauben sie nämlich, sie könnten sich auch so eine machen.«

»Sag bloß nicht«, warf ich ein, »daß wir in *diesem Ding* fahren müssen.«

»Das ist eine gute Tarnung für uns«, erwiderte er. »Auf jeden Fall ist die Kutsche noch nicht das Schlimmste.«

»Es gibt noch etwas *Schlimmeres*?«

Er hielt mir eine Uniform hin, damit ich sie anzog.

Es war ein Straußenkostüm.

Kurz darauf steckten meine Beine in bauschigen gelben Strumpfhosen, die in braunen Spreizfüßen endeten. An meinem Hintern waren grelle rote und weiße Federn befestigt. Ich schaute durch das große, klaffende Maul des Straußes hinaus. Auf dem dürren Hals stand mit großen Lettern TENNESSEE FRIED OSTRICH geschrieben.

Es war nicht mein stolzester Augenblick. Die Sache war mir *unglaublich* peinlich, und ich war *unglaublich* froh, daß keiner meiner Klassenkameraden mich sehen konnte.

Byte sah, wenn überhaupt möglich, noch komischer aus.

Sein Kostüm war zu groß für ihn, und die Strumpfhosen kräuselten sich unter seinen Knien. Trotzdem lachte er, so laut er konnte, als er mich sah.

Ich schaute so drohend drein, wie mein Straußenkostüm es mir ermöglichte. »Wenn du *irgend jemandem* davon erzählst, werde ich dich *persönlich* an TFO verkaufen.«

»Hört auf damit, ihr beiden!« knurrte Clefven. Er hatte das freundliche weiße Pferd aus seiner Box geholt und führte es zu der Kutsche.

Wir führten das Pferd rückwärts in die Zuggurte der Kutsche und scharrten es an den Lakritzezügeln an. Clefven sprang auf den Kutschersitz vorn, und Byte und ich kraxelten in die aus dem Deckel geschnittenen hinteren Sitze.

Clefven nahm die Zügel auf. »Sind alle bereit?«

Ich versuchte, den Federschwanz unter meinem Po zur Seite zu schieben. »So bereit, wie wir je sein werden.«

»Zum Palast!« Er schlug mit den Zügeln und schnalzte dem Pferd ermutigend zu.

Die Hufe des Tieres klapperten auf dem steinernen Boden, und wir setzten uns mit einem Satz in Bewegung.

Wir fuhren ins Freie und dann quer über den Hof.

Mir war gar nicht aufgefallen, daß diese Fläche mit großen, leuchtenden Steinen gepflastert war. Das bemerkte ich erst jetzt. Die Pappkartonkutsche sprang auf und ab und schüttelte mich auf meinem Sitz durch, und die Federn meines Kostüms gerieten mir in die Nase und ließen mich niesen.

Byte hielt das alles für einen tollen Spaß. Er lachte unablässig vor sich hin.

Ständig brachte er einen in Verlegenheit.

Ich dachte, alle würden uns anstarren – *ich* würde das garantiert tun, wenn ich einen Mitnahmekarton einer Schnellrestaurantkette von der Größe eines Wagens auf mich zurumpeln sähe –, doch niemand schenkte uns auch nur die geringste Beachtung, weder die Leute noch die patrouillierenden Struldbrugs.

Ohne aufgehalten zu werden, passierten wir ein Tor. Dann erreichten wir die Palastmauer selbst. Die letzte Barriere.

Ein Soldat mit einer langen, gefährlich aussehenden Pike stand neben dem geöffneten Tor. »Nennt mir das Paßwort!«

Clefven zögerte.

Ich runzelte die Stirn. Das ›Paßwort‹ mußte irgendein

Webware-Zugriffcode sein. Natürlich hatten wir nicht die geringste Ahnung, wie es lautete. Doch man kann sich über jede Sicherheitsmaßnahme hinwegsetzen. Besonders, wenn eine so egozentrische und mächtige Person wie diese Kaiserin damit zu tun hat.

Der Wachtposten trat drohend vor und hob seine Pike.

Ich beugte mich vor. »Gibt es irgendein Problem, Kutscher?« sagte ich so herrisch, wie ich konnte.

Clefven wurde sofort klar, was ich vorhatte. Er drehte sich zu mir um und blinzelte. »Leider ja, Ma´am.«

»Wir mißachten das Zugangsprotokoll«, sagte ich zu dem Wachtposten. »Fahre weiter.«

Die Wache zögerte. »Aber ...«

»Wir setzen uns darüber hinweg, habe ich gesagt. Oder soll die Kaiserin erfahren, daß *du* die Ankunft ihrer Kutsche verzögert hast?«

Ich wußte natürlich, daß der Wächter keine Seele hatte und daher auch keine Angst haben konnte.

Aber kein Programm ist so entworfen worden, daß es abgeschaltet und aus dem Computerspeicher geworfen werden *will*.

»Weiterfahren«, sagte er großspurig – als sei das alles *seine* Idee gewesen – und gab den Weg frei.

Die Kutsche rumpelte durch das Tor.

Und dann befand der Palast sich unmittelbar vor uns, so breit und groß und prächtig wie die Hochzeitstorte eines Riesen.

Hinter mir schepperte es leise, und die Kutsche blieb stehen. Ich hörte ein Scharren wie von Chitin auf Pappe.

»Wir haben euch erwartet«, erklang eine schlangenähnliche, schleimige Stimme. »Warum habt ihr nicht gesagt, daß ihr den Palast besuchen wollt? Ich hätte euch liebend gern persönlich hergebracht ...«

Ich drehte mich um.

Eine Struldbrug – in unserem Maßstab – war auf die

Kutsche geklettert. Sie hielt bereits einen verängstigt aussehenden Byte in den Armen.

Sie hatte ein menschliches Gesicht, das zur Hälfte von Chitin überzogen war. Es war Reldresal.

16
KAISERIN

Man zerrte uns aus den Straußenkostümen, und drei Struldbrugs schleppten uns in den Palast. Ich konnte ein paar kurze Blicke in großartige, reich möblierte Räume werfen – ein Saal war völlig mit Spiegeln verkleidet und funkelte vor Licht –, doch der Palast war freudlos. Und abgesehen von ein paar scheppernden, patrouillierenden Struldbrugs war er verlassen.

Die von Reldresal angeführten Geschöpfe brachten uns immer tiefer ins Herz des Gebäudes. Und je weiter wir gingen, desto finsterer wurde es.

Die einzige Beleuchtung stammte von winzigen, flackernden Kerzen. Es hatte fast den Anschein, daß sich hier, im Mittelpunkt des Spinnennetzes der Kaiserin, niemand die Mühe machte, die Märchenillusion aufrechtzuhalten.

Schließlich erreichten wir eine riesige offene Fläche.

Es war, als wäre der Kern eines großen Hotels herausgebombt worden. Wir befanden uns auf etwa einem Drittel Höhe einer Wand. Die Mauern wurden von Galerien gesäumt, und ich sah, daß auf allen Ebenen des Palastes Gänge zu den Räumen der Liliputaner führten.

Hier war es ziemlich dunkel; das einzige Licht stammte von den winzigen Kerzen in den Räumen und Gängen, die das Gewölbe umgaben.

Und da war etwas, mitten in dem ausgehöhlten Palastraum. Etwas Riesiges und Dunkles.

Die Struldbrugs drängelten uns weiter. Einen Augenblick lang befürchtete ich, sie würden uns über den Rand stoßen, doch dann bemerkte ich, daß sich – wie eine Futterstelle für Vögel – eine Plattform dort befand. Sie saß auf einer gewaltigen Säule, die sich aus dem Boden der Zentralkammer hob. Die Struldbrugs stießen und schubsten uns, bis wir drei uns auf dieser Plattform befanden.

Ich wollte mich wehren, aber Clefven hielt mich zurück.

»Wir können nichts tun«, sagte er. »Sie haben uns die Waffen abgenommen.« Er klang niedergeschlagen, hoffnungslos.

»Er hat recht«, krächzte Reldresal. Das chitingesprenkelte Gesicht verzog sich zu der Karikatur eines Lächelns. »Du hast verloren, Mensch.«

Ich sah in ihre abscheulichen Insektenaugen. »Nein«, sagte ich ruhig. »*Ihr* habt verloren. Was auch immer sie euch versprochen hat, das ist es nicht wert. Ihr seid diejenigen, die Mitleid verdienen, Reldresal.«

Sie hob sich über die Plattform, und ich glaubte schon, sie würde mich an Ort und Stelle töten.

Aber ich blieb reglos stehen.

Sie wich zurück.

Und aus irgendeinem Grund verspürte ich trotz unserer gefährlichen Lage keine Angst mehr vor ihr. Ich hatte ihr die Wahrheit gesagt. Sie tat mir leid.

Die Plattform glitt von der Wand zurück.

Sie setzte sich mit einem Ruck in Bewegung, und wir alle fielen zu Boden. Die Oberfläche war glatt, wie eine Tischplatte aus Plastik, und ich konnte mich kaum festhalten. Byte war auf allen vieren und sah aus, als wollte er weinen. Aber er kämpfte die Tränen zurück. »Alles in Ordnung«, sagte er.

Manchmal ist er ein mutiger kleiner Junge.

Ich kroch zum Rand. Es gab kein Geländer, keine Begrenzung. Beim Entwurf dieser Plattform hatten Sicherheitsvorkehrungen keine Rolle gespielt. Die Säule, auf der sie ruhte, mußte fünf Meter hoch sein – fünfzigmal so groß wie ich! Ihr Fuß befand sich tief unter mir und verlor sich im Dunkeln.

Die Plattform verharrte genauso plötzlich, wie sie sich in Bewegung gesetzt hatte.

Über uns erklang eine laute, dröhnende Stimme. »›Was auch immer sie euch versprochen hat, das ist es nicht wert‹, hast du gesagt, Kind. Vielleicht hast du recht. Aber woher willst du das wissen, *bevor ich es dir nicht auch angeboten habe?*«

Wir schwebten hoch oben neben einer riesigen, amorphen, statuenähnlichen Gestalt. Die Stimme schien direkt aus ihr zu kommen.

Dann schnappten zwei Augen auf, so groß wie Windschutzscheiben eines Autos. Sie *leuchteten* hellrot.

In ihrem purpurnen Licht konnte ich erkennen, daß die Augen in einem riesigen Gesicht lagen, das aus einer harten, dunkelgrünen Substanz zu bestehen schien. Und die formlose Gestalt darunter war ein riesiger Körper, ein Berg aus reglosem Fleisch unter einem dicken, fließenden Gewand.

Es war die *Kaiserin Golbasta,* die wie eine Spinne in der Mitte ihres ganz Liliput umspannenden Netzes saß. Endlich stand ich ihr von Angesicht zu Angesicht gegenüber!

Byte weinte nun offen vor sich hin. Clefven hielt ihn fest und versuchte, ihn zu beruhigen.

Ich ging zum Rand unserer Plattform. Nun stand ich direkt vor diesen riesigen Teufelsaugen. »Was bist du?«

fragte ich. »Bist du ein Mensch?« Meine Stimme mußte für sie wie das Summen einer Stechmücke gewesen sein. Meine Beine zitterten. Aber ich versuchte, mir meine Furcht nicht anmerken zu lassen.

Tief in diesem gebirgigen Körper erklang ein Poltern. Es hätte Gelächter sein können. »Nur, solange ich einer sein muß. Nur, solange es nichts *Besseres* gibt.«

Sie bewegte sich, und eine monströse, fleischige Hand hob sich vor mein Gesicht. An einem Finger trug sie einen Ring, einen Goldstreifen von der Größe eines Regenfasses, in den ein roter Rubin eingelassen war.

Tief unter mir, auf dem Boden der Grube der Kaiserin, machte ich eine Bewegung aus. Grüne Augen. Es war die schwarze Katze, der wir schon mehrmals begegnet waren. Sie machte einen Buckel und schritt um die Baumstammbeine der Kaiserin. Dann schaute sie zu mir hoch und zischte und fauchte.

Ich erschauerte. Also hatte Clefven recht gehabt; die Katze war ein Geschöpf der Kaiserin. Ich fragte mich unbehaglich, was sie früher einmal gewesen war. Handelte es sich um eine arme Katze draußen in der Realworld, eingesperrt in einen VR-Anzug? Oder ebenfalls um ein verlorenes menschliches Wesen?

Auf jeden Fall war sie eindeutig *gefährlich* ... und wir hatten uns ihr bis auf ein paar Meter genähert!

Auf den riesigen Handflächen der Kaiserin standen zwei liliputanische Tassen. Sie schlug die gewaltigen Augen nieder und betrachtete sie.

»Seht ihr?« sagte sie. »Ihr habt solche Anstrengung auf euch genommen, um das hier zu finden. Wie schade, daß ihr es nicht bekommen könnt. Staub. Einfach nur Staub. Das rote Zeug macht euch groß, das blaue klein. Und damit beherrsche ich die Welt.«

Der rote Glanz ihrer Augen verblich. »Ihr müßt mir verzeihen. Ich bin noch immer in der Welt draußen verankert. Ich werde schnell müde. So müde ...« Die Augen leuchteten wieder auf, und ihr Licht glitt wie zwei Scheinwerfer über mich hinweg. »Ihr habt Mut. Vielleicht sollte ich euch rekrutieren. Hör mir zu, Kind. Würdest du gern hier*bleiben*?«

Ich runzelte die Stirn. »Was meinst du damit?«

»Hier, im Web ... denk darüber nach. Wenn du im Netz bist, kannst du jede Gestalt annehmen, die du willst. So einfach, als würdest du neue Kleidung anziehen. Du kannst alles sein, jeder. Nichts wird alt. Alles ist auf ewig perfekt ... Und doch wirst *du* alle zwei oder drei Stunden zurückgezerrt in diese Realworld des Schmerzes und Verfalls und Alterns und Todes ... *Würdest du nicht gern ewig leben,* hier im Web?«

»Das ist unmöglich. Mein richtiger Körper wird immer draußen sein, zu Hause, in einem Websuit.«

»Nein«, sagte sie, und ihr Flüstern war wie Wind, der durch hohe Bäume fegte. »So muß es nicht sein. *Du kannst dich downloaden.*«

Ich drehte mich zu Clefven um. »Wovon spricht sie?«

Er hielt noch immer Byte im Arm. »Es ist eine neue, experimentelle Prozedur. Man kann sein Bewußtsein hier im Web speichern, die eigentliche Seele. Sie wird Stück für Stück geladen. Dein richtiger Körper draußen wird irgendwann sterben. Aber du würdest hier weiterleben.«

Eine Sekunde lang klang es wunderbar. *Für immer im Web zu sein;* das zu sein, was auch immer ich gerade sein wollte, hinzugehen, wohin auch immer es mir gefiel, das Alter zu haben, das mir gerade recht war.

Ewig leben!

Das also bot Golbasta an. Wen würde so etwas nicht in Versuchung führen?

Aber dann dachte ich an Philip.

Ich dachte an meine Schulfreunde. An die Erinnerung an Mom. Ich dachte sogar an Byte, das kleine Ei.

Es wäre schrecklich, dachte ich, mich selbst *sterben* zu lassen – nie wieder in meinem Körper, meinem eigenen Bett aufzuwachen.

»Nun?« zischte die Kaiserin. »Hast du dich entschieden? Bist du in *Versuchung* geraten?«

»Hör nicht auf sie«, fauchte Clefven. »Es ist nicht das, was du denkst. Und du mußt einen schrecklichen Preis dafür zahlen ...«

Das mußte er mir nicht sagen. Ich hatte mich bereits entschieden.

Ich stellte mich genau vor das riesige, groteske Gesicht der Kaiserin. »Ja, ich habe mich entschieden. Ich lehne dein Angebot ab. Ich will ich selbst sein. Ich will mein Leben zurückhaben.«

Sie öffnete den Mund. Hinter den schwarzen Lippen befanden sich keine Zähne, und Speichelfäden durchzogen die gewaltige Höhle wie Spinnennetze. »Du sentimentale kleine Närrin. Na schön. Wenn du zu dumm bist, mein Angebot zu akzeptieren, wende ich mich an jemanden, der klüger ist.«

Sie drehte ihren Berg von Kopf.

In der gegenüberliegenden Wand des Raums wurde eine gigantische Tür geöffnet. Sie verdeckte liliputanische Räume und Gänge. Aus dem Dunkeln hinter der Tür trat eine weitere riesige Gestalt herein.

Ich erkannte, daß es sich um ein Mädchen handelte. Es bewegte sich abgehackt, und sein Gesicht war so bleich, daß es im schwachen Licht von Golbastas Schlupfwinkel wie ein Totenschädel dahinzutreiben schien.

Es war Wire.

Sie verbeugte sich vor der Kaiserin. »Ja, Majestät.«

Die Kaiserin hob ihre gewaltige Hand, auf der noch immer die beiden kleinen Tassen mit Staub standen. Sie zeigte auf uns. »Du bist dran, mein Kind.«

Wire drehte sich zu mir um.

Ich sprang auf und ab. »Wire! Wire! Ich bin's! Erkennst du mich nicht?«

Wire streckte eine große, zitternde Hand aus.

Sie griff nach Byte!

Ich stürzte vor, stieß ihn zur Seite und warf mich auf Wires Finger.

Sie schloß die Hand um meine Taille und zwang meine Arme an meine Seiten.

Erneut wurde ich in die Luft gehoben.

Sie hielt mich vor ihr Gesicht. Ihre großen Augen waren glasig und schauten an mir vorbei. Ich schrie weiterhin auf sie ein, doch sie reagierte nicht, schien mich nicht mal zu erkennen. Und dann öffnete sie den Mund und steckte meinen Kopf hinein!

17
WIRE

Als ich spürte, wie ihre Zähne sich um meinen Hals schlossen, hörte ich, wie Byte auf der Plattform auf und ab sprang. »He! Hör auf damit! Setz meine Schwester wieder ab!«

Aus irgendeinem Grund lenkte das Wire ab. Vielleicht erinnerte es sie an zu Hause.

Sie zog meinen Kopf aus ihrem Mund. Ihr Gesicht war eine gewaltige Folie aus Haut vor mir, wie eine gigantische Nahaufnahme auf einer Kinoleinwand. Sie schaute sich verwirrt um.

»Na los«, zischte die Kaiserin. »*Iß sie.*«

Wire zögerte noch immer. Ihre Hand verkrampfte sich, und mir wurde der Atem wurde mir aus den Lungen gedrückt.

Nun rief Clefven mir etwas zu. »Metapher, genau so funktioniert das mit dem Downloaden. Golbasta muß Mips stehlen. Und sie versucht jetzt, Wire dazu zu bringen, *die Mips aus deinem Webkörper zu saugen.* Übrig bleibt dann nur eine Hülle, wie bei den Leuten auf dem Hof. Du wirst sterben, Metapher.«

Ich versuchte zu sprechen. »Deshalb läßt Golbasta Jagd auf Liliputaner machen.«

»Ja. Um zu überleben, muß sie uns aufnehmen. Aber Wire wird nicht unsterblich werden, wie die Kaiserin. Jedenfalls nicht in menschlicher Form.«

Jetzt verstand ich alles.

Die Struldbrugs.

»Wire wird ewig leben ...« sagte Clefven. »Aber als Vertraute, als Sklavin Golbastas. Wie Reldresal. Sag es ihr, Metapher!«

Doch als ich in Wires leeres, unglückliches Gesicht schaute, war ich mir nicht sicher, ob es je wieder möglich sein würde, ihr irgend etwas zu sagen. Sie war offensichtlich auf Superzeit. Sie hatte sich zu lange zu schnell bewegt. Und ich wußte nicht, womit sonst Golbasta ihren VR-Anzug vielleicht noch infiziert hatte. Draußen mußte Wire bereits furchtbar netzkrank sein. Und falls sie überhaupt rauskam, würde sie ganz schlimm unter der Verlangsamung leiden.

Falls irgendeiner von uns hier rauskam!

Wire drückte erneut zu, ihre Hand war wie verkrampft.

Immer wieder rief ich ihren Namen. Schließlich neigte sie den riesigen Kopf und schaute zu mir hinab.

Sie öffnete den riesigen Rachen und schob mich langsam wieder hinein.

Ich wehrte mich, aber es war hoffnungslos.

Verzweifelt beugte ich mich hinab und biß ihr so kräftig, wie ich konnte, in die Handkante. Sie fuhr zusammen, und einen Moment lang dachte ich, sie würde mich fallenlassen.

Als sie nun wieder zu mir herab sah, waren ihre Augen etwas klarer. »Metapher?« Ihre Stimme war schrill und zu schnell. »Was machst du denn hier?«

»Du willst mich gerade umbringen!«

Sie schaute verwirrt drein. »Nein, so ist das nicht. Die Kaiserin sagt, ich werde ewig leben. Und du auch, als Teil von mir.«

»Sie belügt dich. O ja, du wirst ewig leben.« Ich bekam eine Hand frei und zeigte mit einer dramatischen Geste auf Reldresal. »*So* wirst du leben. Willst du das?«

Sie betrachtete das, was – aus ihrer Sicht – ein kleiner und leuchtender Käfer war. Einen Moment lang legte sich Zweifel auf ihr riesiges, trübes Gesicht. Doch dann sagte sie wütend: »Wenn das nötig ist, ja. Ich gehe nie wieder hier raus, Metapher. Zurück in die Realworld. *Nie wieder.*«

Hinter ihr kicherte die Kaiserin wie eine riesige Hexe.

»Wire ... Meg ... das kann doch nicht dein Ernst sein.«

Sie hob mich höher und schüttelte mich so heftig, daß meine Zähne klapperten. »O doch, das kann es. Was habe ich da draußen denn schon?«

Meine Gedanken rasten. »Liegt es daran, daß deine Eltern sich trennen? Ist es das?«

»Nein. Ja. Keine Ahnung! Vielleicht war es meine Schuld, daß sie sich trennen.«

Ich wußte nicht, was ich sagen sollte.

Die Kaiserin rührte sich. »Nun mach schon«, zischte sie.

Aber Wire zögerte noch immer. »Du hast es leicht, Sarah.«

»Was soll das heißen, ich habe es leicht?«

»Du bist clever. Du siehst gut aus.«

»Ich?«

»Im Vergleich zu mir«, sagte sie elendig. »Sogar Clefven hat das gesagt. Und du hast doch mitbekommen, wie dieser Surfer dich angesehen hat.«

Da lag sie natürlich völlig falsch – zumindest glaube ich das –, aber es war nicht der richtige Augenblick, um mit ihr zu streiten.

»Du wirst nie verstehen«, sagte Wire, »wie es ist, so zu sein wie ich.«

Plötzlich – trotz allem, trotz der Gefahr, in der ich schwebte – tat sie mir ehrlich leid.

»Vielleicht hast du recht«, sagte ich. »Aber du wirst nie wissen, wie es ist, so zu sein wie *ich* – mit nur einem Elternteil, meinem Vater, der nie zu Hause ist, und einem kleinen Bruder, auf den ich aufpassen muß. Die Menschen verstehen sich gegenseitig einfach nicht. Wir können nur versuchen, miteinander auszukommen. Hör zu, Wire, ich schlage dir ein Geschäft vor.«

Sie betrachtete mich argwöhnisch. »Was für ein Geschäft?«

»Vielleicht können wir nie Freundinnen sein. Vielleicht aber doch. Wie dem auch sei, wenn wir zu Hause sind, werde ich versuchen, mit dir auszukommen.«

Sie zog die Nase hoch. »Na schön. Und ich werde mich bemühen, mit dir auszukommen.«

Ich lachte. »Und wir beide werden versuchen, mit meinem Ei von Bruder auszukommen ...«

Plötzlich brüllte die Kaiserin auf, und ihre gewaltige Körpermasse wälzte sich vor wie eine Lawine. Abrupt fiel mir wieder ein, wo wir waren. Die Kaiserin versetzte Wire mit der geöffneten Hand einen Stoß. *»Töte sie!«*

Die beiden liliputanischen Tassen mit Staub standen noch immer auf Golbastas steifer Handfläche.

»Wire, den Staub«, zischte ich. *»Gib mir den Staub.«*

Es schien wie in Zeitlupe abzulaufen.

Golbasta versuchte, die Hand zurückzuziehen, Wire

aber, die noch immer auf Superzeit war, besaß den Vorteil der Schnelligkeit.

Sie riß die beiden kleinen Tassen aus Golbastas sich schließender Hand. Dann setzte sie mich und die Tassen auf der Plattform ab.

Reldresal sprang von der Wand zu uns hinüber!

Die Struldbrug war so schnell, daß man sie nur verschwommen ausmachen konnte. Sie packte sowohl Clefven als auch Byte an der Kehle. Dann hielt sie Byte direkt über die Kante.

Ich trat vor, die Tassen in den Händen.

»Noch ein Schritt«, zischte Reldresal, »und der Junge springt über die Klinge.« Unter der Chitinhülle war mittlerweile fast nichts mehr von ihrem menschlichen Gesicht übrig – nur noch die Karikatur eines boshaften Lächelns.

»Es tut mir leid«, plärrte Byte. Die Augen schienen ihm aus den Höhlen zu quellen, während er an ihrer Hand kratzte.

»Es muß dir nicht leid tun«, sagte ich. »Sie wird dich nicht verletzen.«

»O doch, das werde ich«, sagte die Struldbrug. Aber sie wich taumelnd zurück, als ich vortrat, obwohl meine einzigen Waffen die beiden Tassen mit Staub waren.

Ich versuchte mich zu erinnern, was Golbasta gesagt hatte. *Rot und blau:* Der eine ließ einen wachsen, der andere schrumpfen. Aber welcher war welcher?

Wenn ich mich irrte, verwandelte ich Reldresal in eine Riesin, der wir nichts entgegenzusetzen hätten ... und dann würden wir auf ewig in Liliput gefangen sein.

Der rote, dachte ich. Der rote Staub läßt die Leute schrumpfen. Das hatte Golbasta gesagt.

Oder?

Mit einer Zuversicht, die ich keineswegs verspürte sagte ich: »Leb wohl, Reldresal.«

Ich wollte den roten Staub auf sie schütten – glaubte aber, in der Chitinmaske ihres Gesichts ein Aufflackern von Hoffnung zu sehen, überlegte es mir im letzten Augenblick anders und warf den *blauen*.

Der Staub fiel funkelnd wie himmelblauer Schnee auf Reldresal nieder. Sie jaulte auf – ein dünner, fast menschlicher Schrei.

Sie ließ Byte und Clefven los, und die beiden fielen wie zwei Mehlsäcke auf die Plattform.

Reldresal schrumpfte!

Sie sah aus wie ein Ballon, aus dem die Luft entwich. Ich hörte, daß dieses schreckliche, halbmenschliche Klagen immer höher wurde, bis es wie das Summen eines Insektes klang und schließlich ganz verhallte.

Ich sah einen winzigen Lichtblitz, dann einen Rauchfaden.

Reldresal war verschwunden.

Ich glaubte zu verstehen. »Sie war bereits klein. Als sie eine zweite Dosis Staub verpaßt bekam, ließen die Größenkontrollprogramme sie so weit schrumpfen, daß ihr Avatar nicht mehr erhalten werden konnte. Sie ist tot.«

Clefven ergriff erst meinen und dann Bytes Arm und stieß uns nebeneinander. »Kümmere dich nicht um sie. Sie kann dir nichts mehr tun. Setz den Staub ein. Verschwinde von hier.«

»Was ist mit dir?«

»Ich komme schon zurecht.«

»Ja, klar ...«

»Benutze den Staub!«

Er hatte natürlich recht.

Ich warf den roten Staub in die Luft und zog Byte zu mir heran. Der Staub fiel wie Konfetti auf uns hinab.

Ich begann sofort zu wachsen.

Das war eine noch seltsamere Erfahrung als das

Schrumpfen. Plötzlich war die Plattform zu klein für mich – ich saß fast auf dem armen Clefven! –, und ich sprang hinunter und riß Byte mit mir. Zuerst schienen wir zu fallen, doch wir wurden so schnell größer, daß unsere Füße bereits den Boden berührten, noch bevor wir abstürzen konnten.

Als wir unsere volle Größe erreicht hatten, hörte das Wachstum auf.

Wir drei – Byte, Wire und ich – standen nebeneinander in der Kammer der Kaiserin. Nun, da wir wieder groß waren, kam der Raum uns längst nicht mehr so imposant vor. Schließlich handelte es sich dabei auch nur um ein schäbiges Loch, das man in die Mitte eines Spielzeugpalasts geschnitten hatte.

Golbasta war noch immer dort, winkte mit ihren fleischigen Armen und verfluchte uns. Aber sie bedeutete für uns keine Bedrohung mehr.

Mir fiel auf, daß selbst die Katze verschwunden war. Sogar sie hatte die Kaiserin im Stich gelassen.

Ich riß Bytes Handgelenk hoch. »Klinke dich aus«, befahl ich ihm.

Zum erstenmal seit dem Tag seiner Geburt tat er, was ich ihm aufgetragen hatte.

Er drückte auf den Panikknopf, und sein Avatar löste sich in eine Wolke körniger Lichtwürfel auf, die wie Schmetterlinge durch die Luft wirbelten. Im nächsten Augenblick war die Wolke zu einem Lichtpunkt geschrumpft, der einfach verschwand.

Er war weg ... in Sicherheit.

Wire grinste mich an. Nun, da ich wieder normalgroß war, fiel mir auf, wie krank sie aussah.

»Wir sehen uns draußen«, sagte sie.

»Ja. Geh.«

Sie drückte auf ihren Ausklink-Knopf und verschwand.

Ich war die letzte.

Ich drehte mich zu der Plattform um. Clefven stand dort, hatte wieder seine – im Vergleich zu mir – puppenhaften Liliputanerausmaße. Ich hob ihn vorsichtig hoch und trug ihn vom Tisch zu der Öffnung eines Ganges in der Wand.

»Kommst du klar?«

»Ja.« Er winkte zu mir hoch. »Ich muß meine Familie suchen. Jetzt bist du in Sicherheit. Halte dich von der GulliverZone fern!« Und er drehte sich um und lief davon, in die Tiefen des Palasts.

»Ich komme zurück«, flüsterte ich ihm hinterher.

Dann wandte ich mich Golbasta zu. Sie war keuchend und erschöpft zusammengesunken.

Nun flößte sie mir überhaupt keine Angst mehr ein. Sie war nur noch eine mitleiderregende alte Frau, die sich vor dem Sterben fürchtete.

Sie senkte den Kopf, und ihre roten Augen erloschen.

Ich drückte auf den Ausklink-Knopf.

Ich lag im Gästezimmer auf dem Rücken. Ich zog die Maske meines VR-Anzugs vom Gesicht.

Philip stand in seiner Arbeitskleidung über mir und schaute durchdringend zu mir hinab. Er hatte seinen schlimmsten Blick überhaupt aufgesetzt: *Ich-habe-dir-vertraut.*

Ich setzte mich auf. Byte kämpfte sich aus meinem lächerlichen alten Websuit im Ballerinastil. Wire lag noch reglos in Philips VR-Anzug da und rang um Atem.

»In was für einem Zustand kommt ihr nach Hause?« sagte Philip. »Sarah, du hast die Verantwortung für sie getragen. Wie konntest du so etwas zulassen?«

»Philip«, sagte ich. »Dad. Hör mir zu. *Wir müssen zurück.*«

18
EAGLE

Tja, den Rest habt ihr wahrscheinlich in eurer persönlichen Zeitung gelesen. Philip hat mir vertraut. Darin ist er gut. Obwohl es ihm in diesem Fall wirklich nicht leichtgefallen ist – das behauptete er zumindest.

Er hörte sich an, was ich zu sagen hatte. Er rief die Webcops an, und sie hörten *ihm* zu.

Die GulliverZone wurde sofort geschlossen. Die Webcops gingen rein und evakuierten alle.

Und sie fanden alles: den kleinen Bau der lebenden Liliputaner, die Struldbrugs, den ausgehöhlten Palast.

Aber der Palast war leer. Von Golbasta und den meisten der älteren Struldbrugs gab es keine Spur.

Byte war erschöpft. Philip gab ihm etwas zu essen und steckte ihn dann früh ins Bett. Wire war aufgrund der Netzkrankheit und all der Webzeit fix und fertig. Sie wurde zur Beobachtung ins Krankenhaus gebracht. Aber der Arzt meinte, sie werde sich wieder erholen und sagte, ich könne sie besuchen kommen, sobald ich Zeit hatte.

Ich beabsichtigte, das Versprechen zu halten, das ich ihr gegeben hatte.

Als alles erledigt war, stellte ich erstaunt fest, daß *noch immer* Weltfriedenstag war!

Philip fragte mich, ob ich Hunger hätte. Er bot sich an, mir zur Feier des Tages eine Portion Tennessee Fried Ostrich zu holen ...

Ich werde *nie wieder* Strauß essen!

Also machte er mir ein Proteinchili. Und dann setzten wir uns in die Küche und sahen uns an.

»Es ist noch früh«, sagte ich.

»Junge Dame, du hast für einen Tag genug Webzeit gehabt.« Aber er setzte seinen Ich-muß-nein-sagen-aber-versuche-es-noch-einmal-Blick auf.

»Ich habe noch eine halbe Stunde von meinen drei Stunden Webzeit für heute übrig«, sagte ich. »Außerdem ist es schon ein paar *Stunden* her, daß wir das Web verlassen haben.«

Er schürzte die Lippen. »Wohin willst du denn?«

Ich sah auf die Uhr.

Es gab nur eine Website, die den ich jetzt aufsuchen wollte; das größte Ereignis des Tages:

Den Start der Mars-Expedition!

»Das ist sehr lehrreich«, sagte ich. »Und ...«

»Na schön«, erwiderte er. »Aber nur unter einer Bedingung.«

»Daß du diesmal mitkommst?«

»Darauf kannst du dein Leben verwetten.«

Ich bedachte ihn mit einem düsteren Blick. Ich hatte am heutigen Tag mein Leben mindestens dreimal verwetten müssen!

Auf jeden Fall endete ich auf diese Weise auf einer Holzbank in Cape Canaveral, direkt neben Noel Gallagher.

Das war natürlich Philip. Er weigert sich einfach, sein altes Avatar zu modifizieren. Es war *dermaßen* peinlich.

Milliarden von Besuchern waren beim Start dabei. Ihr wahrscheinlich auch.

Man hatte Cape Canaveral mit Kameras und Mikrofonen gespickt und nur für diesen Tag seinen eigenen Gebäudeblock im Web gegeben.

Cape Canaveral liegt in Florida. Ich saß da und schaute in östliche Richtung über einen Fluß hinweg, und die

Abschußrampe befand sich hinter einer Baumreihe am Horizont. Links von mir erhob sich das größte Gebäude, das ich je gesehen hatte, ein so großer schwarzer und weißer Block, daß er von Riesen aus Brobdingnag hätte errichtet worden sein können. Er wird Vehicle Assembly Building genannt, und dort sind damals die Mondraketen zusammengebaut worden, vier Stück gleichzeitig. Seine Schiebetüren sind hundert Meter hoch.

Die Startrampe heißt Launch Complex 39-A, und von dort sind in den sechziger Jahren des vergangenen Jahrhunderts die urzeitlichen Missionen zum Mond gestartet. Doch heute saß ein kleines, schlankes Raumschiff hoch oben auf der Rampe, das wie ein winziger weißer Papierpfeil aussah. Es war ein Spaceshuttle der zweiten Generation, von der Prometheus-Klasse und hieß *Eagle,* Adler.

Die Rampe war fünf Kilometer von mir entfernt – oder besser gesagt von der Kamera, durch die ich sie sah. Sie war so weit weg, daß das Startgeräusch zehn Sekunden brauchen würde, bis es mich erreichte.

Die Menge war ziemlich aufgeregt, und ich machte zahlreiche bekannte Gesichter in ihr aus. Am Himmel schwebte eine große Uhr, die den Countdown anzeigte. Ein Kommentator sprach darüber, daß die Astronauten die großen unterirdischen Wasserreservoire des Mars anbohren würden, um herauszufinden, ob irgendeine marsianische Lebensform die drei Milliarden Jahre währende Eiszeit auf dem Roten Planeten überlebt hatte.

»Psst. Psst.«

Die Stimme war kaum verständlich und erklang unter meinem Sitzplatz. Es war, als hätte eine Ameise geflüstert.

Ich schaute zur Seite. Noel Gallagher, auch als mein Vater bekannt, hatte nichts bemerkt.

Ich beugte mich vor und tat so, als wollte ich meinen Schuh zuschnüren.

Im Schatten unter meiner Bank stand ein Mann. Er trug ein ledernes Wams und war mit Pfeil und Bogen bewaffnet.

Er war zehn Zentimeter groß. Es war Clefven.

Er winkte und bedeutete mir, ich solle hinter die Tribüne kommen.

Ich streckte mich beiläufig. »Philip«, sagte ich. »Ich vertrete mir mal kurz die Beine.«

»Nur noch zehn Minuten bis zum Start«, sagte er. Er *klang* sogar wie Noel Gallagher.

»Ich komme gleich wieder. Ich werde schon nichts verpassen.«

Er lächelte, und einen Augenblick lang konnte ich den echten Philip sehen. Trotz der Brauen erkannte ich seinen Ich-weiß-ich-kann-dir-vertrauen-Blick. »Sei vorsichtig.«

»Klar doch.«

Ich eilte um die Tribüne.

Clefven wurde von seiner Familie begleitet, von Skyresh und den beiden Kindern. Skyresh lächelte, und Drunlo und Clustril sprangen vor Aufregung auf und ab, als sie mich sahen.

»Was macht ihr denn hier? Ihr dürft die GulliverZone doch nicht verlassen.«

Clefven berührte seine Nasenspitze. »Wir waren früher mal Viren. Und wir haben nicht *alles* vergessen ... Auf jeden Fall wollten wir dir danken.«

»Mir? Ich habe euch doch in so große Gefahr gebracht.«

Er lachte. »Wenn ich mich recht entsinne, war das eigentlich dein kleiner Bruder, und er konnte nichts dafür. *Du* hingegen hast die Webcops überzeugt, Golbasta zu vertreiben. Und die Liliputaner ernst zu nehmen. Jetzt wird alles besser. Wir bekommen unseren eigenen Gebäudeblock im Web, so viele Mips, wie wir brauchen, und Schutz vor Golbasta. Oder vor jedem anderen, der versucht, uns dasselbe wie sie anzutun. Wir haben sogar einen Rechtsanwalt, der unseren Fall vor dem Internationalen Gerichtshof für Menschenrechte in New York vertritt.«

»Das ist ja wunderbar«, sagte ich.

»Ja, allerdings. Sie glauben sogar, einigen Struldbrugs helfen zu können. Und das alles haben wir dir zu verdanken.«

»Hier.« Skyresh trat schüchtern vor. Sie hielt ein liliputanisches Buch hoch. Es war so groß wie ein Daumennagel. »Ein Geschenk«, sagte sie. »Als kleines Dankeschön.«

Ich bückte mich und nahm das Buch. Das Papier war vergilbt, der Schutzumschlag eingerissen. Ich blätterte die kleinen Seiten mit der Fingerspitze um. Sie waren steif und gelbbraun vor Alter. *Reisen zu mehreren entlegenen Völkern der Erde in vier Teilen von …* »Oh«, sagte ich. »Das ist *Gullivers Reisen.*«

»Die Originalausgabe. Und zwar die ungekürzte, nicht die Kinderbuchfassung. Hoffentlich gefällt es dir«, sagte Clefven. »Wir haben eine normalgroße Ausgabe auf deine Festplatte kopiert.«

»Danke«, sagte ich. »Ich werde sie lesen.«

(Das tat ich später auch. Und dabei stellte sich ein unheimliches Gefühl von Déjà-vu ein. Gullivers Erlebnisse ähnelten durchaus den meinen – aber waren noch schlimmer. Ich wünschte, ich hätte das Buch gelesen, bevor ich mich in die Nähe der GulliverZone wagte!)

»Wir müssen gehen«, sagte Clefven. »Aber es möchte dich noch jemand sprechen.«

»Wer? Wo?«

Er zeigte auf das Vehicle Assembly Building.

Eine der großen Schiebetüren öffnete sich.

Als ich vor dem Gebäude stand, hatte ich den Eindruck, eine angestrichene steile Klippe hinaufzuschauen. Ich kam mir wieder wie eine Liliputanerin vor.

Und dann trat ein Riese heraus und verdeckte die helle Sonne Floridas. Ich sah in das lächelnde Gesicht einer Frau, das sich zu mir herabsenkte wie ein Heißluftballon, der zur Landung ansetzte.

Es war Glumdalclitch.

»Es freut mich, daß es dir gutgeht«, flüsterte sie mit einer Stimme, die wie eine Sturmbö klang.

»So schlimm war's gar nicht«, sagte ich. »Manchmal hat es uns sogar Spaß gemacht.«

»Du weißt, daß wir Golbasta nicht erwischt haben?«

»Ist das ihr richtiger Name?«

Sie zuckte mit den Achseln, und Schultern von der Größe von Bergen hoben sich. »Es ist der Name des Avatars, das du kennengelernt hast. Und das sie nun abgeschaltet hat. Sie hat viele Avatare.«

Die Zauberin, dachte ich mit einem Schauder. Vielleicht enthielten diese albernen Kindergartengerüchte doch ein Körnchen Wahrheit ...

Aber Glumdalclitch wollte nichts dazu sagen. Sie schaute zum künstlichen Himmel hinauf. Einen Moment lang wirkte sie trotz ihrer gewaltigen Größe verängstigt. »Sie ist noch immer irgendwo da draußen. Eines Tages werden wir wohl ihren Schlupfwinkel aufspüren und sie zur Strecke bringen müssen.«

»›Wir‹?«

»Ich bin ein Webcop.« Sie lächelte. »Ich bin hier, um zu helfen. Und ich verstehe nicht, warum du nicht einfach nach mir gerufen hast, als du in der GulliverZone in Schwierigkeiten geraten bist. Ich habe doch ganz am Anfang gesagt, du könntest mich jederzeit rufen. Dafür bin ich da.«

Unwillkürlich klaffte mein Mund auf. »Byte ...«

»Wer?«

»Mein kleiner Bruder. Er hat immer wieder gesagt, wir sollten dich rufen. Ich habe nicht auf ihn gehört.«

Glumdalclitch lachte und blinzelte mir zu. »Von mir wird es niemand erfahren, wenn du es nicht verrätst.«

»Danke«, sagte ich erleichtert.

»Doch wenn du in Zukunft im Web in Schwierigkeiten gerätst, rufst du mich sofort.« Sie schaute nach Osten. »Der Start steht unmittelbar bevor.«

Ich drehte mich um. Vom Fuß der Abschußrampe stieg Rauch in Schwaden auf, und eine Stimme zählte den Countdown: *Fünf, vier, drei ...*

Glumdalclitch verschwand in den Schatten des Vehicle Assembly Building.

»Ich kenne nicht mal deinen richtigen Namen!«

»Ariadne«, sagte sie mit verhallender Stimme. »Vergiß es nicht. *Rufe Ariadne ...*«

Ich sah einen blauen Blitz, und dann war sie fort.

Ich schaute zum Startkomplex 39-A hinüber.

Ein grelles weißes Licht leuchtete unter der *Eagle* auf, ein strahlendes Funkeln, das so hell wie die Sonne selbst war. Das Raumschiff erhob sich plötzlich und hatte die Startrampe nach einer Sekunde unter sich gelassen. Unmöglich schnell stieg es auf einer Rauchsäule in den Himmel.

Das alles geschah in unheimlicher Stille.

Ein Raumschiff flog zum Mars! Alle klatschten und jubelten.

Neben mir funkelte es hell auf, und farbige Würfel umschwärmten einander wie Schmetterlinge. Sie vereinigten sich zu einem Jungen in einer schwarzen Spielmontur mit rotem Umhang.

Surfer.

Er ergriff meinen Arm. »Metapher.«

»Du hast den Start verpaßt«, sagte ich.

»Was für einen Start? Das ist doch völlig unwichtig. *Hör zu! Du wirst nicht glauben, was ich über das Traumschloß rausbekommen habe ...«*

Nun erreichte mich der Lärm des Raumschiffs. Der Boden erzitterte, und im Himmel schien ein Donnerschlag zu dröhnen und zu peitschen. Es war, als würden Riesen aus Brobdingnag lachend an uns vorbeiziehen.

ENDE

THE WEB

STEPHEN BOWKETT

TRAUMSCHLOSS

1
STURMDRACHE

Es war ein ruhiger Abend in der VR-Bar. Die meisten Erwachsenen, die nach Feierabend hereingeschaut, und die Kids, die auf dem Nachhauseweg von der Schule hier Station gemacht hatten, waren bereits gegangen. Nur die echten Cybernet-Phreaks – die Webfans – waren noch hier, um tief in das Dataspace-Abenteuer ihrer Wahl einzutauchen.

Surfer, Kilroy und Rom tranken in dem Cybercafé, das sich neben der Spielzone befand, ihren Kaffee aus und gingen dann zu den Kabinen hinüber, wo sie sich einstöpseln und in das Web reinspinnen konnten.

Sie planten, wieder zum Traumschloß zu surfen, ihrer Lieblings-Website. Seit vielleicht sechs Monaten besuchten die drei es gemeinsam – sie hatten sich zufällig in den unteren Leveln des Spiels getroffen. Es war Surfer noch immer etwas peinlich, daß Kilroy ihn aus einer schwierigen Lage befreien mußte, an der zwanzig Skelettkrieger beteiligt gewesen waren. Der Mut des Mädchens entsprach ihrer Schnelligkeit und Stärke, und mit der zusätzlichen Hilfe von Rom hatten sie den Angriff abgeschlagen und dabei ein hübsches Sümmchen an Bonuspunkten ergattert.

»Ich finde, wir würden ein ziemlich achtes Team abgeben – was meint ihr?« Surfers Idee war der Situation entsprungen, und er hatte den Vorschlag nur ganz beiläufig gemacht. Aber er erinnerte sich noch immer an das Leuchten, das in Kilroys Augen getreten war, und die Art, wie sie ihn angeschaut hatte. In dem Moment war ihm der Verdacht gekommen, er könne gerade dabei sein, sich das Leben schwerer zu machen. *Fakt ist,* sinnierte Surfer, *ich mag die klaren und simplen Begegnungen im Spiel.*

Die Gefühle im richtigen Leben sind viel zu anstrengend und kompliziert. Es war ein erstaunlicher Zufall (oder pures Pech, hatte Surfer damals gedacht), daß sie alle drei in derselben kleinen Stadt wohnten. Wenn man sich in einem Spiel befand, hatte man keine Ahnung, woher die Gefährten kamen, wenn sie es einem nicht selber verrieten. Sie konnten von irgendwoher auf der ganzen Welt stammen.

Rom war sofort begeistert von der Idee gewesen, Teil eines Teams zu sein. Er besaß großes taktisches Talent, er war ein Denker, der es genoß, die Struktur von Spielen zu verstehen, aber er war nicht sonderlich daran interessiert, sich seinen Weg bis an die Spitze zu erkämpfen. Er war zum Traumschloß gekommen, weil dessen Komplexität und Raffinesse ihn gereizt hatten. »Ein Labyrinth voller Gefahren«, so hatte er es damals beim ersten Mal beschrieben. Hinter Surfer und Kilroy herzutrotten, während die beiden sich um die Gefahren kümmerten, so daß er Zeit hatte zu lernen, wie das Traumschloß funktionierte, war ihm nur allzu recht.

Rom lächelte seinen Freunden zu, während sie in die Kabinen traten und ihre Websuits in die Terminals einstöpselten – und damit in die Welt des Web. Kilroy zwinkerte Rom zu und setzte dann ihren VR-Helm auf.

»Wer als letzter drin ist, ist ein Ein-Mip-Sechser!« rief Surfer, während er seine letzten Stecker einrasten ließ.

Rom wurde ebenfalls mit seinen eigenen Anschlüssen fertig und spürte, wie sein Anzug sich auflud.

Bei diesem Trip hatten die drei sich den Zugang über einen gemeinsamen Code erkauft und gelangten durch einen gewundenen, glasartigen Tunnel, der wie eine Ölspur in allen Farben des Regenbogens leuchtete, zu ihrer Site. Unter Superspeed rasten sie, fast zu schnell für das Auge, auf ihr Ziel zu. Rom hatte den Vorschlag gemacht und obwohl Surfer die Idee zuerst für dröge hielt, mußte er nun zugeben, daß er sich gut amüsierte, während die chrom-glitzernden Wände an ihm vorbeischossen.

Kilroy und Rom wirbelten vor ihm dahin. Surfer beobachtete, wie sich wie durch Zauberhand ihre Spielkostüme um sie bildeten: Kilroy bevorzugte eine eng anliegende, aber geschmeidige Jacke und eine Hose aus weichem, dunklem Leder; Rom trug grobgewebte, ausgebeulte Leggins, ein weites Baumwollhemd und einen Umhang. Man *mußte* sich nicht unbedingt mittelalterlich-fantasyhaft kleiden, um in das Szenario zu passen. Eier taten es natürlich trotzdem, weil sie glaubten, damit cool zu wirken. Aber der Anblick, wie sie in ihren Spielanzügen posierten und fürchterlich wichtig taten, genügte, um jeden ernsthaften Spieler nach der Löschtaste suchen zu lassen.

Die echten Profis, Phreaks wie er selbst, dachte Surfer ohne falsche Bescheidenheit, trugen Kleidung, in der sie gewinnen konnten. Als das Ziel-Ende des Zugangstunnels in Sicht kam und um ihn herum ein heftiger Wind entstand, morphte Surfers weißes Hemd zu einem robusten, vielfarbigen Overall. Brust und Rücken wurden von darin eingelassenen, harten schwarzen Körperpanzern geschützt. Hochgeschnürte Stiefel, die bis zu den Knien reichten, vervollständigten das Kostüm, und dazu kam ein rotes Cape aus feuerabweisendem Material, das ihn in die schwere Eleganz von Samt einhüllte, sich dabei aber so leicht und luftig anfühlte wie Gaze.

Surfer stieß einen wilden Schrei der Vorfreude aus, als das Tunnelende sich vor ihm auftat. Sein Vielzweckgürtel und die Bewaffnung materialisierten sich: die Dateneingabe war vollständig.

Und dann befand er sich drinnen. Während die Welt des Schlosses um ihn Gestalt annahm, fühlte er sich einen Augenblick lang wie benommen.

Das Traumschloß war eine interaktive Spielzone, dazu entwickelt, eine Mischung aus dem legendären Labyrinth des griechischen Minotaurus, einem Pyramidentempel des großen Gottes Ra und der transsylvanischen Bergfeste von Graf Dracula darzustellen. Die Datenbox, die für einen Moment vor Surfers Augen auftauchte, erinnerte ihn daran, daß das Schloß zwanzig Kilometer lang, fünfzehn breit und fünf hoch sei und Tausende von Levels enthalte, jede davon gefährlicher und spannender als die vorhergehende.

Die D-Box fügte hinzu, daß Surfer und seine Freunde sich bis ins 499. Level vorgekämpft hatten und jetzt an der Schwelle zu ihrer bislang größten Herausforderung standen.

»Wow! Das war *megacool*!« Rom wirbelte herum wie ein Tänzer, noch immer aufgedreht durch den atemberaubenden Zugangstrip. Kilroy, die neben ihm stand, sah ihm zurückhaltender, aber mit freundlichem und tolerantem Lächeln bei seinen Kapriolen zu.

Surfer beobachtete beide, während die D-Box wie ein flüchtiger Gedanke verschwand. Rom war zwölf Jahre alt und mit Abstand der jüngste in der Gruppe. Zu Beginn hätte Surfer ihn allein deswegen als bloßen Hub-Trittbrettfahrer abgetan. Aber man beurteilt ein Videobuch nicht nach seinem Cover, ging das Sprichwort, und Surfer hatte schnell entdeckt, daß Roms Fähigkeiten als Hacker ihn zu einem unverzichtbaren Gefährten machten. Obgleich auf die Primär-Software, die die VR-Existenz des Schlosses erzeugte, nicht zugegriffen werden konnte, war die Programmierung von untergeordneten Dateien und Subroutinen mit Geschick, Intelligenz und Entschlossenheit durchaus möglich. Rom besaß all diese Eigenschaften und hatte sie in der Vergangenheit dazu benutzt, die Gruppe aus ein paar verflixt kitzligen Situationen herauszupauken.

Rom verdient seine paar Minuten Spaß, dachte Surfer, und Kilroy war offensichtlich derselben Meinung. Sie kicherte hörbar und teilte damit Roms Freude, hier drinnen zu sein, bevor ihr Gesicht in einem dunkleren Glanz erstrahlte – sie hatte bemerkt, daß Surfer sie beobachtete.

»Planst du eine Eröffnung?« fragte sie und baute darauf, daß Surfer die Doppelbedeutung ihrer Frage verstehen würde – die Erkundigung nach seinem Plan für den weiteren Vorstoß ins Traumschloß und zugleich das leise Nachforschen nach seinen Absichten ihr gegenüber.

Surfer lief rot an. Kilroy grinste Rom zu, der über die kleine Stichelei des Mädchens nur den Kopf schütteln konnte.

Rom und Kilroy hatten sich etwa einen Monat, bevor Surfer zu ihnen stieß, in den unteren Ebenen des Schlosses kennengelernt. Rom hatte Probleme gehabt, mit einer Gruppe von Cyber-Rittern fertig zu werden. Kilroy war in den Kampf gestürmt, hatte sie ziemlich elegant mit einer Laserlanze aufgespießt und triumphierend aufgejohlt, als der letzte von ihnen sich in eine explodierende Pixelwolke auflöste. Wie sich herausstellte, hatte Rom sich seinen Weg in das 242. Level freigekämpft, ohne groß darüber nachzudenken, was er tun würde, wenn er dort war. Glücklicherweise war Kilroy in der Nähe gewesen (mit der Erkundung von Nebenwegen beschäftigt), hatte die Schwierigkeiten des Kleinen bemerkt und beschlossen, ihm zu helfen. In Krisensituationen würden die festesten Freundschaften geschlossen, sagte sie hinterher zu Rom. Und seit jenem Tag hatten sie sich stets gemeinsam eingespinned.

Rom hatte damals Kilroy ›seine Amazone‹ getauft und sich spontan in sie verliebt, wie es Leuten im Web häufig erging, wo es kaum eine Chance gab, der echten Person hinter dem virtuellen Gesicht zu begegnen.

Nur hatte Rom – und Surfer ebenfalls, was das anging – überrascht erfahren müssen, daß sie alle drei in Oakhill lebten und nur ein paar Meter voneinander entfernt gesessen hatten, während ihre Web-Persönlichkeiten durch die unendlichen Korridore des Traumschlosses wanderten.

»Planst du eine Eröffnung?« fragte Kilroy erneut, als Surfers Gedanken wieder in die Gegenwart zurückkehrten.

Es war sehr früh deutlich geworden, welche Gefühle sie für ihn hegte und daß die Dinge zwischen ihnen beiden ernst werden konnten, wenn er das zuließ. Er war jedoch nie versucht gewesen, darauf einzugehen, obgleich Kilroy groß und blond war, feinknochig und attraktiv. Zudem trug sie im Web ihr eigenes Gesicht, und Surfer konnte darauf die Bewunderung ablesen, die sie für ihn empfand.

Es schmeichelte seinem Stolz, aber er gestand sich selbst ein, daß ihre Klugheit und Unabhängigkeit ihn abschreckten.

Nach ihrer ersten Begegnung hatte er sich an der Oakhills Senior High über sie schlau gemacht. Als Hauptfächer belegte sie Naturwissenschaften und würde wahrscheinlich die Laufbahn einer Biochemikerin einschlagen. Surfer hatte dies herausfinden können, weil Kilroy mit ihrem Namen ebenso ehrlich war wie mit ihrem Gesicht. Hinter dem Alias ›Kilroy‹ verbarg sich Philippa Stephens, die sechs Blöcke von Rom entfernt am Hobbston Pike lebte. Surfer war dort herumgewandert und neidisch auf das große, von Platanen beschattete Haus ihrer Eltern gewesen, neidisch auf die Kirschbäume, die auf dem gepflegten Rasen standen, und auf den Pool, den Palmen säumten. Es schien, daß sie alles besaß und nur aus Spaß im Web herumhing, nicht aber, weil sie der Welt etwas beweisen mußte.

Jetzt kam sie zu ihm herüber, und Surfer war von der

Art fasziniert, wie das virtuelle Licht auf ihrem Haar funkelte, das sie kurz und in einer unauffälligen Frisur geschnitten trug.

»Ähm«, machte er, einen Augenblick lang aus der Fassung gebracht. Kilroy streckte die Hand aus und berührte ihn am Unterarm. *Die Wunder der Technik,* dachte er. Aber noch war es nicht möglich, in der Spielzone Geruchsempfindungen zu übertragen. Kilroy roch nach nichts. Kein Parfüm, das Surfer zusätzlich verwirren konnte. Er trat zurück und wurde geschäftig.

»Wir befinden uns an einem entscheidenden Punkt des Spiels«, sagte er. Damit stellte er nur das Offensichtliche fest und zahlte prompt den Preis dafür, als Rom begann, laut über ihn zu lachen.

»Schon klar, Surf!« Das Lächeln verschwand. »Also, warum ist es hier dann so ruhig?«

»Das ist genau, was ich meine. Es ist nicht so wie am Anfang, als ständig Frankensteins Monstren, der Wolfsmensch und der übliche Ramsch auf uns losgelassen worden sind …«

»Die digitalen Drachen waren cool«, warf Rom ein, der sich an dieses Scharmützel gern erinnerte.

»Sei nicht so ein Hub«, warf Kilroy ein. »Das war Kindergartenkram, nur Feuerwerk mit wenig echtem Sinn dahinter. Surfer hat recht. Dies ist die Ruhe vor dem Sturm. Wenn wir hier versagen, verlieren wir unsere Bonusse, unseren Status und unsere freie Zeit in der Spielzone. Ist es nicht so?« fügte sie hinzu und sah Surfer fragend an.

Er nickte zustimmend. »Du kannst nicht mit der Wahrheit feilschen, Rom.« Surfer zog sein Schwert, und ein Gefühl der Beruhigung überkam ihn, als er das vertraute Gewicht und die kühle Balance der Waffe in seiner Hand spürte.

»Also laßt uns sehen, was vor uns liegt. Aber bleibt

dicht zusammen, Leute, von jetzt an kann alles mögliche geschehen.«

Fünf Minuten später bewahrheiteten sich Surfers Worte. Die drei hatten eine Stelle erreicht, an der sich der graue Steinkorridor wie eine gespreizte Hand in fünf Richtungen verzweigte. Selbst Rom konnte mit dem Controller an seinem Handgelenk keine Informationen darüber bekommen, wie sie jetzt vorgehen sollten. Also gingen sie nach dem Zufallsprinzip vor und nahmen auf Surfers Anregung hin den mittleren Weg.

Sehr bald bemerkten sie, daß es vor ihnen heller wurde, und als sie um eine sanfte Kurve kamen, sahen sie, daß der Gang vor ihnen sauber abgeschnitten war. Dahinter schimmerte fahles Sonnenlicht.

»Da geht es nach *Draußen*«, murmelte Rom fast ängstlich. Seit er mit Surfer und Kilroy im Traumschloß spielte, hatte er den darumliegenden Wald nur zweimal erspäht. Passend zu dem Fantasy-Szenario des Spiels schien er düster, geheimnisvoll und bedrohlich.

Rom warf Surfer einen Blick zu. Dessen grimmige Miene trug ebenfalls nicht zu seiner Beruhigung bei.

»Ich werde mir das mal näher ansehen«, erklärte Surfer. Er fühlte sich innerlich leer, fast wie ausgehöhlt. Aus Erfahrung wußte er, daß das Schloß am gefährlichsten war, wenn es am friedlichsten wirkte.

Surfer schob sich langsam vor und blinzelte in die glasige Sonne, die durch das Portal in der Außenmauer des Schlosses hereinschien.

Er fand sich auf einem breiten Steinbalkon in zwei Kilometern Höhe wieder, und hatte von dort einen Ausblick auf den Wald, der wie ein unendliches Meer erschien.

Er winkte die anderen heran, und sie traten neben ihn.

»Das«, sagte Rom staunend, »ist ja ein gewaltiger Anblick. Ich – ich war noch nie so weit oben.«

Die Illusion raubte ihnen schier den Atem. Ein kühler Wind spielte mit Surfers Haar und brachte seinen Umhang zum Wehen. Er trat bis an den Rand vor, und seine Füße begannen zu prickeln, als er zu der winzigen Landschaft tief unter sich hinabschaute.

»Es ist nur ein Spiel«, flüsterte er, um seine Nervosität zu überwinden; »es ist nur ein Spiel …«

Das Mantra verfehlte seine Wirkung. Während Surfer den Blick zu beiden Seiten des Simses schweifen ließ und dann benommen nach oben blickte, stieg eine Welle der Furcht in ihm auf. Er fühlte sich wie an dem Stein festgewachsen, unfähig, irgend etwas zu tun.

Irgendwo tief im grauen Rachen des Korridors öffnete sich knarrend eine Tür und schlug dann laut wieder zu.

Rom gab ein Stöhnen reiner Angst von sich.

»So war das aber nicht geplant …«

»Wir haben es verpatzt«, erklärte Kilroy. Sie zog ihre eigenen Waffen, ein kurzes Stichschwert und eine Handvoll Wurfsterne. »Wir sitzen hier in der Falle, Surfer!«

»Behaltet die Ruhe«, herrschte er sie an. Ihre Blicke erwarteten seine Führerschaft, und das war der Anstoß, den er brauchte, um sein Zaudern zu überwinden.

»Ich kundschafte aus, wohin der Sims führt. Ich schätze, es gibt noch andere Portale. Durch eins davon können wir wieder hineingehen.«

»Komm zu uns zurück, Surfer!« rief Rom ihm etwas plärrend hinterher, während Surfer sich auf dem schmalen Steinvorsprung entlangschob, den Rücken fest gegen die Wand gepreßt.

Er arbeitete sich langsam, aber stetig seitlich vor – zehn Meter, fünfzehn, wie von den harten Strahlen der Sonne gegen die schattenlose Wand gedrückt.

Dann stießen seine Finger auf den Rand des nächsten Portals. Surfer drehte den Kopf um die Kante, um nachzusehen.

Und ohne Vorwarnung verschwand die Sonne. Ein Berg aus schwarzen Wolken zog über die Spitze des Schlosses heran. Rollender Donner begleitete ihn und Blitze ließen den Himmel aufbrechen wie blaues Porzellan, in dem sich weiße Risse bildeten.

Surfer blickte erschrocken nach oben, wo sich innerhalb weniger Augenblicke ein Sturm zusammenbraute, als wäre er von etwas kontrolliert und gelenkt. Ein paar Sekunden später bestätigte sich Surfers Verdacht, denn aus dem schwarzen Herzen des Unwetters schoß eine geflügelte Schlange auf ihn herab.

Das Monstrum war riesig und sein Gesicht voller Mordlust. Die Zunge des Sturmdrachen war eine Flamme, seine schuppigen Flanken hatten die Farbe brennenden Chroms. Schwarze Krallen zuckten wie Springmesser hervor und krümmten sich, bereit, Surfer von dem Sims zu pflücken.

Während der Drache auf ihn herniederstieß, wurde das Ungetüm noch schneller, weil die Web-Zeit sich beschleunigte. Surfer suchte sich einen festen Stand und schwang sein Schwert. Er traf weit vorbei, als der Sturmdrache seitlich auswich und ihn mit einem Flügelhieb zu Boden schmetterte.

Das Schwert schepperte über den Sims zur Kante, drehte sich dort um sich selbst und drohte in die Tiefe zu fallen.

Surfer raffte es an sich und kam wieder auf die Beine, nur um von den gewaltigen Krallen des Drachen gepackt und in den Himmel emporgetragen zu werden.

Das Ungetüm kreischte triumphierend auf und stieß mit dem Kopf auf ihn herab, um ihn zu verschlingen. Als das schreckliche Maul direkt vor ihm aufklaffte, holte Surfer mit seinem Schwertarm weit aus und stieß die Klinge tief in die stinkende, heiße Kehle des Monsters.

Blut schoß hervor, und laut brüllend verlor das Wesen

Richtung und Gleichgewicht und fiel unkontrolliert taumelnd in die Tiefe.

Surfer sah weit unter sich den Boden, der heftig zu wirbeln schien, und die Schloßmauern, wie sie an ihm vorbeisausten. Er wußte, daß er nur noch wenige Sekunden hatte, bevor der verwundete Sturmdrache ihn gegen die Steine schmettern oder, was wahrscheinlicher war, mit ihm im Wald aufschlagen würde.

Er setzte alles auf eine Karte und wußte, daß alles verloren wäre, wenn er versagte.

Während er sich aus den Klauen des Drachen wand, löste er seinen Umhang, wartete den richtigen Moment ab und schwang sich dann auf die Wand zu.

Surfer prallte mit der rechten Schulter gegen den Stein, und heftiger Schmerz durchzuckte ihn. Das Schwert entfiel seiner tauben Hand und wirbelte außer Sicht. Mit der anderen Hand packte er ein Geflecht aus rankendem Efeu. Die Ranken schossen ihm zwischen den Fingern hindurch. Er sah, wie ihm die Haut von den Handflächen gefetzt wurde, und fühlte, wie seine Web-Handschuhe sich wellten, um die Illusion zu verstärken. Er griff fester zu, und dadurch gelang es ihm, seinen Fall allmählich zu verlangsamen, bis er atemlos am Efeu hing und zu der zusammenschrumpfenden Gestalt des Sturmdrachen hinabstarrte, die in die Bäume krachte.

Als die Bestie im Tod zu heißer Luft verpuffte, ebbten Donner und Blitz rasch ab. Die Sonne kam wieder hervor und wärmte Surfer den Rücken, während er am Efeu hinabkletterte, bis er das Portal unter sich erreicht hatte.

Er blickte in eine düstere Kammer voller Spinnweben und Schatten. In der Dunkelheit klirrten Ketten. Etwas bewegte sich.

Surfer strengte seine Augen an, um mehr Einzelheiten auszumachen.

Doch dann geschah etwas Unerwartetes. Er wurde von

dem vertrauten, aber unwillkommenen Gefühl der Beendigung gepackt; davon, aus seinem Labyrinth der Träume zurück in die wirkliche Welt gerissen zu werden. Es war ein Programmabsturz – oder möglicherweise ein Cracker – der ihn gegen seinen Willen fortzog.

»Bitte – nein – bitte, helft mir!«

Die dünne weibliche Stimme erschreckte Surfer. Zugleich verwirrte sie ihn, denn er wußte nicht genau, ob er sie aus dem Inneren des Spiels hörte oder von draußen.

Surfer bemühte sich angestrengt, durch die Düsternis hindurch etwas zu erspähen und erhaschte für eine Sekunde den Blick auf das schönste Mädchen, das er je in seinem Leben gesehen hatte. Als ihre Worte nur noch in seiner Erinnerung widerhallten, verschwanden auch der Himmel, das Land und das Traumschloß selbst.

Surfer kämpfte dagegen an, aber vergeblich – es gab nichts, was er tun konnte.

Und während sein Verstand sich wieder auf seine Umgebung einstellte, explodierte um ihn ein Gespräch. Er hörte Kilroys besorgte Stimme, und nervöse Hände zerrten an den Gurten und Schnallen seines VR-Anzugs.

2
IN DER VR-BAR

»Gleich kotzt er!« rief jemand. Mehr als alles andere war es das, was Surfer zurück ins Hier und Jetzt brachte. Er rappelte sich wütend auf und blickte sich nach dem Ei um, das anscheinend nicht wußte, daß Surfer ein Veteran war, der bereits mehr als tausend Trips in das Netz hinter sich hatte.

»Zisch dich«, sagte Surfer benommen zu dem Kid, von dem er annahm, daß es der Sprecher gewesen war. »Was meinst du wohl, wo zum Henker ich meinen Spitznamen her habe?«

»Bist du okay?« fragte ihn Kilroy mit echter Besorgnis in der Stimme.

»Ja, ja, schon gut, mach bloß keinen Aufstand!« Er schob sie fort, erhob sich und löste die letzten Elektrodenkontakte, die seine ›Tarantel‹ noch mit der Daten-Welt des Netzes verband. Trotzdem mußte er zugeben, daß er das leichte, aber unangenehme Zerren im Magen spürte, das den Beginn von Webkrankheit anzeigte. Sein Kopf pochte ein wenig, und vor seinem inneren Auge zuckten Bilder des Sturmdrachen auf, der wie ein abgeschossener Düsenjäger in die Tiefe stürzte; von dem Himmel, der von Blitzen zerrissen wurde; von den flehenden grünen Augen des Mädchens, die er in der letzten Sekunde sah, bevor jemand den Stecker gezogen und ihn in die Realität zurückgeholt hatte.

Gelbe Sterne schwirrten wie große, feuchte Schneeflocken vor Surfers Augen herum. Er stieß einen fröstelnden Atemzug aus und legte sich eine Hand auf die Stirn.

»Möchtest du in den Kokon, Surf?« fragte Rom, der in der Nähe bereitstand, seinem Freund zu helfen, falls dieser das Gleichgewicht verlieren sollte. Rom sah selbst klein und besorgt aus, angeschlagen von dem Erlebnis.

»Es war meine Schuld«, gestand er und klang dabei wie ein geprügelter Hund. »Wir sahen, wie der Sturmdrache dich packte, und wir dachten ...« Rom zuckte die Schultern und wußte selbst nicht so recht, was er gedacht hatte. In keiner Spielzone richtete ein Wipeout echten Schaden an, aber der Verlust von einem Spielleben, von Bonussen oder Freier Zeit ließen das Ansehen in der Konkurrenzgesellschaft der VR-Bar sinken. Rom überraschte nur, daß die Web-Veteranen, die wie üblich in der Nähe herumhingen, Surfer halb bewundernd und halb mit unverhohlener Eifersucht anlächelten. Einer von ihnen, ein großer, bulliger Typ namens Browser, schlenderte herbei und versetzte Surfer einen kameradschaftlichen Klaps auf den Rücken.

»Abgefahren, Mann, echt abgefahren.«

Das war nicht, was Surfer erwartet hatte. Sein verwirrtes Stirnrunzeln wurde von dem breiten Grinsen des Jungen beantwortet, der auf den riesigen, flachen 3-D-Bildschirm deutete, der an der Wand hing. Dort lief Surfers triumphaler Kampf gegen den Sturmdrachen noch einmal ab.

»Du hast tausend Bonuspunkte gewonnen.« Kilroys Stimme klang sanft. Sie freute sich ganz offensichtlich für Surfer. Und diesmal *konnte* er ihr Parfüm riechen. »Gratuliere.«

»Danke«, antwortete er und schraubte seine bisherige ablehnende Haltung ein wenig zurück. Er fuhr sich mit einer Hand, die noch immer zitterte, durch sein langes, schwarzes Haar. Es juckte ihn überall, und er fühlte sich heiß in dem engen Anzug. »Ich, ähm, ich glaube, ich geh' jetzt duschen. Und anschließend möchte ich eine Besprechung«, fügte er hinzu. Er sah dabei Rom vielsagend an und blickte ebenso vielsagend *nicht* zu Kilroy.

VR-Bars waren vor zwanzig Jahren, kurz nach Beginn des neuen Jahrtausends, aus der Idee der Cybercafés entstanden, Orte, an denen Leute, hauptsächlich Kids, sich treffen und im Netz amüsieren konnten. Heute meinten die meisten Erwachsenen, daß es ihnen damals als gute Idee erschienen sei. Nur war ihr Enthusiasmus über die Jahre abgeebbt. Sicher, die Kids hatten Drogen und Straßenbanden aufgegeben, um statt dessen im Web zu surfen; doch genau das hatte neue Probleme mit sich gebracht. Der Anstieg von Rechengeschwindigkeit, gekoppelt mit der ausgeklügelten Technologie, die hinter der VR-Industrie stand, hatten eine Sinneserfahrung geschaffen, die, wie viele junge Leute fanden, besser war als das wirkliche Leben. Eltern, Lehrer, Religionsführer und einige Politiker hatten bereits damals, in den Anfängen, darüber gemurrt. Das hatte sich mittlerweile zu einer weltweiten, organisierten Protestbewegung ausgeweitet – einer Lobby, die nach den meisten Maßstäben sehr mächtig war, im Vergleich zu der internationalen Verbreitung und dem Rückhalt, den das Web genoß, aber trotzdem winzig wirkte.

Surfer behandelte, wie die meisten seiner Freunde, die Protestler als Narren, die es einfach nicht begriffen. Das Ganze erschien um so lächerlicher, weil ausgerechnet diejenigen am Lautesten Einwände vorbrachten, die damals, in der schlechten alten Zeit gegen Ende des 20. Jahrhunderts, die Welt fast in den Abgrund gestoßen hätten. Oder, um ein aktuelleres Beispiel zu wählen, hatte die verrückte Machtpolitik dieser Generation dazu geführt, daß im Jahre 2008 der südkoreanische Seehafen Pusan durch einen Atomschlag ausgelöscht worden war. Die Welt war nach dem Nuklearen Nicht-Verbreitungsvertrag von 2010 und der Evolution des Web sicherer geworden. Die Argumente der Protestler waren zur Bedeutungslosigkeit zusammengeschrumpft, als vor nur vier Jahren zwischen zwei kleinen, aggressiven Nahost-Ländern der erste virtuelle Krieg geführt wurde – geführt und beendet, ohne daß er ein einziges Menschenleben gekostet hätte.

Und was Surfer anging, gab es da nichts mehr hinzuzufügen.

Er ging in die Umkleideräume, streifte die Tarantel ab und warf sie durch die Klappe, damit sie gewaschen und überprüft werden konnte. Anschließend duschte er, schrubbte sich die Trägheit mit Duftsand und Wasser ab, das so heiß war, wie er es gerade noch aushielt.

Zehn Minuten später war er unten im Cyber-Restaurant und setzte sich zu Rom an ein Tisch-Terminal.

»Ich will *alles* über sie wissen«, forderte Surfer enthusiastisch, nachdem er Rom erzählt hatte, was geschehen war.

Rom schüttelte ein wenig traurig den Kopf. »Liebeskrankheit und Webkrankheit sind fast dasselbe, weißt du. Sie ist wahrscheinlich sowieso nur ein Phace.«

Surfer bestritt dies hitzig. *Phaces* waren Personenkonstrukte, die von der Software selbst erschaffen wurden, ein wenig wie die Spinnen oder KI-Bot-Programme, die die Spielzonen bevölkerten und dem Teilnehmer weiterhalfen – oder sie wenn nötig warnten. Phaces erfüllten vor allem in einer Fantasy-Zone die Funktion von Nichtspielercharakteren. Sie heizten das Abenteuer ein wenig an, wenn nicht genug Avatare darin unterwegs waren.

»Aber sie war so *wirklich*«, beharrte Surfer, während er sich ihr Bild noch einmal vor Augen rief. »So hilflos ...«

Rom gab übertriebene Würgelaute von sich und nippte an seinem Getränk. »Du bist so nahe an sie herangekommen, daß du dir sicher sein kannst, ja?«

Surfer warf dem jüngeren Jungen einen Blick zu und sah, daß Rom unverschämt grinste, eine Frechheit, die von seinem rötlichen Haar und dem Meer von Sommersprossen noch unterstrichen wurde.

»Wie könnte man auch erwarten, daß ein Ein-Mip wie du das versteht?« wollte er wissen. »Hau einfach in die Tasten, und laß es uns herausfinden.«

Rom überging die Beleidigung mit einem Achselzucken und machte sich an die Arbeit. Benutzerzeit im Web konnte teuer werden, auch wenn man, wie Surfer gerade, freie Zeit und den Gebrauch eines hochmodernen VR-Anzugs wie der Tarantel gewonnen hatte. Daher waren die Tisch-Terminals sehr nützlich. Sie erlaubten es einem, auf simple Graphiken und andere Daten aus dem Spiel zuzugreifen, in dem man eine ausgedehnte Kampagne spielte.

Rom öffnete mit geübtem Geschick ein ganzes Nest von Dialogboxen zum Traumschloß. »Du kennst nicht einmal ihren Namen«, beschwerte er sich. »Alles, was ich habe, ist eine Beschreibung und ein paar Koordinaten. Ha, bevor ich mich verliebe, möchte ich wissen, wie das Mädchen heißt und welchen VR-Anzug sie benutzt!«

Surfer mußte unfreiwillig kichern. »Wer sagt, daß die Romantik tot ist?« spöttelte er, als eine Spinne sich auf dem Bildschirm ausbreitete, eine rote Warnung ausspuckte und die Anwendung zu einem Spiralmuster aus bunten Splittern zerstieben ließ.

Rom riß die Finger von der Tastatur zurück, als hätte er sie sich verbrannt.

»Hast du das gesehen!« flüsterte er völlig erstaunt. »Die Spinne hat uns abgewürgt. Dabei habe ich nichts getan, als ...«

»Nach ihr zu fragen«, beendete Surfer den Satz.

Rom schüttelte aufgeregt den Kopf. »Nein, nicht ganz. Ich habe Informationen über den Grundriß des Schlosses auf dieser Ebene gesucht. Aber wir wurden gesperrt, Surf, und herausgeworfen.«

»Aber warum?« Surfer starrte den fraktalen Strudel auf dem Bildschirm an, als läge dort die Antwort.

»Na, wer hat jetzt den Ein-Mip-Verstand?« konterte Rom und genoß seinen kleinen Triumph. »Verstehst du denn nicht? Die Spinne verweigert mir den Zugang, weil die Daten oberhalb meiner Zugangsberechtigung liegen.«

»Aber wir haben Level Vier-Neun-Neun erreicht ...«

»Und mit dem Sieg über den Sturmdrachen hast du uns sogar noch höher gepuscht«, fügte Rom hinzu. »Und das bedeutet, daß dein Mädchen, wer sie auch sein mag, sich deutlich über Level 500 befinden muß. Wir sprechen hier über stratosphärische Höhen, Surf.«

Surfer lehnte sich in seinem Stuhl zurück. Sein recht bleiches Gesicht glänzte in der grellen Beleuchtung des Cyber-Restaurants.

»Wenn sie so weit oben ist, kann sie kein Phace sein«, war seine erste Schlußfolgerung.

Rom schnalzte mißbilligend mit der Zunge. »Benimm dich nicht wie ein Handschuh-und-Brille-Heini. Das ist ein Fehler auf Kellerniveau, und das wüßtest du auch, wenn dein Herz nicht vor diesem Mädchen wie ein heißes Marshmallow dahingeschmolzen wäre, vor deiner Ann Onym«, spottete er.

Surfers Stimmung änderte sich, als er sich allmählich zu einer taktisch geprägten Denkweise durchrang.

»Wir können sie benutzen, Rom. Sie ist aus einem bestimmten Grund dort – eine Web-Veteranin, deren Fähigkeiten und Wissen uns ganz nach oben bringen könnten.«

»Das ist eine hübsche Idee«, entgegnete Rom trocken. »Doch solche Ideen verpuffen schnell, Surfer. Du hast ein hübsches Gesicht gesehen und dich darin verguckt. Außerdem, was willst du mit Kilroy anstellen? Du weißt, was sie für dich empfindet.«

Das brachte Surfer zum Stocken. Beide Jungen blickten über die Tischreihen hinweg auf Kilroy, die dort mit einer Gruppe ihrer eigenen Freunde saß und Cola trank. Von Zeit zu Zeit warf sie einen Blick zu Surfer herüber und schaute dann wieder weg, als würde er sie überhaupt nicht interessieren.

In Roms Augen blitzten starke, gemischte Gefühle: Sympathie für Kilroy, höchste Empörung über Surfers Benehmen und eine gewisse Aufregung, denn die Eroberung des Traumschlosses wäre für ihn ein wahrgewordener Traum.

»Laß sie bloß nicht einfach zappeln«, sagte Rom ruhig. »Gib ihr zu verstehen, wie du zu ihr stehst, Surfer.«

»Glaubst du wirklich, ich würde sie auf solche Art verletzen?« fragte Surfer mit einiger Berechtigung.

Roms Antwort darauf bestand aus Schweigen. Er wußte, wie sehr Surfer darauf brannte, ein Dataspace-Held zu werden; er begriff, daß der Junge der Welt unbedingt etwas beweisen mußte. In Surfers Bauch brodelte grüne Säure, von der Rom wußte, daß sie jedesmal hochkochte, wenn irgendein gelackter Typ in seiner eigenen Tarantel in die VR-Bar stolzierte oder mit Dusel oder Können Surfers aktuellen Highscore übertraf. Ehrlicherweise mußte Rom sich eingestehen, daß er Surfer für fähig hielt, *alles* zu tun, das ihm einen Vorteil im Spiel verschaffen konnte.

Das machte Surfers Gesellschaft für sich und Kilroy gefährlich, folgerte Rom daraus .

»Würdest du noch einmal hineingehen?« fragte Surfer und wies mit dem Daumen auf das Terminal.

Rom zog seine ID-Karte aus dem Schlitz. »Nicht heute abend, Surf. Es ist schon spät. Außerdem bin ich für immer draußen, wenn ich zu oft rausgespidert werde.«

Dann lächelte er listig. »Aber ich habe ein paar Kontakte, mit denen ich sprechen werde. Vielleicht können die mir Wege empfehlen, auf denen ich an unserem achtbeinigen Freund vorbeikomme.«

»Guter Mann.« Surfer stand auf, streckte sich und gähnte. »Ich schätze, ich mache mich auch besser auf den Nachhauseweg. Sehen wir uns morgen?«

»Ich werde da sein.«

»Schlaf gut«, sagte Surfer und lächelte, stolz auf seine abendliche Arbeit.

Rom nickte.

»Du auch. Aber laß mich dir noch diesen Gedanken mit auf den Weg geben: Wenn Ann Onym eine so mächtige Spielerin ist, wie kommt es dann, daß du sie gefesselt und hilflos in diesem Kerker gefunden hast?«

Das beschäftigte Surfer nicht sonderlich. Er hatte Geschichten über Ultra-Veteranen gehört, die den Gipfel des Erfolgs in einer bestimmten Spielzone erreicht hatten, dann jedoch, statt woanders neu anzufangen, wieder in tiefere Ebenen hinabgestiegen waren, um Spielvarianten auszuprobieren und alternative Wege zum Sieg zu finden. Vielleicht gehörte das Mädchen, das er gesehen hatte, zu ihnen.

Dies würde es um so wichtiger machen, sie zu finden, egal welche persönlichen Gründe Surfer darüber hinaus im geheimen noch hatte.

Draußen fiel ein feiner Oktoberregen, und die im Dämmerlicht liegenden Straßen glänzten naß und spiegelten das grelle Neonlicht von der beleuchteten Frontseite der VR-Bar verzerrt wider.

Surfer blickte in beide Richtungen die King's Road entlang, aber die kleine Schar Taxis in der Stadt war gerade komplett unterwegs. Er beschloß, lieber zu Fuß zu gehen, statt zu warten, denn sein Zuhause lag nur vier Blocks entfernt in der Trent Road. Außerdem würde die frische Luft den letzten Rest von Webkrankheit vertreiben.

Er wählte die weniger belebte Strecke und ging die von Linden gesäumte Scotland Avenue entlang, statt den bevölkerten Weg durch das Einkaufszentrum zu nehmen.

Niemand war auf der Straße. Surfer schnaufte verächtlich, als er daran dachte, daß all die kritischen älteren Bewohner der Stadt – Leute, die ständig die Stirn über das Web runzelten – jetzt bereits in ihre bevorzugte Seifenoper oder Quiz-Show eingestöpselt waren und bis ans Ende ihrer Tage in ihrer Pantoffelkino-Welt lebten!

Seine Gedanken kehrten zum Traumschloß zurück, zu seinen heutigen Abenteuern und dem kurzen, aber bedeutungsvollen Treffen mit dem Mädchen …

Dann wurde auch dies aus Surfers Verstand fortgewischt.

Der Wind wurde plötzlich stärker. Er fuhr heftig durch die Bäume am Straßenrand und wirbelte trockene Blätter auf dem Bürgersteig vor sich her.

Surfer blieb stehen – er hatte das deutliche Gefühl, daß ihn jemand beobachtete. Er ließ den Blick über die Schatten streifen, glaubte, dort Gestalten zu sehen, und hörte Stimmen im Wind, als seine Nerven sich wie Gitarrensaiten spannten.

»Du machst dich selbst verrückt, Surf«, flüsterte er und lachte leise über sich selbst.

Aber sein Grinsen verging ihm schlagartig, als er sehr deutlich hörte – auch wenn es natürlich unmöglich war –, wie eine Tür sich knarrend öffnete und dann mit einem Knall wieder zufiel, das durch die feuchten, grauen Gänge des Traumschlosses hallte.

3
DIE HONGKONG-CONNECTION

»Der verlorene Sohn kehrt heim«, sagte Reg Miller mit einem müden Sarkasmus, dessen Surfer vollständig überdrüssig war. Er sprang nicht mehr darauf an; die Stichelei konnte ihn nicht mehr treffen. »Hast dir gedacht, du kommst mal eben nach Hause, um zu gucken, ob die Alten noch am Leben sind, was, Robert?«

Miller grinste seinen Sohn an, wissend, daß er es haßte, mit seinem richtigen Namen angesprochen zu werden. Surfers gezwungenes Grinsen spiegelte den Konflikt zwischen ihnen wider; sein Schweigen zeigte, wie schlecht ihre Beziehung in letzter Zeit geworden war.

»Also los, begrüße wenigstens deine Mutter!« fuhr ihn der Alte an, der endlich ein Ventil für seinen Zorn gefunden hatte.

»Hi, Mom.« Surfer ging hinüber und küßte seine Mutter pflichtschuldig auf die Wange. Sie saß in einem der beiden Sessel im Wohnzimmer, während ihr Ehemann sich auf dem Sofa ausgestreckt hatte. Sein Gewicht hatte das Möbel über die Jahre ausgeleiert, und jetzt sah es ebenso verbraucht aus wie alles, das ihn ertragen mußte.

Surfer verurteilte seinen Vater nicht vollständig. In dieser schönen neuen Welt des Wohlstands konnten einem trotz allem die Träume ausgehen. Reg Miller arbeitete in einer Fabrik für Leichtmaschinenbau, die zu dem großen Industriekomplex im Osten von Oakhills gehörte. Er hatte als Fließbandarbeiter begonnen und war bis ins mittlere Management aufgestiegen. Heute war er als Mittelsmann tätig, der dafür sorgte, daß die Verständigung zwischen Arbeitern und Geschäftsleitung ohne Probleme vonstatten ging. Und er machte seinen Job gut. Außerdem hielt er seine Ehe jetzt schon seit über zwanzig Jahre zusammen und besaß ein bescheidenes, aber respektables Haus in diesem hübschen Städtchen in Newengland. Er hatte noch neun Jahre bis zur Rente und wollte seinen Ruhestand in einem kleinen Häuschen am Seeufer in der Nähe von Rochester verbringen und lange genug leben, um seine Enkelkinder aufwachsen zu sehen.

Darüber mußte Surfer innerlich lächeln. Als Einzelkind wäre es seine Aufgabe, für Enkel und Enkelinnen zu sorgen. Der Umstand, daß er, es vorzog, durch den Cyberspace zu surfen, statt zu Hause zu bleiben, sorgte für ständige Reibereien mit dem Vater.

»Hast du dich im Wolkenkuckuckslandland gut amüsiert?« stichelte Miller, während er sich in eine aufrechte Lage hochstemmte, um nach einer weiteren Bierdose zu greifen.

Sie hatten dies alles schon viele Male durchgespielt. Die alten Argumente zu den Vorzügen und Gefahren des Web. Surfer wies als unerschütterlicher Befürworter stets darauf hin, daß es die Erziehung revolutioniert habe. Wie könnte man Geographie besser lernen, als selbst an jeden virtuellen Ort zu gehen, mit dem man sich zu beschäftigen hatte? Oder Geschichte selbst zu erleben, indem man im Bürgerkrieg mitkämpfte oder rittlings auf Fat Boy ritt, wie er an jenem schwarzen Augustmorgen vor so langer Zeit auf Hiroshima niederging? Und wieviel mehr Sinn ergaben die Naturwissenschaften, wenn man mit einem Atom darüber reden konnte, wie es sich verhielt oder eine Blutzelle sein konnte, die auf das Herz zutrieb?

Reg Miller stimmte zu, daß solche Dinge interessanter sein mochten, als einer Lektion in einem Klassenzimmer zu folgen, das mit Tafel und Kreide auskommen mußte. Aber er beharrte felsenfest darauf, daß die ›Kinder von Heute‹ ihren Kopf wie Strauße in den Sand steckten und eine ungesunde Menge von Zeit damit zubrachten, zu ignorieren, was wirklich vor sich ging. Der Umstand, daß Surfer keinen festen Berufswunsch hatte – auf jeden Fall nicht im Bereich Leichtmaschinenbau wie sein Vater –, rieb nur Salz in die Wunden und ließ die meisten Abende den gleichen Verlauf nehmen wie den gegenwärtigen.

»Ich mache mir was zu essen«, sagte Surfer und ignorierte den Fehdehandschuh seines Vaters. »Danach werde ich mich hinlegen, denke ich.«

»Du siehst müde aus.« Mrs. Miller drückte die Hand ihres Sohnes. »Bist du in Ordnung?«

»Mir geht's gut, Mom«, sagte er und hoffte, sie würde die Lüge nicht bemerken. Tatsache war, daß Surfer noch immer weiche Knie hatte vom Realismus der Halluzination, die er vor dem Haus erlebt hatte. Er hatte nichts gesehen, aber das Geräusch der zuknallenden Kerkertür war unverkennbar gewesen. Und dann war da noch das

Gefühl, daß er beobachtet wurde. Auch das war sehr stark gewesen und hing ihm nach, als er jetzt in die Küche trottete, den Inhalt des Kühlschranks inspizierte und nichts Ansprechendes fand.

Surfer goß sich ein Glas Wasser ein, kippte es herunter und ging dann hinauf in sein Zimmer. In der Ecke, unter seiner Collage aus Postern von der Mars-Expedition, blinkte der Cursor auf seinem PC ruhig vor sich hin. Es waren keine Nachrichten eingetroffen.

Er ging zum Badezimmer, blieb aber auf dem Treppenabsatz stehen, als er von unten die gedämpften Stimmen seiner Eltern hörte. Er konnte keine einzelnen Wörter ausmachen, aber der Tonfall schien nicht ärgerlich zu sein. Surfer fragte sich, ob sein Vater ihn jetzt aufgegeben hatte; ob er ihn jetzt in einen Topf mit all den anderen Cyberphreaks und Webfans, Hackern und Computer-Idioten warf, von denen man oft in den Nachrichten hörte.

Surfer stellte fest, daß er in diesem Fall von seinem Vater enttäuscht wäre. Das Web war die Neue Welt des einundzwanzigsten Jahrhunderts, ein riesiges, unerforschtes Land, in dem es noch Arbeit für Pioniere gab. In Webtown konnte man noch Karrieren und Reichtümer machen und seine kühnsten Träume verwirklichen. Was sollte falsch daran sein, dies alles erkunden zu wollen, fragte sich Surfer, als er ins Bett schlüpfte. Was konnte es schaden, ein hochgestecktes Ziel zu setzen und dann seinem Traum so weit zu folgen, wie es nur ging?

Nicht daß ich genau wüßte, worin mein hochgestecktes Ziel denn nun bestand, dachte Surfer, als die Augen ihm bereits zufielen.

Aber etwas wartete im Web auf ihn, das war ganz sicher.

Irgend etwas.

Die Uhr weckte ihn um acht Uhr dreißig. Ihre fröhliche Aufforderung, aufzustehen und den neuen Tag mit einem Lächeln zu begrüßen, fiel damit zusammen, daß Surfers Vater sich auf den Weg zur Arbeit machte und aus der Vordertür trat. Dann erklang auch schon das anschwellende Wimmern des Greencoach-Motors, und das Fahrzeug kam die Straße entlanggerollt. Surfer konnte sich bildlich vorstellen, wie sein Vater den gleichen Gesichtern auf den gleichen Sitzen das gleiche »Guten Morgen« wünschte; eine nie wechselnde, nie endende Routine. Es war beinahe zum Herzerweichen.

Er rieb sich die Augen und befahl der Uhr, Ruhe zu geben, was diese tat, nachdem sie ihn informiert hatte, er habe E-Mails erhalten, die darauf warteten, gelesen zu werden.

Heute war kein Schultag. Surfer konnte sich mit seiner Post Zeit nehmen und eine ausgedehnte Dusche mit anschließendem Frühstück genießen. Mom würde höchstwahrscheinlich zu ihrem Kunstkurs gehen. Sie tat dies in letzter Zeit – der Gesellschaft wegen – immer häufiger. Surfer würde das Haus für sich alleine haben.

Er ging zu seinem Schreibtisch hinüber und drückte das Intro-Icon auf dem Schirm seines PC. Ein Briefkasten erschien. Er war als Drachenkopf gestaltet und spuckte die Grafik eines Umschlags aus altem Pergament aus, der an den Rändern von den Flammenzungen angekohlt wurde, die aus dem Rachen des Gewürms hervorzuckten.

Der Umschlag öffnete sich und offenbarte einen Gruß in einer wunderschönen, kalligraphischen Schrift sowie zwei kleine, orientalische Figuren, die ihm zuwinkten.

»Hi, Surfer«, sagte die eine und hüpfte auf die übertriebene Art eines Zeichentrickmännchens auf und ab. »Wir haben von deiner Vernichtung des Sturmdrachen gehört. Willkommen auf Level Fünf-Null-Eins. Ich bin

Suki, und dies« – die Figur deutete auf ihren Begleiter – »ist Silent Blade. Wir sind ebenfalls Erforscher des Traumschlosses und haben vor ein paar Wochen die Fünfhunderter-Barriere durchbrochen. Hast du Lust zu einem Treffen? Wir würden uns darüber freuen. Falls du damit einverstanden bist, könnten wir uns ja zusammentun und gemeinsam weitermachen.«

Die kleine Cartoonfigur machte ein trauriges Gesicht.

»Wie du weißt, liegen viele Gefahren vor uns. Silent Blade und ich haben uns gedacht, daß wir stärker wären, wenn wir zusammenarbeiten würden. Laß uns deine Entscheidung wissen. Aber wie auch immer, noch einmal Hallo und viele Grüße! Wir hoffen, du erklärst dich bereit, uns in Webtown zu treffen.

Bis bald!«

Die beiden Gestalten verbeugten sich und lösten sich dann in einen Nebel aus Pixeln auf.

Surfer lachte leise in sich hinein und schüttelte amüsiert den Kopf. Er freute sich über die Nachricht, die er als seine erste Fan-Post ansah. Die Dialogbox, die er öffnete, verriet ihm, daß die Botschaft um 2:15 morgens seiner Ortszeit aus Hongkong angekommen war, was dort drüben der Mitte des Nachmittags entsprach.

»Uhr«, sagte Surfer, ohne sich umzudrehen.

»Achtuhrzweiundvierzig morgens«, erwiderte sie munter.

Surfer schätzte, daß er um neun in der VR-Bar sein und sich mit Suki und Silent Blade die Hände schütteln konnte, bevor sie schlafen gingen.

Rom war bereits unterwegs und sandte ein paar feindliche Geschwader in einem Mini-Spiel Star Warriors ins Jenseits. Dazu brauchte man nicht nach Webtown zu gehen. Neben den VR-Terminals besaß die Bar auch eine

Anzahl von unabhängigen Zellen. Man konnte sich zu einem Kurz-Szenario dort einspinnen und bis zu einer knappen halben Stunde Spielspaß in Top-Qualität erleben. Es war besser herumzulabern, billiger als Multi-Spieler-Abenteuer und praktisch, um die unnützen Minuten auszufüllen, in denen man darauf wartete, daß die Gefährten auftauchten.

Surfer sprach durch das externe Mikrofon der Zelle mit Rom und mußte über dessen Taten, die der TV-Schirm übertrug, grinsen. Der Junge war gut und ließ nicht das geringste Zögern erkennen, als er die letzte Omega-Staffel des Schwarzen Sterns auslöschte. Dann machte er in seinem schmucken kleinen Raptor-Jet eine Siegesrolle durch die blauen Staubreste seines atomisierten Feindes und setzte mit einem perfekten Touchdown auf Homeworld auf.

Das Bild auf dem Schirm zoomte zu einem langsam größer werdenden Sternenhimmel weg. Rom löste die Verbindung seines VR-Anzugs und verließ die Zelle.

»Gute Acht«, sagte Surfer, und Rom salutierte als Antwort auf das Kompliment.

»Ich dachte, ich trainiere noch mal meine Hand-Auge-Koordination für die Witwen-Kämpfe, die uns erwarten.«

»Ich habe Neuigkeiten: Hilfe aus weiter Ferne.«

Roms Augenbrauen hoben sich. »Okay, machen wir eine Pause bei einem Drink, Surf. Ich muß dir auch ein paar Sachen erzählen.«

Sie gingen zum Cyber Diner hinüber, das selbst so früh bereits voller Leute war – hauptsächlich Kids und Teenager, die heute keine Schule hatten. Einige von ihnen trugen ihre VR-Anzüge (einige waren echt cog, wie sie mit der neuesten Ausrüstung protzten), aber die meisten hatten, wie Surfer, Alltagskleidung an und wollten ihren Tag im Web erst noch beginnen.

Surfer kaufte zwei große Colas, um Roms Sieg am

Rande der Galaxis zu feiern. Rom fühlte sich hochgeehrt.

»Ich habe eine Mail bekommen«, sagte Surfer; »von zwei Vets aus Hongkong.« Er erzählte Rom, was genau in der Nachricht gestanden hatte.

»Das könnte wichtig sein«, antwortete Rom entschieden. »In den oberen Ebenen des Schlosses gibt es, wie du weißt, immer weniger Leute. Spieler werden ausgelöscht oder kommen erst gar nicht so weit. Vielleicht haben deine neuen Freunde recht, Surfer; vielleicht macht Gemeinsamkeit stark. – Andererseits«, Rom grinste spitzbübisch, »ist ein Team nur so gut wie sein schwächstes und nur so schnell wie sein langsamstes Mitglied. Was weißt du über Suki und Silent Blade?«

»Bis jetzt noch gar nichts«, gab Surfer zu und unterdrückte seinen Ärger, da er wußte, daß Rom vollkommen recht hatte. »Darum dachte ich, wir könnten ein Treffen mit ihnen in Webtown arrangieren, bevor wir zusammen ins Traumschloß ziehen.«

Rom nickte. »Okay, das wird Patzer vermeiden, falls wir uns zusammenschließen. Was ist mit Kilroy?« Rom sah sich um, während er dies fragte. »Ist sie dabei, wenn wir die Entscheidung treffen?«

»Ich habe sie nicht gesehen – aber wir können ihr einen Notizclip in Webtown hinterlassen; sie kann uns von der Realworld aus kontaktieren, wenn ihr wirklich nicht gefällt, was wir tun.«

Rom beantwortete die abschätzige Haltung seines Freundes mit finsterer, mißbilligender Miene. »Warum drängst du sie so zur Seite?« wollte er wissen und lächelte einen Augenblick später versonnen. »Also, wenn sie ein Auge in meine Richtung werfen würde, wäre ich bei ihr, bevor du ›ätzend‹ sagen könntest!«

»Ähm, nun ja ...« Surfer vermied eine Antwort, indem er seine Cola austrank. »Du sagtest, du hättest mir etwas zu erzählen.«

Rom zuckte mit den Achseln. »Die Neuigkeit ist eigentlich gar nicht neu. Ich bin wegen des Mädchens, das du getroffen hast, zu ein paar Phreaks gesurft, die ich kenne. Ihre persönlichen Daten sind sicherer unter Verschluß als im Kellersafe vom Pentagon.« Rom genoß, wie das plötzliche Funkeln in Surfers Augen zu Enttäuschung verglomm. »Tut mir leid, Surf, aber so ist es nun mal. Ich vermute, das liegt nicht nur daran, daß sie von einer höheren Level-Zugangsberechtigung geschützt wird. Die kleine Ann Onym hält sich selbst bei allen Details hübsch bedeckt – man könnte sagen, sie macht ihrem Namen alle Ehre. Sie *will* nicht, daß irgendein Kellerniveau-Anfänger sich bei ihr einschleimt und sie benutzt, um im Schloß weiter nach oben zu kommen.«

Surfer grunzte beleidigt, was Rom laut auflachen ließ.

»Du wirst einfach um sie kämpfen müssen, Surf. Das ist es schließlich, was weiße Ritter schon immer getan haben, nicht wahr?«

Sie begaben sich ohne Umschweife auf dem direktesten Weg nach Webtown. Nebeneinander in einer Privatkabine sitzend, die Surfer mit seinen Bonussen bezahlt hatte, schalteten er und Rom die Handgelenkcontroller an und gaben einen Code ein, der sie außerhalb des Traumschlosses absetzen würde.

Vorher hatte Surfer eine Nachricht an die Web-Adresse geschickt, die ihm Suki und Silent Blade gegeben hatten. Er schrieb, daß er hoffe, sie in der VR zu sehen. Die Zeit verstrich schnell, und er hatte nicht auf eine Antwort gewartet.

Wie immer stockte ihm der Atem, als er sich ins Netz spinnte. Das knappe elektronische Signal schnarrte in seinen Ohren, und ein gleichförmiges Blau erfüllte kurz sein Blickfeld. Aber der BuS-Effekt ging rasch vorüber. Surfer spürte, wie die Tarantel sich um seinen Leib zusammenzog und wieder lockerte, als sie sich darauf vorbereitete, mit ihm eins zu werden. Das Kopfteil schien an seinem Gesicht zu schmelzen, Ströme und Blitze virtuellen Lichts überfluteten seine Sehwahrnehmung.

Die Zeit beschleunigte sich auf Web-Standard, und Surfer fand sich plötzlich auf dem breiten, vertrauten Strand außerhalb der Traumschloß-Spielzone wieder. Rom stand neben ihm und las die Reklame-Hologramme für Coke, Hack und andere aktuelle Witwen-Produkte, sowie die unterhaltsameren Graffiti, die von dem üblichen Gesocks aus Webtown-Hackern über den Himmel verteilt worden waren.

Das Netzwerk aus Straßen in dieser Region war sehr bevölkert, denn das Schloß und die dazugehörigen Abenteuer erfreuten sich großer Popularität. Eine Gruppe Vets in Samurai-Rüstungen zog vorüber und grüßte Surfer mit einem Nicken. Er freute sich, als einer von ihnen anerkannt zu werden, und blickte zur Seite, um sich zu vergewissern, ob Rom dieses Zeichen neuen Respekts bemerkt hätte.

»Da ist Kilroy«, sagte Rom, rief ihren Namen und winkte.

Surfer war ein wenig pikiert, hob aber grüßend den Arm, als Kilroy sie entdeckte und zu ihnen herüberkam.

»Ich habe euren Notizclip erhalten«, sagte sie mit einem Lächeln, das sie in Surfers Richtung sorgsam neutral hielt. »Danke, daß ihr mir eure Pläne mitgeteilt habt. Ich muß noch was erledigen, aber ich schätze, das hat Zeit bis zum Nachmittag.«

»Also kein Problem«, sagte Surfer und versuchte, nicht den geschmeidigen Einteiler anzustarren, den Kilroy als Web-Ausrüstung gewählt hatte. Sie tat ihr Bestes für ihn, das wußte er, und er fühlte sich geschmeichelt. Und wenn die Dinge anders lägen, könnten er und Kilroy sich vielleicht wirklich nahe kommen. Obgleich sie ihre Freizeit in der Spielzone verbrachte, lagen Kilroys Hauptinteressen in der Realworld. Wie die meisten Menschen würde sie dem Erforschen des Traumschlosses irgendwann entwachsen und das Web nur noch für die langweiligen Routinedinge nutzen wie die Erwachsenen. Surfer konnte sie sich in fünfzehn oder zwanzig Jahren vorstellen: großes Haus, wie das ihrer Eltern; erfolgreich; ein paar Kinder, die mit Bedacht nur in die ›erzieherisch wertvolle‹ Webtown gelenkt wurden; ein liebender Ehemann, der – seien wir ehrlich – ein echter Cog-Silky sein würde!

Surfer verdrängte dieses Bild mit einem Schaudern und kehrte sich halb von ihr ab.

»Sie sind spät dran«, kommentierte er ein wenig zu laut – und im nächsten Moment hellte sein Gesicht sich auf, als er zwei kleine, orientalische Gestalten in farbenfroher Seide erblickte, die schnell auf ihn zukamen.

Surfer war es ein wenig peinlich, als Suki und Silent Blade näherkamen, vor ihm stehenblieben und ihn mit einer traditionellen Verbeugung begrüßten.

»Es sind Kids!« kicherte Rom, entzückt über Surfers Verlegenheit. Er hatte recht: Silent Blade und Suki waren beide nicht älter als Rom, höchstens zwölfjährig. Suki wirkte etwas unsicher; flatterig wie ein kleiner Vogel lautete Kilroys Vergleich. Silent Blade machte einen wachsamen Eindruck. Kilroy blickte ihm aufmerksam in die Augen – die ihrer Meinung nach selbst hier im Web Fenster zur Seele waren. Sie sah in ihnen nichts, das sie mochte oder dem sie sonderlich traute.

Surfer übernahm die Vorstellungen.

»Surfer hat mir alles über euch erzählt«, erklärte Rom, der vor Aufregung überschäumte. »Es ist toll, das Eier wie wir es schaffen, so früh im Leben unsere erste Fünf-Doppelnull zu durchbrechen. Willkommen!«

Sukis Augen blinzelten dankend. »Wir sind Bruder und Schwester«, antwortete sie, »aber sehr unterschiedlich, wie unsere Spiel-Avatare es widerspiegeln.« Sie deutete auf Silent Blade, der einen halben Kopf größer war als sie. »Und wir spielen in der Schloß-Zone, wann immer wir Zeit haben. Unsere Eltern glauben, daß es viel zu gewinnen gibt – viel Respekt und Ehre –, wenn man erfolgreich die Herausforderungen des Traumschlosses übersteht.«

»Viel Respekt, viel Ehre«, fügte Silent Blade unerwarteterweise hinzu. Seine Stimme war langsam, überlegt und ohne jeden Gefühlseinschlag. Kilroy fand seine Gegenwart ein wenig entnervend, ohne daß sie wußte, warum.

Surfer, der ihr Unbehagen offenkundig nicht teilte, lächelte. »Ah, na, das ist ein Gedanke, den man meinem Alten mal beibringen sollte ... Ähm, das ist alles echt prächtig, aber ihr versteht, daß wir uns nicht einfach zusammentun und gute Kumpels sein können. Wir müssen vorher unsere Fähigkeiten in einer Simulation auf die Probe stellen.«

Suki und Silent Blade sahen beide verwirrt drein, und Rom wurde wütend.

»Zisch dich, Surfer! Wenn überhaupt jemand ultraätzend ist, dann diese Kids. Ihre Fähigkeiten haben sie im Spiel ja wohl schon unter Beweis gestellt!«

»Ja, aber wir kennen sie nicht, und sie sind ein mögliches Risiko.«

»Das ist so Hub!« konterte Rom fast brüllend. »Sie haben *dich* in der Top-Ebene willkommen geheißen, wenn ich mich recht erinnere. *Du* bist es, der sich ihnen beweisen muß!«

»Bitte, das ist nicht nötig«, wandte Suki ein und trat zwischen Rom und Surfer, um sie zu beruhigen. »Wir sind beide nur zu gern bereit, dir zu vertrauen, Surfer – euch allen.«

»Warum machen wir nicht einfach mit dem Spiel weiter?« schlug Kilroy ruhig vor. Sie blickte Surfer ohne Herausforderung in die Augen, aber in ihrem Blick lag die leise Warnung, er mache sich zum Narren.

Surfer sah als erster weg. Dann nickte er.

»Okay, tun wir's.«

Er streckte die Hand aus, um die von Kilroy ergreifen, die Rom wiederum anfaßte. Suki und Silent Blade schlossen sich der Gruppe an, und die fünf traten durch die schimmernde, virtuelle Wand der Website, durch einen Augenblick von Blau-und-Signal-Verwirrung ...

... in eine kleine Vorkammer aus Stein. An den schleimigen, algenbewachsenen Wänden lief Wasser herunter.

»D-Box«, sagte Surfer, drückte ein paar Knöpfe auf seinem Handgelenkcontroller und ließ dadurch eine Datenkonsole vor sich erscheinen.

Ein Kristallgitter materialisierte sich und faltete sich wie eine komplizierte Blume auf, um seine Informationen darzubieten.

»Wow«, hauchte Rom, während Erheiterung wie ein Blitz durch Surfer schoß.

»Level Fünf-Null-Eins. Wir sind drin. Wir sind durch.«

»Ab jetzt wird es härter«, warnte Kilroy.

Surfer schenkte ihr ein grimmiges Lächeln. »Der einzige Weg führt nach oben. Gehen wir.«

Als sie den düsteren Steingang entlanggingen, Surfer an der Spitze, nahmen die anderen ein paar Modifikationen an ihrer Bewaffnung, ihrer Ausrüstung und ihren virtuellen Körpern vor. Suki und Silent Blade verwandelten sich in Avatars, die ein paar Jahre älter waren als sie. Glänzende Lederrüstung schloß beeindruckend Silent Blades muskulöse Figur ein, während ein Krummschwert, das ihm bis zur Schulter reichte, funkelnd in seiner Hand Gestalt annahm. Suki wurde größer, schlanker, ihre Proportionen veränderten sich sanft, bis sie aussah, als könnte sie sich mit der Geschwindigkeit eines Peitschenschlags bewegen. Und was Surfer im ersten Augenblick für ornamentale Verzierungen ihres Gürtels hielt, erwies sich als eine Auswahl von glänzenden Pfeilen, Widerhaken und Wurfsternen.

Nun fühlte er sich schon viel besser.

Nach wenigen Minuten Web-Zeit erreichten sie das Ende des Ganges. Er öffnete sich zu einer großen Kammer mit Kuppeldach, in der entfernte Echos widerhallten und die in ein mattes Licht getaucht lag, das zum Teil von Pechfackeln stammte, die in den eisernen Haltern brannten, welche hier und da an den Wänden angebracht waren. Ein Teil ließ sich jedoch nur auf das neblige Glimmen von Zauberwerk zurückführen. Die Luft war voller Magie.

»Du wirst sehen«, flüsterte Suki in Surfers Ohr, »daß in den höheren Ebenen Zauberei eine viel wichtigere Rolle spielt.«

Surfer ballte nervös die Fäuste. Er war ein Kämpfer, kein Magier, und er wußte, daß er Zaubersprüche nicht mit Stahl bekämpfen konnte.

»Da vorn«, sagte Kilroy und deutete mit einem bebenden Finger.

An der gegenüberliegenden Seite der Kammer führten breite Steinstufen zu einer Reihe von übereinandergetürmten Galerien, die sich weiter oben schließlich in der Dunkelheit verloren. Auf einer der tieferen Plattformen schien ein Hexer, dessen Kopf von einer Kapuze verhüllt war, mit seinem Zauberwerk beschäftigt zu sein. Surfer wußte aus Gesprächen mit anderen Spielern, daß Hexer keine geradlinigen Gegner waren. Sie benutzten Beschwörungen und vielfältige Magie, um ihre Ziele zu erreichen; sie rezitierten Zaubersprüche, erschufen Trugbilder und verwischten die Grenzen der virtuellen Realität innerhalb der äußeren Realität.

Dieser Magier stand über einen Kessel aus schwarzem Metall gebeugt, in den rotglühende Runen und Drachengestalten eingraviert waren. Blutroter Rauch stieg, erhellt von gelben Flammen, empor und breitete sich weit oben pilzförmig in einen purpurnen Nebel aus, in dem elektrische Funken sprühten.

»Homunkulus-Kreation«, murmelte Suki düster. »Er ist ein Erschaffer von Monstren.«

»Vernichten wir ihn?« fragte Rom.

Suki schüttelte den Kopf. »Wir sprechen mit ihm – wenn er uns läßt.«

Und während sie dies sagte, trat sie mit einer fließenden Eleganz vor, die die anderen erstaunlich fanden.

Surfer, der durch Sukis Benehmen Selbstvertrauen gewonnen hatte, folgte ihr mit Silent Blade an seiner rechten und der ernst blickenden Kilroy an seiner linken Seite. Rom bildete die Nachhut.

Sie hatten die Steinkammer zur Hälfte durchquert, als der Hexer sie bemerkte. Vielleicht hatte er ihre leisen Schritte gehört.

Er wirbelte herum, und seine Züge verwandelten sich von denen eines alten Mannes in die eines rotgesichtigen Reptils, das mit einer blauen Zunge züngelte.

Brüllend schleuderte der Magier ihnen einen Abwehrzauber entgegen. Sie stoben auseinander, als der funkensprühende grüne Ball in ihre Mitte zischte und auf den ausgetretenen Fliesen zu Roms Füßen aufschlug.

Die Steine zersplitterten, zerfielen zu Staub und stürzten in unergründliche Tiefe.

Die Illusion war so real und beängstigend, daß Surfer und seine Freunde von ihr überwältigt wurden. Für diese wenigen Momente war es die überzeugendste Sache, die sie je erlebt hatten.

Roms Schrei erfüllte die Kammer und kratzte wie schrille Klauen des Lärms über die gewölbte Decke. Er versuchte, sein Gleichgewicht wiederzufinden, versuchte, sich zur Seite und nach hinten zu werfen …

»Rom!« schrie Kilroy und hechtete vor, um ihn zu packen.

Aber der Boden bekam Risse und begann, weiter einzubrechen.

Surfer packte Kilroy und riß sie zurück in die Sicherheit.

Entsetzt beobachteten sie, wie Rom, wild um sich schlagend, inmitten der Steintrümmer hinabstürzte, bis er nicht mehr zu sehen war.

4
FEUERDRACHE

Kilroy reagierte als erste. Sie warf sich auf den Bauch, so daß Kopf, Arme und Schultern über dem absackenden, brüchigen Rand des Abgrunds hingen.

»Komm da weg«, schrie Suki mit vor Aufregung schriller Stimme. »Es wird dich auch vernichten!« Sie und Silent Blade hielten sich im Hintergrund und wagten nicht, näherzukommen. Surfer fragte sich warum, da sie beide doch erfahrene Spieler waren, die in ihren VR-Abenteuern sicher schon häufig ihren Mut unter Beweis gestellt hatten.

Kilroy achtete nicht auf Suki. Indem sie sich so weit vorstreckte, wie es gerade noch wagen konnte, ohne sich selbst in Gefahr abzustürzen zu bringen, vermochte sie Rom auszumachen, der nur etwa einen Meter unter ihnen an einer verbogenen Metallstrebe baumelte. Er sah natürlich verängstigt aus – doch vor allem wirkte er schockiert. Kilroy wußte den Grund hierfür. In den tieferen Ebenen des Spieles tauchten eine Bedrohung oder ein Feind nie ohne Hinweis oder Vorzeichen auf, wenn diese auch oft sehr vage oder rätselhaft ausfielen. Doch hier, in den oberen Bereichen des Traumschlosses, konnte einen die Gefahr unerwartet aus jeder Richtung anspringen und den unvorsichtigen Spieler ohne Vorwarnung verschlingen.

Die einzige Möglichkeit, zu verhindern, daß sie alle besiegt wurden, waren Wachsamkeit, Mut und Kameradschaft.

»Komm da weg«, schrie Suki erneut und lenkte Kilroy damit kurz ab.

»Ich lasse ihn nicht zurück!« fuhr sie die Vorsichtige an und suchte verzweifelt nach einem Weg, Rom zu erreichen.

Sie alle wußten, daß er in keiner wirklichen Gefahr schwebte. Selbst wenn er seinen Halt an der Eisenstange verlieren und hinabstürzen sollte, konnte er sich aus der VR ausklinken und sich sofort aus dem Web rausspinnen. Und wenn er das nicht selbst tat, würde sein VR-Anzug den Vorgang einleiten. Nur für die Gruppe wären die Konsequenzen katastrophal. Roms Fähigkeiten hatten ihnen geholfen, in diesen neuen Bereich der Spielzone durchzubrechen, und seine ständige Unterstützung war unschätzbar. Wenn er im Spiel ›getötet‹ werden sollte, wäre er gezwungen, wieder ganz von vorne zu beginnen. Das würde bedeuten, daß Surfer und Kilroy alleine weitergehen mußten oder vielleicht gemeinsam mit Suki und Silent Blade – falls sie mit ihnen zurechtkamen.

»Rom!« rief Kilroy. »Bist du in Ordnung?«

Er blickte mit weißem Gesicht zu ihr hinauf.

»Ich kann mich nicht lange halten, Kilroy.« Er sah aus, als erwarte er den Wipeout.

»Okay. Tue dein Bestes.« Kilroy blickte zurück und rief: »Surfer!«

»Hier«, sagte Surfer.

»Halt meine Beine fest, ich werde versuchen, ihn zu erreichen.«

»Der Hexer entkommt«, erwiderte Surfer zu Kilroys Erstaunen und Empörung. »Ich muß ihn fangen und ausquetschen.«

Wütend drehte sich Kilroy zu Surfer um und sah ihn ein paar Meter hinter sich unentschlossen dastehen. Im Hintergrund eilte der Zauberer, der an allem die Schuld trug, die Steinstufen zu den höheren Galerien der Steinkammer hinauf, so schnell es seine gebrechliche Gestalt erlaubte.

»Laß Suki und Silent Blade den Kerl verfolgen!« Kilroys Stimme knisterte vor Zorn. »Hilf mir, Rom zu retten. Tu das Richtige, Surfer!«

Auf Surfers Gesicht spiegelte sich seine eigene Gereiztheit, aber auch Unentschlossenheit wider. Kilroy wandte ihm den Rücken zu und konzentrierte sich darauf, abzuschätzen, wieviel weiter sie sich noch zu Rom hinunterlehnen konnte.

Obgleich die Bodenfalle listig erdacht war, wurde sie glücklicherweise von einem ausgeklügeltem Gitter aus Eisenverstrebungen gestützt, die das Gewicht der Fliesen und der Leute, die sich darauf bewegten, trugen – jedenfalls im Augenblick noch.

Und so sackten die Steine, auf denen Kilroy lag, bedrohlich ab, als sie sich darauf nach vorne schob, und ein kleiner Regen aus Geröll rieselte in die Tiefe, aber sie brachen nicht weiter ein. Kilroy rutschte eine weitere Handbreit vor. Und noch eine.

Dann spürte sie starke Hände, die sie an den Knöcheln packten.

»Na los, beeil dich«, erklang knurrend Surfers Stimme hinter ihr.

Kilroy lächelte, ohne etwas zu erwidern.

»Ich rutsche«, jammerte Rom, und echte Angst klang in seinen Worten durch.

»Halt dich fest, Rom, ich bin fast bei dir!«

Kilroy riskierte ihre eigene Sicherheit, indem sie es wagte, sich so weit vorzuschieben, daß ihr gesamter Oberkörper über die Kante ragte, aber jetzt konnte sie wenigstens ihre Taille beugen und in dieser Position ihre Hände bis auf Fingerlänge zu Rom ausstrecken.

»Kannst du nach ihnen greifen?«

Er machte Anstalten, es zu versuchen und schrie dann auf, denn die Eisenstange bog sich und entfernte ihn weiter von Kilroy.

»Ich ... ich kann nicht!«

Kilroy öffnete den Mund, um ihm Ermutigungen zuzurufen. Ohne daß ein Laut aus ihm hervordrang, ließ sie ihn offenstehen.

Weit unten in dem fürchterlichen Abgrund öffnete sich etwas, das wie ein riesiges, schreckliches Auge aussah. Die eisengraue Iris öffnete sich. Darunter kam eine Pupille zum Vorschein, die nicht etwa schwarz war – ganz im Gegenteil: Dort unten ballte sich eine weißglühende Masse zusammen, die kurz vor der Explosion stand.

»O nein!« hauchte Kilroy, als die Eruption losbrach und eine Flammensäule rasch den Schacht hinaufwallte.

Dort unten war ein Feuerdrache, ein legendärer Schrecken für Neulinge in der Spielzone, und für sie nun zur monströsen Wirklichkeit geworden. Rings um Kilroy schien die beschleunigte Zeit des Web plötzlich in Zeitlupe abzulaufen. Sie hörte sich selbst, wie sie Surfer eine Warnung zuschrie, aber ihre Worte fühlten sich in ihrem Mund an wie Sirup. Es schien eine Ewigkeit zu dauern, bevor er darauf reagierte und sie mit nervenzermürbender Langsamkeit aus dem Weg der schrecklichen Feuerkreatur zog.

Kilroy sah zu, wie die weißen Flammen emporströmten. Sie wirbelten und zuckten umher, die Farbe allmählich von Gelb über Orange zu einem überwältigenden, bösartigen Zinnoberrot verändernd. Kilroy wußte, daß Rom mit Sicherheit davon verschlungen worden war.

Als sie weit genug von dem Rand weggezogen worden war, kämpfte sich Kilroy wieder auf die Beine und hechtete, Surfer mit sich reißend, davon.

Einen Augenblick später schoß der Feuerdrache mit lautem Gebrüll und einem schmerzhaften Hitzeschwall aus dem Abgrund hervor. Er breitete sich sofort aus, wobei er sie beide mit seinen brennenden Flügeln streifte – zog sich dann aber wieder zurück und sammelte sich in seinem Schlupfloch, als wüßte er, daß seine Energie verpuffen würde, wenn er versuchte, zu lange in der riesigen Kammer zu bleiben.

Das Ungeheuer nahm die losen Überreste der Plattform mit sich, riß Steine, Eisen und den anderen Schutt tief, tief hinab in die tiefsten Keller des Schlosses.

Ebenso schnell, wie es aufgetaucht war, verschwand das Monstrum wieder.

Kilroy blieb zurück, vom Nachbild noch immer ganz benommen. Die heiße, trockene Luft der Kammer bebte vor zischenden Echos.

Ohne einen Blick zu den anderen zu werfen, trat Kilroy an den Rand des Abgrundes und schaute hinab.

Alles hatte sich verändert, war ins Verderben hinabgesogen worden. Die hängende Plattform und die Eisensparren waren fort.

Keine Spur von Rom.

Kilroy fühlte Schwindel von der Geschwindigkeit und der Plötzlichkeit, mit der alles geschehen war. Als Surfer zu ihr trat und ihr tröstend die Hand auf die Schulter legte, fühlte sie sich zu müde und ausgelaugt, um sie abzuschütteln.

»Das ist der Preis dafür, daß wir dachten, wir wüßten alles!« zischte sie bitter.

»Nein!« Surfers Stimme war ruhig und fast sachlich. »*Wir wußten bloß nicht genug.*«

Sie drehte sich ihm zu und schaute ihm ins Gesicht. Surfer hob die Augen und deutete damit nach oben. Kilroy folgte seinem Blick und sah jetzt, zu spät, alte Brandflecke an der Kuppeldecke der Kammer.

»Die Zeichen waren da, wir waren bloß nicht umsichtig genug, sie zu entdecken. Uns wurde eine Lektion erteilt.«

»Ist das alles, was du dazu zu sagen hast?« Kilroy ließ ihre aufgestauten Gefühle heraus. »Ist das alles, was es dir bedeutet? Rom ist aus dem Spiel!«

»Er wird ein anderes finden. Und außerdem können wir ihn hinterher im Cyber-Diner treffen, und er kann uns erzählen, wie es war, von einem Feuerdrachen gefressen zu werden!«

Surfers Gesicht strahlte in einem aufmunternden Grinsen.

Kilroy hätte ihn am liebsten geschlagen – und hätte das vielleicht auch getan, wenn nicht Suki mit dünner Stimme von den im Schatten verborgenen oberen Galerien der Kammer zu ihnen herabgerufen hätte.

»Sie sind dem Hexenmeister gefolgt«, erklärte Surfer. Er wurde ernst, als er ihren Gesichtsausdruck sah. »Ich habe mein Bestes getan, um dir und Rom zu helfen. Ich wollte nicht, daß ihn ein Wipeout erwischt.«

»Ich gehe zu ihm.« Kilroys Stimme klang flach und entschlossen. »Kommst du mit?«

Surfer starrte sie trotzig an und schüttelte dann den Kopf. »Du weißt, wie das Spiel läuft. Selbst wenn wir beim nächsten Mal wieder diese Kammer finden sollten, wird der Hexer fort sein. Das Traumschloß ändert sich ständig. Wir werden diese Gelegenheit nicht wieder bekommen, wenn nicht einer von uns hierbleibt und es durchsteht.«

»Sollen Suki und Silent Blade ihn doch fangen und befragen«, sagte sie einfach.

Surfers Blick begegnete einen Augenblick lang dem Kilroys. Dann drehte er sich abrupt um, lief mit entschlossenen Schritten zu den Stufen und begann zu rennen, als er sie hinaufstieg.

Kilroy sah ihm nach, bis er außer Sicht war. Er schaute nicht einmal zurück, ob sie noch dort stand.

Die Stufen schienen unendlich weit nach oben in die Schatten unter der Kuppeldecke der Kammer zu führen. Manchmal hörten die Galerien, die von ihnen abgingen, plötzlich auf, und Surfer konnte sich hinüberlehnen und aus schwindelerregender Höhe auf den Boden hinabschauen. Dort unten konnte er den matt glühenden Abgrund ausmachen, aus dem der Feuerdrache aufgestiegen war, und in der Nähe erkannte er winzige Gestalt. Sie winkte und berührte dann den Controller, um das Spiel zu verlassen. Surfer sah zu, wie sie verblaßte, als würde sie sich in Rauch auflösen, bevor er weiterging.

Er spürte einen kurzen Schmerz der Zuneigung für sie, wußte, daß Kilroy ein wahrer Freund war. Sie hatte ihren eigenen Status im Spiel riskiert, um Rom zu retten, und er wußte, sie würde dasselbe für ihn tun. Er wäre ein Narr, wenn er sich von ihr trennen würde, und er dachte kurz daran, wie Philippa Stephens in der Realworld war ...

Sukis Stimme drang von irgendwo noch weiter oben zu ihm.

Aus seinen Tagträumen gerissen, drehte sich Surfer um und lief eilig wieder die Galerie zurück. Er rannte vielleicht weitere zwanzig Stufen hinauf und erreichte eine kleine Kammer, von der mindestens ein Dutzend Korridore wegführten.

Suki rief aus einem von ihnen. Ihre Stimme klang gespenstisch und so zerbrechlich wie eine Eierschale.

Ein oder zwei Sekunden lang war Surfer versucht, ihr zu antworten. Doch dann hielt ihn instinktive Vorsicht davon ab.

Wenn er überhaupt etwas gelernt hatte, dann, daß die oberen Ebenen des Traumschlosses voller Trug und Lügen waren. Er wußte aus Erfahrung, daß er Kilroy und Rom vertrauen konnte, aber alles andere war neu und unerprobt. Konnte er sich auf Suki und Silent Blade überhaupt verlassen? Ja, gehörte die Stimme, die noch immer aus dem Korridore schallte, wirklich Suki?

Möglicherweise lauerte eine neue Falle auf ihn. Außerdem konnte er jetzt, da sich seine Augen an die Schatten gewöhnt hatten, aus einem der anderen Gänge ein schwaches Leuchten erkennen. Es war das bleiche, weißliche Licht des *Draußen,* und nicht das rötlichere Flackern von Flammen. Und das brachte Surfer auf eine Idee.

Er ignorierte Suki, folgte dem Lichtschein vielleicht fünfzig Meter weit und stellte erfreut fest, daß er von Sekunde zu Sekunde heller wurde. Als er nach ein paar Minuten um eine sanfte Biegung kam, sah er ein gewölbtes Portal vor sich, hinter dem sich ein breiter Außenbalkon erstreckte.

Surfer zog als Vorsichtsmaßnahme sein Schwert und begab sich zum Ende des Korridors. Gerade noch innerhalb des breiten Torbogens stehend, konnte er den kühlen Nachmittagswind über sein Gesicht streichen fühlen.

Am Himmel standen hohe, wattige Wolken, vom intensiven Licht der sinkenden Sonne in Rosa-, Orange- und Gelbtöne getaucht.

Sich an die Begegnung mit dem Sturmdrachen erinnernd, trat Surfer vorsichtig auf den Balkon hinaus und achtete wachsam auf jedes Anzeichen plötzlicher Bedrohung.

Er trat an die Kante, ließ sich auf ein Knie nieder und blickte hinunter.

Der Erdboden war erschreckend weit entfernt. Während sein Verstand mit den Dimensionen der Dinge kämpfte, sahen die enormen Mauern des Schlosses einen flüchtigen Augenblick lang wie eine kolossale Kopfsteinpflasterstraße aus, die schnurgerade auf eine Bergwand zulief, die aus einem flaschengrünen Kiefernwald bestand.

Entlang der Straße waren Barrieren aufgebaut. Surfer schüttelte den Kopf und zwinkerte mit den Augen, bis er erkannte, daß es andere Balkone unter ihm waren, die er sah.

Plötzlich blitzten seine Augen vor Aufregung, denn dort, zwei Balkone unter sich, konnte er die Stelle sehen, wo er durch das Efeu gerauscht war, um seinen Fall vom Himmel zu bremsen. Und Hunderte von Metern darunter war der schwarze Krater im Wald, wo der Sturmdrache auf die Erde gekracht war.

»Ja!« sagte Surfer und ballte triumphierend die Faust. »Ja!«

Er konnte sich nicht irren. Vielleicht war es pures Glück, das ihn hierhergeführt hatte – an eine Stelle im gewaltigen Labyrinth des Traumschlosses, die sich nur wenig oberhalb des Raumes befand, in dem er das Mädchen seiner Träume zum ersten Mal erblickt hatte.

5
SPÄTE ÜBERLEGUNGEN

Die Webkrankheit hatte nicht lange angehalten und war nicht schwer genug gewesen, um Rom von seiner Lieblings-Cola abzuhalten. Er kam aus der Dusche, ging ins Cyber Diner und bestellte sich ein großes Glas, ohne die Schokoladen-Doughnuts zu beachten, die in dieser Woche im Angebot waren.

Ein paar Vets, die ihn kannten, kamen vorbei, um ihm ihr Mitgefühl auszudrücken und viel Glück dabei zu wünschen, sich wieder zu seinem alten Status im Schloß hochzuarbeiten. Rom dankte ihnen mit einem matten Lächeln, das wärmer wurde, als er Kilroy entdeckte. Sie steckte noch im VR-Anzug, dessen glitzernde Kontakte von ihren Handgelenken und dem Kragen baumelten. Der Schweiß hatte ihr Haar feucht und dunkel gemacht.

Sie ließ sich auf den Sitz neben Rom fallen, verharrte einen Augenblick lang regungslos und beugte sich dann zu ihm vor, um ihn zu umarmen.

»Heißt das, wir sind jetzt verlobt?« fragte er in dem Versuch, ihre Stimmung ein wenig aufzulockern.

Mit ernster Miene zog sie sich wieder von ihm zurück. Rom schob ihr seine Cola hinüber, und sie nahm einen Schluck. »Es tut mir so leid, was geschehen ist, Rom. Wir hätten besser aufpassen müssen.«

»Es ist nur ein Spiel«, erinnerte Rom sie, obwohl ihm der Schmerz über seine Niederlage wie eine geballte Faust in der Brust saß.

»Wenn bloß Surfer nicht hinter diesem Hexer hergejagt wäre. Was für ein Ein-Mip-Idiot er doch ist!«

Rom tätschelte beruhigend Kilroys Hand auf der Tischplatte. »Kilroy«, wiederholte er leise, aber bestimmt, »es ist nur ein Spiel.«

Sie sah ihn mit feuchten Augen an. »Ein Spiel, das er um jeden Preis gewinnen will. Ich habe auf ihn gewartet, aber er ist zu den oberen Galerien der Kammer hinaufgestiegen, und ich habe ihn aus den Augen verloren. Der Kerl begeht eine Dummheit nach der anderen!«

Rom nickte und fragte dann: »Willst du auf dem Beobachtungsschirm sehen, was er gerade tut?«

»Nein. Ich mag selbst nicht gerne beobachtet werden – all diese Kellerniveau-Silkys, die sich ihren Kick dabei holen, daß sie mir bei der Arbeit zusehen. Das ist pervers.«

Rom hob die Augenbrauen, sagte aber nichts. In jeder Spielzone war es normal, daß Webfans der unteren Stufen die Abenteuer der Vets verfolgten. Sie sahen es als Lernerfahrung an. Und die Spielehersteller und Werbefirmen ermutigten sie noch, um damit mehr Phreaks für das Web zu interessieren. Aber Rom wußte, was Kilroy meinte, auch wenn er es darauf schob, daß sie im Augenblick sehr aufgewühlt war.

»Außerdem«, fügte sie hinzu, »ist mir im Augenblick ziemlich übel. Wie hat es dich diesmal erwischt?«

»Nicht allzu schlimm, aber heftiger als gewöhnlich.«

Sie nickte und schüttelte sich eine Haarsträhne aus dem Gesicht. »Das habe ich bemerkt. Meinst du, da ist ein Fehler in der Ausrüstung?«

Rom zuckte mit den Achseln. »Es ist wahrscheinlicher, daß wir so ein Power-Spiel nicht gewöhnt sind. Traumschloß ist ein Spiel mit Graphiken der Spitzenklasse, und es wird immer besser, je höher du kommst. Aber diese intensivere Erfahrung kostet natürlich auch etwas. Ich schätze, mit der Übelkeit wird es noch schlimmer werden, bevor es wieder besser wird.«

»Das ist ein aufmunternder Gedanke«, meinte Kilroy und grinste Rom dabei mit einer Spur ihres gewohnten Humors an.

»Danke, daß du versucht hast, mich zu retten«, sagte er.

»Was hätte ich denn sonst tun sollen?«

»Surfer dabei helfen, den Hexer zu fangen.«

»Zisch dich«, erwiderte Kilroy leichthin. »Surfer hat's auf Bonusse und Ruhm abgesehen. Außerdem jagt er einer Rivalin von mir hinterher, eine, die ich noch nie auch nur zu Gesicht bekommen habe!«

»Ann Onym.«

Sie lachten beide über den Namen, dann wurde Kilroys Mund hart.

»Das ist so unwirklich, Rom. Ich meine, allein der Gedanke, daß Surfer mehr Interesse an einem Mädchen hat, das er im *Traumschloß* kurz gesehen hat, als an mir. Die lebt doch wahrscheinlich auf der anderen Seite der Erde. Sie könnte sogar ein Phace sein!«

Dieser Gedanke erheiterte sie kurz, bis sie etwas in Roms Augen sah, das ihren Glauben an diese Möglichkeit dämpfte. Rom dachte daran, wie er am vergangenen Tag bei dem Versuch, mehr über das geheimnisvolle Mädchen herauszufinden, aus dem Netz gespidert worden war. Klar, das konnten natürlich Beschränkungen durch das Programm selbst gewesen sein; aber es war wahrscheinlicher, überlegte er, daß sie eine Spielerin hoher Stufe war, die ihre persönlichen Daten absichtlich verborgen hielt.

»Ich könnte versuchen, mehr herauszufinden«, bot er an – ein wenig zögerlich, denn eine allzu schwere Übertretung der Spielregeln konnten zu einer Strafe oder einem Verbot führen, das ihm von niemandem Mitgefühl einbringen würde. »Zumindest«, fügte Rom hinzu und machte damit einen kleinen Rückzieher, »kann ich euch vielleicht von außen helfen.«

»Das wäre großartig. Dafür wäre ich dir sehr dankbar. Und ich weiß, daß Surfer das auch wäre.«

Rom lächelte und trank seine Cola aus. »Ich denke, ich fange damit an, daß ich unsere neuen Freunde Suki und Silent Blade überprüfe. Da ist etwas an ihnen, dem ich nicht so recht traue.«

»Dem kann ich mich nur anschließen.«, sagte Kilroy. Sie rümpfte die Nase und blickte an sich hinab. »Ich stinke. Ich gehe duschen und mache mich dann auf den Heimweg. Ich habe einen Stapel Arbeit aufzuholen.«

»Alles klar, Kilroy. Ich mache mich ans Werk. Vielleicht sehen wir uns morgen?«

»Für mich ist Schultag, aber ich werde am Abend hiersein.«

»Also bis dann«, sagte Rom mit Wärme in der Stimme, als Kilroy aufstand, sich umdrehte und mit festem Schritt zu den Duschräumen ging.

Suki wartete in der Kammer, als Surfer zurückkam. Sie verbeugte sich, und Surfer amüsierte sich über die Fortsetzung dieser Realworld-Höflichkeit im Inneren des Spiels.

Ohne Ironie verbeugte er sich ebenfalls.

»Was hast du gefunden?« wollte Suki wissen. Surfer blickte in den Gang zurück.

»Sackgasse. Führt nach draußen. Was ist mit dir?«

»Ich glaube, wir haben den Hexer gefunden«, sagte sie zaghaft.

Surfer war einen Augenblick lang verwirrt. Dann runzelte er die Stirn. »Du *glaubst*, ihr habt ihn gefunden?«

»Ich werde dir zeigen, was ich meine.«

Sie führte ihn in einen anderen Gang, der sich nach vielleicht zwanzig Metern verzweigte. Surfer hielt an, um sein Schwert in die Scheide zu schieben, während seine Finger geschickt eine kleine Tasche an seinem Gürtel öffneten.

»Ist Silent Blade bei ihm – dem Hexer, meine ich?« fragte er.

Suki lächelte gespenstisch. »Nicht bei *ihm,* Surfer. Warte ab, bis du es siehst.«

Er folgte ihr schweigend und bemerkte, wie der Gang sich wieder und wieder verzweigte, und ohne den Richtungssinn seiner Begleiterin hätte er sich hoffnungslos verirrt.

»Dort vorn«, sagte Suki jetzt und deutete in die von Fackelschein erhellte Dunkelheit.

Inmitten des hüpfenden Schattentanzes der Flammen erkannte Surfer jetzt Silent Blade. Die Hände auf den Griff seines großen Krummschwertes gestützt, hielt Wache über einer formlosen Masse, die auf dem Boden lag.

Das Ding wirkte recht tot, und als Surfer sich näherte, konnte er sich davon überzeugen. Das Monster erinnerte an ein Reptil; eine zweibeinige, graue Echse, die so groß war wie ein Mann, sich aber auf groteske Art von jedem menschlichen Wesen unterschied. Ihre rotgrünen Augen waren im Tod matt geworden und wurden von membranartigen Lidern halb verdeckt. Der Mund des Wesens war offen, seine scharfen Zähne von Blut rosa befleckt. Als Surfer den bauschigen Mantel zur Seite schob, um das Wesen besser betrachten zu können, bemerkte er den tiefen Hieb, den Silent Blades Krummschwert ihm versetzt hatte. Es war ein tödlicher Schlag gewesen, und der Krieger hatte offenkundig keinen Versuch gemacht, den Magier nur kampfunfähig zu machen, um ihn befragen zu können.

»Ich nehme an, es war Selbstverteidigung«, sagte Surfer mit kühler Ironie zu Silent Blade.

»Selbstverteidigung«, erwiderte Silent Blade wie ein Echo. Surfer kam der Gedanke, daß Silent Blade vielleicht selbst nur ein Nichtspielercharakter war, den Suki als

Schutz und Gesellschaft für sich erschaffen hatte. Die meisten Gegner würden es sich sicher zweimal überlegen, bevor sie Suki angriffen, wenn Silent Blade in der Nähe war. In diesem Fall ergab es auch Sinn, daß Silent Blade so wenig sagte; er war wegen seiner einschüchternden Gestalt hier, nicht um Konversation zu pflegen. Das erklärte auch, warum Surfer das Gefühl hatte, daß hinter Suki mehr steckte, als man sah – geheimnisvolle Tiefen, die sich noch als gefährlich erweisen mochten.

Surfer blickte erneut auf das erschlagene Reptil. Nach seinen Erfahrungen aus den tieferen Levels waren Hexer ein feiger Haufen, die im Zweifelsfall lieber flohen, als mit heißblütigen Abenteurern zu kämpfen. Die Programmierung sah dieses Verhaltensmuster für NSC-Hexer des Web vor. Die Avatar-Hexer verhielten sich freiwillig so, denn die meisten von ihnen trachten danach, ihre Stufe zu verbessern, indem sie Rätsel lösten; das Ausfechten von Kämpfen lag ihrem Naturell fern.

Surfer nahm eine blakende Fackel aus ihrer rostigen Wandhalterung und fuhr mit ihr über dem Körper des Hexers hin und her.

Er hielt überrascht inne, als von irgendwoher eine Glocke erklang und eine kleine purpurne Spinne aus der Dunkelheit herbeieilte.

»Oh«, sagte Suki. »Unsere Zeit ist um, Surfer. Wir müssen gehen. Es ist spät, und unsere Eltern wünschen, daß wir jetzt nach Hause kommen.«

»Ihr könntet auch einfach die Spinne zertreten und weiterspielen«, sagte Surfer mit vorsätzlicher Boshaftigkeit und bemerkte, die Unsicherheit von Sukis erwiderndem Lächeln.

»Wir müssen gehen. Aber wir haben uns sehr gefreut, dich zu treffen, Surfer – und auch Rom und Kilroy. Und es tut uns leid wegen Rom.«

»So was passiert«, sagte Surfer tonlos.

»Vielleicht werden wir dich morgen wiedersehen. Wir hinterlassen einen Notizclip. Auf Wiedersehen.«

»He, aber ...«

Zu spät. Die computergenerierten Gestalten von Suki und Silent Blade verwandelten sich in zarte, wirbelnde Spiralen sich auflösender Pixel, die vor dem endgültigen Verblassen wie Regenbogenstaub zerstoben.

Surfer beobachtete den Vorgang, bis nichts mehr übrig war. Dann grinste er und beugte sich über die Spinne.

»Buh!« sagte er und lachte, als sie wie eine Zeichentrickfigur einen Satz in die Luft machte, sich umdrehte und eilig davonlief.

Nun, da er ganz allein in dem Gang stand, fühlte Surfer sich seltsam ruhig und sicher. Plötzlich und ohne einen Hauch von Zweifel wußte er, daß er in eine clevere Falle gelockt worden war. Suki hatte ihn absichtlich durch diese leeren Korridore geführt, ohne vorzuschlagen, daß man den Weg markieren sollte. Dann hatten sie und ihr Bruder ihn in der Hoffnung verlassen, daß er in eine gefährliche Situation stolperte oder einfach ziellos umherirrte und dabei Punkte verlor.

Und die Falle hätte wahrscheinlich auch funktioniert, wenn Surfer nicht vorsichtshalber Markierungssterne verstreut hätte, die es ihm erlaubten, in die riesige, gewölbte Kammer zurückzukehren. Diese Vorausschau brachte ihm einiges an Zeit ein, obgleich er wußte, daß er dennoch nicht allzu lang herumtrödeln durfte. Vielleicht wartete Kilroy noch. Abgesehen davon befand er sich hier alleine auf unbekanntem Territorium, also in einer potentiell gefährlichen Situation.

Er beeilte sich, den Körper des toten Hexers zu untersuchen. Eines der grundlegenden Prinzipien des Traumschlosses war, daß man immer etwas Wichtiges finden konnte. Der Hexer würde Symbole und Hinweise bei sich haben, die Surfer dabei helfen konnten, sich zu höheren

Ebenen emporzukämpfen, wenn er sie richtig interpretierte. Aber es würde nicht einfach sein – das war es so weit oben nie. Es würde Fallen geben – und mit Sicherheit ein Zeitlimit. Schon jetzt war die Fackel, die er in der Hand hielt, fast verbraucht, ebenso wie alle anderen, die den Gang erhellten.

Surfer spürte, wie sich in ihm Frustration aufbaute – eine Frustration darüber, daß er nicht wußte, wonach er suchen sollte.

Nicht sehr weit entfernt verloschen zwei Fackeln in einem Flackern sterbender Flammen. Surfer spürte plötzlich, daß die hinter ihnen liegende Dunkelheit sich zu bewegen schien – sie schien zu leben.

»Komm schon. Komm schon!« Er schob eine weitere Kleidungsschicht des Hexers beiseite und schob seine linke Hand hinein.

Jetzt wurde auch seine eigene Fackel immer schwächer. Sie warf nur noch schwachen, flackernden Lichtschein in die Dunkelheit, hell und dunkel, hell, dunkel …

Surfer fluchte und warf sie zu Boden – und grinste plötzlich, als er die Antwort auf seine unausgesprochene Frage erspähte.

Die Übelkeit nach dem Rausspinnen war schlimmer als je zuvor, und Surfer hatte gerade noch Zeit, aus der VR-Zelle zu den Toiletten zu laufen, bevor er sich übergeben mußte. Das gab ihm Rätsel auf, denn die Webkrankheit wurde von dem Widerspruch zwischen Gleichgewichtssinn und Sehwahrnehmung ausgelöst; während man sich im Spiel heftig bewegte, blieb man in Wirklichkeit ja fast bewegungslos. Heute aber war Surfer nur Treppen hinaufgestiegen und Gänge entlanggelaufen. Er hatte sich nicht einmal verausgabt, als er Kilroy bei dem Versuch half, Rom zu retten.

Doch was immer auch der Grund war, Surfer fühlte sich schrecklich, als er die VR-Bar verließ und auf dem Nachhauseweg der Southland folgte. Der Umstand, daß Kilroy weder im Spiel noch in der Realworld auf ihn gewartet hatte, verbesserte seine Stimmung ebenfalls nicht besonders. Surfer nahm an, daß er ihr das nicht verübeln sollte. Er war ziemlich starrköpfig gewesen, als er den Magier verfolgte, und hatte sie böse vernachlässigt, seit sie in die oberen Ebenen des Schlosses vorgedrungen waren. Er erinnerte sich an sein Versprechen an Rom, daß er Kilroy nicht zappeln lassen würde. Der Junge hatte recht, er sollte Kilroy nicht damit hinhalten, daß er keine Entscheidung traf.

Keine Frage, sagte sich Surfer, als er in die Woodvale Avenue einbog, *daß Kilroy schon ziemlich ultraätzend ist;* Sie sah gut aus, war schlau, eine großartige Gefährtin in der Spielzone, und sie stand auf ihn. Er wußte, daß er dumm wäre, sie abzuweisen. Auf der anderen Seite besaß sie nicht das Dunkel-Geheimnisvolle des Mädchens, das er in der Kerkerzelle gesehen hatte – eine, die vom Aussehen her genauso echt und Kilroy im Spielgeschick ganz offensichtlich weit überlegen war. Das wäre eine Partnerin auf dem Weg nach ganz oben!

Surfer steckte also in einem Dilemma. Er wußte, daß Kilroy das Interesse an ihm und vielleicht sogar am Traumschloß verlieren würde, wenn er sie noch lange warten ließ. Aber wenn das geheimnisvolle Mädchen bemerkte, daß er und Kilroy zusammen waren, hätte sie vielleicht ihrerseits keine Lust, ihm zu helfen.

Surfer hatte sich völlig in diesen Gedanken verloren, als er zur Kreuzung Woodvale und Fox kam und in die Trent einbog.

Ein plötzliches, bellendes Gebrüll riß ihn aus seinen Tagträumen. Sein Kopf fuhr hoch, und er starrte die Straße entlang in Richtung der Stadt.

Einen kurzen Augenblick lang erhaschte er das Bild eines E-Busses, der mit blitzenden Scheinwerfern auf ihn zuraste …

Und dann war der Bus verschwunden, und Rauch und Flammen füllten den Himmel, als der Feuerdrache auf ihn zuschoß.

6
XENIA

Erschrocken griff Surfer nach seinem Schwert und wappnete sich gegen die Hitze des Feuerdrachen. Aber er hatte kein Schwert, und die Hupe des E-Busses plärrte, als der Fahrer fluchend Surfer auswich.

Mit zusammengekniffenen Augen duckte Surfer sich und schlug die Hände vors Gesicht, um sich vor dem Orkan aus trockenen Blättern zu schützen, den der E-Bus auf der ganzen Straße aufgewirbelt hatte. Er stand benommen und verwirrt da und blickte dem Monstrum nach, bis es an der Ecke von Woodvale und Trent außer Sicht kam. Er folgte ihm langsam, untersuchte dabei seine Kleidung nach Brandflecken und kicherte wegen seines knappen Entkommens leise vor sich hin. Dennoch konnte er nicht mit dem Zittern aufhören.

Reg Miller hatte heute Freischicht und lag in seiner üblichen Pose auf dem Sofa ausgestreckt. Er blickte auf, als Surfer ins Wohnzimmer kam, machte sich aber nicht die Mühe, Witze über seinen Sohn zu reißen oder ihn zu verspotten.

»Ist Mom da?«

»Sie ist noch nicht zurück«, sagte Miller. Er deutete mit dem Daumen auf den Fernsehschirm. »Kriegst du in deiner ›Twilight Zone‹ eigentlich auch mal die Nachrichten mit, Robert?«

Als er den verwirrten Blick seines Sohnes sah, sprach Miller weiter. »Man erwägt, eine staatliche Untersuchung der Langzeitfolgen des Web auf Kids zu beginnen. So ein Psychologe behauptet, daß Webkrankheit nur das erste Stadium von viel schwereren Schäden des Gehirns ist.«

»He, schau mich doch an.« Surfer gelang ein munteres Lächeln. »Ich bin ein Bild der Gesundheit!«

»Eigentlich siehst du ziemlich käsig aus. Kriegst du genug Schlaf?«

»Was soll das alles – ist das irgend so ein schlauer Weg, um mich dazu zu bringen, in die Fußstapfen meines Papis zu treten?«

»Komm mir nicht komisch, Junge!« Millers Stimme wurde vor Ärger lauter, und sein Gesicht lief rot an. Dann beruhigte er sich kopfschüttelnd wieder. »Siehst du nicht, daß ich mir nur Sorgen mache? Dieser Kerl, Professor Gibson heißt er, glaube ich, hat im Auftrag der Regierung bereits einige Untersuchungen durchgeführt.«

»Ho ho, dann wissen wir ja, auf welcher Seite er steht!«

»Untersuchungen, die zeigen, daß es für manche Leute gefährlich sein kann, zuviel Zeit im Web zu verbringen.«

»Sagt er auch etwas über die Langzeitwirkungen davon, sich auf einem Sofa rumzulümmeln, Dad?« konterte Surfer. Er konnte erkennen, daß sein Vater sich wirklich bemühte, seinen Zorn zu beherrschen, und daß hinter der Wut der besorgte Blick eines Vaters für sein Kind lag.

Das Problem war, dachte Surfer, daß er und sein Vater sich so an ihre Streitereien gewöhnt hatten, daß sie scheinbar überhaupt nicht mehr anders miteinander sprechen konnten. Außerdem probierte die Anti-Web-Lobby – Eltern aus der ganzen Welt, die nicht wollten, daß ihre Kinder sich im Web herumtrieben – alle möglichen Tricks, um ihren Standpunkt durchzusetzen. Dieser Professor Gibson war nur ein weiterer Vorstoß von ihnen, um an Boden zu gewinnen; ein neuer Feind, gegen den man kämpfen mußte.

Surfer kam zu dem Schluß, daß der Professor nur ein Phace war. Ein Nichts. Der wirkliche Feind waren Engstirnigkeit, Ignoranz und Angst.

Als Surfer wieder in die Wirklichkeit zurückkehrte, bemerkte er, daß Reg Miller ihn auf seltsame Weise anstarrte. »Was ist mit dir los?«

»Nichts, mit dem ich nicht klarkomme«, sagte Surfer mit unberechtigter Schärfe. Er erkannte jedoch, daß sein Vater wirklich besorgt war – und er stellte fest, daß die Illusion des Feuerdrachen draußen auf der Straße ihm schlimm zugesetzt hatte.

»Du hast einfach nur dagestanden und nichts gesagt.«

»Ich bin müde, das ist alles.«

»Vielleicht sollte ich Doktor Carlson anrufen und bitten, herüberzukommen ...«

Surfers Augen blitzten. »Ich habe gesagt, ich bin nur müde. Laß mich in Ruhe, Dad. Ich lege mich eine Runde aufs Ohr, und dann mache ich meine Hausaufgaben, okay? Kümmere du dich um dein Bier und die Baseballspiele«, sagte Surfer, während er sich zur Tür umdrehte. »Und mach dir einfach keine Gedanken um mich.«

Oben in seinem Zimmer zog er Jacke und Jeans aus, warf sich aufs Bett, zog eine dünne Decke über sich und dämmerte ein.

Sein Schlaf war voller Träume. Er war wieder im Schloß und sah zu, wie der Feuerdrache aus dem Abgrund emporschoß und in die Kammer explodierte. Dann verbogen sich die Dinge irgendwie, und er war draußen auf der Straße. Der Feuerdrache hatte keine Gliedmaßen, sondern Räder, und da war das wütende und zugleich ängstliche Gesicht des Busfahrers ...

Surfer schrie auf, als der Drache an ihm vorbeistrich und ihn dabei kurz in seine Flammenschwingen hüllte, die zu braunem, trocknen Herbstlaub wurden, das in kleinen Wolken um ihn herumwirbelte, bis es von dem Luftzug des E-Busses die Straße hinabgesaugt wurde. Blätter, nur Blätter ... die sich langsam in Tausende von Kids verwandelten, die sangen und tanzten, während sie der farbenfrohen, hüpfenden Gestalt eines Rattenfängers in das dunkel pulsierende Zentrum des Web folgten ...

Dann verschwand die Straße selbst, morphte zu einem düsteren Gang im Traumschloß, den Stille erfüllte, welche nur von Sukis windspielhellem Lachen durchbrochen wurde.

Surfer griff nach seinem Schwert – nur hatte er kein Schwert.

Er sah sich nach seinen Markierungssternen um, aber auch die waren verschwunden.

Eine Tür öffnete sich im Schatten, und der Hexer tauchte auf. Er hatte ein Gesicht wie ein Reptil und kam, leise zischend, langsam näher.

Surfer schrie auf und bemerkte, daß er in ein Spinnennetz eingewoben war. Er versuchte sich freizukämpfen, aber das Reptil war bereits über ihm. Es ließ die Zunge hervorzucken und berührte damit Surfers Gesicht, streckte eine graue, klauenbewehrte Hand aus, griff nach seiner Kehle ...

Surfer schrie auf, als Mrs. Miller seine Stirn berührte. Er schreckte aus dem Schlaf hoch, dann saß er aufgerichtet und mit weit aufgerissenen Augen im Bett.

»Robert – um Gottes willen, was ist mit dir los?«

Einen Moment lang war alles reine Verwirrung. Und dann lachte Surfer leise.

»Nichts, Mom, gar nichts. Nur ein Alptraum. Ist schon wieder alles in Ordnung.«

Erleichterung darüber, daß er frei war, überflutete ihn

wie eine warme Brise. Das erstickende Spinnenetz war nur die Bettdecke gewesen, die Klaue des Hexer-Reptils lediglich die weiche, vertraute Rechte seiner Mutter.

Sie legte ihm erneut die Hand auf die Stirn. »Du hast Temperatur. Vielleicht brütest du eine Erkältung aus oder bekommst die Grippe?«

Surfer lächelte matt. »Mir geht es gut, Mom, wirklich. Das hat mir Dad schon alles gesagt. Schau, ich habe in der Schule in letzter Zeit viel zu tun gehabt, und in der Spielzone haben die Dinge ein wichtiges Stadium erreicht. – Aber das ist für mich Entspannung«, fügte er hastig hinzu, um weiterer Kritik zuvorzukommen. »Das ist wie deine Kurse oder Dads Fernsehsendungen.«

»Das klingt für mich nach einer sehr fadenscheinigen Erklärung«, sagte sie.

Surfer lächelte seine Mutter liebevoll an. Sie und sein Vater waren völlig verschieden. Reg Miller war von der Bürde seines Jobs ausgelaugt worden und in den mittleren Jahren, verhärtet, weil er für seine Zukunft nur noch mehr vom ewig gleichen Trott sah. Aber seine Frau hatte eine Sanftheit an sich, eine Freundlichkeit, die stärker als all sein Mißmut und Ärger war. Sarah Miller war im Laufe der Zeit immer schöner geworden, anmutiger und verständnisvoller.

»Mom ...« Surfer hatte sagen wollen: ›Du erinnerst mich an jemanden‹, aber der Gedanke machte ihn verlegen. Und außerdem konnte er sich wahrhaftig nicht erinnern, bei wem er diese Ähnlichkeit festgestellt hatte.

»Mom, ich wollte nur, daß du weißt, daß ich dich liebe – und Dad auch –, und daß ihr euch überhaupt keine Sorgen um mich machen braucht. Ich werde mich nicht überarbeiten. Ich werde nicht zu spät nach Hause kommen. Ich werde sogar mein Gemüse aufessen ...«

Sie mußte lachen und strich Surfer das lange, dunkle Haar aus dem Gesicht.

»Also gut, wir lassen dich in Ruhe. Aber versprich mir«, fügte sie hinzu, »daß du zu uns kommst und mit uns redest, wenn dich irgend etwas – was es auch sei – bedrückt.«

»Ich verspreche es, Mom. Großes Pfadfinderehrenwort ...«

Mrs. Miller lächelte ihrem Sohn zu, verließ das Zimmer und schloß hinter sich die Tür.

»... oder der Blitz soll mich treffen.«

Die Oakhills Senior High-School lag auf der Ostseite der Stadt, am Ende des Hobbston Pike. Sie bestand aus einer kleinen Gruppe moderner Gebäude auf einem weitläufigen Grundstück, das in die baumbestandenen Wiesen des Memorial Parks überging. Die neue Schule war 2016 eröffnet worden, als die Fortschritte des Web es allen Kindern ermöglichten, zu Hause unterrichtet zu werden. Web-Unterricht war mittlerweile ein allgegenwärtiges Phänomen. Kids tauchten in die Virtuelle Realität ein, um dort vorgefertigte Aufgaben zu lösen, und gingen nur zweimal pro Woche in der Realworld in die Schule, um dort Sozialverhalten zu lernen, Sport zu treiben und Zusatzunterricht bei echten Lehrern zu erhalten.

Doch selbst dabei wurde viel auf Computer zurückgegriffen, um Zugang zu Datenbanken auf der ganzen Welt zu erhalten.

Kilroy fand Rom in einem der Arbeitsräume. Er saß mit einem stimmaktivierten PC und scrollte durch die Benutzerlisten bestimmter Spielzonen und Webware-Artikel.

»Wie läuft es, Rom? Schon ein paar Fliegen gefangen?«

»Dies«, sagte Rom, »ist *unglaublich cog ...*«

»Arbeite«, sagte der Synthvox des Computers, der Roms Worte als Aufforderung mißverstanden hatte, seine Aufgabe auszuführen.

»Sie haben alle ihren eigenen Kopf«, lachte Kilroy und deutete auf die PCs, die überall im Raum in den Arbeitszellen standen. Alle verfügten sie über Stimmaktivierungs-Software, und keine davon war perfekt. Manchmal war es, als spräche man zu einem Papagei, dann wieder bekam man das Gefühl, es mit einem aufgeweckten Kind von sechs oder sieben Jahren zu tun zu haben.

»Ich habe auf den Benutzerlisten nach Silent Blade gesucht«, sagte Rom und kam damit wieder zur Sache. Die meisten Webfans speicherten ihre Zeiten, Highscores, Notizclips und andere Daten unter ihren Spieler-Namen ab; es war äußerst sechs, sich mit dem echten Namen registrieren zu lassen – etwas, das mehr mit Status als Privatsphäre zu tun hatte.

»Kannst du ihn nicht finden?« fragte Kilroy und zog sich einen Stuhl heran, um neben Rom Platz zu nehmen, während dieser arbeitete.

»Nö. Nichts unter Silent Blade oder *Traumschloß*-Hongkong.«

»Irgendwelche Anzeichen für Tarnung?«

»So wie bei Ann Onym?« Rom schüttelte den Kopf. »Nein, er ist bloß einfach nicht dabei. Ich schätze, uns bleibt nichts anderes übrig, als uns wieder einzuspinnen und ihn persönlich zu befragen. Das heißt, *dir* bleibt diese Möglichkeit, denn mich hat ja der Wipeout erwischt.« Er blickte Kilroy an, ohne auf Mitgefühl aus zu sein – oder es zu erhalten. Dem Mädchen schien bei der ganzen Sache unwohl zu sein. Sie starrte den Schirm an, als wolle sie mit purer Willenskraft erreichen, daß die Daten auftauchten.

»Ich habe ihm von Anfang an nicht vertraut«, begann Kilroy und zuckte dann mit den Schultern. »Oder vielleicht machen wir es falsch ... oder es ist ein Fehler in den Protokollen. Warum versuchen wir es nicht mit Suki?« schlug Kilroy vor.

»Okay. Synthvox. Redefiniere Aufgabe. Ziel, Suki-Traumschloß-Hongkong.« Rom las eine gekritzelte Notiz auf seinem Block. »Querverweis Surfer-Kilroy-Rom, Unterhaltung-Webtown, Tag-zwei-neun-acht-strich-zwei-acht. Anfangen.«

»Aufgabe redefiniert«, antwortete der Computer sofort. Seine Stimme war nicht von einem Hacker mit Sinn für Humor entworfen worden, so daß er nicht wie eine Zeichentrickfigur, ein beliebter Filmstar oder Talkmaster klang. Statt dessen besaß er die weiche, weibliche und ruhig sachliche Stimme des Durchsagesystems auf einem Flughafen.

Roms Referenzcodes blinkten auf dem Schirm und schrumpften dann zu einer kleinen Box an der unteren rechten Ecke zusammen. Der Hauptbereich des Schirms zeigte ein endloses Feld sanft wogenden Weizens. Dies war die übliche Art, Zahleninformationen darzustellen; Pflanzen, Bäume, Insektenschwärme ... Dadurch sollte Mathematik ein wenig mehr Spaß machen, und Zahlen-Suchen weniger langweilig sein.

Der Blick schweifte über das Feld und zoomte näher heran, so daß Rom und Kilroy erkennen konnten, daß jede einzelne Weizenähre aus goldenen Referenzcodes und winzigen Dialogboxen zusammengesetzt war, die so eng aneinandergedrängt waren wie Blumenknospen kurz vor dem Blühen.

Ein durchsichtiger, silbriger Zeiger erschien und wies auf eine bestimmte Dialogbox.

»Öffnen«, befahl Rom.

Die Weizenähre wurde vergrößert, bis sie den gesamten Bildschirm einnahm.

»Ätzend!« Rom und Kilroy strahlten sich an.

»Su Mai, alias Suki, Neun-Neun-Zwei-Null, Canton Boulevard, Kowloon. Und noch ein Haufen anderes Zeug. Aber das ist sie, Kilroy. Volltreffer.«

»Schau dir ihre persönlichen Daten an«, schlug Kilroy vor. »Vielleicht können wir dadurch Silent Blade aufspüren.«

Rom nickte und tippte die weiteren technischen Anweisungen ein, um Zeit zu sparen. Ein Abschnitt der Haupt-Dialogbox öffnete sich wie ein komplexes Tangrampuzzle und gab weitere Informationen preis.

»So«, sagte Kilroy ein paar Sekunden später, als die Bilder von Suki und Silent Blade gemeinsam auf dem Bildschirm flackerten. »Jetzt kennen wir die Wahrheit.«

Und sie spürte, wie ihr vor Kummer und Angst ganz kalt wurde.

Surfer e-mailte von zu Hause seine Entschuldigung und verließ kurz darauf mit einem fröhlichen Abschiedsgruß an seine Eltern die Wohnung. Sie glaubten, er würde zur Schule gehen. Die Schulsekretärin glaubte, er würde den Tag mit einer schweren Erkältung zu Hause verbringen.

Surfer kam schnell in die VR-Bar und freute sich, daß sie fast leer war – kein Wunder, denn es war früher Nachmittag an einem Schultag. Wenn es eins gab, was Surfer nun überhaupt nicht ertragen konnte, dann Freunde oder die übliche Bande von Silkie-Eiern, die ihm über die virtuelle Schulter schauten, während er im Spiel war.

Doch bevor er sich den VR-Anzug überstreifte, loggte er sich an einem normalen PC-Terminal ein und überprüfte, was er neben dem von Silent Blade getöteten Reptilien-Hexer gefunden hatte.

Es war ein Symbol, das mit dem Blut des Magiers gezeichnet worden war, eine X-förmige Rune, die Surfer jetzt als *Gyfu* identifizieren konnte. In der Fantasy-Welt von *Traumschloß* war sie ein Zeichen des Dunklen Lords, der sowohl das Schloß selbst als auch die umliegenden, unerforschten Wälder beherrschte. Außerdem war *Gyfu* das Zeichen für Partnerschaft, las Surfer zu seinem Interesse: ein Geschenk oder eine Belohnung von den Göttern für ihre loyalen Anhänger.

»Obwohl Suki versucht hat, mir eine Falle zu stellen, hat der Dunkle Lord mir ein Zeichen geschickt ... ein Angebot von – ja, von was?«

Surfer runzelte die Stirn. Dem Hexer hatte er nichts abgenommen. »Also habe ich etwas übersehen«, sagte er und erkannte, daß er an die Stelle zurückkehren mußte, wo der Hexer getötet worden war. Hoffentlich hatte sich noch niemand an der Leiche zu schaffen gemacht.

Er loggte sich aus und mietete ein Standardmodell des Tarantel-VR-Anzugs. Er machte die Checks, die vor dem Spiel notwendig waren, und tippte den Zugangscode ein, der ihn direkt in die große kuppelförmige Kammer bringen würde, wo Rom seinen Wipeout gehabt hatte.

Der übliche Moment der Benommenheit und Desorientierung beim BuS verging rasch, und das Universum beschleunigte sich auf Web-Geschwindigkeit.

Surfer fand sich umgeben von Schatten und Echos und der kalten Präsenz uralter Steinwände wieder.

Er ließ die Augen über sein virtuelles Selbst schweifen und stellte sicher, daß all seine Waffen und Ausrüstungsgegenstände an ihrem Platz waren. Dann begann er den langen Aufstieg die Treppen empor zu den oberen Galerien und spürte dabei, wie der VR-Anzug sich um ihn herum bewegte, um die Illusion von Anstrengung zu erzeugen.

Innerhalb weniger Minuten hatte er den Gang gefunden, den er suchte.

Seine Markierungssterne waren noch vorhanden, und er folgte ihrer glitzernden Spur, bis er zu der reglosen Leiche des Hexers kam.

Es hatte sich nichts verändert. Der dunkel-kastanienbraune Umhang des Zauberers – so dunkel, daß er fast schwarz erschien – verhüllte noch immer die verdreht daliegende Gestalt. Der X-förmige Blutfleck befleckte neben dem Kopf den Stein.

Doch jetzt, da Surfer sorgfältig nach Spuren und Hinweisen suchte, bemerkte er, daß der Arm des Magiers, der wie in höchstem Schmerz ausgestreckt dalag, den Korridor entlangdeutete. Die drei Finger der Reptilienhand waren weit gespreizt. Auf dem mittleren Finger steckte ein Ring aus schwarzem Eisen, in den ein purpurroter Stein eingelassen war.

Surfer kniete sich hin und zog dem Toten den Ring vom Finger. Er hielt ihn ins Fackellicht und drehte ihn hin und her. Aus bestimmten Winkeln brach sich das Licht an etwas, das sich tief im Inneren des Kristalls befand – ein leuchtend silberner Faden in Form eines X.

»Ja!« Surfer ballte triumphierend die Faust. Er wußte aus früheren Abenteuern in dieser Spielzone, daß der Ring ein Schlüssel war, der den Weg zu höheren Ebenen freimachen würde, zu weiteren Erfolgen und größerem Ruhm.

Aber da mußte noch mehr sein. Ein Schlüssel öffnete Türen. Welche Türen, und wo sie sich befanden, das wußte Surfer noch nicht.

Erneut sah er auf den Hexer und wußte blitzartig, welchen Weg er nehmen mußte.

Er steckte sich den Runenring auf den linken Mittelfinger und stellte fest, daß er perfekt paßte. Mit dem gezückten Schwert in der Rechten folgte Surfer dem Gang in die Richtung, in die der tote Hexer deutete.

Nach etwa einer Minute kam er an eine riesige Eisentür in der Wand, ging aber daran vorbei. Der Ring war auf dem mittleren von drei Fingern gewesen – die zweite Tür war die richtige.

Surfer fand sie kurz darauf. Anscheinend war sie mit

der ersten identisch –: massiv, imposant und ohne sichtbaren Verschlußmechanismus.

Nur wenige Fackeln erhellten den Bereich mit trübem Licht. Surfer mußte die Tür sehr sorgfältig untersuchen, bevor er eine kleine, ovale Einbuchtung im Metall fand, das von Größe und Form her an das Ei eines Staren erinnerte. In den Boden der Vertiefung war ein X-förmiges Zeichen eingraviert.

Surfers Herz schlug schneller, als er den Ring in die Höhlung drückte. Der purpurne Edelstein strahlte eine Sekunde lang hell auf, und eine kurze, plötzliche Hitze zuckte durch seine Hand. Ein blauer Rauchfaden stieg aus der Höhlung auf, als Surfer den Ring zurückzog und die Tür aufdrückte.

Sie schwang weit auf und enthüllte … nichts.

Surfer blickte in beide Richtungen des düsteren Korridors, bevor er in die Zelle trat. Er zog einen Dolch aus dem Gürtel und verkeilte ihn unter der Tür, um zu verhindern, daß sie hinter ihm zufiel. Dann untersuchte er den Raum genauer.

Eine gewöhnliche Gefängniszelle – quadratisch, kahl, deprimierend. Ein winziges, vergittertes Fenster gab den Blick auf einen bedeckten Himmel frei. An der angrenzenden Wand hingen rostende, unbenutzte Ketten. *Sie* war nie hier gewesen, und dabei war ihm die Botschaft der Rune als so eindeutig erschienen!

Mit einem ungeduldigen Seufzer ließ Surfer den Blick über den Boden gleiten, der aus großen, quadratischen und mit ein wenig Stroh bedeckten Fliesen bestand.

Neun Fliesen, zählte Surfer, und ein Lächeln breitete sich langsam auf seinem Gesicht aus.

Drei Reihen mit drei Steinen.

Er kniete sich auf der zentralen Fliese hin, wischte mit beiden Händen das schmutzige Stroh beiseite und legte dadurch eine eiförmige Vertiefung frei, die jener glich, die er an der Tür gefunden hatte. Eilig preßte Surfer den Ring hinein. Der Kristall leuchtete auf, und ein Teil des Steines schien zu schmelzen und enthüllte dabei einen eisernen Zugring.

Surfer stand wieder auf und stellte sich breitbeinig über den Stein. Er packte den Zugring mit festem Griff und zerrte daran, wobei er wieder einmal über die Fähigkeit des VR-Anzugs staunte, den Eindruck von Gewicht und Trägheit zu vermitteln.

Langsam hob sich die Steinfliese und schwang zur Seite. Surfer drehte sie noch etwas weiter und ließ dann los. Der Stein fiel mit einem dumpfen Knall zu Boden und brach entzwei.

Eifrig ließ er sich auf alle viere fallen und schaute in die darunterliegende Zelle.

Das Mädchen beobachtete ihn genau, und der Blick auf ihrem Gesicht deutete an, daß sie die ganze Zeit gewußt hatte, daß er kommen würde.

»Hallo, Surfer.« Sie lächelte, und Surfer fand sie wunderschön. »Ich heiße Xenia.«

7
DAS GEHEIMNIS DER SCHWESTER

Kilroy fühlte sich seltsam dabei, alleine ins Web zu tauchen, während Rom wie ein Schutzengel an ihrer Seite wachte. Sein Wipeout im Traumschloß bedeutete, daß er mit ihr zwar nach Webtown gehen konnte, doch sobald sie die Spielzone des Schlosses selbst betrat, würden sie und Rom getrennt werden – sofern Kilroy nicht beschloß, ebenfalls in der untersten Ebene neu anzufangen. Aber das wäre sinnlos gewesen, da es Surfer war, der ihre Hilfe brauchte ... Surfer und jetzt, da ihr Geheimnis gelüftet war, möglicherweise auch Suki.

In Webtown waren heute viele Vets und Spieler unterwegs, und auch die üblichen Kellerniveau-Silkys hingen herum, die auf kostenlose Ratschläge und Kontakte aus waren. Kilroy ignorierte sie alle. Sie hatte dieses Treffen mit Suki über einen Notizclip vereinbart und hoffte, daß sie alleine kommen würde. Falls Silent Blade sie begleitete, dann mußte, wer auch immer *hinter* Silent Blade steckte, wissen, daß Kilroy nach Daten gesucht hatte.

Und Kilroy wußte jetzt, wie gefährlich das sein konnte.

»Irgendein Zeichen von ihr?« fragte Rom, dessen Stimme Kilroy durch die Mikrofonverbindung an ihrem linken Ohr leise erreichte. In Wirklichkeit saßen sie und Rom Seite an Seite in der VR-Bar; Kilroy in der Tarantel, Rom in Hub. Er brauchte sich nur teilweise einzuspinnen und konnte sich dadurch die Fähigkeit bewahren, schnell auszuklinken und auf externe Datenbanken zuzugreifen, falls das erforderlich sein sollte.

»Du klingst wie Woody Woodpecker«, lächelte Kilroy und brach in lautes Lachen aus, als Rom bei diesem Vergleich empört piepte. »Nein«, fügte sie hinzu, »noch kein Zeichen von ihr – warte mal ... Ja, jetzt sehe ich sie auf dem Hack-Display. Hast du guten visuellen Empfang?«

»Nicht so gut wie du«, sagte Rom mit einem Hauch Frustration in der Stimme. Seine Ausstattung mit Handschuh und Brille erlaubte ihm, Webtown zu sehen, ohne dort mit einem Avatar Gestalt anzunehmen. Dadurch bewegte er sich unsichtbar an Kilroys Seite und nahm einige, aber nicht alle Einzelheiten ihrer virtuellen Sinneseindrücke wahr.

Gleich darauf bemerkte Suki Kilroy. Sie winkte, aber nicht mit ihrem früheren Enthusiasmus, fand Kilroy. Das Gesicht des kleinen Chinesenmädchens sah besorgt aus, so als wüßte sie, was Kilroy mit ihr besprechen wollte.

»Okay, Rom«, warnte Kilroy. »Ab jetzt kein Wort mehr. Ich möchte, daß Suki glaubt, ich wäre völlig alleine.«

»Verstanden«, sagte Rom knapp. Ein Klicken zeigte an, daß die externe Mikrofonverbindung abgeschaltet wurde.

Kilroy machte als erste die formelle Verbeugung und zeigte damit ihren Respekt für Suki, die die Geste wiederholte und dann ernst fragte: »Warum hast du mich herbestellt, Kilroy? Ich verstehe deine Gründe nicht.«

»Wie ich schon sagte, geht es um ein Gespräch unter Mädchen. Du weißt, wie ich für Surfer empfinde, und ich denke, ich bin eifersüchtig auf dieses andere Mädchen, das er im Schloß entdeckt hat.«

Die Worte kamen ihr leicht über die Lippen, aber die Lüge klang durchsichtig. Kilroy konnte an Sukis Augen ablesen, daß sie ihr nicht eine Sekunde lang glaubte.

Kilroy ließ jeden Vorwand fallen. Sie zuckte mit den Achseln. »Okay, also kein Gespräch unter Mädchen. Aber ich denke, es geht doch um Surfer – und um Silent Blade.«

In den frühen Tagen des Web hatten die Computergraphiken nur einen Avatar erlaubt, der ein plastikartiges Gesicht besaß, auf dem nur die grundlegendsten Gefühle sichtbar geworden wären. Jetzt jedoch, da eine unvorstellbare Rechenkapazität die virtuellen Gestalten aufrechterhielt, schien Sukis Abbild – das in jedem Detail mit ihrem wirklichen Selbst identisch war – in sich zusammenzufallen. Ihre Schultern sackten herab, ihre Augen wurden dunkel vor Trauer, und eine Träne aus funkelnden Pixeln erschien und rann ihr die Wange hinab.

»Er ist tot, nicht wahr, Suki?« sagte Kilroy sanft. Es war keine wirkliche Frage. Die Schlußfolgerung, die sie und Rom gezogen hatten, war die einzig mögliche.

Suki nickte unglücklich und begann zu schluchzen.

»Er … er … Kilroy, ich vermisse ihn so!«

Kilroy legte die Arme um Suki und umarmte sie. Und vielleicht zum ersten Mal in ihrem Leben war Kilroy dankbar für die Technologie, die es ihr erlaubte, diesen Trost jemandem zu spenden, der über zwanzigtausend Kilometer entfernt alleine in einer Kabine saß.

»Wir müssen uns unterhalten. Komm mit.«

Kilroy führte Suki durch die geschäftigen Straßen der Webtown zu einem nahe gelegenen Block. Seine flüssig erscheinenden Fassaden schillerten wie alle anderen mit farbenfrohen Werbebannern, die die Mädchen aus alter Gewohnheit ignorierten.

Kilroy benutzte den Controller an ihrem Handgelenk, um Platz zu kaufen, und ein paar Augenblicke später blinkte die ›Zahlung bestätigt‹-Botschaft auf der Wand vor ihnen.

Die Mädchen hakten sich unter und traten durch die Wand in eine private Site, die wie ein kleines Zimmer aussah. Im Inneren der Wände schwebten die Abbilder Hunderter Möbelstücke, Ornamente und Gemälde. Kilroy ging hinüber und berührte zwei bequeme Sessel. Sie erschienen sofort in interaktivem 3-D auf dem Fußboden.

Die Mädchen setzten sich.

»Erzählst du mir von ihm?« bat Kilroy.

Suki rieb sich die Augen und wischte damit ihre realen Tränen in einer VR-Bar in Hongkong ab.

»Wir haben mehrere Jahre zusammen Traumschloß gespielt. Es hat uns einander nähergebracht.« Suki lächelte. »K'ai war immer sehr ernst – ernst und still. Aber in der Spielzone gestattete er sich ein wenig Spaß. Unsere Eltern ermutigten uns dabei. Sie sagten, es sei gut, wenn wir uns gegenseitig beeinflußten und jeder dadurch dem anderen etwas Wertvolles mitgab. K'ai gab mir Stärke und Mut. Und beides brauchte ich, als es ihn nicht mehr gab.«

»Wie ist er gestorben, Suki?« Kilroys Stimme war fast ein Flüstern.

Suki zuckte kläglich mit den Schultern. »Es war nur ein dummer Unfall ... auf der Straße ... mit einem Auto ...«

Kilroys virtuelle Finger griffen nach Sukis Hand und drückten sie.

»Es tut mir leid. Du mußt ihn sehr lieben.«

»Das tue ich.« Suki blickte auf und lächelte trotz ihrer Trauer. »Er ist ein wunderbarer Bruder. Er wird zu einem feinen jungen Mann heranwachsen, und ich werde so stolz auf ihn sein.«

Kilroy spürte, wie ihr ein seltsamer Schauer über den Rücken fuhr. Das hatte nichts mit Webtown zu tun.

»Siehst du, Suki, das ist es, was ich nicht verstehe. K'ai ist fort, und du hast Silent Blade im Web am Leben gehalten, ihn behandelt, als sei er real. Silent Blade ist nur ein Phace, eine Schöpfung der Software.«

»Nein.« Suki schüttelte fast wie im Traum den Kopf. Kilroy spürte die ersten Anzeichen von Besorgnis.

»Aber du kannst doch nicht glauben, daß K'ai noch immer bei dir ist. Kein Phace kann so perfekt sein, daß du wirklich überzeugt wärst, es sei am Leben.«

»Er lebt, er wächst, so wie ich auch. Er spricht mit mir und bringt mir Dinge bei.«

»K'ai ist tot«, beharrte Kilroy.

»Nein!« Sukis Wut flammte in einem einzigen Augenblick hoch. Sie sprang auf, krümmte ihre Finger krallenartig zusammen und stürzte sich auf Kilroy, um ihr das Gesicht und die Augen zu zerkratzen.

Instinktiv packte Kilroy die Hände des jüngeren Mädchens, bevor ihr bewußt wurde, daß sie im Web nicht körperlich verletzt werden konnte. Obgleich die Simulation kleinerer Unannehmlichkeiten möglich war, konnte eine ›Tarantel‹ keine echten Schmerzempfindungen erzeugen oder reale Verletzungen zufügen.

Ein paar Sekunden lang rangen die beiden Mädchen, die von einem ganzen Ozean getrennt waren, dennoch miteinander, bis Sukis Gefühlsansturm gebrochen war und sie zu Kilroys Füßen auf die Knie sackte.

»Er ist nicht tot, er ist es nicht!« protestierte sie. »Sie sagte, er würde leben, wenn ...«

Sukis Augen blickten weg. Sie biß sich auf die Lippe.

»Wovon sprichst du?« fragte Kilroy, und ihre Besorgnis blühte zu etwas Größerem auf; zu einer echten und greifbaren Furcht. »Sag es mir, Suki«, verlangte sie. »Wer hat behauptet, K'ai würde leben?«

»Sie ...« Suki kicherte überdreht, als balancierte ihr Verstand auf dem Rand zum Wahnsinn. »Sie, die im Herzen von *Traumschloß* lebt.«

Surfer untersuchte eifrig die Ketten, die das Mädchen an die feuchten Kerkermauern fesselten, und dann die Schellen an ihren Händen. Er sah, daß ihre Haut aufgerieben war und Blut das Metall befleckte. Der Realismus der Illusion erstaunte ihn.

»Ich wußte, daß du zu mir kommen würdest«, sagte Xenia. Ihre Lage schien sie nicht zu bekümmern.

»Woher wußtest du das?«

»Du hast diesen Blick an dir – den Blick eines Abenteurers.«

Surfer blickte hoch. Er fühlte sich geschmeichelt; und dann wurde er, stärker als das, durch ihre Nähe und Schönheit zu ihr hingezogen.

Xenia war groß und blaß, ihr langes Haar besaß die Farbe von Stroh und war im Augenblick wirr zerzaust. Einige Strähnen strichen über Surfers Handrücken. Wieder verspürte er einen leichten Schock darüber, daß der VR-Anzug so geringfügige Details zu übermitteln vermochte.

Er grinste und fühlte sich plötzlich ein wenig linkisch.

»Dies ist eine richtige Klischee-Situation. Ich meine, ein Fräulein in Not, das von einem wagemutigen jungen Helden gerettet wird. Das wirkliche Leben ist ganz und gar nicht so, wenn du weißt, was ich meine.«

»Findest du mich schön?« fragte Xenia. Surfer war von ihrer Gegenwart überwältigt; für ihn war sie auf einzigartige Weise wirklich.

»Nun ... ja.«

»Und kannst du mich retten?« wollte sie wissen.

Surfer zog einen Diamantdraht aus seiner Gürteltasche und begann damit, die Eisenketten und Handschellen durchzusägen.

Die erste löste sich nach etwa einer Minute. Er hatte die zweite bewältigt, als irgendwo tief aus dem Inneren des Schlosses ein dumpfes *Bumm* erklang, dem das hohe Kreischen einer schweren sich langsam öffnenden Tür folgte.

»Was ist das?« Surfer unterbrach seine Arbeit und legte die rechte Hand auf den Knauf seines Schwertes.

»Der Dunkle Lord«, sagte Xenia beiläufig, »oder einer von seinem Haufen. Er weiß, daß du hier bist, Surfer. Du verstehst, daß er dich davon abzuhalten will, näherzukommen.«

»Darin besteht doch der ganze Spaß«, erwiderte er, doch sein keckes Grinsen verblaßte, als er erkannte, daß Xenia möglicherweise von etwas ganz anderem sprach.

»Wir sollten hier lieber verschwinden«, sagte Surfer, und seine Stimme klang jetzt abgehackt. Zum ersten Mal, seit er heute die Spielzone betreten hatte, fühlte er sich ohne Kilroy und Rom verwundbar. Ohne daß einer von den beiden Wache hielt, hatte er keine Möglichkeit zu erfahren, wer oder was den Korridor entlang kam und wie weit er noch entfernt sein mochte.

Er beeilte sich mit dem Diamantfaden, und die zweite

Handschelle brach auseinander und fiel klirrend neben Xenias Füßen zu Boden. Surfer berührte das Blut an ihrem Handgelenk und spürte es feucht an seinen Fingern.

Ein weiteres wummerndes Echo drang aus den Tiefen des Schlosses, gefolgt von etwas, das wie das Schnüffeln eines großen Tieres klang.

»Zeit zu gehen.«

Surfer ergriff Xenias Hand und führte sie unter die Öffnung in der Decke, durch die er herabgestiegen war.

»Wenn er uns erwischt …«, begann Xenia atemlos.

Surfer öffnete den Mund zu einer Erwiderung. Doch wurden in diesem Augenblick seine Worte von einem mächtigen Gebrüll übertönt, das seinen Ursprung direkt hinter der Tür hatte.

Sein erster Impuls war, das Schwert zu ziehen – doch dann kam ihm zu Bewußtsein, daß es ganz schön dämlich wäre, gleich bei der ersten Begegnung mit dem Dunklen Lord gegen ihn zu *kämpfen*. Statt dessen packte Surfer Xenia bei den Hüften. »Klettere hoch«, befahl er ihr und hob sie empor, so daß sie den Rand der Falltüröffnung erreichen konnte.

Xenia stöhnte vor Anstrengung, zog sich aber einen Moment später durch die Luke. Sie drehte sich um und streckte ihren Arm hinab, um Surfer zu helfen.

Etwas Riesiges krachte gegen die Kerkertür, und das Brüllen begann erneut, doppelt so heftig wie zuvor. Wer oder was auch immer der Dunkle Lord war, er war entweder zu dumm oder zu wütend, um den Schlüssel zu benutzen. Statt dessen versuchte das Wesen, sich den Weg freizurammen.

Und das würde ihm auch bald gelingen, erkannte Surfer. Staunend sperrte er den Mund auf, als er sah, wie die daumendicken Eisenplatten der Tür sich ausbeulten und die Steine des Türrahmens zerbröckelten.

»Surfer!« rief Xenia.

Surfer riß sich vom Anblick der Tür los, die sich *nach innen wölbte*. Er ergriff Xenias ausgestreckte Hand und wurde rasch nach oben gezogen.

Diese Leistung war fast ebenso beeindruckend wie die zerstörerische Kraft des Dunklen Lords. Die Stärke eines Spielers in der VR wurde zum Teil durch die Regeln des Spieles definiert, variierte allerdings, je nachdem, welche Bonusse man sich bereits erworben hatte. Hatte ein Spieler durch frühere Erfolge viele Punkte angesammelt, konnte er sie dazu verwenden, sich zusätzliche Stärke oder Schnelligkeit, schärfere Augen oder magische Kräfte zu ›kaufen‹.

Xenia hatte offensichtlich genau dies getan. Doch um Surfers Gewicht mit solcher Leichtigkeit heben zu können, mußte sie eine erstaunlich große Anzahl von Bonuspunkten angehäuft haben und über einen VR-Anzug verfügen, gegen den Surfers Tarantel wie Kellerniveau-Schund aussah.

Diese Gedanken fuhren Surfer durch den Kopf und wurden von dem donnernden Krach der Zellentür fortgewischt, die jetzt nach innen flog und an die gegenüberliegende Wand geschmettert wurde. Steinbrocken schwirrten durch die Luft, und ein scharfer Splitter traf Surfer in den Handrücken. Er stieß bei dem plötzlichen Schmerz und dem Anblick der hellen Blutspur einen kurzen Schrei aus. Unfaßbar, daß der Schmerz, den der VR-Anzug erzeugte, so intensiv sein konnte.

Weißer Rauch, in dem sich ungesund aussehende Fäden gelblichen Dampfes kräuselten, strömte in den Raum. Die Kreatur kam herein und bewegte sich in der Mitte des Nebels vor. Eine bullige Gestalt, aus deren Kehle ein tiefes, krächzendes Knurren hervorbrach, ein Wesen, viel größer als ein Mensch, tief gebückt, als folgte es einer Fährte auf dem Boden. Flüchtig erhaschte Surfer einen Blick auf eine Hand – sie war massiv, schwarz und ledrig, ihre Krallen gekrümmt und gesplittert wie altes Elfenbein. Die Pranke sah aus, als wäre sie groß genug, seine Brust zu umfassen und dann ohne Mühe zu zerquetschen. Xenia zog Surfer durch die Öffnung in Sicherheit. Er rappelte sich auf und beugte sich vor, um in die Zelle unter ihm zu spähen. Er wollte einen besseren Blick auf den Dunklen Lord – wollte das Gesicht seines Feindes sehen –, aber Xenia warnte ihn mit einem leisen Kopfschütteln. Sie zog ihn schweigend zur offenen Tür der Zelle.

»Ich wußte, daß du das Rätsel der Rune lösen würdest«, versicherte sie ihm mit strahlendem Lächeln. Sie eilten rasch durch den Gang zurück in den großen Kuppelsaal, offenbar ein wichtiger zentraler Punkt in diesem Teil des Schlosses. Hinter ihnen verklang das frustrierte Gebrüll des Dunklen Lords in der Entfernung. »Außerdem verstehst du die Bedeutung von Hinweisen und Symbolen in diesen oberen Ebenen», fuhr Xenia fort. »Du lernst schnell und wirst damit weit kommen.«

Surfer fühlte sich geschmeichelt, zeigte dies aber nicht. »Wie weit bist *du* gekommen, Xenia?« fragte er sie ruhig. »Und warum hast du dir die Mühe gemacht, in die Fünfhunderter zurückzukommen? Das ist, als würde ich ins Kellerniveau zurückkehren, um gegen Vampire und Frankensteins Monster zu kämpfen.«

Er lachte über diese absurde Vorstellung, doch sie zuckte nur mit den Schultern.

»*Traumschloß* ist unendlich. Selbst wenn du die höchsten Türme erkundet hast, gibt es noch immer zahllose Geheimnisse und unendlich viele Abenteuer, die man erleben kann. Man könnte hier für immer leben, Surfer – und niemals die Schmerzen über sich ergehen lassen, die es mit sich bringt, wenn man alt und gebrechlich wird. Man würde niemals sterben.«

»Niemand ist in den höchsten Türmen des Traumschlosses gewesen«, stellte Surfer mit flacher Stimme fest und runzelte über ihre Worte die Stirn. »Und außerdem ist es nur ein Spiel, Xenia. Wir müssen alle wieder in die reale Welt zurückkehren, wenn es vorüber ist.«

»Nur ein Spiel ...« Sie lachte leise, und das Echo ihrer Heiterkeit kam aus der Dunkelheit zu ihnen zurück. »Wenn du das sagst, Surfer, mein Retter. Nur ein Spiel.«

Sie hatten die große Kammer erreicht, und Xenias Benehmen änderte sich abrupt.

»Ich muß jetzt gehen.«

»Wohin?« wollte Surfer wissen.

»Wohin du mir nicht folgen kannst«, lautete Xenias Erwiderung. In dem flackernden Licht der Fackeln sah ihr Gesicht abwechselnd warm und herzlich und dann wieder kalt und grausam aus. Sie schien am Rande der Realität zu schweben, wie ein lebhafter Traum, der sich dem Ende zuneigte. Surfer erkannte, daß er an einer seltsamen Abart der Webkrankheit litt, obwohl er sich noch im Inneren des Spiels befand. Es war nicht wirklich unangenehm, nur eigenartig. Er hatte das Gefühl, ihre Worte wären wahr geworden, wenn sie nur gewollt hätte, daß er ihr folgte, und er hätte sich auf ewig in den endlosen Korridoren verloren.

»Werde ich dich wiedersehen?«

»Wann immer du zurückkommst.«

Sie wandte sich halb ab, um zu gehen. Surfer ergriff ihre Hand und zwang sie, ihn wieder anzusehen.

»Ich weiß nicht einmal, wer du wirklich bist, Xenia, oder wo du lebst.«

»Hinter dem Spiegel«, neckte sie ihn, trat dicht an ihn heran und legte ihm ihre kühlen Handflächen auf die Wangen, während sie ihn küßte.

Der Kuß schmeckte süß, und ihr Haar roch nach frischem Stroh und einem sehr zarten, vagen Parfüm.

Das ist unmöglich! Dieser Gedanke zuckte Surfer wie ein Peitschenhieb durch den Kopf, als Xenia zurücktrat und langsam in der Dunkelheit verschwand. Wie gut die Web-Technologie auch immer sein mochte, sie war nicht in der Lage, Geschmacks- und Geruchssinn zu reproduzieren. Und doch konnte es keinen Zweifel geben. Surfer sog die Luft ein und wurde erneut von dem Moschusduft des Mädchens verwirrt.

»Komm bald zu mir zurück«, rief sie ihm aus den Schatten zu und verschwand wie ein Geist in einem halbverborgenen Durchgang.

Surfer machte Anstalten, ihr zu folgen, stolperte aber mit einem Ausruf des Schreckens zurück, als in dem Gang eine monströse Spinne auftauchte und ihn aus einem Gewirr gesträubter, abstoßender schwarzer Beine heraus anfunkelte. Spinnen waren die Wächter dieser und anderer Spiele. Sie verkündeten Warnungen und Anweisungen und verwehrten den Zugang zu verbotenen Gebieten. Ihre Größe zeigte ihre Wichtigkeit und die Ernsthaftigkeit der Übertretung an. Diese war die größte, die Surfer jemals gesehen hatte.

Er zog sich zurück. Das zischende Geräusch, das die sich geschäftig bewegenden Kieferzangen des Monstrums von sich gaben, machte ihm angst. Die Detailgenauigkeit des Tieres war erschreckend.

Surfer gab einige technische Daten in den Controller und hielt dadurch Referenznummern, die im Spiel verbrachte Zeit und andere Werte fest. Dann verließ er die VR …

… und spürte, wie sich ihm der Magen vor Webkrankheit umdrehte. Sein Kopf pochte mit einem betäubenden, benommen machenden Schmerz. Surfer, der sich fühlte, als müßte er ersticken, löste seine Helmverbindung und nahm das Gerät ab. Er riß die Kontakte aus seinen Handschuhen und streifte sie ab – linke Hand, rechte Hand.

Dann versteinerte er, als der Schock in ihm aufstieg.

Das Stechen auf seinem rechten Handrücken war minimal im Vergleich zu den schrecklichen Kopfschmerzen und der Übelkeit, die er verspürte. Aber es war nicht der Schmerz, der ihm Sorgen machte.

Dort, wo der Steinsplitter ihn getroffen hatte, befand sich jetzt ein knallroter Fleck. Die Haut war nicht aufgerissen, doch noch während Surfer die Stelle erschreckt anstarrte, sickerten winzige Blutstropfen hervor, wuchsen an und tropften ihm in den Schoß.

8
STAMMVERZEICHNIS

Rom und Kilroy unterhielten sich über das Gespräch, das sie mit Suki geführt hatte. Kilroy war vor allem darüber entrüstet, wie jemand auf den grausamen Trick verfallen konnte, ein Phace zu erschaffen, das auf einem Toten beruhte. Rom interessierte sich mehr für die Technik, die das Phace derart überzeugend gemacht hatte, daß Suki glaubte, ihr Bruder würde noch leben.

»Dieses Problem ist groß, und es ist eine fiese Sache«, betonte Rom und machte eine Pause, um durch das Panoramafenster einen Blick auf die plötzliche Unruhe zu werfen, die in der Lobby ausgebrochen war.

Surfer war aus einer der Spielzellen gestolpert und hatte aus keinem ersichtlichen Grund den größten Kerl angegriffen, der sich im Raum befand. Rom sah, wie er einen Kinnhaken auf einen Teenager abschoß, der den Schlag sauber abblockte und Surfer mit der flachen Hand zurückstieß. Surfers Gesicht verdunkelte sich in blinder Wut, als er erneut vorstürmte.

»Sollte er heute nicht in der Schule sein?« wunderte sich Rom fast beiläufig.

Kilroy warf einen einzigen Blick auf das Geschehen und sprang auf.

Der Dunkle Lord hatte ihn gefunden! Wie das möglich war, wußte Surfer nicht. Doch andererseits konnte er genausowenig das Blut an seiner Hand erklären. Alles was er wußte war, daß der Dunkle Lord des Traumschlosses ihm aus der Spielzelle gefolgt war und ihn jetzt in all seiner schrecklichen Pracht verhöhnte.

Unerklärlicherweise war Surfers Schwert nicht da. Er mußte es im BuS aus Webtown heraus verloren haben, oder vielleicht hatte er es in der Kuppelkammer fallengelassen. Das war ein Rückschlag, aber nichts, mit dem er nicht fertig wurde.

Das Monster knurrte ihm etwas in kehligen Worten zu. Surfer wich einem Schwinger der riesigen, krallenbewehrten Hand der Kreatur aus, machte einen Satz nach vorne und landete einen betäubenden Schlag gegen das Zwerchfell des Dunklen Lords …

Der große Kerl krümmte sich zusammen, und als Kilroy auf die beiden zulief, sah sie, daß er allmählich die Beherrschung verlor.

»Er ist webkrank!« rief sie, während sie sich durch die Menge der Gaffer drängte. Auf der anderen Seite der Lobby konnte sie sehen, daß Gill Bates, die Eigentümerin der VR-Bar, herbeieilte, um die Prügelei zu beenden. Wenn Surfer nicht aufpaßte, fand er sich mit einer Strafe, einem Hausverbot und der Verbannung aus dem Web wieder; etwas das er nicht verwinden würde.

Als Surfer mit dem Arm ausholte, um seinen Gegner erneut zu schlagen, packte Kilroy sein Handgelenk, hakte ihr Bein hinter seines und warf ihn mühelos mit einem Judogriff zu Boden. Sie ließ sich auf ihn fallen und preßte seine Arme auf die Erde.

»Xenia! Er wird uns töten. Laß mich ihn vernichten!« brüllte Surfer panisch.

»Er glaubt, er wäre noch immer im Schloß«, sagte Rom dicht hinter Kilroy. »Faszinierend …«

»Der Dunkle Lord wird uns töten!« kreischte Surfer mit ansteigender Panik.

Kilroy drehte sich, so daß sie den Jungen ansah, den Surfer angegriffen hatte.

»Bitte, geh weg. Es geht ihm nicht gut … Bitte!«

Er nickte, trat zurück und begann, mit Bates zu sprechen.

»Xenia …«

Surfers Energie verebbte. Kilroy spürte, wie seine Anspannung nachließ und er unter ihr in sich zusammensackte.

»Das war nicht der Dunkle Lord«, sagte sie mit ruhiger aber bestimmter Stimme zu Surfer. »Das Schloß ist hier mit Magie erfüllt. Was du gesehen hast, war nur ein Traumzauber, der geschickt wurde, um dich zu verwirren.«

»Traum … Magie …«, wiederholte Surfer mit gerunzelter Stirn.

Als Kilroy ihn an sich drückte, war von der Straße draußen das heulende Jaulen eines Krankenwagens zu hören.

»Sanitäter«, bestätigte Rom, der sehen konnte, wie sie eilig von ihrem Fahrzeug herbeigelaufen kamen.

»Ich kenne diese Magie«, fuhr Kilroy fort und besänftigte Surfer, indem sie ihm zart über Schläfen und Stirn fuhr. »Du kannst mir vertrauen, bei mir bist du sicher. Vertraue Xenia und ruhe dich jetzt aus.«

»Ausruhen …«, flüsterte Surfer. Er lächelte, hob ihr die Hand entgegen und ließ sie dann fallen; er war in einen erschöpften Schlaf gefallen.

Die Rettungssanitäter in ihren enganliegenden, hellblauen Overalls drängten sich durch die Menschenmenge und untersuchten Surfer, dann hoben sie ihn auf eine Trage.

»Gehörst du zu ihm?« fragte eine von ihnen, eine forsche, junge Frau Anfang Zwanzig, und blickte Kilroy an.

»Das würde sie gerne«, murmelte Rom und zuckte mit den Schultern, als Kilroy ihn daraufhin mißbilligend anfunkelte.

»Ja, ich gehöre zu ihm. Ich kann Ihnen auf dem Weg ins Krankenhaus erzählen, was vorgefallen ist. – Rom«, fügte Kilroy in einem Tonfall hinzu, der keinen Widerspruch duldete, »du regelst die Dinge hier mit Gill. Erklär ihr, daß Surfer in letzter Zeit nicht er selbst war. Und dann triffst du dich mit mir im Krankenhaus.«

»Okay. Weißt du, ich denke mir, daß die Spielerin, die er erwähnt hat, diese Xenia, unsere mysteriöse Ann Onym sein muß.«

»Das glaube ich auch«, sagte Kilroy mit Nachdruck. »Und wenn ich wieder ins Spiel eintauche, schnappe ich mir das Miststück und stelle ihr ein paar ziemlich deutliche und persönliche Fragen.«

Wir haben alle unsere Träume, sinnierte Kilroy, während sie Surfer durch das Beobachtungsfenster seines Zimmers betrachtete, und spürte dabei die Kraft ihres eigenen Traumes. Mrs. Miller saß neben ihm am Bett und las einen Liebesroman. Ihr Ehemann war bei der Arbeit benachrichtigt worden und befand sich auf dem Weg hierher.

Kilroy ging durch den Kopf, daß sie Surfer noch nie so friedlich gesehen hatte. Das milde Beruhigungsmittel hatte die Alpträume aus seinem Kopf verscheucht und eine Ruhe zurückgelassen, die sich auf seinem Gesicht deutlich abzeichnete. All der Ehrgeiz, all die Wut waren mit dem Schlaf verebbt. Wenigstens ein paar Stunden lang mußte er nicht gegen die ganze Welt ankämpfen, um sich selbst zu beweisen, daß er etwas wert war.

Wann ist ein Spiel kein Spiel? fragte Kilroy sich selbst düster. »Wenn du gewinnen mußt, um zu überleben.«

»Wie bitte?«

Kilroy fuhr zusammen und drehte sich um. Doktor Esdaile, Surfers Facharzt, hatte mit einem Mini-PC in der Hand das Büro betreten. Das Gerät war nicht größer als Mrs. Millers Taschenbuch.

»Oh, gar nichts.« Kilroy spürte, wie sie rot wurde. »Ich habe nur laut gedacht. Geht es ihm bald besser?«

»Natürlich wird es das.« Doktor Esdaile setzte ein aufmunterndes Lächeln auf, hinter dem dreißig Jahre Erfahrung steckten. »Robert hat offensichtlich ein geistiges Trauma erlitten, das dadurch ausgelöst wurde, daß er zu sehr in eines dieser Spiele vertieft war, die ihr jungen Leute anscheinend so gerne spielt.« Esdailes Lächeln wurde ein wenig milder. »Keine Ahnung, warum ihr nicht einfach einen Baseball über den Rasen prügeln könnt, wie ich das früher getan habe.« Er zuckte mit den Achseln. »Aber das ist eine müßige Frage, nicht wahr?«

Kilroy merkte, daß sie ebenfalls lächelte, weniger über das, was der Mann gesagt hatte, als über die Verwendung von Surfers richtigem Namen. Es klang so seltsam, fast künstlich.

»In der Schule haben wir Sport als Pflichtfach …«

»Ich rede hier von *Spaß*, junge Dame«, erwiderte Esdaile fast streng. »Also, als ich ein Junge war, bin ich immer runter in den Park gegangen und …« Esdaile brach ab und grinste. »Aber da verliere ich mich ja in meinem eigenen Reich der Tagträumereien. Nein, machen Sie sich keine Sorgen, Ihrem Freund wird es bald bessergehen. Obwohl ich sagen muß, daß mir der seltsame Fleck auf seiner rechten Hand Rätsel aufgibt.«

»Er hat ihn wohl bei der Prügelei bekommen«, wagte Kilroy eine Vermutung. Der Doktor schüttelte den Kopf. »Wohl kaum. Und die Art der Verletzung ist ungewöhnlich. Die Haut ist nicht aufgerissen, aber darunter liegt eine ziemlich tiefe Quetschung, und das Blut ist an die Oberfläche durchgesickert. Ich habe von solchen Dingen gehört, bei denen Leute Reaktionen zeigten, weil sie glaubten, etwas sei real, selbst wenn sich am Ende herausstellte, daß dem nicht so war.«

»Ich bin mir nicht sicher, ob ich Sie verstehe.«

»Was Sie glauben, beherrscht Ihr Leben«, erklärte Esdaile. »Meiner Meinung nach – was sie auch immer wert sein mag – hat Robert in seinem VR-Spiel eine schwere Wunde erlitten und war so sehr vertieft, daß der Fleck auch in Wirklichkeit aufgetreten ist.«

»Aber Webfans kämpfen doch im Spiel ständig.«

»Ja, aber inwieweit ist man sich dabei bewußt, daß man sich in einem Spiel befindet? Möglicherweise hat Robert sich zu weit mitreißen lassen. – Oder vielleicht«, fügte Esdaile hinzu, als sei ihm der Gedanke eben erst gekommen, »gibt es etwas in dem Spiel selbst, das einen davon überzeugt, daß es real ist.«

Kurz darauf tauchte Rom auf; er war ganz aufgeregt. Er hielt sich gerade lange genug unter Kontrolle, daß Kilroy ihm wiedergeben konnte, was Esdaile ihr erklärt hatte.

»Es paßt alles zusammen«, schloß Kilroy. »Surfer entwickelt einen echten Fleck, nachdem er im Spiel verwundet wurde. Silent Blade erscheint seiner Schwester so real, daß Suki noch immer völlig überzeugt ist, daß er noch lebt.«

»So eine kleine Närrin«, murmelte Rom.

»Nein«, widersprach Kilroy entschieden. »Wir sind die Narren, daß wir geglaubt haben, wir könnten den BuS aus dem Web nehmen, alles vergessen und mit unserem Leben weitermachen, als wäre nichts geschehen. Doktor Esdaile hat eine Frage gestellt: Wo endet der Verstand, und wo beginnt der Körper? Ich stelle eine weitere: Wo endet das Web, und wo beginnt die Wirklichkeit?«

Rom blickte Kilroy mit weit aufgerissenen Augen an. Er pfiff leise und nickte.

»In Ordnung, du hast mich überzeugt. Vor allem, da ich mit jemandem reden werde, der wahrscheinlich alles bestätigen wird, was du gerade gesagt hast.«

»Und mit wem?« fragte Kilroy.

Rom rümpfte die Nase und musterte bescheiden seine Fingernägel. »Nur Glen DelRoy, der Kerl, der das Traumschloß erschaffen hat.« Rom erklärte, daß Gill Bates drüben in der VR-Bar sich Sorgen wegen des Ärgers machte, den Surfer verursacht hatte. Nicht, daß etwas zu Bruch gegangen wäre; und der Junge, den Surfer angegriffen hatte, war gerne bereit, den ganzen Vorfall zu vergessen.

»Das wirkliche Problem«, fuhr Rom mit einem eifrigen Glanz in den Augen fort, »ist die Anti-Web-Lobby. Wenn die auf den Gedanken kommen, daß Kids in den Spielzonen verrückt werden, werden sie für den großen Wipeout sorgen – keine VR-Anzüge oder -Bars mehr, nichts. Wir werden wieder in die Steinzeit zurückkatapultiert!«

»Wir werden im Park Baseball spielen müssen«, murmelte Kilroy. Rom stieß einen Würgelaut aus und verdrehte die Augen.

»Gill hat ein paar Kontakte bei GameZone International«, sagte er, »der Firma, die für die Anbindung der VR-Bar in Oakhills an das weltweite Traumschloß sorgt. Ich habe zugehört, wie sie mit ein paar von den Leuten gesprochen hat. Sie meinten, das beste sei, mit Mr. DelRoy zu reden. Er lebt in England. Dort ist es jetzt früh am Morgen, aber Gill hat ein Frühstücksgespräch gebucht, damit wir die Sache schnell klären können.«

»Wann wird Gill anrufen?« fragte Kilroy.

Rom blickte auf sein Handgelenk. »In etwa zehn Minuten. Wenn wir uns beeilen, kommen wir gerade noch pünktlich dort an.«

Gill Bates sah eindeutig nervös aus, stellte Kilroy fest, als sie sich mit ihr und Rom setzte und darauf wartete, daß der Videolink die Verbindung herstellte. Es wäre natürlich leicht möglich gewesen, sich mit DelRoy in Webtown zu treffen. Aber bei dem kurzfristigen Termin wäre nur ein Hub-Einloggen möglich gewesen, und das wäre für jeden, der je in einer Tarantel durch die Spielzonen gesurft war, eine absolute Kellerniveau-Lösung gewesen. Kilroy lächelte, als sie daran dachte, wie frustriert Rom sich gefühlt haben mußte, als er Handschuh-und-Brille benutzen mußte, um bei ihr zu sein, als sie sich mit Suki traf. Ungefähr so aufregend wie in 2-D und Mono und mit gedämpften Farben – als wäre er halb blind und taub.

Ihr Lächeln verschwand.

Im PC erzeugte die Soundblaster-Karte einen Glockenklang, und die Verbindung baute sich ohne Verzögerung auf. Glen DelRoys wohlbekanntes, zerklüftetes Gesicht erschien. Er saß anscheinend an einem Schreibtisch, und Kopf und Schultern wurden von Bücherregalen und Kinderspielzeug eingerahmt. Kilroy erinnerte sich, daß es eine von DelRoys festen Überzeugungen war, daß man Webware für Kinder nur erschaffen konnte, wenn man selbst ein Kind war. Und obgleich Glen DelRoy sich mittlerweile schon in den Siebzigern befand, verkündete er noch immer, er weigere sich, erwachsen zu werden.

»Guten Tag, Gill … Und ist das Rom? Und …«

»Ich bin Rom«, sagte Rom mit so etwas wie Ehrfurcht in der Stimme. »Ähm, und das Alias meiner Freundin ist Kilroy.«

DelRoy nickte nach einer kurzen Pause.

»Ja, hi. Gill hat mir einen Bericht über das geschickt, was geschehen ist. Wie geht es eurem Freund Surfer?«

»Es geht ihm ziemlich dreckig«, antwortete Rom. Dann berichtete Kilroy von der seltsamen Wunde an Surfers Hand. Auf der anderen Seite des Atlantiks zeigte DelRoys Gesicht Besorgnis.

»Ihr kennt die Sicherungen, die in der Webware eingebaut sind, genausogut wie ich. Nicht nur die internationalen Kontrollen, sondern auch all die Sicherheitsnetze, die in jedes Level eingearbeitet sind, um zu verhindern, daß so etwas geschieht.«

»Aber es *ist* geschehen, Mr. DelRoy«, warf Gill ein. »Ist es also möglich, daß sich jemand am Traumschloß – und vielleicht auch an anderen Spielzonen – zu schaffen macht, ohne daß die Verantwortlichen davon wissen?«

DelRoys Stirnrunzeln vertiefte sich, und seine Augen veränderten sich plötzlich, so als blicke er weit in die Vergangenheit.

»Alles, was ich dazu sagen kann«, antwortete er einen Augenblick später, »ist folgendes: Falls diese Manipulationen, die Sie andeuten, wirklich geschehen, dann müssen sie auf einer grundlegenden Ebene vor sich gehen – auf der Ebene der Maschinensprache-Codes. Und um so tief eindringen zu können, braucht man eine Zugangsberechtigung allerhöchster Ordnung.«

»Das Problem ist«, beharrte Gill, »wenn die Anti-Web-Leute dies zu einer Krise aufbauschen, könnte man mir den Laden schließen – und andere VR-Bars auf der ganzen Welt!«

»Das wird nicht geschehen«, versicherte DelRoy ihr mit einem verschmitzten, augenzwinkerndem Lächeln. »Es steckt zuviel Geld in der Unterhaltungsindustrie des Web, als daß irgendeine Regierung den Zugang stärker reglementieren würde. Und ich habe keine anderen

Berichte über solche Probleme mit dem Traumschloß erhalten. Falls jemand die Webware manipuliert, so vermute ich, daß Ihr Bereich das Ziel ist, und zwar zu einem ganz bestimmten Zweck.«

»Und der wäre?« fragte Kilroy.

DelRoy zuckte leichthin mit den Schultern, obgleich Kilroy vermutete, daß er sehr ernsthaft über die Angelegenheit nachgedacht hatte. »Ehrlich gesagt habe ich den Verdacht, daß du und deine Freunde die Versuchskaninchen in irgendeinem gefährlichen Experiment seid. Jemand macht sich da nicht nur an Computerprogrammen zu schaffen, sondern es geht ihm um die Programmierung des menschlichen Geistes. Realität ist das, von dem wir glauben, daß sie es sei. Wenn man die Überzeugungen von jemandem ändern kann, dann ändert sich auch das, von dem er denkt, es wäre *wirklich*. Und im Augenblick beobachten wir, daß für Surfer die Barriere zwischen Wirklichkeit und Illusion verschwimmt. Er kann die Grenzlinie nicht mehr erkennen.«

»Augenblick mal«, unterbrach Kilroy ihn. »Sie sagen, jemand würde das absichtlich tun. Da ist nämlich auch noch Suki ...« Sie erzählte DelRoy schnell von der Hongkong-Connection und Silent Blade.

Auf DelRoys Gesicht machten sich zunächst Überraschung und dann ernste Besorgnis breit. Er wurde ein wenig unruhiger. »Das ist sogar noch alarmierender. Seht ihr, alle Programmierer wollen ein Phace erschaffen, das so komplex und detailliert ist, daß man es für real hält ... eine Art künstliche Lebensform, die im Web lebt ... einen Traum von Leben, oder vielleicht eher ein Alptraum. Doch um das zu erreichen, glaube ich, muß man nicht nur die Webware umprogrammieren, sondern auch den menschlichen Verstand selbst!«

»Etwas – jemand – hat Silent Blade im Web wiederbelebt!« flüsterte Kilroy staunend.

»Komplett und in jedem Detail«, fügte DelRoy grimmig hinzu. »So realistisch, daß es selbst Suki selbst überzeugt hat. So realistisch, daß Silent Blade auf eine Weise, die wir noch nicht verstehen, möglicherweise wirklich lebt. Doch ihr könnt sicher sein, daß er unter der Kontrolle des sogenannten Dunklen Lords steht, da dieser ihn erschaffen hat. Das ist eine sehr gefährliche Situation.«

»Also, was können wir tun?« wollte Rom wissen.

»Nun, als erstes müßt ihr euch vom Traumschloß fernhalten und dafür sorgen, daß Suki und Surfer dies ebenfalls tun. Die beiden scheinen am schlimmsten betroffen zu sein.«

»Das wird sein Liebesleben ruinieren«, murmelte Rom und ignorierte Kilroys bösen Blick.

»In der Zwischenzeit«, fuhr DelRoy fort, »werde ich ein paar Gespräche mit den richtigen Leuten führen, um sicherzustellen, daß die Angelegenheit sorgfältig untersucht wird – und daß Ihre VR-Bar weiterhin floriert, Gill.«

»Dafür wäre ich Ihnen sehr dankbar, Mr. DelRoy«, sagte Gill mit einem Ausdruck der Erleichterung auf dem Gesicht.

DelRoy nickte. »Gern geschehen. Aber ich denke, als erster Schritt wäre es klug, uns zu vergewissern, daß wir uns nicht zum Narren machen. Falls sich jemand am Traumschloß zu schaffen macht, wird das in den Wurzeldateien zu sehen sein.«

»Sicher, aber da kommt man nur heran, wenn man …« begann Rom und lief plötzlich rot an, als ihm bewußt wurde, mit wem er da sprach.

»Und um dich *wirklich* zu beeindrucken«, grinste DelRoy, »werde ich das direkt von meinem Schreibtisch-Terminal hier tun. Lehnt euch zurück und schaut zu.«

DelRoy blickte vom Videoschirm weg und tippte

Sicherheitscodes ein, während er gleichzeitig verbale Anweisungen an die Bot-Programme gab, die fest in seine Maschine eingebaut waren. Die Webware, die zusammen das Traumschloß ergab, war auf eine Reihe von über die ganze Welt verstreuten Knotenrechnern verteilt. DelRoys Scan-Einrichtungen erlaubten den Bots, miteinander zu kommunizieren und einen Zugang zu den tiefsten Ebenen der Webware-Programmierung herzustellen – zu den Wurzeldateien, auf denen alles basierte.

»Ich lasse von hier aus die Optik übernehmen«, sagte DelRoy, während sein Gesicht in eine Ecke des Bildschirms wanderte, schrumpfte und zu einem Icon wurde.

Ein riesiger Baum nahm wirbelnd Gestalt an; seine reichbelaubten Zweige erhoben sich in einen virtuellen Himmel, und sein Stamm schien viele Kilometer nach unten zu reichen, wo er sich aus einem rötlich-gemusterten Boden erhob. Kilroy und Rom waren daran gewöhnt, Informationen in Bildform präsentiert zu bekommen, aber dies war das erste Mal, daß sie eine so deutliche visuelle Vorstellung von der schieren Größe und Komplexität des Web erhielten.

Sie zoomten auf ein Gewirr von Ästen zu, das nur einen winzigen Teil des Baumes bildete, als flögen sie in einem unsichtbaren Flugzeug. Blätter flatterten auf sie zu und wuchsen zu Riesengröße an, bis eines von ihnen in die Mitte des Bildschirms wanderte und noch immer größer und größer wurde.

Es war das Blatt, welches das Traumschloß repräsentierte. »Wir dringen ein!« rief Rom, und seine Stimme überschlug sich vor Aufregung.

Ihre Perspektive zog sich immer weiter zusammen, bis das Blatt aussah wie eine riesige, zerklüftete Landschaft aus hellgrünen, abgerundeten Hügeln und dunkleren Tälern, die alle mit Kratern übersät waren.

»Eine dieser Blattzellen ist die Kuppelkammer«, sagte Kilroy, »und eine andere der Sims, auf dem Surfer gegen den Sturmdrachen gekämpft hat.«

»Wir überspringen dies alles und gehen direkt zu den Wurzeln!«

Rom zwinkerte mit den Augen, als das ›Flugzeug‹ in eine Luftpore tauchte, im Superspeed durch die Venen des Blattes raste und schließlich mit einer fantastischen Beschleunigungsrate in die dunklere Zone des kolossalen Baumstammes hinabstürzte. Das Grün verschwand und wurde von einem allgegenwärtigen, gedämpften goldenbernsteinfarbenen Licht abgelöst.

Der Flug war atemberaubend und gab Kilroy kaum Zeit zu begreifen, daß diese Reise nur die Art war, in der das Bot-Programm den Sachverhalt darstellte, daß sie in immer tiefere und tiefere Sicherheitsstufen eindrangen, um Zugang zu den Informationen zu erlangen, die das Traumschloß erschaffen hatten.

Nach einem letzten atemberaubenden Sturzflug begann das ›Flugzeug‹ endlich langsamer zu werden. Die Zellwände flogen nicht mehr als verschwommener Schleier vorbei, sondern kamen näher und näher – bis der Blickpunkt durch sie hindurch wanderte und das Äußere der Wurzeldateien zeigte.

Die Betrachter schienen in einem Limbus zu schweben; sie trieben in einer trüben Zone, durch die man das unglaublich komplizierte Gewirr der Wurzelstruktur sehen konnte.

Ein zarter goldener Faden, in dem Licht pulsierte, zeigte den Weg zu den Stammdateien des Traumschlosses. Das ›Flugzeug‹ folgte dem Wegweiser, wand sich auf einem verzwickten Weg durch das Wurzelgeflecht, bis …

»Dort!« platzte Kilroy heraus und wies mit einem bebenden Finger darauf. »O mein Gott!«

Da war etwas ganz offenkundig nicht in Ordnung. Ein

Abschnitt eine Wurzel sah verzerrt aus und war von einer seltsamen Wucherung bedeckt. Die normalen, gesunden Zellen waren von einer schwarzen Masse aus verkrustetem Gewebe umgeben.

»Sicherheits-Bots«, wagte Rom einen Erklärungsversuch. »Die wollen uns davon abhalten, einzudringen.«

Und als ihr Blickpunkt dichter heranfuhr, bestätigte sich seine Vermutung.

Denn die Stammverzeichnisse des Traumschlosses waren nicht nur gegen ihre Inspizierung abgeschirmt; wie um sie darüber hinaus zu warnen, wimmelte die ganze Gegend vor Spinnen.

9
DER DUNKLE LORD

Ein Teil von Surfers Verstand wußte, daß er zu Hause im Bett lag, zwischen Schlaf und Wachsein herumtrieb und daß Xenia nur ein Traum sein konnte. Vielleicht waren es die letzten Spinnweben der Webkrankheit, die noch an ihm hingen, oder vielleicht waren auch die Drogen am Werk, die man ihm im Krankenhaus gegeben hatte. Wie dem auch sei, jedenfalls konnte sie nicht hier sein – oder doch? Konnte sie?

Sie saß in dem Sessel neben dem Bücherregal und beobachtete ihn mit sanften Augen und einem Lächeln, das er seltsam entnervend fand. Surfer hob ein wenig den Kopf, um sie besser betrachten zu können. Sie trug die zerlumpten Reste ihres Kostüms aus dem Traumschloß; und er konnte den weißen Cursor auf seinem PC durch ihre körperlose Nebelhaftigkeit hindurchblinken sehen. Jetzt glaubte er wirklich, daß sie ein Traum *sei* oder eher eine Halluzination. Und irgendein tiefsitzender Instinkt gab ihm das Gefühl, daß die Xenia, die er im Web getroffen hatte, auf welche Weise auch immer seinen Verstand manipuliert hatte. Dieser wunderschöne Geist existierte nur in seinem Kopf, und doch fand er sich noch immer von ihrer Präsenz gefangen, wie er feststellen mußte, als er sie weiterhin anstarrte. Ihre *Realität* war einfach beängstigend.

»Wie geht es dir, Surfer? Du siehst blaß aus.«

Ein unbehagliches Kichern kam ihm über die Lippen, während sie sprach. »Geh weg, Xenia. Ich will dich nicht hier haben!«

Nun lachte sie; lachte das leise, selbstsichere Lachen im Angesicht der Furcht einer anderen Person.

»So einfach ist das nicht. Nachdem du mich im Schloß gesucht und gefunden hast, kannst du mich jetzt nicht einfach mit einem Handwedeln wieder wegwünschen.«

»Du bist ein Phace«, sagte Surfer und legte soviel Überzeugung in diese Feststellung, wie er nur konnte. »Du bist nichts, Xenia. Der Computer hat dich gemacht. Du bist virtuelles Licht.« Sie zuckte mit den Schultern und warf ihr Haar mit einer Geste zurück, die vollkommen natürlich wirkte, vollkommen menschlich. Kein Programm konnte so gut sein.

»Das weißt du nicht, und nur der Teil von dir, der feige ist, will das glauben. Wo ist der Held in dir, Surfer? Wo ist der Krieger, der jede Herausforderung annimmt? Wo ist der Mann, der das Mädchen und den Ruhm für sich gewinnen und glücklich bis ans Ende seiner Tage als König über alles herrschen will, soweit sein Auge reicht?«

Xenias Stimme knisterte vor Spott und Verachtung, doch sie verfügte auch über eine samtene Verführungskraft, die an die dunklen Mächte in Surfers Herz appellierte.

»In meinen Träumen«, gab Surfer finster zu. »Es ist nur ein Spiel.«

»Besser zu spielen und zu verlieren, dabei aber den Kampf zu genießen, als so zu leben wie dein Vater.«

»Was weißt du davon?«

»Ich weiß, daß er sich noch weitere fünfzehn Jahre in einem Job abquälen wird, den er haßt, bevor er vielleicht noch einmal zehn oder zwanzig Jahre vor dem Fernseher dahinvegetiert. Und was dann, Surfer? Er stirbt, und die Welt vergißt ihn.«

»Sag nicht so etwas über meinen Vater!« Surfer spürte Zorn in sich aufsteigen. Er kämpfte sich hoch, ohne daß Xenia zu nichts verblaßte – sie ging nicht fort.

»Wenn ich wirklich nur in deinem Verstand bin, dann bist du es, der dies sagt. Aber wo es auch immer herkommt, du weißt, daß es die Wahrheit ist. Deine größte Angst ist, so zu werden wie er – ein Nichts zu sein. Weniger wirklich als auch nur ein Phace, ein Pixel-Geist in einem Traum des Siliciums. Sieh der Wahrheit ins Gesicht, Surfer – kämpfe für das, was du willst. Komm mit mir, und wir gemeinsam vernichten den Dunklen Lord.«

»Und dann?«

Er spürte, wie die Versuchung ihn aus dem Bett zog. Fast gegen den eigenen Willen hob er den Arm und griff nach Xenias Hand, die sie ihm entgegenstreckte. An einem der Finger steckte ein Rubinring.

»Dann werden wir im höchsten Turm von Traumschloß zusammenleben ohne alt ohne jemals krank zu werden. Und der Tod wird wie ein Regenschauer sein, der draußen niedergeht, ohne daß wir davon auch nur das geringste bemerken. Er wird uns nicht berühren. Wir werden frei von ihm sein.«

»Meine Mom ...«

»Deine Mutter wird es verstehen. Findest du nicht, daß

sie in vielerlei Hinsicht mir ähnelt? Sie will, daß ihr Sohn etwas erreicht, Surfer. Sie will stolz auf dich sein. Das wollen wir beide.«

Xenias Hand war weder warm noch kalt. Sie fühlte sich an wie ein VR-Anzug, der sich um seine Haut schloß. Aber es war nur eine Erinnerung an diesen Handschuh, erkannte Surfer, als Xenia ihn zum Schrank führte. Er nahm seine Jeans heraus, ein Hemd und seine Jacke.

»Draußen ist es kalt. Du wirst ebenfalls eine Jacke brauchen«, beharrte Surfer, und sein Herz schlug bei diesem Experiment schneller.

Seine andere Jacke bestand aus Polystruktur-Leder. Sie war ein wenig zu groß für Xenia, aber er fand, daß sie niedlich darin aussah, als er sie ihr über die Schultern legte.

Gill hielt ihre VR-Bar die ganze Nacht über geöffnet. Das lag zum Teil daran, daß selbst in den frühen Morgenstunden immer ein paar Phreaks auftauchten, um ein wenig ruhige Zeit in den Spielzonen zu verbringen. Aber der eigentliche Grund war, daß überall, wo gerade Tag war, Webfans aktiv waren, und Gill mußte ihre Nachrichten empfangen und Updates über den Spielstatus ihrer eigenen Kunden senden.

Wenn Gill sich selbst in die Spielzonen begab, dann während dieser Stunden, in denen an der Bar nichts los war. Außerdem schämte sie sich ein wenig, daß ihre Lieblingszone der *Glücksstern* war, eine Website, die unverhohlen auf einem Kitschroman-Bestseller basierte …

Sie war wieder sechzehn und verliebte sich zum allerersten Mal. Ihr Freund war groß, dunkelhaarig, gutaussehend und furchtlos, und er betete sie an. Nick hatte Gill gerade zu einer rasanten Spritztour auf seinem Motorrad mitgenommen: mit 200 Stundenkilometern unter dem weißen Licht des Vollmonds. Der Wind fuhr ihr durch die Haare, und die Kühle der süßen Frühlingsnacht strich über ihre Wangen.

Atemlos vor Aufregung und mit Augen, die im Sternenlicht glänzten, blickte Gill jetzt zu Nicks lächelndem Gesicht auf und spürte, wie seine sehnigen, starken Arme sich um ihre Hüfte legten.

»Liebling«, sagte er heiser und beugte sich über sie. »Küß mich.«

Gill spitzte die Lippen – und blickte dann an Nick vorbei, wo sie eine blaue Zeichentrickspinne sah, die von einem Faden herabhing.

»Oh, zisch dich!« murmelte sie, und die Spinne grinste und verschwand schnell in einer Wolke leuchtendblauen Staubs.

Es war ein Icon, das Gill in das Spiel einprogrammiert hatte, um sie zu alarmieren, wenn ein Gast die VR-Bar betrat.

»Bis später, Nick«, sagte sie, während sie nach dem Handgelenkcontroller griff. »Du Tier«, fügte sie lächelnd hinzu.

Nach einem Augenblick von Blau-und-Signalton-Verwirrung stöpselte Gill die VR-Kontakte aus und nahm den Helm ab. Sie sprach per Synthvox die Überwachungsmonitore an und war überrascht, als sie auf ihnen Surfer sah, der durch die Lobby auf die privaten Zellen zuging.

Stirnrunzelnd verließ Gill ihre eigene Zelle und winkte ihm zu. »Hi, Surfer. Wie geht es dir jetzt?«

Als er ihr nicht antwortete, ging sie zu ihm hinüber. Dann blieb sie nervös stehen. Surfer schien mit jemandem neben sich zu sprechen. Er redete sehr eindringlich und ernsthaft.

Als er die Tür der Zelle erreichte, hielt er sie für seinen

unsichtbaren Begleiter auf, damit der als erster eintreten konnte, dann folgte er ihm.

»Surfer ... warte!« rief Gill. Aber die Tür schloß sich, als hätte er sie überhaupt nicht gehört. Als würde sie gar nicht existieren.

Und etwa zur gleichen Zeit kam Mrs. Miller in Surfers Zimmer, um nach ihrem Sohn zu sehen.

Sie fand sein Bett leer und seinen Schrank offen vor. Auf dem Boden lag seine Polystruktur-Lederjacke.

Rom hatte nur selten Alpträume, oder zumindest erinnerte er sich nur selten daran. Doch als die Synthvox neben dem Bett ihm leise mitteilte, daß ein Anruf für ihn angekommen sei, kämpfte er sich aus dem Schlaf hoch und versuchte hektisch, einer Million herumkrabbelnder Spinnen zu entkommen.

»Rom – was ist los?« Kilroys Gesicht sah besorgt aus.

»Was immer da auch im Traumschloß ist, es versucht herauszukommen!« schrie er voller Panik. Kilroy drehte die Lautstärke ihres Mikros höher.

»Rom! Das reicht! Beruhige dich – du hast geträumt!«

Das schien ihn aus dem Schlaf zu reißen. Seine Augen fokussierten sich, und er schien Kilroy jetzt erst zu sehen.

»Surfers Mutter hat mich vor zwanzig Minuten angerufen, um mir zu sagen, daß Gill Bates sich bei ihr gemeldet hat. Surfer ist in der VR-Bar. Er ist schnurstracks zu einem Terminal gegangen und hat sich ohne etwas zu sagen eingeloggt.«

»Kann sie ihn nicht herausholen?« wollte Rom wissen. Kilroy schüttelte den Kopf.

»Er hatte etwas Merkwürdiges an sich. Gill befürchtet, daß sie ihm schaden könnte, wenn sie einen Hack an ihm versucht – nach allem,was geschehen ist. Ich habe Gill dazu gebracht, DelRoy anzurufen, und ich habe gerade mit Suki gesprochen; ihr alles erklärt. Wir treffen uns in einer halben Stunde in Webtown. Komm hierher, Rom. Tue, was immer nötig ist, um deine Eltern zu überreden, es dir zu erlauben. Dies ist ein Notfall.«

Xenias sanfter, aber fordernder Druck um Surfers Hand ließ nie nach. Sie schien ihm dabei zu helfen, die Tarantel überzuziehen und sah dann zu, wie er die Codes eintippte, die ihm den Zugang in ihr Reich gewährten.

Er machte keinen Umweg über Webtown, keine Rutschbahnfahrt einen gläsernen Tunnel entlang in das Spiel hinein. Die Mauern des Schlosses nahmen aus dem blauen Nichts des Eintritts heraus einfach um ihn herum Gestalt an. Gerade so, als sei er nie fort gewesen. Xenia, deren Hand ihn noch immer festhielt, küßte ihn und flüsterte ihm dann zu, welche spezielle Codes er einprogrammieren mußte, um Bot-Programme anzusprechen, die nur sie kannte. Sie würden dafür sorgen, daß er alle Zwischenlevels des Traumschlosses umgehen und schnell mit Xenia in die allerhöchsten Türme aufsteigen konnte.

»Ich kann dich riechen. Ich kann dich schmecken«, sagte Surfer mit Staunen in der Stimme.

»Eines Tages wird nur das Web real sein, und die Welt da draußen wird nichts anderes mehr sein als eine Erinnerung.«

»Unsere Körper sind dort draußen …«

»Unser Verstand ist hier drinnen«, erwiderte sie. »Das ist alles, was du weißt und wissen mußt.«

»Wo gehen wir jetzt hin?«

»Weiter hinauf, tiefer hinein.« Xenias Stimme war voller Ekstase und Triumph. »Ich werde es dir zeigen.«

Während sie sich auf den Weg machten, erzählte Xenia ihm, daß von all den anderen Phreaks, die diese Spielzone betreten hatten, keiner jemals das wahre Herz des Traumschlosses erblickt hatte.

»Sie haben nur am seichten Rand gespielt«, sagte sie. »Keiner hat je die wahren Tiefen erblickt. Hier drinnen stehst du auf der Grenzlinie zwischen den Welten. Die Welt des Draußen und die Welt des Web. Du kannst deine Entscheidung treffen, Surfer, und das Draußen zu einer bloßen Erinnerung werden lassen.«

»Was ist mit Suki und Silent Blade? Ist es das, was mit ihnen geschehen ist?«

Xenia nickte. »Suki kam am dichtesten heran, aber sie konnte dem Dunklen Lord weder gehorchen noch ihn vernichten. Wenn sie wieder hier hereinkommt, wird der Lord sie töten.«

Etwas an der Art, wie Xenia dies sagte, brachte Surfer dazu, seine Erwiderung für sich zu behalten. Er hatte einwerfen wollen, daß Suki eine so gute Kriegerin sei, daß ihre Niederlage durch den Dunklen Lord wohl nicht von vornherein feststand. Doch Xenias Überzeugtsein von der Macht des Dunklen Lords ließ ihn darüber nachgrübeln, wieviel sie wirklich wußte.

»Und Silent Blade?« bohrte Surfer vorsichtig nach.

»Oh, er hat bereits seinen größten Sieg errungen«, war Xenias rätselhafte Antwort. Sie drückte Surfers Hand, und erneut fühlte es sich an, als würde eher etwas in seinem Verstand stattfinden, als daß der VR-Anzug sich spannte. »Komm mit mir, Surfer, ich muß dir etwas zeigen.«

Sie ging zu einem der Korridore und führte den widerstandslosen Surfer hinein. Seine Unruhe wuchs an, wie die Anzahl der Fragen, die er ihr stellen mußte. Woher war Xenia gekommen, daß sie so viel über das Schloß wußte? Sie sprach von dem Dunklen Lord, als würde sie ihn – oder es – kennen. Wie konnte das sein? Und am quälendsten von allen: Wer genau war sie? Und auf welche Weise war sie real? Und warum hatte sie ausgerechnet Surfer für das Geschenk oder den Fluch ihrer Begleitung auserwählt?

Die Dinge um sie herum veränderten sich jetzt. Die Mauern waren nicht mehr nur Mauern; die Fliesen, auf denen sie gingen, waren verschwommen und vage geworden, als könnten sie alles mögliche sein, je nachdem, was der Verstand sich vorstellte oder das Herz begehrte. Und die Pechfackeln, die in Abständen flackerten und prasselten, waren irgendwie aus dem Blickpunkt gewandert und wirkten jetzt eher wie seltsame rote Sterne, die in einer kosmischen Leere glommen.

»Wo sind wir jetzt?« fragte Surfer. Seine Stimme klang tonlos, und er fühlte sich seltsam unwirklich.

Xenia sah ihn an, und die kaum merkliche Art, wie ihre Züge sich verändert hatten, erschreckte ihn. Plötzlich, ohne daß er die Veränderung bemerkt hätte, sah sie aus wie seine Mutter, und wie Kilroy, und wie Kristie McAuliffe, die eine der Astronautinnen der Mars-Expedition war. Sie sah aus wie alle Frauen, die er in seinem Leben je geliebt oder bewundert hatte.

»Beim Interface. Paß jetzt gut auf, Surfer – und sieh hinunter.«

Sie befanden sich direkt am Rand eines unglaublichen Abgrunds; einem gewaltigen Riß im Bauwerk des Schlosses. Als Surfer sich vorbeugte und hinunterschaute, konnte er die verwirrend kleinen obersten Galerien und Türme der Zitadelle sehen. Sie reckten sich in einem etwas schiefen Winkel einem Himmel entgegen, dessen chromartiges Graublau von Feuer durchzogen wurde.

Dann blickte er ebenso vorsichtig in eine chaotische Masse aus sich unaufhörlich ausbreitenden Farben und Mustern, eine endlose Wendeltreppe aus fraktalem Licht.

»Die Wahrheit liegt dort drinnen, Surfer«, erklärte ihm Xenia, und ihre Stimme war süß wie Honig und sehr nah bei ihm. »Der einzige Weg, das Spiel zu gewinnen, besteht darin, zu wagen, über die Kante zu treten.«

»Das verstehe ich nicht«, sagte er und versuchte, einen Hauch von Kühnheit in seine Stimme und sein Benehmen zu legen. »Warum führt der Weg zum Dunklen Lord nach unten und nicht nach oben?«

»Wie oben, so auch unten.«

»Das ist ein Haufen mystischer Unsinn!« sagte Surfer in einem Aufzucken gesunden Ärgers. »Wenn du mich hier bei dir haben willst, Xenia – wenn du willst, daß ich hier *überlebe* –, dann muß ich mehr wissen.«

Ein leichter Schatten zog über Xenias Gesicht. »Du würdest die technischen Einzelheiten niemals begreifen. Du brauchst nur zu wissen, daß unser Verstand einfach nur aus Gedanken besteht. Wer wir zu sein glauben, ist nichts weiter als eine gespeicherte Information. Und auf die gleiche Weise, wie das Netzwerk aus Nervenzellen in unseren Gehirnen diese Information sammelt und dazu verwendet, das zu erschaffen, was wir ›Realität‹ nennen, so kann auch die Rechenleistung des Web eine Existenz aufbauen, die genauso real ist. *Eine Xenia und ein Surfer, die gleich real sind!*«

»Aber … aber …« Surfer suchte nach Worten. »Aber was ist mit den richtigen Du und Ich? Unsere Körper … unsere Leben?«

Zorn zeigte sich auf ihren Gesichtszügen und verschwand dann wieder, ließ sie aber weniger geduldig zurück.

»Wir haben jetzt keine Zeit zu diskutieren, Surfer. Wir müssen jetzt gehen – zusammen –, oder ich lasse dich hier am Rand zugrunde gehen.«

»Das ist überwältigend!« sagte Gill Bates, und ihre Stimme bebte dabei wie die eines Kindes am Weihnachtsmorgen. Sobald Kilroy und Rom die Webseite erreicht hatten, erkannten sie, daß etwas Bedeutendes vor sich ging.

Der virtuelle Raum, in dem sie sich wiederfanden, schwirrte vor Daten: Wörter, Symbole und Binärcodes zogen in unzähligen Wellen über die Wände, den Boden und die Decke.

Ein kleiner blonder Junge, der eine altmodische Schuluniform und dazu passende Mütze trug, stand in der Mitte des ganzen Durcheinanders und lenkte den Tanz mit einem glitzernden Lichtstab.

Gill eilte herbei und umarmte Rom und Kilroy liebevoll.

»Es ist erstaunlich. Er verwendet hochstufige Bot-Programme und Dechiffrierungs-Software wie Schlüssel, um die Wurzeldateien des Traumschlosses zu öffnen.«

»Ja, aber ...«, begann Kilroy.

Roms Augen leuchteten plötzlich auf.

»Das ist Glen DelRoy! Jetzt erkenne ich ihn!«

»Er behauptet immer, er sei nie erwachsen geworden«, kicherte Gill. »Und hier im Web kann er es beweisen. Er schafft uns den Zugang zu den Levels, auf die wir müssen, um Surfer zu finden ...«

»Surfer sitzt zwei Zellen entfernt in deiner VR-Bar, Gill.« Kilroy klang ärgerlich.

Es kam ihr vor, als sei dies alles nur ein großes Spiel. Und das sagte sie auch.

Gills Gesicht wurde ernst. »Der Biomonitor zeigt an, daß etwas nicht in Ordnung ist. Ich habe das schreckliche Gefühl, daß der Schock, den Surfer erleiden würde, wenn wir ihn einfach aus der Spielzone holten, ihm vielleicht ernstlich schaden könnte. Und du hast recht, Kilroy – es ist ein Spiel. Ein schreckliches Spiel, das wir nur zum Teil verstehen ... und so haben wir keine andere Wahl, als nach den Regeln des Feindes zu spielen.«

Nach einer kurzen Pause nickte Kilroy. Sie erkannte, daß ihre ernste Sorge um Surfers Sicherheit ihre Urteilsfähigkeit trübte.

»Okay, du hast recht. Also – wie können wir ihm helfen?«

»Wie Gill gesagt hat: indem wir nach den Regeln des Feindes spielen.«

DelRoy hatte seine mathemagische Arbeit beendet und stand mit den Händen in den Hüften da; sein Knabengesicht war fröhlich und strahlte trotz der düsteren Lage, in der sie sich befanden.

»Ihr müßt hineingehen, Surfer finden und ihn retten. Aber der Dunkle Lord wird versuchen, euch aufzuhalten. Ah, ich sehe, daß wir da sehr wertvolle Hilfe erhalten, die uns vielleicht den entscheidenden Vorteil geben kann.«

Suki hatte den Webspace betreten. DelRoy machte eine tiefe, respektvolle Verbeugung. Die anderen folgten seinem Beispiel, und Suki erwiderte die Höflichkeit.

»Die Sache mit deinem Bruder tut mir leid«, sagte DelRoy ruhig und einfach.

»Ich habe jetzt begriffen, daß man dem, was zur Ruhe gelegt wurde, erlauben muß, in Frieden zu ruhen.« Sukis Stimme klang leise und zerbrechlich und versetzte Kilroy einen Stich durchs Herz.

Gill ging zu Suki und hockte sich hin, um mit ihr auf eine Höhe zu kommen. »Das Leben ist es, was zählt – das wahre Leben. Ehre deinen Bruder, so gut du vermagst, kleine Suki.«

Ein farbiger Blitz zuckte über die Wände.

»Ich stehe in Kontakt mit GameZone«, berichtete DelRoy und war nun ganz geschäftsmäßig. Er richtete seinen Lichtzeiger auf ein Kaleidoskop aus farbigen Icons, die in der Ecke schwebten. »Sie haben ein Hack-Programm gestartet, um alle Spieler aus dem Traumschloß zu evakuieren, und erwarten, daß es in kürzester Frist abgeschlossen ist. Ihr habt nur wenig Zeit, um eure Aufgabe zu lösen.«

Er sah sie alle sehr ernst an. »Ich schlage vor, wir gehen jetzt dort hinein und bringen die Sache hinter uns …«

Der Eintritt in die Zone war ein beängstigendes Erlebnis. Wegen des laufenden Hacks konnte die Gruppe nicht durch die virtuellen Mauern des Schlosses hindurchlaufen. Phreaks wurden bereits sanft hinausgedrängt; die Wände wimmelten vor warnenden ›Eintritt verboten‹-Botschaften, und eine immer weiter anschwellende Masse von kriegerisch aussehenden Spinnen begann, überallhin auszuschwärmen.

DelRoy benutzte seine Zugangserlaubnis ein letztes Mal für einen direkten Eintritt. Der Webspace schien explodierend auseinanderzufliegen. Sie fühlten sich einen Augenblick lang außerhalb von Raum und Zeit, während die VR-Anzüge und die Bot-Programme eilig die Anpassung vornahmen.

Dann fand sich Kilroy in den dunklen und vertrauten Korridoren des Traumschlosses wieder.

Und sie war allein.

Schreckliche Angst durchflutete sie, und sie wäre beinahe in Panik ausgebrochen.

»Rom! Gill! Mr. DelRoy!« Ihre Stimme hallte von den unendlichen Gängen und Kammern wider, ohne daß sie eine beruhigende Antwort erhielt. Sie kam zu einem Schluß, was geschehen sein mußte: Genau wie DelRoy alles in seiner Macht tat, um die komplexe Software zu demontieren, die das Spiel aufrechterhielt, so hatte auch der Dunkle Lord seine Verteidigungsmaßnahmen ergriffen. Eine von ihnen war ein Blockadeprogramm, das den

Zugang verwehrte, wenn es bestimmte Identifikationscodes erkannte. So war verhindert worden, daß DelRoy, Rom, Gill Bates und Suki den BuS nahmen, während Kilroy der Zugang erlaubt worden war. Das war ganz bewußt, sehr schlau und unglaublich gefährlich eingefädelt worden. Ein paar Sekunden lang verspürte Kilroy die fast unwiderstehliche Versuchung, per Blau-und-Signalton-Transfer in die Sicherheit der VR-Bar in dem verschlafenen kleinen Oakhills zu verschwinden; in diesem Fall würde Surfer jedoch entweder sterben oder zu einer leeren Hülle werden, und dies würde sie sich niemals verzeihen.

»Reiß dich zusammen, Kilroy, du Ein-Mip-Kellerniveau-Silky-Ei!« fauchte sie bösartig.

DelRoys Vorbereitungen hatten sie mit Wurfsternen, Dolchen und einem guten Schwert versorgt.

Letzteres zog Kilroy jetzt, drehte sich um und ging in die Richtung, die ihre Intuition ihr wies. Sie erreichte bald das Ende des Korridors und wurde von einer unsichtbaren Kraft sanft nach links gezogen. Sie nahm an, daß DelRoy oder zumindest irgendein Techniker den VR-Anzug fernsteuerte, um sie zu Surfers Aufenthaltsort zu bringen. Und sie war sehr froh, daß sie geleitet wurde, aber die unsichtbare Kontrolle verschwand plötzlich, als sie in eine große Kammer mit zahlreichen Ausgängen gelangte. Hier mußte sie selbst entscheiden, welchem der etwa zwanzig identisch aussehenden Korridore sie nun folgen wollte.

Kilroy blieb stehen, und das Gefühl düsterer Panik schnürte ihr die Kehle zu. »Wohin jetzt?« schrie sie die leblosen Steine an, während ihr Blick hastig von einem Korridor zum nächsten sprang. Plötzlich registrierte ihr Verstand etwas, und sie trat vor, um sich eine Spur aus Markierungssternen anzusehen.

Kilroy lächelte.

»Es ist zu spät!« zischte Xenia, und Wut verzerrte ihr hübsches Gesicht. »Sie zerstören bereits die Höhlen und Keller des Schlosses. Es ist Zeit, daß ich mich zurückziehe.«

»Wovon sprichst du?« wollte Surfer wissen. Er konnte keine Veränderung in der Struktur der Zone erkennen, nichts, was ihren Zorn erklären konnte.

»Ich hatte gehofft, daß du dich mir freiwillig als Begleiter anschließen würdest. Jetzt sehe ich, daß ich dich einfach so mitnehmen muß.«

»Ich verstehe nicht«, sagte Surfer. »Was ist daraus geworden, den Dunklen Lord zu vernichten?«

Xenias Kichern klang wie Glockengeläut, und eine Sekunde lang hatte es den Anschein, daß sie mit vielen Stimmen lachte.

»Oh, Surfer, wie konntest du nur jemals zu den oberen Ebenen durchstoßen! Du bist so unschuldig, so leichtgläubig.«

Sie blickte ihn fest an.

»*Ich bin der Dunkle Lord*. Heb einen Stein hoch, und du findest mich darunter. Spalte das Holz, und ich bin dort. Ich bin das Traumschloß, Surfer, und ich bin mehr. Und ich werde fortbestehen, selbst wenn dieser Ort wieder ins Chaos zurückgestoßen wird.«

»Xenia – das ist doch Irrsinn!«

»Nicht so irrsinnig, wie ohne guten Grund zu sterben. Komm jetzt mit mir!«

Sie stürzte sich auf Surfer und packte seine Hand. Er schrie auf, denn Xenias Finger schienen sich in seine zu verknoten und sich nahtlos mit ihnen zu verbinden.

»Nein! Laß mich los!«

»Du wirst nie wieder frei von mir sein!« kreischte Xenia, und zu Surfers Entsetzen begannen ihre Haare, ihr Gesicht und alle Knochen ihres Körpers sich zu verflüssigen und sich ihm wie warmes Plastik entgegenzuringeln.

Und je mehr er dagegen ankämpfte, desto weicher und schneller umfloß Xenia seinen Körper.

»Du wolltest, daß wir uns sehr nahe sind«, blubberte sie mit geschmolzenen Mund. »Für immer zusammen, Surfer.«

Ein Teil ihres Gesichtes berührte seine Wange.

»Laß ihn frei!«

Kilroys Stimme erscholl, und ohne zu zögern, griff sie an. Sie riß einen Wurfstern vom Gürtel und ließ ihn blitzend in Xenias Richtung sausen.

Während er auf sie zuflog, lachte Xenia verächtlich. Doch als er traf und sich in ihren Arm senkte, verwandelte sich ihr Lachen in einen schrillen Schmerzensschrei – ein Teil des Arms verpuffte zu Flocken bedeutungslosen Lichtes.

»Jede Waffe ist ein Icon«, warnte Kilroy sie und erinnerte sich an die Anweisungen, die DelRoy ihr gegeben hatte. »Ein Kill-Programm, das dich Stück für Stück, Byte für Byte, vernichten wird.«

Sie schleuderte einen weiteren Stern, der über Xenias Kopf segelte und sie knapp verfehlte.

Xenia zog sich zurück und glitt von Surfers Körper fort, begann aber zugleich mit einer gräßlichen Verwandlung.

»Wirf nur deine lächerlichen kleinen Geschosse! Du kannst mich nicht verletzen, Mädchen!« Xenias Stimme dröhnte aus Kiefern, die länger und dunkler wurden, während blauer Rauch und goldene Funken aus ihnen hervorstieben.

Sie wurde zum Sturmdrachen, zum Feuerdrachen und zum Reptilienmagier – zu all den grausigen Schrecken des Traumschlosses, die in Kilroys Kopf gespeichert waren.

Kilroy keuchte bei diesem Anblick auf und zuckte zurück. Als Kind hatte sie im Park Steine umgedreht und gesehen, was darunter wimmelte und krabbelte. Jetzt hatten sich all diese Kreaturen monströs vergrößert und waren hinter ihr her – um sie in den Boden hinabzuziehen und dort langsam aufzufressen, während ihre Schreie vom Erdreich erstickt wurden.

»Kilroy – weg da!« schrie Surfer, nicht nur, um sie aus ihrer Betäubung zu reißen. Das Dunkel hinter ihr hatte sich gewölbt, und Silent Blade war erschienen. Auch er, der er nur ein Puppen-Phantom Xenias war, hatte sich verändert, war zu einem Echo ihrer Monstrosität geworden.

Silent Blades riesiges Krummschwert fuhr herab und schmetterte mit einem Kreischen von Stahl auf Stahl gegen Kilroys Waffe. Sie war herumgewirbelt und hatte seinen Schlag im allerletzten Augenblick abgeblockt; gleichzeitig trat sie zur Seite, um ihn vorübergehend aus dem Gleichgewicht zu bringen.

Dann stolperte sie zurück, entkam seiner Reichweite, um sich kurz zu erholen. Sie hatte den Aufprall des Hiebs in den Armen gespürt, und beide brannten nun vor Schmerz. Urplötzlich begriff sie, daß ihr Körper in der realen Welt vernichtet werden konnte, wenn sie hier getötet wurde, genau wie ihr Arm den virtuellen Schmerz gefühlt hatte.

Silent Blade sprang mit der Eleganz und Geschwindigkeit eines Tänzers auf sie zu. Kilroy duckte sich, und das Krummschwert sauste über sie hinweg. Daraufhin konterte sie dann mit der eigenen Waffe und zwang Silent Blade, einen Schritt näher an den Rand des Abgrunds zurückzutreten.

Surfer eilte zu ihr, um sie zu decken. Da er selbst waffenlos war, riß er eine Handvoll Sterne aus ihrem Gürtel und schleuderte sie heftig in Richtung von Xenias breiter, riesiger Gestalt. Einer streifte sie an der Schulter, während ein anderer ihr ins Auge fuhr.

Der schreckliche Schrei, der aus jenem grauenhaften Maul hervorbrach, erschütterte noch die entferntesten Mauern des Schlosses. Ihre Reptilienhände kratzten und rissen an der Wunde, die schnell größer wurde, als der vernichtende Virus des Kill-Programms sich mit unglaublicher Geschwindigkeit in ihrem Körper ausbreitete.

Silent Blade blickte kurz von seinem eigenen Kampf auf. Kilroy sah ihre Chance. Sie hob ihr Schwert ...

... und wurde von einer kühlen und zarten Hand zurückgehalten, die sich auf ihre legte.

»Nein, das ist meine Aufgabe«, sagte Suki, die mit einemmal neben ihr stand.

Der Körper des Mädchens flackerte, war in einer Sekunde da und in der nächsten nicht. Es wirkte, als tobte ein Krieg zwischen gewaltigen und unsichtbaren Kräften im Web.

»Ich habe nur diese paar Momente Zeit«, erklärte Suki mit bittenden Augen. »Ich muß den Geist von Silent Blade selber zur Ruhe bringen.«

Kilroy zügelte das Feuer ihrer Wut. Sie nickte und sah zu, wie Suki furchtlos auf die Erscheinung ihres Bruders zutrat.

Ohne innezuhalten, rannte Suki die letzten paar Schritte und warf sich gegen ihn. Die Wucht ihres Ansturms riß ihn mit sich über den Rand, und beide fielen, immer tiefer, bis die zwei erloschen wie zwei Sterne, die vom nächtlichen Himmel gewischt wurden.

»Suki – nein!« schrie Surfer.

»Nur ihr Avatar wurde vernichtet. Wenn DelRoy seinen Job tut, holt er sie unbeschadet heraus. Jetzt müssen wir auch gehen«, rief Kilroy über das anschwellende Krachen und Donnern der Zerstörung.

Surfer wußte, daß sie recht hatte. Die Kill-Programme waren überall und lösten all die Mauern und Türme auf, all die Räume und selbst die Fundamente des Traumschlosses.

Während er den fortschreitenden Verfall beobachtete, wirbelte Xenias grotesk veränderte Gestalt auseinander. Es sah aus, als würde ein Teppich entknüpft, und gleichzeitig spürte Surfer, wie ihr Einfluß auf ihn immer schwächer wurde.

Gemeinsam tippten er und Kilroy die Codes ein, die sie aus der Zone fortbringen sollten.

Dann schrie Kilroy auf, als Xenia ein letztes Mal vorsprang und eine Echsenkralle aus dem Nichts auf sie zuzuckte, um ihr ins Gesicht zu fahren.

Ohne zu überlegen oder über die Konsequenzen nachzudenken, konterte Kilroy. Sie stürzte auf die Kreatur zu und stieß ihr Schwert tief in das vertrocknende Herz des Drachen.

Xenia stieß ein Gebrüll reinster Agonie aus, doch Kilroy stieß weiter nach, um das Monster bis an den Rand des Abgrunds zu zwingen und dann hinüberzuschieben.

Xenia fiel hinab, und Kilroy beugte sich über den Rand, um ihren Sturz zu verfolgen.

»Ich hab' dich«, flüsterte sie, während sich auf ihren Wangen Blut und Tränen vermengten. »Ich hab' dich erwischt.«

Der Dunkle Lord zerbarst in einer Explosion in feurige Splitter und Fragmente, und dann erfaßte die sanfte Hand der Realität Kilroy wie ein Kind und führte sie zurück ins Licht.

10
GERETTET

Kilroy stieß einen Seufzer der Erleichterung aus, als die Videoschirme zu Blau verblaßten und die Gesichter von Suki, Gill Bates und Glen DelRoy endlich verschwanden.

»Sie haben sich nur Sorgen um dich gemacht«, versicherte Rom ihr, als er bemerkte, wie sie in ihr Krankenhausbett zurücksackte.

»Ich weiß, ich weiß«, sagte Kilroy. Sie war dankbar für die Genesungswünsche, aber jetzt waren sie fort, und sie konnte wieder sie selbst sein – wirklich sie selbst und in der Gesellschaft der besten Freunde, die sie jemals besessen hatte.

Es war drei Tage her, seit die Kill-Programme von GameZone International das Traumschloß aus dem Web gefegt hatten, und GZI hatte DelRoy bereits gebeten, eine neue, bessere Version des Abenteuers zu entwerfen. Als Kilroy die Neuigkeit gehört hatte, hatte sie zu protestieren begonnen, aber Surfers Einstellung war ruhiger und überlegter gewesen.

»Das Problem lag nicht in dem Spiel«, behauptete er. »Was Xenia auch immer war, sie hat das Schloß einfach nur als Unterschlupf benutzt, als ein Testgebiet, um zu sehen ...«

»Um was zu sehen, Surf?« Rom runzelte verwirrt die Stirn.

»Um zu sehen, wie *real* VR werden kann. Aber das Problem lag auch in mir«, gab Surfer ruhig zu. »Ich habe mich von dem Gold am Ende des Regenbogens verführen lassen. Es war eine Illusion. Eine Lüge. Und ich bin darauf hereingefallen.«

»Das ist jetzt alles vorbei«, sagte Kilroy und sprach damit sowohl für sich selbst als auch für die anderen.

Und sie sagte es mit soviel Überzeugung wie möglich, obwohl sie wußte, daß es vielleicht nicht stimmte.

Ihre Webkrankheit war um einiges schlimmer gewesen als die von Surfer. Abgesehen von den Übelkeitsanfällen wurde sie noch immer von Alpträumen heimgesucht. In ihnen ging sie allein durch graue Räume und hatte das Gefühl, daß Xenia vielleicht nicht wirklich fort war, sondern irgendwo in der Nähe lauerte. Und wenn sie dann zu einem Stein kam, konnte sie nicht anders: Sie mußte ihn hochnehmen – und dann über das erschaudern, was darunter wimmelte und krabbelte. Einige von diesen Wesen, jene, die Xenias Gesicht trugen, lachten und spuckten nach ihr, bevor sie sich tief in die Erde bohrten und aus ihrer Sicht verschwanden.

An jedem Morgen, wenn sie aufwachte, brauchte sie ein paar Minuten, um das Gefühl abzuschütteln, daß sie nicht alleine in dem Raum war und daß viele Augen sie beobachteten.

Unerwartet beugte sich Rom vor und umarmte sie. Das Funkeln der Tränen, die er in Kilroys Augen gesehen hatte, schwoll an, und sie weinte aus purer Freude darüber, daß sie war, wo sie war, am Leben und sie selbst, an diesem sonnigen Herbsttag.

»Alles ist gut«, flüsterte Rom ihr leise ins Ohr. »Jetzt ist alles wieder gut, Kilroy.«

»He, Rom.« Surfer klopfte dem Jungen auf die Schulter. »Was hältst du davon, am Kiosk in der Halle draußen drei Colas zu holen – Jumbo-Größe? Ich zahle.«

»Ätzend!« rief Rom strahlend, als ihm Surfer seine Smartcard zuwarf.

»Kilroy«, sagte Surfer, nachdem Rom den Raum verlassen hatte. »Ich wollte nur sagen, daß ich dir dankbar bin – und daß es mir wegen der Probleme leid tut, die ich verursacht habe.«

Sie blickte ihn offen an, ganz in sich ruhend und wissend, daß, was immer aus ihnen beiden auch werden mochte, sie ihren Prinzipien treu geblieben war. Sie hatte sich nicht durch die hohlen Versprechungen des Traumschlosses von Ruhm oder dem Spiegelbild sinnloser Eitelkeit einlullen lassen.

»Es ist okay.« Kilroy zuckte mit den Achseln. Sie war sich vollkommen bewußt, daß sie in ihrem Krankenhausnachthemd und den vom Schlaf zerwühlten Haaren ziemlich katastrophal aussah – und es scherte sie keinen MIP!

»Ähm, na ja, ich habe mich gefragt ...«, Surfer hustete und wurde plötzlich ganz linkisch, »... ob du dich vielleicht Lust hättest, mit mir auszugehen. Wir könnten hingehen, wo immer du willst, oder machen, was immer du möchtest. Was meinst du?«

Kilroy schob die Zunge tief in ihre Wange und ließ ihn die Menge von Sekunden warten, die er verdient hatte. Dann nickte sie.

»Großartig, Surfer. Und was ich am liebsten tun würde: im Park etwas Baseball spielen.«

Auf seinem Gesicht zeigte sich erst Überraschung, die zu Verwirrung wurde. Dann lachte er, als Kilroys Gesichtsausdruck weicher wurde, und er streckte die Hand aus, um sie berühren. Seine Finger strichen über ihre Stirn und die Schläfen, bevor sie ihr die Wange entlangfuhren, um die kreuzförmige Narbe nachzuziehen, die sie für den Rest ihres Lebens tragen würde.

ENDE

THE WEB

ERIC BROWN

DIE UNBERÜHRBAREN

1
ANA UND AJAY

In diesem Jahr erreichte der Monsunregen Neu-Delhi besonders früh im Juni.

Ana Devi kauerte sich auf den Pflastersteinen zusammen und lauschte dem Trommeln des Platzregens, der auf die Markise über ihr niederprasselte. Der nächtliche Himmel über der Stadt war übersät mit Dutzenden von leuchtenden Holo-Reklamen. Hunderte von Auto-Rikschas und Mopeds schwirrten brummend wie ein Schwarm wütender Wespen im Kreisverkehr des Connaught Place umher.

Neben ihr schlief Ajay. Sein Kopf ruhte auf ihrer Schulter. Es war zwar noch früh am Abend, aber ihr Bruder Ajay war gerade mal sechs Jahre alt, und er brauchte noch viel mehr Schlaf als sie.

Er lag da mit geschlossenen Augen, und auf seinen Lippen lag ein Lächeln, das von einem Traum rührte. Ana fand, daß er einfach perfekt aussah, und streichelte sanft seine Wange.

Dann starrte sie wieder in die Nacht hinaus, immer auf der Hut vor einer plötzlichen Gefahr oder einem Wagen mit reichen Leuten darin, die vielleicht direkt vor ihr anhalten könnten.

Die Hologramm-Anzeigen wanderten über den nächtlichen Himmel: 3-D-Bilder von perfekt eingerichteten Küchen, Männer und Frauen in feinen Anzügen und Kleidern, exotischen Ferienstränden ... Ana hatte jemanden sagen hören, diese Bilder seien so etwas wie Kino für Arme, aber ihr kamen sie vielmehr wie der Vorgeschmack des Paradieses vor.

Sie konnte stundenlang damit verbringen, die Lichtershow zu verfolgen und dabei zu träumen, sie wäre in der glücklichen Lage, sich all diesen Luxus leisten zu können, der so unerreichbar über ihr glitzerte. Sie stellte sich vor, wie es wohl wäre, einfach einen Kühlschrank zu öffnen und essen zu können, bis ihr hungriger Magen gefüllt war.

Immer wieder rasten gigantisch große Worte in Hindu und Englisch durch den Himmel. In den letzten Jahren hatte Ana sich selbst beigebracht, beide Sprachen zu lesen. INDIEN IST IM 21. JAHRHUNDERT GROSSARTIG! las sie dort, und FÜR EINEN WECHSEL WÄHLT DIE NATIONAL HARIJAN PARTY! Sie konnte all die Worte lesen, doch häufig ergaben sie keinen Sinn.

Sie konzentrierte sich wieder auf die vorbeirasenden Autos. Stundenlang hätte sie sich damit beschäftigen können, einfach nur die Hologramme zu beobachten, aber sie mußte nach Deepak Rao Ausschau halten. Der Gedanke an ihn ließ sie erblassen.

Ein Auto hielt vor dem Restaurant. Ana starrte es mit großen Augen an, und ihr Herz raste vor Angst. Der Wagen war schnittig und glänzte, glänzte silbern wie eine Rupie. Ana lehnte Ajays Kopf so vorsichtig wie möglich gegen das Fenster des Restaurants und stand mühsam auf. Dann ergriff sie ihre hölzerne Krücke und schleppte sich näher hin zum Wagen. Der Stumpf ihres rechten Beines hing dabei nutzlos in ihren Shorts herab.

Wie die Flügel eines Insekts schwangen die Autotüren nach oben. Vier Personen stiegen aus, hochgewachsene Männer und Frauen in dunklen Kostümen und bunten Saris. Ana bemerkte den Glanz von Gold und Juwelen. Der Geruch exklusiven, teuren Parfüms stieg ihr in die Nase. Die Leute entfernten sich vom Wagen, sprachen angeregt miteinander und lachten. Sie taten dies, ohne Ana überhaupt zu registrieren. Ana stellte sich ihnen in den Weg und streckte ihnen die Hand entgegen. »Bakschisch, Sir. Nur eine kleine Rupie«, bettelte sie in Hindu.

Ein bärtiger Mann wedelte ungerührt mit der Hand. »*Chalo,* Mädchen. Verschwinde!«

»Wenn Sie mir eine Rupie geben, verschwinde ich, *ah-cha,* Sir? Sehen Sie, ich spreche Englisch. Ana ist kein ungebildetes Mädchen.«

Der Mann sah abfällig zu ihr hinunter und ging um sie herum, als wäre sie ein Hund mit einer ansteckenden Krankheit.

Sie humpelte hinüber zu einer der Frauen, die einen puterroten und goldfarbenen Sari trug, und legte die Hände zusammengefaltet unter das Kinn. »*Namaste, Memsahib*«, flüsterte sie. »Eine Rupie für etwas zu essen?«

Die Frau starrte Ana mit einem mürrischen Gesichtsausdruck an. Ana hatte diesen Blick schon an vielen Brahmaninnen bemerkt. Sie sahen in ihr weniger als ein Insekt. Eine Plage, die am besten ignoriert oder beiseite geschoben wird.

Die Frau spuckte Ana ins Gesicht. »*Chalo,* Gossenkind. Verschwinde!« Sie schob Ana eilig weg, ging wieder zu ihren Freunden und betrat mit ihnen das Restaurant. Als die Tür geöffnet wurde, trat der Geruch von Tandoori Chapatis und gewürztem Masala heraus, was Ana wieder an ihren leeren Magen erinnerte.

Einer der Männer, der ebenfalls einer hohen Kaste angehörte, sprach im Eingang mit dem Türsteher. Ana konnte beobachten, wie er ihm eine Geldnote in die Hand drückte und dabei einen flüchtigen Blick auf Ana warf.

Eine Geldnote! Er hatte dem Türsteher mindestens zehn Rupien zugesteckt!

Der Türsteher ging über den Bürgersteig auf Ana zu. »Dein Glückstag, kleines Äffchen. Reiche Geschäftsmänner, die Brahmanen«. Er winkte mit der Geldnote. »Zehn Rupien.«

Ana starrte ihn an. »Fifty-fifty, *ah-cha*?« ›*Ah-cha*‹ bedeutete soviel wie ›okay‹.

Der Türsteher lachte. »Fünf Rupien für das kleine Äffchen? Wo denkst du hin, Mädchen?« Er griff in die Tasche seines langen Mantels und kramte ein paar Münzen hervor. Er ließ sie in Anas ausgestreckte Hand fallen und zählte dabei. »Eins, zwei ...« Er hörte auf zu zählen, griff noch einmal in die Tasche und holte eine weitere Münze heraus. »Ich habe heute meinen großzügigen Tag, Kleine. Hier hast du noch eine. Drei, *ah-cha*? Nun verschwinde, *Chalo*!«

Ana schleppte sich zurück zu ihrem Platz unter dem Fenster. Hätte der reiche Geschäftsmann ihr die zehn Rupien doch persönlich gegeben! Doch so war es Art der Brahmanen. Sie wollten ungern mit Menschen wie ihr zu tun haben und hielten den Kontakt so gering wie möglich.

Schließlich war sie eine Unberührbare, eine Paria.

Ana redete sich ein, daß der Türsteher ein guter Mensch sei und sie ihm dankbar sein sollte. Viele andere hätten alle zehn Rupien behalten und sie mit einem Fußtritt in die Gosse befördert.

Ajay war wach geworden, bemerkte sie.

Er blickte in Anas Richtung, allerdings ein wenig nach links. Jetzt, da er die Augen geöffnet hatte, wirkte sein Gesicht alles andere als perfekt. Dort, wo seine großen, braunen Augen hätten sein sollen, blickten Ana zwei weiße, kreisrunde Flecken, die aussahen wie die Haut auf saurer Milch, blind entgegen.

»Rupien, Ana?«

Sie setze sich neben ihn, legte ihm einen Arm um die Schulter und lächelte.

»Drei Rupien, Ajay. Morgen früh gehen wir zu Begums Markstand und kaufen uns Brot und Käse, ah-cha?«

Es war wundervoll, Ajay lächeln zu sehen. Ana konnte dabei seine starren, blinden Augen fast vergessen.

Sie steckte sich eine Rupie in die Shortstasche. Die

anderen beiden tat sie in den Beutel, den sie unter ihrer Weste an einem Band um den Hals trug.

In den vergangenen beiden Wochen hatte sie mehr als fünfzig Rupien zurücklegen können. Sie war sicher, sie könnte weitaus mehr verdienen, wenn sie nur härter arbeiten würde und länger wach bliebe. Bald – in einem oder zwei Jahren – hätte sie dann vielleicht genug gespart, um das zu kaufen, wovon sie schon seit Jahren träumte.

Sie mußte wieder an das Holo-Programm denken, das sie vor langer Zeit gesehen hatte – sie war sieben und Ajay gerade zwei Jahre alt gewesen. Erstaunt hatte sie auf die Hologramme gestarrt und kaum glauben können, was sie sah und hörte: daß es Ärzte und Krankenschwestern in Indien gab, die blinden Menschen das Augenlicht wiedergeben konnten – indem sie die alten blinden Augen chirurgisch entfernten und durch große, braune, gesunde Augen ersetzten.

An diesem Tage hatte Ana neue Hoffnung geschöpft.

Für zwei Augen berechneten die Ärzte in diesem Wunder-Krankenhaus gerade einmal zweitausend Rupien ...

Bis vor zwei Wochen hatten Ana und Ajay für Deepak Rao in den Slums von Alt-Delhi gearbeitet. Rao stellte den Jungen und Mädchen einen stinkenden Raum zur Verfügung, in dem sie schlafen konnten. Jeden Tag fuhr er sie in seinem verbeulten Lieferwagen in andere Teile der Stadt, und dort gingen sie den ganzen Tag betteln. Spät am Abend kam er dann zurück und holte sie alle wieder ab. Sobald sie wieder in dem stinkenden Zimmer waren, nahm er ihnen die Einnahmen ab und durchsuchte sie, ob sie noch weitere Rupien am Körper versteckt hatten. Dann gab er jedem Jungen und jedem Mädchen eine Rupie für Essen.

Ana und Ajay gingen jeden Tag betteln, und jeden Tag verdienten sie nur eine Rupie, die sie gleich wieder ausgeben mußten, um zu überleben.

Ana hatte nie etwas gespart, wie also hätte sie Ajay neue Augen kaufen sollen?

Dann, zwei Wochen später, als Deepak Rao Ajay verprügelt hatte, weil er an jenem Tag nicht genug Geld erbettelt hatte, war Ana klargeworden, was sie tun mußten. Nachdem Rao sie am nächsten Tag wieder abgesetzt hatte, nahm Ana Ajay an der Hand und floh mit ihm aus den Slums von Alt-Delhi.

Sie ließen den Monorail-Bahnhof hinter sich und marschierten zur Chelmsford Road am Connaught Place. In dieser Gegend zog Ana dann von Restaurant zu Restaurant – sie begab sich nie zweimal zum gleichen Restaurant – und erbettelte Bakschisch von den reichen Kunden.

Von da an fühlte sie Hoffnung in sich aufkeimen, wie eine blühende Blume – aber sie verspürte auch Angst. Deepak Rao würde nicht einfach seelenruhig dasitzen und ihre Flucht tatenlos hinnehmen. Sicherlich hatte er Spione ausgeschickt, die nach ihr und Ajay suchten, und wenn diese sie finden würden ... alleine der Gedanke daran verursachte Ana ein Gefühl der Übelkeit.

In den letzten Jahren waren schon viele Kinder aus Deepaks Bande verschwunden. Mit Sicherheit hatte Deepak auch diesmal die für ihn arbeitenden Kinder zusammengetrommelt und für Anas und Ajays Verschwinden etwa folgenden Worte gefunden: »Sie haben versucht zu fliehen, wie wilde Tiere auf den Feldern, die zurück zu ihrer Herde wollen. Was macht man mit so eigenwilligen Tieren?« Und dann hätte er sich mit dem Zeigefinger über die Kehle gestrichen – eine grausame und unmißverständliche Geste. Ana versuchte, die Vorstellung daran aus ihrem Kopf zu verbannen.

Irgendwann – so sagte sie sich – irgendwann würde sie genug Geld gespart haben, um Ajay neuen Augen kaufen zu können ...

Durch das Fenster des Restaurants konnte Ana den riesigen Bildschirm an der Wand sehen. Die Gäste aßen ihre teuren Gerichte und schauten von Zeit zu Zeit darauf.

»Was kannst du sehen, Ana?« fragte Ajay. Sie konzentrierte sich auf die Bilder und sah sie eher als eine Reihe von verschwommenen Motiven. »Es ist ... ich glaube, ich kann die Mars-Expedition sehen, Ajay.« Wie Zirkusartisten in Zeitlupe schwebten die Astronauten kopfüber in ihrem Raumschiff. Stifte, Notizbücher und Saftkartons trieben wahllos durch die Luft.

Ana wußte von der Expedition zum Mars, konnte allerdings noch immer kaum daran glauben.

Sie starrte auf die Bilder, die die ganze Zeit aus dem All gesendet wurden. Die Astronauten saugten Nahrungsmittel aus durchsichtigen Beuteln. Das Zeug sah aus wie getrocknete Erbsen. Ana spürte, wie ihr der Magen knurrte.

Sie beschrieb Ajay die Bilder, die sie sah.

»Warum fliegen sie zum Mars, Ana?« fragte er sie stirnrunzelnd. »Man nennt es ...« – Ana versuchte, sich an das Wort, das sie gehört hatte, zu erinnern – »man nennt es Fortschritt.«

»Was bedeutet das?«

Sie hatten dreißig Männer und Frauen auf drei Raumschiffe verteilt und zum Mars geschossen. Man hatte ihnen Nahrungsmittel- und Wasservorräte für mehrere Monate mitgegeben, und das nannten sie dann Fortschritt.

»Ich weiß auch nicht, was das bedeuten soll«, antwortete sie ihm. »Nun leg dich schlafen, Ajay, ah-cha?«

Ein lauter Schrei riß Ana aus dem Schlaf.

Während sie noch mit sich selbst haderte, weil sie eingeschlafen war, sah sie sich suchend um. Auf der anderen Straßenseite stand ein Kind und zeigte auf sie und Ajay. Der Junge schien Angst davor zu haben, näherzukommen. »Da sind sie«, rief er in Hindi.

Dann sah Ana den Lieferwagen und fühlte, wie ihr übel wurde.

Deepak Raos verbeulter, grüner Nissan-Transporter hielt ungefähr hundert Meter weit entfernt mit quietschenden Reifen auf der Straße an und wendete dann, um in ihre Richtung zu fahren. Ana sah, wie Raos großes Gesicht aus dem Autofenster hing und sie mordlustig durch den starken Regen anstarrte.

Sie schrie auf und versetzte Ajay einen Stoß gegen die Füße. »Lauf!« rief sie.

Ana stützte sich auf seine Schultern, und sie liefen los. Als sie den Bürgersteig entlangliefen, an den beleuchteten Schaufensterfronten vorbei, diente ihr eigenes Bein als drittes. In den letzten Jahren waren sie oft auf diese Weise geflohen, wenn es für sie gefährlich wurde. Ajay ersetzte ihr die Beine, während Ana für ihn sah.

Weit hinter ihnen hörte sie Rufe und das Geräusch des laufenden Motors.

Viele Straßen im Zentrum Neu-Delhis waren im letzten Jahrhundert von den Briten kreisförmig angelegt worden. Auch bei der Straße, die um den Connaught Place herumführte, war dies der Fall. Keine Seitenstraße oder Gasse auf den nächsten hundert Metern ... Ana beabsichtigte, die Straße zu überqueren und in den Park zu laufen – aber dann würde Rao wissen, wo sie war, und dann wäre es nur eine Frage der Zeit, bis er sie fand. Deshalb wäre es also besser zu versuchen, die Seitenstraßen und Gassen um den Janpath zu erreichen.

Endlich erreichten sie eine Straßenecke. Ajay japste,

weil er unter Anas Gewicht nur schlecht Luft bekam. »Nach links!« befahl Ana.

Ohne das Tempo zu verlangsamen und weniger ängstlich vor dem, auf das sie stoßen würden, bog Ajay nach links in die Straße ein. Wie das siegreiche Team in einem Drei-Bein-Wettrennen liefen sie die breite Straße hinunter. Ana schaute über die Schulter zurück und sah, daß der grüne Lieferwagen gerade ebenfalls um die Ecke bog und beschleunigte.

Sie schrie auf. Einen Meter vor ihnen war der dunkle Schlund einer engen Gasse. Sie tauchten in die Dunkelheit und liefen weiter. Nun konnte ihnen Rao wenigstens nicht weiter mit dem Wagen folgen. Er müßte die Verfolgung zu Fuß aufnehmen. Deepak Rao hatte die Größe eines Elefanten. Ana hatte ihn noch nie rennen sehen. Das gab ihr die Hoffnung, ihm doch noch zu entkommen.

Der Regen prasselte herunter und lief Ana und Ajay über das Gesicht. Irgendwo auf dem Weg hatte sie sich den nackten Fuß gestoßen, und jeder Schritt war schmerzhaft. Vollkommen erschöpft, wurde Ajay langsamer. Ana hörte, wie er bei jedem Atemzug schluchzte, und suchte nach Worten, um ihn zum Weiterlaufen zu animieren.

Sie rannten durch die Dunkelheit. Die Gasse verbreiterte sich und wurde von einer größeren und helleren Straße gekreuzt. Autos und Fahrräder fuhren durch den trommelnden Monsunregen. Auf der anderen Straßenseite erblickte Ana eine weitere dunkle Gasse. Wenn sie doch nur den dichten Verkehr durchqueren und in der Gasse verschwinden könnten! Sie warf einen Blick nach hinten. Kein Anzeichen von Rao oder seinen Männern.

Als sie wieder auf die Querstraße schaute, entdeckte sie eine Lücke im Verkehr. Sie seufzte erleichtert auf und rief Ajay zu, loszurennen. Sie humpelten bis zur Hälfte der Straße, hielten an, um einen verbeulten Omnibus vorbeizulassen, liefen dann den Rest der Strecke weiter und verschwanden rasch in die Gasse. Hinter ihnen hatte sich der Verkehr wieder geschlossen, was Deepak Rao die Verfolgungsjagd noch weiter erschweren mußte.

Ana trieb Ajay an, nicht nachzulassen und sagte ihm, daß sie beinahe in Sicherheit waren. »Aber noch haben wir es nicht geschafft. Trotzdem wir sind fast da. Wir müssen durchhalten, ah-cha? Danach können wir so lange schlafen, wie wir wollen!«

Sie bogen links in eine ruhige Straße ab und hinkten langsam und voller Schmerzen weiter. Dann kamen sie an einen Boulevard mit vielen Wagen und Auto-Rikschas, schwenkten nach links und gingen langsamer. Anas innere Stimme sagte ihr, daß sie noch nicht in Sicherheit waren und weiterlaufen sollten. Aber sie konnte einfach nicht mehr, und sie wußte, daß Ajay ebenfalls völlig erschöpft war.

Sie würden ein Stückchen nach Westen weitergehen, bis sie einen verschwiegenen Platz fänden, wo sie die Nacht verbringen konnten.

Vielleicht wäre es besser, die Stadt zu verlassen und einen Zug in Richtung Süd-Bombay oder Ost-Kalkutta zu nehmen. Dort würde sie Deepak Rao niemals finden.

Später sollte sie sich Vorwürfe machen, so weit in die Zukunft gedacht zu haben. Besser wäre gewesen, sich auf die Gegenwart zu konzentrieren – auf die Gefahr, in der sie und Ajay noch immer schwebten. So hätte sie vermeiden können, was als nächstes passierte:

Links neben sich gellte ein ohrenbetäubender Schrei. Ana sah zum Ende der Gasse und konnte den Umriß eines Kindes erkennen. Sie fuhr herum, um in die andere Richtung zu fliehen und riß Ajay mit sich – doch nicht einmal zehn Meter von ihnen entfernt stand Deepak Rao. Er atmete schwer, grinste jedoch triumphierend. Ana schrie auf und schubste Ajay auf die Straße. Autos und

Mopeds fuhren hupend vorbei. Deepak Raos Rufe erreichten sie wie das Jammern eines irren Geistes.

Der Schrei ängstigte Ajay. Er zögerte, wußte nicht, in welche Richtung er gehen sollte. Ana rutschte aus und fiel hin. Ajay rannte zur Mitte der Straße, lief weiter und geriet in Panik, Ana verloren zu haben.

Während Ana im Rinnstein lag, schien die Zeit nicht zu vergehen. Sie beobachtete, wie ein weißer Mercedes wie in Zeitlupe abbremste und anhielt. Deepak Rao eilte den Bürgersteig entlang und ergriff Ajays Arm mit riesiger Faust, an der glänzende, goldene Ringe funkelten. Ajay versuchte sich loszureißen, aber er wirkte wie ein Insekt in den Fängen eines Gorillas. Ana wollte ihm helfen, aber sie fühlte nichts als den Schmerz in ihren Rippen. Ihr Schrei verlor sich im Verkehrslärm. Sie duckte sich hinter ein parkendes Auto.

Die Tür des Mercedes wurde geöffnet. In dem Wagen saß die gekrümmte Gestalt einer Frau. Sie war alt, ihr Gesicht war blaß und schrecklich runzlig. Ana fiel allerdings auf, daß sie ein enges, silberfarbenes Kleid trug, das die dürren, weißen Beine der Frau enthüllte. Die Frau blickte auf Rao und Ajay und schien dem Mann Befehle zuzurufen.

Deepak Rao warf Ajay wie ein Bündel auf den Rücksitz des Wagens neben die skelettartige Frau. Dann wurde die Tür zugeschlagen, und Ana konnte einen flüchtigen Blick auf einen Ring an der Hand der Frau werfen. Der Mercedes gab Gas und verschwand in der verregneten Nacht.

Ana krabbelte den Rinnstein entlang bis zu einem Taxi-Stand; sie wußte, sie mußte den Wagen verfolgen. Sie zog sich hoch und lehnte sich nach Luft schnappend an ein Taxi.

Dann öffnete sie die Tür und fiel in den Wagen.

Sie zeigte auf den davonfahrenden Mercedes. »Folgen Sie dem Wagen ... bitte folgen Sie dem Wagen!«

Der Taxifahrer sah Ana abschätzig an. »Du zahlst, bevor ich dich fahre. Fünfzig Rupien, Mädchen.«

»Fünfzig?« fragte sie und zögerte. Das waren fast all ihre Ersparnisse. Doch was war im Moment wichtiger – ihre Erparnisse oder Ajay? »Ah-cha. Hier. Fahren Sie schon los! Schnell!«

Sie nahm fünfzig Rupien aus ihrem Brustbeutel und händigte sie dem Fahrer aus.

Sekunden später rasten sie bereits durch den Regen, an den Gebäuden auf den Straßenseiten vorbei. Das Taxi fuhr um eine Straßenecke, und Ana wurde über den Rücksitz geschleudert. Sie setzte sich wieder auf und starrte aus der Windschutzscheibe. Sie konnte die Rücklichter des Mercedes erkennen – er war ungefähr zweihundert Meter vor ihnen. Der Wagen fuhr in Richtung Süden, in den reichen Teil der Stadt.

Ana fragte sich, was sie tun würde, wenn sie herausgefunden hatte, wohin der Mercedes Ajay verschleppte. Warum hatte Deepak Rao ohne zu überlegen Ajay an die Frau übergeben?

Fünf Minuten später wurde das Taxi langsamer. »Hey, ich sagte, folgen Sie dem Wagen!«

»Wie ich schon sagte, Mädchen: Gib mir Rupien, und ich folge dem Wagen.«

»Aber ich habe Ihnen fünfzig Rupien gegeben!«

Der Taxifahrer lachte. »Fünfzig Rupien bis hierher. Wenn du noch weiter willst, gib mir noch mal fünfzig.«

Ana schluchzte. »Aber ich hatte nur ...« Sie versuchte die letzten Münzen, die sie noch hatte, zu zählen. »Bitte, Sie müssen mir helfen!«

Doch sie hätte es wissen müssen ... Wann hatte ihr jemals jemand geholfen, ohne etwas dafür zu nehmen?

Der Fahrer griff nach hinten zwischen die Sitze, schnappte sich Anas Geldbeutel und zog kräftig daran. Das Band zerriß.

»Hey!« rief sie.

Das Taxi wurde langsamer. Sie waren in einem reichen Vorort, mit großen Häusern und riesigen Gärten. »Raus hier!« sagte der Fahrer.

»Nein. Sie bringen mich ...«

Er drückte einen Knopf, und die Hintertür öffnete sich. Ana erhielt einen Stoß in den Rücken – der Taxifahrer hatte sie hinausgeworfen.

Sie knallte auf das Pflaster und blieb halb betäubt liegen; das Taxi raste in die Nacht davon.

2
IM WEB

Mit Mühe setzte sich Ana auf und sah sich um. Sie saß mitten auf einer nassen Fahrbahn. An der einen Straßenseite standen Häuser; vor dem hellen Licht des nächtlichen Himmels wirkten die Gebäudeblocks dunkel. Sie befand sich in einem der wohlhabenden Vororte im Süden Zentral-Delhis, dort, wo die Brahmanen-Geschäftsmänner und ihre Familien lebten.

Ihr Knie schmerzte, ihre Stirn pochte, und ihre Handflächen brannten an den abgeschürften Stellen. Sie wunderte sich, daß sie den Sturz ohne Knochenbrüche überlebt hatte.

Dann fiel ihr Ajay wieder ein, und sie fühlte tief in der Brust rasende Pein, als hätte ihr jemand die Faust ins Herz gestoßen.

»Alles in Ordnung mit dir?«

Die Stimme ließ sie zusammenfahren. Ein Junge, älter als sie, hatte sich neben sie auf den Bürgersteig gehockt und starrte sie an. Er hatte ein rundliches Gesicht, und sein dunkles, öliges Haar trug er nach hinten gekämmt. Seine Kleidung wirkte teuer.

»Sprichst du englisch?« fragte er.

Von diesem Augenblick an konnte Ana ihn überhaupt nicht leiden. »Was geht dich das an?« erwiderte sie schnippisch.

Ana war klar, warum er sie das gefragt hatte. Er hatte gesehen, daß sie ein verkrüppeltes Bettelmädchen war, und wollte ihr zeigen, daß er etwas Besseres darstellte, weil er hervorragend englisch sprechen konnte.

Er war offensichtlich überrascht, als sie ihm, so gut wie es ihr möglich war, auf englisch antwortete.

»Ich habe gesehen, was passiert ist. Geht es dir gut?«

Sie sah ihn wütend an. »Was glaubst du wohl? Ich wurde bei fünfzig Meilen aus dem Auto gestoßen, und du fragst mich, ob es mir gutgeht ...«

»In Wirklichkeit waren es fünf Meilen.«

»Was?«

»Ich sagte, der Wagen fuhr nur fünf Meilen pro Stunde ...«

Ana runzelte die Stirn und rieb sich das wunde Knie. »Soso, angefühlt hat es sich wenigstens wie fünfzig ...«

Der Junge warf Ana einen Blick zu und betrachtete ihre schmutzige Weste, ihre Shorts und den Stumpf ihres rechten Beines. »Ist das eine Art Hobby von dir?« fragte er sie. »Aus fahrenden Autos zu springen?«

Sie sah ihn finster an. Für einen reichen Jungen war er erstaunlich dumm. »Was glaubst du wohl?«

Er zuckte mit den Achseln. »Was ist denn dann passiert?«

Sie wurde noch ärgerlicher. Wie unverschämt war denn dieser Junge, solche Fragen zu stellen? »Ich konnte das Fahrgeld nicht bezahlen«, murmelte sie. »Also schmiß mich der Taxifahrer aus dem Wagen.«

»Das tut mir leid«, sagte er. »Kann ich dir irgendwie

helfen? Komm mit zurück zum Haus – ich werde dir etwas zu essen geben, und du kannst dich dort waschen.«

Sie wußte nicht, ob sie sein Angebot, etwas zu essen, annehmen oder von hier verschwinden sollte.

»Was ist?« fragte er.

»Laß mich einfach in Ruhe!« schrie sie ihn an und sah sich nach ihrer Krücke um. Aber sie hatte sie beim Restaurant zurückgelassen, als sie und Ajay vor Deepak Rao flüchten mußten.

Auch noch die Krücke zu verlieren, auf die sie sich jahrelang gestützt hatte, war zuviel für Ana. Sie brach in Tränen aus.

Sie saß auf der Straße, war tropfnaß, hatte Schmerzen und weinte. Der Junge streckte einen Arm nach ihr aus und legte ihr eine Hand auf die Schulter. »Bitte laß mich dir doch ...«

»Laß mich doch einfach in Ruhe!« Sie schlug um sich und stieß seine Hand weg.

Mühsam stand sie auf, hüpfte zum Zaun hinüber, lehnte sich an und rang nach Luft. Der Junge folgte ihr.

Sie stolperte vorwärts und hielt sich dabei immer wieder am Zaun fest.

»Und wie lange wird es auf diese Art und Weise dauern, bis du zu Hause bist?« fragte der Junge.

»Laß mich doch in Ruhe. Bitte, bitte, laß mich doch einfach in Ruhe!«

»Du bist dumm und verbohrt. Warum läßt du mich dir nicht helfen?«

Sie sah ihn an. »Was willst du von mir?« fragte sie. »Warum solltest du mir helfen wollen?«

Er lächelte sie an. »Weil du Hilfe brauchst. Du bist gerade aus einem fahrenden Auto gefallen, du kannst nicht laufen, du siehst hungrig aus, und du bist verletzt.«

Sie hielt an und schaute ihn durch ihre Tränen und nassen Haarsträhnen hindurch an. »Wo wohnst du?« fragte sie ihn.

Der Junge zeigte auf ein großes Haus. »Hinten im Garten habe ich meinen eigenen Bungalow. Ich gebe dir trockene Kleidung und etwas zu essen.«

Sie dachte erneut über sein Angebot nach. Sie war mißtrauisch – noch nie hatte sie jemanden getroffen, der ihr mehr als eine Rupie geben wollte. »Ah-cha. Nur Essen und Kleidung – und dann werde ich gehen«.

»Du kannst machen, was du willst«, sagte der Junge achselzuckend. »Hier, stütz dich auf mich!«

»Faß mich nicht an! Gib mir einen Stock, irgend etwas, das ich als Krücke benutzen kann.«

Der Junge mußte innerlich lächeln und schüttelte den Kopf. Er verschwand im Garten. Ana lehnte am Zaun und starrte auf die Villen an der anderen Straßenseite. Vor ihr lag eine andere Welt, ein Ort voller Luxus und Privilegien, die sie bisher nur aus den Hologrammen kannte. Der Junge kam mit dem Stiel eines Spatens wieder. Der D-förmige Griff paßte perfekt unter ihren Arm. Diese Krücke war sogar noch besser als ihre eigene. Sie humpelte neben ihm her, als er das Grundstück betrat und den Weg hochging. Ein halbes Dutzend teure Autos parkte vor dem Haus. Aus einem offenen Fenster drangen Musik und Stimmen.

Der Junge sagte etwas zu ihr. »Ich habe dich gefragt, wo du wohnst?«

Sie sah ihn an. Dummer, unüberlegter Schnösel!

»Meine Eltern besitzen ein Penthaus am Connaught Place«, antwortete sie forsch. »Ich besitze einige Zimmer, von wo aus ich den ganzen Park überblicken kann.«

»Nein«, sagte er freundlich, »ich meinte ernsthaft.«

»Was glaubst du, wo ich lebe? Ich schlafe auf dem Bürgersteig außerhalb des Union-Kaffeehauses mit meinem – mit . . .«

Bei dem Gedanken an Ajay blieben ihr die Worte im Halse stecken.

»Mit deiner Familie?«

»Mit meinem Bruder. Sonst habe ich keine Familie.«

Er nickte, führte sie weiter am Haus vorbei in einen Garten von der Größe eines Parks. Sie erreichten einen von Bäumen umstandenen Bungalow. Ana blieb stehen. »Ich verstehe das nicht«, sagte sie, »all die anderen Leute, die so sind wie du ..., die wollen nichts mit mir zu tun haben. Reiche Leute, Brahmanen, sie behandeln mich wie ein Tier ...«

»Meine Familie sind Brahmanen,« erwiderte er, »aber ich habe nichts mit ihrer Art zu leben zu tun. Ich bin viel gereist und habe gesehen, wie andere Menschen leben.«

Sie starrte ihn an. »Du bist in Übersee gewesen?«

Er lächelte. »Und sogar noch weiter weg«, sagte er geheimnisvoll. Dann schloß er die Haustür seines Bungalows auf und ging hinein. »Willkommen in meiner Welt.«

Ana betrat den hell erleuchteten Raum, blieb stehen und sah sich um. In einem Comic hatte sie einmal die Geschichte über Aladins Höhle gelesen. Sie war angefüllt gewesen mit sagenhaften Schätzen, funkelndem Gold und glitzernden Juwelen. Dieses Zimmer ließ sie an Aladins Höhle denken. Es gab kein Gold oder Juwelen, dafür aber andere Schätze. Ihr Blick wanderte durch den Raum und verweilte hier und da, bevor er sich dem nächsten, erstaunlichen Ding widmete.

Sie trat in den Raum hinein und bewegte sich dabei wie benommen. Schließlich blieb sie vor etwas stehen, das aussah wie ein riesiger Fernsehbildschirm in der Wand. Ein buntes Bild lief über die Mattscheibe. Daneben befanden sich – soweit sie diese Dinge zu identifizieren wußte – eine Art Computer-Anlage und ein Musikinstrument ähnlich einer E-Gitarre. Stühle und Sofas standen in dem Zimmer, einige hingen sogar an Ketten von der

Decke. Sie drehte sich im Kreis, den Mund vor Erstaunen weit aufgerissen. Wenn sie nur eines dieser Möbelstücke verkaufte, konnte sie von dem Geld Essen für die nächsten Monate bezahlen.

»Setz dich. Ich hole dir einen Fön und trockene Kleidung.« Er zeigte auf einen Stuhl und ging durch eine Tür in ein zweites Zimmer.

Sie setzte sich auf den Stuhl, der mit seinen schwarzen, wilden Tupfen eher wie ein Tier aussah, und lehnte sich zurück. Als sich der Stuhl plötzlich unter ihr bewegte, schrie sie auf. Um sie herum verschwamm alles, und sie verlor den Halt, als sie in die schwammige Tiefe sank.

Ana strampelte und kämpfte, bis sie sich schließlich von diesem Möbelstück befreien konnte. Sie saß auf dem Fußboden und starrte fassungslos den lebendigen Stuhl an.

Der Junge kam zurück ins Zimmer. Er trug ein Kleiderbündel unter dem Arm. »Er hat mich angegriffen«, sagte Ana. »Dein Stuhl hat versucht, mich anzugreifen.«

»Er ist aus Schaumstoff«, erklärte er. »Er verändert die Form und paßt sich der Gestalt der Person an, die auf ihm sitzt.«

Ana konnte spüren, daß sie rot anlief.

Er reichte ihr die Kleidung: ein weißes T-Shirt, Shorts und Unterwäsche – und einen Fön. Sie hatte zuvor noch nie einen automatischen Haartrockner benutzt, obwohl sie schon mal einen in den Werbeanzeigen gesehen hatte. Der Fön war ein warmes, eiförmiges Ding, das man sich über den Kopf ziehen mußte, damit es dann die Feuchtigkeit wegzauberte.

»Ich besorge dir etwas zu essen, während du dich umziehst«, sagte der Junge.

Als er nach nebenan gegangen war, zog Ana ihre nasse Kleidung aus, trocknete sich ab und zog die neuen, sauberen Shorts und das T-Shirt über. Der Stoff fühlte sich auf der Haut weich an. Der Junge kam mit einem Tablett zurück, auf dem Samosas und zwei Gläser Milch standen. Er stellte es vor Ana auf den Boden und setzte sich ihr im Schneidersitz gegenüber.

Er deutete an, daß sie sich bedienen solle. Dabei wurde Ana erst bewußt, daß ihre letzte Mahlzeit bereits einen Tag zurücklag. Sie biß in ein Samosa; die gewürzten Kartoffeln und Nüsse waren köstlicher als alles, was sie seit langem geschmeckt hatte.

In der Stahloberfläche einer Gymnastik-Maschine auf der anderen Seite des Zimmers konnte sie ihr Spiegelbild erkennen. Sie sah aus wie ein reiches Schulmädchen. Sie fühlte sich plötzlich schuldig, und Schmerz brandete in ihr auf, als sie an Ajay dachte, der das nicht mit ihr zusammen erleben konnte. Sie beschloß, aufzuessen und dann zurück zum Connaught Place zu gehen. Dort würde sie versuchen, den Bruder zu finden.

Der Junge räusperte sich: »Übrigens, ich heiße Sanjay.«

»Ana«, erwiderte sie mit vollem Mund. Sanjay zeigte auf ihr Bein und fragte: »Wie ist das passiert, Ana?«

Sie bedachte ihn mit einem trotzigen Blick. »Stellst du deinen Gästen immer so unverschämte Fragen?«

Sanjay lächelte und zuckte die Schultern. »Dort, wo ich den größten Teil meiner Freizeit verbringe, gehen wir mit allen Dingen sehr offen um.«

Ana nahm einen großen Schluck Milch und wischte sich den Mund mit dem Handrücken ab. »Wenn du es unbedingt wissen mußt, ich hatte einen Unfall mit der Monorail«, antwortete sie ihm.

Sanjay senkte den Kopf.

»Das tut mir sehr leid.«

Ana trank ihre Milch aus und wollte ihm gerade danken und dann gehen, als er fragte: »Willst du mir nun sagen, was wirklich geschehen ist?«

Sie sah ihn ärgerlich an. »Das habe ich dir doch gerade

erklärt. Ich war in einen Unfall mit der Monorail verwickelt.«

Er lachte. »Nein, das meinte ich nicht. Ich meine, was ist vorhin passiert? Warum bist du aus dem Taxi geschmissen worden?«

Sie starrte auf die Krümel, die sich in den Falten ihrer neuen Shorts angesammelt hatten. Plötzlich hatte sie das Bedürfnis, diesem arroganten Brahmanen-Jungen zu erzählen, was ihrem Bruder zugestoßen war und ihren Schmerz mit ihm zu teilen.

Vielleicht, aber nur vielleicht, könnte er ihr ja helfen, Ajay zu finden.

»Vor zwei Wochen flüchteten Ajay und ich vor Deepak Rao«, begann sie und erzählte Sanjay, wie sie zum Connaught Place kamen und sich dort für zwei Tage versteckten, weil sie nicht wagten, ihre Gesichter zu zeigen, aus Furcht, Rao könnte sie finden. Dann waren sie einige Stunden am Tag bettelnd von Restaurant zu Restaurant gezogen. Die Polizei hatte sie zwar immer wieder verjagt, aber die reichen Leute hatten ihr und Ajay mehr Rupien gegeben, als sie normalerweise in den Slums von Neu-Delhi verdienten. Doch dann war Ana irgendwann vor Erschöpfung eingeschlafen, und Deepak Rao hatte sie gefunden. »Wir liefen und liefen, aber er bekam uns schließlich doch. Ich fiel hin, und Ajay wurde von einer alten Frau in einen weißen Mercedes gezerrt.«

Sanjay schüttelte den Kopf. »Was kann sie mit deinem Bruder vorhaben?«

Ana schaute auf ihre Finger. »Das weiß ich nicht.«

»Kannst du sie beschreiben? Vielleicht kannst du der Polizei eine Beschreibung der Frau geben …«

Ana sah ihn so ernst an, daß er verstummte. Bei all seinem Wohlstand und der Bildung, die er haben mußte, wußte er vom wahren Leben doch reichlich wenig.

»Die Polizei!« wetterte Ana. »Wenn ich zur Polizei gehe

und denen erzähle, daß mein Bruder entführt worden ist, lachen die mich nur aus. Glaubst du ernsthaft, daß die das Verschwinden eines Straßenkindes kümmert?«

»Ich weiß nicht ... Ich dachte nur ...«

»Vielleicht würden sie etwas unternehmen, wenn man dich gekidnappt hätte.«

Er sagte nichts mehr. Während er seine Milch trank und sich für seinen Vorschlag schämte, sah Ana sich im Zimmer um. Sie zeigte auf einen verstellbaren Lehnstuhl in der Ecke. »Ist das eine Web-Couch?«

Sanjay nickte. »Du weißt vom Web?« fragte er sie überrascht. Er tat es schon wieder: spielte das arrogante, reiche Jüngelchen.

»Natürlich weiß ich das!« rief sie. Zumindest beinahe – sie hatte eine vage Vorstellung vom Web.

Deepak Rao ging in der VR-Bar neben der Monorail-Bahnhof ins Web. Wenn er betrunken war, prahlte er vor den Kindern immer wieder mit den vielen Wundern darin. »Ich war in einer wundervollen Welt«, hatte er einmal gebrüllt und dabei seine Whiskyflasche geschwungen wie eine Glocke.

»Bist du sicher, daß du weißt, was das Web ist?« fragte Sanjay.

»Es ist so ähnlich wie Filme, nur daß man reingehen und an dem Geschehen teilnehmen kann.«

»Aber du bist noch nie im Web gewesen?«

Sie schüttelte den Kopf. »Jetzt sag bloß ... – du warst schon im Web, stimmt's?«

Er nickte lässig. »Fast jeden Tag«, sagte er. »Komm, ich zeig es dir.«

Er stand auf und schob die Couch in die Mitte des Raumes.

Auf der Couch lag etwas, das wie der Umriß eines Menschen aussah – eine Art leerer, grauer Anzug mit Drähten daran. Am Handgelenk war kleiner Computer mit winzigem Display und einem Tastenblock, und eine Art Visier befand sich ebenfalls an dem Anzug.

»Ein VR-Anzug und eine Web-Couch. Die neuesten Atari-Modelle«, sagte er. »Du ziehst den Anzug an, steckst den Stecker rein und benutzt den Controller am Handgelenk, um dich ins Web zu spinnen.«

Ana nickte und bemühte sich, nicht allzu offensichtlich zu zeigen, wie beeindruckt sie war.

Sanjay sah Ana nachdenklich an. »Willst du es mal versuchen?« fragte er. »Einmal ins Web reinspinnen?«

»Was, ich soll mich amüsieren, während Ajay irgendwo da draußen ist?« Sie griff nach ihrer neuen Krücke und versuchte aufzustehen. »Nein, ich muß meinen Bruder suchen.«

»Ana, setz dich bitte wieder hin. Denk darüber nach. Was kannst du denn in der Welt außerhalb des Web tun, um Ajay wiederzufinden?«

»Ich kann ihn zumindest suchen! Das ist mehr, als ich tun würde, wenn ich mit dir ins Web ginge.«

Sanjay schüttelte den Kopf. »Da liegst du falsch. Ich würde Vermißtenmeldungen an diverse Sites innerhalb des Web schicken.«

»Was meinst du damit?«

»Ich zeige dir das ganze Web, und dabei werde ich überall deinen Bruder als vermißt melden. Wenn die anderen Benutzer des Web dann in der realen Welt deinen Bruder wiedererkennen, können sie Kontakt mit mir aufnehmen. Ganz einfach. Also – was ist jetzt?«

»Ich – ich weiß nicht. Ich habe das noch nie zuvor gemacht.«

»Das ist egal. Ich zeige dir, wie man's macht.« Er wies auf die andere Seite des Zimmers. Dort stand eine weitere Web-Couch mit einem anderen VR-Anzug. »Das ist mein Reserve-Anzug für gute Freunde.« Er sah Ana an. »Willst du mitkommen?«

Sie hätte ihn am liebsten gefragt, ob sie statt dessen nicht ein paar Rupien haben könnte – ließ den Gedanken aber gleich fallen und nickte knapp. »Ah-cha«, antwortete sie.

»Gut.« Er schob die zweite Couch neben die erste in die Mitte des Raumes. »Du kannst meinen alten Anzug haben. Ich nehme den Atari. Zieh ihn an.«

Ana zögerte einen Moment, nahm dann aber den Anzug. Das Material fühlte sich kalt an und klebte an der Haut. Sie setzte sich auf den Rand der Couch und stieg von hinten in den Anzug ein. Zuerst mit ihrem gesunden Bein in das eine Hosenbein. Dann ließ sie den Stumpf ihres rechten Beines in das andere Hosenbein gleiten. Dort, wo jetzt eigentlich ihr rechtes Bein hätte sein sollen, blieb der Stoff des Anzugs schlaff. Sie legte den Anzug um ihren Rumpf und schlüpfte mit den Armen hinein. Schließlich fühlte sie sich vollkommen eingezwängt und zitterte am ganzen Leib.

Sie blickte auf Sanjay. Der stand neben der Couch und sah wie ein Tiefseetaucher aus. Er zog die Kapuze über, setzte sich das Visier auf und befestigte den Controller an seinem Handgelenk. Ana machte ihm alles nach.

»Jetzt zurücklehnen und entspannen«, wies er sie an. »Ich verbinde uns.«

Sie gehorchte und lehnte sich zurück, während Sanjay die Sofas umschritt. Durch die Maske beobachtete sie ihn. Ein Teil von ihr konnte kaum glauben, was hier vor sich ging. Wer hätte noch vor einer Stunde gedacht, daß sie schon bald das Web betreten würde?

»Ich spüre gar nichts«, sagte sie. Sanjay legte sich auf seine Couch. »Jetzt noch nicht, aber bald«, sagte er. »Tu einfach nur, was ich dir sage.«

Er hob die rechte Hand und deutete auf den Controller am Handgelenk. »Siehst du den roten Knopf, Ana? Damit setzt du es in Betrieb. Drück ihn, und du verbindest dich ins Web. Wenn du einmal dort bist, kannst du den Knopf jederzeit drücken, um wieder herauszukommen. Ich zeige dir die anderen Funktionen, wenn wir drin sind, ah-cha?«

»Ah-cha«, antwortete Ana flüsternd.

»So ... Los geht's«, sagte Sanjay. »Auf ins Web!«

Ana streckte die Hand aus und drückte den roten Knopf.

Augenblicklich verwandelte sich die Welt.

3
TROPICANA BAY

»Wo bin ich?« rief Ana ängstlich. In Sanjays Zimmer war sie jedenfalls nicht mehr. Sie stand auf einer weiten, goldschimmernden Ebene. In einer Wüste, die sich unter einem ewig hellen, blauen Himmel erstreckte. Vor Ana lagen viele bunte Blocks, die wie kleine Häuser aussahen.

»Entspann dich, Ana«, hörte sie Sanjays Stimme neben sich. »Dies ist Level eins, GBs. Wir nennen sie Gebäudeblocks .«

Ana drehte sich um. Sanjay – oder zumindest jemand, der Sanjay ähnlich sah – stand neben ihr. Sie schnappte nach Luft und trat einen Schritt zurück. Dieser Sanjay war viel älter und größer als der Junge, den sie kannte. Obwohl sein Gesicht noch als das seine zu erkennen war, wirkte er viel erwachsener, und er trug nun einen chicen, weißen Anzug.

»Ich fühle mich ... irgendwie komisch«, sagte Ana.

Sanjay lachte. »Mit der Zeit wirst du dich daran gewöhnen.«

»Da bin ich mir gar nicht so sicher.«

Ihr Verstand wußte, daß sie auf dem Rücken lag – sie konnte spüren, wie die Schwerkraft der Realworld an ihr zog, denn sie lag noch immer auf der Web-Couch –, und trotzdem sagten ihr all ihre Sinne, daß sie aufrecht stand. Die gegensätzlichen Sinneswahrnehmungen bereiteten ihr leichte Übelkeit.

Außerdem ... Sie war hier, hier im Web, aber sie konnte die Gerüche der Welt außerhalb wahrnehmen. Sie schnüffelte und roch die Samosas, die sie gerade gegessen hatte, und den süßen Weihrauch, den Sanjay in seinem Zimmer brennen ließ.

Sanjay bemerkte, wie Ana die Nase kraus zog, und lachte. »Hier im Web kannst du nichts riechen und berühren«, sagte er.

Sie schaute ihn an, diesen veränderten, älteren Sanjay. Das Web war wirklich ein eigenartiger Ort.

»Wie hast du das gemacht?« fragte sie ihn. »Wie hast du dich so verändert?«

Sanjay sah mit einem Lächeln auf die herab. »Ganz einfach«, antwortete er und zeigte auf den Controller an seinem Handgelenk. »Ich habe einprogrammiert, wie ich aussehen wollte. Ich kann für mich jedes Erscheinungsbild wählen. Sieh her.«

Er tippte auf dem Controller an seinem Handgelenk. Sofort fing er langsam an zu wachsen, größer und größer, und wurde gleichzeitig immer dünner, bis er so schmal war wie ein Abflußrohr, während die langen Arme wie Drähte an ihm hingen.

Sein Kopf wuchs ebenfalls. Er beugte sich zu ihr hinunter und grinste sie spöttisch an.

Ana wich zurück und wimmerte verängstigt.

»Okay, okay«, sagte Sanjay in seiner überlegenen Art. Seine dünnen Finger berührten erneut den Tastenblock, und er begann wieder zu schrumpfen. Innerhalb von

Sekunden stand wieder die alte Version von Sanjay vor ihr.

Ana bemerkte erst jetzt, daß sie weitere zwei Schritte zurückgewichen war.

Schritte!

Seit Jahren war sie nicht mehr fähig gewesen, Schritte zu machen. Sie sah an sich herunter. Sie besaß *zwei* Beine. Sie trug einen weißen Kittel und hatte zwei *perfekte*, braune Beine.

»Das – das kapiere ich nicht«, stammelte sie. »Wie ist das möglich? Mein Bein ...«

»Der Anzug gibt auch die Phantomwahrnehmung deines Beinstumpfes an dein Gehirn weiter«, erklärte Sanjay. Ana wußte jedoch nicht, wovon er sprach. »Deshalb hast du das Gefühl, zwei Beine zu besitzen. Und innerhalb des Web ist das alles, was zählt.«

Sie betrachtete ihr neues Bein. Es sah genauso aus wie das gesunde, und doch fühlte es sich auch irgendwie künstlich an. Sie bewegte die Zehen, und obwohl sie die Bewegung sehen konnte, spürte sie nichts davon.

Ana atmete tief durch. Jahrelang hatte sie ohne Ajays Hilfe nicht *richtig* laufen können, und nun ...

Sie machte einige Schritte in Richtung der bunten Gebäudeblocks und hatte dabei das Gefühl, wirklich zu gehen: Ihre Füße berührten die warme Oberfläche von Level eins. Ihr wurde schwindelig – aber auf angenehme Weise.

Aus Angst, vornüber zu fallen, beschleunigte sie ihr Tempo und trat, die Arme schwingend, mit beiden Füßen fest auf den Boden auf. Sie war sich bewußt, daß sie in Wirklichkeit auf der Couch lag, doch all ihre Sinne behaupteten, sie würde rennen. Das Schwindelgefühl wurde immer schlimmer, die ganze Welt schien sich um sie zu drehen. Sie hinkte ein wenig; ihr neues Bein war nicht so belastbar wie das alte – aber weitaus besser als die Krücke, die sie so lange in der Realworld benutzt hatte.

Sanjay tauchte neben ihr auf, und sie blieb stehen.

»Und wenn du glaubst, das wäre etwas Besonderes«, sagte er zu ihr, »dann warte, bis du dein Äußeres geändert hast.«

Ana schüttelte den Kopf. »Wie soll das gehen?«

»Drück den Knopf an deinem Controller«, wies Sanjay sie an. Auf einem kleinen Bildschirm neben dem Tastaturfeld erschien eine Liste: GRÖSSE? HAUTFARBE? ALTER? KLEIDUNGSSTIL?

»Dieses Programm ist simpel. Es verändert nur dein Aussehen. Programme wie die, die ich habe, ermöglichen es dir, alles zu ändern. Wie groß möchtest du gern sein?«

»Ich weiß nicht.« Für ihr Alter war sie ziemlich klein. Sie hatte schon immer davon geträumt, größer zu sein. »So groß wie du jetzt.«

»Gib zwei Meter ein.« Ana gehorchte und schien augenblicklich zu wachsen. Nun sah sie alles von viel weiter oben und war genauso groß wie Sanjay.

»Für die Hautfarbe und das Alter gibst du ein, was du möchtest. Wenn du so bleiben möchtest, wie du bist, drück einfach S.«

Sie wollte ihre Hautfarbe behalten, sich aber ein bißchen älter machen.

Neben HAUTFARBE gab sie ein S ein, neben ALTER 16.

»Wie kann ich meine Kleidung wechseln?«

»Gib bei KLEIDUNGSSTIL sportlich, elegant oder förmlich ein. Es gibt noch tausend andere Möglichkeiten, aber es geht schneller, wenn du dich auf die einfachsten beschränkst.«

»Ah-cha.« Sie tippte FÖRMLICH ein. Schon immer hatte sie so gut und kultiviert gekleidet sein wollen wie die Menschen in den Hologramm-Werbespots.

Sie blickte an ihrem sechzehn Jahre alten Körper herab. Nun trug sie eine rote Strumpfhose und elegante, rote Schuhe, die sich seltsam anfühlten.

»Und nun, Ana«, sagte Sanjay, »bist du bereit zum Kampf?«

Sie sah ihn erschrocken an. »Was?«

»Betritt eine der Welten der Gebäudeblocks. Hier geht's beispielsweise in die Unterhaltungs- und Entspannungssites im Web. Wie wäre es mit einem bißchen U&E?«

Er streckte ihr den Arm entgegen, und sie nahm ihn – erstaunt darüber, wie sich der weiße Stoff anfühlte. Sie gingen weiter zum Block, und das Wunder, gehen zu können, ließ Ana vergessen, daß sie in Wirklichkeit auf der Web-Couch in Sanjays Bungalow lag.

Sie blieben direkt vor dem Gebäudeblock stehen. »Berühr es«, forderte Sanjay Ana auf. Sie strich mit den Fingerspitzen über die Hauswand. Plötzlich kräuselte sich die rote Glanzschicht wie die Oberfläche eines Teiches.

»Und jetzt geh rein!« sagte er. Ana hielt sich an Sanjays Arm fest und trat durch die Hauswand. Es klingelte ihr laut in den Ohren, und kurz wurde sie von grellem, blauem Licht überflutet.

Und dann veränderte sich ihre Welt zum zweiten Mal an diesem Tag.

Ana schnappte nach Luft.

Es kam ihr vor, als stünde sie im Zentrum einer regen, überfüllten Stadt. Gebäude, die aussahen wie Wolkenkratzer, ragten hoch in den blauen Himmel. Lange, gerade Straßen erstreckten sich zwischen ihnen, und auf diesen Straßen wimmelte es von Tausenden verschiedenen Menschen und ... Dingen. Ana starrte erstaunt auf das Geschehen. Große Spinnen krabbelten zwischen Menschen unterschiedlichster Größe und Gestalt umher.

Einige hatten ihr Aussehen so verändert, daß sie Tierköpfe besaßen – Gorillaköpfe, Zebraköpfe und Einhornköpfe.

Ana betrachtete die Gebäude näher und bemerkte, daß es sich nicht wirklich um Häuser handelte. Die Oberfläche jedes einzelnen Gebildes bestand aus etwas wie einer riesigen Kinoleinwand und auf jeder lief ein anderer Film. Von Zeit zu Zeit sah sie, wie ein Mensch oder eine Spinne in die Bilder *hineinging* und dann verschwand.

»Willkommen in U&E, Ana«, sagte Sanjay. »An dieser Website gibt es Tausende von Blocks, und jeder einzelne davon eröffnet dir eine andere unterhaltsame und entspannende Welt. Wenn du willst, können wir in eine hineingehen. Dazu brauchen wir nur durch die Wand zu gehen oder den Zugangscode in unseren Controller eingeben.«

Ana sah sich um und schüttelte verwirrt den Kopf. »Aber in welche?«

»Wie wäre es mit Tropicana Bay? Ist bei den Bewohnern Neu-Delhis sehr beliebt.«

Er führte Ana zu einem Wolkenkratzer, dessen Leinwand eine Szene aus dem Paradies zeigte. Ein sanft ansteigender Strand erstreckte sich längs einer perfekt halbkreisförmigen Bucht; ein wunderbarer Anblick, nur war das Wasser eher silberfarben als blau, und der Sand rot. Sogar die Bäume, die das Ufer säumten, wirkten ganz anders als jeder Baum, den Ana je gesehen hatte. Statt grüner Blätter wuchsen auf ihnen unzählige gelbe Blumen. Zwischen den Bäumen saßen an Tischen Grüppchen von Menschen, die sich unterhielten und lachten.

»Laß uns durch Tropicana Bay bummeln«, schlug Sanjay vor.

Er nahm Ana bei der Hand, und sie verspürte tiefste Verwunderung in sich aufsteigen. Sie schritten durch die Leinwand hindurch. Ana mußte darüber lachen, wie verrückt es doch war, einfach so von einer Welt in die nächste zu gehen, denn plötzlich befand sie sich an dem Strand, den sie auf der Leinwand gesehen hatte. Auf der Haut spürte sie die warmen Sonnenstrahlen und einen leichten Seewind.

Ana hielt an und hockte sich an das silberfarbene Wasser. Sanjay beobachtete sie.

»Stimmt etwas nicht, Ana?«

Sie schüttelte den Kopf, streckte den Arm aus und schöpfte eine Handvoll Wasser – es fühlte sich nicht wie richtiges Wasser an, eher wie eine Million kleiner Diamanten.

Erneut wiegte sie den Kopf hin und her – sie konnte das alles einfach nicht glauben.

»Das ist das erste Mal in meinem Leben, daß ich das Meer sehe«, sagte sie.

Ana und Sanjay bummelten die Promenade zwischen dem roten Strand und dem Gras des Ufers entlang. Sie gingen an anderen Paaren vorbei, gutgekleideten, kultivierten Männern und Frauen, die aussahen wie die Menschen in den Hologramm-Werbespots. Es fiel Ana schwer hinzunehmen, daß sie nun Teil dieser unglaublichen Welt war.

Sie fragte sich, wer all diese Menschen wohl in Wahrheit sein mochten.

Das erinnerte sie an etwas. »Hey, ich dachte, du wolltest Ajay vermißt melden?«

Sanjay zeigte auf seinen Controller. »Ich habe den Bericht längst abgeschickt, Ana – darin bitte ich um alle verfügbaren Informationen über einen sechs Jahre alten, blinden Jungen, der von Rao und einer Frau in einem weißen Mercedes entführt wurde.«

»In Ordnung.«

Sie kamen an einem Kiosk vorbei, der Jet-Ski verlieh. Ana erblickte im Fenster das Spiegelbild einer attraktiven, jungen Frau in einem roten Kleid. Ana stoppte und betrachtete sie. Die junge Frau ahmte Anas Bewegungen, Gesten und Miene nach. Ana runzelte die Stirn, und die Frau ebenfalls. Ana drehte sich um, und die Frau auch. Da erst erkannte Ana sich selbst in dem Gesicht, das sie da ansah. Aber sie war viel reifer, sogar schön. Sie hatte Brüste und lange Beine, und ihr Haar war lang und glänzte, es sah ganz und gar nicht aus wie der wirre Filz, der es in Wirklichkeit war.

Sie versuchte, den VR-Anzug zu fühlen, von dem sie wußte, daß sie ihn trug. Sie versuchte auch die Couch, auf der sie lag, wahrzunehmen. Aber sie konnte das Material des Anzugs, der sie umgab, und die Schwammigkeit der Couch unter sich nur dann spüren, wenn sie sich ganz intensiv darauf konzentrierte.

Schließlich vergaß sie, daß sie in Sanjays Bungalow war und verlor sich vollkommen in der Illusion.

»Sanjay!« rief jemand vom Strand her.

»Rom!« Sanjay winkte ihm zu.

Ein weißer Junge mit knallrotem Haar lief über den Sand auf sie zu. »Hi, Sanjay«, sagte er mit amerikanischem Akzent. »Wer ist das Ei?«

»Sie ist kein Ei, Rom. Das ist Ana, eine Freundin aus Indien. Ana, dieser Schlauberger ist Rom, Web-Zauberer und Nervensäge.«

Rom sah von Ana zu Sanjay. »Willst du mich biten? Bist du sicher, daß sie nicht deine kleine Schwester ist? Ich kann doch sehen, daß sie zum ersten Mal im Web ist.« Dann zwinkerte er ihr zu. »Wie gefällt's dir im Web, Ana?«

Sie funkelte ihn wütend an. »Ich fand's großartig, aber dann mußtest du vorbeikommen.«

»Oh!« schrie Rom auf und schüttelte dabei seine Hand, als hätte er sich verbrannt. »Hey, nicht böse sein, okay? Freunde?« Er streckte die Hand aus.

Ana lächelte. »Okay, Freunde«, antwortete sie und schüttelte im die Hand.

»Hast du irgendwas Ätzendes gesehen, seit wir uns das letzte Mal trafen?«

»Das soll wohl ein Witz sein? Hab' ich dir vom Traumschloß erzählt? Eine lange Geschichte, Sanjay. Haarig, sage ich dir.«

Ana sah von Sanjay zu Rom und versuchte zu begreifen, worüber sie sprachen.

»He«, sagte Rom, »was habt ihr jetzt vor? Wie wäre es mit ein wenig Jet-Ski?«

»Acht!« sagte Sanjay. »Was ist mit dir, Ana?«

Ana sah hinaus zur Küste auf die Jet-Ski, die durch die Luft sausten. »Ich glaube, ich bleibe lieber hier sitzen und schaue euch dabei zu.«

»Bist du sicher? – Okay!« Er klatschte Rom freundschaftlich auf den Rücken. »Dann mal los!«

Die beiden mieteten sich jeder einen Jet-Ski und schossen damit durch die Luft. Ana beobachtete, wie sie hoch in den Himmel stiegen und dabei wie die Kids, die sie waren, vergnügt schrien.

Dann erhob sie sich und bummelte die Promenade entlang. Noch immer faszinierte sie die eigenartige Realität dieser Welt. Hier waren alle Flächen heller als draußen in der realen Welt. Sie wirkten eher wie die Farben in einem Film. Und Ana war davon überzeugt, daß sich die Dinge irgendwie schneller *bewegten* – oder war das nur ihre eigene aufgeregte Reaktion darauf, daß sie selbst sich im Web befand?

Erstaunlich, wie rasch Rom freundlich geworden war

nach seinen anfänglichen Sticheleien, überlegte sie. In der Realworld hätte er sie wahrscheinlich nicht einmal angesehen, geschweige denn mit ihr gesprochen.

Nach einer Weile fand sie ein Café und überlegte, ob sie sich zu all den anderen Leuten setzen sollte. Sie zögerte – wie würden wohl all diese gutgekleideten, schönen Menschen reagieren, wenn sie sich zu ihnen setzte und ein Getränk bestellte? Wenn sie in Neu-Delhi wagte, in ein teures Café zu gehen, um dort um etwas zu essen zu betteln, würde man sie schnellstens hinausbefördern ... und mit aller Wahrscheinlichkeit vorher noch verprügeln.

Aber sie war nicht in Neu-Delhi. Sie befand sich nicht mehr in der Welt draußen, erinnerte sie sich.

Sie sah auch nicht mehr aus wie das zwölf Jahre alte Bettelmädchen, das sie war. Obwohl es ihr schwerfiel, daran zu glauben, sagte sie sich, daß sie nun genauso reich, hübsch und gutgekleidet aussähe wie all diese kultivierten Leute um sie herum.

Wenn sie sich zu ihnen setzen würde – woher sollten sie wissen, wer sie wirklich war?

Sie faßte einen Entschluß, überschritt den Rasen und setzte sich an einen freien Tisch. Das Herz klopfte ihr bis zum Hals, und sie malte sich aus, wie alles sie mit abschätzigen Blicken anstarrte.

Ein Kellner in weißem Anzug kam von der Außentheke auf sie zu. »Kann ich etwas für Sie tun, Miss?«

Ana schaute sich um und überlegte, mit wem er sprach. Doch er sah sie direkt an. Verlegen öffnete sie den Mund, um etwas zu sagen, aber ihr fehlten die Worte.

Der Kellner lächelte sie an. »Neueinsteiger, ja? Dann willkommen im Web! Soll ich Ihnen die Spezialität des Hauses bringen? Einen Daiquiri-Synth Slammer. Okay?«

Ana nickte. »Ja, bitte.«

Der Kellner zwinkerte ihr zu und ging dann schnell

zurück an die Bar. Ana saß in der Sonne und sah dem Kellner zu, wie er ihren Drink mixte. Dabei bemerkte sie, wie ihr Herz klopfte. Es würde einige Zeit dauern, bis sie sich daran gewöhnt hätte, genauso behandelt zu werden wie alle anderen Menschen.

Der Kellner kam mit ihrem Daiquiri-Synth Slammer zurück, stellte ihn vor sie hin, verbeugte sich und ging dann weiter zu einem anderen Tisch. Ana hob das Glas mit der durchsichtigen, blauschimmernden Flüssigkeit an die Lippen und stellte sich die Frage, ob es im Web möglich war zu trinken.

Sie fand es rasch heraus. Die Flüssigkeit gelangte nicht in ihren Mund. Statt dessen schien sie ihr über die Lippen und das Gesicht zu laufen. Ihr Blick verschwamm, und das Kitzelgefühl brachte sie zum Lachen. Nun erst fiel ihr auf, daß es den ›Trinkern‹, die an der Bar saßen und ihre Gläser zum Mund führten, nicht anders ging.

Als Ana gerade einen zweiten ›Schluck‹ nehmen wollte, sah sie an einem Tisch dicht am Strand zwei bekannte Gestalten sitzen. Fast hätte sie das Glas fallengelassen. Panik schnürte ihr die Kehle zu.

Das konnte doch nicht wahr sein.

Der Mann, der dort mit einer jungen, blonden Frau am Tisch saß, sah genauso aus wie Deepak Rao. Er war nur viel schlanker und besser gekleidet, und sein Gesicht wirkte weitaus jünger als in Wirklichkeit. Trotzdem erkannte Ana ihn an seinen schmalen Augen und den dicken, abfallenden Lippen.

Hierher ging er also, um das schwerverdiente Geld seiner Bettelkinder zu verprassen.

Die blonde Frau neben ihm, offenbar eine Europäerin, setzte gerade ihr Glas an die Lippen. Ana erkannte das enge, silberfarbene Kleid und das schmale Gesicht der Frau in dem weißen Mercedes wieder.

Natürlich, die Frau im Auto war alt, schrecklich alt

gewesen – aber hier im Web kam dem Alter keine Bedeutung zu. Wenige Meter von Ana entfernt saß die Frau, die ihren Bruder entführt hatte. Ana mußte herausfinden, was das Weib ihm angetan hatte. Am liebsten wäre sie auf der Stelle Rao und der Frau gegenübergetreten und hätte zu erfahren verlangt, wo Ajay war – doch das wäre dumm und gefährlich gewesen.

Sie zwang sich, ruhiger zu atmen, und überdachte die Situation. Sie sagte sich, daß Deepak Rao sie auf keinen Fall erkennen würde, denn niemals würde er damit rechnen, ihr im Web zu begegnen, und sie sah dem Bettelmädchen, das sie in Wirklichkeit war, nicht im geringsten mehr ähnlich.

Der Tisch neben den beiden war frei. Ana war sich darüber im klaren, daß sie hinübergehen und versuchen mußte, die zwei zu belauschen. Sie redete sich ein, daß sie nichts von ihnen zu befürchten hatte.

Schließlich erhob sie sich mit klopfendem Herzen. Lässig bummelte sie über den Rasen, erreichte den freien Tisch und setzte sich. Weder Deepak Rao noch die Frau schenkten ihr auch nur die geringste Beachtung.

An ihrem Drink nippend, bemühte sie sich, das Gespräch mitzuhören.

»Ich brauche mehr«, erklärte die Frau.

»Wie viele?« fragte Rao sie. Ana hätte diese Stimme überall wiedererkannt. Selbst im Web klang sie überaus widerlich.

»Wie viele kannst du bekommen?«

»Hm ...« Rao strich sich nachdenklich über den Schnurrbart. »Sagen wir, noch sechs.«

»Ich brauche sie bis morgen mittag, ist das klar?«

»Ich habe dich klar und deutlich verstanden. Bevorzugst du Jungen oder Mädchen?«

Die Frau winkte ab. »Das ist egal. Sobald du mir sechs Kinder bringst, bekommst du dein Geld.«

Deepak Rao nickte selbstzufrieden und nahm von seinem Drink.

Ana hätte Rao und die Frau nur zu gerne angeschrien und sie gezwungen, ihr zu verraten, was sie mit ihrem Bruder gemacht hatten – aber sie wußte, es wäre ein Fehler gewesen, sich jetzt zu erkennen zu geben. Sie mußte vorsichtig sein, sehr vorsichtig.

»Du hast mir versprochen, daß du mir eines Tages sagen wirst, wo du sie hinbringst«, sagte Rao.

Die Frau sah ihn überheblich an. »Ich sagte ›eines Tages‹, Rao. Heute ist nicht der Tag.«

»Dann eben morgen«, Rao grinste widerlich. »Ich würde gerne wissen, was mit meinen Kindern geschieht.«

»Warum sollte ich dir vertrauen, Rao?«

Rao faltete die Hände zu einer unterwürfigen Geste. »Aber ich bin doch seit – seit wie vielen Monaten? – dein ergebener und treuer Diener! Habe ich dir nicht alles besorgt, was du wolltest? Ich versichere dir, daß du mir vertrauen kannst.«

Die Frau sah ihn erneut verächtlich an, als würde sie auf einen Wurm hinabblicken. »Wir treffen uns morgen früh um acht Uhr im Web«, sagte sie, »und wenn mir danach ist, werde ich dich vielleicht zu den Kindern bringen. Wir treffen uns an diesen Koordinaten …« Und sie zählte eine Reihe von Buchstaben und Zahlen auf, die Ana sich nicht merken konnte.

»Und nun«, sagte die Frau, »wird es Zeit zum Ausklinken. *Ciao*, Rao!«

Ana sah, wie die Frau den roten Knopf auf ihrem Controller drückte. Was dann geschah, konnte Ana kaum glauben. Die Frau zerschmolz zu einer wimmelnden Masse aus bunten Blasen, die aussah wie der Schaum auf einem Softdrink. Dann lösten sich die Blasen, und die Frau war verschwunden.

Deepak Rao blieb allein zurück, an seinem Drink nippend, einen zufriedenen Ausdruck auf dem selbstgefälligen Gesicht.

Ana stand auf und beeilte sich, von der Bar wegzukommen, um soviel Abstand wie nur möglich zwischen sich und Deepak Rao zu legen. Sie lief den Strand entlang und schaute sich suchend nach Sanjay um.

»Hey, Ana, was rennst du denn so?«

Sie fuhr herum. Sanjay stand neben dem Kiosk, wo er seinen Jet-Ski gerade wieder abgegeben hatte. »Ana, alles in Ordnung mit dir?«

»Ich ... ich habe gerade Deepak Rao gesehen – ihn und die Frau, die Ajay entführt hat. Sie waren hier!«

»Hey, beruhige dich erst mal!«

»Aber ich habe sie gesehen! Die Frau sagte, daß sie noch mehr Kinder braucht. Deepak Rao trifft sie morgen früh um acht Uhr im Web, und dann will sie ihm zeigen, wo sie die Kinder gefangenhält!«

»Ana, beruhige dich und fang noch mal von vorn an. Sag mir genau, was du gehört hast.« Er führte sie zu einem freien Tisch; dort setzten sie sich, und Ana wiederholte, was Deepak Rao und die Frau besprochen hatten.

Sanjay schüttelte den Kopf. »Ich versteh' das nicht. Bist du sicher, daß sie die Kinder im Web gefangenhält?«

Ana nickte. »Das hat sie so gesagt. Und sie will Deepak Rao vielleicht dorthin bringen, wo sie die Kinder festhält.«

»Aber im Web kann man niemanden gefangenhalten! Man kann sich nur für ein paar Stunden einklinken, und danach bekommt man die Web-Krankheit – die Kotzerei.«

»Sanjay, was macht die Frau mit meinem Bruder und den anderen Kindern? Sag es mir.«

»Das weiß ich nicht, Ana.« Er schwieg für einen Moment. Dann blickte er auf. »Benutzt Deepak Rao seinen eigenen Websuit oder geht er in eine VR-Bar?«

»Er geht in die VR-Bar neben der Monorail-Bahnhof.«

»Gut. Dann sind wir morgen früh um acht Uhr auch da. Wenn wir zur selben Zeit wie Rao ins Web spinnen, können wir ihm folgen. Mit Glück und Vorsicht werden wir herausfinden, was da vor sich geht.«

Ana nickte, »Ah-cha, Sanjay.«

»Hör zu, Ana, es ist schon spät. Ich brauche meinen Schlaf. Deshalb klinke ich mich jetzt aus. Wir sehen uns in der Realworld wieder.«

Er drückte den roten Knopf an seinem Handgelenk, und Ana tat es ihm Sekunden später gleich.

Sie fand sich in Sanjays Zimmer wieder; in ihrem engen VR-Anzug lag sie auf der Couch. Sie setzte sich auf, stellte sich hin und versuchte, einen Schritt zu gehen. Aber sie fiel zu Boden und schrie laut vor Schmerz und Enttäuschung auf.

Schließlich rappelte sie sich wieder hoch und streifte den VR-Anzug ab. Sie war wieder Ana, das Bettelmädchen. Ana, die Unberührbare, zwölf Jahre alt, ohne Geld, mit nur einem Bein und einem Bruder, der von einer bösen, alten Frau gekidnapped wurde.

Ana sah an sich herunter. Hier in der Realworld wirkte alles so langweilig. Sanjay war nicht mehr der schwungvolle, junge Mann, der er im Web gewesen war, und den Websuit zog er sich im Zeitlupentempo aus.

Er lächelte über ihre Verwirrung.

»Du wirst dich daran gewöhnen, Ana. Im Web ist alles schneller, deshalb erscheint dir, die Realworld stumpf und langsamer.«

Sie nickte und suchte mit Blicken nach ihrer Krücke.

Sanjay sagte: »Wenn du willst, kannst du hier übernachten.«

Ana betrachtete das Zimmer. Es war zu komfortabel,

zu luxuriös. Sie war an das Leben auf der Straße gewöhnt.

»Ich sehe dich morgen früh bei der VR-Bar,« entgegnete sie deshalb. Sie zögerte. »Wie teuer ist es, das Web zu benutzen?«

Sanjay lächelte. »Es kostet nichts«, sagte er. »Ich habe eine Karte, die für uns beide bezahlen wird.«

Ana fand ihre neue Krücke und humpelte zur Tür. Sanjay begleitete sie nach draußen. »Hör mal, du kannst doch nicht den ganzen Weg nach Neu-Delhi zu Fuß gehen. Nimm das und fahr mit einem Taxi.« Er drückte ihr einen Fünf-Rupien-Schein in die Hand. Diesmal protestierte Ana nicht.

Sie verabschiedete sich mit einem knappen Winken, humpelte vom Grundstück und bog nach rechts ab, Richtung Norden. Nach einer Weile gelangte sie zur Hauptstraße und fand dort einen Taxi-Stand. Sie blieb stehen und erwog, sich den Luxus zu leisten, mit einem Taxi zurück zum Connaught Place zu fahren. Dann schüttelte sie verneinend den Kopf und hinkte an den Taxen vorbei. Den Fünf-Rupien-Schein schob sie sich in die Hosentasche. Sie hatte wieder angefangen, für Ajays Augen zu sparen.

4
DIE KAMMER

Ana konnte kaum glauben, daß sie noch vor einer Stunde in der Webwelt von Tropicana Bay gewesen war. Sie war den Strand entlanggebummelt und hatte das Gefühl genossen, zwei gesunde Beine zu haben. Jetzt schmerzte ihr die Achsel vom Druck der Krücke, und den nackten linken Fuß hatte sie sich auf dem langen Weg wundgelaufen.

Durch stille Seitengassen arbeitete sich Ana in Richtung Zentrum und VR-Bar vor. Sie wollte in einem der Hauseingänge nebenan schlafen und kurz vor acht Uhr vor der Bar Sanjay treffen.

Es war schon Mitternacht, und die dunklen Straßen lagen still. Obdachlose Familien kauerten sich in den Eingängen der Geschäfte zusammen, und diejenigen, die weniger Glück gehabt hatten, schliefen auf den Bürgersteigen. Ratten krabbelten auf der Suche nach Essensresten durch die Gossen. Ana zitterte, obwohl die Luft noch immer warm war. Sie mußte an Sanjay denken, und an seinen bequemen Bungalow.

Aber dann fiel ihr Ajay wieder ein. Sie konnte sich überhaupt nicht vorstellen, ohne ihn zu sein nach all den Jahren. Sie wünschte sich so sehr, sich jetzt umdrehen zu können und ihren kleinen Bruder zu erblicken, wie er hinterhertrottete, das Gesicht wegen irgendeiner komischen Idee zu einem Lachen verzogen.

Während sie auf der Suche nach einem leeren Hauseingang die Straße entlanghumpelte, stiegen ihr die Tränen in die Augen.

»Ana«, zischte ein Schatten aus einem Hauseingang. »Ana Devi!«

Sie fuhr erschrocken herum. Ein kleiner Junge kam aus der Dunkelheit auf sie zu.

»Prakesh!« rief Ana erleichtert. Sie kannte Prakesh schon seit vielen Jahren. Er arbeitete für einen Freund von Deepak Rao. Prakesh fehlten beide Beine, und er hatte eine Stimme wie ein Singvogel. Er sang vor der Monorail-Bahnhof Ragas und verdiente viele Rupien für seinen Herren.

»Ana«, zischte Prakesh, »du bist in großer Gefahr!« Er zog sie in den Hauseingang.

Sie kauerte sich neben ihn in den Schatten.

»Rao sucht dich überall, Ana. Rao und seine Kinder – alle suchen sie dich! Keiner davon darf heute nacht schlafen. Sie suchen jede Straße in Neu-Delhi nach dir ab!«

»Weißt du, wo sie Ajay hingebracht haben?«

Der Junge wurde bleich. »Ajay ist entführt worden?« Er schüttelte den Kopf. »Sita, Nazreen und Parveen sind genauso verschwunden – niemand hat sie wiedergesehen. Jetzt will Deepak Rao dich! Er ist sehr wütend. Zuerst darüber, daß ihr davongelaufen seid, und dann darüber, daß du ihm heute nacht entkommen bist. Er will nicht, daß die anderen Kinder glauben, sie könnten auch abhauen. Er hat gesagt: ›Für den, der mir sagt, wo Ana Devi ist, gibt es viele Rupien zur Belohnung.‹«

Er blickte Ana mit weit aufgerissenen Augen an. »Was hast du jetzt vor?« fragte er.

Sie zuckte die Schultern. »Erst mal einen Platz zum Schlafen finden – irgendwo, wo es sicher ist.«

Prakesh faßte ihre Hand. »Nicht hier, Ana! Deepak fährt alle fünfzehn Minuten durch die Straße. Versuch`s im Monorail-Bahnhof. Nimm meine Decke und wickel dich so weit damit ein, daß man dich nicht mehr erkennen kann. Schlaf in der Haltestelle.«

Ana bedankte sich bei ihm. »Behalt deine Decke lieber selbst, Prakesh. Ich verstecke mich in einer Gasse.«

»Ah-cha. Paß auf dich auf, Ana!«

Sie stand auf, klemmte sich die Krücke unter den Arm und beeilte sich, aus dem Hauseingang zu verschwinden. Dabei fiel ihr auf, daß sie der einzige Mensch in der ruhigen Straße war. Wenn Rao jetzt vorbeifahren würde ... sie drängte den Gedanken rasch beiseite.

Sie mußte sich verstecken, bis sie sich um acht Uhr mit Sanjay traf. Dann würde sie Rao in die VR-Bar folgen und herauszufinden versuchen, warum er der alten Frau Kinder verkaufte.

Mitternacht war nun bereits vorüber, und viele der Hologramm-Werbespots am Himmel wurden über Nacht ausgeschaltet. Sie hinterließen große, dunkle Flecke, an denen die Sterne durchschimmern konnten. Dadurch waren auch die Straßen dunkler, und so gab es dort mehr Schatten, in denen Ana sich vor Deepak Rao verstecken konnte. Ana mußte über Prakeshs Worte nachdenken. Darüber, daß Rao demjenigen eine Belohnung versprochen hatte, der sie fand. Das bedeutete, daß viele Leute nach ihr suchen würden, gierig auf die vielen Rupien. Der Gedanke daran verärgerte sie, jagte ihr aber auch große Furcht ein.

Sie bog in eine enge Seitenstraße ab. Tagsüber war diese Straße voll mit Ständen, an denen Fleisch verkauft wurde: Hammel-, Hähnchen- und Ziegenfleisch. Die Straße stank nach Blut und Innereien, und deshalb schlief hier niemand. Vielleicht würde Rao nicht auf den Gedanken kommen, sie hier zu suchen. Sie würde sich einen Hauseingang suchen und bis zum Morgen ein wenig dösen.

Plötzlich erstarrte sie im Schritt und ihr Herz schlug ihr bis zum Hals. Voraus, am Ende der Gasse glaubte sie eine schattenhafte Gestalt zu sehen. Sie versuchte, Ruhe zu bewahren, indem sie sich sagte, daß dort irgendwer stehen könne, daß es vielleicht noch nicht einmal ein Mensch sei, und sie keine Angst haben müsse. Sie spähte in die Dunkelheit. Die Gestalt lauerte noch immer da, groß und regungslos – und starrte sie an.

Ana wirbelte herum und hetzte so schnell sie nur konnte, zurück in die Richtung aus der sie gekommen war. Dann verharrte sie erneut, denn sie hörte ein Geräusch – das Tuckern eines alten Automotors.

In ihrer Panik stolperte sie und wäre beinahe gestürzt. Am Ende der Gasse blockierte ein grüner Lieferwagen ihr den Weg. – Deepaks alter Nissan-Transporter!

Wieder fuhr sie herum. Von hinten kam die große, dunkle Gestalt direkt auf sie zu. Ana war gefangen – gefangen wie eine Ratte im Abflußrohr. Am liebsten hätte sie wegen der Ungerechtigkeit laut aufgeschrien. Aber sie wußte ganz genau, daß Rao spüren würde, wie ängstlich sie war, wenn sie ihre Wut und Enttäuschung zeigte. Und diese Genugtuung gönnte sie ihm nicht.

Sie lief zum Lieferwagen. Rao würde sie vielleicht fangen, aber sie war zu allem bereit und würde ihn mit ihrer Krücke niederschlagen.

Dann wurde die Tür des Lieferwagens aufgerissen, und zwei Hände packten Ana von hinten. Sie versuchte sich loszukämpfen und trat um sich, aber es war unmöglich, sich aus dem Griff des Mannes zu befreien.

Deepak Rao zwängte sich aus dem Lieferwagen wie ein übergewichtiger Dschinn aus einer zerbeulten Lampe.

Er stand mit verschränkten Armen vor ihr und sah auf Ana herab. »Du bist ausgesprochen dumm, wenn du wirklich geglaubt hast, du könntest mir entkommen«, sagte er. »Eigentlich hättest du es besser wissen sollen.«

Dann nickte er dem Mann zu, der Ana festhielt, und befahl: »Los, in den Wagen mit ihr!«

Der Mann klemmte sich Ana unter seinen kräftigen Arm, als wäre sie gewichtslos, öffnete die hintere Tür und warf sie in den Nissan. Sie landete unsanft auf der Ladefläche und versuchte trotzdem, ihre Krücke festzuhalten. Hinter ihr knallte die Tür ins Schloß. Sekunden später startete der Motor, und der Lieferwagen fuhr los.

Ana setzte sich mühsam auf. Sie hatte sich schmerzhafte Prellungen zugezogen, und mit zusammengebissenen Zähnen starrte sie aus dem Rückfenster auf die vorbeiziehenden Straßen. Jetzt blieb ihr nur noch die Hoffnung, daß sie wenigstens bald Ajay wiedersehen würde.

Nach fünf Minuten Fahrt verlangsamte der Lieferwagen sein Tempo und hielt an. Ana lugte durch das Fenster. Ihre Hoffnung schwand, als sie das Lagerhaus erblickte, in dem Rao seinen Unterschlupf hatte.

Dann hörte sie Schritte, und die Tür wurde aufgerissen. Deepak Rao sah sie an. »Steig aus, Mädchen!«

Als sie nicht sofort gehorchte, packte der starke Mann – er hieß Rajiv – ihren Knöchel und zerrte sie aus dem Wagen. Dabei stieß sie sich ihren Hinterkopf am Lieferwagen und schlug auf den Boden auf. Sie schrie vor Schmerzen. Rajiv ergriff sie und trug sie über den langen Flur des Lagerhauses. Deepak Rao öffnete eine Falltür, und Rajiv setzte sie neben dem dunklen Loch auf den Boden. Dann versuchte er, ihr die Krücke aus der Hand zu winden, doch Rao winkte ab. »Soll sie sie behalten.«

Der starke Mann murrte und ließ Ana dann an einem Arm in das Loch hinunter.

Ana schrie und trat schwach mit ihrem Bein um sich. Rajiv ließ sie los, und sie prallte schmerzhaft auf den steinernen Fußboden.

Vor einigen Jahren war sie schon einmal hier gewesen. In dieser Zelle hielt Deepak Rao seine neugefundenen, verwahrlosten Kinder fest.

Vier Jahre war es jetzt her, daß ihr Onkel nicht mehr in der Lage gewesen war, Ana und Ajay mit Essen und Kleidung zu versorgen, und sie deshalb auf die Straße gesetzt hatte. Deepak Rao hatte sie gefunden, als sie an der Bahnstation umherirrten, und ihnen ein Dach über dem Kopf und Essen versprochen.

Ana versuchte nicht daran zu denken, was danach alles geschehen war.

Sie sah sich um. Ein Lichtstrahl fiel durch ein verbarrikadiertes Fenster oben in der Wand. Es lag auf Höhe der Straße und zeigte nur ein dunkles Stück Himmel.

Ana setzte sich auf dem Boden und rieb ihre blauen Flecken und die Beule am Hinterkopf.

»Ana, bist du es?«

Ihr Herz pochte schneller, als sie die Stimme hörte. Eine Sekunde lang glaubte sie, es sei Ajay. Dann aber erkannte sie in dem dämmerigen Licht die Gestalt eines kleinen Jungen, der Bindra hieß. Sie kannte ihn schon länger als ein Jahr. Er hatte als Schuhputzjunge vor dem Hilton in Alt-Delhi gearbeitet.

»Bindra? Was machst du denn hier?«

»Letzte Woche hat mir jemand all meine Bürsten und meine Schuhcreme gestohlen. Ich mußte in den Straßen betteln gehen. Dann kam Rao vorbei und bot mir ein Bett und Arbeit an.«

Er schwieg einen Moment. »Was passiert jetzt mit uns, Ana? Wo bin ich?«

Wie hätte sie ihm erzählen sollen, was ihn erwartete? Er hockte in der Ecke und starrte sie an. Er hatte gesunde Arme und Beine, und seine Augen glänzten in dem bißchen Licht, das von draußen hereinschien, hell auf.

»Ich weiß es nicht«, flüsterte sie und vermied es, ihm dabei in die Augen zu sehen. »Ich weiß nicht, was passieren wird.«

Sie sah sich weiter um und erblickte die vagen Umrisse von noch mehr Kindern, die auf dem Boden lagen und schliefen. Bindra schwieg eine Weile.

»Und Ajay? Wo ist Ajay?«

Ana wollte ihm erzählen, was geschehen war, aber ihr blieben die Worte im Halse stecken. Schließlich sagte sie: »Ein Freund von Rao hat Ajay mitgenommen. Ich weiß nicht, wo er steckt.«

»Das tut mir leid, Ana«, sagte Bindra. »Vielleicht kannst du Ajay ja finden, wenn Rao uns hier rausläßt.«

»Ja, vielleicht, Bindra«, antwortete Ana leise. Sie beobachtete den kleinen Jungen, der sich auf dem Boden ausstreckte und versuchte, einzuschlafen. Sie dachte an das Schicksal, das Bindra und den anderen Kindern in der

Zelle bevorstand ... und fragte sich, was Rao wohl mit ihr vorhatte.

Natürlich könnte sie noch immer versuchen zu fliehen.

Niemand hatte jemals versucht, aus Deepak Raos Zelle zu entkommen. Neuen Kindern, die er ins Lagerhaus brachte, erzählte er, daß er sie in den Fluß werfen würde, wenn sie es wagten, abzuhauen. Alle Kinder hatten solche Angst davor, in den Fluß geworfen zu werden, daß keines von ihnen je auch nur daran gedacht hätte, den Versuch einer Flucht zu unternehmen.

Vielleicht, dachte Ana, *gibt es ja doch einen Weg hier raus.*

Sie sah hoch zu der Falltür, aber die war zu weit oben in der Decke, völlig außer Reichweite.

Wenn es ihr gelang, die Wand hinaufzuklettern, könnte sie eventuell an das verbarrikadierte Fenster herankommen.

Deepak hatte einen Fehler begangen, als er sie die Krücke behalten ließ.

Wenn sie die Öffnung erreichte, könnte sie ihre Krücke mit aller Kraft gegen die Balken drücken ... vielleicht würde das schon reichen, um einen Gitterstab aus der bröckeligen Wand zu reißen. Dann gäbe es dort ein Loch, das weit genug wäre, um hindurchzukriechen.

Aber dazu mußte sie erst einmal die Wand hochkommen.

Ana rappelte sich auf, nahm die Krücke und humpelte vorsichtig an den schlafenden Kindern vorbei durch die Zelle. Sie hielt vor der Wand an und tastete das Mauerwerk mit den Fingern ab. Einige der Ziegelsteine waren mürbe und löchrig. Ana konnte Finger und Zehen in die Löcher stecken und sich so die Wand hochziehen.

Sie schob ihren Arm durch den D-förmigen Griff ihrer Krücke und legte sie sich über die Schulter, dann griff sie nach oben und suchte zwischen den bröckligen Ziegeln nach Halt. Mühsam zog sie sich hoch und fand mit den

Zehen eine Lücke. Sie machte eine kurze Pause und verlagerte das Gewicht ihres Körpers auf ihr Bein.

Dann machte sie weiter. Sie tastete blind mit den Fingern nach der nächsten Griffmöglichkeit und zog sich ein Stück höher. Die Geräusche, die sie beim Klettern machte, weckten Bindra.

»Was tust du da, Ana?«

»Pst!« zischte sie.

Er verstummte.

Sie fand einen Halt, suchte einen weiteren, fand eine Stelle, auf der sie sich mit allen Zehen abstützen konnte, und drückte sich gegen die Wand, um sich kurz auszuruhen. Sie war völlig außer Atem.

Von ihrer Position aus konnte Ana die Gitterstäbe fast berühren, wenn sie den Arm ausstreckte. Das bedeutete, sie mußte sich nun hoch auf die Fensterbank ziehen können; dort oben könnte sie sich ausruhen und wieder zu Atem kommen. Deshalb griff sie mit der linken Hand nach oben – und spürte, wie die Finger der rechten Hand abzurutschen begannen. Verzweifelt faßte sie hoch und konnte sich eben noch an einem der Gitterstäbe festhalten.

Sie zog sich die Wand hoch, packte auch mit der Hand eine Gitterstange und krabbelte auf den Fenstersims. Dort kauerte sie sich, vor Erschöpfung zitternd, zusammen und spähte in die dunkle Zelle hinunter.

Fünf Minuten lang blieb sie ganz still sitzen und versuchte sich zu beruhigen, bevor sie den nächsten Schritt ihres Fluchtplans anging.

Sie nahm die Krücke von der Schulter, steckte sie zwischen die Gitterstäbe und lehnte sich mit vollem Gewicht dagegen. Dann drückte sie mit aller Kraft, um die Stäbe zu verbiegen. Sie hörte ein lautes Knacken und fürchtete im ersten Moment, ihre Krücke sei gebrochen. Doch dann sah sie, daß das Mauerwerk, in dem die Stäbe versenkt waren, einen Riß bekommen hatte. Vor Erleichterung kamen ihr die Tränen, und sie verstärkte ihre Bemühungen.

Ein Gitterstange löste sich. Stein- und Zementstaub stob auf und rieselte zu Boden. Ana packte die Stange und rüttelte fest daran – und die Stange kam frei!

Ana warf ihre Krücke hinaus auf die Straße und wollte ebenfalls hinauskrabbeln, als ihr Bindra und die anderen einfielen.

Sie sah in die Dunkelheit hinunter. »Bindra«, flüsterte sie.

»Ana, was machst du da?«

»Was glaubst du wohl, was ich mache?« fragte sie leise. »Sag den anderen, sie sollen die Wand hochklettern und abhauen!«

»Nein«, hörte sie Bindras ängstliche Stimme. »Rao wird uns ersäufen, wenn wir fliehen. Geh nicht, Ana!«

»Du mußt weg von hier, weit weg. So weit, daß Rao dich nicht finden kann.«

»Ich habe solche Angst, Ana. Ich kann nicht«, jammerte Bindra.

»Bindra, du mußt von hier abhauen. Bitte glaub mir, du mußt!« Sie erwog, ihm die Wahrheit zu sagen, aber die Wahrheit war so grausam, daß er sie nie glauben würde.

»Ich muß gehen«, sagte Ana. »Bitte, hör auf meinen Rat und flieh, bevor es zu spät ist!«.

Sie preßte zuerst ihren Oberkörper durch das Loch. Die Stangen drückten schmerzhaft ihr gegen Rippen und Schulterblätter, als sie Stück für Stück zwischen ihnen hindurchkroch. Als sie es zur Hälfte geschafft hatte, machte sie eine kleine Atempause, und betete, Rao möge nicht gerade jetzt die Falltür öffnen und sie entdecken.

Langsam zog sie sich auf die Straße, nahm ihre Krücke auf und beeilte sich, vom Lagerhaus wegzukommen. Der

Gedanke, Bindra und die anderen Kinder Rao überlassen zu müssen, stimmte sie traurig.

Nach fünfzehn Minuten kam sie bei der VR-Bar an. Selbst jetzt, in den frühen Morgenstunden, hatte sie geöffnet. Ein gigantisches VR-Zeichen blinkte an und aus und überflutete die Straße mit buntem Licht. Gegenüber der Bar fand Ana einen Hauseingang, in dem sich wie ein kleiner Ball zusammenrollte.

Für die nächsten Stunden döste sie vor sich hin. Als die Morgendämmerung über der Stadt anbrach, erwachte sie schließlich, gähnte und reckte sich und wurde sich ihres leeren Magens bewußt.

Vor der VR-Bar hielt ein Taxi. Ein gutgekleideter, junger Mann stieg aus und bezahlte den Fahrer.

»Pst!« rief Ana ihm zu. »Sanjay – hierher!«

Er schaute in die Fenster der Gebäude, als könnte er sie dort finden. Dann sah er sie vom Hauseingang winken und rannte, dem Verkehr ausweichend, über die Straße. Er wirkte verlegen, als er einen kurzen Blick in den schmutzigen Hauseingang warf.

»Willkommen in meiner Welt!« Ana erinnerte sich an seine Worte in der Nacht zuvor.

»Ich sagte dir, du könntest bei mir bleiben.«

Sie sah ihn an. »Mir geht es auf der Straße gut«, erwiderte sie und wechselte das Thema. »Wie spät ist es?«

»Fast acht.« Er glaubte, in ihrem Gesichtsausdruck etwas zu sehen. »Stimmt etwas nicht, Ana?«

»Ich erzähl es dir später«, antwortete sie ihm. Es war eine seltsame Vorstellung, daß Sanjay die ganze Zeit in seinem bequemen Bett geschlafen hatte, während sie von Rao eingesperrt wurde, floh und den Rest der Nacht im Hauseingang verbrachte.

Ein grüner Lieferwagen hielt vor der VR-Bar, und Rao zwängte sich hinter dem Fahrersitz heraus. Ana spürte, daß ihr Magen sich bei dem Anblick verkrampfte.

»Da ist Rao«, sagte sie leise und deutete auf ihn.

Sanjay wartete, bis Rao die Bar betreten hatte. »Bist du fertig, Ana? Dann los!«

Sie stand auf und hob ihre Krücke vom Boden. Während sie neben Sanjay die Straße überquerte, fragte sie sich, was sie wohl dieses Mal in der seltsamen Welt des Web erwartete.

5
BELLATRIX III

Deepak Rao ging über den teppichbelegten Flur der VR-Bar in eine der Kabinen am anderen Ende des Raumes.

Sanjay führte Ana zu einer Doppelkabine und schloß die Tür hinter ihnen. Zwei Couches standen in der Kabine, und auf jeder von ihnen lag ein grauer VR-Anzug. Ana setzte sich und zog sich den Anzug über. Das Material fühlte sich an, als sei es innen naß. Sie setzte die Gesichtsmaske auf und schaute dann durch die Brillengläser auf Sanjay.

»Ich gehe zuerst«, erklärte er. »Ich folge Rao, in welche Webtown auch immer er geht, und versuche herauszufinden, welche Site er benutzt. Danach komme ich zurück und hole dich im GB ab.«

Er legte sich hin und drückte den roten Knopf an seinem Controller. Ana beobachtete ihn, wie er ins Web ging, und konnte kaum glauben, daß er dort herumlief. Er sah aus, als würde er schlafen und träumen. Von Zeit zu Zeit zuckten seine Glieder, und manchmal drehte er den Kopf nach rechts oder links.

Ana lehnte sich zurück und drückte ihren eigenen roten Knopf.

Augenblicklich stand sie auf einer goldenen Ebene, bunte Häuserblocks vor sich. Über ihr erstreckte sich ein heller, blauer Himmel. Sie tastete ihren Körper ab. Sie sah aus wie im wahren Leben, bis auf die Tatsache, daß sie zwei Beine hatte und einen weißen Kittel trug.

Sie suchte Sanjay, aber nirgendwo gab es ein Lebenszeichen von ihm. Von Zeit zu Zeit tauchten andere Gestalten wie aus dem Nirgendwo auf, die schnell zu den bunten Gebäudeblocks hinübergingen und in einem davon verschwanden.

Aus einem Block links neben Ana näherten sich zwei Gestalten. Als sie genauer hinsah, erkannte sie, daß sie ihr zuwinkten und auf sie zuliefen. Ana starrte die beiden ungläubig an. Bei den Göttern – sie sahen aus wie aufrecht stehende grüne Frösche mit großen, vorgewölbten Stirnen, kleinen Schmerbäuchen und spindeldürren Beinen.

»Ana«, sagte der größere Frosch mit Sanjays Stimme. »Hab keine Angst, ich bin`s nur.«

»Sanjay?«

»Und das ist Rom«, ergänzte der Sanjay-Frosch. Der kleinere machte eine leichte Verbeugung. »Hi, Ana, wie stehen die Aktien?«

»Ich muß dir eine Menge erklären«, sagte der Sanjay-Frosch. »Aber gib zuerst die Koordinaten ein.« Er nannte ihr eine Reihe von Zahlen und Buchstaben, und sie tippte sie in ihr Armbandgerät.

Im selben Augenblick wurde sie sich bewußt, daß sie ihre Erscheinung wechselte. Sie sah an ihren Armen und Beinen hinunter. Sie waren nun dünn und grün, und Ana hatte plötzlich einen kleinen Schmerbauch – genauso wie Sanjay und Rom.

»Willkommen im Club, Ana«, sagte Rom. »Sehen wir nicht einfach großartig aus?«

Ana mußte lachen. »Was ist passiert, Sanjay?«

Der Sanjay-Frosch ging auf den GB zu. Ana und Rom folgten ihm. »Ich bin Rao in die Webtown der Entdeckungsreisen gefolgt«, sagte Sanjay. »Er ging in die Site, die Bellatrix III genannt wird.«

Ana runzelte die Stirn. »Was ist das?«

»Ein konstruierter Planet. Einer von Tausenden, die im Web erschaffen und in das Entdeckungsreisen-System integriert worden sind«, erklärte Sanjay. »Ich folgte Rao dorthin und sah, wie er eine Frau traf. Sie gingen an Bord eines Motorbootes und fuhren auf dem Meer zu einer Insel.«

»Aber warum sind wir als Frösche getarnt?«

»Augenblick noch«, sagte Sanjay. »Während ich auf Bellatrix III war, fielen mir sehr viele Spinnen auf – das sind Sicherheitssysteme, die dafür sorgen, daß niemand irgendwohin geht, wo er eigentlich gar keinen Zutritt hat. Die Insel gehört zu den Sites, die man nicht betreten darf. Ich habe nicht das nötige Wissen, um die Spinnen umgehen zu können, aber was glaubst du wohl, wer davon Ahnung hat? Ich verließ Bellatrix III und ging in einige Sites, von denen ich weiß, daß Rom sich dort rumtreibt.«

»Und ich stehe auf Herausforderungen«, fügte Rom hinzu.

»Aber wieso Frösche?« wiederholte Ana ihre Frage.

»Du wirst es bald herausfinden«, antwortete Sanjay. Er faßte Ana und Rom bei den Händen, und gemeinsam betraten sie den Block.

Vor ihnen erstreckte sich die Webtown wie eine schimmernde Stadt voller Wolkenkratzer und Millionen Webusern. Eine Sekunde lang war Ana ihre Froschgestalt peinlich, aber dann bemerkte sie die vielen verschiedenen Körperformen ringsum: Tiere jeder Art, sogar Insekten, Vögel und Fische, die in der Luft schwammen.

Sanjay gab Anweisungen, und Ana tippte erneut einen Code in ihren Controller ein. Eine Sekunde später fand sie sich neben Rom und Sanjay vor dem Bellatrix III-Block wieder. Die Fassade zeigte eine fremdartige Landschaft. Hand in Hand traten die drei Frösche ein.

Sie fanden sich an einem Strand mit schwarzem Sand wieder. Vor ihnen breitete sich riesiger Ozean aus, und dickflüssige, grüne Wellen wogten träge auf den Strand. Gelegentlich durchbrachen walartige Wesen die Wasseroberfläche, spritzten grüne Fontänen aus ihren Atemlöchern und tauchten wieder ab. Eine große, verschmolzen wirkende rote Sonne erfüllte den Horizont; wie in Zeitlupe loderten an ihrem Rand Feuerblumen auf.

»Das ist ... so seltsam«, sagte Ana.

»Der altersschwache Planet einer dem Untergang geweihten Sonne«, erklärte Sanjay andächtig. »Am Ende seines Lebens.«

Die Schwerkraft dieses Planeten war geringer als die der Erde. Ana wußte nicht, wie dieser Effekt erreicht wurde, aber sie fühlte sich auf Bellatrix III leichter. Es kam ihr vor, als könnte sie in die Luft springen und schweben.

Sie machte sich mit der näheren Umgebung des simulierten, fremdartigen Planeten vertraut. Hinter ihr befand sich ein Dschungel mit schwarzen Bäumen, vor ihr die dicke, grüne Suppe des Wassers. Sie konzentrierte sich und fühlte den Druck des VR-Anzugs an ihrem echten Körper und unter ihr die Web-Couch in der Realworld.

Sanjay und Rom deuteten hinaus auf den Ozean. Dort erhob sich der dunkle Kegel einer Insel, zeichnete sich scharf vor dem blutroten Halbkreis der Sonne ab.

Nun wurde Ana klar, warum sie als Frösche getarnt waren, denn am Strand saßen kleine, grüne Geschöpfe im Kreis.

Es waren Froschwesen, die genauso aussahen wie sie.

Neben ihnen lag ein auf den Strand gezogenes Fischerboot aus Holz.

»Die Web-Behörden dachten, es sei aufregender, wenn der Planet außerirdische Bewohner hätte«, erklärte Sanjay. »Deshalb erschufen sie diese Kreaturen. Wenn wir als Frösche verkleidet auf die Insel kommen, werden sich Rao und die Frau nichts dabei denken.«

»Aber zuerst«, fügte Rom hinzu, »müssen wir da mal hinkommen, stimmt's?« Er zeigte auf den Strand, wo zwei haarige Spinnen, jede so groß wie ein Hund, sich auf langen schwarzen Beinen ihnen näherten.

Ana wich ängstlich einen Schritt zurück. Rom berührte sie mit seiner kleinen grünen Hand an der Schulter. »Sei vorsichtig. Wenn sie uns beißen, finden wir uns schneller in der VR-Bar wieder, als uns lieb ist.«

Die Spinnen blieben direkt vor ihnen stehen, die Leiber schaukelten auf den Beinen hin und her. »Willkommen auf Bellatrix III«, piepste die eine Spinne. »Wir hoffen, ihr werdet euren Besuch hier genießen. Bitte erlaubt uns, euch daran zu erinnern, daß zu bestimmten Teilen dieser Site der Zutritt verboten ist.«

Die zweite Spinne fuhr fort: »Ihr dürft gern das Festland erkunden. Bitte versucht nicht, die Meeresenge zu überqueren und auf die Insel zu gelangen. Je weiter ihr euch vorwagt, desto ernsthafter werdet ihr gewarnt werden.«

Rom trat einen Schritt vor. »Verzieht euch, ihr haarigen Monster«, rief er. Seine Finger tasteten dabei wie wild auf seinem Controller umher.

Die flötende Stimme einer Spinne setzte zu einem Protest an, dann verschwand sie mitsamt ihrem Gefährten.

»Wie hast du das gemacht?« fragte Ana.

Der Rom-Frosch zwinkerte ihr zu. »Bloß eine kleine Subroutine, die ich zu Hause in Neuengland zusammengebastelt habe«, erklärte er. »Das Problem ist nur, daß auf der Insel die Spinnen viel größer und weitaus wütender sind. Vielleicht sind meine Programme dann nicht mehr gut genug.«

»Zerbrechen wir uns den Kopf darüber, wenn wir dort sind«, sagte Sanjay. »Glaubst du, es würde die Eingeborenen stören, wenn wir uns ihr Boot ausleihen?«

»Sie sind Geschöpfe des Web«, sagte Rom, »also können sie uns nicht aufhalten. Kommt!«

Ana folgte ihren Freunden, die auf die Gruppe der Frösche zugingen. Die sitzenden Aliens schienen nicht zu bemerken, wie Sanjay und Rom das breite Boot ins Wasser ließen. Ana half ihnen, und ihre Füße sanken in den heißen, schwarzen Sand ein, als sie sich abstieß.

Sie sprangen an Bord des hin- und herschaukelnden Bootes, und Sanjay reichte Ana und Rom ein Paar Ruder. Ana hatte noch nie zuvor gerudert, aber nachdem sie Rom und Sanjay ein wenig beobachtet hatte, paßte sie sich bald ihrem Rhythmus an. Die niedrige Anziehungskraft ließ die Ruder leicht wie Cricket-Schläger erscheinen, und so kamen sie trotz der dicken Suppe, durch die sie rudern mußten, gut vorwärts.

Ana konzentrierte sich und versuchte, die Lüge, die ihr diese ›Realität‹ bot, zu durchschauen. Natürlich wirkte alles Seh- und Hörbare überzeugend – doch wenn es darum ging, Gerüche wahrzunehmen ... Ana mußte innerlich lachen. Sie mochte zwar im Web auf einem fremden Planeten sein, aber sie roch noch immer die bekannten Gerüche ihrer indischen Heimat. Das Aroma gewürzten Essens schwebte zusammen mit dem Geruch nach Räucherstäbchen, Kuhdung und Benzinschwaden durch die VR-Bar.

Nach fünf Minuten sah Ana ihren ersten Geist. Sie schwitzte in der Sonne, als plötzlich das Gesicht eines Jungen erschien. Verschwommen schwebte es neben dem Boot in der Luft. Der Gesichtsausdruck des Jungen verriet, daß er Schmerzen erduldete. Er riß den Mund auf, aber kein Ton war zu hören.

Ana schrie gellend auf.

Sanjay wandte sich ihr zu. »Was ist los?«

Sie deutete auf das Wasser. »Da ... da. Ich dachte ich hätte ... ein Gesicht ... – das Gesicht eines kleinen Jungen!«

Doch das Gesicht war verschwunden. Außer Wasser war nichts mehr zu sehen.

Sanjay sah Rom an, der mit den Schultern zuckte. »Könnte ein Web-Geist gewesen sein«, meinte der Amerikaner. »Keine Panik. Das passiert hier immer wieder – es sind herumirrende Erinnerungen von Maschinen, die in die Siteprogramme sickern. Ich weiß, sie sehen beängstigend aus, aber es sind nur optische Täuschungen, okay?«

Ana verstand nicht einmal die Hälfte seiner Erklärung, aber sie nickte und sagte, daß es ihr wieder gutgehe.

Sie konzentrierte sich ganz aufs Rudern, und rasch näherten sie sich der Insel. Sie ragte steil aus dem ruhigen Wasser des Ozeans. Die Ufer waren von Wäldern bedeckt, deren Bäume aussahen wie abgebrannte Streichhölzer. Auf dem höchsten Punkt der Insel stand ein solides, gedrungen wirkendes Gebäude aus roten Ziegeln. Vor der Helligkeit der untergehenden Sonne wirkte es recht düster.

Die drei ruderten schneller, als der schwarze Sandstrand in Sicht kam. Ana hielt Ausschau nach am Ufer patrouillierenden Spinnen, doch die Insel wirkte in der Dämmerung still, und nichts regte sich dort.

Im seichten Wasser kratzte der Kiel des Bootes über abfallenden Sand. Rom und Sanjay sprangen aus dem

Boot und zogen es den Strand hoch. Ana stieg auf den heißen Sand, drehte sich um und blickte zurück zum Festland.

Dann sah sie hinauf zum Himmel. Es wurde zusehends dunkler. »Können wir in der Dunkelheit überhaupt zurückrudern?« fragte sie.

Rom starrte sie an, riß seinen ohnehin schon großen Mund weit auf und lachte laut.

Sanjay grinste. »Denk doch mal nach, Ana.«

Sie spürte, wie sie errötete. »Was denn? Ich verstehe nicht ...«

Sanjay hob seinen rechten Arm hoch und zeigte auf seinen Controller. »Wir müssen nicht zurückrudern, um Bellatrix III zu verlassen«, erklärte er. »Wir brauchen nichts weiter zu tun, als den Knopf zu drücken und uns auszuklinken, um in die VR-Bar zurückzukehren.«

»Alles klar«, flüsterte Ana. »Ich verstehe.«

Rom ging den Strand hoch und pirschte in den Wald aus schwarzen Bäumen. »Ich kann einen Pfad sehen«, rief er den anderen zu. »Ich schätze, er führt hoch zum Haus.«

Sie verließen den Strand und stiegen auf dem steilen Pfad die Anhöhe hinauf. Rom ging voran, gefolgt von Ana, und Sanjay als letztem. Die unheimliche Stille wurde ab und an von hastigem Vogelzwitschern unterbrochen. Ana erblickte dunkle Gestalten, die leise und geschickt durch die Baumwipfel hüpften.

»Vorsicht!« warnte Rom plötzlich. »Wir sind nicht allein!«

Anas Herz raste. Sie sah sich um, konnte jedoch keine Bedrohung ausmachen. Sanjay wies auf den Weg.

Eine Spinne, fast so groß wie Ana, stand breitbeinig vor ihnen auf dem Pfad. Ihr großer, haariger Körper zitterte unter der Sprungkraft ihrer Beine. Sie richtete zwei Augenstiele auf die Eindringlinge. »Ihr verstoßt gegen die Web-Regeln!« sagte die Spinne mechanisch. »Bitte kehrt um und verlaßt die Insel. Wenn ihr diesem Befehl nicht folgt, werdet ihr ausgeklinkt.«

Ana faßte Sanjays Arm. »Was sagt sie?«

»Sie meint, daß, sie uns aus der Web rausbeißt, wenn wir nicht von allein verschwinden.«

Rom tippte hektisch auf seinem Controller. »Verdammt schwierig, sie zu bewegen«, rief er. »Nehmt Stöcke und schlagt damit auf sie ein, falls sie versucht, euch zu beißen.«

Die Spinne rückte einen Schritt vor. Rom wich zurück, ohne sein Tastendrücken zu unterbrechen.

Ana und Sanjay traten ebenfalls zurück und sahen sich dabei nach geeigneten Waffen um. Ana fand einen kräftigen Ast auf dem Boden und hob ihn auf. Sanjay ergriff einen kleineren Knüppel und schwang ihn prüfend durch die Luft.

Die Spinne krümmte die Beine, als wollte sie Rom jeden Augenblick anspringen. Doch dann huschte sie vorwärts, um Rom zu überrumpeln, während er an seinem Controller beschäftigt war. Sanjay rannte schnell an ihm vorbei und schwang seinen Knüppel mit aller Kraft, doch er verfehlte knapp. Die Spinne huschte zurück und zischte wütend.

»Sei vorsichtig, Ana«, rief Sanjay ihr zu. »Das Web kann uns zwar Dinge glauben machen, aber wir sind noch immer empfindlich gegenüber Schmerz!«

Ana zitterte vor Furcht. Sie sagte sich immer wieder, daß all dies nur eine Illusion sei und sie in Wahrheit auf einer Couch in Neu-Delhi liege. Aber ihr Gehirn war davon überzeugt, daß sie sich, verkleidet als außerirdischer Frosch, auf Bellatrix III befand und gerade von einer Riesenspinne angegriffen wurde.

Und das Monstrum setzte erneut zum Angriff an. Es sprang auf Rom zu und versuchte, ihn zu beißen. Sanjay schlug wieder mit dem Knüppel zu, und diesmal traf er. Eines der Spinnenbeine brach. Es schleifte nutzlos über den Boden als die Spinne ein Stück den Weg hoch zurückwich.

»Da!« rief Rom triumphierend. Er drückte einen Knopf auf seinem Tastenblock, und die verletzte Spinne löste sich in einen Farbstrudel auf und verschwand.

Sanjay keuchte. »Kein Grund zur Erleichterung, Rom. Das war ganz schön knapp. Fast hätte sie dich erwischt!«

»Ich habe getan, was ich konnte. Als das Vieh erst einmal geschwächt war, konnte ich seine Abwehr überwinden. Bist du okay, Ana?«

»Ah-cha« antwortete sie »Alles in Ordnung mit mir.«

Dann gingen sie weiter.

Allmählich lichtete sich der Wald, und sie erreichten eine grasbewachsene Erhebung. Darauf stand ein Gebäude aus dunkelroten Ziegelsteinen, das sich finster gegen den Abendhimmel abhob. Wie wachsame Augen starrten die erleuchteten Fenster des gedrungenen Baus auf die drei herunter.

Ana bemerkte, daß sich rechts neben ihr etwas bewegte. Sie wandte sich dorthin und erblickte die verschwommenen Umrisse eines Gesichts. Sie starrte den Geist an, öffnete den Mund und wollte schreien. Der Geist gewann an Deutlichkeit und wurde zu dem braunen Gesicht eines indischen Jungen. Seine Lippen bewegten sich, formten unhörbare Worte. Er schien sie anzuflehen, um Hilfe zu betteln. Und dann verschwand das Gesicht ebenso schnell, wie es erschienen war, wieder in der Dunkelheit.

Ana drehte sich zu Sanjay und Rom um. Die beiden standen regungslos da und starrten auf die leere Stelle, wo zuvor der Geist geschwebt hatte.

Endlich fand Ana ihre Stimme wieder. »Ich ... ich weiß, wer das war«, stammelte sie. »Vor einem Jahr nahm

Deepak Rao einen Jungen namens Dilli zum Betteln mit, und Dilli kehrte niemals zurück.«

»Es ist schon okay, Ana«, beruhigte sie Sanjay. »Alles in Ordnung!«

»Nichts ist in Ordnung!« schrie Ana ihn an. »Was ist mit ihm geschehen? Was ist mit all den Kindern geschehen, die Rao dieser Frau gegeben hat?«

Sie dachte an ihren Bruder und spürte einen Schmerz, als würde jemand ihr das Herz in der Faust zerquetschen.

6
DAS HAUS DER GERAUBTEN KINDER

»Wir werden zur Rückseite gehen«, erklärte Rom. »Das Gelände ist hier zu offen– man würde uns sofort sehen, wenn wir versuchen, näher heranzukommen. Folgt mir!«

Er führte sie durch die Büsche, den Hügel hoch und dann an der Hauswand entlang. Ana sagte sich immer wieder, sie müsse sich um ihre eigene Sicherheit keine Gedanken machen – was auch geschah, Rao und die Frau konnten ihr nichts anhaben. Um zu fliehen, brauchte sie nur den Ausklink-Knopf am Controller zu drücken.

Aber dafür bereitete ihr alles, was Ajay wohl zugestoßen sein mochte, um so größere Sorgen.

Sie tauchten aus den Büschen hinter dem Haus auf. Vor ihnen lag eine große Rasenfläche, die den Ozean überragte. Ein hoher Zaun aus Maschendraht schloß den Rasen ein und hielt ungefähr ein Dutzend Kinder gefangen. Als Ana genauer hinsah, erkannte sie mehrere davon – Sita, Nazreen, Parveen. Sie alle trugen weiße Shirts und Hosen, und selbstverständlich hatte keines der Kinder einen Controller am Handgelenk.

Ana drehte sich zu Sanjay um. »Warum sperrt man die Kinder hinter diesen Zaun?«, fragte sie. »Ich bin sicher, die Insel reicht, um sie gefangenzuhalten.«

Sanjay zuckte mit den Schultern. »Vielleicht will die Frau nicht, daß Webuser auf dem Festland die Kinder sehen. Was sie hier tut, ist schließlich gesetzlich verboten.«

Sie ging zum Zaun und faßte in die Drahtmaschen. »Ajay!« rief sie. »Ajay, steckst du hier irgendwo?«

Etwas bewegte sich rechts neben ihr. Sie fuhr herum. Eine faßgroße Spinne krabbelte auf sie zu. Ana wich so weit zurück, daß sie Sanjay in die Arme lief. Rom ging nach vorn und drückte wie wild Tasten auf seinem Controller.

Die Spinne kam immer näher. Wie beim letzten Mal sprang Sanjay vor und schlug mit seinem Knüppel nach der Spinne. Dieses Exemplar reagierte jedoch schneller als die erste und huschte aus seiner Reichweite.

Ana schrie Rom und Sanjay eine Warnung zu. Am Zaun entlang flitze eine weitere Spinne auf langen, flinken Beinen in ihre Richtung.

Rom blickte über seine Schulter. »Okay, ich fürchte, es ist besser, wenn wir uns verpissen, Leute. Zurück in die Büsche!«

Ana wollte sich gerade in den Schutz der Büsche zurückziehen, da entdeckte sie zwischen den Kindern auf dem Rasen einen kleinen Jungen, der auf den Zaun zuging. Er wiegte den Kopf sich hin und her, als hätte er eine bekannte Stimme gehört.

»Ajay!« rief Ana. Sie rannte wieder zurück zum Zaun. »Ajay, hier bin ich!« Ajay hörte sie, und ein Lächeln erblühte auf seinem Gesicht.

»Ana!« rief Rom. »Komm jetzt!«

Sanjay und Rom waren bereits in den Büschen. Sanjay versuchte, mit seinem Stock eine Spinne abzuwehren.

»Ich kann doch Ajay nicht im Stich lassen!« schrie Ana.

»Du kannst jetzt nichts für ihn tun!« versuchte Rom sie zur Vernunft zu bringen. »Erinnere dich. Er ist nicht wirklich hier auf der Insel – er ist irgendwo da draußen in der realen Welt.«

»Aber ich kann ihn doch nicht hier im Stich lassen«, schluchzte sie.

»Ana!«

Als Sanjay ihren Namen schrie, kehrte sie sich ihm zu. Mit hohen, raschen Schritten stakste eine der Spinnen in ihre Richtung, und ihre Kieferzangen klackerten wie Kastagnetten. Ana stolperte zurück, fiel zu Boden und krabbelte auf allen vieren in die Büsche. Sanjay griff nach ihrem Arm und zog sie in Deckung. Rom tippte noch immer Codes ein. Ana sah, wie eine der Spinnen plötzlich in einen Wirbel aus bunten Pixeln explodierte und verschwand. Aber noch war es zu früh, um zu triumphieren. Die zweite Spinne stürzte sich mit einem Satz auf sie zu, die Beißwerkzeuge gefletscht.

Rom tippte verzweifelt weiter. Er rief den anderen beiden über die Schulter zu: »Ihr könnt genausogut den Ausklink-Knopf drücken, Leute. Das war's dann wohl.«

Die Spinne zuckte vor und schnappte nach Rom. Mit den Kieferzangen erwischte sie ihn am Arm, und er schrie vor Schmerz auf. Dann löste sich der Rom-Frosch in einen Strudel aus Millionen von grünen Blasen auf und verschwand, als hätte es ihn nie gegeben.

Sanjay brüllte wütend und schlug mit dem Knüppel auf die Spinne ein. Die Schläge brachen ihr drei Beine. Sie torkelte wie betrunken im Kreis und bemühte sich, stehenzubleiben und Sanjay anzugreifen. Als sie sich auf ihn stürzte, machte er einen Ausfall nach vorn und schlug wie der Schlagmann beim Cricket kräftig nach ihrem Körper. Er traf und schleuderte die Kreatur mit aller Wucht durch die Luft.

»Wir müssen uns ausklinken, Ana«, sagte Sanjay. »Ohne Rom sind wir aufgeschmissen. Es wird sicher nicht lange dauern, bis die nächste Spinne kommt.«

»Nein, ich muß mit Ajay sprechen.«

»Aber denk doch mal nach, Ana. Du kannst nichts für ihn tun. Er ist nicht wirklich hier, das weißt du doch!«

»Aber er könnte wissen, wo er in der echten Welt ist!« brüllte Ana. »Kapierst du das denn nicht? Wenn er mir sagt, wo er sich in Delhi befindet, kann ich ihn vielleicht finden!«

Ohne seine Antwort abzuwarten, verließ Ana die Deckung der Büsche und rannte an den Zaun. Nur zwei Minuten würde sie brauchen, nicht länger. Nur zwei Minuten, um ihren Bruder zu fragen, wohin die Frau in dem Mercedes ihn verschleppt hatte.

»Ajay!« rief sie, und ihre Finger umklammerten den Draht des Zauns.

Der kleine, barfüßige Junge ging in die Richtung, aus der er die Stimme seiner Schwester hörte. Er legte den Kopf auf die Seite, und seine blinden Augen starrten geradeaus.

»Ajay, hier drüben. Beeil dich!« Sie sah zum Haus, doch an keinem der Fenster regte sich etwas.

Ajay blieb am Zaun stehen und streckte die Hand aus. Ana schob ihre Finger durch den Maschendraht und berührte sie. Er preßte sein Gesicht gegen den Zaun, und Ana gab ihm einen Kuß. Seine Wange war so warm, wie sie sie aus dem wahren Leben kannte.

»Ana, wo bin ich? Was haben die mit mir gemacht?«

»Du bist im Web, Ajay.«

»Im Web?« Er sah verwirrt drein, obwohl er theoretisch alles über das Web wußte. »Ich bin wirklich im Web? Ich habe mich schon gewundert. Man hat mich in einem Auto weggeschafft, Ana. Sie brachten mich in ein Haus und zogen mir einen Anzug an. Dann war ich plötzlich woanders. Ich war plötzlich draußen. Es war so heiß, heißer als zu Hause. Aber die Gerüche – es roch immer noch nach Indien. Ich habe mich gefragt ... ich hatte mich wirklich schon gefragt, ob ich im Web sein könnte.« Er schüttelte den Kopf. »Aber warum? Was wollen die hier mit uns?«

»Das weiß ich nicht, Ajay. Hör mir jetzt genau zu. Ich muß wissen, wohin dich die Frau gebracht hat. Verstehst du? Ich kann dir hier drin nicht helfen – ich bin im Web, genau wie du. Ich muß wissen, wo du in Wirklichkeit bist. Wo hat dich die Frau hingebracht, Ajay? *In welchen Teil Delhis?*«

Ajay runzelte die Stirn und schüttelte dann abermals den Kopf. »Ich weiß es nicht. Wir ... wir sind ungefähr zehn Minuten im Auto gefahren. Dann hielt es an, und sie brachten mich über einen Rasen in ein Haus. Aber ich kann dir nicht sagen, wo das ist, Ana.«

»Mach dir keine Sorgen. Ich werde dich da rausholen. Das verspreche ich dir. Irgendwie hole ich dich hier raus.«

»Ich bin schon so lange hier, Ana. Mir ist die ganze Zeit schlecht. Aber ein paar von den anderen, Sharma und Parveen, die sind schon seit Monaten hier. Man hat sie nie rausgelassen!« Er zeigte auf zwei Kinder, die in der Mitte des Rasens saßen. Sie hatten die Arme um ihre Beine geschlungen und schaukelten mit geschlossenen Augen verstört vor und zurück, vor und zurück.

Ana hörte hinter sich ein Geräusch. Sie drehte sich ängstlich um und erwartete einen weiteren Spinnenangriff. Aber es war nur Sanjay.

Ajay fuhr zusammen. »Wer ist das?«

»Es ist okay, Ajay. Ich bin mit einem Freund hier.«

»Ana«, flüsterte Sanjay drängend. »Schnell, duck dich!«

Bevor sie protestieren konnte, packte Sanjay sie beim

Arm und zog sie in die Deckung der Büsche. Sie saßen geduckt da und sahen zwischen den Blättern hindurch zum Haus hoch. Die Hintertür wurde geöffnet, und zwei Personen traten auf den Rasen hinaus.

Die Frau hatte blond gebleichtes Haar und trug dasselbe kurze, silberfarbene Kostüm wie ihr älteres Ich in der realen Welt. Eine jüngere, schlankere Ausgabe von Deepak Rao schlenderte neben ihr.

Ajay krallte seine Finger in den Draht des Zauns. »Ana? Ana, wo bist du?«

»Ajay«, flüsterte Ana furchtsam. »Ajay, bitte sei still!«

Rao und die Frau gingen gemächlichen Schrittes weiter und sprachen dabei miteinander. Sie gingen auf den Teil des Zauns zu, an dem Ajay stand und blieben hinter ihm stehen. Ana duckte sich noch tiefer in den Schutz der Büsche.

»... dieses Kind ist erst vor kurzem ins Web gekommen«, sagte die Frau. »Es wird noch etwas dauern, bis die Nebenwirkungen bei ihm einsetzen.«

Rao nickte. »Sehr interessant ...«, brummte er.

Die Frau sah ihn abschätzend an. »Hast du etwa was dagegen? Glaube mir, es gibt kaum einen Unterschied zwischen dem, was ich hier tue, und deinem Treiben da draußen in der Realworld.«

»Na, ja. Entschuldige das Wortspiel, aber dazwischen liegen ja wohl Welten.«

»Wieso das?« fauchte die Frau. »Du benutzt Kinder für deine Zwecke. Du manipulierst sie, damit sie dir Gewinn bringen, und ich bin so ehrlich zuzugeben, daß ich genau das gleiche tue.«

»Aber du mußt zugeben, daß ich mich um meine Kinder kümmere. Ja, du hast recht, ich nehme mir einen Teil ihrer Einnahmen, aber dafür haben sie bei mir auch ein Dach über dem Kopf.«

»Und ich weihe meine Kinder in die Wunder des Web

ein«, entgegnete die Frau. »Mal abgesehen davon – hast du die Kinder, die du mir gestern versprachst?«

Rao nickte. »Sicher. Sie sind eingesperrt und warten darauf, daß ich sie dir morgen mittag übergebe. Oh, und als kleinen Bonus liefere ich dir noch ein Kind extra, wenn du willst. Ajays Schwester.«

Ana erstarrte vor Angst, als ihr bewußt wurde, wovon Rao gerade sprach: Bindra und die anderen Kinder in der Zelle – sie sollten morgen mittag ausgeliefert werden.

»Ausgezeichnet«, sagte die Frau zufrieden.

Rao schwieg eine Weile und legte einen Finger an die Lippen – eine Geste, die Ana schon sehr oft bei ihm gesehen hatte. »Vielleicht könntest du mir jetzt, wo du mich schon ins Vertrauen gezogen hast, erzählen, was genau es mit diesen ... diesen *Experimenten* auf sich hat, und was du dir davon versprichst?«

Die Frau blickte hinaus auf den Ozean. Sie sah überaus berechnend drein. »Also schön, Rao ...« begann sie, aber ihre weiteren Worte waren nicht mehr zu verstehen, weil die beiden zurück zum Haus schlenderten. Rao schien gespannt zuzuhören.

Sanjay berührte Ana am Arm. »Was meinte er damit, als er sagte, er könnte dich der Frau übergeben?«

Ana blickte in Sanjays Froschgesicht. »Er hat mich gestern nacht erwischt und in die Zelle geworfen. Ich konnte aber entkommen und mich mit dir treffen. Offensichtlich glaubt Rao, daß ich dort noch immer eingesperrt bin.«

»Ana?« rief Ajay vom Zaun herüber. »Ana, bist du noch da?«

»Ich bin hier, Ajay, aber ich muß jetzt gehen. Ich verspreche dir, daß wir uns sehr bald wiedersehen werden.«

Ajay lächelte. »Bitte beeil dich«, flüsterte er, während ihm die Tränen die Wangen hinunterliefen.

»Ich hole dich hier raus, Ajay«, versprach Ana.

Sanjay schüttelte den Kopf. »Aber wie?« flüsterte er. »Wir wissen doch nicht, wo sie in der Realworld sind!«

Ana warf ihrem Bruder einen letzten Blick zu. »Bis bald, Ajay. Ich gehe jetzt.« Sie kehrte sich von ihm ab und zu Sanjay. »Ich sehe dich in der VR-Bar.«

Dann drückte sie den Ausklink-Knopf.

Ana kam auf der Web-Couch in der Doppelkabine zu sich, blinzelte zur Decke und fragte sich, ob die Ereignisse auf der Insel wirklich passiert waren. Alles war ihr so real vorgekommen, aber jetzt erschien die Geschichte derart fantastisch ... Dann erinnerte sie sich an Ajay und die Tränen auf seinem Gesicht.

Sie wußte, was sie zu tun hatte. Sie mußte jetzt schnell handeln und sicherstellen, daß Sanjay ihr weiterhin half.

Sie setzte sich auf und zog rasch den VR-Anzug aus. Sanjay erhob sich gerade von der Couch neben ihr. Er schien sich wie in Zeitlupe zu bewegen. Ana fiel auf, wie grau die Farben der Realworld im Vergleich zum Kinoglanz des Web wirkten.

Sanjay nahm seine Maske ab. »Du hast meine Frage noch nicht beantwortet, Ana. Wie können wir den Kindern helfen?«

»Denk doch mal nach, Sanjay. Es ist im Grunde ganz einfach.«

»Sollen wir zur Polizei gehen?«

Ana hätte beinahe laut aufgelacht. »Die Polizei? Ist das alles, was dir einfällt?« Sie schüttelte den Kopf. »Soviel ich weiß, bezahlt die Frau die Polizei dafür, daß sie beide Augen zudrückt. Ich würde der Polizei nicht mal eine mickrige Rupie anvertrauen.«

»Du hast also einen besseren Plan?« fragte er und streifte sich dabei den VR-Anzug ab.

Ana stand von der Couch auf, nahm ihre Krücke und

klemmte sie sich unter den Arm. »Natürlich. Ich gehe zurück zu der Zelle, wo Rao mich gefangengehalten hat.«

Sanjay starrte Ana an. »Das kannst du doch nicht tun!«

»Warum nicht? Hast du ihn nicht gehört? Er sagte, er würde mich und die anderen Kinder am Mittag der Frau übergeben.«

»Aber was soll das bringen? Du wärst genau wie der Rest von ihnen im Web gefangen!«

Ana nickte und sah Sanjay fest ins Auge. »Natürlich, und deshalb brauche ich deine Hilfe.«

Er machte ein hilflose Geste. »Aber was kann ich tun?«

»Geh um zwölf Uhr zurück nach Bellatrix III, auf die Insel. Ich werde am Zaun sein, genau da, wo Ajay stand.«

»Ich verstehe immer noch nicht. Was willst du damit ...«

»Hör mir zu, Sanjay. Wenn Rao mich und die anderen in der Realworld zu der Frau bringt, werde ich mir den Weg merken, ah-cha? Wenn ich dich dann auf der Insel treffe, kann ich dir sagen, wo in Delhi ich bin.«

Sanjay gab sich geschlagen und breitete die Arme aus. »Trotzdem, was soll das bringen, Ana? Gut, ich werde also wissen, wo in der Realworld du bist, aber was mache ich dann? Der Laden wird mit Sicherheit bewacht. Wie soll ich da allein reinkommen? Hast du darüber schon mal nachgedacht?«

Ana sah ihn an und überlegte. »Vielleicht kannst du irgendwie die Wachen ablenken, dann kommst du ins Haus und holst uns aus dem Web.«

»Und wie? Bei dir hört sich das alles so einfach an!«

»Ich weiß es nicht ...« sagte Ana frustriert. »Du mußt dir eben was einfallen lassen.«

Sanjay schüttelte den Kopf.

»Hast du eine bessere Idee?« schrie Ana ihn an. »Zumindest ist mein Plan besser als gar nichts!«

»Ich schlage ja nicht vor, gar nichts zu tun.«

»Was schlägst du denn dann vor, du Klugscheißer? Komm, laß deinen Plan hören!« Sie funkelte ihn zornig an.

Er saß mit gesenktem Kopf auf der Couchkante und betrachtete seine Finger. »Ich hab einfach keine Idee, Ana. Ich war noch nie in einer Situation wie dieser.«

»Dann führen wir meinen Plan durch?«

»Er ist zu riskant, Ana.«

»Hast du Angst, die Spinnen könnten dich beißen, Sanjay? Oder hast du Angst davor, von den Wächtern erwischt zu werden?«

Sanjay sah auf und schüttelte wieder den Kopf. »Ich habe keine Angst davor, daß mir etwas passieren könnte«, sagte er. »Ich habe Angst, dir könnte etwas zustoßen.«

Sie sahen einander in die Augen, und die Kabine erschien ihnen plötzlich sehr klein. Die Stille wurde unerträglich. Plötzlich verspürte Ana den Wunsch, dieses privilegierte, kleine Brahmanenbübchen für das, was er gerade gesagt hatte, zu umarmen.

Wie seltsam: Sie wollte zurück zu Deepak Rao und sich selbst in die Zelle sperren, aber den Mut, Sanjay zu sagen, wie sehr sie ihn mochte, brachte sie nicht auf.

»Ich muß Ajay und den anderen helfen, Sanjay«, sagte sie dann. »Du hast doch den zweiten Geist gesehen. Die Frau muß mit den Kindern schreckliche Dinge anstellen – viel Schlimmeres als alles, was Rao ihnen je antun ...« Sie verstummte.

»Was willst du damit sagen?« wollte Sanjay wissen. »Was würde Rao ihnen antun?«

Ana hob den Stumpf ihres rechten Beines, so daß er auf Sanjay zeigte.

Der Brahmanenjunge wandte peinlich berührt den Blick ab.

»Ich habe dich angelogen, als ich dir erzählt habe, daß es bei einem Bahnunfall passiert ist«, gestand Ana leise.

Er konnte ihr noch immer nicht in die Augen sehen. »Wie ist es geschehen?«

Ihre Stimme zitterte, als sie ihm die Wahrheit erzählte: »Rao holte uns von der Straße, brachte uns zum Lagerhaus und sperrte uns mit anderen Kindern in die Zelle. Dann holte er einen nach dem anderen heraus. Er ... er injizierte Petroleum in mein rechtes Knie. Als es schlimmer wurde, brachte er mich ins Krankenhaus und behauptete, er sei mein Vater. Der Arzt sagte, daß er mir das Bein abnehmen müßte, um mir das Leben zu retten, und Rao willigte selbstverständlich ein. An die darauffolgenden Tage kann ich mich nicht mehr genau erinnern. Die Schmerzen waren schlimmer als alles andere auf der ganzen Welt. Rao brachte mich in die Zelle zurück, bis es mir besser ging, dann ließ er mich raus. Und dann sah ich, was er Ajay angetan hatte.«

Sie schwieg für einen Moment, bevor sie weitersprach. »Dao hat meinen Bruder geblendet, Sanjay. Dann schickte er uns in die Straßen von Delhi, um dort von Leuten wie dir Geld zu erbetteln. Er nimmt uns das Geld ab und kauft sich davon all diese Goldringe, die er trägt.«

Kopfschüttelnd flüsterte Sanjay schließlich: »Das tut mir so leid, Ana. So leid.«

»So, jetzt weißt du, warum ich unbedingt Ajay und die anderen Kinder retten muß. Rao tut den Kindern, die in seiner Gewalt sind, Schreckliches an. Aber was wird dann erst die Frau mit ihnen anstellen?«

Sie griff nach ihrer Krücke und ging zur Tür der Kabine.

»Wirst du mir helfen, Sanjay?«

Er nickte. »Ah-cha, Ana. Ich werde dir helfen.«

Sie schenkte ihm ein Lächeln und verließ die Kabine. Sie humpelte von der VR-Bar auf die Straße, auf der es von Fußgängern und Autos wimmelte. Einmal mehr war sie nur ein weiterer Krüppel unter vielen.

Sie ging zu Raos Lagerhaus und versuchte nicht daran zu denken, welchen Gefahren sie sich in den kommenden Stunden stellen mußte. Nur an Ajay wollte sie denken, und daran, wie wundervoll es wäre, wieder mit ihm zusammen zu sein. Das machte ihr die drohende Gefahr erträglicher.

Sie kam an das verbarrikadierte Fenster der Zelle und hockte sich nieder. Sie ließ ihre Krücke durch das Loch in die Zelle fallen und kroch dann hinterher. Vorsichtig hängte Ana sich an die Gitterstäbe. Ihr Knie schrammte über die Wand, dann ließ sie sich fallen, hob ihre Krücke vom Boden auf und setzte sich an die Wand.

Bindra und ein anderes Kind sahen sie aus großen, ungläubigen Augen an.

Ana lächelte. »Alles okay«, sagte sie. »Alles okay. Ich bin zurückgekommen, um euch zu helfen.«

Ihr Herz klopfte ihr wieder bis zum Hals, dröhnte ihr in den Ohren wie die Trommel eines Schlangenbeschwörers. Ana schloß die Augen und wartete.

7
DIE KÖNIGIN DES BÖSEN

Ana mußte eingeschlafen sein ...

Sie wurde von einem lauten Geräusch aus dem Schlaf gerissen und sah auf. Die Falltür wurde geöffnet, und ein Lichtstrahl fiel in die Zelle. Die anderen Kinder rührten sich und setzten sich erschöpft auf. Bindra rieb sich die Augen und warf Ana einen ängstlichen Blick zu. Sie lächelte ihn beruhigend an.

Eine Leiter wurde in die Zelle heruntergelassen, und in dem viereckigen Lichtfleck über ihnen erschien ein Gesicht. Deepak Rao sah zu den Kindern herunter. »Hoch mit euch! Hoch! Schnell!«

Die Kinder rappelten sich auf und eilten zur Leiter. Ana stützte sich auf ihre Krücke und humpelte hinüber. Sie wartete, bis sie alle außer ihr die Zelle verlassen hatten. Dann hängte sie sich die Krücke über die Schulter, packte die Leiter mit beiden Händen und hüpfte eine Sprosse nach der anderen hoch.

Deepak Rao und Rajiv, der kräftige Mann, warteten neben dem Lieferwagen, dessen Hintertüren für die Kinder aufstanden. Ein Kind nach dem anderen kletterte in das Fahrzeug. Ana schloß sich ihnen an. Rajiv knallte die Türe zu und setzte sich neben Rao auf den Beifahrersitz. Der Motor hustete, und Sekunden später fuhren sie los, eine Straße entlang, die wie jeden Tag mit Menschen vollgestopft war.

»Wo fahren wir hin?« flüsterte ein kleines Mädchen mit verängstigter Stimme.

»Hab keine Angst«, beruhigte Ana sie. »Wir werden alle zusammenbleiben. Das ist am wichtigsten.«

Bindra, der neben ihr saß, sah sie mit großen, neugierigen Augen an. »Weißt du wirklich, wo wir hinfahren, Ana?«

»Wir fahren zu einem großen Haus auf einer Insel«, sagte sie. »Jetzt hab' keine Angst mehr.«

Sie wandte ihre Aufmerksamkeit nach vorn und sah zwischen Rao und Rajiv durch die Windschutzscheibe.

Sie fuhren nach Süden. Zunächst erreichten sie den großen Kreisverkehr von Connaught Place, wo sich Autos Stoßstange an Stoßstange stauten, daß die feuchte Luft vor Abgasen ganz blau war. An den Straßenseiten verkauften Marktleute Obst und Gemüse, Zwiebel-Bahjis und Pakoras, Cola und Zuckerrohrsaft. Ana sah Begums

Imbißstand, an dem sie und Ajay manchmal gefrühstückt hatten, wenn das Geschäft gut ging.

Sie fuhren den Janpath hinunter, eine lange, breite Straße, auf der sich zahllose Stände aneinanderdrängten. Dort wurden Bücher, indisches Kunsthandwerk und die neueste elektronische Ausrüstung verkauft. Bald schon wurden die Stände von teuren, mehrstöckigen Hotels abgelöst, vor denen Ana und Ajay manchmal die ausländischen Touristen angebettelt hatten. Sie fuhren geradeaus weiter in Richtung der Vorstädte Neu-Delhis, in denen viele Länder Botschaften und Konsulate unterhielten und die Reichen ihre riesigen Häuser auf Rasenflächen gebaut hatten, Rasenflächen, so groß und gepflegt wie Cricketfelder.

Sie fuhren am Indischen Museum vorbei und bogen dann rechts in den Raj Path ab. Man konnte die Regierungsgebäude sehen, dann waren sie vorüber, und der Lieferwagen bog nach links ab und fuhr weiter Richtung Süden. Ana spürte, wie sich ihr Magen zu einem Knoten zusammenzog. Bisher war sie immer zuversichtlich gewesen – aber was würde passieren, wenn sie Sanjay nicht mitteilen konnte, wo sie waren, oder wenn Sanjay es nicht schaffte, auf die Insel zu kommen? So vieles konnte schiefgehen.

Nein, sagte sie sich, *alles wird nach Plan laufen*. Es *mußte*! Sie wagte sich nicht vorzustellen, was geschehen würde, wenn ihr Plan fehlschlug.

Der Lieferwagen fuhr nach links in einen begrünten Vorstadtbezirk. Sie befanden sich nun in einem Teil der Stadt, den Ana nicht kannte. Sie lehnte sich vor und spähte angestrengt durch das Fenster. Sie las die Straßenschilder an den Ecken, wenn sie daran vorbeifuhren, und prägte sich den Namen jeder Straße ein.

Wieder bogen sie ab. Ana konnte einen flüchtigen Blick auf das Straßenschild erhaschen. *Himachal Boulevard*, wiederholte sie im stillen. Der Lieferwagen fuhr langsamer, und Ana verspürte einen Hauch von Triumph. *Himachal Boulevard, dann in die Patel Marg …*

Sie fuhren in eine kiesbedeckte Auffahrt, die zu beiden Seiten mit Bäumen bepflanzt war. Einige der Kinder, die durch die ruhigen Fahrbewegungen eingedöst waren, wachten auf, als der Lieferwagen abbremste. Sie guckten neugierig nach vorne. Ana hielt Ausschau nach Wachen, konnte aber keine entdecken.

Dann erblickte sie durch die Windschutzscheibe das Haus, das mitten auf einem großen Rasen im Schatten mehrerer Bäume stand.

Das Haus war groß und gedrungen gebaut, und es bestand aus dunklen Ziegelsteinen.

Es ist eine exakte Kopie des Hauses auf der Insel von Bellatrix III, dachte Ana. *Oder,* korrigierte sie sich, *eher andersherum. Das Haus auf der Insel ist eine genaue Kopie von diesem.*

Sie sagte sich, daß Sanjay keine Schwierigkeiten hätte, herauszufinden, wo dieses Haus sich befand … wenn er es nur schaffte, wieder auf die Insel zu kommen.

Der Lieferwagen fuhr auf die Rückseite des Gebäudes. Fast erwartete Ana nun eine umzäunte Rasenfläche voll mit Kindern zu erblicken, aber andererseits wurden sie im Web gefangengehalten. In der Realworld mußten sie irgendwo im Haus sein.

Der Lieferwagen bremste ruckartig und hielt an. Rao und Rajiv stiegen aus. Die Hintertüren wurden aufgerissen, und Ana sprang heraus, gefolgt von den anderen Kindern.

»Die Treppen rauf!« brüllte Rao. »Beeilt euch!«

Ana fühlte eine Hand auf ihrer Schulter. »Du nicht, Ana.«

Sie spürte, wie Enttäuschung und Übelkeit in ihr aufstiegen. Mit rauhem Griff drehte Rao sie zu sich um. Er hob ihr Kinn und kniff ihr brutal mit seinen Fingern in die Wange. Seine Goldringe blitzten und funkelten im Sonnenlicht.

»Es tut mit leid, dich gehen lassen zu müssen, Kleine«, sagte er. »In all den Jahren bist du mir eine treue Dienerin gewesen, aber das hast du dir selbst verscherzt, als du weggerannt bist. Was habe ich für eine Wahl, Kleine, wenn ich dir nicht mehr vertrauen kann?«

Sie löste sich aus seinem Griff. »Laß mich los!« All ihr angestauter Haß lag in dem unerschütterlichen Blick, mit dem sie ihn anstarrte.

Rao lachte. »Du wirst dir schon bald wünschen, nie weggelaufen zu sein. Wenn du erst gesehen hast, was dich erwartet, wird dir das Leben bei mir wie das Paradies vorkommen. Jetzt geh!«

Obwohl sie sich erleichtert fühlte, daß sie den anderen folgen konnte, erfüllten seine Worte sie mit Furcht.

Sie humpelte die Stufen hinauf und beeilte sich, die anderen einzuholen.

Rajiv führte die Kinder durch das dunkle Haus, Rao ging hinter ihnen her. Sie durchquerten einen langen Korridor und stiegen dann eine schmale Treppe hoch. Schließlich gelangten sie an eine Doppeltür. Der kräftige Mann klopfte an, wartete fünf Sekunden und öffnete dann die Tür. Ana spähte in den Raum dahinter.

Im ersten Moment kam ihr das Gemach vor wie der Thronsaal eines Palastes. Der Boden bestand aus Marmor, und ein roter Teppich erstreckte sich durch den ganzen Raum. Und am anderen Ende, der Tür gegenüber, schien ein Thron zu stehen.

Dann erst erkannte Ana, daß es sich keineswegs um einen Thron handelte, sondern um einen Rollstuhl. Und die zwei Männer, die zu beiden Seite standen, waren keine Diener, sondern Sanitäter. Und die Frau, die im Rollstuhl saß, keine schöne Königin. Sie sah vielmehr aus wie jemand, der so alt war, daß in Kürze alles Leben dem verkrümmten Körper entschwinden mußte.

Ana und die anderen Kinder blieben ängstlich auf der Türschwelle stehen, zu erschrocken, um weiterzugehen.

Die Frau hob einen Arm, so dünn wie ein Stock, und winkte sie heran. Ein schwacher Befehl war zu hören, der klang wie der Atemzug einer Sterbenden. »Kommt ...«

Deepak Rao stieß Ana in den Rücken, und sie führte die anderen Kinder in den Raum, über den roten Teppich zu der Frau im Rollstuhl.

»Die Kinder, Ma'am«, sagte Rao.

Ana blickte in das bleiche Gesicht der Frau, das mit Falten übersät war und aussah wie zerknülltes Papier. Sie erkannte das silberfarbene Kleid, das die gräßliche Erscheinung noch unterstrich – es wirkte, als würde sie verzweifelt versuchen, die längst vergangenen Tage ihrer Jugend zurückzugewinnen.

Wäßrige, graue Augen richteten sich auf Ana. Die Frau vollführte eine schwache Geste mit der rechten Hand. »Komm näher, Mädchen!« befahl sie mit krächzender Stimme.

Zitternd ging Ana auf den Rollstuhl zu.

Dann sah sie die gewundenen Schläuche, die unter den Sitzen des Rollstuhls hervorquollen. Wie hungrige Schlangen waren sie im Fleisch des Nackens und der Handgelenke befestigt. Diese Schlangen aber waren von der Farbe pulsierenden Blutes. Die gleiche Farbe hatte der Rubinring, den die Frau an der rechten Hand trug.

»Hab keine Angst, Mädchen. Ich bin wie du ein Mensch – obwohl ich im Moment nicht ganz so aussehe.« Die Frau legte den Kopf schräg und musterte Ana. »Entsetzt dich, was du siehst, Mädchen? Komm, sag mir die Wahrheit!«

Ana öffnete ihren Mund und stammelte: »Ich – ich ...«

Die Frau unterbrach sie. »Gut, Mädchen, ich werde dir

was sagen. Jeden Morgen, wenn ich in den Spiegel blicke, bin ich aufrichtig entsetzt. Ich sehe jemanden, der von Krankheit und den tückisch fortschreitenden Jahren gezeichnet ist! Ich war einmal genauso jung wie du, jung, hübsch und kerngesund ... Wo sind nur all die Jahre hin, Mädchen? Es ist eine Tragödie, daß man altert, lahmer wird und für immer die Tage der Jugend hinter sich läßt.«

Die Frau winkte sie noch näher zu sich heran. »Komm näher, Mädchen, noch näher.«

Ana schauderte es, und sie glaubte, daß sie eher Raos brutalen Griff ertragen könnte als diese Berührung.

Eine Klaue griff nach ihr, und kalte Finger umfaßten ihr Kinn. Ana dachte, daß sie Raos brutalen Griff eher ertragen könnte als diese Berührung.

»Solche Jugend«, sagte die Frau erstaunt. »Weißt du überhaupt zu schätzen, welch ein besonderes Geschenk du dein eigen nennst? Aber nein, natürlich nicht. Man ist niemals für etwas dankbar, bevor es zu spät ist ... Weißt du, was der Tod ist, Mädchen? Hast du Angst davor?«

Ana versuchte, den Kopf zu schütteln, aber die Umklammerung der kalten Finger ließen ihr keine Bewegungsfreiheit.

»Nein, natürlich weißt du nicht, was der Tod ist. Du wirst kaum um die Bedeutung des Wortes wissen!« Sie stieß Ana von sich und richtete ihre Aufmerksamkeit auf die anderen Kinder, die sie entsetzt beobachteten.

»Seit Jahren sehe ich dem Tod in die Augen und warte darauf, daß er leise in der Nacht zu mir kommt und mich holt.« Sie schüttelte den Kopf. »Aber das hat endlich ein Ende. Meine verlorene Jugend ist nun, dank euch wunderschönen Kindern, zum Greifen nah ...« Sie sank atemlos auf ihrem Stuhl zusammen.

Die Sanitäter beugten sich über sie und schwärmten emsig umher. Sie verabreichten der Frau Injektionen und maßen ihren Puls. Nach einer Minute schien sie wieder zu Kräften zu kommen.

»Rajiv!« brüllte sie.

Der kräftige Mann trat vor. »Ma'am?«

»Schaff sie fort!«

Als Ana aus dem Raum geführt wurde, hörte sie die alte Frau sagen: »Und jetzt, Mr. Rao, zu Ihrer Bezahlung ...«

Rajiv und die Sanitäter brachten Ana und die Kinder schnell über den Korridor zu einem Raum im anderen Teil des Hauses. Einer der Sanitäter schloß die Tür mit einem Schlüssel, den er an der Kette trug, auf. Der Raum dahinter war dunkel, doch Ana konnte die Umrisse von ungefähr einem Dutzend Web-Couches erkennen.

»Rein da!« befahl Rajiv.

Ana humpelte mit den anderen Kindern hinein. Maschinen und Computer standen an den Wänden aufgereiht. Obwohl Ana gewußt hatte, was sie erwartete, erfüllte sie der Anblick der kleinen Kinder in den grauen Anzügen, jedes an eine Web-Couch gefesselt, mit Panik. Sie suchte Ajay, aber in den VR-Anzügen sahen die Kinder alle gleich aus.

Ana fiel auf, daß einige der Kinder an den Riemen zerrten, mit denen sie gefesselt waren. Sie wanden und drehten sich hin und her, wie Schlafende, die gerade einen schrecklichen Alptraum durchleiden. Ana erinnerte sich daran, daß nach Ajays Worten einige von ihnen schon seit Monaten im Web festgehalten wurden.

Am anderen Ende des Raumes standen leere Web-Couches. Die Sanitäter teilten die Kinder nach ihrer Größe in Zweier- und Dreier-Gruppen auf, und führten sie dann zu den Liegen. Sie zwangen die Kinder, in die VR-Anzüge zu steigen.

Bindra fing an zu weinen. »Was soll das, Ana? Was haben sie mit uns vor?«

Ana lächelte ihn ermutigend an. »Hab keine Angst. Wir werden nicht verletzt. Wir werden uns in einer neuen Welt wiederfinden. Und wir werden zusammen sein. Okay?«

Bindra schürzte die Lippen und nickte, als er den Anzug überzog.

Ana legte ihre Krücke auf den Boden und streckte sich auf der Couch aus. Die Sanitäter teilten Gesichtsmasken und Brillen aus und befahlen den Kindern, sie aufzusetzen. Als Ana ihre aufsetzte, griff sie automatisch nach dem Controller – aber diese Anzüge besaßen selbstverständlich keinen.

Einer der Sanitäter ging von Couch zu Couch und band die Kinder an die Liegen. Er fesselte Ana so fest, daß sie sich nicht mehr bewegen konnte.

Ein zweiter Sanitäter trat an ein Computerterminal und drückte eine Reihe von Tasten. Dunkelheit senkte sich über Ana.

Erst nach einer Weile konnte sie wieder sehen. Zunächst glaubte sie, daß nichts passiert wäre und sie sich noch immer im selben Raum befände.

Doch die Sanitäter waren verschwunden, und die Computer ebenfalls. Rotes Sonnenlicht fiel durch ein Fenster rechts neben ihr. Sie setzte sich auf und bemerkte, daß sie nicht mehr auf der Couch lag, sondern auf einem Bett. Sie trug ein weißes Shirt und weiße Hosen, wie die anderen Kinder, die sie zuvor auf der Insel gesehen hatte – und sie besaß wieder zwei Beine.

Die anderen Kinder blickten verwirrt umher.

Ana sprang vom Bett. Dank der niedrigen Schwerkraft von Bellatrix III fühlte sie sich wieder leichter. Sie rannte zum Fenster und sah hinunter auf den Rasen. Dort am Zaun stand Ajay.

8
DER GEIST IM WEB

»Wo sind wir?« weinte ein kleines Mädchen.

Die Kinder kletterten von ihren Betten und sahen sich ängstlich um.

»Habt keine Angst«, sagte Ana »Wir sind im Web. Wenn wir alle zusammenbleiben, wird uns nichts geschehen. Nehmt euch jetzt alle bei der Hand und geht hinunter auf den Rasen.«

Sie führte sie aus dem Zimmer und die Treppen hinab. Sie war wieder fasziniert davon, auf zwei Beinen gehen zu können. Das Haus war völlig verlassen, nirgendwo gab es ein Zeichen von der Frau oder von den Sanitätern. Verschüchtert folgten die Kinder Ana.

Sie fand die Tür, die hinaus in den Garten führte. Sie stand halb offen, und Ana konnte die Kinder sehen, die ziellos am Zaun entlang streiften oder einfach nur regungslos dastanden und auf den weiten Ozean hinaus starrten. Einige saßen zusammengerollt da und schaukelten in ihrem Kummer hin und her.

Ajay war noch immer am Zaun, gegenüber den Büschen, in denen sie und Sanjay sich einige Stunden zuvor versteckt hatten. Sie lief zu ihm hinüber.

»Ajay!«

Er drehte sich mit einem ungläubigen Gesichtsausdruck um. »Ana? Ana, bist du es wirklich?«

Unfähig zu antworten, nahm sie ihren Bruder in die Arme. Er war noch genauso, wie sie ihn in Erinnerung hatte, dasselbe kleine, warme Bündel, das sie sechs Jahre lang beschützt und geliebt hatte.

»Ana, wie kommst du hierher? Hat sie ... Hat dich die Frau auch erwischt?«

Sie setzte ihn neben sich auf den Rasen, hielt seine

Hand und erzählte ihm alles. »Das ist eine lange Geschichte, Ajay. Ich mußte die Frau dazu bringen, mich zu fangen. Ich habe einen Plan. Ein Freund von mir, draußen in der echten Welt, der hilft mir. Wenn wir Glück haben und alles klappt, kommen wir alle hier wieder 'raus.«

Sie sah um sich. Die Kinder, die schon seit einer Weile hier eingeschlossen waren, redeten mit den Neuankömmlingen. Einige kannten sich noch aus der Realworld. Sie umarmten sich und tauschten das wenige aus, was sie wußten.

Die Kinder, die auf dem Boden saßen und hin- und herwippten, beachteten die Neuen gar nicht. Mit schmerzerfüllten Mienen starrten sie einfach nur ins Leere.

Ana drückte Ajays Hand. »Ajay, weißt du, was hier vorgeht? Weiß es eines der anderen Kinder?«

Er schüttelte den Kopf. »Wir haben darüber gesprochen. Wenn wir abends in unsere Zimmer gehen, überlegen wir, was das alles soll. Warum uns die Frau das antut. Aber nichts passiert, und wir können nichts machen. Die Kinder, die schon länger hier sind als ich, haben gesagt, daß es jeden Tag dasselbe ist. Wir warten hier einfach, bis ...« Er schwieg und starrte blind in die Ferne.

»Bis was, Ajay?«

»Zuerst scheint es ein guter Ort zu sein. Hier ist es warm und bequem. Niemand tut uns weh. Wir müssen nicht betteln oder arbeiten. Wir bekommen einmal am Tag zu essen. Ich spüre, wie ein Schlauch in meinen Mund geführt wird, und danach ist mein Bauch voll.« Er zuckte mit den Achseln. »Einige Kinder sagen, daß sie es hier am Anfang ganz gut fanden.«

»Und dann?«

»Und dann ...« Er runzelte die Stirn und schüttelte den Kopf. »Die Kinder werden seltsam. Komm, ich zeige dir, was ich meine.« Ajay stand auf und streckte die Hand aus. »Kannst du Parveen sehen, Ana? Den ganzen Tag sitzt sie einfach nur da und wippt hin und her.«

»Sie ist dort drüben bei der Treppe.« Ana nahm ihn bei der Hand und ging mit ihm zu dem Mädchen, das vor und zurück schaukelte und dabei vor sich hinsummte.

Ajay hockte sich neben sie. »Parveen, Ana ist hier.«

Das Mädchen sah durch Ana hindurch und wippte weiter, die Hände um die Knie gelegt.

Ana berührte sie am Arm. »Parveen, kannst du mir sagen, wie lange du schon hier bist?«

Das Mädchen hörte auf zu schaukeln und wandte sich Ana zu, doch sie schien ganz woanders zu sein, weit weg. Es war, als betrachtete sie nicht Ana, sondern eine andere Welt.

»Sehr, sehr lange«, sagte Parveen.«So lange, daß ich nicht mehr wirklich hier bin.«

»Was willst du damit sagen, Parveen?«

Das Mädchen schüttelte den Kopf, als falle es ihr schwer, die Situation zu beschreiben. »Ich sehe dich, ich sehe das Haus und den Rasen, aber ich sehe auch ... andere Dinge.« Sie hörte auf zu sprechen und nahm das Schaukeln wieder auf.

Ana ergriff Parveens Hand und drückte sie. »Parveen, ich will dir helfen. Ich will dich von hier fortbringen, zurück in die wirkliche Welt. Sag mir, welche Dinge siehst du sonst noch?«

Parveen runzelte die Stirn. »Andere Welten ... Hunderte und Tausende von fremden Welten, und alle zugleich. Es ist wie ... als ob man Tausende von Hologrammen auf einmal betrachtet. Bald gehe ich für immer von hier fort und reise durch all diese Welten.«

»Woher weißt du das?«

»Weil sie es mir gesagt haben.«

Ana zwinkerte mit den Augen. »Sie? Wer sind *sie*?«

»Sie«, antwortete das Mädchen. »Die anderen. Die anderen Kinder, die hier waren, aber jetzt nicht mehr hier sind.«

Ana sah sie fragend an. »Ich verstehe nicht, was du meinst«, flüsterte sie.

Ajay sagte: »Ich glaube, sie meint die Geister.«

»Die Geister . . .« hauchte Ana. Sie erinnerte sich an den gespenstischen Kopf, den sie auf der Insel gesehen hatte. Das Gesicht von Dilli, das in der Luft schwamm.

»Parveen«, fragte sie, »ist Dilli ein Geist?«

Das Mädchen nickte. »Dilli und Shazreen und Babu. Sie alle leben jetzt in den anderen Welten, und bald werde ich bei ihnen sein.«

Ajay ergriff Anas Hand. »Manchmal kommen die Geister und rufen nach uns. Sie brauchen unsere Hilfe.«

»Parveen«, fragte Ana, »weißt du, was hier passiert?«

Doch Parveen schüttelte nur den Kopf und schaukelte.

Ana drehte sich zu ihrem Bruder um. »Wann kommen die Geister, Ajay?«

Er zuckte mit den Achseln. »Ich höre sie immer, wie sie uns rufen. Sie leben in den Hügeln hinter dem Haus.«

Ana blickte durch den Zaun und dachte an die Geister, die sie gesehen hatte, Dilli in den Hügeln und den anderen verschwommenen Kopf auf dem Meer.

Vielleicht konnte sie einen weiteren Geist finden und ihn fragen, was hier vor sich ging.

Ana verließ Parveen und ging mit Ajay hinüber zum Zaun. Dort blieb sie stehen und schaute auf die Hügellandschaft am Ufer des grünen Ozeans hinunter – dorthin, von wo Sanjay bald kommen würde. Zumindest hoffte sie das.

Plötzlich kam ihr eine Idee. Warum warten, bis Sanjay das Haus erreicht hätte? Es wäre doch einfacher für ihn, wenn sie zu den Hügeln ginge und ihn dann unten am Strand traf. Dann müßte er nicht gegen die Spinnen kämpfen, die die Insel kontrollierten. Ana könnte ihm die Lage des Hauses in der wirklichen Welt mitteilen, und er könnte wieder verschwinden und etwas zu ihrer Rettung unternehmen.

»Ajay, können wir aus diesem Käfig hier raus?«

»In der Nähe des Hauses gibt es ein Loch unter dem Zaun. Andere Kinder sind da hindurchgekrochen und haben versucht zu fliehen. Aber sie stellten fest, daß wir auf einer Insel sind, weit weg vom Festland ... deshalb konnten sie nicht entkommen.«

»Weißt du, wie oft die Frau hierherkommt?« fragte Ana.

»Die anderen sagen, daß sie jeden Abend kommt. Sie geht umher und spricht mit Kindern wie Parveen über das, was sie sehen.«

Ana nickte. »Das gibt mir genügend Zeit. Ajay, hör mir jetzt genau zu. Ich gehe für kurze Zeit weg, okay? Aber ich bin bald wieder zurück.«

Ajay sah auf einmal verängstigt aus. »Ana, versprich mir, daß du zurückkommst!« Er tastete umher, fand ihre Hand und drückte sie fest.

»Ich komme zurück, das schwöre ich dir, aber ich muß einen Freund treffen. Das ist sehr wichtig.«

Ajay brachte sie zu einem Teil des Zaunes, der im Schatten des Hauses lag. An dieser Stelle war der Zaun ein wenig hochgezogen worden, und Ana entdeckte eine halbrunde Lücke. Sie verabschiedete sich von Ajay und kroch unter dem Zaun durch. Sie erhob sich und stand an der Hügelflanke im Sonnenlicht; nun fühlte sie sich, als wäre sie den ersten Schritt auf ihrem Weg in die Freiheit gegangen.

Sie eilte die Hügel hinab, durchbrach die Büsche und rannte über das offene Gras. Dann fand sie den steilen Pfad, der zwischen den schwarzen Bäumen hindurchführte, und folgte ihm so schnell sie nur konnte.

Plötzlich tauchte vor ihr auf dem Weg eine Spinne auf. Ana hielt an; der Anblick des haarigen Monstrums erfüllte sie mit Furcht. Doch die Spinne schien sie nicht bemerkt zu haben und schaute in die entgegengesetzte Richtung, die Augenstiele auf die Küste gerichtet.

Ana erinnerte sich, daß Rom ihr erzählt hatte, man würde durch einen Spinnenbiß aus dem Web verschwinden.

Was würde passieren, wenn sie jetzt von der Spinne gebissen würde? Fände sie sich dann im Haus der alten Frau in Delhi wieder? Wenn das der Fall sein sollte, könnte sie den anderen bei der Flucht helfen, ohne auf Sanjay warten zu müssen.

Natürlich wäre das zu schön, um wahr zu sein.

Sie trat vor und rief die Spinne an. Doch das Ungeheuer nahm keine Notiz von ihr. Ana streckte den Arm aus und berührte den haarigen Hinterleib. Der warme, seidige Pelz unter ihren Fingern ließ sie erschauern.

Die Spinne setzte sich in Bewegung und krabbelte zwischen die Bäume.

Ungehindert setzte Ana ihren Weg fort.

Nach ungefähr zwei Minuten bemerkte sie, daß sich neben ihr etwas bewegte. Sie drehte sich um.

Ein körperloser Kopf tänzelte zwischen den Bäumen hin und her und blickte sie an. Ana wurde schlecht, denn sie erkannte den Besitzer des Gesichtes: Es war Dilli. Der undeutliche Kopf bewegte die Lippen, und Ana glaubte, ein schwaches Flüstern zu hören. »Ana, bitte ... hilf mir!«

»Ich ... Wie ... wie kann ich dir helfen?«

»Ich hab' das gleiche getan wie du, Ana. Dann fingen sie mich und sperrten mich in das Haus im Web. Viele

Monate bin ich dort gewesen, Ana, und dann begann ich, dahinzuschwinden. Jetzt bin ich nicht mehr ... – wirklich. Ich kann nichts fühlen, kann mich nicht bewegen oder an das erinnern, was vorher war. Es gibt noch mehr von uns, denen es genauso gegangen ist wie mir. Alles Kinder, die die Frau gefangen und eingesperrt hat.«

Ana schrie: »Aber warum tut sie uns das an?«

»Das wissen wir nicht. Wir sind nur Geister und werden von der Frau am Leben erhalten ...« Das Gesicht verblaßte langsam, und seine Stimme wurde leiser.

»Bitte ... bitte, hilf uns!«

Rasch, bevor es vollkommen verschwunden war, sprang Ana darauf zu. »Ich tu', was ich kann«, rief sie. »Ich verspreche es dir, Dilli. Ich werde alles tun, was ich kann ...«

Sie wandte sich ab und rannte den Weg hinunter in Richtung Küste. Schließlich erreichte sie eine Lichtung, von der aus sie bis zum Festland blicken konnte. Von dem Ruderboot war keine Spur. Ana betete, daß Sanjay sich beeilte. Sie fragte sich, wieviel Zeit Parveen noch blieb, bis sie, wie Dilli und die anderen Kinder, zu einem Geist im Web wurde.

Ana wollte gerade weitergehen, als sich am Strand etwas auf dem schwarzen Sand bewegte. Es waren sechs schwarze Spinnen, die zum Ufer rannten und ihre Beine dabei so hoch hoben, als wollten sie hinüber zur Küste krabbeln – als wüßten sie, daß Sanjay unterwegs war.

In diesem Augenblick erblickte Ana an der Landspitze ein Boot, das auf dem Weg zum Strand war. Zwei kleine Frosch-Gestalten saßen nebeneinander darin und ruderten mit aller Kraft.

Ana schrie und winkte ihnen zu, dann lief sie, so schnell sie konnte, den Weg hinunter. Dank der Schwerkraft machte sie Riesenschritte.

Als sie den Strand erreichte, sprang einer der Frösche

aus dem Boot und zerrte es durch die Wellen. Der andere Frosch stand am Bug des Bootes, hielt ein Ruder in der Hand und wartete schlagbereit auf die Spinnen.

»Sanjay, Rom!« rief Ana und lief winkend auf die beiden zu.

Dann erfolgte der Angriff der Spinnen. Sie schwärmten aus, und durchstaksten die Brandung zum Boot. Der zweite Frosch sprang ebenfalls ins Wasser und stellte sich zum Kampf. Mit ihren Rudern schlugen die beiden wütend auf die Spinnen ein. Sanjay, der größere Frosch, wirbelte im Kreis herum, und sein Ruder war wie ein Propeller, der mitten zwischen die näherkommenden Spinnen schnitt. Wenn Ana genügend Zeit gehabt hätte, darüber nachzudenken, was hier geschah, wäre ihr vermutlich aufgefallen, wie skurril dieser Kampf eigentlich war. Zwei Riesenfrösche fochten gegen ein halbes Dutzend überdimensionierter Spinnen.

Doch nur ein Gedanke beherrschte sie: Sanjay zu erreichen, bevor ihn eine der Spinnen biß. Sie sprintete zum Ufer.

Es war anstrengend, durch den Sand zu laufen, jeder Schritt bedeutete harte Arbeit. Noch etwa fünfzig Meter trennten Ana vom Wasser. Ihre Freunde hatten bereits zwei Spinnen erledigt. Die Leichen fielen ins seichte Wasser, Teile von Beinen und Panzern trieben davon. Die anderen vier Spinnen tanzten auf den Wellen und warfen ihre Beine hoch. Ihre Kiefer schnappten nach Sanjay und Rom in dem Versuch, beide aus dem Web zu beißen.

Plötzlich rutschte Rom aus und fiel ins Wasser. Eine Spinne krabbelte triumphierend auf ihn zu, tauchte ab und biß ihn in den Arm. Er schrie vor Furcht und Schmerz laut auf und jagte Ana einen fürchterlichen Schreck ein. Dann verschwand er in einem wirbelnden Strudel aus bunten Punkten. Ana stellte sich vor, wie er auf einer Web-Couch irgendwo in Amerika seine Sinne wiedererlangte, in einer Welt weit weg von diesem Kampf.

Jetzt konzentrierten sich alle vier Spinnen auf Sanjay. Sie kreisten ihn ein und kamen immer näher auf ihn zu. Ana watete durch den dicken, grünen Uferschlamm und packte die erste Spinne. Voller Ekel über den haarigen Leib schleuderte sie die Kreatur auf den Strand, wo sie als zuckendes Knäuel aus gebrochenen Gliedmaßen landete.

Dann trat sie auf die nächste Spinne zu. Die anderen beiden Monstren hatten derweil Sanjay gegen das Boot gedrängt. Er fuchtelte wild mit dem Ruder herum, um sie fernzuhalten. Doch es war nur noch eine Sache von Sekunden, bis eine sich auf ihn stürzte und den endgültigen Biß anbrachte.

»Das Haus ist auf dem Himachal Boulevard, hinter der Patel Marg!« rief Ana ihm zu. »Du kannst es nicht verfehlen, Sanjay. Es sieht genauso aus wie das hier auf der Insel!«

Er sah zu ihr her, aber sie konnte nicht erkennen, ob er sie verstanden hatte. »Sanjay! Hast du mich gehört? Ich sagte, das Haus ist auf dem Himachal Boulevard!«

Und in dieser Sekunde überrumpelte ihn eine Spinne und biß ihm in den Oberschenkel. Der Frosch brüllte vor Schmerz und löste sich dann in einen Strudel aus Pixeln auf.

Die übriggebliebenen Spinnen staksten langsam und geschwächt aus dem Wasser zum Strand hinauf. Die Fragmente ihrer Artgenossen ließen sie hinter sich zurück.

Ana schleppte sich aus dem Wasser, das an ihren Beinen zog, und taumelte den Strand hoch.

»Ich weiß nicht, ob er mich gehört hat!« schrie sie. »Ich weiß es einfach nicht!«

Sie verstummte, als von oben Hilfeschreie erklangen.

Zwischen den Stimmen der Kinder hörte sie, daß Ajay ihren Namen rief.

Panik ergriff von ihr Besitz, und sie rannte, so schnell sie nur konnte, den Weg zum Haus auf dem Gipfel hinauf.

9
FLUCHT AUS DEM WEB

Als Ana zurückkam, war auf dem Rasen ein Riesentumult ausgebrochen.

Die Kinder standen alle zusammen, so weit weg vom Haus wie möglich, und hielten einander fest und weinten. Ana kroch durch das Loch im Zaun und eilte zu den jammernden Kindern. Sie fand Ajay; er stand neben Bindra.

»Was ist? Was ist passiert?«

Bindra sah sie mit einem gequälten Ausdruck auf dem Gesicht an. »*Er* ist vor fünf Minuten gekommen!« Bindra zeigte auf das Haus.

Anas Augen folgten seiner Geste, aber sie konnte niemanden sehen.

»Wer ist gekommen, Bindra?« fragte sie.

»Er!« jammerte Bindra. »Sieh doch!«

Und nun erblickte Ana ihn: Neben dem Haus stand eine bekannte, übergewichtige Gestalt und starrte auf den Ozean hinaus.

»Deepak Rao!« flüsterte sie. Aber wieso war er hier? Er hatte die Kinder im wahren Leben doch schon genug gequält, warum folgte er ihnen nun auch noch ins Web?

Ana ließ Ajay bei Bindra zurück. »Ich bin in zwei Minuten wieder da, Ajay. Ich muß mit ihm reden.«

»Sei vorsichtig!« warnte Bindra sie. »Paß auf, daß er dir nichts antut! »

»In der Realworld ist er vielleicht gefährlich«, sagte Ana, »aber hier kann er mir nichts anhaben. Im Web haben wir alle gleiche Chancen.«

Sie ließ die Kinder zurück und überquerte den Rasen.

Obwohl sie sich Mut zusprach, spürte sie, wie ihr Magen sich um so stärker verkrampfte, je näher sie Deepak Rao kam.

Vor ihr stand nicht mehr die junge, schlanke Version Deepak Raos, die sie zuvor im Web gesehen hatte. Nun besaß er wie im wirklichen Leben einen dicken Bauch und unzählige Doppelkinne. Als Ana näher kam, bemerkte sie, daß mit Rao offensichtlich etwas nicht in Ordnung war. Er hatte die Hände wie ein Gefangener in den Maschendraht des Zauns gekrallt, und Tränen liefen ihm die Wangen hinunter.

Als Rao Ana entdeckte, wischte er sich schnell das Gesicht ab. »Was willst du, Mädchen?« herrschte er sie an.

Ana blieben vor Angst die Worte im Halse stecken. Aber sie sagte sich, daß er ihr nicht weh tun könne, wenn er versuchte, sie zu schlagen. Allerdings fiel es ihr trotzdem schwer, die Angst zu überwinden, unter der sie so viele Jahre gelebt hatte.

Ana wußte später nicht mehr, woher sie den Mut genommen hatte, zu Rao zu sprechen, wie sie es nun tat: »Jetzt weißt du, wie es ist, eingesperrt zu sein. Nun weißt du, wie schrecklich das ist.«

Rao versuchte einen Bluff. »Was meinst du damit?«

Ana starrte ihn unbewegt an, zuckte nicht einmal mit der Wimper. »Die Frau hat dich hier eingesperrt«, sagte sie. »Wie gefällt es dir, wenn man *dir* die Freiheit raubt, Rao?«

»Das kann man doch nicht vergleichen!« brüllte Rao

sie an. »Ich habe euch ein Dach über dem Kopf gegeben und Geld, damit ihr euch etwas zu essen kaufen konntet ... »

»Du hast uns gequält. Du hast uns zu Krüppeln und Blinden gemacht. Nun sind wir zu nichts anderem gut als zu Betteln.«

»Was für ein Leben hättet ihr denn geführt, wenn ich euch nicht von der Straße geholt hätte?«

Ana schüttelte den Kopf. »Das weiß ich nicht«, antwortete sie. »Im schlimmsten Fall hätte ich ebenfalls betteln müssen. Aber vielleicht hätte ich Arbeit gefunden. Du hast uns unsere Zukunft gestohlen, Rao – du hast uns jede Chance genommen.«

»Du weißt überhaupt nicht ...«, begann er, aber Ana unterbrach ihn.

»Ich weiß nur, daß du boshaft und habgierig bist. Unsere Einnahmen verschafften dir ein leichtes Leben. Entweder konntest du nicht sehen, wie wir litten, oder wolltest es nicht.« Sie machte eine Pause und sah den fetten Mann vor sich an. »Und dafür hast du jetzt gerechte Strafe bekommen.«

Er zeigte mit dem Finger auf sie.

»Ich bin nicht für das, was ich da draußen getan habe, hier«, rief er, »sondern für das, was ich weiß. Die alte Hexe hat mir erzählt, was sie hier tut – sie verriet mir alles über ihre Experimente. Und dann sperrte sie mich hier ein, damit ich es draußen niemandem weitererzählen kann!«

Ana erinnerte sich an das erste Mal, daß sie auf der Insel war. Damals hatte sie Rao und die Frau über den Rasen gehen sehen. Rao hatte gefragt, was die Frau hier machen würde, aber dann hatten sich die beiden von Anas Versteck entfernt, so daß sie die Antwort nicht mehr hören konnte.

Ana spürte, wie sich ihr Puls beschleunigte. Ihre Kehle

war wie ausgedörrt. »Was?« fragte sie in kaum vernehmlichem Flüstern. »Was tut sie den Kindern an?«

Rao sah ihr in die Augen, und seine Lippen bebten. »Willst du das wirklich wissen?«

»Sag schon!«

»Du wärst besser dran, wenn du nichts davon weißt.«

»Du sollst es mir sagen, Rao!«

Er lachte voller Verzweiflung auf und begann zu weinen. Große Tränen rannen ihm die feisten Wangen hinab. Mit wulstigen Fingern wischte er sie weg. Er wirkte in jeder Hinsicht wie ein Riesenbaby.

»Sie ... sie hat mir verraten, was hier vorgeht. Es ist mir schwergefallen, das zu glauben. Ich weiß, du hältst mich für einen schlechten Menschen, Mädchen, aber in meinem ganzen Leben habe ich noch niemanden getötet.«

»Was hat sie mit uns vor?« bohrte Ana unbeirrt.

Rao atmete tief durch. »Sie sagte mir, daß sie Experimente mit euch durchführt – mit uns. Siehst du, sie ist sehr alt und dem Tod sehr nahe, und sie will unsterblich werden.«

»Ist das möglich?«

»Sie behauptet, ja. Sie könnte ewig leben, sagt sie, nicht in ihrem altersschwachen Körper, sondern innerhalb des Web.«

Ana schüttelte ungläubig den Kopf. »Das begreife ich nicht.«

»Sie plant, für immer als junge Frau im Web zu leben. Nicht als das alte Weib, das sie jetzt ist. Sie will sich selbst in die Speicher des Web übertragen. Aber dazu muß sie Experimente mit anderen durchführen, um den Umwandlungsvorgang zu verfolgen und zu perfektionieren. Deshalb bist du – sind wir alle – hier gefangen. Wir dürfen nicht zurück in die Realworld. Wir werden monatelang hier bleiben, und die Netzkrankheit erleiden, die man bekommt, wenn man zu lange im Web ist. Am Ende werden wir sterben. Sobald unsere Körper tot sind, versucht die Alte, unsere Identität in die Speicher des Web zu übertragen. Du hast doch sicher die Geister der Kinder gesehen, die bereits gestorben sind? Das sind ihre ›mißglückten‹ Experimente. Sie wurden nicht vollständig transferiert. Die Alte hofft, am Ende herauszufinden, wie man sich selbst vollständig ins Web überträgt, damit sie hier für immer leben kann, mit allen Sinnen und ohne Einschränkungen – genau wie in der Realworld. Verstehst du jetzt, wozu sie Versuchskaninchen braucht? Um ihre Transfer-Technik zu perfektionieren! Wir sind entbehrlich. Für die Alte sind wir nichts. Wir sind für sie Verbrauchsmaterial – das Mittel zum Zweck. Und der Zweck ist ihre Unsterblichkeit!«

Ana dachte an den Geist von Dilli, mit dem sie im Wald gesprochen hatte. Wieder hörte sie seine Hilfeschreie.

Trotzig schüttelte sie den Kopf. »Wir dürfen sie das nicht tun lassen«, flüsterte sie leise.

Rao lachte höhnisch auf.

»Netter Vorsatz, Mädchen! Aber wie willst du sie daran hindern?«

Ana sah den fetten Feigling an. »Ich kann sie aufhalten, und das werde ich tun!«

»Siehst du das?« fragte Rao sie und schüttelte sein Handgelenk. »Wir haben keine Controller, und also auch keine Kontrolle über unseren Aufenthalt. Wir sitzen hier so sicher fest wie in einem Gefängnis aus Steinen und Beton.«

»Wir werden fliehen, Rao«, sagte Ana. »Ich habe Freunde in der realen Welt, die gerade daran arbeiten, uns hier rauszuholen.«

Er sah sie ungläubig an. »Das kann ich mir nicht vorstellen.«

»Siehst du mich hier wie ein Baby darum flennen, daß die Frau uns verschont?«

»Aber wie soll das möglich sein?« fragte Rao mit neuer Hoffnung in den Augen.

Ana mußte über den flehenden Ton in seiner Stimme beinahe lachen und sah ihn düster an. »Ich sagte – *ich* könnte aus dem Web fliehen. Und Ajay und Bindra und all die anderen Kinder. Von dir habe ich nichts gesagt, Rao!«

»Würdest du mich etwa hier zurücklassen, damit ich zum Klagegeist werde?« brüllte er.

»Ich glaube, es wäre die gerechte Strafe, wenn wir dich hier zurücklassen würden«, sagte Ana. Wenn Sanjay ihren Plan ausführte, dann würde jeder aus dem Web freikommen, Rao eingeschlossen – aber das mußte Rao ja noch nicht erfahren.

»Nein ...«, stöhnte er.

»Warum sollte ich ausgerechnet dir helfen, Rao? Was hast du je für mich getan, abgesehen davon, daß du mir ein Bein und meinem Bruder das Augenlicht genommen hast?«

»Wenn du mich hier rausholst, dann werde ich ... ich werde ...«

»Was, Rao?« fragte sie. »Was willst du tun, deine Verbrechen wiedergutzumachen?«

Er schüttelte den Kopf und faltete die Hände zu einer flehenden Geste. »Alles«, stammelte er. »Alles, was du willst. Nenn mir deinen Preis.«

Ana spürte Aufregung in sich aufsteigen, ein Gefühl der Macht und des Triumphs. »Wenn wir dich befreien«, sagte sie, »dann wollen wir da draußen in der Realworld frei sein. Wir gehen nicht mehr für dich betteln, ist das klar? Wenn wir betteln gehen, dann für uns – und du wirst keine Kinder mehr von der Straße holen, sie verstümmeln und für dich arbeiten lassen.«

Rao nickte ergeben wie ein mitleiderregendes, dankbares Kind. »Natürlich. Nichts. Nichts von alldem werde ich je wieder tun.«

»Da wäre noch etwas.«

»Sag es mir.«

»Ich will dein Gold.«

Er sah auf die Goldringe, die er an den Fingern hatte, auf das Armband und die Uhr an seinem Handgelenk. »Es gehört dir. Alles gehört dir. Sobald ich hier raus bin.«

»Aber wie kann ich dir trauen, Rao? Wer sagt mir, daß du dein Versprechen hältst?«

Er breitete die Arme aus. »Ich kann dir nur mein Ehrenwort geben«, sagte er.

Ana nickte. Was auch immer es wert war, sein Wort war alles, woauf sie zählen konnte.

»Ich hole dich hier raus«, versprach sie.

Sie ließ ihn stehen und ging zurück zu den Kindern, die am Rand des Rasens ängstlich auf sie warteten.

»Was hat er gesagt?« fragte Bindra.

»Habt keine Angst«, sagte Ana. »Deepak Rao wird niemandem mehr etwas tun.«

Sie nahm Ajay bei der Hand, drehte ihn zu sich und küßte ihn auf die weiche Stirn. Besorgt fragte sie sich, ob Sanjay sie dort unten am Strand verstanden hatte, und ob er nun versuchen würde, sie zu retten.

Wenn er sie nicht gehört hatte, würde er sicher wieder versuchen, hierherzukommen. Es wäre nur eine Frage der Zeit, bis er das Haus erreicht hätte. Falls er an den Spinnen vorbeikam.

Bitte, dachte sie eindringlich. *O Sanjay, bitte!*

Jetzt konnte sie nur noch abwarten.

Sie setzte sich mit Ajay auf den Boden und sah hinaus auf den Ozean und die riesige Sonne, die langsam am Horizont versank.

Immer wieder kamen große Wale an die Oberfläche,

bliesen Wasserfontänen ab und tauchten wieder in die Tiefe.

»Wir werden bald hier raus sein«, sagte sie zu ihrem Bruder.

»Glaubst du wirklich, Ana?«

»Und wenn wir draußen sind, werde ich dir neue Augen kaufen, dann wirst du wieder sehen können.«

Er lächelte und legte den Kopf an Anas Schulter.

Und während Ana noch auf die untergehende Sonne und die spielenden Wale blickte, begann die Welt sich zu verändern. Die Sonne wechselte die Farbe. Der große, rote Feuerball wurde erst blau und dann schwarz. Seltsam daran war, daß alles andere um sie herum hell blieb. Den Kindern stockte der Atem, sie zeigten auf die Sonne und den Himmel, denn der Himmel veränderte sich als nächstes. Er wurde zu einem riesigen Bildschirm wie zur Darstellung einer Holo-Reklame, über den tausend verschiedene Bilder liefen. Ana wurde schwindelig, als sie die sich bewegenden Bilder verfolgte. Sie konnte tausend verschiedene Welten sehen. Millionen von Menschen schritten wie Götter über das Firmament.

Ringsum veränderten sich das Haus und das Gras in rasendem Tempo. Das Gebäude verschwand immer mehr und wurde durch ein Mosaik aus tausend gebrochenen Bildern ersetzt. Ana konnte Teile von Bergen sehen, Flüsse, und neben Bruchstücken von Straßen und Städten tauchten Gesichter auf, die sie daraus anstarrten.

Der Rasen verwandelte sich in eine bunte Steppdecke, und hinter dem Zaun flackerte die Insel in silberfarbenem Licht.

DIe Kinder schrien vor Angst. Ajay griff nach Anas Hand. »Was ist los?«

Ana beobachtete weiter das Geschehen. »Ich denke, wir verlassen jetzt das Web«, sagte sie. »Ich glaube, Sanjay rettet uns ...«

In dem Moment, in dem sie diesen Satz sprach, fiel ihr etwas auf. Sie konnte etwas riechen. Sie atmete tief ein, und ein irritierendes, beißendes Aroma drang ihr in die Nase. Zuerst konnte sie nicht identifizieren, was sie da roch. Der Gestank wurde immer schlimmer, und Tränen stiegen ihr in die Augen. Sie mußte würgen und hustete.

Dann erkannte sie den schrecklichen Gestank.

Es war Rauch!

Und dann spielte die Welt des Web vollkommen verrückt. Die Bilder begannen zu flackern. Ana schien nun an zwei Orten zugleich zu sein – auf der seltsam veränderten Insel und auf der Web-Couch im Haus. Sie hörte die abgehackten Schreie der anderen Kinder. Und dann eine vertraute Stimme: »... raus hier!«

Wieder die Schreie – und Ajay, der vor Angst weinte.

»Schnell!« Sanjays verzweifelter Ruf! »Zum Fenster!«

Plötzlich war sie auf der Web-Couch und kämpfte gegen ihre Fesseln an. Dann war sie wieder auf der Insel und versuchte, dem Kaleidoskop aus irrwitzigen Bildern, die in ihrem Kopf herumwirbelten, einen Sinn zu entnehmen.

Mit einemmal erschien vor ihr ein Gesicht, sie erkannte die undeutlichen Züge. »Dilli«, sagte sie.

Das Gesicht flüsterte. Sie verstand: »Danke, Ana!«

Dann begann das Gesicht wieder langsam zu verblassen. »Ana«, sagte Dilli, »du hast uns aus unserer Qual befreit. Danke ...« Und noch während er sprach, wurde sein Gesicht immer blasser und seine Stimme immer leiser, bis er schließlich völlig verschwunden war.

Ana mußte von dem beißenden Rauch würgen. Sie hörte eine andere Stimme direkt neben sich. »Ana? Bist du es? Schnell!«

Sie setzte sich auf. Sie war zurück in der realen Welt.

Der Raum lag im Halbdunkel. Gestalten rannten um sie herum. Sie nahm ihre Maske ab und riß die Drähte aus ihrem VR-Anzug, die sie mit dem Computer verbanden. Da erst begriff sie, warum der Raum im Halbdunkel lag: Alles war voller Rauch. Sanjay eilte von Couch zu Couch, band die Kinder los und rief ihnen zu, aufzustehen und zum Fenster zu gehen.

Einige der Kinder waren so lange im Web gefangen gewesen, daß sie nicht mehr gehen konnten. Anderen fehlten hier in der realen Welt Beine, oder sie waren blind.

Ana hüpfte von der Couch. Sie packte ihre Krücke und humpelte zu Sanjay, um ihm zu helfen. Einige Kinder waren noch immer gefesselt. Der Rauch wurde dicker, sie bekamen kaum noch Luft.

Unbeholfen ging Ana von Couch zu Couch, band die Kinder los, riß ihnen ihre Gesichtsmasken herunter und die Drähte ab und half ihnen auf die Beine. Sie führte sie durch den Raum und stützte diejenigen, die zu schwach waren, sich aufrechtzuhalten. Eine Gruppe von Kindern stand neben dem geöffneten Fenster. In den grauen VR-Anzügen sahen sie alle gleich aus.

Sie suchte Ajay. Sie konnte nicht sagen, ob er unter den anderen Kindern am Fenster war. Dann humpelte sie durch den Raum und sah durch den herumwirbelnden Rauch verzweifelt von einer Couch zur anderen.

Da – Ajay wankte durch den Raum zur Tür; sein Gesicht verriet seine Angst.

»Ajay!« rief Ana und humpelte zu ihm. Stark hustend half sie ihm auf. Halb schleppte sie ihn durch den Raum, und er klammerte sich fest an sie.

Dann bemerkte sie, daß Sanjay neben ihr war.

»Wie bist du reingekommen?« fragte sie ihn.

»Ich habe einen Molotowcocktail in das untere Stockwerk geschmissen«, sagte er. »Während sie versuchten, ihn zu löschen, habe ich ein Fenster eingeworfen und bin durchs Haus gerannt, um euch zu suchen. Ich dachte, ich würde euch nie finden.« Er schaute sich im Raum um. »Ich glaube, daß jetzt alle aus dem Web raus sind«, sagte er.

Ana erblickte eine fette Gestalt, die auf einer Couch am anderen Ende des Raumes lag. »Nein, da ist noch einer!«

Sanjay griff nach ihrem Arm, um sie zurückzuhalten. »Ich weiß«, sagte er. »Das ist Deepak Rao. Laß ihn hier liegen.«

Aber sie ließ sich nicht zurückhalten, eilte durch den Raum und fummelte an den Seilen, die Rao an die Couch fesselten. Sie nahm ihm die Maske ab.

Rao kämpfte sich hoch und stöhnte vor Entsetzen.

Für eine Sekunde trafen sich ihre Blicke. Ana sah ihn an. Rao griff mit Tränen in den Augen nach ihrem Arm und streichelte mit seinen fetten Fingern ihre Wange.

Ana ging schnell zurück ans Fenster.

Sanjay hatte zwei Seile an den Beinen eines stabilen Tisches befestigt. Er half den Kindern, sich daran abzuseilen.

Die blinden Kinder tasteten sich vorwärts und schwärmten in einer Schnelligkeit über den Sims, die Ana erstaunte. Die Kinder ohne Arme bewegten sich ebenso schnell vorwärts. Zwei Kinder hatten keine Beine mehr. Sanjay trug eins von ihnen auf dem Rücken, und Ana nahm das andere.

Dieser Junge legte seine Arme so fest um Anas Hals, daß er sie dabei fast erwürgte.

Ajay fand das Seil, folgte den Anweisungen, die Sanjay ihm zurief und verschwand über den Rand des Fensters.

Hinter ihnen explodierte die Tür, und ein großer Schwall Flammen brach in den Raum. Ana fühlte, wie die Hitze die Hinterseite ihres Beines verbrannte. Die Kinder, die sich noch am Fenster aufhielten, schrien panisch auf.

Ana sah sich um. Parveen saß noch zusammengerollt am Boden und schluchzte.

Deepak Rao wollte gerade über den Fenstersims klettern. Er hielt inne und schaute zu Parveen – es sah unentschlossen aus.

»Du mußt sie holen!« schrie Ana ihn an.

»Wir haben keine Zeit mehr«, brüllte er zurück. »Wir müssen hier raus!«

»Ich habe dich gerettet!« rief Ana. »Jetzt rette du sie. Tu's!«

Rao blickte von Ana zu Parveen. Dann packte er Parveen, hob sie hoch und nahm sie auf den Rücken. Er griff nach dem Seil und ließ sich und Parveen vom Fenster hinab. Sein Gesicht war verzerrt vor Schmerz und Anstrengung.

Ana sah sich noch einmal im Raum um. Sie und der Junge, den sie auf dem Rücken trug, waren die letzten. Sie blickte aus dem Fenster. Sanjay folgte Rao über den Sims. Der Weg bis dort unten zum Rasen schien unendlich lang zu sein, und für einen kurzen Moment bekam Ana schreckliche Angst. Dann fauchte das Feuer hinter ihr laut auf wie ein verrückt gewordenes Tier. Ana warf ihre Krücke aus dem Fenster, beobachtete, wie Sanjay sich an der Seite des Hauses hinabließ, griff dann nach dem Seil und kletterte aus dem Fenster.

Die Steine des Hauses fühlten sich unter ihrem nackten Fuß heiß an, und das Seil scheuerte brennend an ihren Händen. Der Junge auf ihrem Rücken klammerte sich fest an sie, er strangulierte sie fast. Sein Gewicht drückte sie runter. Ana hatte Angst, jeden Moment den Halt zu verlieren und hinabzufallen.

Über ihr schlugen Feuerzungen aus dem Fenster. Das Haus brach immer weiter in sich zusammen. Das Dach stürzte mit einem dumpfen Knall ein, Steine flogen umher.

Mit einem hoffnungslosen Schrei verlor sie schließlich den Halt und stürzte ab.

Eine Sekunde später landete sie auf dem Rasen. Man ergriff sie und half ihr auf. Der Junge lag unverletzt neben ihr. Ana fand ihre Krücke und humpelte mit den anderen schnell über den Rasen weg von dem brennenden Haus. Dann drehte sie sich um und starrte auf das Inferno, das in der Dunkelheit tobte.

Die Kinder verschwanden in Zweier- und Dreier-Gruppen vom Grundstück – in die Freiheit! Ana sah Deepak Rao mitten auf dem Rasen stehen. Er starrte auf das lodernde Haus. Sie humpelte auf ihn zu und hielt direkt vor ihm an. Er richtete den Blick auf sie.

»Ich habe dir zur Flucht verholfen«, sagte sie mit schwacher Stimme. Hier, in der realen Welt, war ihre Angst vor ihm wieder da. Das war der Mann, der das Leben so vieler Kinder zu einem einzigen Elend gemacht hatte. Erwartete sie ernsthaft von ihm, daß er sein Versprechen einhielt?

Sein Blick streifte an ihr herunter, als wäre sie ein Insekt, und dann veränderte sich sein Gesichtsausdruck, wurde plötzlich ganz weich.

Er nahm ein halbes Dutzend Ringe von seinen Fingern und löste das goldene Armband von seinem Handgelenk.

Er hielt ihr eine Faustvoll goldener Juwelen entgegen, die im Licht der Flammen funkelten und glänzten. Sein Gesichtsausdruck ließ nicht erkennen, was er dachte oder fühlte. Ana griff nach dem Schatz und nahm ihn an sich. Deepak Rao drehte sich um und rannte davon. Rasch war er in der Dunkelheit verschwunden.

Sanjay lief mit Ajay an der Hand zu Ana. »Sieh!« rief er und zeigte zur Auffahrt des Hauses.

Ein weißer Mercedes stand auf der Auffahrt. Ana sah, wie zwei Personen zu dem Wagen rannten. Es waren die

Sanitäter in ihren weißen Kitteln und der große, kräftige Rajiv. Er trug etwas auf seinen Armen – etwas unfaßbar Altes, Bleiches. Als Ana genauer hinsah, erkannte sie die zerbrechliche Gestalt der Frau mit dem uralten Gesicht und den Krallenhänden. Ihre Blicke trafen sich, und für eine Sekunde konnte Ana die Wut und den Haß der Frau spüren. Der Augenblick verging schnell. Die Sanitäter und Rajiv verschwanden in dem Mercedes. Er fuhr schnell los, bog in die Straße ein und verschwand in die dunkle Nacht.

»Sie hat überlebt«, sagte Ana zu sich selbst.

Dann berichtete sie Sanjay, was die alte Frau den Kindern angetan hatte.

Sanjay ergriff Anas Hand. »Sie ist alt«, sagte er. »Die Zeit arbeitet gegen sie ... wahrscheinlich ist das ihre letzte Chance gewesen. Und wir haben ihren Träumen ein Ende gesetzt.«

Ana sah den Freund an und schüttelte den Kopf. »Das glaube ich nicht, Sanjay«, flüsterte sie.

Feuerwehrsirenen heulten durch die Nacht. Ana, Ajay und Sanjay verließen die Trümmer des Hauses. Sie gingen nach Norden, nach Neu-Delhi.

10
ANA UND AJAY

Ana und Ajay saßen auf dem Bürgersteig vor dem Union Coffee House.

Sturmwolken zogen über den Abendhimmel, und hier und dort blinkten die Hologramm-Werbespots auf. Ajay saß neben Ana und schlief, den Kopf an ihre Schulter gelehnt.

Ein Auto fuhr die Straße vor dem Restaurant hoch. Ana bewegte vorsichtig Ajays Kopf, damit sie ihn nicht weckte. Sie nahm ihre Krücke und stand auf. Als die Autotür geöffnet wurde, drückte sich Ana durch den Verkehr über die Straße. Eine reiche Familie stieg aus dem Wagen. Mutter, Vater und zwei Kinder, ein Junge und ein Mädchen in ihrem Alter. Die Kinder warfen ihr einen flüchtigen Blick zu.

Ana dachte an die Welt des Web, in der sie für eine kurze Zeit genauso wie diese Kinder gewesen war. »Bakschisch«, rief sie und stellte sich vor den Mann hin. »Bitte geben Sie mir zehn Rupien, damit ich heute abend etwas essen kann.«

»Zehn Rupien!« beschwerte sich die Frau. »Dieses Mädchen gehört geohrfeigt!«

»Wie viele Rupien werden Sie für ihr Essen ausgeben?« fragte Ana. »Hundert? Zweihundert? Mit zehn Rupien kann ich meinem Bruder und mir Essen für mehrere Tage kaufen.«

Verlegen wühlte der Mann in seiner Brieftasche.

»Hier! Jetzt geh und belästige uns nicht mehr!«

Mit einem triumphierenden Lächeln nahm Ana den Zehn-Rupien-Schein entgegen.

Sie kehrte zurück zu Ajay, der noch immer schlief, setzte sich auf den Boden und steckte den Geldschein kleingefaltet zu den anderen in ihre Geldbörse, die sie um den Hals trug.

Früh am Morgen hatte sie Raos Goldringe und sein Armband zu einem Juwelenhändler in Alt-Delhi gebracht.

»Sind die gestohlen?« hatte der Händler gefragt, nachdem er den Schatz untersucht hatte.

»Was geht das Sie an? Sie werden sie mit Gewinn verkaufen, egal, ob sie gestohlen sind oder nicht«, hatte Ana entgegnet. Dann war ihr eine Idee gekommen, und sie hatte hinzugefügt: »Wenn Sie mir einen guten Preis machen, kann ich Ihnen versprechen, noch weitere zu besorgen.«

Der Händler hatte das kleine, gerissene Bettelmädchen, das so großspurig daherredete, wütend angesehen und sich dazu entschlossen, die Ringe noch einmal mit der Lupe zu überprüfen.

»Ich gebe dir tausend Rupien«, sagte er schließlich. »Nicht einen Paisa mehr.«

Ana lachte.

»Tausend? Nun sind Sie derjenige, der versucht, sie zu stehlen! Ich gebe sie Ihnen für viertausend Rupien. Keine Rupie weniger.«

»Viertausend? Sehe ich aus, als wäre ich von gestern, Mädchen?«

Sie feilschten eine halbe Stunde lang um den Preis. Schließlich machte der Händler ein letztes Angebot. »Zweitausendfünfhundert Rupien. Nimm das Geld oder belästige mich nie wieder!«

Ana hatte das Geld genommen, das Banknotenbündel in ihrem Portemonnaie versteckt und war dann zu Ajay zurückgekehrt.

Ein Taxi hielt draußen vor dem Restaurant. Ana stand erneut auf und humpelte über den Bürgersteig.

Die Taxitür wurde geöffnet, und ein Junge sprang aus dem Wagen.

»Sanjay!« rief Ana.

»Ana! Du hast doch gesagt, du kämst mich besuchen.«

Ana zuckte mit den Schultern und lächelte schüchtern. Seitdem Sanjay sie, Ajay und die anderen Kinder aus dem Web befreit hatte, war eine Woche vergangen. In der Nacht waren sie zu seinem Bungalow gegangen, hatten gegessen und luxuriös geschlafen. Am Morgen danach hatte Ana Sanjay versprochen, daß sie bald wiederkommen werde.

Aber – wieder zuckte sie die Schultern. »Ich war beschäftigt, Sanjay.«

»Macht nichts. Schau mal! Ich habe dir etwas gekauft.« Er griff in seine Jackentasche und holte eine kleine, rechteckige Karte heraus. Ana nahm sie an – es war eine VR-Bar-Karte.

»Jetzt kannst du uns im Web besuchen. Rom möchte dich mal wiedersehen. Ich will dir auch all meine anderen Freunde vorstellen.«

Ana dachte an ihre Zeit im Web. An Tropicana Bay, wo sie kein zwölf Jahre altes Bettelmädchen gewesen war, sondern sechzehn, mit zwei gesunden Beinen und in einem schönen, roten Kleid.

Dort, wo sie für kurze Zeit so normal gewesen war wie alle anderen.

Bei dem Gedanken daran, diese Welt erneut zu erkunden, spürte sie ein Kribbeln in sich aufkommen.

»Du wirst mich besuchen, nicht wahr?« fragte Sanjay.

»Natürlich. Vielleicht in zwei Wochen, ah-cha? Siehst du, ich möchte Ajay neue Augen kaufen.«

Sie setzten sich auf den Bürgersteig und redeten, bis es dunkel wurde.

Später, als das Taxi Sanjay nach Hause brachte, ging Ana zu Ajay zurück und legte wieder seinen Kopf an ihre Schulter.

An diesem Nachmittag hatte Ana Ajay zu einem Augen-Chirurg in Neu-Delhi gebracht. Sie hatte zwanzig Rupien für die Untersuchung bezahlt und angespannt gewartet, bis der Arzt fertig wurde.

Schließlich hatte der grauhaarige Mann genickt. »Es läßt sich machen«, hatte er gesagt. »Aber es wird teuer.« Sein abschätzender Blick wanderte über Anas schmutzige Kleidung, ihr Bein und ihre Krücke.

»Es kostet dreitausend Rupien,« erklärte er ihr.

»Ich werde Ihnen zweitausendfünfhundert geben«, entgegnete Ana trotzig.

Der Arzt lächelte. »Du bist hier nicht auf dem Basar, Kleine. Ich habe feste Preise. Für den Ersatz zerstörter Augen berechne ich dreitausend Rupien.«

Ana versuchte auszurechnen, wie lange es dauern würde, weitere fünfhundert Rupien zu verdienen. Monate, vielleicht sogar Jahre.

Das enttäuschte Gefühl zermalmte sie innerlich. Sie hatte gehofft, daß Ajay in ein oder zwei Tagen wieder in der Lage wäre, zu sehen.

Der Arzt nahm die Brille ab und massierte seine Augen. »Hör mir zu, Mädchen«, sagte er dann. »In deinem Fall werde ich – nur dieses eine Mal – eine Ausnahme machen. Komm mit deinem Bruder wieder her, wenn du zweitausendsechshundert Rupien zusammen hast, und ich werde ihm neue Augen einpflanzen, ahcha?«

Sie hätte vor Freude fast getanzt.

Nur noch hundert Rupien brauchte sie. Wenn sie hart betteln würde, Tag und Nacht, könnte sie das Geld in kürzester Zeit beschaffen. Vielleicht in einer oder in zwei Wochen.

Sie legte Ajay einen Arm um die Schultern und drückte ihn an sich.

Natürlich hätte sie Sanjay um das Geld bitten können. Aber Sanjay war ein Freund, und man ging Freunde nicht um Geld an.

Sie hätte auch die VR-Karte, die er ihr geschenkt hatte, verkaufen können. Sie war kostbar, vielleicht mehr als hundert Rupien wert. Aber das würde sie nicht tun. Sie wollte die Karte behalten und in zwei Wochen Sanjay und seine Freunde im Web besuchen.

Und sie würde Ajay mitnehmen – einen Ajay, der die

wundervolle Welt des Web mit eigenen, gesunden Augen erblicken könnte.

Sie lächelte. Ana schmiegte ihre Wange an Ajays Kopf und versuchte einzuschlafen.

Über ihr öffneten Monsunwolken die Schleusen.

ENDE

THE WEB

GRAHAM JOYCE

SPINNENBISS

1
STAHLSTACHEL

Als Conrad aus dem Augenwinkel einen schwarzen, rasch größer werdenden Schatten erblickte, da wußte er, daß etwas nicht stimmte. Ohne Warnung bildete sich die Spinne aus dreieckigen Blöcken genau in dem Moment, als er durch die Tür wollte. Das riesige Tier raste auf ihn zu, ohne ihn anzurufen oder ihm einen Befehl zu erteilen. Mit einem hohen Laut stellte es sich auf die Hinterbeine und schoß Conrad einen häßlichen Stachel aus Stahl entgegen. Der Stachel traf ihn genau zwischen die Augen, und um ihn wurde es Nacht.

Vor Schmerz stöhnend riß sich Conrad die Kabel aus dem Stecker am Hals und von den Handgelenken. Dann zog er den VR-Anzug aus und schleuderte ihn in die Zimmerecke. Seine Mutter hatte ihn schon des öfteren angehalten, seine Anzüge mit mehr Sorgfalt zu behandeln; schließlich seien sie teuer und nicht an jeder Ecke zu haben. In diesem Augenblick aber fühlte sich Conrad so schlecht, daß er sich darum keine Gedanken machte; er fühlte sich, als hätte die Spinne ihm jeden Tropfen Blut ausgesaugt und dafür ätzende Säure in die Adern gespritzt. Im Mund hatte er einen widerlichen, metallischen Geschmack, und der Kopf tat ihm weh. Es konnte nicht mehr lange dauern und er würde sich übergeben müssen.

»Conrad, das Essen ist fertig!« hörte er seine Mutter von unten rufen.

Conrad verschränkte die Arme, stellte sich vor den Spiegel und betrachtete seine Zunge. »Ich komme gleich«, rief er mit belegter Stimme zurück.

Er fürchtete sich davor, seiner Mutter zu sagen, daß ihn schon wieder eine Web-Spinne gebissen hatte. Seine und andere Eltern kannten kein Pardon mit Kindern, die an Stellen herumstöberten, die für sie verboten waren. An solchen Stellen wachten Spinnen darüber, daß die Kinder nichts zu sehen bekamen, was nicht für sie bestimmt war. Und wer an den Wachen vorbei wollte, mußte die Erwachsenenpaßwörter kennen. Wenn die Eltern herausfanden, daß man gebissen worden war, drohte einem eine Standpauke, die bisweilen schlimmer ausfiel als der Spinnenbiß selbst.

»Komm jetzt, bevor es kalt wird«, drängte seine Mutter.

Diesmal aber schmerzte der Biß besonders schlimm, schlimmer als alle anderen zuvor. Es war auch kein normaler Spinnenbiß, denn normalerweise hatten Spinnen keinen Stachel, schon gar nicht einen aus Stahl. Wie konnte Conrad seiner Mutter nur klarmachen, daß ihm im Augenblick nicht im geringsten nach Essen zumute war? Er sah auf seinen Computerbildschirm. Vor einem giftgrünen Hintergrund blinkten zwei Wörter auf:

KEIN ZUGRIFF

Noch immer benommen vom Angriff der Spinne, schaltete Conrad den Computer aus, hob den VR-Anzug auf und hängte ihn fein säuberlich auf einen Bügel. Dann ging er mit zitternden Knien hinunter in die Küche.

»Du siehst blaß aus«, meinte seine Mutter. »Hoffentlich hattest du nicht zu lange diesen Anzug an.«

»Kann schon sein«, sagte Conrad. Als er die Spaghetti auf seinem Teller sah, wurde er grün im Gesicht.

Am Abend verschickte Conrad per E-Mail eine Mitteilung an alle Mitglieder der Tech-Rats. Das waren außer ihm selbst eigentlich nur zwei, nämlich seine Freunde

Paddy und Chloë. Es war eine Art Geheimbund, für den sie noch keine weiteren Mitglieder gefunden hatten. Die Mitteilungen, die Conrad seinen Freunden schickte, waren identisch und sahen in ihrem speziellen Rat-Code so aus:

x'"1!*LL'^^$| | |5|\\x#~>~5.

Chloë und Paddy besaßen ein Entschlüsselungsprogramm, mit dessen Hilfe sie Conrads Botschaft verstehen konnten. Den Code und auch das Programm hatte Paddy entwickelt, welcher von den dreien das größte technische Verständnis besaß. Die Mitteilung lautete:

<Hilfe! Mir ist heute etwas Seltsames passiert. Hat euch schon mal eine Spinne aus einer Edutainment-Site gebissen? Bitte meldet euch so schnell wie möglich. Conrad.>

Er ließ den Computer eingeschaltet und ging zu Bett. Um Paddy und Chloë in einer Konferenzschaltung direkt anzurufen, war es wegen der Netzbeschränkungen für Kinder unter vierzehn Jahren schon zu spät, doch er konnte sich gut vorstellen, daß beide die Nachricht noch erhielten, bevor sie schlafen gingen. Dann könnte einer von ihnen noch schnell antworten, und Conrad hatte auch eine Ahnung, wer das sein würde.

Er war schon fast eingeschlafen, als er einen Ton hörte, wie ihn eine sich auf einem Tisch drehende Münze macht – das Signal für eine eintreffende E-Mail. Schläfrig stand er auf und ließ die Mitteilung durch das Entschlüsselungsprogramm laufen. Wie erwartet, stammte die Mail von Chloë. Er atmete tief durch und begann zu lesen.

<He, Dummerchen! Bist du webkrank oder einfach nur blöd? Auf Edutainment-Sites gibt es keine Spinnen, die beißen. Da sind nur Warnspinnen und sonst nichts, du Spatzenhirn! Ich werde vorschlagen, daß Mitglieder der Tech-Rats bei erwie-

sener Dummheit aus dem Club ausgeschlossen werden. Leute mit der Intelligenz einer Schnecke sind für uns einfach untragbar. Vielleicht verpaßt du deinem Kopf mal ein paar Elektroschocks. Und wo wir schon mal dabei sind – deine Codierung ist einfach schrecklich. Grauenhaft! Fünf Fehler habe ich in den paar Zeichen entdeckt. Wie soll ich das wohl lesen können, hm? Ach, ich weiß nicht, warum ich mich überhaupt aufrege. Wir sehen uns morgen früh im Bild, du Holzkopf. Bis dann! Chloë.>

Conrad kratzte sich am Kopf – wie Holz klang es nicht gerade – und ging wieder ins Bett. Typisch Chloë. Aber sie hatte unrecht. Conrad wußte selbst, daß es in den Edutainment-Programmen keine Spinnen geben dürfte, aber er war auf eine getroffen, und die hatte ihn angegriffen und gebissen. Der Schreck steckte ihm immer noch in den Gliedern.

Es gab eine ganze Reihe von Websites, die nicht für Kinder bestimmt waren. Dazu gehörten solche mit Themen aus Politik, Wirtschaft und Finanzen ebenso wie Bildung und Unterhaltung für Erwachsene und bestimmte Bibliotheken. Es gab im Web kein einziges Kind, das nicht schon wenigstens einmal bei dem Versuch, verbotene Sites aufzusuchen, von einer Spinne gebissen worden war. Die Wächterspinnen griffen jeden an, der nicht den passenden Zugangscode eingeben konnte. In der Regel wurden Unbefugte zunächst mit Worten gewarnt. Danach folgte der Angriff, der eigentlich aus einem kleinen Stromschlag für den Anwender bestand. Der Schock war zwar unangenehm genug, daß er abschreckend wirkte, er konnte aber niemanden verletzen oder gar nachhaltige Schäden verursachen. Schlimmer war daran, daß die Spinnen aufzeichneten, wer sich unbefugt Zugang verschaffen wollte, und beim nächsten Versuch nicht nur den Stromschlag verstärkten, sondern auch die Eltern informierten, die dann eine Strafe zahlen mußten.

An diesem Tag aber hatte Conrad auf einer Edutainment-Site gearbeitet, und zwar an einem Projekt für die Schule! Edutainment war ein Kunstwort aus dem Englischen und stand für ›Bildung‹ und ›Unterhaltung‹. Mit den Programmen, die unter dieser Bezeichnung liefen, sollten die Kinder von den Spiele-Sites weg zum Lernen verlockt werden. Bevor die Spinne ihn biß, hatte sich Conrad gelangweilt mit griechischer Geschichte herumgeschlagen. Als er eine Tür mit der Aufschrift ›Labyrinth‹ entdeckte und sie zu öffnen versuchte, hatte die Spinne ihn attackiert.

Im Bett dachte Conrad an den schmerzhaften Angriff und die Übelkeit, die er anschließend empfunden hatte. Er hatte beinahe schon Angst davor, einzuschlafen. Durch die geschlossenen Augenlider hindurch glaubte er den Schatten der Spinne zu sehen.

Er wußte, daß es kein Irrtum war. Es war eine Spinne an einer Stelle gewesen, wo sie nicht hätte sein dürfen. Und sie hatte ihn gebissen. »Du hast unrecht, Chloë«, sagte Conrad leise zu sich selbst, während er langsam einschlief. »Du hast unrecht.«

2
DIE TECH-RATS

Conrad blieb noch eine halbe Stunde, bis im Web die Schule begann. Als er den Bildschirm einschaltete, blickte ihm Paddy schon mit betrübter Miene entgegen. Sie warteten darauf, daß sich Chloë ihnen für eine Konferenz der Tech-Rats anschloß. Paddy trug wie üblich seinen Pilotenhelm. Der Helm hatte seinem Onkel gehört, der im Golfkrieg vor der Jahrtausendwende Pilot eines Aufklärungsflugzeugs gewesen war. Chloë und Conrad hatten es aufgegeben, ihn damit aufzuziehen.

Als Chloë sich meldete, teilte sich der Bildschirm in je eine Hälfte für sie und Paddy. An diesem Morgen war ihr Haar silberfarben mit scharlachroten Strähnen. Sie hatte noch eine Schüssel Cornflakes vor sich stehen.

»Was hast du denn jetzt schon wieder mit deinen Haaren angestellt?« fragte Conrad.

»Ach, vergiß es«, entgegnete Chloë, die ihre Haarfarbe in den letzten paar Wochen viermal geändert hatte – von Hellgrün über Orange und Schwarz bis Silber. »Sag mir lieber, was dieses ängstliche und hektische Spinnengerede soll.«

»Warte, Chloë«, sagte Paddy und setzte eine Sonnenbrille auf. »Die brauche ich, wenn ich dich um diese Uhrzeit schon ansehen muß.«

Paddy und Chloë nutzten jede Gelegenheit, sich gegenseitig aufzuziehen. Chloë wollte sich schon mit einer sarkastischen Bemerkung rächen, doch Conrad kam ihr zuvor und erzählte alles, was sich am Tag zuvor ereignet hatte.

»Das gibt's doch gar nicht«, meinte Chloë mit vollem Mund.

Die Riemen an Paddys Fliegerhelm schwangen hin und her, als er den Kopf schüttelte. »Kann ich nicht glauben, Kid.« Paddy nannte Conrad und Chloë liebend gern ›Kind‹, obwohl sie alle dreizehn Jahre alt waren. »Es gibt keine Angriffsspinnen in ...«

»Das weiß ich auch!« fiel Conrad ihm ungeduldig ins Wort. »Zumindest dürfte es sie nicht geben. Aber ich sage euch, da war eine!«

Um ganz sicherzugehen, hatte er an diesem Morgen noch einmal das Geschichtsprogramm aufgerufen. Kaum näherte er sich der Tür zum Labyrinth, konnte er sehen, wie sich aus den Dreiecken wieder die Spinne bildete.

Diesmal hatte er ihr keine Chance gelassen. Sosehr fürchtete er sich davor, noch einmal gebissen zu werden, daß er das Programm sofort wieder geschlossen hatte.

»Ich gebe euch die Daten«, sagte Conrad. »Dann könnt ihr euch ja selbst davon überzeugen.«

»Keine Zeit«, meinte Chloë. »Die Web-Schule fängt gleich an.«

»Du bist noch vor Unterrichtsbeginn im Programm und auch wieder heraus«, drängte Conrad sie. »Ihr müßt mir zeigen, daß ich nicht verrückt bin.«

Paddy zuckte die Schultern. »Dafür sind Freunde schließlich da.«

»Na schön«, gab Chloë nach. »Dann gib uns die Daten, Witzbold.«

Paddy und Chloë gaben die Daten über ihre Armbandcontroller ein. ›Edut. 4 zu 77, Parameter griech. Geschichte, Block 4, Bereich Rot 15.‹

»Kommst du nicht mit?« wollte Paddy wissen.

»Nein, danke, keine Lust. Ich war heute morgen schon drin. Ach übrigens, haut ab, bevor sie euch beißt. Ich warte dann auf euren Bericht.«

Mit dem Ende der Telekonferenz verschwanden Chloë und Paddy vom Bildschirm und betraten die virtuelle Welt des Edutainment-Programms. Conrad wartete. Es würde wohl drei bis vier Minuten dauern, bis sie bis zum Labyrinth vorgedrungen waren.

Die Tür ging auf, und seine Mutter kam herein. »Bist du schon in der Schule?« fragte sie.

»Bin gerade dabei, online zu gehen«, antwortete er.

»In fünf Minuten fängt der Unterricht an«, erinnerte sie ihn lächelnd. »Versuch, dich anzustrengen, Conrad. Du weißt ja, dein Vater kommt nächste Woche wieder nach Haus. Es wäre schön, wenn du ihm zur Abwechslung einmal ein paar gute Noten zeigen könntest.«

»Ich werd' mir Mühe geben.«

Conrad mochte sich nicht darüber streiten. Er wollte seine Mutter aus dem Zimmer haben, bevor Paddy und Chloë wieder auf dem Bildschirm erschienen und sich über Spinnenbisse aufregten. In den letzten drei Monaten hatten seine Eltern drei Rechnungen für unbefugte Zugriffe Conrads erhalten. Sein Vater hatte sich darüber dermaßen aufgeregt, daß er beinahe einen Herzanfall erlitten hätte. Conrads Vater war Geschäftsmann und in der ganzen Welt unterwegs. In letzter Zeit hatte er viel in Südkorea zu tun, und deshalb war er nur sehr selten zu Hause. Aber die Sache besaß auch ihre guten Seiten. Zum Beispiel konnte er aus Südkorea erstklassige VR-Anzüge und andere Hardware mitbringen, um die Conrad von Paddy und Chloë beneidet wurde. Den Anzug, den Conrad jetzt für die Schule trug, hatte sein Vater erst drei Monate zuvor mitgebracht. Die Sachen waren ›Gratismuster‹, eine Umschreibung, von der Conrad wußte, daß sie für ›Bestechung‹ stand.

»Und wo wir gerade von deinem Vater sprechen, könntest du vielleicht mal dein Zimmer aufräumen? Hier sieht's ja aus wie nach einem Bombenangriff!«

Conrad sah sich um. Überall lagen Bücher, Hefte, Hemden, Jeans, alte Computerteile und Software wild durcheinander. Er machte einen wenig überzeugenden Versuch, einige Comic-Hefte zu stapeln, so als wolle er seiner Mutter zeigen, wie gern er aufräumen würde. Dabei hoffte er insgeheim, daß sie ihn alleinlassen würde, bevor die Stimmen der zwei anderen Tech-Rats laut und vernehmlich aus dem Lautsprecher tönten.

Endlich schloß sie die Tür hinter sich. Nur wenige Augenblicke später erschienen Chloë und Paddy auf dem Bildschirm. Conrad warf die Comics wieder auf den Fußboden. »Und?« fragte er.

Paddy sah verwirrt aus, Chloë gelangweilt. Sie zog einige rote Haarsträhnen nach vorn ins Licht und lenkte den Blick nach oben, um sie zu betrachten. »Du hast einen Dachschaden, Conrad. Du bist völlig durchgeknallt.«

»Soll daß etwa heißen, ihr habt sie nicht gesehen?«

»Da ist nichts zu sehen, Kid«, sagte Paddy. »Bist du sicher, daß du nicht webkrank bist?«

Conrad war schon einmal webkrank gewesen, weil er seinen Anzug zu spät ausgezogen hatte. Damals war ihm auch übel geworden, und er hatte sich übergeben müssen. Nur war das Gefühl ein ganz anderes, und das hatte er ihnen auch gesagt.

»Aber – aber – aber ...«, stotterte Conrad.

»Abba war eine Popgruppe der Siebziger«, frotzelte Chloë.

Conrad überging die Bemerkung. »Aber habt ihr auch bei der Tür nachgesehen, die ich euch beschrieben hatte?«

»Da war nur ein schwarzer Kasten mit Informationsdreiecken«, antwortete Paddy.

»Wir sind sogar ein paar Minuten im Labyrinth gewesen«, fügte Chloë hinzu. »Aber wir haben nichts weiter gesehen als ein ödes Feld-Wald-und-Wiesen-Geschichtsprogramm. So, ich muß abbrechen. Der Unterricht fängt an.«

Conrad hörte die Schulklingel an seinem Bildschirm ebenfalls. »Ich kann's einfach nicht glauben.«

»Zum Diskutieren haben wir jetzt keine Zeit, Kid.«

»Hört zu,« meinte Conrad. »Wie wär's, wenn ihr am Samstag zu mir kommt? Ihr könnt euch meinen neuen VR-Anzug ansehen.«

»Cool«, fand Chloë. »Wenn du auch was zum Knabbern besorgst ...«

»Bis Samstag«, sagte Paddy. Dann verschwand er, und an seiner Stelle erschien mit Brille und in Falten gelegter Stirn Mentor Robinson, Conrads Klassenlehrer.

3
DAS LABYRINTH

Am Samstag fiel Conrad ein, daß er seiner Mutter nichts von Chloës und Paddys Besuch gesagt hatte. Als er es ihr schließlich doch mitteilte, trug sie ihm erst einmal auf, sein Zimmer in Ordnung zu bringen. »Es kommt mir hier niemand herein, ehe es nicht wie bei Menschen aussieht«, sagte sie.

Das Aufräumen war nicht leicht – mit Ausnahme des Betts, das Conrad jeden Morgen gerne machte. Dazu brauchte er lediglich am Bettrand einen Schalter betätigen, und das Bett schrumpfte mit Hilfe leistungsstarker Vakuumpumpen auf die Größe eines Tennisballs mit einem Elektrokabel daran zusammen. Nur der Schalter behielt seine Größe, damit man das Bett später wieder aufpumpen konnte. Conrad nahm das Bett in die Hand und warf es in den Schrank. Wäre der Rest doch auch so einfach! Er hob einen Stapel Comics auf und setzte ihn an anderer Stelle wieder ab. Dann verschob er einige Bücher dorthin, wo die Comics gelegen hatten. Nachdem Conrad eine halbe Stunde lang auf diese Weise aufgeräumt hatte, sah alles genauso aus wie zuvor.

»Fertig«, sagte er zu seiner Mutter.

Die aber ließ sich nicht an der Nase herumführen, und so mußte er wieder von vorn anfangen. Chloë und Paddy ließ Conrads Mutter so lange unten warten, bis sein Zimmer vernünftig aufgeräumt war.

Als sie schließlich hinauf durften, hatte Conrad beinahe den Verstand verloren.

»Was für eine Unordnung«, meinte Chloë und warf sich auf das alte, ebenfalls aufblasbare Sofa in der Zimmerecke. Paddy nahm sich einen Stapel Comics, verteilte sie auf dem Fußboden und betrachtete die Titelbilder.

»Bist du noch mal reingegangen?« fragte Conrad. »Und hast du noch mal nachgeschaut?«

»Ja«, antwortete Chloë, mit ihrem Haar spielend.

»Und?«

»Nichts und«, sagte sie. »Nicht das geringste. Hast du was zum Knabbern?«

»Ich gehe gleich was holen. Und du, Paddy? Was war bei dir?«

Paddy interessierte sich mehr für Conrads Comicsammlung. »Tut mir leid, Kid. Ich bin sogar zweimal wieder hineingegangen. Eigentlich ist das Programm gar nicht so langweilig, wie ich dachte. Das Labyrinth ist ein Irrgarten, man muß dem Minotaurus entkommen und ...«

»Das weiß ich doch längst!« rief Conrad. Er konnte nicht glauben, daß seine Freunde nicht dasselbe gesehen hatten wie er. Zweimal war er wieder in das Programm gegangen und hatte nervös vor dem Eingang zum Labyrinth verharrt. Jedesmal, wenn er sich der Tür auch nur einen Schritt näherte, bildete sich aus schwarzen Dreiecken die schäferhundgroße Spinne, so daß er schnell das Weite suchte. Er hatte sogar seinen Klassenlehrer Mentor Robinson gefragt, ob es möglich sei, daß Edutainment-Programme von Angriffsspinnen – und nicht der üblichen Art, die nur das Verhalten kontrollierte – bewacht würden, doch der Lehrer reagierte mit beißendem Spott, der Chloë zur Ehre gereicht hätte.

»Die einzigen Spinnen sind die in deinem Kopf, mein Junge, und die Spinnweben dazu.«

»Los jetzt«, sagte Chloë und packte ihren mitgebrachten VR-Anzug aus. »Packen wir's. Conrad gibt sich ja doch erst dann zufrieden, wenn wir alle zusammen ins Programm gehen.« Also rollte auch Paddy seinen Anzug aus, und Conrad nahm seinen vom Kleiderschrank, wo er ihn erst kurz zuvor aufgehängt hatte.

»Wow«, rief Chloë und befühlte die weiche Außenhaut des Anzugs. »Er ist aus Gummi, aber das fühlt sich an wie Seide!«

»Das Neueste vom Neuen, Kid«, fügte Paddy neidvoll an.

»Nein«, widersprach Conrad. »Es gibt schon wieder einen besseren. Mein Vater bringt ihn mir heute aus Korea mit.«

»Klasse! Dann hast du für diesen ja wohl keine Verwendung mehr?«

Conrad zuckte die Schultern. Er hatte eine Schwäche für Chloë und hätte ihr den Anzug gerne geschenkt, wenn er den neuen bekam. Schließlich konnte er mit zwei Anzügen nichts anfangen. Aber auch Paddy sah den Anzug verlangend an. Paddy war zwar ein toller Kumpel, Chloë aber die ungekrönte Chefin der Tech-Rats, und Conrad wollte ihr gern eine Freude machen, auch wenn er nicht sagen konnte, warum. Zum Glück löste sich das Problem dadurch, daß Chloë vorschlug, sie und Paddy könnten ja eine Münze werfen.

Conrad schnippte die Münze hoch, und Chloë gewann. »Tech-Rats!« rief sie und reckte die Faust empor. »Wieviel willst du für den Anzug haben? Ich werde meinen alten verkaufen und ...«

»Gar nichts«, sagte Conrad. »Mein Vater bekommt sie ja auch umsonst.«

Chloë sagte kein Wort, ganz gegen ihre Art. Tief beeindruckt sah sie Conrad an.

»Kommt jetzt«, sagte Paddy, dem es nichts ausmachte, auch einmal der Verlierer zu sein. »Auf geht's!« Und damit stieg er in seinen etwas veralteten Anzug.

Als sie alle drei richtig angezogen waren, schlossen sie sich an Conrads Terminal an und gaben am Handgelenkcontroller die Daten ein. Blitzschnell wurden sie nach Webtown und in den Geschichtsblock des Edutainment-

Programms transportiert. Webtown war ein Netz aus goldenen Blöcken unter einem strahlend blauen Himmel. Die Standorte waren durch verschiedenfarbige Bausteine gekennzeichnet, und der Geschichtsblock war pink. Nach kurzer Zeit verschwand das Benommenheitsgefühl, das die drei anfänglich verspürt hatten. Der pinkfarbene Stein schaukelte, als sie hindurchgingen. In dem eigenartigen, blauvioletten Licht der künstlichen Welt blitzte Chloës silberfarbenes Haar mit den roten Strähnen wie ein Stroboskop. Es lag auf der Hand, warum sie so oft eine neue Haarfarbe wählte. Sie ließ ein Programm laufen, mit dem sie Farbe und Aussehen ihres computererzeugten zweiten Ichs verändern konnte, und diese Farben wollte sie auch im wirklichen Leben.

Im Inneren des Blocks stellten andere farbige Steine die verschiedenen Unterrichtsbereiche dar. Während sich hier normalerweise zahlreiche Schüler tummelten, war der Block an diesem Tag verlassen. Nur Chloë überlegte laut, was sie an einem schulfreien Tag dort wohl sollten. Conrad beachtete sie nicht und führte die zwei ins ›Alte Griechenland‹. Sie gingen weiter und kamen zu mehreren Türen, neben denen riesenhafte Säulen aus verschiedenen Epochen aufragten. An einer davon summte ein elektronisches Schild: LABYRINTH. Daneben gab es ein weiteres Zeichen, eine Doppelaxt. Conrad blieb stehen.

An seinem Ohr hörte er Chloës Stimme, die durch ihr Halsmikrofon ein wenig verfremdet klang. »Na los doch, Dummerchen. Bringen wir's hinter uns, damit wir noch ein paar richtige Spiele machen können.«

Paddy näherte sich dem Informationsdreieck auf der Tür zum Labyrinth. »War es hier?« fragte er. Dann aktivierte er das Dreieck. Eine ruhige, weibliche Stimme setzte ein.

»Willkommen im Labyrinth. Sie haben sich für die minoische Epoche der altgriechischen Geschichte entschieden, die

Hochkultur Kretas. Nach der griechischen Mythologie war das minoische Reich . . .«

»Wir gehen hinein und sehen uns ein paar Minuten um«, bestimmte Chloë. »Dann lassen wir uns vom Minotaurus oder was auch immer jagen und gehen wieder raus.«

Chloë schritt durch die Tür zwischen den Riesensäulen. Paddy folgte ihr. Conrad, der etwas Abstand zu ihnen hielt, setzte sich ebenfalls in Bewegung. Aber als er auch nur einen Schritt machte, veränderte der Infoblock die Form und verwandelte sich blitzschnell in eine Spinne, die mit einem ausgestreckten Stachel aus Stahl auf Conrad zuschoß. Er schrie auf, als der Stachel ihn zwischen die Augen traf, und versank in einem Schwarzen Loch.

Als Conrad wieder zu sich kam, lag er in seinem Zimmer auf dem Fußboden, und Paddy und Chloë befreiten ihn gerade aus seinem VR-Anzug. Sie selber hatten ihre Anzüge noch an. Zitternd richtete Conrad sich auf und wärmte sich, indem er die Arme vor dem Körper verschränkte und sich die Schultern rieb. Ihm war schlecht. Wieder hatte er diesen scheußlichen metallischen Geschmack im Mund, und am liebsten hätte er sich übergeben. Trotzdem war es nicht ganz so schlimm wie beim ersten Mal. Vielleicht war er herausgekommen, bevor der Stachel sich ganz in ihn hineingebohrt hatte.

»Hol ihm ein Glas Wasser«, sagte Chloë zu Paddy. »Conrad, was ist passiert? Du hast von einem Moment auf den nächsten angefangen zu schreien!«

»Pfui Spinne.« Mehr brachte Conrad nicht über die Lippen.

»Da war keine Spinne, Kid«, sagte Paddy und gab ihm zu trinken. Paddy trug immer noch seinen Fliegerhelm über der Kapuze des VR-Anzugs. »Wir haben uns zu dir umgedreht. Du bist einfach nur gestolpert.«

»Ich bin nicht gestolpert!« rief Conrad wütend. »Da war eine Spinne! Genauso wie letztes Mal. Ich verstehe das einfach nicht!«

Die Tür wurde geöffnet, und Conrads Mutter erschien. »Was soll denn das Geschrei? Conrad, steh auf. Dein Vater ist wieder da.«

Beim Mittagessen saßen Conrad, Chloë und Paddy auf leisen, luftgepolsterten Schwebehockern, während Conrads Eltern die altmodischen Lehnstühle mit vier Beinen bevorzugten. Conrads Vater, James Hamilton, war ein gutmütiger Mensch mit beginnender Glatze. Wenn er von einer Geschäftsreise zurückkehrte, hatte er jedesmal haufenweise Geschichten zu erzählen. Conrads Mutter schnitt Scheiben von einer fußballgroßen Tomate ab, während James ihnen von Südkorea und den unglaublichen Ereignissen dort berichtete. Südkorea hatte sich zum führenden Land in der Herstellung von VR-Anzügen und anderer Computerhardware entwickelt, doch nach den Worten von Conrads Vater zu urteilen, hatten die Firmen dort mit Verbrecherbanden und zwielichtigen Geschäften zu kämpfen. Conrads Mutter fragte, ob man in diesem Land wohl ohne Risiko leben könne.

James Hamilton zuckte die Schultern. »Und dann gibt es noch diese ganzen verrückten Sekten. Obwohl in Südkorea so viele Computer hergestellt werden, sind die Menschen dort noch immer sehr arm. Deshalb haben die Fundamentalisten mit ihnen auch leichtes Spiel und können sie einer Gehirnwäsche unterziehen.«

»Eine Gehirnwäsche würde Conrad auch nicht schaden«, meinte Chloë fröhlich und erntete schallendes Gelächter – außer von Conrad.

»Wie geht es denn in der Schule voran?« wollte James wissen.

»Frag lieber nicht«, entgegnete Conrads Mutter.

»Willst du den neuen VR-Anzug sehen?« fragte James, obwohl er wußte, daß sein Sohn es gar nicht erwarten konnte. Auf dem Stuhl lag ein Päckchen aus Alufolie. »Mach es auf und sieh nach.«

Der neue VR-Anzug war aus demselben seidenartigen Gummi wie der alte, jedoch grau statt blau; dort, wo das Licht auf ihn fiel, schimmerte er. Das Halsmikrofon war verbessert worden, und der Controller war nun integraler Bestandteil des Anzugs und kein separates Gerät mehr.

Mit dem kleinen Spinnenemblem auf dem Anzug konnte sich Conrad nicht so recht anfreunden, aber der Rest beeindruckte ihn so sehr, daß er deswegen keine Bemerkung verlor.

»*Ätzend!*« rief Chloë. »*Echt ätzend, das Ding!*«

Paddy und Chloë wollten den Anzug sofort ausprobieren, doch Conrads Mutter hielt sie zurück.

»O nein. Ihr habt schon den ganzen Morgen in Webtown verbracht. Noch einen Fall von Webkrankheit können wir nicht gebrauchen«, sagte sie mit einem argwöhnischen Blick auf Conrad.

Nachdem die Tech-Rats den Nachmittag zusammen verbracht hatten, gingen sie auseinander. Chloë nahm voller Zufriedenheit Conrads alten Anzug mit. Conrads Vater schenkte Paddy ein Generatorprogramm für farbige Avatars, ähnlich dem von Chloë, so daß auch Paddy das Haus der Hamiltons nicht mit leeren Händen verlassen mußte. »Daß du mir aber nächstes Mal nicht mit grünen Haaren kommst«, sagte Frau Hamilton zum Abschied zu ihm.

In jener Nacht schlief Conrad ziemlich schlecht. Dafür hatte er einen seltsamen und verstörenden Traum. Er befand sich an einem gelben Sandstrand und war nur etwa vier oder fünf Jahre alt. Ringsum waren viele Menschen, die lächelten und sangen. Das Lied ging ihm nicht mehr aus dem Kopf. Alle lächelten ein wenig zu lange, jeder schien ein wenig zu glücklich zu sein.

Mitten in der Nacht wachte Conrad schweißgebadet auf. Er fühlte sich elend. An seinem Computer blinkte ein Licht: Jemand hatte ihm eine Mitteilung per E-Mail geschickt. Sie war zwar in Rat-Code geschrieben, aber die Unterschrift erkannte er sofort. Die Nachricht kam von Chloë. Conrad ließ sie vom Programm entschlüsseln und las:<*Hallo Dummerchen, ich nehme alles zurück. Deine Spinne hat mich gebissen, und es geht mir dreckig. Ruf mich an. Bis bald, Chloë.*>

4
ARIADNE

Conrad rief Chloë am nächsten Morgen an. Sie hatte schon darauf gewartet. »Du hast dir aber ganz schön Zeit gelassen!«

»Tut mir leid«, sagte Conrad. »Ich bin ziemlich müde. Ich habe schlecht geträumt.«

»Na ja, wie ich schon sagte, ich nehme alles zurück. Als ich gestern nach Hause kam, bin ich noch mal bis zum Labyrinth gegangen. Ich wollte unbedingt den Anzug ausprobieren. Ich dachte, ich sehe mich einfach mal um, und bevor ich durch die Tür gehen konnte, fiel mich so ein ekliges Spinnenmonster an und hat mich gebissen. Jetzt weiß ich, daß du uns nicht auf den Arm nehmen wolltest, Conrad. Das Biest war richtig böse! Mir war die ganze Nacht schlecht.«

»Damit ist zumindest bewiesen, daß ich nicht verrückt geworden bin. Hast du es schon Paddy gesagt?«

»Er hat sich noch nicht gemeldet. Hör mal, wie oft bist du schon von einer Spinne gebissen worden?«

»Vielleicht vier- oder fünfmal.«

»Ich siebenmal in den letzten Jahren. Aber es hat nicht ein einziges Mal so weh getan wie gestern. Und so übel wie diesmal ist mir auch noch nie gewesen. Da stimmt etwas nicht, Conrad. Im Edutainment haben aggressive Spinnen nichts zu suchen. In Politik, Finanzen, Erwachsenenseiten ja, aber nicht im Edutainment.«

Da sich Paddy noch immer nicht meldete, beschlossen sie, zusammen ins Labyrinth vorzudringen. Conrad stieg in seinen nagelneuen Anzug und tippte die Daten ein. Er kam einige Sekunden vor Chloë an. »Mann! Verdammt schnell, dieser Anzug!«

Dann erschien auch Chloë. Hand in Hand gingen sie langsam auf die Tür zu. Die Doppelaxt darüber blinkte bedrohlich. Langsam gingen sie weiter. Beide warteten sie jetzt nervös auf die Wachspinne. Conrad ging noch näher heran. Chloë blieb etwa an der Stelle stehen, wo sich der Infokasten in die Spinne verwandelte. Conrad ging weiter, doch seltsamerweise passierte gar nichts. Dann berührte er schließlich den Kasten, und die Geschichtsstunde begann. Plötzlich hörte er, wie Chloë ihm etwas zurief.

Conrad sah sich zu ihr um. Chloë wich gerade von der Tür zurück. Dann blieb sie abrupt stehen. »Komm mal her«, sagte sie mit belegter und angstvoller Stimme. »Komm her.«

Conrad ging ebenfalls zurück.

Sie hielt ihm die Hand entgegen. »Ich hab's, Conrad. Wenn ich diesen Punkt überschreite, beginnt die Spinne sich zu bilden. Wenn ich hier stehenbleibe, fängt sie an, zu verschwinden.«

Conrad sah sich um. »Es ist keine Spinne da. Jedenfalls kann ich keine sehen.«

Er trat einen Schritt vor und wieder zurück. Nichts. Warum sah Chloë jetzt etwas, was vorher nur er hatte sehen können? Und warum konnte er es jetzt nicht sehen? Das war zwar verrückt, aber nicht so verrückt, daß er ihr nicht glaubte, wenn sie sagte, sie habe etwas gesehen. Er hatte es ja selber schon erlebt. Dann kam ihm eine Idee.

»Chloë, ich glaube, ich hab's! Du trägst doch meinen alten Anzug. Irgendwie muß die Spinne in dem Anzug stecken. Geh sofort aus dem Programm. Dann zieh deinen alten VR-Anzug an und komm wieder her. Ich warte hier auf dich.«

»Aber ...«

»Tu's einfach!«

Chloë drückte den Ausklink-Knopf auf ihrem Controller, und ihr künstliches Bild verschwand. Conrad wartete. Er hatte keine Ahnung, wie es möglich war, aber irgendwie wußte er, daß sich die Spinne in dem Anzug befand, den er Chloë geschenkt hatte – oder vielleicht sogar in dem Controller. Das war die einzige Erklärung dafür, daß sonst niemand die Spinne sehen konnte. Der Anzug startete ein *geheimes Programm!*

Ein oder zwei Minuten später kehrte Chloë zurück. »Hast du deinen alten Anzug an?« fragte Conrad.

»Und ob!« sagte Chloë.

»Dann komm.«

Erneut näherten sie sich der Tür. Chloë war extrem vorsichtig und schob sich nur zentimeterweise vorwärts. Sie wartete darauf, daß sich die Infobox in einen scheußlichen und giftigen Wächter verwandelte.

Aber Conrad hatte recht. Diesmal wurde keiner von ihnen von einer Spinne angefallen. Unbehelligt konnten sie die Türschwelle überschreiten.

Conrad erklärte Chloë seine Überlegung.

»Ich verstehe es trotzdem nicht«, meinte Chloë. »Das bedeutet ja, daß sich jemand große Mühe damit gemacht hat, etwas in einem Edutainment-Programm zu verstecken. Aber wieso?«

Tja, wieso wohl, dachte Conrad. Er betrachtete die großen alten Steinwände des Labyrinths um sich herum. Brennende Fackeln an den Wänden warfen tanzende Schatten auf die Steine. Conrad suchte immer noch nach einem möglichen Grund, als die Sprechstimme der Geschichtsstunde abrupt verstummte. Ein elektronischer Rülpser ertönte, dann das Summen einer eindringenden Übersteuerung. Und plötzlich sagte eine andere, aber gleichfalls ruhige weibliche Stimme:

<Hier spricht Ariadne. Die Tech-Rats werden sich doch sicher nicht von einer kleinen Spinne ins Bockshorn jagen lassen.> Es knackte erneut, und die Geschichtsstunde ging weiter.

»Hast du das gehört?« fragte Conrad.

»Klar doch«, antwortete Chloë.

Sie gingen zurück zum Infokasten und versuchten, die Worte noch einmal abzurufen, doch das Gerät wiederholte lediglich die Geschichtsstunde, und zwar ohne Unterbrechung. Chloë hatte eine Idee. Sie gab einen Suchbefehl für den Namen Ariadne ein.

»Ariadne: Griechische Mythen- und Sagengestalt, mit deren Hilfe es Theseus gelang, den Minotaurus zu töten und wieder aus dem Labyrinth herauszufinden.«

Weitere Angaben über diese ominöse Gestalt der griechischen Mythologie folgten.

»Glaubst du, daß es jemand ist, der uns helfen möchte?« fragte Conrad. »Oder jemand, der Böses im Schilde führt?«

»Was ich glaube? Daß wir keine Ahnung haben, was hier vorgeht.«

»Hast du Angst?«
»Ja«, antwortete Chloë leise.
»Dann laß uns hier verschwinden.«
Sie verließen schnell das Programm und schlossen es.

»Also«, begann Paddy und ließ seinen Pilotenhelm an dessen Riemen hin- und herbaumeln. »Sollen wir uns von einer kleinen Spinne an der Nase rumführen lassen?«

Die Tech-Rats hatten sich wieder bei Conrad getroffen.

»Wenn sie dich auch angegriffen hätte, würdest sie nicht als klein bezeichnen, Spatzenhirn«, gab Chloë zurück. »Dagegen nimmt sich der Biß einer normalen Spinne wie ein Katzenkuß aus.«

»Katzen küssen nicht, Kid. Sie lecken.«

»Ist ja auch egal. Jedenfalls will ich das nicht noch einmal erleben.«

»Ich auch nicht«, meinte Conrad.

»Ist das etwa alles, was ihr zu sagen habt?« fragte Paddy entrüstet. »Da stehen die Tech-Rats vor ihrer allerersten Herausforderung, und was passiert? Sie werfen das Handtuch!«

Chloë sah ihn zornig an. Paddy wußte, daß sie diese Beleidigung nicht einfach hinnehmen würden. Conrad schüttelte den Kopf. »Nimm einmal an, wir gehen zurück und finden einen Weg, an der Spinne vorbeizukommen. Was dann?«

»Mich brauchst du nicht zu fragen«, meinte Paddy ironisch. Er legte sich auf den Fußboden und streckte alle viere von sich. »Ich werfe das Handtuch und gehe mit euch k.o.«

»Ich frage mich immer noch, wer diese Ariadne wohl sein könnte«, sagte Chloë.

»Es gibt nur eine Möglichkeit, das herauszufinden«, befand Paddy, erhob sich und setzte den Fliegerhelm auf.

»Wir haben nur den einen Anzug für das versteckte Programm«, sagte Conrad betrübt.

»Daran habe ich schon gedacht«, entgegnete Paddy, der schließlich der Technikexperte unter den drei Freunden war. Chloë nannte ihn ihren Techno-Soldaten. »Statt uns an dein Terminal anzuschließen, baue ich mehrere Anschlußpunkte in den Anzug ein, den du Chloë geschenkt hast. Dann docken wir uns an diesen Leitanzug an und kommen so alle zusammen in das Geheimprogramm.«

»Tech-Rats«, rief Chloë triumphierend. »Das heißt ja, daß ich die Führung übernehme. Das gefällt mir!«

»Das hatte ich befürchtet«, meinte Conrad.

Sofort begann Chloë, in den Anzug zu steigen. »Los, Jungs, es geht wieder hinein!«

5
GLÜCKLICH LÄCHELNDE MENSCHEN

In Webtown wimmelte es vor Menschen. Da Sonntag war, interessierten sich die meisten Besucher für die Unterhaltungs- und Freizeitangebote. In die Bildungs- und auch die Edutainment-Sites hatten sich nur wenige verirrt.

So war es ein glücklicher Zufall, daß sie ihren Klassenlehrer, Mentor Robinson, vor sich sahen, als sie durch den Geschichtsblock in das Programm für das Alte Griechenland einstiegen.

Über sein Halsmikrofon erklang schallendes Gelächter. »Du meine Güte! Es geschehen tatsächlich noch Zeichen und Wunder! Da wollt ihr drei also auch am Sonntag etwas lernen. Fürwahr, ich bin beeindruckt. Erstaunt, aber beeindruckt. Ich dachte, Ihr würdet lieber Außerirdische bekämpfen, statt zu lernen!«

»Projektarbeit«, sagte Conrad schnell.

»Sehr schön. Bummeln wir doch gemeinsam ein wenig durch die Ausstellung! In welchen Teil des Alten Griechenlands wolltet ihr denn? Architektur der Antike vielleicht? Die Lehren des Plato? Die Eroberungen Alexanders? Für mich ist es am schönsten, wenn ich meinen freien Tag in Begleitung junger Menschen verbringen kann.«

Enttäuscht sahen die drei Freunde sich an. Sie konnten Mentor Robinson unmöglich mit in das Labyrinth nehmen. Also verbrachten sie eine Stunde mit ihm und griechischer Architektur. Mentor Robinson schaltete den Bandkommentar aus und erklärte ihnen alles selbst. Während er sprach, sagten die Tech-Rats keinen Ton. Dann und wann täuschten sie durch anerkennende Laute ein Interesse vor, das sie nicht hatten:

»Ah ja.«

»Tatsächlich?«

»So, so.«

»Verstehe.«

»Na super!« stieß Chloë hervor, als der Lehrer sie endlich alleingelassen hatte. »Jetzt bin ich Expertin für korinthische Säulen. Warum konntest du nur den Mund nicht halten, Idiot!«

»Dir ist ja auch nicht gerade viel eingefallen«, entgegnete Conrad.

»Hört auf, euch zu streiten«, unterbrach Paddy sie. »Schließlich sind wir hier, weil wir uns etwas vorgenommen haben. Und das sollten wir jetzt durchführen.«

Vor dem Labyrinth hielten sie Paddy an der Stelle fest, bei deren Überschreiten sich der Informationsblock in eine Spinne verwandelte. »Und jetzt?«

»Wartet«, sagte Paddy und tippte etwas in seinen Controller. »Vor allem müssen wir sichergehen, daß Chloë sich nicht rausspinnt, weil wir dann alle rausspinnen. Deshalb müssen wir sie vielleicht schützen. Ich rufe mein *Handbuch für Hacker* auf.«

Das *Handbuch für Hacker* war indiziert, was bedeutete, daß jedes Kind, das sich für einen Techno-Soldaten hielt, eine Ausgabe besaß. Auf dem kleinen Bildschirm des Controllers erschienen in mikroskopisch winziger Schrift einige Anweisungen.

Wie man an einer Sicherungsspinne vorbeikommt ...

1. Farbcode herausfinden.
2. Biß hinnehmen, während Begleiter durchschlüpfen.
3. Spinne frontal deaktivieren (nur für fortgeschrittene Techno-Soldaten).
4. Spinne in die Irre führen.

Paddy las den anderen die Möglichkeiten vor.

»Tja, den Farbcode kennen wir nicht«, sagte Chloë. »Kannst du die Spinne vom Fleck weg deaktivieren?«

»Nö«, antwortete Paddy.

»Bist du bereit, dich beißen zu lassen, damit wir vorbeigehen können?«

»Nö.«

»Weißt du, wie man eine Spinne in die Irre führt?«

»Nö.«

»Du bist mir ein schöner Techno-Soldat!« rief Chloë verächtlich.

»Kannst du von einem von uns ein Echobild anfertigen?« fragte Conrad. »Mentor Robinson hast du damit doch auch schon mal hereingelegt. Damit könnte man die Spinne doch verwirren, oder?«

»Das wäre den Versuch wert«, meinte Paddy. »Ich könnte fünf oder sechs Sekunden ein Bild laufen lassen.«

»Mach eins von jedem von uns«, schlug Chloë vor.

»Auf diese Weise können wir feststellen, ob ein Durchschlüpfen möglich ist, wenn einer sich beißen läßt.«

Paddy beschäftigte sich mit seinem Controller zu, der plötzlich Abbilder von Chloë, Conrad und Paddy selbst erzeugte. Paddy warf die Phantombilder an die Tür zum Labyrinth, und sofort entstand die Spinne. Zum Entsetzen der drei Freunde vervielfältigte sie sich und griff jedes Bild gleichzeitig an. Zwar gelang es den Phantomen, an den Angreifern vorbeizukommen, doch kurz hinter der Tür verloschen sie. Sobald die Eindringlinge beseitigt waren, verwandelten sich die drei Spinnen wieder in einen Infoblock.

»Soviel zum Thema beißen lassen, während die Freunde durchschlüpfen«, meinte Chloë. »Das gibt's doch nicht!«

»Es muß einen Weg geben«, sagte Paddy.

In seiner Ratlosigkeit öffnete Conrad seinen eigenen Controller und tippte:

<Hilf uns, Ariadne.>

Umgehend ertönte in seinem Ohrhörer die Antwort. *»Chloë hat den Farbcode. Ariadne.«*

»He!« Conrad sah die anderen an.

»Ich hab's auch gehört«, sagte Chloë. »Das bedeutet, daß Ariadne, wer sie auch sein mag, jeden unserer Schritte beobachtet.«

»Aber warum sagt sie, du hättest den Farbcode?«

»Keine Ahnung.«

Paddy plante etwas. Wie ein Jagdhund hatte er eine Spur aufgenommen. »Ich glaube, ich weiß, was es bedeutet«, sagte er. »Chloë, wie lautete die Zahlenkombination für deine Haarfarbe? Ich meine, als du dein virtuelles Abbild erschaffen hast?«

»Silber-rot-silber-rot-silber-rot-silber ist 14-2-14-2-14-2-14.«

»Hast du dir das selbst ausgesucht?«

»Nein, das ist ja das Merkwürdige. Ich wollte eigentlich grün-gold, aber das Programm stürzte immer wieder ab. Dann kam zweimal diese Kombination, und die habe ich genommen.«

»Damit haben wir wohl herausgefunden, daß es Ariadne war, die dir die Haare gefärbt hat, Kind. Versuchen wir's.« Paddy machte einen Schritt auf die Tür zu, und schon begann sich aus den Dreiecken die gräßliche Spinne zu formen. Dann gab er den Farbcode ein. Mit einem elektronischen Pfeifen fiel die Spinne in sich zusammen und verschwand im Infoblock.

»Geschafft, geschafft, geschafft!« rief Chloë begeistert.

Doch dann meldete sich wieder die geheimnisvolle Stimme. *»Jetzt sind sie hinter mir her. Ich gehe offline. Ich werde euch eine Weile nicht helfen können.«*

Die Stimme verstummte. »Ich glaube, wir sind wieder auf uns allein gestellt«, meinte Conrad. »Kommt!«

Wohlbehalten betraten sie das Labyrinth.

Ihr Plan bestand darin, nach allem zu suchen, was anders war als das, was sie zuvor in dem Labyrinth gesehen hatten. Sie vermuteten, daß sie noch andere geheime Programme finden würden, die sie öffnen konnten. Allerdings waren sie im Labyrinth nicht allein; auch eine Familie und ein paar andere Kinder waren dort unterwegs. Über ihnen ragten die verstaubten alten Steine auf, und ihre Stimmen hallten von den Wänden wider. Doch die Tech-Rats nahmen an, daß nur sie selbst in die geheimen Bereiche des Programms vordringen konnten. Überall in den Informationskästen liefen Geschichtslektionen über das Reich der Minoer und den Palast von Knossos. Wer noch mehr erfahren wollte, konnte im Labyrinth große interaktive Ausstellungen besuchen. In den Wänden öffneten sich Bildschirme, luden zur interaktiven

Kommunikation ein und schlossen sich wieder, wenn jemand vorbeigegangen war.

Plötzlich hörten die drei Freunde galoppierende Hufe auf sich zukommen, dann das Brüllen und Schnauben eines Stieres. Knirschend öffnete sich die Steinwand und gab einen großen Durchbruch frei, in dem eine furchteinflößende Gestalt erschien. Es war ein Mann mit dem Kopf eines riesigen Stiers. Die beinahe zwei Meter große Gestalt schnaubte und stampfte mit den Hufen. »Guten Tag«, sagte sie mit sehr klarer Stimme und recht überheblichem Tonfall. »Willkommen im Labyrinth. Ich bin Ihr Minotaurus. Soll ich Ihnen den Spielplan erklären? Ich kann in drei verschiedenen Modi ...«

»Nein, danke«, unterbrach Paddy grob. »Gute Nacht.«

Der Minotaurus trat zurück. »Sind Sie sicher, mein Herr? Ich könnte Sie als furchtbarer Gegner durch das Programm jagen oder als Reiseführer begleiten – als Mino*tourus*, sozusagen. Ha, ha, ha!«

»Nein, danke«, sagte Chloë. »Schließen.« Der Minotaurus trat in den Durchbruch zurück, und die Wand schloß sich wieder.

»Das schrecklichste an diesem Minotaurus ist sein Humor«, meinte Chloë.

Plötzlich ertönten Musik und Gesang.

»Warum kommt mir das nur so bekannt vor?« wunderte sich Chloë.

Bevor ihre Frage beantwortet wurde, öffnete sich in der Wand ein anderer Bildschirm und lud sie in einen – als *Id* bekannten – interaktiven Bildschirmknoten ein, in dem auf einem gelben Sandstrand Menschen beieinander saßen. Dattelpalmen säumten den Durchgang, der ihnen den Weg zum Id öffnete. Die Menschen dort trugen wie im Alten Griechenland weiße Gewänder und goldfarbene Sandalen, doch ihre Gesichter und Frisuren schienen aus moderner Zeit zu stammen. Über dem Wasser hinter ihnen ging gerade die Sonne als großer roter Ball unter. Alle sangen und sahen sehr zufrieden aus. Winkend forderten sie Chloë, Paddy und Conrad auf, sich zu ihnen zu setzen.

»Nicht zu fassen«, sagte Chloë. »Genau davon habe ich heute nacht geträumt.«

»Ich auch!« gestand Conrad. »Der Gesang. Die Musik. Die glücklichen, lächelnden Menschen. Genau das habe ich auch geträumt.«

»Ich habe keine Ahnung, wovon ihr zwei sprecht«, sagte Paddy, »aber etwas an diesen Leuten ist irgendwie abstoßend. Ich weiß zwar, daß es nur Computerbilder sind, aber sie sehen trotzdem unecht aus.«

»Zu glücklich«, meinte Chloë.

»Genau. Glücklich wie der Goldfisch in seinem Glas.«

Die Sitzenden winkten sie weiter heran. »Das ist aber nicht das einzige«, sagte Paddy. »Seht euch nur mal ihre Augen an.«

Die Augen waren farbig, entweder blau oder grün oder braun, wiesen aber weder eine Pupille noch einen Augapfel auf. In diesem Augenblick wurde die vom Band gesprochene Geschichtsstunde ausgeblendet, und ein leises, sanft pulsierendes elektronisches Wellenrauschen entstand. Die Sitzenden hörten nicht auf zu winken.

»Wie lange sind wir eigentlich schon im Web?« fragte Chloë. »Ich glaube, ich muß mich bald übergeben.«

»Ich auch«, sagte Paddy. »Mir ist schlecht.«

Conrad ging es genauso. Er sah auf sein Handgelenk. »Das kann nicht stimmen. Da steht, daß wir schon seit über drei Stunden hier sind. Wie lange waren wir mit Mentor Robinson unterwegs?«

»Höchstens eine Stunde«, sagte Chloë.

»Gut. Dann noch etwa fünfzehn Minuten, um an der Spinne vorbeizukommen. Irgendwo haben wir mindestens eine Stunde verloren, wahrscheinlich noch mehr.«

»Stimmt. Ich muß jetzt abschalten«, sagte Chloë. »Mir geht's wirklich nicht besonders.«

Ohne auf die Zustimmung der anderen zu warten, drückte sie zwei Tasten an ihrem Handgelenk. Nichts passierte. Ihre Freunde hatten das gleiche Problem. »Gehen wir so wieder hinaus, wie wir hereingekommen sind«, schlug Paddy vor. Unter dem Dach der Dattelpalmen zogen sie sich aus dem Id zurück. Draußen drückten sie alle auf die Ausklink-Taste, und kurz darauf schälten sie sich in Conrads Zimmer aus den Anzügen.

»Da geht etwas ganz Übles vor«, meinte Chloë. »Ich weiß zwar nicht, was, aber es gefällt mir ganz und gar nicht. Ich muß was trinken, sonst muß ich wirklich kotzen!« Sie lief nach unten, kehrte mit drei Dosen von Conrads eiskaltem Arktisbeerensaft zurück und verteilte sie, ohne ihren Redefluß zu unterbrechen. »Ein paar Rätsel für die ganz Schlauen! Frage eins: Wer ist Ariadne, und warum hat sie meinen Farbgenerator zerstört? Frage zwei: Wer hat ein Geheimprogramm für das Labyrinth erstellt? Frage drei: Warum hatten wir alle denselben Traum?«

»Berichtigung, Kid«, warf Paddy ein. »Nur ihr zwei.«

»Frage vier: Wie kommt es, daß wir heute eine Stunde im Web verloren haben? Ich werde nun mal nicht gern webkrank.«

Keiner von ihnen hatte die Möglichkeit, auf Chloës Fragen zu antworten. Ein elektronisches Signal lenkte ihre Aufmerksamkeit auf den Computerbildschirm. Dort erschien eine dringende Nachricht von Conrads Vater.

6
WEBKRANK

Mr. Hamilton war nur verzerrt zu erkennen. Zwar waren Live-Übertragungen aus Korea normalerweise gut, doch manchmal kam es durch magnetische Störungen oder Satellitenprobleme zu Bildverschiebungen. James Hamiltons Gesicht verlor seinen natürlichen Ausdruck und wirkte eckig, als sei es mit einem Computer erzeugt. Seine Halbglatze war an den Seiten rechtwinklig, die Falten auf seiner Stirn zu tief.

»Hallo, Paps«, sagte Conrad.

»Conrad!« James Hamilton machte den Eindruck, als wache er genau in dem Augenblick auf, als er seinen Sohn auf dem eigenen Bildschirm sah. »Wo ist deine Mutter? Ich muß mit ihr sprechen.«

»Sie ist mal kurz aus dem Haus gegangen.«

»Verdammt. Junge, wie geht es dir?«

»Gut.«

»Wirklich? Ist alles in Ordnung?«

»Na klar, warum denn nicht?«

»Ach, kein besonderer Grund. Nur so 'ne Frage. Hör zu, Junge, es ist wichtig. Diesen VR-Anzug, den ich dir mitgebracht habe – du mußt ihn mir zurückschicken.«

»Kein Problem«, sagte Conrad. »Das Spinnen-Emblem hat mir sowieso nicht gefallen.«

Mr. Hamilton schaute verwirrt. »Nein, nein. Nicht den ich dir zuletzt mitgebracht habe, sondern den anderen. Der Hersteller hat einen schweren Produktionsfehler darin entdeckt, und es werden alle Anzüge zurückgerufen. Du mußt ihn mir per Kurier nach Südkorea schicken.«

»Zu spät, Paps.«

»Zu spät? Was soll das heißen, zu spät?«

»Du hast doch gesagt, Chloë könne ihn haben. Erinnerst du dich?«

James Hamilton machte ein zorniges Gesicht und beugte sich vor. »Dann sage Chloë, daß ich ihr einen ganz neuen Anzug besorge, so wie deinen, ob mit oder ohne Spinne darauf. Und Paddy bekommt meinetwegen auch noch einen. Aber schick mir den anderen zurück, denn darauf wird hier sehr viel Wert gelegt, und wenn du es nicht tust, dann könnten mir reichlich Geschäfte durch die Lappen gehen. Hast du verstanden?«

»Sicher.«

»Vermassele es nicht, Conrad. Du weißt, wie das Kuriersystem funktioniert? – Gut. Laß mich jetzt nicht im Stich.«

»Alles klar.«

»Danke, Junge. So, ich muß Schluß machen. Bis bald.«

James Hamilton verschwand vom Bildschirm. Paddy pfiff leise. Weder er noch Chloë waren im Blickfeld des Bildschirms gewesen. »Sieht ganz so aus, als bekämt ihr einen von diesen tollen Anzügen«, sagte Conrad.

»Super«, meinte Paddy.

»Ja, super«, sagte Chloë. »Dann sehen wir alle ganz toll aus, in unseren neuen silky Anzügen.«

Die beiden Jungen sahen sie an. An Chloë Tonfall hatten sie bemerkt, daß noch etwas kommen mußte. »Ihr zwei Erbsenhirne begreift auch gar nichts, was? Seht ihr denn den Zusammenhang nicht?«

»Welchen Zusammenhang?«

»Für mich hört sich das an«, erklärte Chloë, »als ob jemand meinen Anzug *unbedingt* zurückhaben will.«

»Du meinst ...«

»Ja, du Intelligenzbestie! Es ist reiner Zufall, daß der Anzug, der das versteckte Programm startet, in unserem Besitz ist. Wir hätten ihn nie in die Hände bekommen sollen. Und seit wir einmal Zugang zum Parallelprogramm, dem *geheimen* Programm, hatten, ist man auf uns aufmerksam geworden. Und man will uns da nicht drinhaben!«

»Wir müssen den Anzug zurückgeben«, forderte Conrad. »Mein Vater wird verrückt, wenn ich ihn nicht zurückschicke.«

»Ich weiß, ich weiß. Beruhige dich! Denken wir einmal in Ruhe darüber nach. Wenn wir herausfinden wollen, was sie verbergen möchten, müssen wir Zeit gewinnen.«

»*Sie*?« fragte Paddy. »Wer ist *sie*?«

»Wer immer diesen Spezialanzug hergestellt hat. Wer ihn unter allen Umständen zurückhaben will. Wir müssen noch einmal hineingehen und herausfinden, warum.«

Paddy stöhnte auf. »Ich kann jetzt nicht. Dazu ist mir viel zu schlecht.«

»Mir auch«, klagte Conrad.

»Es geht uns allen nicht gut genug. Wir müssen auf jeden Fall noch ein paar Stunden warten.«

»Du vergißt etwas«, gab Paddy zu bedenken. »Conrad und ich hängen an deinen Schaltkreisen. Wenn wir uns nicht an deinen Anzug anschließen, kommen wir nicht in das verborgene Programm. Und in ein paar Stunden liegen wir zu Hause im Bett.«

»Dann morgen.«

»Morgen haben wir wieder Schule.«

»Dann eben nach der Schule!« rief Chloë. »Was ist denn auf einmal mit euch los? Und außerdem hätte Conrads Mutter bestimmt nichts dagegen, wenn wir alle zusammen an Conrads Terminal arbeiten. Ihr wißt doch, daß die Schule sich immer große Sorgen um Kinder macht, die allein lernen.«

»Das ist ja alles gut und schön«, wandte Conrad ein, »aber was ist mit dem Zurückschicken? Ich kann den Anzug unmöglich hierbehalten.«

»Nur ein paar Tage, Conrad. Sag deinem Vater, du könntest mich nicht erreichen. Oder daß ich weggefahren sei und bald wiederkäme. Dir fällt schon was ein.«

Conrad wollte seinen Vater nicht anlügen. Mit trauriger Miene sah er Paddy an, doch der zog sich nur den Fliegerhelm ins Gesicht.

»Es geht doch nur um ein oder zwei Tage«, flehte Chloë. »Und wenn die Webkrankheit nachläßt, gehe ich allein nachsehen.«

»Kommt nicht in Frage, Kid«, sagte Paddy und zog den Helm wieder nach oben.

»Stimmt«, bestätigte Conrad, der plötzlich Angst um seine Freundin hatte. »Keine gute Idee, dort allein hineinzugehen. Es ist gruselig. Ich habe ein ungutes Gefühl bei diesem Labyrinth.«

»Na schön«, lenkte Chloë ein. »Ihr habt ja recht.«

Conrad wußte, daß man Chloë nicht trauen durfte, wenn sie so leicht nachgab. »Ich verbiete dir, allein hineinzugehen«, sagte er.

»Höchste Zeit zu geben, Paddy«, sagte Chloë und nahm ihre Sachen. »Wir sehen uns frisch und früh in der Schule, Conrad.«

»Laß den Anzug hier!« rief Conrad ihr nach, doch Chloë hüpfte schon die Treppe hinunter und verabschiedete sich fröhlich von Mrs. Hamilton. Paddy sah Conrad schulterzuckend an und folgte ihr.

Ein wenig später bat Conrad seine Mutter um die Erlaubnis, am nächsten Tag zusammen mit seinen Freunden an seiner Datenstation zu lernen. Dann teilte er seinem Vater über E-Mail mit, daß Chloë für ein oder zwei Tage mit dem Anzug weggefahren sei, daß er ihn aber nach ihrer Rückkehr sofort nach Korea zurückschicken werde.

Als Conrad an diesem Abend zu Bett ging, betrachtete er noch eine Weile sein Planetarium an der Decke. Er besaß ein Softwareprogramm, mit dem sein Computer fantastische Lichteffekte erzeugen und Planeten und Sterne an Decke und Wände seines Zimmers werfen konnte. Manchmal dachte er beim Einschlafen, er treibe irgendwo im Weltall umher. An diesem Abend sah er, wie sich ein pulsierender roter Riesenstern in eine Supernova verwandelte, der größten bekannten Explosion im Universum, und fragte sich, ob Chloë wirklich so verrückt war, allein in das Geheimprogramm zu gehen.

War Chloë so verrückt? Natürlich. Nachdem bei ihr zu Hause alle Lichter gelöscht waren, schlich sie sich aus dem Bett, schaltete ihr Terminal ein und zog ihren VR-Anzug an. Kurz darauf stand sie vor dem Labyrinth unter dem knisternden Doppelaxtsymbol.

Als sie sich dem Informationsdreieck näherte, bildete sich die Spinne. Chloë gab den Zugangscode in ihre Handgelenkstastatur ein. Die Spinne verwandelte sich zurück in eine Infobox.

»Wir sind drin«, flüsterte sie.

Chloë nahm denselben Weg wie am Nachmittag. Ihr war immer noch ein bißchen übel von dem langen Aufenthalt im Web, aber sie hatte eine Idee. Sie brauchte nur zehn oder fünfzehn Minuten, um etwas zu beweisen.

Schnell befand sie sich an dem interaktiven Bildschirm, auf dem die Unbekannten auf dem gelben Sandstrand saßen, über dem blutrot die Sonne unterging. Als sie den von Dattelpalmen gesäumten Eingang durchquerte, sangen die Anwesenden weiter, so als hätten sie seit dem Besuch der drei Freunde am Nachmittag nicht aufgehört. Und immer noch machten sie ein überaus glückliches Gesicht, das trotzdem so wirkte, als wären sie in Trance. Winkend forderten sie Chloë auf, sich zu ihnen zu setzen. Ein junger Mann mit blaßblauen Augen erhob sich und rief es ihr auch zu. Entsetzt stellte Chloë fest, daß sie ihre Hand durch das 3-D-Bild stecken konnte. In Webtown konnte man das allermeiste wie im wirklichen Leben berühren. Und als sie durch die Id-Bilder hindurchgegangen war, befand sie sich wieder im Labyrinth, als wären die Bilder selbst der Ausgang. Hier war alles anders als üblicherweise in Webtown. Nichts entsprach dem Standard. Chloë ging an einer Ausstellung minoischer Kunst, einem Spiel mit historischen griechischen Kostümen und der Rekonstruktion eines minoischen Palastes vorbei.

Zwischen den Eingangssäulen des Palastes stieß Chloë auf eine zweite Gruppe junger Menschen, die um ein Feuer saßen und sich unterhielten. Auch dies war ein Id, und diesmal bildeten die Säulen den Eingang. Die Lichtverhältnisse waren anders – die Szene spielte bei Nacht. Chloë sah zum Himmel auf. Wie silberne Perlen strahlten die Sterne. Auch in dieser Szene trugen die jungen Leute weiße Gewänder.

Einer von ihnen blickte zu Chloë auf und begann, auf einer Flöte eine unheimliche Melodie zu spielen. Ein anderer schlug auf einer Trommel einen gleichbleibenden Rhythmus. Ein gutaussehender, lächelnder Junge sagte zu Chloë: »Du siehst intelligent aus. Könntest du einen Streit für uns schlichten?« Chloë dachte, ein Programmfehler trete auf, weil die Lichter flackerten und das Id brummte. Es klang wie eine elektrische Störung.

Chloë fühlte sich wie benebelt. Dann spürte sie langsam wieder die Webkrankheit in sich aufsteigen. Einen Augenblick lang dachte Chloë, sie würde in Ohnmacht fallen. Dann sprach der Id-Junge sie erneut an. »Du siehst intelligent aus. Könntest du einen Streit für uns schlichten?« Er zwinkerte; seine Augen waren rein blau, pupillenlos und ohne Weiß.

Chloë sah auf ihre Armbanduhr. Es schien unmöglich,

aber es waren schon mehr als zwei Stunden vergangen. Sie fühlte sich furchtbar, und ihr wurde schwindelig. Dann bekam sie plötzlich Angst. Eilig gab sie die Daten für das Programmende in ihren Controller, aber nichts geschah. »Geh nicht«, hörte sie den Jungen sagen. Chloë war vor Angst wie gelähmt. Dann fiel ihr ein, wie sie am Nachmittag das Id verlassen hatten. Sie ging zwischen den Säulen hinaus und weiter bis zum ersten Id, der Szene am Strand. Dort schritt sie durch die Dattelpalmentür. Mit einem Seufzer der Erleichterung drückte sie die Ausklinktaste und registrierte, wie das Programm beendet wurde.

7
WEBSCHULE

»Du siehst ja furchtbar aus, Chloë!« rief Conrad, als sie am nächsten Morgen zum Schulunterricht zu ihm kam.

»Vielen Dank«, gab sie sarkastisch zurück, packte ihre Aufzeichnungen und ihre Tastatur aus und schloß sie an Conrads Terminal an. »So fühle ich mich auch.« Ihre Hände zitterten ein wenig.

»Sag nicht, daß du gestern abend noch einmal ins Programm gegangen bist. Ich habe dich doch gewarnt.«

»Ich wollte nur ganz kurz hinein. Irgend etwas höchst Seltsames geht da vor. Mir kam es vor, als wären nur ein paar Sekunden vergangen, aber es waren zwei Stunden – und dann wurde mir wieder furchtbar schlecht. Ich wäre heute fast nicht aus dem Bett gekommen.«

Genau in dem Augenblick, als aus Conrads Terminal die Webschulglocke dreimal zum Unterrichtsbeginn läutete, stürzte Paddy ins Zimmer. Er schaffte es gerade noch, seine Tastatur und seinen Notizblock an Conrads Datenstation anzuschließen, bevor das ernste Gesicht von Mentor Robinson auf dem Bildschirm erschien. Zunächst kontrollierte der Lehrer, wer sich angemeldet hatte.

Dazu mußte jeder nach Aufforderung sein Gesicht zeigen und eine persönliche Kennummer eingeben.

»Aha! Guten Morgen«, sagte Mentor Robinson mit leicht ironischem Tonfall, als er sah, daß sie alle drei an Conrads Terminal saßen. »Die drei belesenen Altertumsforscher! Wie schön, euch wiederzusehen. Ich hoffe, daß unser Ausflug in die wunderbare Welt der griechischen Architektur euch viel Freude bereitet hat. Leider wird es diesmal nicht so interessant. Heute morgen befassen wir uns mit Geometrie.«

Während der Lehrer seine Anwesenheitskontrolle fortsetzte, beugte Paddy sich zu Chloë und flüsterte: »Übrigens, du siehst furchtbar aus.«

»Puh, war das langweilig«, klagte Conrad, als die Pause begann. Das Gesicht von Mentor Robinson hatte dem Webschulemblem Platz gemacht, einem Federkiel.

»Vielleicht bin ich nicht ganz richtig im Kopf«, meinte Paddy, »aber ich mag Geometrie gern.«

Chloë zischte wütend. »Und so etwas will ein Techno-Soldat sein. Ist dir eigentlich etwas eingefallen, was uns helfen könnte?«

»Klar doch«, entgegnete Paddy. Er schloß das Bildschirmfenster und öffnete sein *Handbuch für Hacker*. »Seht her.«

Geheimprogramme – Hinzufügen, Löschen, Ändern.

Paddy scrollte durch den Text, bis er zu einem Abschnitt mit der Überschrift ›Hardware‹ kam, in dem stand:

Befindet sich der Programmauslöser in Anzug, Handschuh oder Controller, Auslöser suchen, Drähte abklemmen, Auslöser ausbauen und erneuern. Alternativ dazu Stromkreise von Anzug, Handschuh oder Controller komplett austauschen.

»Na klar!« rief Chloë ironisch. »Wir schneiden einfach den Anzug auf, holen die Drähte heraus und nähen ihn wieder zusammen. Und das merkt dann kein Mensch!«

»Nur die Ruhe«, sagte Paddy mit gespieltem Erwachsenentonfall. Er schloß das Handbuch, und der Federkiel erschien wieder auf dem Bildschirm. »Das Geheimprogramm wird von einem winzigen Schalter irgendwo in diesem Anzug gestartet, womöglich ganz in der Nähe von einer der Hautkontaktelektroden. Wir suchen ihn, schneiden ein kleines Loch in den Anzug und entfernen ihn.«

»Und wie willst du ihn finden?«

»Das ist das Schwierige daran«, meinte Paddy.

Conrads Terminal läutete dreimal. Die Pause war vorüber.

In der Mittagspause erklärte Paddy, wie er vorgehen wollte. Conrad sollte wieder ins Programm gehen und Phantome herstellen, um die Spinne zu alarmieren. Paddy würde einen Anzugschaltkreis nach dem anderen so lange überprüfen, bis er den gesuchten gefunden hatte. »Das kann ja Stunden dauern!« protestierte Chloë.

»Gibt es denn keine andere Möglichkeit?« fragte Conrad.

»Doch.«

»Und die wäre?«

»Einer von uns müßte sich beißen lassen«, sagte Paddy.

»Na gut, dann mach es so, wie du es vorhattest«, sagten Chloë und Conrad schnell. Sie hatten diesen Biß schon kennengelernt. Außerdem wußten sie, daß Paddy technisch weitaus versierter war als die meisten seiner Altersgenossen. Sie arbeiteten die Mittagspause durch. Conrad zog den Anzug an und ging in das Programm, während Chloë, die immer noch nicht ganz wiederhergestellt war, draußen blieb. Paddy begann mit einer Kontrolle der Elektroden in der Anzugkappe. Etliche Phantombilder später hatten sie immer noch nichts gefunden, und auch die Pause ging allmählich zu Ende.

»Das geht nicht so schnell«, befand Chloë, »und außerdem habe ich Hunger.«

Der Nachmittagsunterricht war anstrengend, sogar in ihren Lieblingsfächern. Deshalb konnte er für die drei Tech-Rats gar nicht früh genug zu Ende gehen, auch wenn er an diesem Tag nur bis drei Uhr dauerte.

»Es hat keinen Zweck«, meinte Conrad. »Ich muß den Anzug morgen oder spätestens übermorgen zurückschicken. Und mehr als zwei oder drei Stunden am Stück halten wir im Anzug nicht aus, sonst wird uns übel. Bei dem Tempo dauert es zwei Wochen, bis wir den Schalter gefunden haben.«

Paddy konnte nicht in das Web gehen, weil er als einziger genug technisches Wissen für die Tests besaß. Deshalb ging jetzt Chloë hinein, während Conrad den Anzug trug. Paddy kontrollierte den Anzug Zentimeter um Zentimeter, doch nach einer Stunde hatte er immer noch nichts gefunden.

Conrad spielte mit der Tastatur vor sich.

<Ariadne, wie lautet die Lösung?>

Der Bildschirm flackerte und knisterte. Er veränderte

seine Farbe von Blau nach Bernstein und zeigte eine Textzeile an.

<Du sitzt darauf.>

Blitzschnell verschwand die Nachricht wieder. Der Bildschirm wurde wieder blau. Paddy unterbrach seine Arbeit. »Was war das?«

Conrad antwortete ihm nicht. »Chloë, du kannst wieder herauskommen. Ich schalte dich ab. Ariadne hat uns geholfen.«

Das Programm endete, und Chloë trennte die Anschlüsse. Als Conrad ihr von der Nachricht erzählte, blinzelte sie ungläubig. »Du sitzt darauf?« wiederholte sie. »Unsere Ariadne hat ja echt Humor!«

Im Gesäßteil des Anzugs befanden sich zwei Elektroden. Nach einer halben Stunde hatte Paddy die stecknadelkopfgroße Mikro-Auslöseschaltung gefunden. Er öffnete den Anzug mit einem kleinen Schnitt, nahm den Schalter heraus und reparierte den Schaltkreis. Dann hielt er den winzigen Schalter ins Licht.

»Den kann ich leicht nachbauen«, sagte er. »Dann hat jeder von uns einen, und die setze ich in unsere Anzüge ein. Du kannst dein Päckchen für Südkorea schon mal fertig machen, Conrad.«

Conrad informierte sofort seinen Vater, daß er den Anzug zurück habe und ihn gleich auf den Weg schicken werde.

»Wenn wir uns vom Kopf bis zu den Füßen durchgearbeitet hätten«, sagte Chloë, »hätten wir Wochen gebraucht, um den Schalter zu finden. Ich frage mich, warum Ariadne uns nicht schon früher geholfen hat.«

»Fragen wir sie doch einfach«, schlug Conrad vor und betätigte seine Tastatur.

<Ariadne, warum hast du uns nicht schon früher geholfen?>

Es folgte eine lange Pause, so daß es den Anschein

hatte, als warteten sie vergeblich auf eine Antwort. Dann aber veränderte der Bildschirm flackernd seine Farbe, und eine Nachricht erschien:

<Ihr müßt das verstehen: Sie wissen genau, wann ich mit euch spreche. Mit jedem Mal kommen sie mir näher. Ich darf nicht zulassen, daß sie mich finden.>

Das war alles. Nach einer Weile tippte Conrad:

<Ariadne, wer bist du?>

Gespannt starrten drei Augenpaare auf den bernsteinfarbenen Bildschirm, doch eine Antwort blieb aus. Wer Ariadne auch war, sie gab es nicht preis.

Bevor Paddy nicht den Schalter in einen anderen Anzug eingesetzt hatte, konnte niemand in das verborgene Programm zurück – sehr zur Erleichterung von Chloë und Conrad, die beide mehr oder weniger webkrank waren. Sie vereinbarten, am nächsten Abend noch einmal zu beginnen. Sobald Paddy die nachgebauten Auslöser in ihre Anzüge eingebaut hatte, konnten sie von ihrem eigenen Zuhause aus arbeiten, ohne sich ›huckepack‹ an den Auslöseanzug anschließen zu müssen.

»Was ist mit der Zeit?« fragte Chloë vor dem Weggehen.

»Was soll damit sein?«

»Das Programm stiehlt uns Zeit. Immer wenn wir hineingehen und denken, es sind nur ein paar Minuten, sind es in Wirklichkeit ein paar Stunden. Wenn wir das nicht ändern können, finden wir nie heraus, was gespielt wird.«

»Darum kümmern wir uns morgen abend«, sagte Paddy und packte seine Sachen. »Ich muß jetzt nach Haus. Vergiß nicht, den Anzug abzuschicken, Conrad.«

»Ich mache es gleich heute abend. Bis morgen.«

Als Chloë und Paddy sich verabschiedet hatten, beschäftigte jeden der drei dieselbe Frage:

Wer ist Ariadne?

8
SCHWIMMEN

»Ariadne ist eine Frau«, sagte Chloë. »Das hört man doch schon an der Stimme.«

Paddy und Chloë stritten sich wie so oft. Wenn sie nachts aus ihrem Zimmer sahen, konnten sie die neuen Straßenlaternen sehen, deren blaugrünes Licht von lebenden Tiefseeorganismen erzeugt wurde. In diesen Augenblicken sah die Stadt so aus, wie sie sich den Meeresboden vorstellten.

Jeder von ihnen war bei sich zu Hause und trug den von Paddy geänderten Anzug. Conrad war unterdessen in das Web und das Labyrinth eingestiegen. Paddy und Chloë wollten von außen sowohl Conrads Bewegungen als auch sein Zeitgefühl kontrollieren.

Chloë hatte ihm geraten, die zwei Id-Gruppen nicht zu beachten. Sie erklärte ihm, daß er durch die Gruppe am Strand, die sie als Level eins bezeichnete, hindurchgehen mußte, um auf Level zwei mit den Musikern zu gelangen. Conrad sollte weiter in das Labyrinth vordringen, um die vermutlich vorhandenen anderen Levels ausfindig zu machen.

Paddy und Chloë unterhielten sich direkt über Ohrhörer.

»Das beweist noch gar nichts«, sagte eine schnippische Frauenstimme, die klang, als gehörte sie einer überspannten alten Jungfer.

Chloë mußte lachen. Es war Paddy, der seinen Stimmenverzerrer eingeschaltet hatte. Das Unglaubliche am Web war, daß man an seinem Abbild nicht nur das Aussehen verändern, sondern auch seine Stimme so verstellen konnte, daß sie wie eine männliche oder weibliche Stimme klang oder einen Akzent bekam.

»Stimmt«, sagte Chloë. »Aber ich glaube trotzdem, daß Ariadne eine Frau ist.«

»Conrad glaubt, es ist ein Mann«, sagte Paddy mit normaler Stimme. »Aber vielleicht ist es weder das eine noch das andere.«

»Wie bitte?«

»Künstliche Intelligenz«, erklärte Paddy. »Ariadne könnte selbst ein Computerprogramm sein.«

»Jetzt übertreibst du aber«, meinte Chloë. Bevor Paddy etwas erwidern konnte, wurden sie von einem Summer an ihre Aufgabe erinnert. »So, jetzt ist Conrad fünfzehn Minuten drin. Kontrollieren wir doch einmal sein Zeitgefühl.«

Conrad war ein Fisch.

Er war ein sehr glücklicher Fisch.

Nachdem er das Labyrinth betreten und den Dattelpalmendurchgang hinter sich gelassen hatte, war er schnell an den auf dem Strand versammelten jungen Leuten vorbeigegangen, obwohl sie ihm zuwinkten und sogar begrüßten. Dann stieß er auf die Gruppe, die Musik machte. Nachdem er die Säulen passiert hatte, sagte einer der Musikanten zu ihm: »Du siehst intelligent aus. Könntest du einen Streit für uns schlichten?« Conrad gefiel das Äußere dieser Menschen, und er wollte sich zu ihnen setzen. Es schien, als könnte man mit ihnen Spaß haben. Es war ihm ziemlich schwergefallen, sie trotz ihres guten Aussehens zu ignorieren, doch dann hatte er sich gesagt, daß es ja nur Id-Bilder seien.

Er ging weiter und erreichte ein drittes interaktives Level. Anders als die beiden zuvor zog es auch andere Besucher an. Sicher war sich Conrad zwar nicht, aber angesichts der vielen Menschen vermutete er, daß dieser Teil zum Standard-Labyrinthprogramm und nicht zum

Geheimprogramm gehörte. Auf jeden Fall schienen sich alle köstlich zu amüsieren. Level drei war nichts weiter als eine rotierende Scheibe mit gleißendem Licht und kaleidoskopischen Farben. Sie glich einer Rutschbahn: Um über sie hinwegzukommen, mußte man mit den Füßen zuerst hinaufspringen.

Ein hübsches Mädchen mit goldenen Zöpfen fragte Conrad: »Willst du mit den Fischen schwimmen?«

»Wie bitte?«

»Bist du neu hier? Hast du das etwa noch nie gemacht? Probier es aus!« Sie hatte ein strahlendes Lächeln und makellos weiße Zähne.

»Bist du ein Id?« fragte er. Anders als bei den Ids der ersten zwei Ebenen sahen wenigstens ihre Augen normal aus.

»Willst du mich beleidigen? Sehe ich etwa wie ein Id aus?«

»Nein«, gab er zu, obwohl man Avatare und Ids im Web nur schwer unterscheiden konnte. »Und wie geht das?«

»Du kannst ein Fisch sein, ein Vogel, ein Stier, ein Pferd, eine Libelle, was du willst. Du wählst es einfach aus, dann wird hier die passende Umwelt erzeugt, und los geht's! Jetzt komm schon. Du willst es doch! Fisch oder Vogel?« Sie lächelte ihn an und präsentierte wieder ihre perfekten Zähne. Conrad fragte sich, ob sie wirklich so gut aussah wie ihr künstliches Abbild. Er dachte daran, wie abfällig sich Chloë über diejenigen äußerte, die sich im Web schön zurechtmachten.

»Fisch«, sagte Conrad, und sie sprangen auf die Rutschbahn.

Und dann schwammen sie zusammen.

»Er meldet sich nicht«, sagte Chloë. »Entweder kann er mich nicht hören, oder er will nicht.«

»Hast du es mit dem Vorrangbefehl versucht?«

»Natürlich. Oder glaubst du, ich wäre so dumm wie du Ein-Mip?«

»Reg dich ab, Kid. Wir haben zwei Möglichkeiten. Wir können das Programm um ihn herum schließen ...«

»Dann erleidet er einen Schock«, sagte Chloë. »Das bedeutet einen Monat Alpträume.«

»Oder, was ich vor deiner Unterbrechung sagen wollte, einer von uns geht rein und holt ihn da raus.«

»Ich gehe«, entschied Chloë. »Ich will wissen, was ihn aufgehalten hat. Wenn der Kontakt zu mir dann auch abbricht, Paddy, mußt du das Programm schließen.«

»Und die Alpträume?«

»Wenn es nicht anders geht ...«

»Mit Vergnügen«, sagte Paddy.

Conrad schwamm noch immer mit seiner neuen Fischfreundin. Sie sahen aus wie eine Art Engelsfisch, aber viel größer, mit herrlichen schwarzgoldenen Streifen. Das Wasser war warm und wechselte seine Farbe von Lapislazuliblau zu Pink, von Limonengrün zu Gelborange. Goldfarbene Luftblasen stiegen auf, während sie zwischen sich wiegendem Schilfrohr Galeonenwracks aus griechischer Vorzeit erforschten oder sich durch andere Fischschwärme schlängelten. Gelegentlich hatten die anderen Fische ein menschliches Gesicht, bei dessen Anblick Conrad und seine Gefährtin lachen mußten. Eines glich Chloë, ein anderes war Mentor Robinson nicht unähnlich ... Die Luftblasen und die Strömung erzeugten zusammen eine seltsame Melodie. Conrad machte es so viel Spaß, daß er gar nicht wollte, daß das Spiel aufhörte.

Es gefiel ihm, ein Fisch zu sein. Alles ging so langsam. Man konnte langsam schwimmen und sich langsam drehen oder einfach nur schwerelos an einer Stelle verharren und die Reglosigkeit genießen. Das Wasser war warm und massierte ein wenig. Er hätte auf ewig dort bleiben können.

Seine Begleiterin hielt sich nahe bei ihm. Als sie hinter einer riesigen Muschel und großen, mit Krebsen übersäten Krügen wendeten, tat sich im Wasser ein Loch auf. Conrad verharrte Nase an Nase mit einem anderen Fisch, der diesmal genauso aussah wie Chloë. Conrad lachte, aber der Chloë-Fisch versetzte ihm einen heftigen Stoß mit dem Kopf. Augenblicklich war das Wasser verschwunden.

Conrad war kein Fisch mehr, und auch seine Begleiterin nicht. Blinzelnd sah er Chloë an. »Wurde aber auch Zeit«, sagte sie.

Conrads neue Fischfreundin schenkte ihm ein strahlendes Lächeln. »Du brauchst nicht mitzugehen«, sagte sie.

»Mensch, Chloë!« beschwerte sich Conrad. »Es hat gerade soviel Spaß gemacht.«

Conrad war noch immer wütend darüber, daß man ihn gewaltsam aus dem Programm gerissen hatte.

»Weißt du eigentlich, wie lange du drin warst?« fragte Chloë ziemlich verärgert.

»Ich war gerade erst angekommen. Vielleicht eine Minute oder so.«

»Über eine halbe Stunde. Allein fünfzehn Minuten haben wir versucht, dich herauszuziehen. Ich mußte dir den ganzen Weg folgen. Es sah aus, als wolltest du nichts mit mir zu tun haben, und wenn ich dich bei Miss Strahlezahn gelassen hätte, hätten wir dich nie wieder herausbekommen.«

»Wer ist Miss Strahlezahn?« wollte Paddy wissen.

»Eine Webuserin, so wie wir«, antwortete Conrad mürrisch.

»Ach, ja?« fragte Chloë. »Nun, dann habe ich eine Neuigkeit für dich: Miss Strahlezahn war ein Id.«

»Das glaube ich nicht«, sagte Conrad. »Interaktive Displayknoten lügen nicht, wenn man sie etwas fragt.«

»Dieser schon, stimmt's, Paddy?«

»Sie hat recht«, stimmte Paddy zu. »Du hast dich mit einem Id vergnügt. Wahrscheinlich mit dem, das Chloë Miss Strahlezahn getauft hat.«

Conrad strich sich durchs Haar. Hier lag ein schwerer Verstoß gegen die Programmbestimmungen vor.

»Ja«, fuhr Chloë fort, »Wenn du eine Freundin willst, dann such sie dir nicht im Web.«

»Vielen Dank, ich möchte keine Freundin.«

»Schluß jetzt, ihr beiden«, ging Paddy dazwischen. »Wir müssen jetzt gründlich nachdenken. Das Labyrinth stiehlt also Zeit. Ich würde gern erfahren, was es damit anfängt. Vor allem aber möchte ich wissen, was es mit uns vorhat, und warum. Hast du eine Idee, Conrad?«

Conrad antwortete nicht.

»Conrad, hallo! Erde an Conrad. Kannst du mich hören?«

»Wie?« fragte Conrad schließlich. Er schien geistesabwesend zu sein.

»Alles in Ordnung mit dir?« erkundigte sich Chloë.

»Sicher. Mir ist nur ein bißchen schwindlig.«

»Machen wir Schluß für heute«, schlug Chloë vor. »Wir versuchen es morgen abend noch einmal. Hörst du, was ich sage?«

»Mir geht's gut«, sagte Conrad, doch er wirkte zerstreut, und seine Stimme klang undeutlich. »Ich melde den Computer ab.«

Nachdem die Verbindung unterbrochen war und

Chloë wußte, daß Conrad abgeschaltet hatte, sagte sie zu Paddy: »Das war sehr sonderbar, Paddy. Ich war mit ihm im Programm, aber es hat Ewigkeiten gedauert, bis ich zu ihm durchkam. Er war irgendwie völlig weggetreten.«

»Mir gefällt das alles nicht«, meinte Paddy.

»Mir auch nicht. Wir versuchen es morgen noch einmal, aber wir müssen vorsichtiger sein. Ich melde mich jetzt ab. Träum was Schönes.«

»Du auch, Chloë«, sagte Paddy. »Du auch.«

9
DURCH DIE WAND

Am nächsten Tag saß Conrad gerade mit seiner Mutter beim Abendessen, als sein Vater aus Korea anrief. Mrs. Hamilton ging an den Apparat, während Conrad zu Ende aß. Es überraschte ihn nicht, als seine Mutter sagte, sein Vater wolle ihn sprechen. Conrad wischte sich den Mund ab und ging an das Familienterminal im Wohnzimmer. Sein Vater war schon auf dem Bildschirm. Die Falten über Augenbrauen und Nase wirkten auf dem Monitor tiefer, als sie in Wirklichkeit waren.

»Hallo, Paps«, sagte Conrad.

»Hallo, Conrad. Der Anzug ist heute angekommen ...«

»Ich habe ihn gestern abend mit Nachtkurier abgeschickt.«

»Das ist schon in Ordnung. Gut gemacht. Aber es gibt da ein Problem. Der Anzughersteller ist nicht ganz zufrieden, weil der Anzug angeblich beschädigt ist. Weißt du etwas darüber?«

»Es ist ein ganz kleiner Riß darin, Paps«, sagte Conrad wahrheitsgemäß. »Aber er fällt gar nicht weiter auf.«

»Hör zu, Junge. Ich habe keine Ahnung, worum es geht. Ich bin nur für das Kaufmännische zuständig. Aber der Hersteller meint, daß etwas in dem Anzug fehlt. Einer der Schaltkreise. Für uns ist es wichtig, daß unsere Kunden zufrieden sind. Wenn wir sie verärgern, könnten wir Einbußen von mehreren Millionen Euro erleiden. Ich muß sie bei Laune halten, verstehst du?«

»Sicher, Paps. Geschäft ist Geschäft.« Sofort bedauerte Conrad, was er gesagt hatte. Es klang ein bißchen zu sehr wie eine ironische Bemerkung von Chloë.

Sein Vater zog die Augenbrauen zusammen.

»Willst du mich etwa auf den Arm nehmen? Na egal, wenn du mir helfen könntest, würdest das doch tun, oder?«

»Natürlich!«

»Gut. Dann sprich einmal mit deinen Freunden, mit – wie hieß er noch gleich – Mickey ...«

»Paddy.«

»Ja, Paddy. Und mit – mit ...«

»Chloë.«

»Richtig. Paddy und Chloë. Wenn sie etwas haben, das ihnen nicht gehört, sollen sie es zurückgeben. Sag ihnen das. Übrigens, die versprochenen Anzüge sind schon unterwegs, dank meiner Geschäftsfreunde hier in Südkorea. So, nun hol mir deine Mutter. Ich muß noch einmal mit ihr sprechen.«

Conrad war bedrückt. Er wollte seinen Vater nicht enttäuschen oder ihm das Leben schwermachen. Aber er war überzeugt, daß der Betreiber des geheimen Labyrinthprogramms nichts Gutes im Schilde führte und alles daransetzte, den Zugang zu verwehren. Einen kurzen Augenblick fragte sich Conrad, ob sein Vater wohl in diese dunklen Machenschaften verwickelt wäre, und wieviel er über das Labyrinth wußte. Conrad konnte sich nicht vorstellen, daß sein Vater sich in etwas hineinziehen ließ, das illegal oder böse war. Andererseits hatte ihm aber besonders viel daran gelegen, den Anzug zurückzubekommen.

Conrad beriet sich mit den Tech-Rats.

»Jetzt warte mal!« sagte Paddy. »Du weißt nicht hundertprozentig, ob jemand mit dem Programm etwas Böses im Schilde führt.«

»Ach nein?« fragte Chloë. »Warum dann ein großes Geheimnis daraus machen? Und warum sich dann ein so gemeines Abwehrsystem mit großen, bösen Spinnen ausdenken? Und warum uns die Zeit stehlen, wenn wir im Programm sind? Das Ganze stinkt doch zum Himmel.«

»Das macht Conrads Vater aber nicht gleich zum Verbrecher.«

»Das habe ich auch nicht behauptet. Aber vielleicht ist er in etwas verwickelt, wovon er gar nichts weiß.«

»Vielen Dank, Freunde«, sagte Conrad. Noch nie hatte er sich so bedrückt und verwirrt gefühlt.

»Hör zu«, sagte Paddy. »Wir haben den Auslöser nachgebaut. Du braucht jetzt nichts weiter zu tun, als das Original zurückzusenden.«

»Aber wenn es stimmt, was Ariadne gesagt hat, dann wissen sie sofort Bescheid, wenn wir ins Labyrinth einsteigen. Wahrscheinlich wird es rund um die Uhr überwacht. Und wahrscheinlich wissen sie auch, daß wir den Auslöser nachgebaut haben.«

»Stimmt, aber wenn wir alles zurückschicken, gerät dein Vater wenigstens nicht in Schwierigkeiten.«

»Hoffentlich hast du recht«, meinte Conrad.

»So, und jetzt zu unserem Plan«, sagte Chloë. Sie erklärte, daß es sicherer sei, wenn diesmal zwei von ihnen zusammen das Labyrinth betraten und der dritte als Wachposten für den Notfall zurückblieb. Sie beschlossen, Conrad mit dieser Aufgabe zu betrauen. Auch wenn Chloë nichts sagte, so war sie doch besorgt darüber, wie sehr ihn sein letzter Gang durch das Labyrinth verwirrt hatte.

»Übrigens, geht's dir gut?« fragte sie ihn. »Ist nichts zurückgeblieben?«

»Ich bin in Ordnung«, antwortete Conrad. »Nur ein paar sehr seltsame Träume.«

»Warte«, sagte Chloë. »Du hast geträumt, du wärst einer von diesen Menschen am Strand mit den toten Augen. Und dann einer von den Musikanten, die um das Feuer sitzen.«

»Nicht nur das. Ich habe geträumt, ich wäre ein Fisch und schwämme im Wasser. Anscheinend wiederholt sich alles, was wir im Labyrinth erleben, in unseren Träumen.«

»Wie soll das gehen?« wollte Paddy wissen.

»Das wollen wir ja gerade herausfinden. Deshalb steigen wir wieder ein. Fertig?«

»Fertig«, sagte Paddy. Die zwei anderen hörten ein gedämpftes Kratzen aus seinem Halsmikrofon. Sie kannten das Geräusch. Es kam vom Fliegerhelm, den er über die Kapuze seines Anzugs zog.

»Das hier muß die Stelle sein, wo Conrad seine Fischfreundin getroffen hat«, sagte Chloë. Sie hatten die ersten zwei Levels durchquert und befanden sich an der kaleidoskopischen Rutschbahn auf Level drei des Labyrinths. Chloës wild gefärbtes Haar glitzerte im ultravioletten Licht, Paddys Pilotenhelm glänzte orange.

»Hatte Conrad nicht gesagt, es wären sehr viele Besucher hiergewesen? Wie kommt es, daß jetzt niemand da ist?«

Doch Paddy war zu voreilig. Wenige Meter von ihnen entfernt erschienen plötzlich fünf weitere Personen. In dem Sekundenbruchteil, in dem die Gestalten auftauchten, konnten Chloë und Paddy einen großen westeuropäischen Geschäftsmann erkennen, der einen Anzug trug und in einen Handgelenkcontroller sprach. Um ihn herum standen vier hartgesotten wirkende Asiaten in grauen Anzügen.

»Koreaner!« rief Paddy.

»Weg hier!«

Die zwei verbargen sich hinter einem Vorsprung in der Labyrinthmauer fern der sich drehenden Id-Scheibe. Die Neuankömmlinge hatten sie nicht bemerkt. »Suchen die etwa uns?« fragte Paddy flüsternd.

»Das kann man nie wissen. Zeit, das Aussehen zu ändern, was, Paddy?«

Die Tech-Rats hatten sich für ihre Ausflüge in das Web mehrere Verkleidungen ausgedacht. Sie konnten sich als junge Araber, ältere Chinesinnen, kenianische Prinzen, mexikanische Straßenkinder oder russische Geschäftsleute tarnen. Die Verkleidungen wirkten allerdings nur so lange, wie sich niemand mit ihnen unterhalten wollte.

»Conrad!« rief Paddy leise. »Schalte den Verkleidungsmodus ein!«

Sie entschieden sich für die Kenianer. Paddy und Chloë gaben einen Code in ihre Controller ein und verwandelten sich in große, elegante Krieger vom Stamm der Massai, die in flammend rote Gewänder gekleidet waren und traditionelle Speere trugen. »Gehen wir«, sagte Chloë.

Sie kehrten zum Eingang von Level drei zurück. Die Koreaner und der Geschäftsmann waren in ein Gespräch vertieft. Als Chloë und Paddy in ihren exotischen Gewändern an ihnen vorbeigingen, sprachen sie leiser und beäugten die Afrikaner mit großem Argwohn. Die zwei hatten die Gruppe schon hinter sich gelassen, als der Geschäftsmann ihnen etwas nachrief.

»Jambo!«

Chloë erinnerte sich, daß dieses Wort in Kenia ›Hallo‹ bedeutete. »*Jambo*«, rief sie winkend zurück.

»*Abari?*«

»Verflixt«, sagte Chloë zu Paddy. »Was heißt das?«

»Keine Ahnung. Sag einfach dasselbe.«

»*Abari.*«

Der Geschäftsmann lächelte. »Falsch«, sagte er und wandte sich an seine koreanischen Kumpane. »Packt sie!« befahl er.

»Conrad, wir kommen raus!« rief Chloë aufgeregt in ihr Halsmikrofon und tippte auf ihren Controller. Nichts geschah. »Conrad!«

Hektisch tippte Chloë weiter, doch es geschah immer noch nichts. Plötzlich gaben die Steine hinter ihnen nach und verflüssigten sich, und das Gesicht einer Frau erschien. »Er kann euch nicht helfen. Nehmt meine Hand. Wir verschwinden von hier.«

Chloë und Paddy blieb kaum eine Wahl, denn die Koreaner kamen immer näher. Sie faßten die Frau bei der Hand und ließen sich von ihr durch die Steine ziehen. Die Wand löste sich quecksilberfarben auf und setzte sich hinter ihnen wieder zu massiven Blöcken zusammen. Auf der anderen Seite standen sie in einem eigenartigen, neutralen Raum aus goldfarbenen Verbundsteinen und blickten in das freundliche Gesicht einer außergewöhnlich schönen Frau.

»Alles in Ordnung«, sagte sie. »Hierher können sie uns nicht folgen.«

»Wer sind Sie?« fragte Chloë mit pochendem Herzen.

»Ich bin Ariadne.«

10
FIBRULE

»Ja, ich bin Ariadne.«

Erstaunt sahen Chloë und Paddy die lächelnde Frau an. Ihr langes Haar war ebenso farbenfroh wie Chloës, nur mit anderen Farben: Gold, Silber und Blau. Ihre Augen funkelten wie Saphire.

Die sie umgebende Mauer erschien massiv und dennoch aus einer fließenden Substanz gemacht, die strömte wie das Wasser eines Flusses und fortwährend die Farbe veränderte.

»Wo sind wir?« fragte Chloë.

»Macht euch keine Sorgen. Hierher können sie uns nicht folgen. Ihr seid vollkommen sicher. Wir befinden uns in einer Auszeitzone. Hier findet uns niemand.«

»Ich habe schon davon gehört«, meinte Paddy. »Es bedeutet, daß wir sehr langsam sprechen, während die Zeit außerhalb der Zone dreimal so schnell vergeht wie darin. Wir sagen besser Conrad Bescheid.«

»Das geht leider nicht«, sagte Ariadne bedauernd. »Das würde sie sofort auf unsere Spur bringen. Wir sind hier weder zu erreichen, noch können wir Kontakt zur Außenwelt aufnehmen. Wir müssen warten, bis sie weg sind.«

»Wer sind *die* überhaupt?« wollte Chloë wissen. »Und wer sind Sie?«

»Ich bin eine Web-Polizistin«, sagte Ariadne.

»Ein Webcop – ich hab's gewußt!« rief Paddy. »Zeigen Sie uns jetzt an, weil wir versucht haben, an der Spinne vorbeizukommen?«

»Ausnahmsweise nicht. Wir brauchten eure Hilfe, weil wir wissen wollten, wie Jugendliche wie ihr auf das illegale Programm reagieren. Eigentlich solltet ihr nie so weit kommen, aber als es dann doch passiert war, haben wir beschlossen, euch eine Weile forschen zu lassen. Inzwischen ist es aber viel zu gefährlich geworden.«

»Wie gefährlich?«

»Ihr seid zufällig hineingeraten. Dieses Programm, in dem ihr euch jetzt befindet, ist noch nicht fertig und auch noch nicht geprüft, so daß es noch nicht auf den Markt gebracht werden kann. Und was sich die koreanischen Hersteller unter einem annehmbaren Programm vorstellen, ist teilweise sehr gefährlich. Der Anzug, den Conrad von seinem Vater bekam, war ein Prototyp. Von diesen Forschungsanzügen wurden nur sehr wenige an Kinder verteilt, deren Eltern man aufgrund ihrer Geschäftsbeziehungen in der Gewalt hatte. Leute, die leicht zum Schweigen zu bringen sind.«

»Warum sollte man sie zum Schweigen bringen?« wandte Paddy ein.

Ariadne lächelte und verschränkte die Arme. »Habt ihr schon mal etwas von Enagrammen gehört?« Paddy und Chloë machten ein verdutztes Gesicht. »Das dachte ich mir. Enagramme sind kleine Speicherstücke. Ein komplettes Gedächtnis, beispielsweise mit Daten ab eurer Geburt, in einem verdaulichen Häppchen. Das Problem ist nur, daß es nicht eure eigenen Erinnerungen sind, sondern künstlich konstruierte, die jedem in das Gehirn eingeschleust werden können, der das Programm öffnet. Aber man merkt es nicht einmal.«

»Und warum sollte das jemand tun?« fragte Chloë.

»Sie haben ihre Gründe«, antwortete Ariadne. »Aber ich muß euch noch mehr fragen. Habt ihr noch den Schaltkreis für den Originalauslöser? Der, den ihr aus dem Anzug herausgenommen habt?«

»Nein. Conrad hat ihn zurückgeschickt.«

Ariadne schien zufrieden. »Aber ihr habt Kopien gemacht, stimmt's?« Die Strömung der flüssigen Steine hinter ihr verfärbte sich sanft pulsierend von Gold über Pink zu Perlmutt.

»Für jeden eine«, sagte Paddy.

»Die muß ich haben.«

»Oh«, machte Chloë. »Na gut.« Sie war enttäuscht. Mußten sie die Auslöser erst einmal abgeben, war das Abenteuer vorüber. Sie hoffte, Ariadne würde ihnen erlauben, ihr auch weiterhin zu helfen.

»Ich veranlasse, daß sie abgeholt werden«, sagte Ariadne. »Ach, übrigens, könnt ihr mir vielleicht sagen, wie ihr an den Spinnen vorbeigekommen seid?«

Paddy lachte. Er wollte gerade von dem Haarfarbcode berichten, als Chloë plötzlich behauptete: »Fibrule hat es uns gesagt.«

Paddy bemerkte ein klein wenig Furcht in Chloës Stimme. Er sah sie an, und ein schrecklicher Gedanke fuhr ihm durch den Kopf. Dann verspürte auch er die Furcht. »Ja«, bestätigte er gedehnt. »Fibrule hat es gesagt.«

»Fibrule?« fragte Ariadne. »Wer ist Fibrule?«

Fibrule* war kein menschliches Wesen. Fibrule war ein Kennwort, das nur die Tech-Rats benutzten, und diente ihnen als Hinweis darauf, daß einer der Anwesenden nicht die Wahrheit sagte. Paddy musterte Ariadne lange und gründlich. Dann sah er Chloë an. Beide dachten sie dasselbe: *Wir haben den Code zur Umgehung der Spinne doch von Ariadne*!

»Fibrule«, antwortete Chloë mit leicht bebender Stimme, »ist das vierte Mitglied der Tech-Rats. Ich vergaß zu erwähnen, daß Fibrule auch eine Kopie von dem Auslöser hat.«

»Ein viertes Mitglied?« Ariadne wirkte verblüfft. Ihr strahlendes Lächeln erstarb. »Wo wohnt dieser Fibrule?«

*›fib‹ bedeutet ›Flunkerei‹, ›Schwindel‹.

»Das ist ja gerade das Problem«, sagte Paddy und dachte sich eine wilde Geschichte aus. »Wir haben keine Ahnung. Fibrule ist ein anonymes Mitglied. Wir wissen nicht einmal, ob es ein Junge oder ein Mädchen ist ...«

»Oder ob er oder sie in China oder Amerika oder am Nordpol wohnt«, fügte Chloë hinzu, »oder ob ...«

»Halt mal einen Augenblick den Mund«, befahl Ariadne. »Laß mich nachdenken.«

»Oder ob ...«

»Ich sagte, du sollst still sein! Hört zu, ich möchte, daß ihr euch mit diesem Fibrule in Verbindung setzt. Sofort.«

»Aber«, wandte Chloë ein, »Sie sagten doch, daß wir hier mit niemandem sprechen können.«

Die Falten auf Ariadnes Stirn glätteten sich. Ihr Lächeln kehrte zurück. »Darum kümmere ich mich schon. Macht euch keine Sorgen. Aber wenn ich euch helfen soll, müßt ihr mir auch helfen.«

Conrad machte sich immer größere Sorgen. Der Kontakt zu Paddy und Chloë war schon vor mehr als einer Stunde abgebrochen. Er hatte sein Möglichstes versucht, um die Verbindung wiederherzustellen, aber vergebens. Nachdem die Sprechverbindung abgebrochen war, probierte er zunächst, die Unterbrechung zu überbrücken, indem er Chloës und Paddys Hausterminals anrief. Er wußte, daß seine Nachricht auf dem Bildschirm in ihrem Zimmer erscheinen würde, aber aus unerfindlichen Gründen reagierten seine Freunde nicht. Es bestand noch eine zweite Möglichkeit, die allerdings unter allen Umständen vermieden werden sollte. Er könnte sich direkt mit Chloës und Paddys Eltern in Verbindung setzen und sie bitten, im Kinderzimmer nachzusehen, warum die Verbindung unterbrochen war. Das aber würde gegen eine der Hauptregeln der Tech-Rats verstoßen. Außerdem würde herauskommen, daß die Tech-Rats in verbotenen Gewässern fischten, und dann wäre der Teufel los.

Conrad dachte über diese Möglichkeit nach, als er eine Nachricht erhielt. Der Bildschirm wurde bernsteinfarben, und dann erschienen die Worte:

<*Conrad, hier ist Ariadne. Deine Freunde sind in Gefahr.*>

Conrad schrieb:

<*Ariadne! Was ist los? Kann ich Sprechverbindung mit dir haben?*>

<*Nein, zu gefährlich. Paß auf. Deine Freunde glauben, sie hätten Ariadne getroffen. Es ist aber jemand anderes, der sich für mich ausgibt. Wenn sie mit dir Kontakt aufnehmen, mußt du schweigen wie ein Grab.*>

<*Wo sind sie?*>

<*In einer Auszeitzone ohne Verbindung zum übrigen Web. Aber ich glaube, ich weiß, wie ich ihnen eine Nachricht zukommen lassen kann. Du mußt mir nur helfen.*>

<*Halt! Woher soll ich wissen, daß du nicht genauso eine falsche Ariadne bist wie die andere?*>

<*Gute Frage. Warte, hör dir das an.*>

Aus Conrads Terminal ertönte eine Stimme. »Die Tech-Rats werden sich doch sicher nicht von einer kleinen Spinne ins Bockshorn jagen lassen.« Conrad erkannte die Stimme wieder. Es waren genau die Worte, mit denen Ariadne ihn beim ersten Mal angesprochen hatte. Aber so ganz überzeugt war er noch nicht.

<*Das kann auch vom Band kommen.*>

<*Stimmt. Aber ich habe euch auch den Code für das Labyrinth gegeben, weißt du noch? Es war Chloës Haarcode.*>

<*Ich kann dir immer noch nicht trauen.*>

<*Wir vergeuden unsere Zeit, Conrad. Ab einem gewissen Punkt mußt du deinem Gefühl vertrauen. Im Augenblick gibt es keine andere Möglichkeit. Die Zeit läuft, Conrad. Ja oder nein?*>

Conrad zögerte. Er dachte an seine Freunde im Labyrinth, die von einer falschen Ariadne betrogen wurden. Er dachte auch daran, daß sein Vater in die Sache verwickelt war. Hätte er doch nie versucht, die Spinne zu umgehen! Schließlich schrieb er:

<Ja, ich helfe dir.>

<Gut. Also, du mußt jetzt folgendes tun ...>

Ariadne hatte die Beherrschung wiedergefunden. Sie war ruhig, und sie war schön. Sie warf ihr Haar in den Nacken und lächelte Paddy und Chloë beruhigend an. »Ihr müßt euch für mich unbedingt mit Fibrule in Verbindung setzen. Wir brauchen den vierten Mikroschalter. Ohne ihn sind uns die Hände gebunden.« Hinter ihr jedoch ereignete sich etwas Seltsames. Die flüssigen Steine der Wand verhielten sich eigenartig. Ihre Farbe veränderte sich, und die Flüssigkeit erstarrte. In der obersten Ecke rechts über Ariadnes Schulter tat sich ein Loch auf. Aus der härtenden Flüssigkeit formte sich eine Zahl, die fünf. Dasselbe passierte mit dem nächsten Stein, aus dem in wenigen Augenblicken das Zeichen ›#‹ wurde. Paddy und Chloë sahen es beide, aber sie schwiegen.

»Gut«, sagte Paddy. »Wir rufen Conrad an und sagen ihm, daß er sich mit Fibrule in Verbindung setzen soll.«

»Nein.« Ariadne schüttelte den Kopf. »Ich muß mit Fibrule direkt sprechen.«

Hinter ihr bildeten sich noch mehr seltsame Schriftzeichen. Nach einer Weile stand dort zu lesen:

5#!5X+!%X}

Chloë und Paddy sahen sich an. Genau im gleichen Moment wurde ihnen klar, daß jemand versuchte, ihnen an der Wand eine Nachricht in Rat-Code zu übermitteln.

Ariadne bemerkte den abwesenden Gesichtsausdruck der beiden. »Was ist los?« fragte sie.

Chloë lenkte sie ab, indem sie sich mit ihrem Controller beschäftigte.

»Mal sehen, ob ich mich an Fibrules Koordinaten erinnern kann«, gab sie vor. In Wirklichkeit übersetzte sie die Nachricht an der Wand. Allerdings besaß sie schon eine dunkle Vorstellung davon, was sie zu bedeuten hatte. Dann erschien die Mitteilung in Klartext:

Ariadne ist nicht Ariadne ... Ariadne ist nicht Ariadne ...

»Stimmt das?« fragte Chloë und hielt Paddy die Hand mit der Botschaft hin. Sobald er sie gelesen hatte, löschte Chloë die Nachricht.

»Stimmt genau«, sagte Paddy, wobei er ein leichtes Beben in der Stimme nicht unterdrücken konnte. Wenn dies nicht die echte Ariadne war, wer war sie dann?

»Wenn Webtown jetzt wieder sicher genug ist«, sagte Chloë, »könnten wir Sie zu Fibrule bringen.«

Ariadne strich sich über das Kinn. Die Bewegung sah so sehr nach einem Mann aus, der sich über den Bart strich, daß Chloë sich fragte, wer sich hinter dieser künstlichen Person wohl verbergen mochte. Vermutlich wirklich ein Mann, und bestimmt kein netter.

»Nein«, sagte Ariadne. »Ihr zwei bleibt noch eine Weile hier. Ihr seid hier wesentlich sicherer, und ...« Plötzlich hielt sie inne und drehte sich langsam um. Erstaunt betrachtete sie die Schrift an der Wand hinter ihr. Als sie sich wieder zu ihnen umdrehte, lächelte sie dünn. Freundlich war das Lächeln nicht. »Sehr schlau. Sehr gerissen. War das etwa euer kleiner Freund Conrad? Nein, ich glaube, dafür ist er nicht schlau genug. Es muß ihm jemand geholfen haben. Es ist wohl besser, wenn ihr mir sagt, was diese Zeichen bedeuten.«

»Finden Sie es doch selbst heraus«, gab Chloë scharf zurück, »*Ariadne*.«

»Na gut. Ihr habt es nicht anders gewollt.« Leise sprach Ariadne etwas in ihr Halsmikrofon. Die Flüssigwand um sie herum löste sich vollständig auf, und sie standen wieder im Labyrinth an der Stelle, wo die falsche Ariadne sie durch die Wand gezogen hatte. Knisternd machte Ariadnes Bild dem eines großen blonden Mannes in einem weißen Anzug Platz. Er trug einen Bart, wie Chloë vermutet hatte. Seine Augen jedoch waren tiefblau, ohne Pupille. Lachend warf er den Kopf in den Nacken. Bei dieser Bewegung sah sein Gesicht riesengroß aus und nahm den gesamten verfügbaren Platz ein. Seine makellos weißen Zähne glichen marmornen Grabsteinen, doch war jeder einzelne mit einem Diamanten besetzt. Dann erstarb sein Lachen, und er spie zwei kleine Pfeile aus.

Sich um die eigene Achse drehend, schossen die Pfeile unaufhaltsam durch die Luft. Sie zielten direkt auf Chloës und Paddys Herzen. Bei ihrem Einschlag kam es den beiden Freunden vor, als würden sie in tausend Teile zerspringen und in die unendlichen Weiten von Webtown verstreut. Um Chloë und Paddy wurde es Nacht. Sie hörten nur noch das Lachen des Bärtigen, und dann verstummte das auch noch.

11
PLANETOLOGEN

Als Conrad sich am nächsten Morgen zum Unterricht anmeldete, erschien Mentor Robinson auf dem Bildschirm. Mit prüfendem Blick fragte er Conrad:

»Heute morgen ohne deine gelehrten Freunde?«

Conrad war sprachlos. Dann murmelte er, wenig überzeugend, etwas von Unwohlsein.

»Hoffentlich nichts Ernstes«, sagte Mentor Robinson mit aufrichtiger Sorge.

»Ich glaube nicht.«

Mentor Robinson musterte Conrad prüfend, bevor er mit der Computerregistrierung fortfuhr. Conrad wußte, daß Paddy und Chloë an diesem Tag nicht am Unterricht teilnehmen würden; wie lange sie aber möglicherweise fehlten, wußte er nicht. Beide lagen nämlich bewußtlos im städtischen Krankenhaus.

Irgendwann am Abend zuvor hatte bei Conrad ein Beamter der Web-Regulierungstruppe geklingelt, eines privaten Wachunternehmens. Mit verdrießlicher Miene hatte er Conrad und seine Mutter darüber informiert, daß Paddy und Chloë von ihren Eltern neben ihren Computerterminals bewußtlos aufgefunden worden waren. Ihre VR-Anzüge hatten sie noch an. Wie in solchen Fällen üblich, wurde davon ausgegangen, daß sie ein Opfer des Nekro-Surfing geworden waren.

Nekro-Surfing im Web war streng verboten. Ein oder zwei Jahre zuvor war es bei den Teenagern eine Zeitlang groß in Mode gewesen. ›Nur so aus Spaß‹ waren Nekro-Surfer in Krankenhausterminals eingedrungen und hatten sich an Herzfrequenz- und Blutdruckmeßgeräte schwerkranker Patienten angeschlossen. Dabei verwendeten sie ein Softwareprogramm, das Nervenimpulse zurücksandte, und wenn die Nekro-Surfer in dem Augenblick, wenn die Aufzeichnungskurve der Geräte auf Null fiel, den Tod eines Patienten miterlebten, verspürten sie einen Energieschub, eine Welle im Kopf und eine Art Schrei. Angeblich war es der ultimative Trip. Die Unsitte fand ein Ende, als mehrere Jugendliche in ein Koma fielen, geisteskrank wurden oder an Herzinfarkt starben.

Conrad hatte lautstark eingewandt, daß niemand von ihnen an so etwas beteiligt gewesen sei. Was ja auch stimmte. Die drei Freunde waren sich einig gewesen, daß Nekro-Surfing einen üblen Beigeschmack hatte. Aber Conrad wußte auch, daß weder der Kontrolleur noch seine Mutter ihm glaubten. Dann hatte der Beamte einen Anruf von der Web-Polizei erhalten, die größere Befugnisse hatte. Conrad und seine Mutter mußten warten, bis der Beamte das vertrauliche Gespräch in einem anderen Zimmer beendet hatte.

Als der Web-Kontrolleur zurückkehrte, sagte er: »Es scheint doch alles seine Richtigkeit zu haben. Kennst du jemanden bei der Web-Polizei?«

Ariadne? dachte Conrad. Aber er zuckte die Schultern und antwortete: »Nein, niemanden.«

Nachdem der Besucher gegangen war, begann Conrads Mutter:

»Bist du sicher, daß ihr nicht . . .«

»Ich sage die Wahrheit!« rief Conrad. Seine Stimme überschlug sich fast.

Seine Mutter schüttelte den Kopf. »Ich werde deinem Vater sagen, daß er sich dich einmal ordentlich zur Brust nehmen muß.«

Der Tag wollte und wollte nicht vergehen. Conrad verbrachte die meiste Zeit damit, darüber nachzudenken, ob und wie er seinen Freunden helfen konnte. Nachdem Conrad der richtigen Ariadne den Rat-Code verraten hatte, ließ sie Paddy und Chloë eine Nachricht zukommen. Die wurde entdeckt, und die richtige Ariadne konnte nicht mehr im Programm bleiben. Seitdem hatte Conrad nichts mehr gehört.

Conrad mußte noch einmal ins Labyrinth und sich Aufschluß darüber verschaffen, was mit Chloë und Paddy passiert war. Aber er hatte Angst. Er fürchtete, er könnte dasselbe Schicksal erleiden und auch mit einem

Koma im Krankenhaus landen. Nach der Schule zog er seinen Anzug über und hoffte, daß Ariadne kommen würde.

Sie kam.

Der Bildschirm wurde bernsteinfarben. Dann erschien die Nachricht seiner anonymen Helferin.

<*Geh rein, Conrad. Vielleicht können wir herausfinden, was mit Paddy und Chloë geschehen ist. Ich mag die beiden inzwischen richtig gern. Ich passe auf dich auf. Ich möchte nicht, daß einem von euch etwas passiert. Eines noch: Ich löse alle zehn Minuten ein Zeitsignal aus. Wenn ich dir sage, du sollst herauskommen, dann tu es auch. Keine Widerrede und kein Zögern, hörst du? Auf noch einen Fall von Koma im Stadtkrankenhaus können wir verzichten.*>

Das brauchte sie Conrad nicht zweimal zu sagen. Er gab die notwendigen Daten ein, und kurz darauf befand er sich im Labyrinth.

Er näherte sich Level eins mit den Ids der jungen Leute auf dem gelben Sandstrand und ging unter den Dattelpalmen hindurch. Wie immer war Musik zu hören; einige erhoben sich und forderten ihn auf, sich zu ihnen zu setzen. Er war im Begriff, ins Level zwei weiterzugehen, als ihm an einem der jungen Leute etwas bekannt vorkam. Er mischte sich unter die Menge. Wenn ihn seine Augen nicht täuschten, war es Paddy.

Wie alle anderen war auch Paddy ganz in Weiß gekleidet. Und wie bei allen anderen lag ein ausdrucksloses, beinahe hölzernes Lächeln auf seinem Gesicht. »Paddy!« rief Conrad.

Paddy erkannte ihn nicht. Er lächelte weiter und forderte Conrad auf, sich zu ihnen zu setzen. Conrad bemerkte das Geräusch elektrischer Störungen im Hintergrund des Ids und hörte eine seltsame, aber vertraute Melodie. Er versuchte erneut, mit Paddy zu sprechen, erhielt jedoch wieder keine Antwort. Dann bemerkte

Conrad, daß Paddys Augen furchtbar verändert aussahen. Sie waren durch und durch blau. Er hatte keine Pupillen mehr.

Conrads Zeitsignal erklang. Es können doch noch keine zehn Minuten um sein, dachte er, ich bin doch gerade erst gekommen. Zehn Sekunden vielleicht.

»*Raus!*« befahl Ariadne.

»Aber ich habe Paddy gefunden«, flüsterte Conrad in sein Halsmikrofon.

»*Geh durch das Bild. Sie saugen dich sonst ein.*«

»Aber ...«

»*Kein aber, Conrad! Das ist kein Spiel. Los jetzt!*«

Mit schnellen Schritten durchquerte Conrad das Bild. Als er sich umsah, trat Paddy aus der Gruppe hervor, bildete mit den Händen vor dem Mund einen Trichter und versuchte, Conrad zurückzuholen. Conrad lief weiter und erreichte den Säulendurchgang des zweiten Ids mit den Musikanten. Einer von ihnen spielte auf einer Flöte. Conrad blieb stehen und lauschte. Dann erkannte er genau die Melodie, die er zuvor schon gehört hatte, nur in vereinfachter Form. Er hatte eine dunkle Ahnung, woher er die Melodie kannte – aus seinen Träumen.

Auch diese Jugendlichen waren in weiße Gewänder gehüllt. Er mußte zweimal hinsehen, um die Flötenspielerin zu erkennen. Es war Chloë! So wie Paddy zu der Gruppe in dem Id zuvor gehört hatte, so gehörte Chloë zu dieser. Sie spielte leise weiter und sah dabei schüchtern zu ihm auf.

Conrad wußte, daß man Chloë und Paddy im Krankenhaus die VR-Anzüge nicht ausgezogen hatte, um einen Schock zu vermeiden. Deshalb wußte er auch, daß die Person vor ihm nur eine Kopie oder ein Klon Chloës sein konnte. Dennoch war es ein lebender Teil von ihr, und Conrad verhielt sich so, als wäre es tatsächlich Chloë.

»Was ist denn mit dir los, Chloë? Du bist doch überhaupt nicht musikalisch!«

Ein anderes Mitglied der Gruppe, ein junger Mann, erhob sich und kam auf Conrad zu. »Du siehst intelligent aus«, sagte er lächelnd. »Könntest du einen Streit für uns schlichten?«

Von neuem ertönte Conrads Signal, obwohl seiner Meinung nach unmöglich schon wieder zehn Minuten vergangen sein konnten.

»Raus!« befahl Ariadne.

Conrad zog sich zurück. Was dann geschah, überraschte ihn. Chloë hörte auf zu spielen, erhob sich und kam auf ihn zu. Wie bei Paddy waren auch ihre Augen vollständig blau und ohne Pupille. Chloë aber kullerte eine dicke Träne über die Wange. »Bleib bei uns«, flehte sie.

»Raus!« rief Ariadne.

»Hilf mir«, bat Chloë.

Das Signal ertönte ein zweites Mal.

»Raus, raus!« schrie Ariadne.

»Laß uns nicht allein«, bettelte Chloë.

Conrad war hin- und hergerissen. Vor ihm weinte Chloë, in seinem Ohrhörer drängte Ariadne. Er war von Chloë wie hypnotisiert. Obwohl sie aufgehört hatte zu spielen, erklang die seltsame Flötenmelodie weiter.

»Raus da, Conrad!« rief Ariadne außer sich. *»Ich weiß jetzt, was los ist. Du mußt da raus!«*

Schließlich ging Conrad durch beide Levels zurück und schloß über seinen Handcomputer das Labyrinthprogramm.

Schlagartig wurde er in die Wirklichkeit seines Zimmers katapultiert. Als er sich aufrichtete, knisterte sein VR-Anzug, als hätte er sich elektrisch aufgeladen. Conrad lenkte seinen Blick auf den bernsteinfarbenen Bildschirm.

»Das war knapp, Conrad«, sagte Ariadne über die Sprechverbindung.

»Was geht da vor, Ariadne? Ich verstehe es nicht! Und was ist das für ein Geruch?«

»Das sind überhitzte Schaltkreise in deinem Anzug. Damit wollte man dich sozusagen geistig austrocknen. Sie haben versucht, dich so lange im Anzug festzuhalten, bis du einem kleinen Unfall zum Opfer fällst.«

»Ist es das, was Paddy und Chloë zugestoßen ist?«

»Ich glaube nicht. Sie haben die zwei auf Eis gelegt, bis sie wissen, was sie mit ihnen anfangen sollen. Wärst du noch länger dringeblieben, wäre dein Schicksal noch um einiges schlimmer ausgefallen. Wie nennt Chloë dich so gern? Schrumpfkopf? Noch zehn Minuten länger, und es hätte gestimmt.«

»Aber die VR-Anzüge haben doch eine eingebaute Sicherung.«

»Der Gegner ist schlau. Und allmählich steckt er tief in Schwierigkeiten.«

»Du hast gesagt, du wüßtest jetzt, was vorgeht.«

»Weiß ich auch. Ich habe einen Teil von dem mitgehört, was die falsche Ariadne zu Paddy und Chloë gesagt hat. Etwas über Enagramme. Zuerst habe ich es nicht verstanden, aber jetzt ist mir alles klar. Sag mir, Conrad, hast du in letzter Zeit seltsam geträumt?«

»Ja. Es hing mit den Szenen im Labyrinth zusammen. Und immer ist die sonderbare Musik dabei. Chloë hat das gleiche geträumt. Paddy allerdings nicht, weil er nicht so oft im Labyrinth war wie wir.«

»Dann bekommt er die Träume jetzt.«

»Wieso?«

»Weil ihr alle drei Opfer einer Enagramm-Einbettung geworden seid.«

»Was bedeutet das?«

»Wer dieses Programm entwickelt hat, hatte zum Ziel, anderen Enagramme einzupflanzen, insbesondere Jugendlichen. Ein

Enagramm ist ein künstlich hergestelltes Gedächtnis. In das illegale Programm sind ›Gedächtniserlebnisse‹ eingebaut, die übernommen und mehrmals wiederholt werden.«

»Etwa die Situation am Strand? Und die Musiker an dem Feuer?«

»Genau. Wenn du diese Bilder ein paarmal gesehen hast, weißt du nicht mehr, daß sie nicht deiner eigenen Erinnerung entstammen. Auf diese Weise versuchen sie, deine Persönlichkeit zu beeinflussen. Gehirnwäsche auf Hi-Tech-Art. Jedesmal, wenn ihr Zeit verloren habt, wurde euch ein Enagramm immer und immer wieder mit hoher Geschwindigkeit eingegeben. So schnell, daß es wie ein einziges Erlebnis aussieht. Daher die verlorene Zeit.«

»Aber wozu? Welchen Sinn hat das alles?«

»Das Labyrinthprogramm stammt von der Wirtschafts- und Techniksektion einer weltweit verbreiteten Gruppe religiöser Fanatiker, die sich ›Planetologen‹ nennt. Der Glaube dieser Sekte ist eine seltsame Mischung aus christlichen, moslimischen, buddhistischen sowie wissenschaftlichen und technischen Elementen. Die meisten Anhänger hat sie in Korea und einigen anderen Schwellenländern im Fernen Osten.«

»Ariadne, bist du Koreanerin?«

»Ja. Ich bin als Webcop in Korea im Einsatz. Aber das ist auch alles, was ich dir über mich erzählen werde.«

»Ich glaube, ich habe schon von dieser Sekte gehört. Mein Vater hat mir davon erzählt, als er das letzte Mal zu Hause war.«

»Ja, sie finden ihre Anhänger hauptsächlich unter jungen Leuten. Darum erforschen sie auch Edutainment-Programme, da diese überwiegend von Jugendlichen genutzt werden. Dann setzen sie die Enagramme ein. Später dann, möglicherweise erst nach vielen Jahren, löst ihre Propaganda falsche Erinnerungen aus. Es liegt auf der Hand, Conrad, daß Menschen leichter manipulierbar sind, wenn sie alle die gleichen ›Erinnerungen‹ haben. Dann bringen die Planetologen Kinder dazu,

ihr Elternhaus zu verlassen und für die Unternehmen der Sekte zu arbeiten. Den Lohn erhalten aber nicht die Kinder, sondern der Sektenführer.«

»Und wer ist das?«

»Das wissen wir nicht, aber wir haben einen Verdacht.«

»Ist ja irre!« meinte Conrad.

»Im wahrsten Sinne des Wortes. Und du bist mit deinen Freunden hineingeraten, weil dein Vater auf einer seiner Geschäftsreisen nach Korea einen Spezialanzug bekommen hat. Sie glauben, daß sie alle ihre Geschäftspartner mit Bestechung und Erpressung in den Griff bekommen können.«

»Nein! Soll das etwa heißen, Paps macht Geschäfte mit den Planetologen?«

»Ich fürchte, ja. Zumindest mit ihrer Techniksektion. Aber er weiß nichts davon. Noch nicht.«

»Das ist ja schrecklich!«

»Du darfst nicht den Mut verlieren. Du hast dich prächtig gehalten und vieles herausgefunden, was wir nicht wußten. Die Forschungsarbeiten für dieses illegale Programm waren noch nicht abgeschlossen. Was du im Web gesehen hast, ist nur ein erster Prototyp, und du warst ein Versuchskaninchen. Wir haben das Programm infiltriert und die Spinnen eingebaut, damit Jugendliche in eurem Alter keinen Zugriff darauf haben.«

»Dann habe ich die Spinnenbisse also dir zu verdanken?«

»Tut mir leid. Es mußte so schmerzhaft sein, sonst hätte es nicht abschreckend gewirkt. Wir überwachen die Urheber schon länger, doch ohne euch hätten wir nicht erfahren, was sie vorhaben. Als ich aber merkte, wie hartnäckig und klug ihr seid, dachte ich, ich könnte mir von euch helfen lassen. Deshalb habe ich euch den Code zur Umgehung der Spinnen gegeben. Aber es war ein Fehler. Um mehr über die Aktionen der Sekte zu erfahren, habe ich mit euch russisches Roulette gespielt und euch in Gefahr gebracht. Das ist unentschuldbar.«

»Die Schuld liegt bei uns, Ariadne, nicht bei dir.«

»Da bin ich mir nicht so sicher. Aber ich weiß, daß wir Paddy und Chloë helfen müssen. Wir müssen sie aus dem Labyrinth zurückholen. Dann müssen wir den Plan der Planetologen durchkreuzen, das Web mit diesem Gehirnwäscheprogramm zu infizieren. Willst du mir immer noch helfen, Conrad?«

»Mit allen Mitteln.«

»Gut. Zunächst einmal brauchen wir ein Kennwort, damit wir die falschen Ariadnes sofort erkennen. Und dann habe ich einen Plan.«

12
COMICS

Für Conrad war es beruhigend zu wissen, daß ihm bei seinem nächsten Ausflug in das Labyrinth Ariadne den Rücken deckte, auch wenn sie ausdrücklich gesagt hatte, sie könne ihn lediglich leiten und überwachen. Ariadne selbst konnte nicht in das Labyrinth, da sie unerkannt bleiben mußte.

»Sie dürfen nicht erfahren, wer ich bin, wo ich bin oder wieviel ich weiß. Deshalb darf ich dir auch nichts verraten, Conrad. Unsere Gegner sind nicht nur gefährlich, sie sind auch schlau. Wenn du etwas wüßtest, würden ihnen sehr wirkungsvolle Methoden einfallen, um es herauszubekommen.«

Conrad sorgte sich noch immer um seine Freunde. Ihr Zustand hatte sich nicht gebessert, beide lagen nach wie vor im Koma, waren an Maschinen angeschlossen und wurden künstlich ernährt. Conrad hatte sie im Krankenhaus besucht. Er wollte versuchen, mit ihnen zu reden, auch wenn sie nicht bei Bewußtsein waren. Er war überzeugt, daß sie ihn im Unterbewußtsein hören konnten. Aber er durfte nicht einmal ein paar Minuten mit ihnen allein sein. Niedergeschlagen verließ er das Krankenhaus.

Es wurde noch schlimmer, als seine Mutter das Hologrammfernsehen einschaltete. Das dreidimensionale Abbild einer Frau auf dem Bildschirm schaute Conrad an, als sei er persönlich für die Probleme der Welt verantwortlich, vor allem bei einem Bericht über Nekrosurfing, in dem Chloë und Paddy genannt wurden. Als der Bericht vorüber war, sah ihn seine Mutter an, als sei er ein Vampir.

»Was ich im Labyrinth gesehen habe«, sagte Conrad später zu Ariadne, »hat mir angst gemacht. Ich meine, Paddy und Chloë mit diesen leblosen Augen.«

»Das waren nicht Paddy und Chloë. Ich weiß, sie sehen wie lebende Tote aus, aber die Planetologen wollen dich nur ins Bockshorn jagen. Sie machen es wie Wildhüter, die tote Krähen und Elstern aufhängen, um unwillkommene Gäste abzuschrecken. Sie hoffen, daß du vor Angst nicht mehr hineingehst.«

Conrad stellte sich die toten Vögel vor. Das Bild gefiel ihm nicht. Einen Augenblick lang hatte er vor Augen, wie Chloë, Paddy und er mit dem Kopf nach unten an einem künstlich erzeugten Baum hingen.

Er schüttelte sich.

»Sollen wir es lassen, Conrad?« fragte Ariadne, als könnte sie seine Gedanken lesen.

»Nein, ich komme schon klar. Glaube ich wenigstens.«

Conrads nächste Sorge war das, was Ariadne über das Labyrinth gesagt hatte. Sie hatte erklärt, daß die Enagramme auf fünf Levels arbeiteten. Mit seiner ›Fischfreundin‹, von der Conrad jetzt wußte, daß sie wahrscheinlich eine Planetologin war, hatte er sich im dritten Level befunden. Ariadne meinte, daß sie ihn gerade noch rechtzeitig herausgeholt habe. Er hätte jeden Augenblick »reif« sein können.

»Was meinst du damit?«

»Im vierten Level wirst du auf ein Treffen mit einem Planetologen vorbereitet, aber da die Gedächtnisenagramme schon vollständig in deinem Kopf gewesen wären, hättest du es gar nicht bemerkt.«

»Und was passiert auf Level fünf?«

»Das entzieht sich unserer Kenntnis. Wir vermuten, daß man dort mit jenen zusammentrifft, die hinter der ganzen Geschichte stecken. Und jetzt halt dich fest: Wir hoffen, daß du es für uns herausfindest.«

»Ich?« fragte Conrad erstaunt. »Warum gerade ich?«

»Weil du der letzte der Tech-Rats bist«, antwortete Ariadne seufzend.

Alles lief verquer. Die Ereignisse im Labyrinth wirkten sich nachteilig auf Conrads schulische Leistungen aus. Nach dem Unterricht an diesem Tag hielt Mentor Robinson ihn zurück, bis alle anderen Kinder sich abgemeldet hatten.

»Ich verstehe das nicht«, sagte Mentor Robinson. Auf dem Bildschirm wirkten seine Augen durch die dicken Brillengläser riesengroß. Verärgerung lag in seinem Blick. »Du warst immer einer der besten Schüler, aber deine letzte Arbeit hätte ja ein Erstkläßler besser geschrieben.«

»Ich mache mir Sorgen um meine Freunde«, entschuldigte sich Conrad wenig überzeugend.

»Das ist kein Grund«, tadelte Mentor Robinson ihn. »Du bist ihnen keine Hilfe, wenn du deine Schularbeiten vernachlässigst. Ein schwacher Geist dürfte ihnen wohl kaum von Nutzen sein, oder? Ich möchte nicht, daß du sitzenbleibst. Deshalb mußt du die Arbeit noch einmal schreiben.«

Conrad meldete sich ab. Mentor Robinson hatte recht, aber Conrad konnte sich anscheinend nicht auf seine Aufgaben konzentrieren, solange Paddy und Chloë mit einem gräßlichen Lächeln und strahlend blauen, aber völlig toten Augen in einem Stadium zwischen Mensch und Monster gefangen waren.

Dann schien auch noch seine Mutter mit den Nerven am Ende. »Was ist denn los?« wollte Conrad wissen.

»Ich weiß es auch nicht. Es geht um deinen Vater. Er hat heute abend aus Korea angerufen, und er schien furchtbar unter Druck zu stehen. Er sagte, es liefe sehr schlecht. Seine Firma steht kurz davor, einen großen Auftrag zu verlieren. Und wenn er diesen Auftrag nicht bekommt, wird ihm gekündigt. Wenn er seine Stelle verliert ...«

Conrad wußte nicht, was er sagen sollte. Seine Mutter war selbst den Tränen nahe. Sie hielt ihn für einen Nekro-Surfer, und er hatte wegen allem ein schlechtes Gewissen. Schließlich hatte er als erster versucht, an der Spinne vorbeizukommen. Wäre er nicht so ehrgeizig gewesen, befänden sich Chloë und Paddy jetzt nicht in dieser verhängnisvollen Lage. Hätte er nicht so hartnäckig sein Ziel verfolgt, hätte er den Anzug seinem Vater einfach zurückgeschickt, wäre jetzt nicht die Rede von verlorenen Aufträgen und Arbeitslosigkeit.

Warum ging denn nur alles, was er anfing, schief?

Doch dann gab es auch gute Neuigkeiten. Paddy und Chloë hatten das Bewußtsein wiedererlangt und waren aus dem Krankenhaus entlassen worden. Als er davon erfuhr, wollte er sie sofort anrufen, doch statt seiner Freunde sah er auf dem Bildschirm nur eine Nachricht:

TERMINAL NICHT IN BETRIEB.
BITTE SPÄTER NOCH EINMAL VERSUCHEN.

Überrascht war Conrad allerdings nicht. Wahrscheinlich hatten Paddys und Chloës Eltern die Geräte außer Betrieb gesetzt, und er hätte sich nicht gewundert, wenn es mit einer Axt geschehen wäre.

Für Paddy und Chloë war das Web nun eine verbotene Zone.

Das einzige, was ihre Eltern davon abgehalten haben dürfte, ihre Terminals und VR-Anzüge aus dem Fenster zu werfen, war der Umstand, daß man sie auch für den Schulunterricht benötigte. Zwar wurden Aufgaben nicht nur an einzelne, sondern auch an Gruppen vergeben, aber als sich Paddy und Chloë zum Unterricht zurückmeldeten, teilte Mentor Robinson die drei Freunde verschiedenen Gruppen zu, so daß Conrad mit den anderen nicht in Kontakt treten konnte.

Zu guter Letzt beschloß er, sie zu besuchen. Er nahm den Flugbus und wünschte, er hätte es nicht getan, als an jeder Haltestelle die Passagierfahrstühle festzustecken schienen. Nach einer Weile stieg Conrad aus und ging zu Fuß. Er versuchte es zuerst bei Chloë.

Chloës Eltern waren nicht gerade erfreut, Conrad zu sehen. Selbst als ihre Mutter ihm die Tür aufhielt, sah es so aus, als könnte sie ihn jeden Augenblick wieder hinauswerfen. Obwohl Chloë die wildeste der Tech-Rats und zu allen Schandtaten bereit war, machten ihre Eltern offenbar Paddy und Conrad für ihren Fehltritt verantwortlich.

»Ich wollte nur sehen, ob es ihr gutgeht«, sagte Conrad auf der Schwelle stehend.

Bevor er zu Chloë durfte, mußte er ihrem Vater Fragen über das Nekrosurfen beantworten. Bist du sicher? Ja. Und du würdest mich nicht anlügen? Nein. Hast du es versucht? Nein. Und Chloë? Soviel ich weiß, nicht. Kennst du jemanden, der es versucht hat? Massenhaft, aber wir haben es immer abgelehnt. Was ist deiner Meinung nach dann passiert?

»Vielleicht ein technischer Fehler«, meinte Conrad.

Chloës Vater schüttelte den Kopf. »Das System hat eine Sicherungsautomatik, die so etwas verhindert. Ihr hattet doch etwas vor, Conrad!«

Immer noch verärgert, riefen Chloës Eltern ihre Tochter herein, wollten sie jedoch nicht mit Conrad allein lassen. Chloë trug einen blauen Kunststoffanzug, den sie vom Krankenhaus bekommen hatte und der ihre Körpertemperatur konstant halten sollte. Ihr Haar hatte seine natürliche Farbe wieder. Sie sah blaß und irgendwie kleiner aus. Sie litt noch immer an den Nachwirkungen eines schweren Schocks.

»Ich habe dir etwas mitgebracht«, sagte Conrad und gab ihr ein Päckchen.

»Wie nett«, meinte Chloës Mutter argwöhnisch. »Willst du es nicht aufmachen, Chloë?«

Chloë öffnete das Päckchen. Es waren einige Comics aus Conrads Sammlung darin. »Danke«, sagte sie mit ausdrucksloser Miene.

»Ich dachte, du möchtest vielleicht ein bißchen lesen, während du dich erholst.«

»Wenigstens werden sie kaum so gefährlich sein wie dieses verdammte Web«, meinte ihr Vater, der eins der Hefte durchblätterte.

»Ich habe vom Web die Nase voll«, sagte Chloë. Dann sah sie Conrad scharf an. »Endgültig.«

»Ich glaube, es ist besser, wenn ich jetzt gehe«, sagte Conrad. »Ich will auch noch zu Paddy. Soll ich ihm etwas ausrichten, Chloë?«

»Da gibt es nichts auszurichten«, sagte Chloës Vater scharf.

Bei Paddy wurde Conrad genauso empfangen wie bei Chloë. Nachdem er eine halbe Stunde lang die Fragen von Paddys Eltern beantwortet hatte, durfte er seinen Freund fünf Minuten sehen. Auch ihm schenkte er ein Päckchen Comics und versprach, am nächsten Tag noch welche zu bringen.

Was Chloës Vater in den Heften nicht bemerkt hatte, waren einige Änderungen, die Conrad in den Sprechblasentexten auf einer bestimmten Seite vorgenommen hatte. Dabei hatte er den Originaltext weiß übermalt und dann seine eigenen Worte eingefügt. Wo in einer Sprechblase vorher gestanden hatte: *Uns bleibt noch genau eine Stunde, um die Welt zu retten!*, hieß es nun: *Was ist im Labyrinth passiert?* In der nächsten Sprechblase lauteten die neuen Wörter: *Wir müssen wieder ins Labyrinth! Ariadne hilft uns dabei! Sie hat einen Plan!* Wie im Original endete jeder Satz mit einem Ausrufungszeichen. In einer dritten Sprechblase war zu lesen: *Wir können uns alle in einen Anzug einklinken! Du mußt mein Terminal genauso verwenden wie letztes Mal!* Conrad wußte, daß diese Art der Nachrichtenübermittlung nur entdeckt wurde, wenn jemand die Hefte wirklich las. Er bezweifelte, daß Chloës oder Paddys Eltern sich so sehr für Comics interessierten, daß diese Methode ein Risiko darstellte.

Am nächsten Tag besuchte Conrad seine Freunde wieder, diesmal mit einer Tüte Weintrauben und einem neuen Stapel Comics für jeden. Mit Erstaunen vernahm er, daß Chloë eine neue Freundin hatte, die anders als Conrad zu allem Überfluß auch noch den Beifall der Eltern zu finden schien.

Chloës Mutter stellte ihm Suzie vor, ein Mädchen mit strahlenden Augen und gesunder Gesichtsfarbe, das eine Art Lächeln aufsetzte. Sie trug einen weißen Rock und weiße Turnschuhe. »Suzie hat sich freiwillig gemeldet, um Chloë in der Zeit ihrer Genesung zu unterstützen«, sagte Chloës Mutter. »Das ist sehr nett. Sie kommt von einer hiesigen Kirchengemeinde.«

Aus Chloës Mutter klang das Wort Kirchengemeinde wie eine gesunde Alternative zu Conrad, den sie offenbar für einen Teufelsanbeter hielt.

»Wir denken an die Zukunft«, sagte Suzie lächelnd. »Wir nehmen Chloë mit auf einen Kirchenausflug ans Meer. Es wird sich einiges ändern. Es geschehen noch Zeichen und Wunder, nicht, Chloë?«

Chloë schwieg. Conrad spürte, daß er nicht erwünscht war.

Er nahm die alten Comics an sich, überreichte ihr die neuen und ging. Bei Paddy war die Situation ähnlich. Dort stand er Marvin gegenüber, einem gepflegt aussehenden Jungen, der sich ebenfalls freiwillig gemeldet hatte. Marvin trug eine weiße Hose und dazu weiße Turnschuhe.

»Warte«, sagte Conrad. »Du kommst von der örtlichen Kirchengemeinde, stimmt's?«

»Woher weißt du das?« fragte Marvin erfreut. »Wir helfen Kindern, die mit Nekrosurfen und anderen üblen Geschichten zu tun hatten, davon Abstand zu bekommen.«

»Vielleicht könnt ihr mit Paddy einen Strandausflug oder so etwas machen.«

»Genau das haben wir vor. Ein paar schöne Tage mit Freunden und Musik unter freiem Himmel. Du kannst dich uns gerne anschließen.«

Conrad konnte sich mit Marvin genausowenig anfreunden wie mit Suzie. »Von welcher Kirche bist du, hast du gesagt?«

»Oh«, antwortete Marvin schnell. »Von der Kirche der Einheit.«

»Nie gehört«, meinte Conrad, während er die neuen Comics ablegte und die alten einsammelte.

»Ich bezweifle, daß Paddy Bedarf an kindischen Comics hat«, meinte Marvin.

»Warum sagt er mir das nicht selbst?«

Paddy gähnte nur.

Als Conrad nach Hause kam, warf er sofort einen Blick in die Comics. Fassungslos las er, was seine Freunde in die Sprechblasen geschrieben hatten. Chloës Worte lauteten: *Es tut mir leid, Conrad, aber ich kann nicht. Es hat fürchterlich weh getan. Das Web ist für mich gestorben. Allein beim Gedanken an das Labyrinth wird mir übel. Es ist vorbei.*

Paddys Nachricht war noch kürzer. *Vergiß es, Kid. Vergiß das Labyrinth, vergiß das Web, vergiß die Tech-Rats. Ich kündige.*

Conrad konnte es nicht glauben. Seine Freunde hatten aufgegeben. Was sie im Labyrinth auch erlebt hatten, es mußte furchtbar gewesen sein. Er schloß die Comics und stützte den Kopf in die Hände. Es sah aus, als wäre damit alles vorbei – nicht nur für die Tech-Rats, sondern auch für alles andere.

Sie hatten nicht einmal Ausrufungszeichen hinter ihre Sätze gemacht.

13
ZEITLUPE

»Ich kann kaum glauben, was du mir da erzählst, mein Junge.«

»Es ist die Wahrheit, Paps. Sie pflanzen Jugendlichen Enagramme ein, falsche Erinnerungen. Später dann erwecken sie diese zum Leben, um die Jungen und Mädchen in ihre Sekte zu locken. Sie heißen Planetologen und ...«

»Langsam, langsam«, sagte Mr. Hamilton. Der Bildschirm von Conrads Terminal brummte etwas, weil die Verbindung nach Korea so schlecht war. »Wie hast du denn das alles herausgefunden?«

»Mit deinem Anzug, Paps. Das wollte ich dir ja sagen! Der Anzug startet ein Parallelprogramm in einer Edutainment-Software namens Labyrinth!«

»Willst du damit sagen, daß die meisten dieses Programm vollkommen normal nutzen können, während andere darin böse Überraschungen erleben?«

»Ja, aber sie merken nicht, was passiert. Und der Auslöser für dieses Geheimprogramm ist in den Anzügen, die du von dieser Firma importierst.«

Conrad hatte sich entschlossen, sich alles von der Seele zu reden. Deshalb hatte er seinen Vater angerufen und ihm alles erzählt. Nur Ariadne hatte er nicht erwähnt. Ariadne hatte es für eine schlechte Idee gehalten, daß Conrad alles seinem Vater erzählen wollte, aber Conrad war so unglücklich gewesen, daß sie ihm schließlich ihre Einwilligung geben mußte. Allerdings hatten sie vereinbart, daß er sie dabei nicht erwähnen durfte, weil sie immer noch verdeckt ermittelte.

Nachdenklich legte Mr. Hamilton die Hand ans Kinn. »Eigentlich«, sagte er, »ist es genial. Die Firma exportiert Anzüge in alle Welt und ist auf Anzüge für Jugendliche spezialisiert. Die sicherste Methode, in den nächsten Jahren neue Anhänger zu gewinnen. Wer weiß? Wenn der Plan funktioniert, könnte diese Sekte in zwanzig Jahren Millionen Mitglieder in allen Ländern der Erde haben. Ihre politische und wirtschaftliche Macht wäre immens!«

»Was willst du tun, Paps?«

»Ich weiß es noch nicht. Es läuft hier nicht allzu gut, und vielleicht bekommen wir den Auftrag gar nicht. Aber ich muß meinen Chef informieren, den Leiter der Abteilung Fernost. Natürlich wollen wir mit einer solchen Firma nichts zu tun haben, auch wenn es uns Geld kostet. Ich werde sofort mit ihm sprechen. Verflixt! Kein Wunder, daß sie den Anzug unbedingt zurückhaben wollten.«

»War es richtig, daß ich es dir erzählt habe, Paps?«

»Natürlich, Conrad. Ich kümmere mich darum. Versprichst du mir, daß du dich vorläufig von dem Labyrinth-Programm fernhältst?«

»Versprochen«, sagte Conrad.

Conrad fühlte sich erleichtert. Ihm war ein Riesenstein vom Herzen gefallen.

Er fragte sich, warum er sich nicht gleich seinem Vater anvertraut hatte, auch wenn er dann hätte zugeben müssen, daß er die Spinnen im Web zu überlisten versuchte und damit hohe Geldstrafen in Kauf nahm, die sein Vater hätte bezahlen müssen.

Einige Stunden später traf ein weiterer Anruf aus Korea ein. Diesmal war es aber nicht Conrads Vater, sondern ein gewisser Quentin Williams, ein Freund und Kollege von Mr. Hamilton, der ebenfalls in der Fernostabteilung arbeitete. Mr. Williams führte ein langes Gespräch mit Conrads Mutter.

Er überbrachte schlechte Neuigkeiten. Conrads Vater war von der koreanischen Polizei unter dem Vorwurf der Industriespionage verhaftet worden.

»Dein Vater ist unschuldig«, sagte Ariadne. *»Aber er hat den Fehler gemacht, sich direkt an seinen Chef zu wenden, den Leiter der Abteilung Fernost. Der Chef deines Vaters kennt einige ziemlich einflußreiche Leute in der koreanischen Regierung und bei der Polizei. Er hat dafür gesorgt, daß dein Vater unter einem Vorwand verhaftet wurde.«*

»Aber wieso?«

»Kannst du dir das nicht denken?« fragte Ariadne.

Conrad dachte kurz nach. »Nein! Ist der Chef meines Vaters etwa Planetologe?«

»Stimmt genau. Die Organisation ist größer, als du glaubst. Wenn dein Vater sie jetzt verraten würde, wäre alles verloren, was sie in das Projekt gesteckt haben, und das sind Millionenbeträge. Der Chef deines Vaters ist einer von ihnen, und daß dein Vater sich ihm anvertraut hat, war ein Fehler.«

»Was geschieht jetzt mit Paps?«

»Ich kümmere mich darum. Ich lasse meine Beziehungen zur koreanischen Polizei spielen und versuche, ihn freizubekommen. Übrigens, hast du inzwischen Paddy und Chloë gesehen?«

»Es ist seltsam, Ariadne. Sie sind nur noch ein Schatten ihrer selbst.«

»Ich fürchte, die Gehirnwäsche hat ihre Spuren hinterlassen. Bist du bereit, das zu tun, worum ich dich gebeten habe?«

»Ich glaube schon.«

»Nicht so zaghaft, Conrad. Ja oder nein?«

»Ja.«

»Guter Junge. Hast du den Anzug an?«

»Ja.«

»Gut, dann los. Zurück ins Labyrinth.«

Nervös näherte sich Conrad dem Id auf der ersten Ebene. Das Bild hatte sich nicht verändert. Immer noch saßen lächelnde Menschen auf einem gelben Sandstrand und winkten ihn zu sich. Unter ihnen war auch Paddys Doppelgänger mit den leblosen Augen. Plötzlich spürte Conrad einen elektrischen Schlag, der ihm durch und durch ging. Dann folgte ein Impuls, der das Id in ein Standbild verwandelte.

Es war genauso, wie Ariadne es beschrieben hatte. Bevor Conrad in das Labyrinth gestiegen war, hatte sie einen elektronischen Taktmesser in sein System programmiert, dessen Impulse sich nach ihren Worten wie Stromschläge anfühlen würden. Mit den Impulsen dieses Metronoms konnte man die in das Id eingebaute Zeitverzerrung außer Kraft setzen, so daß Conrad beobachten konnte, was in der ›gestohlenen‹ Zeit geschah.

Zunächst tat sich gar nichts. Das Id war eingefroren. Dann aber sah Conrad, wie sich die Gestalten langsam bewegten. Ein gleißend helles Licht überstrahlte die Gruppe, verlöschte und ließ alle in völliger Dunkelheit zurück. Dann blitzte das Licht wieder auf, und die Bewegungen der Anwesenden erfolgten wie im Zeitlupentempo.

»Es ist ein Stroboskop«, flüsterte Conrad in sein Halsmikrofon. »Es blitzt in Zeitlupe.«

»Interessant«, meinte Ariadne. *»Ein Stroboskop, das mit einer unglaublich hohen Geschwindigkeit blitzen würde, wenn das Metronom nicht wäre. Was gibt es sonst noch?«*

Conrad wollte gerade sagen, nichts mehr, als er ein Rauschen hörte und erkannte, daß es eigentlich ein verlangsamtes, gedehntes Flüstern war:

UNTER DER SONNE WARTEN WUNDER.

Der Satz wiederholte sich. Er wiederholte sich immer und immer wieder, während das Blitzlicht zuckte. »Da ist ein Satz über die Sonne. Er wird ständig wiederholt.«

»Unterschwellige Botschaften«, sagte Ariadne. *»So also machen sie es. Jetzt such nach einer Fernbedienung hinter dem Id. Es ist eine Sicherheitseinrichtung für nicht getestete Programme, mit der das Id vom Web aus abgeschaltet oder geändert werden kann. Es könnte eine Fußbodentastatur sein, aber wahrscheinlich ist sie getarnt.«*

Conrad fand die Tastatur. Sie war in den Stamm einer Palme am Strand eingelassen. Die komplizierten Anweisungen Ariadnes genau befolgend, gab er Befehle ein.

Das Stroboskop blitzte unablässig weiter. In seinen Ohren rauschte das langsame Flüstern.

»Erledigt«, sagte er schließlich.

»Gut. Jetzt weiter zu Level zwei.«

Das Einschalten des Metronoms auf dem zweiten Level brachte das gleiche Ergebnis. Die Jugendlichen am Lagerfeuer, unter ihnen die Doppelgängerin von Chloë, wurden im Stroboskoplicht zu langsamen Schatten. Diesmal lautete die Flüsterbotschaft:

FREUNDE MÖGEN MUSIK UNTER DEN STERNEN.

Conrad fand die Tastatur in den Holzscheiten des Lagerfeuers, um das alle saßen. Wieder führte er Ariadnes komplizierte Anweisungen aus, bevor er zu Level drei wechselte. Auf diesem Level suchte Conrad sich einen Id-Partner, sprang mit den Füßen zuerst auf die Rutsche und verwandelte sich erneut in einen Fisch. Der Schlag aus dem Metronom brachte alles zum Stillstand, und als das Stroboskoplicht aufblitzte, stellte Conrad mit Erstaunen fest, daß der riesige Ozean, in dem er sich hatte schwimmen sehen, eigentlich ein kleiner Raum mit angestrahlten Abbildungen von Schiffswracks und Unterwasserhöhlen war. Das also steckte hinter dem scheinbar unermeßlich weiten Meer, in dem er geschwommen war. Beim Impuls des Metronoms erstarrte sein Partner, und Conrad nahm wieder menschliche Form an. Er lauschte und hörte den Satz:

SPASS, ALS OB MAN MIT DEN FISCHEN SCHWIMMT

Die Tastatur war in einer Schatztruhe versteckt.

»Level vier kennen wir noch nicht«, sagte Ariadne. *»Sei vorsichtig.«*

Zwar waren Chloë und Paddy schon bis auf diesen

Level vorgedrungen, bevor sie in ihren Anzügen ›gegart‹ wurden, Conrad aber noch nicht. Nachdem er das Fisch-Id verlassen hatte, sah er vor sich einen großen eisblauen Würfel mit einem Eingang, über dem das Emblem der Doppelaxt prangte. Nichts deutete darauf hin, was ihn drinnen erwartete. Conrad betrat den Würfel und stand am Eingang zu einem dreidimensionalen Irrgarten.

Sobald Conrad den Irrgarten betrat, kam ein unheimlicher Wind auf. Alles war weiß; ein blendendes Weiß, das von dicken schwarzen Linien unterbrochen wurde, die Wege darstellten und sich strahlenförmig in alle Himmelsrichtungen ausbreiteten. Als Conrad den Blick hob, tauchten noch mehr Wege auf. Überrascht bemerkte er, daß er schwerelos war und sich so vorwärts, rückwärts und nach oben fortbewegen konnte. Das grelle Weiß blendete ihn. Heulend pfiff der Wind durch die Tunnel des Irrgartens.

»Du mußt ins Zentrum des Irrgartens, um Level fünf erreichen zu können«, sagte Ariadne. *»Wahrscheinlich liegt Level fünf sogar genau dort.«*

»Ich muß eine Spur hinterlassen, damit ich wieder herausfinde«, meinte Conrad. »Es gibt hier Millionen Abzweigungen.«

»Wofür bin ich denn Ariadne mit dem goldenen Faden? Ich markiere jede Abzweigung mit einer goldenen Fackel. Tu nicht mehr als nötig und kehre dann zurück. Geh noch nicht auf Level fünf, darauf sind wir noch nicht vorbereitet.«

Ohne erkennbaren Fortschritt ging Conrad durch den Irrgarten. Nach einer Weile wurde ihm durch das Gefühl der Schwerelosigkeit übel. Gerade als sein Magen revoltieren wollte, traf er einen Begleiter. Es war ein ganz in Weiß gekleideter, braungebrannter junger Mann mit Pferdeschwanz und türkisfarbenen Augen. Lächelnd trat er neben Conrad.

»Ich nehme an, du hast dich verirrt«, sagte er. »Irgendwie suchen wir ja alle nach dem richtigen Weg. Aber ich kann dich führen. Der einzige Weg hinaus ist durch die Mitte.«

»Tatsächlich?« fragte Conrad und gab Ariadne das Signal zur Aktivierung des Metronoms. Der Id-Führer erstarrte. Diesmal blitzte das Stroboskop mit einer anderen Geschwindigkeit. Die Worte lauteten:

DER EINZIGE WEG IST DURCH DIE MITTE.

Ohne Schwierigkeiten fand Conrad die Tastatur. Nach wenigen Minuten hatte er seinen Auftrag erfüllt.

»Zeit, wieder herauszukommen«, sagte Ariadne. *»Deine Ausklink-Taste funktioniert nicht. Du mußt über jedes Level einzeln zurückkehren.«*

»Wieso kann ich nicht einen Blick auf Level fünf werfen?« fragte Conrad.

»Kommt nicht in Frage«, entgegnete Ariadne.

Was sie auf Level fünf auch erwartete, Conrad mußte sich noch gedulden. An Ariadnes Tonfall erkannte er, daß jeder Widerspruch sinnlos war. Er folgte den Fackeln zurück zum Eingang des Irrgartens und durchquerte nacheinander die Levels drei, zwei und eins.

»Gut gemacht«, lobte Ariadne, als Conrad den VR-Anzug ausgezogen hatte. *»Aber jetzt kommt der schwierigste Teil deiner Aufgabe. Du mußt Paddy und Chloë dazu bringen, wieder ins Labyrinth zu gehen.«*

14
DIE KIRCHE DER EINHEIT

Erneut fand sich Conrad bei Chloë ein. Wenn er sie überzeugen könnte, noch einmal ins Labyrinth zu gehen, ließe sich ihre Gehirnwäsche vielleicht ungeschehen machen. Noch wichtiger war jedoch, daß Chloë und Paddy den Irrgarten auf Level vier durchquert hatten und ihm helfen konnten, den Mittelpunkt ohne einen der Doppelgänger aus dem Labyrinth zu finden. Conrad war überzeugt davon, daß er den Weg allein nicht finden würde. Außerdem würde die Anwesenheit der Doppelgänger den oder das im Herzen von Level fünf Verborgene bestimmt Verdacht schöpfen lassen.

Zunächst einmal mußte er Chloë unbedingt allein sprechen. Es war hoffnungslos. Chloës Eltern behandelten diese schreckliche Suzie von der Kirche der Einheit schon so, als gehöre sie zur Familie. Sie waren von dem Mädchen hellauf begeistert. Suzie kochte Kakao für alle, Suzie saugte Staub, Suzie räumte die Zimmer auf. Suzie las aus (einer seltsamen Fassung) der Bibel vor, während Chloë mit ihrem Thermoanzug aus blauem Kunststoff im Sessel heißen Kakao trank. Das erstaunlichste an Suzie war, daß sie nie etwas dafür verlangte.

»Wie oft bist du eigentlich für Chloë da?« fragte Conrad.

Für ihr blendendes Lächeln hätte er gut eine Sonnenbrille brauchen können. »Fast jeden Abend«, antwortete sie.

»Ja«, sagte Chloës Mutter. »Suzie ist ein wahrer Schatz.«

Conrad verspürte eine Übelkeit, wie sie bei ihm sonst nur ein überlanger Aufenthalt im Web verursachen konnte. Er stellte sich neben Chloë und faßte sie an der

Hand. Sie fühlte sich kalt an. »Ich habe dir Weintrauben mitgebracht«, sagte er. »Und noch ein paar Comics.«

Chloë hob kaum den Blick.

»Keine Comics mehr«, sagte Suzie fröhlich. »Conrad, du solltest wirklich anfangen, etwas aus deinem Leben zu machen.«

»Ja, ja«, gab Conrad verdrossen zurück. »Ich bin ein hoffnungsloser Fall. Ich weiß noch, wie Chloë mich früher immer genannt hat. Dummerchen. Spatzenhirn. Schwachkopf. Als sie noch bei den Tech-Rats war.« Er musterte Chloë, um zu sehen, ob seine Worte zu ihr durchdrangen, doch sie lächelte nur schwach und sah ihn kaum an. Es war zum Heulen. Es machte ihn wütend, sie so zu sehen. Sie hatten es geschafft, seiner klugen, scharfzüngigen und lebenslustigen Freundin die Identität zu rauben, und offenbar wußte niemand, wie es ihnen gelungen war.

»Ich glaube, du wirst feststellen, daß Chloë diese Zeit hinter sich gelassen hat«, sagte Suzie mit einem steifen Lächeln, das die Schärfe in ihren Worten kaum verbergen konnte.

»Auf jeden Fall wird es Zeit, daß ihr beiden jetzt geht«, sagte Chloës Mutter. »Chloë braucht ihren Schlaf.«

Sofort fing Suzie an aufzuräumen. Ihr Gehabe und Getue machte Conrad wütend, aber er war entschlossen, sich nicht früher zu verabschieden als sie. Zusammen verließen sie das Haus. »Du solltest einmal in die Kirche kommen«, sagte Suzie zu ihm. »Das brächte ein bißchen mehr Schwung in dein Leben.«

Sprachlos sah Conrad ihr nach. Er fragte sich erneut, was es mit dieser Kirche wohl auf sich hatte. Auf dem Nachhauseweg schaute er bei Paddy herein. Natürlich war Marvin dort. Er stellte die Mülltonne an die Straße und mähte den Rasen vor dem Haus, alles aus lauter Gutherzigkeit. Es war für Conrad unmöglich, mit Paddy allein zu sprechen. Marvin war ständig in der Nähe und beäugte argwöhnisch Conrads Weintrauben und Comics.

Diesmal hatte Conrad seine Nachricht in den Sprechblasen vorsichtshalber in Rat-Code geschrieben, damit Suzie und Marvin sie nicht lesen konnten. Übersetzt lauteten seine Zeichen:

Erinnert ihr euch noch an die Zeit der Tech-Rats? Wacht auf! Ich brauche euch dringend! Kommt wieder mit mir ins Labyrinth! Ariadne hat ein komplettes Dossier über die Planetologen! Wir haben eine Möglichkeit gefunden, die Daten ins Programm einzuspeisen! Wir können ihre wahren Absichten bekannt machen! Paddy, Chloë, wacht auf! Ich brauche euch!

Conrad lag auf dem Bett, als am nächsten Tag nach dem Unterricht das Signal für eine eingehende E-Mail erklang. Noch bevor er sie aufrufen konnte, traf eine zweite Nachricht ein. Erstaunt stellte er fest, daß sie beide nach Art der Tech-Rats kodiert waren. Schnell ließ er die Mitteilungen durch das Entschlüsselungsprogramm laufen.

Die erste Nachricht stammte von Chloë und bedeutete:

<Einverstanden. Morgen mittag bei Dir>

Vor lauter Begeisterung bemerkte Conrad nicht, daß Chloë bei der Verschlüsselung einige kleine Fehler unterlaufen waren. Auch ihre üblichen Beleidigungen fehlten, aber wenigstens war sie wieder dabei! Gerade wollte Conrad eine Antwort senden, als ihm einfiel, daß Chloë ihre einfache Nachricht vielleicht nur mit Hilfe eines Tricks hatte abschicken können. Deshalb beschloß er, sie nicht zu beantworten.

Die zweite Mitteilung kam von Paddy.

<Worauf warten wir noch? Morgen mittag bei Dir. Ein Anzug reicht.>

»Wußt' ich's doch!« rief Conrad aus. »Paddy und Chloë haben diesen Kirchentypen nur etwas vorgespielt. Die Tech-Rats sind frisch und munter!«

»Mit wem sprichst du da?« hörte er seine Mutter fragen.

Conrad nahm sich zusammen. »Mit niemandem«, antwortete er und verließ sein Zimmer. »Nur ein Computerspiel.« Er fand, daß es schon wieder bergauf ging, auch wenn sein Vater immer noch von der koreanischen Polizei festgehalten wurde. Ariadne unterstützte ihn, wo sie konnte, und Paddy und Chloë waren wiederauferstanden.

Der nächste Tag war ein Samstag und deshalb unterrichtsfrei. Conrads Mutter freute sich, Chloë und Paddy wiederzusehen, auch wenn sie ihrer Meinung nach ziemlich blaß wirkten. Allerdings konnte sie nicht viel Zeit mit ihnen verbringen, weil sie nach London mußte, um im Außenministerium Fragen über die Tätigkeit ihres Mannes zu beantworten. Sie würde erst abends zurückkehren.

Für den Besuch seiner Freunde hatte Conrad sogar sein Zimmer aufgeräumt. Als seine Mutter gegangen war, atmete er vor Erleichterung tief durch. »Wie habt ihr das bloß angestellt?« wollte er von seinen Freunden wissen.

»Was angestellt?« fragte Chloë zurück.

»Von zu Hause wegzukommen. Ich dachte, eure Eltern lassen euch keine Sekunde mehr aus den Augen. Nicht zu vergessen Marvin und Suzie, diese ekligen Waschlappen!«

»So schlimm sind sie gar nicht«, sagte Paddy nervös.

»Besser, wir fangen gleich an«, meinte Chloë schnell und holte ihren Anzug aus dem Rucksack. »Wir müssen schnell wieder zurück.«

»Verstehe«, sagte Conrad. »Der Plan sieht so aus: Ich habe eine komplette Akte über die Planetologen ...« Paddy und Chloë tauschten einen Blick, der Conrad nicht verborgen blieb. »Ach so! Ihr habt wohl keinen Schimmer, was eigentlich los ist, hm? Diese interaktiven Figuren in dem Labyrinth sprechen immer wieder dieselben Sätze. Wenn dann die Planetologen versuchen, auf der Straße Kinder für ihre Organisation zu werben, brauchen sie nur einen dieser Sätze aufzusagen und lösen damit die Erinnerungen aus, die sie in den Kopf der Kinder eingepflanzt haben. Das haben Ariadne und ich herausgefunden. Aber jetzt ist die Akte erst mal am wichtigsten.«

»Was ist denn damit?« fragte Paddy, während er lustlos in seinen Anzug stieg.

»Wir müssen sie bis auf Level fünf bringen, wo ich die Daten dann in das System eingeben kann. Und wenn die Ids aktiviert werden, wird nicht das Gehirnwäscheprogramm dieser Planetologen gestartet, sondern sie werden öffentlich entlarvt! Clever, was? Das haben Ariadne und ich uns ausgedacht.«

»Toll«, sagte Chloë mit monotoner Stimme.

»Nur eines wissen wir noch nicht: Wer oder was hinter alldem steckt. Das will ich auf Level fünf noch ins Dossier einfügen.« Wieder tauschten Chloë und Paddy nervös einen Blick. »Wißt ihr genau, daß ihr dazu bereit seid?«

»Klar«, sagten beide.

Überzeugend klang es nicht gerade.

»Ich weiß, daß ihr Angst habt«, meinte Conrad, »und wenn ich dasselbe erlebt hätte wir ihr, ginge es mir genauso. Aber wenn wir euch deprogrammieren wollen, bleibt uns nichts anderes übrig. Außerdem muß ich die Planetologen entlarven, um den Ruf meines Vaters wiederherzustellen. Und vergeßt nicht, daß Ariadne uns von irgendwo hilft.«

»Wir sind soweit«, sagte Chloë.

Dann brachen sie, wie Conrad hoffte, zum letzten Mal ins Labyrinth auf.

15
DIE RÜCKKEHR DER TECH-RATS

Als die drei Freunde auf Level eins vor dem Id mit den Jugendlichen auf dem gelben Sandstrand standen, waren weder Paddy noch Chloë erpicht darauf, weiterzugehen. Conrad merkte, daß er die zwei notfalls den ganzen Weg bis Level fünf antreiben mußte. Es war gut, die künstlichen Abbilder von Paddy und Chloë zu sehen – Chloë mit ihrem bunten Haar und Paddy mit dem Fliegerhelm –, weil es Conrad an die Zeiten erinnerte, als sich seine Freunde noch voller Selbstvertrauen durch das Web bewegt hatten. Jetzt aber waren sie zögerlich. Anscheinend mußte er ihnen jede Entscheidung abnehmen und sie Schritt für Schritt führen.

»Habt keine Angst«, sagte er. »Ihr könnt direkt auf sie zugehen. Sie tun euch nichts.«

Die jungen Leute am Strand erhoben sich und baten sie zu sich. Vorsichtig traten Paddy und Chloë näher. Dann erkannte Conrad, was seine Freunde abschreckte. Es war Paddys Doppelgänger zwischen all den glücklich lächelnden Jungen und Mädchen – Paddys Abziehbild mit den leblosen Augen und der verlorenen Seele.

»Das ist nicht echt, Paddy«, flüsterte Conrad in sein Halsmikrofon. »Das ist nur ein Bild.«

Fasziniert und abgestoßen zugleich ging Paddy auf seinen Doppelgänger zu. Dann streckte er den Arm durch das Bild hindurch, und genau in diesem Augenblick aktivierte Conrad Ariadnes Metronom, um sich vor der Zeitverzerrung zu schützen.

Diesen Vorteil konnte aber nur Conrad nutzen. Paddy und Chloë dagegen mußten das Id genauso erleben wie zuvor. Während Conrad alles in Stroboskoplicht verfolgen konnte, empfanden seine Freunde den Aufenthalt so, als liefe die Zeit normal weiter. Wie beim letzten Mal mußten sie Sätze über sich ergehen lassen, die sich ständig wiederholten. Diesmal aber war der Inhalt ein anderer. Conrad mußte lächeln.

Er hörte nämlich seine eigene Stimme. Und anstelle des Satzes »Unter der Sonne warten Wunder« erklangen die Worte:

MARVIN IST ÖDE WIE ALTER PLUNDER.

Immer und immer wieder.

Conrad ließ den Satz so oft durchlaufen, wie er es ertragen konnte. Länger als eine halbe Stunde hielt er aus, was Chloë und Paddy wie Sekunden vorkam. Sie standen wie angewurzelt, völlig eingenommen von dem pulsierenden Licht und den sich wiederholenden Tönen. Als Conrad sie aus der Hypnose erweckte, lag Verwirrung in ihrem Blick, besonders bei Paddy.

»Weiter zu Level zwei«, ordnete Conrad an.

Diesmal war es Chloë, die sich erschreckte – und zwar vor ihrer Id-Doppelgängerin am Lagerfeuer. Als sie den Arm durch das Bild streckte, lächelte ihr flötenspielendes Gegenüber sie mit leblosen blauen Augen an. In dem Augenblick, da das Programm ausgelöst wurde, schaltete Conrad das Metronom ein und trat zurück. Der Spruch »Freunde mögen Musik unter den Sternen« klang jetzt abgewandelt:

FREUNDE MÖCHTEN SUZIE WIEDER ENTFERNEN.

Als Chloë und Paddy nach Conrads Meinung genug gehört hatten und er sie aufweckte, sah diesmal vor allem Chloë verwirrt aus. Sie kratzte sich am Kopf, als ob sie sich an etwas zu erinnern versuchte, aber nicht wußte, was es war.

»Worüber lachst du?« wollte Paddy wissen.

»Über nichts«, sagte Conrad. »Sollen wir weiter?«

Auf Level drei schwammen die Fische, genauer gesagt, Chloë und Paddy, während Conrad sie beobachtete. Er erkannte jetzt, daß das, was er als ›Schwimmen‹ empfunden hatte, eigentlich ein Strammstehen unter Hypnose war, bei dem man gelegentlich die Hände bewegte. Aus den Worten ›Spaß, als ob man mit den Fischen schwimmt‹ war geworden:

DAS SOLL SPASS SEIN? LIEBER STECKE ICH
DEN KOPF IN EIN BECKEN MIT PIRANHAS.

Nach ihrem Schwimmausflug sahen Chloë und Paddy ihren Freund ungläubig staunend an. Sie hatten keine Ahnung, was vorging. Conrad mußte sich beherrschen, damit er nicht vor Lachen herausplatzte. Doch kaum dachte er an Level vier, verging ihm der Spaß schnell wieder. »Gut. Jetzt müßt ihr mir zeigen, wie man hindurchkommt.«

Sie betraten den dreidimensionalen Irrgarten und wurden sofort schwerelos. Chloë und Paddy schienen den Weg zu kennen, schwebten empor, bogen mal nach links, mal nach rechts ab, sanken abwärts und schwebten durch Korridore, die scheinbar alle gleich aussahen. Conrad hoffte inständig, daß Ariadne noch immer über jeden ihrer Schritte wachte. Sie hatten vereinbart, nur im Notfall miteinander in Verbindung zu treten, und Ariadne wollte unbedingt vermeiden, daß ihre Anwesenheit im Labyrinth entdeckt wurde, und hatte nicht nur auf die Gefahr für die drei Freunde hingewiesen, sondern auch auf ihr eigenes Risiko, sollte sie in der unbekannten Umgebung von Level fünf eingeschlossen werden.

»Denk daran«, hatte Ariadne zu Conrad gesagt. *»Es kann sein, daß du das Labyrinth sehr schnell verlassen mußt.*

Sei darauf vorbereitet.« Jetzt, da Conrad nicht erkennen konnte, ob Ariadne bei ihm war, zweifelte er an seiner Fähigkeit, den dreidimensionalen Irrgarten ohne Probleme zu durchqueren.

Plötzlich blieb Chloë stehen. »Was ist los?« fragte Conrad.

»Da stimmt etwas nicht«, sagte Chloë. »Ich weiß zwar nicht, was, aber ich bin mir ganz sicher.«

»Mir geht's genauso«, sagte Paddy. »Es ist, als hätte ich etwas geträumt und müßte mich daran erinnern, könnte es aber nicht. Irgendwo im Hinterkopf schreit mich etwas an. Ich bin ziemlich durcheinander.«

»Ich finde, wir sollten nicht weitergehen«, meinte Chloë. »Wenn ich mich doch nur erinnern könnte.«

Conrad wußte nicht, was er tun sollte. Seine Freunde vor ihm zögerten. Die Verwirrung in ihrem Gesichtsausdruck, die ihn bis dahin amüsiert hatte, schien jetzt gar nicht mehr so lustig. Er führte die Verwirrung seiner Freunde auf die Umprogrammierung zurück, die sie gerade durchmachten. Vielleicht löste sie einen inneren Widerspruch aus. »Wir gehen weiter. Wo lang?«

»Nach rechts«, sagte Paddy.

Als sie um die Ecke bogen, sahen sie vor sich zwei Id-›Führer‹. Sie waren ganz in Weiß gekleidet wie der Führer, den Conrad einmal gesehen hatte. Auch von hinten erkannte man, daß es ein Mädchen und ein Junge waren. Einer von ihnen sagte etwas mit vertrauter Stimme.

»Habt ihr euch verirrt? Was ihr braucht, ist ein Führer. Und ihr wißt ja, daß der einzige Weg hinaus durch die Mitte führt.«

Conrad gab auf seinem Controller den Befehl zum Start des Metronoms, aber nichts geschah. Er versuchte es noch einmal. Wieder keine Reaktion.

»Leider nein, Conrad«, sagte einer der schwebenden

Führer. »Wir sind nämlich keine Id-Führer.« Die Führer drehten sich um. Es waren Suzie und Marvin, die freiwilligen Helfer von der Kirche der Einheit.

»O nein!« rief Chloë. »Gerade ist mir der Traum wieder eingefallen. Sie haben uns gesagt, wir sollten dich hierher locken, Conrad. Sie haben uns gezwungen, deine Nachrichten in den Comics für sie zu übersetzen! Es ist eine Falle, Conrad!«

Auch Paddys stand das Entsetzen ins Gesicht geschrieben, so als erwache er plötzlich aus einem bösen Traum.

»Betrachte es nicht als Falle«, sagte Marvin. »Betrachte es einfach als ein längst überfälliges Treffen.«

Conrad versuchte, zurück in den Irrgarten zu gelangen, doch Marvin schraubte einen Arm drei Meter weit aus und packte ihn am Hals. Suzie hielt Chloë und Paddy auf die gleiche Weise fest.

»Level fünf?« fragte Marvin höhnisch.

16
DIE HEXE

»Conrad! Herzlich willkommen. Bist du derjenige, dem wir all diesen Ärger zu verdanken haben? Komm näher und laß dich anschauen.«

Der dreidimensionale Irrgarten hatte sich aufgelöst. Conrad, Paddy und Chloë standen auf einer riesigen Infrarotscheibe. Auf der Scheibe verliefen konzentrische Kreise und schwarze Linien, die vom Mittelpunkt strahlenförmig ins Unendliche reichten. Die Scheibe ähnelte einem gigantischen Spinnennetz, nur daß es nicht aus Klebefäden, sondern aus perfekt gezogenen geometrischen Linien bestand.

Die Stimme, die die drei gehört hatten, erklang aus der Mitte des Netzes und gehörte einer uralten Frau. Ob sie dort kauerte oder aber schwebte, vermochte Conrad nicht zu erkennen, denn sie trug ein langes violettes Kleid. Trotzdem konnte sie sich um 360 Grad drehen und nicht nur ihn, sondern auch Paddy und Chloë mustern. Die Frau trug einen auffälligen goldenen Ring, in den ein großer Rubin eingelassen war. Sie hatte langes, glattes kastanienbraunes Haar, das trotz ihres Alters unglaublich kräftig war und vor Gesundheit glänzte. Es war natürlich nur ein künstliches Bild. Conrad fragte sich, warum man nur das Haar, nicht aber auch das Gesicht verjüngt hatte, denn dieses war so runzlig wie altes Leder.

Die Frau erriet seine Gedanken. »Meine einzige Eitelkeit«, sagte sie und strich sich durch das üppige Haar. »Ansonsten verstecke ich mein Alter normalerweise nicht. Schließlich ist es die Quelle meiner Weisheit. Jugend hingegen, wie ihr drei sie im Überfluß habt, ist der Ursprung von Leichtsinn, Unfug und Dummheit. Stimmt das, Conrad?«

Conrad schwieg. Er schloß kurz die Augen, und in diesem Moment spürte er bei der Alten große Ungeduld. Dann zuckte plötzlich ein grünes Licht aus der Mitte der Scheibe über eine der Strahlenlinien des Netzes, auf dem die Freunde standen. Das Licht umspannte den Netzteil, auf dem Conrad stand, und drang wie eine Injektionsnadel in ihn ein.

»Auu!« schrie er.

Der Stromstoß erinnerte ihn an die Giftspritze, die er von der Sicherheitsspinne am Eingang zum Labyrinth erhalten hatte. Als er sich wieder erholt hatte, sah er, daß auch Paddy und Chloë für sein Schweigen mit einem Stromschlag bestraft worden waren.

»Ich mag Kinder, die laut sprechen«, sagte die Alte ungerührt. »Ich habe dich gefragt, ob es stimmt.«

»Ja«, antwortete Conrad. Ihm war übel. Er fragte sich, ob Ariadne sie noch beobachtete.

Die Augen der Hexe waren kalt wie die einer Schlange. »Niemand darf ohne meine Erlaubnis Level fünf betreten oder wieder verlassen. Das gilt auch für deine Helferin.«

»Können Sie etwa Gedanken lesen?« fragte Conrad.

»Ach was! Ich sage nur soviel: Wenn deine Gedanken so offenkundig sind, so banal, so unvermeidlich, brauche ich sie nicht lesen zu können. Das ist ein weiteres Merkmal der Weisheit. Möchtest du nicht auch klug sein, Conrad?«

Conrad wußte nicht, was er darauf erwidern sollte, aber gar keine Antwort bedeutete einen weiteren Stromschlag. »Ja.«

»Gut. Ich kann dich klug machen. Aber würdest du deine Jugend gegen Klugheit eintauschen?«

»Nein.«

»Natürlich nicht. Und ich kann dir auch nicht beschreiben, wie es ist, wenn man klug ist. Aber ich kann dir erzählen, wie es ist, wenn man alt ist.«

Ein weiterer Lichtstrahl zuckte über die Strahlenlinien des Netzes. Diesmal war es ultraviolettes Licht. Conrad wappnete sich gegen den Schmerz, doch war die Wirkung diesmal völlig anders. Das Licht ging durch ihn hindurch, und von einer Sekunde zur nächsten spürte er, wie sich seine Knochen von Kopf bis Fuß vergrößerten, wie sie knackten, wieder schrumpften und zuletzt austrockneten. Das Haar fiel ihm aus. Die Haut schwoll an und hing wie trockenes Pergament herunter. Conrad spürte, wie seine Zähne abstarben und seine Augen in den Höhlen versanken. Im gleichen Moment breiteten sich Fisteln und Furunkel über seine schlaffe Haut aus. Er versuchte zu schreien, brachte aber nur noch ein trockenes Krächzen hervor. Es schien, als ob sein Körper die Schmerzen von vielen hundert Jahren auszuhalten hätte und das Ende unmittelbar bevorstände. Noch immer voller Ekel und Abscheu bemerkte Conrad, daß sich das Licht zurückzog und er sich zurückverwandelte. Innerhalb von Sekunden hatte diese Hexe ein menschliches Wrack aus ihm gemacht.

»Du wirst verstehen, daß es mir keine Freude macht, Kinder zu quälen«, sagte die Alte. »Aber ich zeige dir schon einmal, wozu ich in der Lage bin, damit wir später keine Zeit vergeuden. Du hast mir genug Verdruß bereitet. Glaube ja nicht, daß du in meinem Netz mehr als nur eine lästige Fliege bist. Aber dadurch, daß du mein Labyrinth entdecken konntest, hast du dich in eines unserer besten Programme eingeschlichen.

Deine ärgerlichen Versuche, das Enagrammsystem umzuprogrammieren, haben wir schon korrigiert, und bevor ihr geht, werdet ihr alle drei wieder aufgenommen. Ihr werdet nützliche Meister des Planetologenprogramms werden und wie unser Marvin und unsere Suzie in der Kirche der Einheit arbeiten. War es nicht ein kleines bißchen dumm von dir, in deinen Comics verschlüsselte Nachrichten weiterzugeben? Aber deine Freunde waren ja so lieb, dich zu uns zu bringen.«

»Wir konnten nichts dagegen tun, Conrad«, sagte Chloë. »Wir waren nicht mehr Herr unserer selbst.«

»Das ist wahr«, bestätigte die Alte. »Sie standen unter unserem Einfluß, den du auf dem Weg hierher gebrochen hast. Aber wie schon gesagt, das können wir richten. Zuvor aber mußt du mir noch etwas verraten. Wo ist Ariadne?«

»Ich weiß es nicht«, antwortete Conrad. »Sie wollte es uns nicht sagen.«

Die Alte seufzte und ließ noch einen Lichtstrahl aufzucken, diesmal einen roten. Auf halber Strecke zwischen sich und Conrad hielt sie den Strahl an. Er zischte und zuckte wie der Feuerschein einer Wunderkerze.

»Es ist die Wahrheit!« rief Conrad. »Wir wissen nur, daß Ariadne ein Webcop ist. Mehr hat sie uns nicht gesagt, damit wir niemandem etwas verraten können.«

Der rote Lichtball auf der Strahlenlinie zuckte summend. Die Alte lachte abfällig. Dann holte sie das Licht zurück. »Weißt du was? Ich glaube dir. Trotzdem hast du immer noch etwas, das ich haben will.«

»Was meinen Sie?«

»Versuche nicht, mich auf den Arm zu nehmen, Conrad. Ich soll dir doch nicht noch einmal weh tun, oder?«

»Nein.«

»Und deinen Freunden auch nicht, oder?«

»Nein.«

»Und daß dein Vater in einem koreanischen Gefängnis verrottet, willst du doch sicher auch nicht?«

»Nein.«

»Siehst du. Nein, nein und nochmals nein. Dreimal nein. Weißt du, wir haben uns bei der Entwicklung dieses Programms die größte Mühe gegeben. In den nächsten fünf bis zehn Jahren wollen wir damit zwanzig Millionen junge Menschen für unsere Bewegung gewinnen. Die besten und klügsten Köpfe der Zukunft. Wir haben vor, die Zukunft der Menschheit neu zu gestalten, und da können wir unsere Pläne nicht von drei törichten Kindern und einer ziemlich dummen Web-Polizistin durchkreuzen lassen, nicht wahr? Conrad. Gib mir das Dossier von dieser Polizistin. Damit wir sie schnell und einfach finden können.«

»Ich kann nicht.«

»Ich weiß, daß du es bei dir hast. Stimmt's nicht, Marvin?«

»Zumindest hat er es in der verschlüsselten Mitteilung in den Comics so gesagt.«

»Eben. Komm her, Conrad.« Die Hexe nahm eine schwarze Steuereinheit mit Tastatur aus den Falten ihres

Rocks. »Du brauchst nichts weiter zu tun, als den Code aus deinem eigenen Controller einzugeben. Die Informationen gehen direkt in unser System. Das ist völlig schmerzfrei. Für dich.«

»Ich kann Ariadne nicht verraten!« rief Conrad.

»Wo ist sie denn, deine Ariadne? Warum hilft sie euch nicht? Ich habe dir ja gesagt, daß Level fünf für sie unerreichbar ist. Vielleicht ist sie schon meilenweit weg.«

»Bitte«, flehte er.

»Machen wir ein kleines Experiment. Wieviel Schmerzen kannst du aushalten? Oder besser, wieviel Schmerzen deiner Freunde kannst du aushalten?« Die Hexe schoß zwei Lichtblitze ab. Sie schlossen Paddy und Chloë ein und durchzuckten sie. Ihre gellenden Schreie waren ohrenbetäubend. »Ein Gefühl wie bei Verbrennungen dritten Grades, Conrad. Soll ich noch etwas anderes ausprobieren?«

»Bitte, hören Sie auf«, flehte Conrad. Sein Widerstand war gebrochen.

»Das Dossier. Wir brauchen die Informationen.«

Conrad wischte sich die Schmerzenstränen aus den Augen und gab den Code ein. Sofort wurde der Inhalt der Web-Polizeiakte über die Planetologen in das Labyrinth-Hauptprogramm kopiert. Auf der Scheibe bildete sich ein Datendisplay, auf dem die Alte den Datenfluß befriedigt verfolgte.

Plötzlich machte ihr Lächeln einer finsteren Miene Platz.

»Was ist das für ein Quatsch?«

»Das Dossier von Ariadne«, antwortete Conrad.

Die Alte rieb sich die gelblichen Augen. »Ich kann es nicht lesen«, sagte sie sehr gedehnt.

»Es ist verschlüsselt«, warf Marvin ein.

»Ja«, bestätigte Suzie. »Ich erkenne den Code wieder. Es ist derselbe wie in den Comics. Damit verständigen sie sich untereinander. Wir können ihn leicht entschlüsseln, aber es dauert etwas.«

Zum ersten Mal verlor die Hexe die Geduld. »Ich will es aber jetzt lesen!« blaffte sie. »Von wem stammt dieser Code?«

»Von mir«, sagte Paddy.

»Dann übersetz das für mich!«

Paddy sah Conrad an. »Tu, was sie sagt«, meinte Conrad.

Paddy trat vor und kopierte sein Entschlüsselungsprogramm in das schwarze Steuergerät. Die Symbole auf dem Bildschirm verschwammen und wurden durch eine Ziffernfolge ersetzt, die sich schnell und unberechenbar veränderte. Dann wurde der Bildschirm schwarz.

»Was ist das denn?« fragte die Alte. »Haben wir einen Stromausfall?«

Sie erhielt keine Antwort. Vom Rand der Scheibe, auf der sie alle standen, erklang ein lautes Prasseln. Jeder Zentimeter der Scheibe schien von einer zuckenden, eisblauen Flamme erfaßt. Mit einem Zischen wie Säure auf Metall, das bei dem lauten Prasseln kaum zu hören war, bewegte sich die Flamme auf sie zu.

Die Hexe drehte sich um und warf Conrad einen teuflisch bösen Blick zu. Marvin und Suzie sahen sich verwirrt und angsterfüllt um. Die Alte jedoch verstand sofort, was geschehen war.

»Nichts wie raus hier!« rief Conrad seinen Freunden zu und zeigte auf das Zentrum der Scheibe.

Die eisblaue Flamme breitete sich rasend schnell aus. Das Feuer war ein in Ariadnes Akte versteckter Befehl, den Paddy durch das Kopieren des Verschlüsselungsprogramms ausgelöst hatte. Es war ein Computervirus, der alles, was ihm in den Weg kam, für immer zerstörte.

17
DER VIRUS

Schmatzend fraß der Virus sich durch die Scheibe weiter auf sie zu. Die gespenstische eisblaue Flamme versengte das Netz und mit ihm alle gespeicherten Daten. Noch immer starr vor Schreck sah die Hexe, wie Conrad seine Freunde in ihre Richtung statt von ihr fort dirigierte. Hinter der Alten befand sich ein winziges schwarzes Loch, das aussah wie ein Wirbel. Das mußte der einzige Ausgang aus Level fünf sein, wie Ariadne es vorhergesagt hatte.

Die Schreie der Hexe noch im Ohr, sprangen die drei Tech-Rats in das schwarze Loch, hinter dem sich eine Art Röhre befand.

»Packt sie!« befahl die Alte Marvin und Suzie. Conrad, Chloë und Paddy purzelten durch die Röhre und landeten in dem dreidimensionalen Irrgarten von Level vier.

»Schnell!« rief Conrad und lief nach rechts. Hinter sich sahen sie Marvin und Suzie aus der Röhre kommen.

»Ariadne, melde dich!« rief Conrad. In seinem Ohrhörer knackte es, aber sonst war nichts zu hören. »Ohne Ariadne kommen wir hier nicht heraus«, sagte er zu den anderen.

»Wir können Marvin und Suzie in dem Irrgarten abhängen«, meinte Chloë.

»Wegen der beiden mache ich mir keine Sorgen«, sagte Conrad. »Aber wegen dem da!« Er zeigte auf die Stelle, wo sie den Irrgarten betreten hatten. Die eisblaue Flamme war hinter ihnen durch die Röhre gedrungen und bahnte sich langsam einen Weg durch die Gänge. »Ariadnes Virus! Sie hat gesagt, die Flamme würde nach der Zerstörung von Level fünf bis zum Anfang des Programms alles verbrennen.«

Fasziniert beobachteten sie, wie die zuckende Flamme Pfade und Gänge verschluckte und nichts als bläulichen Dunst zurückließ. »Was passiert, wenn man von einem Virus eingeholt wird, während man in einem Programm ist?« wollte Chloë wissen.

»Du wirst ausgetrocknet, als wenn dich tausend Blutegel aussaugen«, unkte Paddy. Chloë warf ihm einen angewiderten Blick zu. In diesem Moment sprangen Marvin und Suzie in den Gang vor ihnen.

»Lauft!« rief Conrad.

»Wartet«, sagte Paddy. »Sie verändern sich!«

Das Bild von Marvin und Suzie zerbrach. In Sekundenschnelle verwandelten sich ihre Verfolger in riesige schwarze Spinnen. Nur an den furchteinflößenden Köpfen konnte man noch erkennen, daß es Marvin und Suzie gewesen waren.

»Nichts wie weg hier!« rief Chloë. »Nach oben, schnell!«

Die drei nahmen einen Gang unmittelbar über sich und bogen sofort nach links ab in der Hoffnung, ihre Verfolger so abschütteln zu können.

Doch dann erkannten sie, warum Marvin und Suzie sich in Spinnen verwandelt hatten. Mit ihren acht Beinen kamen sie auf den glatten Wänden des Irrgartens schneller voran. Auch konnten sie von einem Gang in den nächsten klettern oder springen.

»Sie kriegen uns!« rief Chloë erschrocken.

»Sie haben einen Stachel!« sagte Paddy. Die zwei Spinnen näherten sich mit bedrohlich vorgestreckten Mundwerkzeugen.

»Ariadne, wo bist du?« rief Conrad. »Nach rechts, Leute! Nach rechts!«

Orientierungslos liefen sie durch die Gänge, gerieten in Sackgassen, und immer hörten sie die Spinnengeräusche knapp hinter sich. Schließlich bogen sie links ab und versteckten sich sofort in einem Gang, der nach rechts führte.

»O nein!« rief Paddy und zeigte nach vorn.

Ungehindert fraß sich das Virusfeuer durch den Irrgarten auf die Freunde zu und versperrte ihnen den Weg. Über ihnen gab es zwar noch einen Gang, doch war er dem Virus gefährlich nahe. Hinter ihnen dröhnte, ebenfalls beängstigend nahe, das Trommeln der Spinnenfüße.

»Wir sitzen in der Falle!« rief Chloë.

Wie gelähmt vor Entsetzen standen sie in dem Gang. Gefräßig zischend bewegte sich der Virus mit rasender Geschwindigkeit auf sie zu. Dann erschienen am anderen Ende des Ganges die Spinnen, sahen sie und hielten einen Moment inne. Schließlich setzten sie sich wieder in Bewegung und näherten sich bedrohlich.

»Was machen wir jetzt bloß?« fragte Paddy.

»Wartet«, befahl Conrad. »Wartet auf mein Zeichen!«

Hinter ihnen wütete wie heiße Lava der Virus, vor ihnen funkelten die Augen der Spinnen. Als die Monster nur noch Zentimeter entfernt waren, rief Conrad: »Jetzt! Nach oben, schnell!«

Conrad, Chloë und Paddy sprangen in den Gang, der über ihnen verlief. Die Spinnen konnten nicht mehr bremsen und rutschten schreiend in das Feuer.

In Conrads Ohrhörer knackte es. *»Conrad! Conrad!«*

»Ariadne! Hol und hier heraus!«

»Es ist der Virus, Conrad. Er hat auch das Kommunikationssystem befallen. Ich mußte die zerstörten Stellen überbrücken. Los jetzt, ihr habt nicht viel Zeit. Geht nach links!«

Ariadne versuchte, sie aus dem Irrgarten herauszuführen, der inzwischen ein Inferno aus Flammen und Rauch war. Drei Viertel hatte der Virus schon vernichtet. Ariadne führte sie durch gewundene Gänge mal dem Virus entgegen, mal von ihm fort, doch ein Versuch nach dem anderen schlug fehl. Fieberhaft suchten sie weiter.

Dann, endlich, fand Ariadne einen Fluchtweg, auf dem sie nach Level drei gelangten. Während sie das Level schwimmend durchquerten, brach der Irrgarten hinter ihnen vollständig zusammen. Kaum hatten sie Level drei verlassen, als es den Flammen auch schon zum Opfer fiel, genauso wie kurz darauf das Hologramm mit den Musikanten am Lagerfeuer. Chloë schaute sich um und sah, wie ihre blauäugige Doppelgängerin im eisblauen Lichtschein verschwand. Dasselbe geschah mit Paddys Gegenstück auf Level eins.

»Keine Zeit zum Zugucken«, sagte Ariadne zu Conrad.

»Stimmt! Nichts wie raus hier!«

Nachdem sie das Labyrinth verlassen hatten, schauten sie sich um. Fauchend verschlang das Virusfeuer die übriggebliebenen Teile des Programms. Als letztes verbrannte blitzend und zischend das Doppelaxtemblem über der Tür. Dann fand das Feuer keine Nahrung mehr, bäumte sich noch einmal auf und erlosch an der Anti-Virus-Mauer, die das Programm von der übrigen Webtown trennte. Die drei Tech-Rats wandten den Blick ab und sahen sich mit ernster Miene an.

»Puh!« machte Chloë.

»Aber echt«, sagte Paddy.

»Nach Hause?« fragte Ariadne.

»Nach Hause«, stimmte Conrad zu.

18
LEB WOHL, ARIADNE

Am nächsten Tag erschien Chloë mit frisch gefärbtem Haar. Violette und weiße Strähnen zur Feier des erfolgreich bestandenen Abenteuers der Tech-Rats im Web, meinte sie. Als Paddy anmerkte, sie sehe aus wie ein in den Farbtopf gefallenes Stinktier, war der Streit wieder in schönstem Gange, und Conrad war froh, daß die Normalität sie zurück hatte. Für Conrad gab es mehr als einen Grund, froh zu sein. Morgens hatte seine Mutter erfahren, daß sich die koreanischen Behörden bei seinem Vater entschuldigt und ihn freigelassen hatten. Außerdem hatte seine Firma eine Untersuchung gegen seinen Chef eingeleitet. Als man feststellte, daß er mit den Planetologen unter einer Decke steckte, wurde er sofort entlassen. An seiner Stelle bekam Conrads Vater den Posten und war jetzt Leiter der Abteilung Fernost.

Conrad hatte Paddy und Chloë erklärt, daß er von Ariadne mit dem Virus für das Geheimprogramm ausgestattet worden war. Der Virus blieb unschädlich, bis er von Paddys Original-Entschlüsselungsprogramm aktiviert wurde. Ariadne hatte geahnt, daß Suzie und Marvin Conrads Comics kontrollieren und das Ergebnis der Hexe melden würden. Die Alte wiederum würde mit allen Mitteln herauszufinden versuchen, was Ariadne über ihre Organisation wußte, und deshalb Paddy und Chloë zwingen, Conrad zu ihr zu locken.

»Ziemlich klug, diese Ariadne«, sagte Chloë.

»Wenn es eine *sie* ist«, meinte Paddy.

»Natürlich ist sie das«, zischte Chloë. »Soviel Grips können Männer gar nicht haben.«

Während sie sich noch mit seltsamen Vorstellungen über Ariadnes Identität stritten, zeigte Conrads Terminal den Eingang einer Nachricht an. Kurz darauf erschien sie auf dem bernsteinfarbenen Bildschirm.

<Ich muß den Tech-Rats für ihre Hilfe danken. Jetzt kann ich euch ja sagen, daß die Zauberin für uns schon seit einiger Zeit keine Unbekannte mehr ist. Wir haben sie überwacht, aber irgendwie schien sie uns immer einen Schritt voraus. Ich weiß nicht, was mit ihr passiert ist, als der Virus das Labyrinthpro-

gramm zerstört hat, aber ich habe so das Gefühl, als hätten wir sie nicht zum letzten Mal gesehen. Für die nächste Zeit dürfte sie von Gehirnwäscheprogrammen allerdings die Nase voll haben. Und das ist auch euer Verdienst.>

Chloë sprang an die Tastatur und schrieb:

<Wer ist denn diese Hexe?>

Es dauerte ein wenig, bis die Antwort eintraf.

<*Eine sehr reiche und mächtige Frau mit einem zu langen Leben. Wie schon gesagt, wir haben bestimmt nicht zum letzten Mal von ihr gehört. Wie ein koreanisches Sprichwort sagt: Fange nicht an zu pfeifen, bevor du den Fisch gefangen hast.*>

Die Nachricht erlosch, und der Bildschirm zeigte wieder die normale graue Farbe.

»Was soll das denn heißen?« frage Chloë.

Paddy und Conrad zogen verständnislose Gesichter.

»Keine Ahnung«, sagte Conrad. »Aber wer Ariadne auch sein mag, er oder sie hat für uns die Hand ins Feuer gelegt.«

»Ein netter Vergleich«, meinte Paddy ironisch. »Ich rieche förmlich noch, wie der Virus Marvins und Suzies virtuelles Spinnenhirn gebrutzelt hat.«

»Ich frage mich, was aus ihnen geworden ist. Zu uns nach Hause kommen sie jedenfalls nicht mehr«, sagte Chloë.

Sie hatte recht. Die Mitglieder der Kirche der Einheit hatten ihre Höflichkeitsbesuche eingestellt, auch wenn Chloës und Paddys Eltern es nicht glauben konnten und Fragen stellten wie ›Wo ist denn die liebe Suzie geblieben‹ oder ›Kommt denn der nette Marvin heute nicht?‹. Conrad hatte das Gefühl, daß man nie wieder etwas von ihnen hören würde.

»Ihr wißt ja, daß die Kirche der Einheit nur eine andere Bezeichnung für die Planetologen war«, sagte er.

»Selbstverständlich«, betonte Chloë. »Wir haben ja nicht alle so ein Ein-Mip-Hirn wie du.«

»Als Marvin und Suzie eure besten Freunde waren, ist dir das nicht aufgefallen«, gab Conrad zurück. Aber er ärgerte sich nicht. Vielmehr war er zum zweiten Mal an diesem Tag froh darüber, daß er von Chloë wieder Beleidigungen zu hören bekam.

ENDE

THE WEB

PETER F. HAMILTON

LICHTSTURM

1
TREFFEN VOR SONNENUNTERGANG

Drei Meter über dem Boden flog ich den Sunset Boulevard entlang und schlug gemächlich mit den Schwingen, wie in einer Zeitlupenszene eines alten 2-D-Films. Das war jedoch eine ziemlich trügerische Auslegung, in Wirklichkeit sauste ich verdammt schnell über die Köpfe der historischen Persönlichkeiten und Mythengeschöpfe hinweg, die sich im breiten Strang aus gelben Ziegeln zwischen den Gebäudeblöcken der Hollywood-Spielefirmen drängten. Was mir nur recht war: Ich wollte meine Nachricht weit verbreiten. Was ich gestern abend erlebt hatte, war schlicht und einfach unheimlich.

Weiter voraus stand eine Gruppe aus großen Elfen und Rittern in Rüstungen, die wie poliertes Chrom glänzten, vor dem MaxiFox-Block. Sie warteten darauf, sich in die *Camelot Orc Attack*-Site reinspinnen zu können. Von meiner Position wirkte die Oberfläche des Blocks wie ein Regenbogen aus Chrom, der langsam zu strudelnden Bögen zerschmolz. Eine große, saphir- und smaragdfarbige Rosette glitt vor der Gruppe zu Boden, und die Kids traten gemeinsam hindurch.

Phreaks konnten das nicht gewesen sein. Als die Camelot-Spiele herauskamen, waren sie der ätzendste Renner auf dem Markt. Das war aber schon ein paar Monate her. Mittlerweile kennt jeder die Blackwire-Tricks, mit denen man die Werte seiner Spielfigur erhöhen kann. Vielleicht bestand die Gruppe aus nostalgischen Ein-Mips, so ähnlich wie Opa. Abgesehen davon, daß er kein Ein-Mip ist. Ganz bestimmt nicht!

Ich flog an dem MaxiFox-Block vorbei, vor dem die armselige Menge noch immer darauf wartete, sich reinspinnen zu können. Sie sollten *Camelot* wirklich auf Disk herausbringen und den Block neu initialisieren. Schließlich haben wir bereits November; die Spielefirmen bringen bereits ihre großen neuen Weihnachtsrenner heraus.

Auf dem Disney-Block war bereits Reklame für das neue Schwarzenegger-Game zu sehen. Schlanke, V-förmige Raumschiffe starteten so rasant vom Dach, daß die Flammen der Nachbrenner funkelten. Man mußte nur zusehen, wie sie im blauen Himmel verschwanden, um sich zu wünschen, einer der Kolonisten zu sein, die sie zu neuen Welten brachten. Na ja, zumindest ich empfand so. Spielbergs Block wurde von atemberaubenden intergalaktischen Vortexlöchern umkreist, die sich blinkend öffneten und Werbung für sein *Dark-Powers*-Spiel machten. Ich schoß genau unter eins und rollte mich auf den Rücken, damit ich hineinschauen konnte. Wenn man schnell genug ist, kann man ganz gut die Promoszenen erkennen, die sie bereits zeigen.

Die meisten Firmen hatten dieses Jahr den Weltraum als *das* Thema erkoren, nicht zuletzt deshalb, weil die Marslandung nur noch zwei Tage bevorstand. Ich war hellauf begeistert davon. Zwölf ganze Monate lang Weihnachten!

Wenn ich älter bin, möchte ich Astronaut werden. Ja, ich weiß, den Spruch habt ihr schon mal gehört. Aber mir ist es todernst damit. Das ist mein Wunsch, seit ich die Vorstellung aufgab, Vogelwärter im Sumpfreservat zu werden. Damals war ich so um die sieben Jahre alt, aber später wurde mir klar, wie dreckig dieser Job sein würde. Den ganzen Tag im Schlamm herumzuwühlen, um die seltsamen, verängstigten Vögel zu retten, die das Wetter heutzutage von Afrika und Asien hierher verschlägt ... Heute konzentriere ich mich darauf, in den wissenschaftlichen Schulfächern die Zensuren zu bekommen, auf die die Global Space Agency Wert legt. Nur noch sieben Jahre (einschließlich Universitätsstudium), und ich kann mich bei der GSA zur Ausbildung bewerben. Als Kadett bin ich dort schon eingeschrieben.

Die Tropicana-Site befindet sich in dem Block hinter der letzten Spielefirmen. Ich flog direkt hinein. Der Sprung brachte mich über einen Strand aus scharlachrotem Sand mit einem Horizont, über den sich gerade die Dämmerung senkte. Es war ziemlich voll in der Site, und fast alle der um Tische postierten weißen Caféstühle, die das Ufer säumten, waren besetzt.

Da das Tropicana eine Kontakt- und Freizeit-Site ist, haben alle Avatare darin menschliche Gestalt. Doch ich besitze ein von der EU lizenziertes Equal-Access-User-Programm auf meinem Computer, und deswegen konnte ich meine Vogelgestalt behalten. Sie ist einem Manta nachempfunden, hat aber silberblaue Haut und den Kopf eines Pterodactylus. Während des Flugs verleiht sie mir ein sagenhaftes Gefühl von Freiheit. Es muß wohl mit der Schwerelosigkeit vergleichbar sein, die Astronauten erleben. Ich zog Kreise, bis ich einen leeren Tisch fand, und landete dann daneben. Meine Freunde spinnten einer nach dem anderen ein paar Minuten später rein. Das war aber auch Zeit! Allmählich wurde ich ungeduldig.

Selim war der erste. Sein Programm gewährte ihm direkten Zugriff auf die Site. Ein schimmerndes Vortexloch materialisierte über dem Tisch, und eine purpurne, eiförmige Landegondel fiel heraus. Sie setzte auf dem Sand neben mir auf. Die obere Hälfte klappte hoch und enthüllte eine Kontrollkonsole, die nur aus Schaltern und blitzenden Lampen zu bestehen schien. Grinsend kletterte Selim aus dem Schleudersitz.

Sein Avatar ist ein Junge etwa in meinem Alter, dreizehn Jahre, von durchschnittlicher Größe und durchschnittlichem Gewicht, aber mit so ebenmäßigen Gesichtszügen, wie nur ein Programm sie heraufbeschwören kann (und einer makellos reinen Haut!).

»Hi, Aynsley«, sagte er. »Was für eine heiße Fliege hast du denn für uns?«

»Das sage ich dir, sobald die anderen hier sind. Sonst muß ich es viermal erzählen.« Er streckte die Zunge raus. Sie war ein langer Streifen aus nassem Fleisch, der sich einmal um sein Gesicht wand. Ein tolles Upgrade!

Drunlo kam als nächster. Im Strand klappte eine hölzerne Falltür auf und verschüttete Sand in alle Richtungen. Er stieg auf einer Leiter aus einem Raum empor, bei dem es sich um ein steinernes Kellergewölbe mit brennenden Fackeln an den Wänden zu handeln schien. Wie immer war sein Avatar ein Elfjähriger, und er trug seine übliche Kleidung, die eines Straßenkinds aus dem Mittelalter.

Bayliss und Katie kamen gemeinsam über den Sand heranmarschiert. Er ist der einzige von uns, der sich die Mühe erspart, die man mit einem Avatar hat; er zeigte uns ein pausbäckiges Gesicht mit einer Stirn, die ständig in Falten zu liegen scheint. Katies Avatar war Rebecca Ryan, die diesjährige Moderatorin von *Access On*. Sechzehn Jahre alt ist sie. Sie lächelte gern, und wenn sie lächelte, rief es jedesmal überall Grübchen hervor. Beine hatte sie, die fast noch schlanker als ihre Arme waren, und doppelt so lang. So perfekt, daß sie selbst ein Avatarprogramm hätte sein können.

»Es ist gestern abend schon wieder passiert«, erklärte ich ihnen. »Ich habe es dreimal gesehen. Größer als zuvor. Und auch heller.«

»Das ist alles?« fragte Selim. Sein Blick war eindeutig vernichtend. »Das ist deine Fliege? Du hast Lichter über dem Sumpf gesehen? Also ehrlich, Aynsley, das ist wirklich keine Schattenjagd wert. So was nennt man Irrlicht. Blättere mal in deiner Enzyklopädie – das ist einfach Gas, das verfaulende Pflanzen freisetzen. Methan, wie es auch beim Furzen entsteht.«

»Das war kein Irrlicht«, beharrte ich hitzig. »Glaubst du etwa, ich wüßte nicht, was ein Irrlicht ist? Ich wohne seit zehn Jahren in der Nähe vom Sumpf. Ich habe schon oft genug Irrlichter *gesehen*. Sie sind bleich, wie leuchtender Nebel. Das ist etwas anderes. Es ist ... es ist wie ein *Lichtsturm*. Jedesmal sieht es wie eine Lichtblase aus, die aus dem Boden hervorbricht und dann einfach verschwindet. Und es geschieht niemals zweimal am selben Ort. Bislang wenigstens noch nicht.«

»Wofür hältst du es denn?« fragte Katie.

»Keine Ahnung.«

»Fliegende Untertassen beim Start«, schlug Selim vor.

»Mach dich doch nicht lächerlich«, erwiderte Bayliss.

Ich hatte mich gewissermaßen auf Bayliss´ Unterstützung verlassen. Wenn ich mir seine Noten in den wissenschaftlichen Fächern ansah, kam ich mir wie ein Ein-Mip vor. So haben wir uns kennengelernt. Wir surften in der GSA-Site der Olympus-Expedition. Ich verschaffte mir gerade Zugang zu dem Mannschaftsmitglied, das an jenem Tag den Providersuit trug. Bayliss interessierte sich für die Ergebnisse der Untersuchungen mit dem Gammastrahlenteleskop des Schiffes.

»Mach ich doch gar nicht«, protestierte Selim. »Wie kannst du das als lächerlich bezeichnen? In zwei Tagen landen Menschen auf dem Mars. Warum soll es unmöglich sein, daß Außerirdische auf der Erde landen?«

»Es ist nicht unmöglich, aber sehr unwahrscheinlich. Außerdem hat Aynsley von Lichtblasen und nicht von ganzen Schiffen gesprochen.«

»Na schön, dann sieht er eben den Strahl ihrer Triebwerke, und die Untertassen selbst verfügen wie unsere Air-Force-Jäger über eine Tarntechnologie.«

»Falls es irgendwelche Flugzeuge sind, dann wahrscheinlich geheime militärische.«

»Das glaube ich nicht«, sagte ich. »Man würde sie doch

nicht in den Sümpfen testen – das ist ein registriertes Naturschutzgebiet, und das Dorf liegt nur ein paar Kilometer entfernt. Das wäre nicht sehr geheim, oder?«

»Wofür hältst du es also?« fragte Katie erneut.

»Ich weiß es wirklich nicht. Deshalb bitte ich euch ja um Hilfe. Als ich die Lichter zum erstenmal sah, kamen sie mir interessant vor. Nun mache ich mir allmählich Sorgen, weil ich nicht weiß, was da vorgeht. Ich finde in keinem Lehrbuch oder Datenspeicher eine Erklärung. Das ist doch wirklich seltsam. Ich meine, wir alle wissen doch, wie man einen Knowbot darauf formatiert, öffentliche Infosites zu durchstöbern, das ist doch eine Aufgabe für einen Ein-Mip. Weshalb konnte ich also nicht herausfinden, was es ist? Wenn es eine natürliche Erklärung gibt, muß sie irgendwo stehen.« Ich erkannte, daß ich sie neugierig machte, sogar Selim. Im Informationszeitalter ist es einfach schrecklich, etwas *nicht* zu wissen. Die Welt steht uns offen. Oder sollte es zumindest. Im Mittelalter hat man der Öffentlichkeit etwas verschwiegen, heute nicht mehr. Opa regt sich noch immer darüber auf, wie furchtbar das Leben war, als die Leute sich ihre Informationen nur aus den Zeitungen und dem Fernsehen besorgen konnten. Stets entschieden die Herausgeber, was man sehen oder lesen konnte, und orientierten sich dabei danach, was sie für interessant oder unterhaltsam hielten. Eine Art wohlwollende Zensur, meint Opa.

Ich weiß nicht, was mich am meisten aufbrachte. Die Lichtstürme selbst oder der Umstand, daß ich einfach nichts über sie herausfinden konnte. Zwei Dinge, die nicht passieren dürften und irgendwie im Zusammenhang miteinander standen. Es ist, als würde man aufwachen und feststellen, daß der Himmel grün geworden ist.

»Vielleicht sollten wir die Knowbot-Anfrage für dich schreiben«, sagte Drunlo. »Diese Netzbibliothekare sind heutzutage wirklich weit, sie müßten alle Informationen aufspüren, vorausgesetzt, du hast die Frage richtig formuliert. Wenn wir uns zusammentun, müßten wir einfach alles über die Lichtstürme herausfinden. Vielleicht hast du nur bei der Formatierung deiner Anfrage einen Fehler gemacht.«

Ich funkelte ihn so düster an, wie meine Avatareigenschaften es mir ermöglichten. »Das glaube ich nicht.«

»Du wurdest doch nicht von einer Datei weggespidert, oder?« fragte Katie.

»Nein.«

»Was halten die anderen Leute, die in der Nähe vom Sumpf wohnen, von den Lichtstürmen?« fragte Bayliss.

»Keine Ahnung«, gestand ich ein. Ich merkte, daß ich in meinem Kokon unter dem Websuit errötete. »Ich habe sie nicht gefragt.«

»Und warum nicht?« fragte Selim verzweifelt.

Weil ich sie nicht leiden kann, weil sie nicht meine Freunde sind und weil sie mir das Leben so schwer wie möglich machen. Aber das sagte ich nicht laut. »Bislang hat kein anderer sie gesehen. Sie sind zu weit weg, und eigentlich schaut niemand des Nachts auf den Sumpf hinaus.«

»Außer dir«, sagte Selim und lachte kurz.

»He, zisch dich«, fauchte Katie. »Wir sind, was wir sind. Wir alle. Mach ´nen Sprung, wenn wir dir nicht passen.«

»Das habe ich nicht gesagt«, erwiderte er. »Ich sage nur, daß nicht jeder seine Zeit damit verplempert, auf einen Sumpf hinauszuschauen, den er gar nicht sehen kann. Das ist doch stichhaltig, oder?«

»Willst du es uns sagen?« fragte Drunlo mich vorsichtig.

»Kein großes Geheimnis. Ich habe vor, mein Teleskop mit einem Lichtverstärker auszurüsten, damit ich auch nachts die Vögel beobachten kann. Letzte Woche war Vollmond, und da habe ich mich in den Sümpfen umgeschaut, ob sich überhaupt etwas erkennen läßt. Und dabei habe ich zum erstenmal so einen Lichtsturm gesehen.«

»Dann könnte es dieses Phänomen schon eine geraume Weile geben?« fragte Bayliss. »Zum Beispiel, seit der Sumpf renoviert wurde?«

»Schon möglich. Aber die Ökoteams haben diesen Teil der Naturrestauration schon vor zwei Jahren abgeschlossen. Ginge das schon so lange vor, hätte irgend jemand es bestimmt bemerkt.«

»Genau«, sagte Katie. »Für mich hört sich das so an, als hätte es gerade angefangen. Du solltest es lieber melden, Aynsley.«

»Und wem?«

»Und wie soll er beschreiben, was er gesehen hat?« fragte Bayliss. »Wir waren doch auch skeptisch, was diese Lichter in der Nacht betrifft, und wir wissen, daß Aynsley ehrlich zu uns ist. Die örtlichen Behörden würden ihn lachend von ihrer Site verjagen.«

»Was bleibt uns dann übrig?«

»Das Offensichtliche. Mehr Informationen sammeln. Und wenn wir dann alle Fakten haben, wissen wir auch, was wir unternehmen müssen.«

»Na schön«, sagte sie. »Ich bin gern bereit, einen Knowbot zu formatieren, damit er nach Lichtstürmen sucht.«

»Wir alle formatieren einen«, sagte Bayliss. »Und, Aynsley ...«

»Ja?«

»Du mußt noch mal in den Sumpf und dich umschauen.«

»Warum?« Ich versuchte, die Bestürzung aus meiner Stimme herauszuhalten. Es war nicht einfach. Natürlich wußte er nicht, was er verlangte. Aber das würde ich ihm nicht auf die Nase binden.

»Um herauszufinden, ob es irgendwelche Beweise für das gibt, was dort vorgeht.« Er sagte das, als sei es völlig offensichtlich. »Weißt du so ungefähr, in welcher Gegend diese Lichtstürme erschienen sind?«

»Äh ... ja, ich glaube schon.«

»Gut. Dann ist das ja klar. Ein jeder von uns versucht heute nachmittag, so viel wie möglich herauszufinden, und dann treffen wir uns hier heute abend zur üblichen Zeit wieder.«

2
MEINE FAMILIE, UND WIE MAN SIE ÜBERSTEHT

Eine Exkursion in den Sumpf? Warum hatte ich nur meine große Klappe nicht gehalten? Noch schlimmer, was hatte ich mir gedacht, als ich *ja* sagte?

Wahrscheinlich hatte ich ihnen von den Lichtstürmen erzählt, weil ich im Mittelpunkt der Aufmerksamkeit stehen wollte. Die Leute wollen immer, daß die anderen sie für interessant halten. So wird man nun mal populär oder beliebt. Und wenn ich ganz ehrlich bin – in meiner Site ist das eine Leerdatei.

Opa sagt, die Leute seien vom Augenblick ihrer Geburt bis zu dem ihres Todes auf geradezu lächerliche Weise ihrem Konkurrenzdenken verhaftet und überdies paranoid. Und er behauptet auch, daß die Menschen im Prinzip dumm sind.

Ich glaube, er hat recht.

Nachdem ich mich aus dem Tropicana rausgespinned hatte, zog ich den VR-Anzug aus und warf ihn aufs Bett.

Keine Spur von Verlangsamung. Zum Glück! Ich erwartete auch keine, ich war nur zwanzig Minuten lang drin gewesen. Meistens spinne ich mich jeden Morgen mindestens ein paar Stunden lang rein; die Realworld und ich sind zu dieser Tageszeit also nicht aneinander gewöhnt. In meinem Kokon hatte sich nichts verändert. An allen Wänden hingen Holoposter geiler Weltraumhardware. Satelliten und Stationen in der Erdumlaufbahn; ein Shuttle, das in Kapstadt startete; ein Vermessungsteam, das auf dem Mond arbeitete. Es gab auch Bilder von Vögeln, ganz gewöhnliche 2-D-Laserdrucke. Die meisten davon hatte ich selbst aufgenommen; ich bin recht geschickt mit einer Vidsnap-Kamera. Meine neuesten Poster sind am Fuß des Bettes befestigt; sie zeigen die Olympus-Schiffe beim Eintritt in die Mars-Umlaufbahn. Auf einem Zwei-Meter-Flachbildschirm neben dem Fenster laufen Textdisplays der Mission Control ab und halten mich ständig auf dem laufenden.

Mein Schreibtisch verfügt nur über eine beschränkte Fläche, und um Platz für meine wissenschaftlichen Projekte zu schaffen, mußte ich meinen Computerturm auf den Boden stellen. Ich besitze eine befriedigende Auswahl an Werkzeugen, mit denen ich diverse Steckkarten anbringen kann, die die Leistung des Towers verbessern. Zur Zeit versuche ich, mein Teleskop mit Hilfe des Computers automatisch zu steuern.

Dabei handelt es sich um eine wunderschöne und sehr leistungsfähige aschgraue Röhre von über einem Meter Länge. Dad hat sie mir gewissermaßen auf Leihbasis überlassen; in seiner Jugend war er ein ziemlich aktiver Amateurastronom. Das Problem ist nur: Wenn es auf einem dreibeinigen Stativ steht, reiche ich nicht ganz an das Okular heran. Wenn es mir also gelingt, es mit einem Motor und einer anständigen Videokamera aufzurüsten, kann ich auf dem Bett liegen und mir die Bilder auf dem flachen Monitor ansehen. Deshalb steht es zur Zeit in meinem Kokon und nicht draußen. Und das Fenster bietet einen Blick auf den Sumpf. Versteht ihr jetzt? So habe ich das mit den Lichtstürmen herausgefunden. Die meisten Ereignisse im Leben bestehen wohl aus Zufällen und Mißgeschicken, die sich einfach bündeln.

Es war niemand da, als ich rausging. Typisch für unser Haus, jeder kocht immer sein eigenes Süppchen. Ich sollte mal erklären, was es mit meiner Familie auf sich hat; nicht, daß wir seltsam wären oder so. Keine Serienmörder oder Zauberer, die auf dem Dachboden lauern. Na ja, außer, wenn man Onkel Elton mitzählt, aber den dürfen wir nicht erwähnen, weil er dort ist, wo er gerade ist, und das getan hat, was ihn dorthin gebracht hat. Abgesehen von ihm sind wir ziemlich lahm. Mein Dad, Forrest Clemson, ist Fachanwalt für Steuerrecht in einer Kanzlei in London. Opa Donald wirft ihm immer vor, ein seelenloser Konzernroboter zu sein, der für die Mächte der Finsternis arbeite. Er meint, wenn reiche Firmen mehr Steuern zahlten, hätte Europa ein besseres soziales Netz und Gesundheitswesen, und Dad würde ihnen dabei helfen, das zu vermeiden. Opa hängt gern dem Glauben nach, seine Seite der Familie bestünde ausschließlich aus romantischen Rebellen. Dad weist ihn immer wieder darauf hin, daß er und meine Mom, Marriane, sich überhaupt nur kennengelernt haben, weil Opa sie in die Kanzlei schickte, damit sie nicht so viele Steuern zahlen mußte. Denn Mom war damals in einer Girliegroup, die um 2010 ein paar Hits in den Charts hatte. Sie singt wirklich gut und hat auch ein paar Songs für die Gruppe geschrieben. Im Showbiz zu sein ist anscheinend ein wenig so, als gewönne man jede Woche in der Lotterie.

Mom singt dieser Tage nicht mehr, zumindest nicht in einer Gruppe. Mein jüngerer Bruder Edwyn und ich haben dieser Karriere ein Ende bereitet, einfach indem wir geboren wurden. Aber sie komponiert noch immer, und zwar für eine Firma, die Soundtracks für Spiele liefert. Und sie hat auch einige Ehrenämter inne; sie ist Gemeinderätin und im Aufsichtsrat des Ausschusses für das Gesundheitswesen des Bezirks Norfolk, im Direktorium des Schulamtes (was ganz furchtbar ist, sie kennt meine beiden Tutoren sehr gut) und sitzt im Beratungsausschuß zweier örtlicher Wohltätigkeitsorganisationen.

Es ist schön, wenn jemand viele Aufgaben hat und anderen Menschen hilft. Außer ... manchmal wünsche ich mir, sie wäre einfach nur meine Mom und sonst nichts. Aber das ist egoistisch. Sie hat viel von dem Geld, was sie mit dieser Gruppe verdient hat, in Treuhandfonds für mich und Edwyn angelegt. Nicht, daß ich in absehbarer Zeit an dieses Geld herankomme; ich muß mit einem wirklich kleinen Prozentsatz der monatlich anfallenden Zinsen auskommen. Banken und Treuhänder (Mom und Opa!) begreifen einfach nicht, wieviel Geld man braucht, um in der modernen Welt einfach nur zu überleben. Ich kann wirklich nur ein Hundertstel der Dinge kaufen, die ich gern hätte.

Eigentlich ist das aber mehr als das, was die meisten Kids in meinem Alter bekommen. Ich mag Mom wahrscheinlich sehr, obwohl sie zu streng ist und alles zu genau nimmt.

Das alte Handy war aufgeladen, also steckte ich es in die Jackentasche, bevor ich ging. Das ist auch so etwas, worauf Mom besteht, wenn ich allein unterwegs bin. Ich soll stets jemanden anrufen können, falls ich mal in irgendwelche Schwierigkeiten gerate.

Ich nahm die Rampe zum Garten hinab. Unser Haus ist im eigentlichen Sinne gar keins. Es ist ein Boot mitten auf einem Feld. Wir wohnen unmittelbar außerhalb eines Dorfes namens Heacham, auf einem großen Feld, das am

Uferrand verläuft. Mehrere hölzerne Bungalows teilen das Gelände mit uns, und auch ein paar andere Boote. Sie haben im letzten Jahrhundert als Getreideschiffe gedient, und nachdem ihr Arbeitsleben dann vorbei war, hat jemand sie an Land geschleppt und zu Häusern umgebaut.

Im Sommer ist es hier einfach perfekt. Na ja, eigentlich sogar den größten Teil des Jahres über. Wir befinden uns am südlichen Rand des Wash; das heißt, der Strand ist hier kilometerlang, und es gibt keine Klippen, nur ein paar sprießende Büschel Riedgras, so daß ich problemlos hinabgehen konnte. Der Sumpf beginnt am Ende des Feldes und erstreckt sich bis zur Mündung des Ouse. Ein gewaltiges Gebiet, in dem es so gut wie nichts gibt. Im Sommer kommen ein paar Touristen, aber nicht viele. Opa sagt, als er jung war, seien Millionen von Leuten ins Ausland in Urlaub geflogen oder nach Cornwall gefahren. Ich kann mir nicht vorstellen, wie das war. Es heißt, die sicheren Geschäftssites im Web hätten dem Pendlertum ein Ende bereitet, und die Spielesites gemeinsam mit den Benzinpreisen dem Pauschaltourismus. Der Höchstpreis für Benzin betrug fünfzehn Euro pro Liter, was alle Fahrten außer den absolut notwendigen unterband. Offensichtlich gibt es noch immer eine Million Privatfahrzeuge in England (wir besitzen eins davon), doch nun, da das öffentliche Nahverkehrssystem restauriert und ausgebaut wird, benutzen alle, die reisen wollen, Busse und Bahnen.

Einige Kinder aus den anderen Bungalows spielten auf dem Rasen zwischen den Gebäudereihen Fußball. Ich rollte so schnell wie möglich an ihnen vorbei, ohne zu offensichtlich werden zu lassen, daß ich es eilig hatte, von ihnen wegzukommen. Da bereits November war, hatte ich mich gut eingepackt: mein kanariengelber Wollmantel, ein langer, smaragdgrüner Schal und ein grauer Pomponhut mit Ohrklappen. Normalerweise hätten sie sich um mich geschart und sich ihr Späßchen gemacht; sie hätten Witze über meine Kleidung gerissen, mich gefragt, wohin ich wollte und was ich vorhatte, und so getan, als wären sie Astronauten im freien Fall. Ich weiß nicht mehr, wie oft meine Hüte auf den Strand flogen (was vom Pfad immer ein weiter Weg hinab ist) oder in dem Bach landeten, der an der Rückseite des Feldes entlang verläuft.

Manchmal bin ich der Ansicht, die Realworld-Konservativen haben recht, und die Kids müßten sich jeden Tag in der Schule einfinden, damit sie soziales Verhalten lernten, oder zumindest, daß auch andere Leute Gefühle haben. Die Erfahrung hat mir bewiesen, wie vergeblich diese Hoffnung ist.

Heute jedoch vereinnahmte ihr Null-Mip-Spiel ihre volle Aufmerksamkeit. Ich kam mit ein paar Johlern und Schreien davon.

Mr. Griffin werkelte in seinem Vorgarten herum und schnitt seine dürren Fuchsien zurück. Seine beiden Katzen hatten sich in einem Korbstuhl auf der Veranda zusammengerollt und beobachteten ihn.

»Hallo, Aynsley«, rief er, als ich an seinem Gartentor vorbeikam. Das ist so ziemlich der einzige Teil seines Zauns, der noch steht.

»Hallo.« Ich wurde etwas langsamer, hielt aber nicht an.

»Na, was ist denn cool und geil in deinem infernalischen elektronischen Universum, mein Junge?«

Cool und geil! Mr. Griffin muß so etwa fünfhundert Jahre alt sein. Er mag das Web nicht, was bedeutet, daß er prima mit Opa zurechtkommt. »In fünf Tagen kriegen wir Zugriff auf den neuen Schwarzenegger.«

Er stöhnte laut auf. »Ach du große Neune! Ich erinnere mich noch an die Zeiten, als mit Schauspielerdynastien

Olivier und Richardson und Douglas gemeint waren. Schwarzenegger, tss, tss.«

»Um Schauspielerei geht es eigentlich gar nicht mehr, Mr. Griffin. Die Sites sind nur Konzepte.«

»Erinnere mich nicht daran. Gott im Himmel, mein Agent hat seit Wochen nicht mehr angerufen, seit mehreren Wochen.«

»Das tut mir leid.« Mr. Griffin ist Schauspieler. Schon zu alt, um noch mitzuziehen, als Hollywood von Filmen auf Spiele umstieg und das Fernsehen die Serien aufgab, sagt er. Viele Erwachsene in diesem Land gehen noch immer gern ins Theater und schauen sich echte Schauspieler auf den Brettern an, die einmal die Welt bedeuteten. Ich sehe den Grund dafür nicht so ganz ein; Schauspieler können bei einer Livevorstellung Fehler begehen, und man kann dem Publikum keine perfekte Vorstellung garantieren. Nicht, daß Mr. Griffin heutzutage noch an einem Repertoiretheater spielen würde; er mag es nicht, in Wohnwagen zu leben, solange ein Stück aufgeführt wird. Mr. Griffin mag im Prinzip gar nichts mehr, wenn er dafür sein Haus verlassen muß. Er wird manchmal als Primärbild engagiert; graphische Simulationscomputer scannen seinen Gesichtsausdruck und seine Betonung, um sie dann bei den Phaces zu benutzen, die sie im Web generieren.

Aber auch das wird immer weniger; es gibt kaum noch Regungen, die sie nicht nachahmen können.

»Muß es nicht«, sagte er fröhlich. »Du hast dich heute ja wirklich in Schale geworfen, young Aynsley. Hast du etwas Besonderes vor?«

»Ich will nur mal kurz in den Sumpf. Mich mal umsehen. Vielleicht sind ein paar neue Vögel an den Wildhütern vorbeigekommen.«

»Ausgezeichnet! Na ja, achte darauf, daß du *nicht vom Weg abkommst*.« Er kicherte laut und bedachte mich mit einem erwartungsvollen Blick, der darauf schließen ließ, daß er mit einer schlagfertigen Antwort rechnete.

Ich lächelte unbeholfen.

»Ach, was soll's«, sagte er. »Ein weiterer Teil unseres Erbes zieht in den neuen Neonsonnenuntergang davon.« Er zeigte mit seiner Gartenschere auf die Fußballspieler. »Haben sie dich heute wieder genervt?«

»Nein.«

»Ha! Na ja, wenn sie dir Ärger machen, kommst du einfach zu mir. In jungen Jahren habe ich vielen Leuten ordentlich eingeheizt. Ich sehe vielleicht uralt aus, aber solchen Bälgern kann ich immer noch ganz gewaltig einheizen.« Er tätschelte ein schlankes, schwarzes Gerät, das an seinem Gürtel befestigt war, und blinzelte mir zu.

Ich wußte, worum es sich dabei handelte, weil er es mir mal gesagt hatte. Ein Schallstrahler. Das Ding erzeugt einen teuflischen Lärm, der ursprünglich dazu gedacht war, Hunde zu Tode zu erschrecken. Auch gegen Straßenräuber ist es ziemlich wirksam. Das EU-Parlament hat sie noch nicht verboten, aber das ist nur eine Frage der Zeit.

»Ich werde daran denken, Mr. Griffin«, versprach ich.

Zwischen dem Ende des Feldes und dem Anfang des Naturschutzgebiets gibt es keine klare Grenze. Das Gras wird einfach ganz allmählich länger und schilfartiger, der Boden weicher. Ich blieb auf dem unbefestigten Weg, über den die Wildhüter mit ihren Landrovern fahren. Auf der Karte ist er als öffentlicher Saumpfad ausgewiesen.

Nach ein paar hundert Metern umfing mich allmählich die Stille, legte sich um mich wie ein extra dicker Mantel. Ich konnte weder die Bungalows noch das Feld ausmachen. Auf beiden Seiten des Weges waren nun Pfützen stehenden, rötlichbraunen Wassers zu sehen. Alle Grashalme und Schilfrohre waren mit grauen Tröpfchen besprengt, als wiche die Farbe aus der Welt.

Überall um mich herum huschten kleine Tiere durch das Unterholz, Wühlmäuse und Kaninchen, schätzte ich. Daß ich sie nicht sehen konnte, machte es etwas unheimlich. Ich hörte nur, wie sie durch das Schilf streiften und leise in den Pfützen spritzten.

Schließlich gelangte ich zum Zaun. Ich war erst einmal so weit vorgedrungen. Das war vor einem Jahr gewesen, bei einem unserer seltenen Familienausflüge. Es war ein stabiler, gut über zwei Meter hoher Maschendrahtzaun. An einen der Pfosten war ein Schild geschraubt, auf dem stand: SPERRGEBIET. ZUTRITT VERBOTEN. HIER FINDET EINE SUMPFRESTAURATION STATT. WIEDERERÖFFNUNG FÜR DIE ÖFFENTLICHKEIT IM JANUAR 2032. *Eine Umweltschutzinitiative der EU, finanziert durch die zivile Entwicklungsabteilung von Bigene Industrie, Frankreich.*

Bei mir stellte sich immer ein seltsames Gefühl ein, wenn ich diesen Namen hier draußen las, mitten in einer abgelegenen Wildnis: die erhabene Firma *Bigene Industrie* nur ein paar Kilometer vor meiner Haustür aktiv. Es handelte sich dabei um einen riesigen, englisch-französischen Biotechnik-Konzern, einen der führenden weltweit. Die Politiker in Brüssel stellen ihn immer als Beispiel für erfolgreiche wirtschaftliche Zusammenarbeit in Europa hin. Er lieferte das biologische Recycling-System für die drei Besatzungsmitglieder der Olympus-Expedition, das genmanipulierte Mikroben und Algen benutzt, um die von den Menschen verbrauche Luft und das Wasser zu reinigen. Auf der Mars-Expedition wird zum erstenmal während eines bemannten Raumflugs von solcher Dauer ein biologisches Recyclingverfahren eingesetzt. *Bigene* hat auch den Jockeychip entwickelt, mit dem der Kommandant der Mission, Colonel McFarlane, ausgestattet wurde. Der Jockeychip zeichnet direkt seine Nervenimpulse auf, ein völlig neues Konzept für die

Fernübertragung, von dem man hofft, daß es den Websuit eines Tages völlig ablöst. Wenn McFarlane in zwei Tagen die Planetenoberfläche betritt, wird jeder, der einen VR-Anzug im Empfangsmodus trägt, genau wissen, wie es ist, was man sieht und fühlt, wenn man den Fuß auf den Mars setzt.

Bigene Industrie arbeitet wegen ihrer Energieabteilung in der Nähe des Wash. Die Firma war gewaltig am Bau der Solarwasserstoffstationen beteiligt. Draußen im Wash treiben große (zehn Kilometer durchmessende) Matten auf der Meeresoberfläche. Sie bestehen aus Plastik, wie die Schichten aus Blasenpolyethylen, mit denen die Leute im Winter ihre Gewächshäuser isolieren. Doch statt Luft in den Blasen enthalten die Matten genmanipulierte Algen. Wenn die Sonne scheint, spaltet die Photosynthese der Algen das Meerwasser in Wasserstoff und Sauerstoff. Das Gas wird dann an Land gepumpt und im Kraftwerk verbrannt. Und das Wunderbare daran ist: Das Verbrennen von Wasserstoff führt zu keinerlei Umweltverschmutzung. Das einzige Abfallprodukt ist Dampf, und der wird abgekühlt und zu Trinkwasser kondensiert, das die Entsalzungswerke entlastet, welche als Ausgleich für die verminderten Regenfälle überall an der Küste gebaut werden.

Das Energiedirektorat in Brüssel sieht bereits vor, die Anzahl der Matten im Wash im Lauf der nächsten zehn Jahre zu vervierfachen; und andere europäische Flachwasserbecken werden daraufhin überprüft, ob man an ihnen ebenfalls Matten verankern kann. Einige Bürger machen sich Sorgen darüber, welche Schäden solch ein gewaltiges Projekt an den Küsten verursachen könnte, während die Mattenverankerungen installiert, die Wasserstoffleitungen verlegt und die Kraftwerke gebaut werden. Deshalb hat *Bigene* beim Wiederaufbau der Sümpfe mitgewirkt, und auch bei dem zahlreicher anderer

Küstenabschnitte am Wash, um zu beweisen, daß es keine langfristigen Umweltschäden geben wird. Sie haben tatsächlich das Gebiet bei Heacham auf Vordermann gebracht; hier trockneten die Sümpfe aufgrund der siebenmonatigen Sommer und der geringen Regenfälle, die wir heutzutage haben, völlig aus und lagen im Sterben. Die Mitarbeiter von *Bigene Industrie* haben sie völlig verändert und neue Kanalnetze und kleine Dämme angebracht, die das Wasser an Ort und Stelle halten sollen.

Ich schaute durch den Zaun. Der Sumpf auf der anderen Seite kam mir genauso vor wie der auf dieser. Aber wenn die Experten der Firma erklärten, daß er noch nicht vollständig restauriert sei, konnte ich wohl kaum das Gegenteil behaupten.

Etwa zwanzig Meter entfernt, auf der anderen Seite des Zauns, schoß etwas Dunkles durch die Schatten hinter einem Schilfbüschel, so schnell, daß ich einfach nicht sagen konnte, ob ich es tatsächlich gesehen hatte oder nicht. Es mußte aber echt gewesen sein, denn ich schrie überrascht auf. Ich glaubte ... Na schön, ich will ehrlich sein. Ich glaubte, es sei eine Spinne gewesen, eine der Art, die einen im Web aus verbotenen Bereichen vertreiben. Was wirklich ein Ein-Mip-Einfall ist – als könne etwas aus dem Web in einem Sumpf in der Realworld herumspazieren.

Ich starrte das Schilfbüschel an, bis meine Augen erschöpft waren und ich mich nicht mehr konzentrieren konnte. Aber es bewegte sich nichts mehr. Daß ich allein im Sumpf war, machte mir angst, das war alles. Meine Phantasie ging völlig mit mir durch.

Ich seufzte und marschierte am Zaun entlang zu der Stelle, an der ich die Lichtstürme zu sehen geglaubt hatte. Zwei Minuten später fand ich sie!

3
MIT DEM KOPF GEGEN EINE WAND AUS STEINPIXELN

»Was meinst du mit verbrannt?« fragte Katie.

»Genau das«, erwiderte ich. Ich schlug nachdrücklich mit meinen Vogelschwingen. »Der Boden und das Schilf waren völlig verbrannt, praktisch geröstet. Die Stelle hatte einen Durchmesser von etwa drei Metern. Sogar die Zaunkette war schwarz vor Ruß.«

»Hab ich's doch gesagt!« rief Selim triumphierend. »Der Düsenstrahl einer Fliegenden Untertasse.«

»Einer sehr kleinen Untertasse, wenn das Triebwerk nur einen Kreis von drei Metern Durchmesser verbrannt hat«, sagte Bayliss.

»Es sollen ja auch *kleine* grüne Männchen sein«, sagte ich.

Alle lachten darüber, nur Selim nicht.

»Ha, ha«, knurrte er. »Wofür haltet ihr es also, ihr Million-Mip-Gripse?«

»Ich bin mir nicht sicher«, sagte Bayliss. »Das Licht, das Aynsley gesehen hat, ist offensichtlich irgendeine Flamme, und sie wirkt versengend. Aber mein Knowbot fand außer den Irrlichtern keine Erklärung dafür.«

»Meiner auch nicht«, gestand Katie ein.

Selim und Drunlo hatten auch nicht mehr herausgefunden.

»Könnten es ein paar Kids aus der Gegend sein, die sich auf das Gelände schleichen und dort Feuerwerke abschießen?« fragte Bayliss. »Schließlich war die Guy-Fawkes-Nacht erst vor einer Woche.«

»Was für eine Nacht?« fragte Drunlo.

»Guy Fawkes«, sagte ich. »Das ist ein Feiertag, an dem die Engländer Feuerwerke abschießen, so ähnlich wie der vierte Juli bei den Amerikanern und der Tag der Stürmung der Bastille in Frankreich. He, habt ihr keine nationalen Feiertage?«

»Eigentlich nicht.«

Ich bedrängte ihn nicht. Das tut man nicht, nicht im Web. Die Freunde erzählen einem alles, was sie über sich erzählen wollen, mehr aber auch nicht. Mir wurde klar, daß ich nicht mal wußte, welcher Nationalität Drunlo war. Es spielte auch keine Rolle. Er war ein umgänglicher Typ und kompetenter Spieler. Was kann man mehr verlangen?

»Also, können es Feuerwerke gewesen sein?« fragte Selim.

»Das glaube ich wirklich nicht. Der Sumpf ist ziemlich weit vom Dorfrand entfernt. Und man muß an einer ganzen Reihe Bungalows vorbeimarschieren, um dorthin zu kommen. Hätten Kids das getan, wäre es aufgefallen, selbst in der Nacht. Mehrere unserer Nachbarn haben Hunde.«

»Na schön, wir wissen also, daß es die Lichtstürme tatsächlich gibt«, sagte Bayliss. »Fällt jemandem eine natürliche Erklärung ein?«

Das war bei keinem von uns der Fall.

»Dann mußt du die Sache melden«, sagte er.

Ich hatte gewußt, daß er genau das sagen würde.

»Wirklich?« stöhnte ich. Ich versuche, ein so ruhiges Leben wie möglich zu führen; wenn ich Wirbel wegen unheimlicher Feuer machte, hätte das Aufmerksamkeit auf mich gelenkt, ganz gleich, was bei der Ermittlung herauskam.

»In deiner Gemeinde findet etwas Gefährliches und wahrscheinlich sogar Illegales statt«, sagte Bayliss. Er klang ziemlich eingeschnappt. »Es ist deine Bürgerpflicht, die Behörden zu informieren.«

»Na schön, das sehe ich auch so.«

»Wir spinnen uns mit dir rein«, sagte Katie. Ihr zuversichtliches Rebecca-Ryan-Lächeln war einnehmend.

»He, falls es eine Belohnung gibt, teilen wir sie uns aber!« sagte Selim.

»Ach, verpiß dich.«

Die Regierung legt großen Wert darauf, daß jede einzelne Gemeinde über Polizeikräfte verfügte. Eigentlich interessierte sich die Regierung für alles, was als ›Gemeinde‹ bezeichnet werden konnte. Theoretisch sollten das Vertrauen der Bürger in die Kräfte von Gesetz und Ordnung vergrößert und die örtlichen kriminellen Elemente abgeschreckt werden, wenn interessierte, hilfsbereite Polizeibeamte rund um die Uhr in der Nachbarschaft Streife gehen. Leider verschlingen solche Realworld-Bürgerdienste fürchterlich viel Geld. Also sind die regionalen Polizeikräfte in großem Maßstab ins Web gezogen.

Das Polizeirevier Heacham war eigentlich nur eine Empfangs- und Filter-Unterabteilung der Polizeisite von King´s Lynn. Jemand hatte die tolle Idee gehabt, sie wie eins dieser altmodischen Dorfpolizistenhäuser mit einer aus einem Raum bestehenden Wache im Erdgeschoß zu gestalten. Um das Klischee zu bestätigen, war das Phace ein gemütlicher alter Dorfpolizist in einer Uniform aus den fünfziger Jahren des vergangenen Jahrhunderts (Helm, Pfeife an einer Kette und so weiter!). Ich hätte ja nichts dagegen gehabt, aber die Polizei hatte dem Programm offensichtlich nicht viel Speicherplatz zur Verfügung gestellt. Der ganze Raum hatte einen Grünstich, an mehreren Stellen schimmerten durchsichtige Flecke durch, und die Lippenbewegungen des Phacewachtmeisters stimmten nicht ganz mit seiner Stimme überein.

»Also dann, Jungs«, sagte er. »Was kann ich für euch tun?«

Ich wagte es nicht, den anderen einen Blick zuzuwerfen. »Ich habe seltsame Lichter gesehen«, sagte ich. »Draußen im Sumpf, des Nachts.«

»Ach was? Das ist ja ganz bestimmt ein Ding! Es war völlig richtig von dir, mich darauf aufmerksam zu machen, Master Aynsley. Man weiß nie, welche Schurken umtriebig sind, selbst in einem so ruhigen Dorf wie unserm ...« – die ganze Site flackerte und summte laut, als das Standardprogramm das Userziel verschob – »... Heacham. Wir verlassen uns immer darauf, daß die Öffentlichkeit die Augen offen hält, um Übeltaten zu verhindern.« Er klappte ein kleines, lederbezogenes schwarzes Notizbuch auf und leckte über die Spitze seines Bleistifts. (Nein, wirklich, das habe ich nicht erfunden, es ist die reine Wahrheit!) »Nun denn, warum beschreibst du mir nicht ganz genau, was du gesehen hast? Danach kann ich angemessene Maßnahmen einleiten.«

Ich wünschte *wirklich*, wir hätten uns nicht reingespinned. Aber ich erzählte es ihm trotzdem und wartete dann, während der Phacewachtmeister erstarrte und die Site flackerte und noch etwas vor sich hinsummte. Schließlich hatte das Programm meine Geschichte durch alle Analyselevels laufen lassen und die relevante Erwiderung gefunden.

»Nun ja, meine jungen Freunde, ihr sollt wissen, daß ihr genau das Richtige getan habt, indem ihr euch an die Polizei gewandt habt. Zum Glück müßt ihr euch keine Sorgen machen. Solche Leuchterscheinungen, die über Sumpfgebieten gesichtet werden, nennt man Irrlichter.«

»Wir wissen ...«, setzte Bayliss verärgert an.

»Sie sind völlig natürlich und harmlos«, fuhr der Wachtmeister unbeeindruckt fort. »Wenn ihr zu eurer Beruhigung weitere Informationen haben möchtet, wendet euch bitte an eine Bildungssite und ruft die entsprechenden Dateien auf.«

»Wollen Sie damit sagen, daß Sie gar nichts unternehmen werden?« fragte Katie.

»Es besteht kein Grund, meine Vorgesetzten zu informieren. Danke, daß ihr euch an die Polizei gewandt habt. Und wenn ihr in Zukunft noch etwas Ungewöhnliches seht, zögert bitte nicht, es zu melden.«

»Gilt die Landung des Spähtrupps einer außerirdischen Invasionsflotte als ungewöhnlich?« polterte Selim.

Die Site flackerte beunruhigend, als das Programm seine Frage langsam verarbeitete.

»Kommt«, sagte ich. Wir spinnten uns raus.

»So ein wertloses Programm habe ich noch nie gesehen!« protestierte Bayliss. »Noch nie! Wir haben allen Anlaß zur Besorgnis, und es leitet uns noch nicht einmal an einen echten Polizisten weiter. Was für ein Recht und Gesetz habt ihr in eurem Land, Aynsley?«

»Normalerweise ein gutes«, sagte ich demütig. »Aber wie immer hat die Polizei nicht genug Geld. Sie kann nicht jedes Programm upgraden. Hätte ich einen Mord beobachtet, hätte der Phace uns sofort online mit einem echten Polizisten verbunden.«

»Vielleicht sollten wir ihm genau das sagen«, warf Drunlo ein. »Dann kannst du dem Polizisten erklären, was wir ein Problem wir wirklich haben.«

»Äh ... ich glaube, es werden ziemlich drastische Strafen verhängt, wenn man einem Polizeiprogramm falsche Informationen gibt. Viel schlimmere, als nur rausgespidert zu werden.«

»Und was jetzt?« fragte Katie.

»Aynsley könnte noch immer direkt das Polizeirevier in King's Lynn anrufen und versuchen, mit einem echten Beamten zu sprechen«, schlug Selim vor.

»Der Telefoncomputer hat ebenfalls ein Empfangs- und

Filterprogramm«, sagte ich. »Es ist sogar noch altmodischer als das von Heacham.«

»Es gibt noch eine Möglichkeit, die einen Versuch wert wäre«, warf Bayliss ein. »Wir könnten uns an jemanden wenden, der sich viel stärker als die Polizei für den Sumpf interessiert ... und für das, was darin passiert.«

Als ich mich in die Site von *Bigene Industrie* reinspinnte, dauerte der Sprung viel länger als normal. Sie wollten mein Avatar nicht hereinlassen. Ihre Vorschriften, nach denen nur menschliche Formen zugelassen waren, waren sogar noch strenger als die der Tropicana-Site, doch mein Equal Access-Programm setzte sich schließlich darüber hinweg.

Wir tauchten in einem kleinen Park auf, auf einem Rasenstück, das einen fünfzigstöckigen Wolkenkratzer umgab, der aus silbernem Glas und schwarzem Marmor bestand. Einer von Tausenden von Wolkenkratzern in einer Stadt, die eine Mischung aus dem echten New York und einer Metropole aus einem Science-Fiction-Magazin war. Ich rechnete halbwegs damit, atombetriebene Luftwagen über mich hinwegzischen zu sehen, doch dafür ist der Internationale Handelsblock zu konservativ. Jeder dieser funkelnden Türme stellt die Gesamtsumme der Verarbeitungs- und Speicherkapazität einer Firma dar. Je größer der Wolkenkratzer, desto größer die Firma. Es gab nicht viele, die größer waren als *Bigene Industrie*.

Wir fünf gingen in einen Empfangssaal. Er sah im Inneren aus wie eine Kathedrale; doch statt Buntglas stellten die Bogenfenster Projekte der Firma zur Schau. Ich sah Bilder der Olympus-Expedition, medizinische Geräte, komisch aussehende Pflanzen, sogar Satellitenbilder der Matten im Wash.

»Kann ich Ihnen helfen?« fragte die Empfangsdame

mit einem freundlichen Lächeln. Dieses Phace war dem Polizeiwachtmeister um Generationen voraus. Es war lächerlich, aber sie wirkte ein wenig ... einschüchternd, nehme ich an. Was die Schönheit betraf, so stellte sie Rebecca Ryan mühelos in den Schatten, und sie trug die Pariser Mode dieses Herbsts.

»Ich möchte ein paar Brände melden«, sagte ich.

Während ich mich durch meine Erklärung stotterte, geschah etwas wirklich Seltsames. Die Site wurde besser. Na schön, ich bin kein Experte für Webgraphik, aber ich war schon in genug Sites, um die Unterschiede zu erkennen. Die Spiele- und Freizeitfirmen haben sich allesamt dem perfekten Realismus verschrieben, und das müssen sie auch, wenn sie Leute auf ihre Sites locken wollen. Die anderen Sites benutzen käufliche, aber im Prinzip ziemlich lahme Bilderzeugungsprogramme. Ihre Qualität hängt davon ab, wieviel Geld der Operator für den Arbeitsspeicher ausgeben will; oder, bei der Polizei und anderen Behördenleistungen, wie groß das jeweils zur Verfügung stehende Budget ist.

Als ich die Lichtstürme endlich beschrieben hatte, war die Empfangsdame viel substantieller als die Hälfte der Realworld-Leute, die ich kenne. Üppiges Haar, bei dem jede Strähne an Ort und Stelle saß. Jedes Fältchen ihres Kostüms war scharf und deutlich definiert, und wenn sie sich bewegte, raschelte es leise. Auf ihrer Haut waren sogar Poren auszumachen. Ich sah einen Ring an ihrem linken Zeigefinger, ein großer roter Stein in einer schlichten Goldfassung. Und ich konnte mich nicht daran erinnern, daß er schon vorhanden gewesen war, als wir uns reingespinned hatten.

»Ihr braucht euch keine Sorgen machen«, sagte sie freundlich. Sogar ihre Stimme hatte sich verändert, klang nun sehr befehlsgewohnt, gleichzeitig aber auch beruhigend. »Buschfeuer sind ein natürliches Ereignis. Sie stellen das Land wieder her und regenerieren die örtliche Ökologie.«

»Da waren tote Vögel«, sagte ich. »Ich habe sie gesehen. Die Flammen haben sie überrascht. Der gesamte Sumpf ist ein Naturschutzgebiet, dort müssen Tausende von Vögeln und Tieren Unterschlupf gefunden haben. Sind sie nicht in Gefahr, wenn es immer wieder zu solchen Bränden kommt?«

»Bei dem geringen Niederschlag in diesem Jahr sind solche Ausbrüche wohl leider unvermeidlich. Diese Methode der Beseitigung toter Vegetation mag einem ein wenig hart vorkommen, aber auf lange Sicht dient sie nur dem Vorteil des Sumpfes. Wenn ihr im Frühjahr die versengten Flächen untersucht, werdet ihr feststellen, daß neue, kräftige Pflanzen auf ihnen sprießen. Letzten Endes vergrößern solche Brände die Nahrungsmenge, die der einheimischen Fauna zur Verfügung steht, und ermöglicht es dem Sumpf damit, eine noch größere Anzahl von Tieren und Vögeln zu beherbergen.«

»Oh.«

»Ihr könnt mir glauben, unsere Mitarbeiter beobachten die Lage und haben sie unter Kontrolle. Sollte der Ausbruch von Buschfeuern tatsächlich eine Gefahr darstellen, werden wir sofort die notwendigen Schritte einleiten. Doch da wir nun bereits Herbst haben, dürfte das Schlimmste wohl schon vorbei sein. Wenn ihr möchtet, gebe ich euch ein ökologisches Informationspaket der *Bigene Industrie* mit. Damit bekommt ihr ein besseres Verständnis dafür, wie die Regeneration von Schutzgebieten gehandhabt wird. Wir verfügen auf diesem Gebiet über eine einzigartige Erfahrung. Die Küste des Wash ist nur eins der Gebiete, in denen wir große Erfolge erzielt haben. Wir sind weltweit bei zahlreichen regionalen Regenerationsprogrammen aktiv.«

»Das ist sehr freundlich von Ihnen«, sagte Bayliss

schnell. »Aber wir wollten uns nur vergewissern, daß mit dem Sumpf alles in Ordnung ist.«

»Ich hoffe, ich war euch dabei behilflich.«

»Das waren Sie«, sagte er fröhlich. »Kommt, Leute, spinnen wir uns raus.«

»Was haltet ihr also davon?« fragte Katie, als wir wieder im Tropicana waren.

»Ich glaube, wir sind da auf etwas gestoßen«, sagte Bayliss.

»Habt ihr gesehen, wie das Phace der Empfangsdame sich verändert hat?« fragte ich.

»O ja. *Bigene Industrie* muß die Kapazität des Arbeitsspeichers, mit dem sie es generieren, verdreifacht haben.«

»Aber warum?« fragte Drunlo.

»Um sie überzeugend zu gestalten«, sagte ich. »Und damit meine ich nicht nur, um sicherzustellen, daß wir nicht die Lücken zwischen den Pixeln sehen können. Sie war viel zu silky; wir wurden weggespidered. Sie wollten, daß diese Erklärung uns überzeugt. All dieser Bitquatsch darüber, daß Waldbrände völlig natürlich sind. Wofür halten die uns? Für Ein-Mips?«

»Sie haben eindeutig versucht, uns wegen der Lichtstürme was vorzumachen«, sagte Bayliss. »Uns zu bluffen. Aber das verrät uns noch immer nicht, warum sie es tun oder was es mit den Lichtstürmen wirklich auf sich hat.«

»Vielleicht sollten wir noch mal zur Polizei gehen«, sagte Katie. »Ihr sagen, daß die Firma in den Sümpfen was verbirgt.«

»Wir können aber nichts beweisen«, hielt Selim dagegen. »Wir wissen nur, daß sie das Phace aufgerüstet haben und weshalb, aber das ist kaum ein Beweis.«

»Wie können wir sie zwingen, es einzugestehen?«

fragte Katie. »Vielleicht sollten wir uns an eine Umweltschutzgruppe wie Greenpeace wenden?«

»Die wird uns genau dasselbe sagen wie die Polizei«, erwiderte Bayliss. »Wir haben nun mal keine Beweise. Und sie können nicht hergehen und das Web mit Anschuldigungen gegen *Bigene Industrie* spammen. Wir brauchen viel mehr Informationen.«

»Wie wäre es mit einer Anklageerhebung?« fragte Drunlo. »Wenn wir die Firma gerichtlich zwingen, uns ihre Dateien über den Sumpf zu überlassen?«

»Hast du das Geld dafür?« fragte Katie. »Ich ganz bestimmt nicht. Und es würde sowieso zehn Jahre dauern, bis wir damit durchkommen.«

»Es gibt vielleicht eine Möglichkeit, *Bigene* die richtigen Informationen zu entlocken«, sagte ich.

»Welche?« riefen sie im Chor.

»Die genaue Methode weiß ich auch nicht. Aber ich kenne jemanden, der sie kennt.« Es war an der Zeit, Onkel Elton einen Besuch abzustatten. Zumindest einem von ihnen.

4
EIN ABSTECHER IN DIE BIBLIOTHEK

Ich sollte das eigentlich nicht tun. Großer Gott, ich sollte eigentlich noch nicht mal was davon wissen.

Dad war in seinem Büro und vollauf damit beschäftigt, die Industrie vor der Regierung zu retten. Mom war noch nicht wieder zurück. Edwyn hatte seinen Hub-Set angelegt.

Ich schlich mich in die Küche, die Mom als ihren Kokon benutzt. Ihr Computerturm stand neben der

Arbeitsplatte, gemeinsam mit dem Laserdrucker, Hub-Set, einer Tastatur und einem 3-D-Monitor. Ich schaltete ihn ein und stöpselte meinen Websuit ein.

Der Sprung brachte mich auf ein riesiges Schachbrett mit blauen und grünen Feldern von zwei Metern Durchmesser. Auf einigen Feldern standen durchsichtige rote Würfel von jeweils einem Meter Höhe. Das ganze Arrangement erinnerte an eine – darüber hinaus sehr grobschlächtige – Miniaturversion der ersten Travel von Webtown. Jeder Würfel war eine Datei im Computerspeicher, Namen und Zahlen trieben in ihnen wie winzige Neonschilder.

»Onkel Elton?« rief ich. »Ich bin's, Aynsley.«

Er sprang hinter einem Würfel hervor und schaute sich hektisch um. »Schön, dich zu sehen, Junge. Hmm. Seit deinem letzten Besuch sind schon fünfzig Tage vergangen.«

»Ich wußte nicht, daß ich öfter kommen sollte.«

»Sollst du auch nicht. Wir alle können tun und lassen, was wir wollen.«

»Genau.« Ich bin der Ansicht, daß Onkel Elton viel mehr von Opas Ideologie aufgenommen hat, als es bei Mom je der Fall war.

Er setzte sich auf einen Würfel und nahm die klassische ›Denkerpose‹ ein: Er stützte das Kinn auf eine Faust. »Setz dich, Junge. Wie stehen die Dinge draußen? Machen die Kids aus den anderen Bungalows dir noch immer das Leben schwer?«

Er ist natürlich ein Phace, aber ein sehr gutes. Als er (der echte Onkel Elton, meine ich) verhaftet wurde, kam die Polizei zu uns ins Haus und suchte nach seinen gespeicherten Dateien. Sie fand keine. Ich weiß noch immer nicht, wie er und Mom sie vor den Knowbots der Polizei verborgen haben; mein Computerspeicher war ein einziges Durcheinander, nachdem die Cops sich reingespinned und herumgestöbert hatten. Mir war nie so ganz klar geworden, wie stark die Solidarität zwischen Familienangehörigen werden konnte; ich bezweifle, daß ich Edwyn jemals so einen Gefallen tun würde, und *weiß*, daß er ihn mir nie täte.

Ich glitt zu Onkel Elton hinüber und hockte mich auf den nächsten Würfel. »Im Augenblick ist es nicht so schlimm.«

»Ach, das ist der Vorteil, wenn man älter wird. Einige Dinge werden einfacher, während das Leben selbst komplizierter wird.«

»Ich habe ein Problem, Onkel Elton. Ich brauche die Hilfe von jemandem, der viel über das Web weiß.«

»Aynsley, ich mag dich sehr; aber sollte ich dich je in eine zwielichtige Sache verwickeln, würde deine Mutter jedes Megabyte von mir aus ihrem Turm fegen.«

»Dafür ist es zu spät. Meine Freunde und ich glauben, daß eine bestimmte Firma versucht, im Sumpf irgend etwas Seltsames zu vertuschen. Ich muß wissen, wie ich an die Dateien herankomme.«

»Die Verschwörung einer Firma, sagst du? Wie interessant. Ich dachte, verrückte Milliardäre wollten die Welt nicht mehr übernehmen, seit keine James-Bond-Filme mehr gedreht werden. Erzähl mir mehr.«

»Warum sind wir hier?« fragte Katie, nachdem wir reingespinned waren.

Ich sah mich um. Die Site der British Library hatte die Ausmaße einer Kathedrale. Die Mauern waren Bücherregale aus uralter polierter Eiche; an allen Seiten führten jeweils sieben breite Galerien entlang. Da oben mußten Millionen von Büchern stehen, alles von geschichtlichen Aufzeichnungen bis hin zu den aktuellen Bestsellern. Die Bibliothek verfügte über Online-Ausgaben von fast allem, was in den letzten fünfhundert Jahren in England veröffentlicht worden war. Ein Regiment von Lesetischen vereinnahmte den Großteil des Mittelgangs; dort blätterten Besucher in gewaltigen Bänden, und ihre Gesichter wurden von Bildern erhellt, die über das Papier flitzten. Filigrane Brücken überspannten kreuz und quer die Kluft darüber und verbanden die einzelnen Galerien miteinander.

»Weil die Site alt ist, Katie. Die Bibliothek ist seit Jahrzehnten in unterschiedlichster Form online; sie hat Hunderte von Upgrades und Verbesserungen erlebt. Sie haben einfach immer mehr hinzugefügt, und niemand weiß noch so ganz genau, was man darin alles finden kann. Onkel Elton sagt, hier gibt es Hardwarebestandteile, die aus den frühen Neunzigern stammen und noch immer funktionieren.«

»Und wie hilft uns das weiter?« fragte Selim.

»Sie verfügt über gewaltige Speicherbereiche, auf die praktisch nie zugegriffen wird, und die man so gut wie nie checkt. Das heißt, daß sie für manche Dinge wie ein Magnet fungieren.«

»Zum Beispiel?«

»Zum Beispiel für Programme, von denen Onkel Edward behauptet, sie könnten nützlich für uns sein. Jetzt möchte ich, daß wir uns trennen und herumstöbern und uns die Regale ansehen. Ich bin nicht an einer Datei interessiert, ihr sollt nach Löchern in den Speichern suchen. Sobald ihr eins findet, laßt es mich wissen.«

»Was für Löcher?«

»Solche, die nicht hierher gehören. Sie sehen wie ausgefressen aus. Alles klar?«

Alle zogen los, außer Drunlo.

»Du suchst nach einer Cyberratte, nicht wahr?« fragte er. Seine Stimme und sein Gesichtsausdruck verrieten, wie sehr ihm diese Vorstellung zu schaffen machte.

»Genau. Ich brauche eine.«

Cyberratten sind alte Viren, die sich im Web *weiterentwickelt* haben. Die Experten, Programmierer und Anwälte, sind sich noch nicht einig darüber, ob sie tatsächlich leben, aber auf jeden Fall bestimmen sie über sich selbst und sind auf ihre Weise auch intelligent. Sie sind auf überzählige Speicher aus, in denen sie leben beziehungsweise sich abspeichern können, ohne daß der Besitzer der Hardware es mitbekommt. So etwas war schon Anfang dieses Jahres passiert, als irgendeine Art von Virus mit Phaces in der GulliverZone interagierte, um intelligente Programme zu schaffen, oder zumindest welche, die ihrer selbst bewußt waren. Das bezeichnet man im allgemeinen als digitales Leben. Der UNO-Gerichtshof für Menschenrechte hat ihnen mittlerweile die Bürgerrechte verliehen. Cyberratten haben nicht ganz dieses Mips-Level, aber ihr Zugriff und ihre Integrationsfähigkeit ist beträchtlich. Ist einer erst mal in einen Prozessor eingedrungen, kriegt man ihn kaum je wieder raus.

»Was hast du damit vor?« fragte Drunlo.

»Ich will ihn in einem Festspeicher fangen und dann zu einer anderen Site bringen.«

»Hast du vor, sein Format zu verändern?«

»Nein. Ich wüßte sowieso nicht, wie das geht.«

»Na schön«, sagte er mit offensichtlichem Zögern. »Ich werde dir helfen.«

»Danke.« Mir war nicht ganz klar, wo das Problem lag. Aber er würde mir helfen. Drunlo ist in mancher Hinsicht sehr geradeheraus. Ich glaube, er ist einer der ehrlichsten Menschen, die ich je kennengelernt habe. Deshalb mag ich ihn wohl.

Bayliss fand das Loch. Wir versammelten uns um ein Regal auf der dritten Galerie, in dem ein Stück der Holzoberfläche fehlte, ganz oben an der höchsten Stelle, genau neben den acht Bänden von Neil Kinnocks Biographie. Ein zehn Zentimeter durchmessender Kreis aus Holz existierte ganz einfach nicht mehr, statt dessen war einfach nur eine unendliche schwarze Leere auszumachen.

»Wohin führt das Loch?« fragte Selim.

Ich klopfte auf die dicken, ledergebundenen Bücher. »Wahrscheinlich in ihr Lager. Die Cyberratte müßte darin in Sicherheit sein; das Loch ist nur das Eingangsportal.«

»Eine Cyberratte! Ist das ein schlechter Scherz, Aynsley?«

»Nein, tut mir leid. Es ist wirklich eine.«

»Aber sie sind gefährlich. Wenn sie in unsere Computer eindringt, verlieren wir alles.«

»Das ist ein Mythos. Cyberratten interessieren sich nicht für PCs; wir schalten sie zu oft aus. Sie haben es auf permanente Online-Sites abgesehen. Deshalb ziehen sie ständig herum ... damit sie nicht von Systemchecks überrascht werden.«

Er brummelte etwas vor sich hin. Offensichtlich war er nicht davon überzeugt.

»Bleibt auf der Hut«, warnte ich. »Achtet darauf, daß niemand uns beobachtet.« Ich schloß die Augen, um die Bibliothek nicht mehr zu sehen. Das erleichterte es mir, mich auf die Tastatur an meinem VR-Anzug zu konzentrieren. Ich tippte die Funktion ein, die ich haben wollte. Über zwei Stunden hatte ich gebraucht, um den Hardwarestapel zusammenbauen und ihn so an meinen Turm anzuschließen, wie Onkel Elton es mir erklärt hatte.

Als ich die Augen öffnete, hielt ich einen kleinen Würfel in den Klauen am Ende meiner Schwinge. Er leuchtete in einem radioaktiven Blau. Wenn man ihn genauer betrachtete, konnte man direkt unter seiner Oberfläche schmale schwarze Gitterlinien ausmachen. Sie verliefen gekrümmt zur Mitte und bildeten einen Trichter, der sich rückwärts unendlich zu erstrecken schien. Alle Oberflächen zeigten diesen Effekt; es war, als enthielte das Innere des Würfels ein komplettes Universum.

Ich stellte ihn auf das Regal, direkt neben das Loch.

»Was ist das für ein Ding?« fragte Bayliss.

»Eine Rattenfalle. Bei der Cyberratte wird sie den Eindruck erwecken, als enthielte sie einen riesigen leeren Speicher. Sie wird ihm nicht widerstehen können. Und wenn sie dann reingeht ...«

»Schnapp!« sagte Katie laut, klatschte mit den Händen und lächelte. »Haben wir sie.«

»Genau.«

»Was genau macht dein Onkel eigentlich so?« fragte Bayliss. »Ich könnte dir nicht sagen, wie man so eine Speicherfalle baut.«

»Er war Berater einer Multimedia-Gesellschaft.«

»War?«

»Er ist in den Vorruhestand gegangen.« VR-Anzüge konnten selbst im Avatar-Modus nicht nachahmen, wie sich die Farbe der Haut des Trägers verändert, wenn sie sich erhitzt. Darüber war ich mächtig froh, denn ich spürte, wie meine Wangen gewaltig erröteten.

»Da!« rief Katie und zeigte auf das Regal.

Ich schaute hinüber. Obwohl ich auf Webzeit war, ging es fast nicht schnell genug.

Die Cyberratte schoß durch die Lücke zwischen dem Eingangsloch und dem leuchtenden blauen Würfel. Dem Webmythos zufolge gibt es Hunderte verschiedener Typen davon. Sie vermehren sich nicht gerade, obwohl sie sich ständig duplizieren; aber sie verändern ihre Subroutinen, um auch weiterhin zu mutieren und den Systemcheck-Programmen einen Schritt voraus zu bleiben.

Diese hier sah aus, als hätte ein Raketen-Design-Team eine gewöhnliche Ratte neugestaltet, und zwar silbergrau und schlank wie einen Fernlenkkörper. Und das Ding war erstaunlich *schnell*.

Auf der Oberfläche des Würfels knallte ein Miniaturfallgitter herab, färbte sich grün und stieß ein zufriedenes Piepsen aus. Ich hob es hoch. »Jetzt können wir *Bigene Industrie* einen weiteren Besuch abstatten.«

5
WER SAGT, DASS SPINNEN NICHT FLIEGEN KÖNNEN?

Das makellose Gebäude von *Bigene Industrie* hob sich vor uns wie ein riesiger, leuchtender Grabstein. Wahrscheinlich meiner, falls die Sache den Bach runterrauschen sollte.

»Bist du dir wirklich sicher?« fragte Selim nervös.

Komisch, daß ausgerechnet bei ihm, dem eigensinnigsten von uns, nun Zweifel aufkamen.

»Eigentlich nicht«, sagte ich. »Aber ich will es auf jeden Fall versuchen.«

»Viel Glück«, sagte Katie.

Sie strich mir über den Kopf; das war wohl das Äquivalent einer Umarmung.

»Ihr wißt alle, was ihr zu tun habt?«

»Ja«, antworteten sie im Chor.

»Wir fangen damit an, das Empfangsdamenphace um Informationen anzuhauen«, wiederholte Bayliss, der es anscheinend unbedingt richtig hinbekommen wollte. »Wir können behaupten, es ginge um Nachforschungen für Schulprojekte. Große Firmen sind immer ziemlich silky, was ihre Öffentlichkeitsarbeit betrifft, also wird die Site darauf programmiert sein, uns zu helfen, wo sie nur kann. Es wird nicht viel Arbeitsspeicherkapazität vereinnahmen, aber jedes kleine bißchen hilft.«

»Ganz genau«, gab ich ihm recht. Ich breitete die Schwingen aus und hob in den Himmel ab. Als ich hinunterschaute, sah ich, wie die anderen zum Eingang des Wolkenkratzers eilten. Große, blaugraue Spinnen krochen zum Rand des kleinen Parks hinüber, genau zu der Stelle, an der wir reingespinned waren. Als ich losflog, mußten sie eine Programmformat-Verletzung entdeckt haben. Ich beobachtete, wie sie zusammenströmten und dann im Kreis liefen, nach dem Schuldigen suchten. Bayliss und die anderen verschwanden im Gebäude. Ich hob den Kopf und schwang mich begeistert höher.

Ich brauchte etwa eine Minute, um das Dach zu erreichen. Mittlerweile waren die Spinnen unten im Park so klein, daß ich sie kaum noch ausmachen konnte. Das Dach war einfach nur ein leeres, ockerfarbiges Rechteck ohne jedes Merkmal. Ich landete genau auf der Mitte und sah mich vorsichtig um. Hier oben waren keine Spinnen in Sicht.

»Eins darfst du auf keinen Fall zulassen«, hatte Onkel Elton mich streng gewarnt. »Nämlich, daß eine Spinne dich berührt. Das Web ermöglicht jedem Benutzer völlige Anonymität, und normalerweise kann man nicht zurückverfolgt werden. Aber wenn eine der Wachspinnen von *Bigene Industrie* sich an dich heftet, können sie feststellen, wo das Avatar ins Web gegangen ist. Dann wissen sie, wer du bist, und wahrscheinlich noch viel mehr als das. Du würdest nicht glauben, wie viele persönliche Informationen heutzutage abgespeichert sind.«

Ich streckte die linke Klaue mit der grünen Rattenfalle aus und tippte mit der rechten auf meiner VR-Anzug-Tastatur den Freisetzungscode ein. Die Oberfläche des Würfels blitzte kurz blau auf, und die Cyberratte schoß hinaus. Sie kauerte sich auf dem Dach zusammen, bedachte mich mit einem entsetzten Blick aus ihren funkelnden scharlachroten Augen, lief dann vor und zurück und drückte die Nase dabei auf die glatte Ockeroberfläche.

Das verdammte Ding brauchte etwa anderthalb Minuten, bis es eine Schwachstelle in der Struktur der Site gefunden hatte. Mir kam es vor, als dauerte es neunzig Stunden. Onkel Elton hatte mir erzählt, daß Cyberratten es verabscheuten, ungeschützt sichtbar zu sein; nach der Freilassung würde sie zuerst versuchen, eine Stelle im Siteprogramm zu finden, wo sie sich verbergen konnte. Die Ratte blieb abrupt stehen und grub sich praktisch mit dem Kopf ins Dach. Die Stelle, die sie ausgesucht hatte, sah für mich genauso aus wie die anderen auch; ich konnte nicht den geringsten Unterschied ausmachen. Kiefer, die wie kleine Schaufelbagger aussahen, nagten an der ockerfarbigen Oberfläche.

Ich breitete die Schwingen aus, tat ein paar Schritte, stieß mich ab und glitt langsam auf die Cyberratte zu, als sie in dem Loch verschwand, das sie nagte. Meine Finger flogen hektisch über die Websuit-Tastatur und veränderten den Maßstab des Avatars. Ein weiterer abstoßender Bruch der Web-Etikette. Ich schrumpfte im Flug zusammen, wodurch die Entfernung zum Loch der Cyberratte ständig größer wurde. Ich hatte noch nie im Leben das Gefühl gehabt, so dringend kotzen zu müssen: Ich flog vorwärts, während ich gleichzeitig zurückzugleiten schien. Das ist doch verwirrend, oder? Die ganze Sitewelt wurde größer; das Dach hatte nun wenigstens die Ausmaße eines Kontinents. Als die Umwandlung abgeschlossen war, war ich noch kleiner als die Cyberratte und das Loch vor mir sah aus wie ein leerer schwarzer Krater. Mir gefiel die Vorstellung nicht, was die Cyberratte mit meinen verminderten Websuit-Programmen anstellen würde, falls wir nun zufällig zusammenstoßen sollten. Als ich Onkel Elton danach gefragt hatte, hatte er nur ziemlich ausweichend mit den Schultern gezuckt.

Etwas bewegte sich am Dachrand. Am Horizont brach ein Vulkan von den Ausmaßen des Mount Everest aus. Dann erschien ein zweiter und krümmte sich in der Mitte. Spinnenbeine! Riesige Spinnenbeine. Die Spinne mußte an der Seite des Wolkenkratzers hinaufgeklettert sein. Zwei weitere schoben sich über den Rand, und alle vier spannten sich an, um den Leib aufs Dach zu hieven. Das Vieh würde so groß sein wie der Mond!

Ich hatte nicht vor, mich persönlich davon zu überzeugen. Im Vergleich dazu wäre ein Zusammenprall mit der Cyberratte so glimpflich verlaufen wie eine Begegnung mit einem Engel. Ich tauchte in das Loch hinab.

Drinnen erwartete mich eine weitere Stadt aus Wolkenkratzern. Ich purzelte aus einer winzigen schwarzen Lücke im starren Himmel, hatte völlig die Körperbeherrschung verloren. Es dauerte eine Ewigkeit, bis ich die Kontrolle wiedererlangt hatte. Ich kippte die Schwingen, um dem Trudeln entgegenzuwirken, wurde langsamer und hielt die Höhe. Ich war den Dächern der Wolkenkratzer schon gefährlich nahe gekommen, bevor ich meine Lage stabilisieren konnte. Aber ich war drin! Ich konnte kaum glauben, daß ich es geschafft hatte. Onkel Elton war ein Genie!

Ich tippte den Code ein, mit dem ich meinen Avatar-Maßstab wieder vergrößerte. Die Stadt sah ganz anders aus als die draußen. Zum einen konnte ich die Mauern sehen, kalte, stahlgraue Vierecke, die wie Ziegel aufeinandergestapelt waren. Seltsam daran war nur, daß der Raum innerhalb des Gebäudes der *Bigene Industrie* viel größer war, als es von außen den Anschein hatte. Vielleicht hatte ich aber auch den Maßstab nicht ganz richtig hinbekommen. Zum anderen waren die Wolkenkratzer darin gar keine; es handelte sich allesamt um altmodische

Aktenschränke aus Metall. Es waren genau vierundzwanzig, und jeder war durch weiße Buchstaben auf dem Dach gekennzeichnet.

»Du kannst nur hoffen«, hatte Onkel Elton mir gesagt, »daß sie ihre Dateien mit normalen Namen kennzeichnen.«

Ich glitt über den Buchstaben T hinweg und näherte mich dem S. Mein Ziel war H, wie Heacham.

»Oder vielleicht W wie Wash«, hatte Onkel Elton überlegt. »Vielleicht S wie Sumpf. Andererseits könnte die Datei unter U wie Urbarmachung abgelegt sein, und dann bist du auf Querverweise angewiesen.«

Ich glitt steil in die Höhe, richtete die ausgestreckten Schwingen fast vertikal aus und bog hart um R, bevor ich mich wieder aufrichtete. H lag nun direkt vor mir, drei Aktenschränke entfernt.

Unter mir liefen Spinnen den Weg entlang. Es waren Dutzende, mindestens so groß wie ich, mit grüner und gelber Haut, die wie die eines Tigers gemustert war.

Bislang hatte keine hochgeschaut, doch das war nur eine Frage der Zeit. Ich brauchte eine Ablenkung, und zwar schnell. H war nun einen Schrank vor mir. Ich drehte mich schnell, schwang um M herum und näherte mich N. Die Rattenfalle hielt ich noch in der linken Klaue. Sie blitzte blau auf, als ich erneut den Freisetzungscode eingab. Eine Cyberratte fiel heraus und purzelte auf die Straße hinab.

Denn der Hardblock enthielt eine permanente Speicherung der Cyberratte; ich konnte so viele Kopien produzieren, wie ich wollte. Ich flog zwischen den Schränken einher und setzte dabei Cyberratten aus, und der Rattenfallenwürfel pulsierte dabei wie das Blaulicht eines Polizeiwagens. Sie landeten auf der Straße und rasten augenblicklich zu den nächsten Schränken, nahmen die gewaltigen Speicher darin wahr. Bevor ich wieder umkehrte, mußte ich dreißig oder vierzig von ihnen ausgesetzt haben.

Die Spinnen spielten verrückt. Sie jagten alle Straßen entlang, auf die Cyberratten zu, und hetzten sie um die Schränke, daß einem schwindlig werden konnte. Eine nach der anderen wurde schließlich in die Enge getrieben und leistete einen Kampf, der scheußlich anzusehen war, ohne daß Blut floß. Die Spinnen versuchten, die Cyberratten zu verschlingen, während die Cyberratten den Spinnen mit ihren zuschnappenden Kiefern die Beine abbissen. Ich sah mehrere Spinnen, die nur noch aus bewegungsunfähigen Leibern bestanden und hilflos die Köpfe drehten. Nach einer Weile würden diese Opfer des Kampfes einfach verschwinden. Neue Spinnen rannten noch immer zum Ort des Geschehens; sie waren den Cyberratten gegenüber nun deutlich in der Überzahl. Irgendwann würden sie den Sieg davontragen.

Ich erreichte den Aktenschrank mit dem Buchstaben H. An seinem Fuß befanden sich keine Spinnen. Die Vorderseite des Schranks bestand aus Schubläden, insgesamt fünfzehn. Alle waren beschriftet; auf der obersten stand Ha-Hc, auf der darunter Hd-Hf, und so weiter, bis zum Boden. Auf der oberen rechten Ecke einer jeden Schublade befand sich ein kleiner Tastenblock mit je neun Tasten.

Theoretisch müßte sich alles, was mit Heacham zu tun hatte, in der zweiten Schublade befinden, Hd-Hf. Ich glitt so nah heran, wie ich konnte, um sie mir genauer anzusehen. Die Tastatur ragte um etwa fünfundzwanzig Zentimeter aus der Schublade hervor. Das war gerade groß genug. Ich flog einmal herum und näherte mich ihr erneut. Diesmal streckte ich die Klaue mit der Rattenfalle aus und tippte den Freigabecode ein. Eine Cyberratte sprang auf den schmalen Vorsprung, den die Oberseite der Tastatur bildete. Sie bedachte mich mit dem üblichen rotäugigen Blick und schaute dann von einer Seite zur anderen. Wahrscheinlich spürte sie, wie nah der Speicher war und daß sie nur durch den Zugriffcode davon ferngehalten wurde. Ich beobachtete, wie sie sich zaghaft über den Rand des Vorsprungs beugte und die Tasten studierte.

Da sah ich, wie eine Spinne den Schrank hinaufkroch; ihre Beine bewegten sich mit einem zielstrebigen Rattern. Ich tauchte vor den Schubläden hinab und raste wie ein Düsenjäger auf sie zu. Sie hörte auf zu klettern und wackelte aufgeregt mit den beiden Vorderbeinen. Die Rattenfalle spie eine Sturzflut von Cyberratten aus, die genau auf die Spinne zufielen. Fünf von ihnen prallten direkt auf sie. Augenblicklich schnappten sie nach den gestreiften Flanken der Spinne und nagten daran. Sie verlor den Halt, und alle stürzten gemeinsam auf die Straße.

Als sie dort aufprallten, waren drei weitere Spinnen eingetroffen. Zwei von ihnen jagten den geschmeidigen Cyberratten hinterher, die davonliefen, um Deckung zu suchen, während die dritte verharrte und mich beobachtete. Das gefiel mir überhaupt nicht. Sie hatten offensichtlich herausgefunden, daß ich der Grund allen Ärgers war.

Ich setzte zu einer vollständigen Umkreisung des Aktenschranks an. Die Spinne hetzte unter mir über den Boden; ihre Bewegungen entsprachen genau den meinen. Cyberratten prasselten wie Regen um sie herab, aber sie wich keinen Zentimeter von ihrem Weg ab. Da die Ratten sie nicht bedrohten, ignorierte sie sie natürlich.

Als ich die Vorderseite des Schranks wieder erreichte, hatte sich eine ausgewachsene Schlacht zwischen Cyberratten und Spinnen entwickelt. Diesmal hatten die Ratten ernste Probleme; ihre Kiefer zeigten keine Wirkung gegen die Spinnen mehr. Ganz gleich, wie schnell oder agil sie waren, sie konnten den noch schnelleren Zangen nicht ausweichen, die sie ergriffen, rückwärts in aufklaffende, leere Mäuler beförderten und verschluckten.

Die Spinnen hatten gelernt und sich angepaßt. Ich bekam allmählich ein echt schlechtes Gefühl. Der einzige Vorteil, der mir nun noch blieb, bestand in meiner Schnelligkeit. Mein Daumen fand den Ausklink-Knopf am Controller und berührte ihn leicht, nur für alle Fälle.

Ich pumpte hart mit den Schwingen, versuchte verzweifelt, Höhe zu gewinnen und soviel Entfernung wie möglich zwischen mich und die schrecklich kluge Spinne zu bringen. Hoch über mir sah ich die Cyberratte, die ich auf den Tastenblock ausgesetzt hatte. Es mutete sehr gefährlich an, wie sie sich über den Rand beugte und mit den Vorderpfoten einen Code eingab. Langsam glitt die Schublade Hd-Hf aus dem Schrank. Ich hatte es geschafft! Die Spinne würde niemals rechtzeitig hier oben eintreffen.

Gerade, als die Cyberratte hineinsprang, schoß ich über die Kante der offenen Schublade. Sie war voller schmaler Aktenordner, die so dicht gepackt waren, daß sie einen festen Untergrund zu bilden schienen. Es mußten Tausende von ihnen sein. Als ich auf ihnen landete, kräuselten sie sich sanft wie die Oberfläche eines Teichs, unter der ein großer Fisch herumschwamm. Die kleinen Wellen breiteten sich aus und erzeugten ein V-förmiges Kielwasser. Es mußte von der Cyberratte erzeugt worden sein, die zwischen den Ordnern tiefer in den Schrank vorstieß.

Ich schaute hinab, um zu überprüfen, was die Spinne machte, die mich verfolgt hatte. Da sah ich *es*. Eine Spinne trieb durch die Luft zwischen den Aktenschränken genau auf mich zu! Unmöglich. Dann erblickte ich eine winzige Schnur aus silbern leuchtendem Licht, der sich aus ihrem Leib bis zur Decke erstreckte. Sie zog sich an einem Spinnfaden hoch! In der Realworld machen

Spinnen das auch, baumeln an ihren eigenen langen Fäden und lassen sich vom Wind dahin tragen, wohin er gerade weht. Wenn eine Thermalströmung sie hoch genug hebt, können sie auf diese Weise sogar Seen überwinden.

Sie würde die Schublade erreichen, lange bevor ich die Heacham-Akte gefunden hatte. Ich bezweifelte nicht, daß es eine der neuen war, denen Cyberratten nichts anhaben konnten. Der Ausklink-Knopf juckte an meinem Daumen. Ich war so weit gekommen, daß es mir nicht fair vorkam, jetzt noch zu verlieren. Onkel Elton würde sich von dem Untier nicht verscheuchen lassen, davon war ich überzeugt. Er würde eine Schwäche finden, die er nutzen konnte. Aber leider war ich nicht Onkel Elton.

Ich betrachtete die Spinne erneut, suchte verzweifelt nach einer verwundbaren Stelle. Meine einzige Waffe war die Cyberratte, und die nutzte nichts mehr gegen Spinnen. Also schrie ich laut auf und flog direkt auf sie zu. Die Spinne blieb ungerührt auf ihrem Weg; sie bog eifrig die Beine zurück, als wolle sie mich zu sich locken. Ich zog scharf nach oben, raste in den Himmel. Der Spinnfaden zischte an meiner Nase vorbei. Ich war zehn Meter über der Spinne, als ich mich drehte und meinen Kurs um neunzig Grad änderte. Als ich den höchsten Punkt des Bogens erreicht hatte, gab ich den Freisetzungscode ein, und die Rattenfalle spuckte eine Cyberratte aus. Bezüglich meiner Reflexe hatte sich wohl die viele Zeit ausgezahlt, die ich in Kampfsites verbracht hatte. Na schön, vielleicht spielte auch Glück eine gewisse Rolle. Jedenfalls schoß die Cyberratte direkt auf den Spinnfaden zu. Ich hielt den Atem an.

Die Ratte klammerte sich an den hauchdünnen Faden. Zur Abwechslung sah sie mich nicht an. Wahrscheinlich war sie wohl zu überrascht und wußte nicht, wo genau sie sich befand. Sie streckte den Kopf vor, die metallische

Nase schnupperte an dem Faden, dann biß sie ihn sauber durch. Die Spinne stürzte senkrecht zu Boden.

Ich wendete wieder und jagte zu der offenen Schublade zurück. Auf den Akten war kein geheimnisvolles Kielwasser mehr zu sehen, keine Spur der Cyberratte. Ich landete auf der ersten und lief vorwärts. Namen schlitterten unter meinen Klauenfüßen hinweg.

HEACHAM.

Ich blieb stehen und ging ein paar Schritte zurück. Die Oberseite der Aktenmappe war so breit wie ein Dielenbrett. Auf beiden Seiten des Ortsnamens waren mehrere Symbole angebracht. Ich drückte auf *Enter*, einen Kreis, der von einer vertikalen Linie geteilt wurde. Der Ordner glitt nach oben. Es war, als entfaltete sich eine uralte 2-D-Kinoleinwand vor mir, und ich hätte den einzigen Sitzplatz im Kino.

Ich gab den Kopiercode in meine Websuit-Tastatur ein. Der Aktenordner verharrte, als er acht Meter groß war. Text und wellige Linien rollten darauf herab.

Aus dem Augenwinkel sah ich, daß fünf weitere auf Fäden reitende Spinnen zu der Schublade schwangen. So lange, wie ich es wagte, blieb ich, wo ich war, und beobachtete, wie der Inhalt der Heacham-Akte an mir vorbeirollte. Dann landeten die Spinnen auf der Schublade. Sie schossen vorwärts, und ihre Beine bewegten sich so schnell, daß ich sie nur noch verschwommen ausmachen konnte.

Ich drückte auf den Ausklink-Knopf.

Der Sprung war scharf und häßlich, ähnelte viel zu sehr dem unerwünschten Kick auf einer Achterbahn, auf der etwas schiefgeht, wenn man gerade an der höchsten Stelle ist. Ich versuchte, meinen Atem zu beruhigen, als sich alle zusammenbrechenden Bilder in das neutrale Grau des nicht aktiven Sichtgeräts eines VR-Anzugs stabilisierten.

Mein Geist hätte vor freudiger Erregung Purzelbäume schlagen müssen. Statt dessen empfand ich nur eine schreckliche Depression. Ich hatte den Text der Heacham-Datei gelesen, als er an mir vorbeiscrollte, oder es zumindest versucht. Er war nicht in Englisch gehalten. Er war in überhaupt keiner Sprache gehalten. Es handelte sich nur um Buchstaben, die zufällig zusammengefügt worden waren. Um absoluten Schrott.

6
DER PLOT WIRD DÜNNER

»Natürlich ist das unverständlicher Schrott«, sagte Onkel Elton in jenem bissigen Tonfall, den er für Menschen aufhebt, die sich besonders blöd anstellen. »Jedes Kind weiß doch, wie einfach es heutzutage ist, in Dateien einzudringen.«

»Wie *einfach*?«

»Du hast es doch geschafft, und du bist erst ... äh, wie alt bist du jetzt?«

»Noch ein Teenager.«

»Genau das sage ich ja, mein Junge. Noch keine Zwanzig, und hat noch nie im Leben ein illegales Ding gedreht. Und trotzdem bist du einfach reinmarschiert und hast dich bedient.«

»So einfach war das nicht, Onkel Elton.«

»Wie auch immer, die Sicherheitsvorkehrungen um die Dateien stellen nur die erste Verteidigungslinie dar, und sie können nicht allzu streng sein, da die Angestellten der Firma ständig auf die Daten zurückgreifen müssen. Überleg mal, was *Bigene Industrie* in diesen Schränken aufbewahrt. Alle finanziellen Unterlagen, tolle neue

Geräte, die sie entwickelt und noch nicht kommerziell genutzt haben, Forschungsdaten, Marktstrategien, ganz zu schweigen von all den zweifelhaften Vorgängen in den Sümpfen. Das alles ist unglaublich wertvoll und darf nicht in die falschen Hände geraten, wozu zweifellos die deinen und meinen gehören. Also verschlüsseln sie die gespeicherten Informationen einfach.«

»Oh.« Jetzt fühlte ich mich etwas besser. Nicht viel. Wenn man darüber nachdachte, war es doch ganz offensichtlich, daß man auf eine Verschlüsselung zurückgriff.

»Laß mich mal ansehen, was du da hast«, sagte er.

Wir saßen wieder auf den rosa Würfeln in Moms Computer. Ich gab die Kopie ein, die ich angefertigt hatte, und die Heacham-Datei erschien in einer D-Box, die vor uns mitten in der Luft hing.

»Na schön, Aynsley, jetzt wird es kompliziert.«

»Kannst du es für mich entschlüsseln?«

»Lassen Kühe Fladen hinter sich zurück? Ich habe hier irgendwo ein paar Tricks gespeichert, auf die ich mir was einbilde.« Er ging zu einem der Würfel und zog ein weißes Kabel mit einem kompliziert aussehenden Stecker am Ende daraus hervor. Das Kabel entrollte sich hinter ihm, als er zu der D-Box ging. Er bückte sich und stöpselte den Stecker unten in der D-Box ein. »Jetzt wollen wir doch mal sehen, wie gut ich tatsächlich bin«, sagte er leise. Oben auf dem Bildschirm stellten sich die unverständlichen Buchstaben zu richtigen Worten um. Wellige Linien wurden gerade und verwandelten sich in Diagramme.

Ich begann zu lesen.

Wir suchten uns am Strand von Tropicana einen Tisch, der etwas abseits von den anderen stand. Ich stellte eine D-Box auf das sonnengebleichte Holz und gab den Code für die Heacham-Datei von *Bigene Industrie* ein. Die D-Box schwamm vor bunten Refraktionsmustern, dann verfestigte sich der Text. Auf der ersten Seite stand in großen Druckbuchstaben GEHEIM.

»Was haben wir herausgefunden?« fragte Selim eifrig.

Ich hätte etwas dazu sagen können, wieso es plötzlich *wir* hieß. Doch Selim war nun mal so, wie er war, und außerdem hob es mein Wohlgefühl, daß ich ihre vollständige Unterstützung besaß.

»Die Antwort, glaube ich«, sagte ich.

»Toll!«

»Dann verrate sie uns. Was hat es mit den Lichtstürmen auf sich?« fragte Bayliss.

Ich konnte einfach nicht widerstehen. »Irrlichter.«

Alle stöhnten auf.

»Du scherzt!« rief Katie.

»Nein, das war kein Scherz. Es ist nur so, daß diese Irrlichter nicht gerade natürlichen Ursprungs sind.« Ich rollte die entschlüsselte Datei herunter, bis ich zu der Karte vom Sumpf gelangte. Sie sah aus, als hätte das Land einen Ausschlag bekommen. Überall waren rote Punkte, einige groß, andere klein, und es steckte nicht die geringste Ordnung hinter ihrer Größe oder Anordnung, sie schien völlig zufällig zu sein. Im Index waren sie als *Müllzonen* ausgewiesen.

»Als die Firma mit voller Kraft den Sumpf wiederherstellte, baute sie jede Menge Kanäle und Teiche«, sagte ich. »Die Leute von *Bigene* haben sehr viel Erdreich abgetragen, um die Uferbefestigungen zu errichten, aber auch Massen von fremder Erde hergebracht. Das alles war völlig rechtmäßig, die Umweltschutzbeauftragten der EU haben die Methode genehmigt. Ein Teil des Materials, das zur Geländeauffüllung diente, wurde aus alten Matten aus dem Wash erzeugt. Auch das haben die EU-Beamten gebilligt. Das Plastik ist biologisch abbaubar, was bedeutet, daß es die Erde, in die es eingebettet wird, nicht verseuchen kann. Das Meer schlägt gewaltig auf die Matten ein, und sie müssen alle drei oder vier Jahre ersetzt werden. Diejenigen, die sie beim ersten Test benutzt haben, hatten schon Risse, als die Arbeit am Sumpf begann, und so dachten alle, es sei ganz toll, die alten Matten noch einer sinnvollen Verwendung zuführen zu können. *Bigene Industrie* setzte sie einem intensiven ultravioletten Licht aus, um die Algen abzutöten und das Plastik richtig spröde zu machen, damit es leichter zerfiel. Danach wurden die Fetzen mit Erde vermischt und in den Sumpf gebracht.«

Bayliss schnippte mit den Fingern. »Sie haben sie nicht verarbeitet«, sagte er.

»Genau. In der Datei stand etwas davon, daß die Ultraviolett-Maschine wegen der Kosten verspätet geliefert wurde. Anstatt also nun das gesamte Projekt zu verschieben, haben sie die Matten einfach beigemischt, ohne sie vorher zu behandeln. Die Algen lebten noch, als sie sie begruben. Nun zerfällt das Plastik, wie es auch sein soll, und die Algen werden freigesetzt. Ein Teil von ihnen sickert in die Teiche, und bei Sonneneinstrahlung tun sie genau das, wozu sie entworfen wurden, und spalten Wasser in Sauerstoff und Wasserstoff. Da Wasserstoff ein sehr leichtes Gas ist, verteilt er sich zum Großteil in die Atmosphäre, doch ziemlich viel davon sättigt noch die Pflanzen und die abgestorbene Vegetation. Wasserstoff ist schrecklich brisant, der kleinste Funke, die schwächste statische Entladung bringt ihn zur Explosion. Und genau das habe ich gesehen – Wasserstoff, der des Nachts verbrennt.«

»Aynsley, das ist skandalös«, sagte Katie. »Wie kann diese Firma sich nur so gemein verhalten?«

»Ich weiß.« Das bereitete mir die größten Sorgen. *Bigene Industrie* hatte die Lebenserhaltungssysteme der

Olympus-Expedition geliefert. Einmal ganz abgesehen von Sicherheitsbedenken wollte ich nicht, daß Firmen, die bei ihrer Arbeit pfuschten und betrogen, an der Marserkundung mitwirkten. Dafür war sie einfach zu *groß*. Opa sagte stets, sie sei eine einzige Geldverschwendung. Ich war nicht bei vielen Themen anderer Meinung als er (wagte es nicht), aber bei diesem schon. Ich halte die Olympus-Mission für eine wirklich vortreffliche Unternehmung. Die meisten Länder der Erde haben daran mitgewirkt; einige natürlich stärker als andere. Aber alle haben ihr Teil dazu beigetragen und helfen, die Herausforderung der nächsten Grenze anzugehen. Und nur heutzutage ist eine Reise zum Mars so schwierig und kostspielig. In hundert Jahren wird sie es nicht mehr sein, ganz einfach wegen der Pionierarbeit, die wir nun leisten. Ich finde das wunderbar. Ich weiß, daß die Welt nicht perfekt ist, doch die Olympus-Expedition zeigt den Menschen, was wir als Spezies erreichen können, wenn wir uns wirklich anstrengen. Damit ist nicht nur die Hardware gemeint, die Raumschiffe und das Landemodul; der Geist hinter der Unternehmung ist genauso wichtig.

Bigene Industrie hatte diesen Geist befleckt.

»Jetzt können wir uns noch mal an die Polizei wenden«, sagte Drunlo. »Wir haben alle Beweise, die wir brauchen.«

»Was soll das heißen?« fragte Bayliss. Er klang überrascht und schockiert zugleich.

»Wir wissen, daß *Bigene Industrie* versucht, eine Straftat zu vertuschen.« Drunlo zeigte auf mein Display mit der belastenden Karte. »Wenn wir die der Polizei zeigen, wird dieser Ein-Mip von Phace-Wachtmeister uns mit einem richtigen Polizisten verbinden müssen.«

Bayliss schüttelte den Kopf und stöhnte. »Brillant! Und was genau willst du der Polizei sagen, wenn sie uns fragt, wie wir an die Heacham-Datei der Firma *Bigene Industrie* herangekommen sind?«

Drunlo öffnete den Mund und schloß ihn dann wieder. Er kratzte sich an der Stirn und schob seine braune Filzmütze zur Seite. »Daran habe ich nicht gedacht«, gestand er schließlich.

»Das kann doch kein Problem sein«, sagte Katie. »Kommt schon, Jungs, wir haben es bei den Spielen mit viel schlimmeren Paradoxen und Rätseln zu tun gehabt. Es muß eine andere Möglichkeit geben. Was genau ist unser Ziel?«

»Die Polizei auf *Bigene Industrie* aufmerksam zu machen und eine anständige Ermittlung durchzusetzen«, sagte ich. »Und ich möchte, daß der Sumpf sicher gemacht wird. Gott allein weiß, wie viele Algen ins Wasser freigesetzt werden.«

»Na schön. Dann müssen wir der Polizei einen felsenfesten Beweis liefern, ohne auf die Heacham-Datei zurückzugreifen. Hat jemand eine Idee?«

»Es müssen die Algen selbst sein«, sagte Bayliss. »Und ein Video, das zeigt, wie ihr die Proben entnehmt, wäre auch ganz nützlich.«

»Augenblick mal ...«

»Wir wissen genau, wo die Algen sind«, sagte Selim. Sein Finger senkte sich auf einen der größeren roten Punkte auf der Karte. »Du mußt einfach nur in den Sumpf und zu einer der Müllkippen gehen, die Algen einsammeln und zurückgehen. Wo liegt das Problem?«

»Das Problem! Zuerst mal befinden sich die meisten Müllzonen inmitten des eingezäunten Teils des Sumpfs. Die größte außerhalb war diejenige, die ich gefunden habe, und die ist schon abgebrannt. Ich bezweifle, daß dort noch viele Algen übrig sind. Die Flammen haben alles andere vernichtet.«

»Dann mußt du eben durch den Zaun gehen. Du hast

gesagt, es sei nur Maschendraht. Eine Drahtschere wird das Problem lösen. Im Vergleich zu der Sache mit den Dateien ist das doch das reinste Kinderspiel.«

»Wirklich? Siehst du diese blaue Linie, die innen parallel zum Zaun verläuft?«

»Ja.«

»Dann sieh mal im Index nach, was es damit auf sich hat.« Sie alle beugten sich über das Datenblatt.

»Ein Weg für Wachhunde«, las Bayliss vor. »Ah, ja. Das könnte unangenehm werden.«

»Was für Waffen hast du?« fragte Selim.

»Waffen? Wir studieren hier keine Gamesite! Ich nehme keine Laserpistolen und Bazookas mit, wenn ich reinspinne. Am Weg liegen keine Generatorteile und Jeeps und Erste-Hilfe-Kästen, an denen ich mich bedienen kann. Wir sprechen hier von der Realworld, Selim.«

»Hast du schon mal von einem Schallstrahler gehört?«

»Ja, mein Nachbar ha ...« Ich schloß abrupt den Mund. Zu spät!

»Auf zum nächsten Problem!« johlte Selim.

»Ganz einfach«, knurrte ich zurück. »Wir sind gerade in die Datenbank der *Bigene Industrie* eingebrochen. Sie wissen, daß sich jemand für den Sumpf interessiert. Sie werden auf der Hut sein.«

»Er hat recht«, sagte Katie.

»Dann müssen wir einen Augenblick abpassen, in dem sie nicht auf der Hut sind«. sagte Bayliss.

»Es ist ihr Job, und man hat sie vor einem möglichen Eindringen gewarnt. Sie werden die ganze Zeit über aufpassen wie die Schießhunde.«

»Nicht unbedingt. Du ziehst die menschliche Natur nicht in Betracht. Was passiert morgen abend? Am fünfzehnten November um einundzwanzig Uhr, um genau zu sein.«

»Die Marslandung.«

»Richtig. Und jeder auf der Welt, der online ist, wird sich in die Olympus-Site reinspinnen, damit er auf Colonel McFarlanes Jockeychip zugreifen kann, wenn er den Schritt aus dem Landemodul tut. Einschließlich der Sicherheitskräfte im Sumpf.«

»Und mir«, sagte ich hitzig. Ich wollte die Landung auf keinen, aber wirklich auf gar keinen Fall verpassen. Ich nicht. Ich hatte die letzten drei Jahre für die Olympus-Mission gelebt und geatmet.

»Dann nenn mir einen anderen Zeitpunkt.«

Was eine rhetorische Frage sein mußte, denn jeder, der auch nur ein bißchen Grips hatte, mußte wissen, daß es darauf keine Antwort gab.

»Auf jeden Fall ist das schon spät abends«, sagte ich. »Ich krieche nachts nicht allein in den Sumpf.«

»Natürlich nicht«, sagte Katie. »Wir alle werden bei dir sein.«

»Ich glaube nicht, daß ich bis dahin in England sein kann«, sagte Drunlo schnell.

Sie lachte. »Nicht auf diese Weise, nicht hier in der Realworld. Aynsley kann seinen Websuit einfach auf den Provider-Modus umschalten.«

»Augenblick mal ...«

»Gute Idee«, sagte Bayliss. »Über ein tragbares Terminal kann er die ganze Zeit über in Verbindung mit dem Kommunikationssatellitennetz in der nahen Umlaufbahn bleiben. Wenn er sich eingeklinkt hat, können sie seine Position triangulieren und die Navigatorfunktion übernehmen. Wenn du keine Kopie hast, Aynsley, ich habe die Software in meinem Tragbaren. Du kannst mit geschlossenen Augen in die Müllzone marschieren.«

»Ich gehe nicht.«

»Was braucht er sonst noch?« fragte Selim.

»Ich gehe nicht.« Alle sahen mich an.

»Auf keinen Fall.«

7
DAS MISSIONSPROFIL

Der Mars ist kein einheitlich roter Planet, wie es von der Erde aus gesehen den Anschein hat. Es gibt dort dunkle Gebirgszüge, Plateaus, Krater, Polarkappen, ausgetrocknete »Meere«. Hunderte von unterschiedlichen, faszinierenden Merkmalen. Und alle waren aus einer Umlaufbahn von tausend Kilometern Höhe mit dem bloßen Auge sichtbar.

Ich schaute aus der Observatoriumsblase in der Olympus II, dem *Eagle,* auf den Planeten hinab. Die beiden anderen Olympus-Schiffe waren nicht zu sehen, schwebten irgendwo zwischen der schwarzen Leere und den seltsam hellen Sternen. Im Weltraum funkeln die Sterne nicht. Nur zahlreiche Kilometer staubiger, wolkenreicher Atmosphäre lassen sie funkeln. Irgendwie sehen sie kälter aus, wenn sie beständig leuchten.

Es ist ein unheimliches Gefühl, völlig passiv zu sein und trotzdem zu spüren, wie der Körper wie eine Marionette auf jede Bewegung reagiert, die ein völlig Fremder macht. Der Empfangsmodus ist eine der schwierigsten Funktionen eines VR-Anzugs überhaupt. Man muß tatsächlich gegen den Drang ankämpfen, jeder Bewegung entgegenzuwirken, und einfach die Attraktion genießen, die man geboten bekommt.

Das tat ich, als ich vorwärts trieb. Meine Hand zuckte hoch und ergriff die achtlos weggeworfene Verpackung eines Schokoriegels, die wie ein bizarrer metallener Vogel an der transparenten Blase flatterte. Von meinem neuen Standort aus konnte ich an der Seite des zylindrischen Habitatmoduls entlangsehen.

»Aynsley.«

Der Rumpf glänzte in bleichem Silberweiß. Eine dicke

Schicht aus einem schaumförmigen Thermalisolationsüberzug und Druckbehältern aus Aluminium. Fünfzehn Meter entfernt war das Landemodul an der vorderen Luftschleuse angedockt.

»Aynsley, melde dich.«

Es war ein langer, aerodynamischer Kegel mit stämmigen dreieckigen Flossen, die direkt über dem Hitzeschild aus dem Fundament ragten. Die Landestützen waren versuchsweise ausgefahren, silberne Insektenbeine, die mir für die ihnen zugedachte Aufgabe unmöglich dünn vorkamen. Jemand bewegte sich hinter der winzigen Cockpitschleuse.

»Aynsley, was tust du da drin?«

Der Mars zitterte vor mir, sein Rand schien zu vibrieren. Ich spinnte mich zurück in meinen Kokon und schob das Visier des VR-Anzugs hoch.

Mom stand vor mir, und ihre Hand auf meiner Schulter schüttelte mich sanft. Ihr Gesicht war voller mitfühlender Besorgnis. »Tut mir leid, aber du hast gesagt, du wolltest heute morgen nach King´s Lynn.«

»Ja, Mom.« Ich zerrte den Websuit von mir herunter.

»In welcher Site warst du?«

»Olympus. Sie hakten gerade die letzten Checklisten für das Landemodul ab.« Jeweils ein Besatzungsmitglied in jedem der drei Schiffe trägt stets einen Websuit im Provider-Modus. Seit sie im Februar von der Erde gestartet sind, habe ich mich öfter reingespinned, als ich mich erinnern kann. Die Schwerelosigkeit fühlt sich geil an, und darüber hinaus lerne ich genau kennen, wie es ist, ein Realworld-Astronaut zu sein. Ist doch toll.

»Aynsley, vielleicht denkst du auch mal daran, daß es außer dem Web noch etwas anderes gibt.«

»Ja, Mom.«

Sie lächelte schwach. »Ich weiß, ich bin eine lahme alte Sechserschachtel.«

Ich wünschte, sie würde nicht so reden. »Nein, bist du nicht.«

»Ich weiß, wie sehr du dich für die Marslandung interessierst, und das verstehe ich auch. Nur deshalb habe ich noch nichts gesagt.«

»Gesagt?«

»Daß du so viel Zeit im Web verbringst. Mrs. Lloyd hat letzte Woche mit mir darüber gesprochen. Deine Zensuren werden schlechter, was dir gar nicht ähnlich sieht. Und sie sagt, beim Sportunterricht stellst du dich noch ungeschickter an.«

»Das stimmt nicht; ich finde Sport nur dumm, das ist alles.« Einmal in der Woche muß ich nach King´s Lynn und mich in einer blöden Mannschaftssportart herumhetzen lassen, die ich nicht ausstehen kann und in der ich nie gut sein werde. Das ist das letzte Überbleibsel aus jener Zeit, als Kids noch in der Realworld zur Schule gingen, statt sich im Web ausbilden zu lassen, wie Gott es von Anfang an beabsichtigt hat. Die Regierung besteht darauf, diesen Aspekt des Mittelalters beizubehalten, nicht nur, damit wir das in uns allen schlummernde Talent als Neandertal-Fußballspieler entwickeln oder ein gesundes Konkurrenzdenken erlernen (als ob die Gamesites uns das nicht sowieso beibrächten!), sondern auch die ›soziale Interaktion‹ einüben können. Soziale Interaktion, bedeutet, daß Kids, die keine gemeinsamen Interessen haben, ja sich noch nicht mal besonders leiden können, jeden, der auch nur ein wenig anders ist, wie einen Ausgestoßenen behandeln können und daran auch noch Freude haben. Man kann in einer zufälligen Auswahl von zweihundert Personen keine Gleichgesinnten finden; so etwas ist nur im Web möglich, wo Geistesverwandte von denselben Sites angezogen werden. Damit beschließe ich mein Plädoyer.

»Wenn du nicht wenigstens ein bißchen Sport treibst,

wirst du aufgehen wie ein Hefeteig und ganz pummelig und häßlich werden.«

»Wen interessiert es denn schon, wie ich in der Realworld aussehe?«

Das kam wohl mit mehr Zorn und Verbitterung heraus, als ich beabsichtigt hatte. Auf jeden Fall verletzte es Mom, die laut schniefte und sich abwandte und aus dem Fenster sah.

»Mich«, sagte sie leise.

Es mußte schlimm für sie sein, einen Sohn zu haben, um den sie sich ständig Sorgen machte und der immer Dinge sagte, die ihr so weh taten. Vielleicht denke ich doch nicht ganz so schnell, wie ich immer behaupte, jedenfalls nicht, bevor ich den Mund aufmache.

»Ich weiß, Mom.« Ich lächelte entschuldigend. Sie sagt immer, ich lächelte viel zu selten. »Ich versuche, mich beim Sportunterricht nicht mehr so ungeschickt anzustellen. Aber das ist bei Mrs. Lloyd ziemlich schwierig. Sie ist so ... enthusiastisch.«

Mom lachte. »Hart zu Drückebergern, meinst du wohl.«

Unser Wagen ist ein modifizierter Mercedes EQ-250, ein Achtsitzer, der wie eine Mischung aus einem kleinen Lieferwagen und einem Taxi aussieht. Mom wartete, bis ich darin saß, und schloß dann die hintere Tür.

Abgesehen von den Fernstraßen verfallen die meisten Straßen in England allmählich. Die Bezirksverwaltungen halten sie soweit in Schuß, daß Fahrradfahrer sie noch benutzen können, aber das ist auch schon so ziemlich alles. Der Mercedes hatte breite Reifen mit tiefen Profilen, die ausgezeichnet mit dem Gras und Moos fertig wurden, das sich allmählich über den Asphalt ausbreitete.

Mehrere Kids schauten zu uns hinüber, als wir an den

Bungalows vorbeifuhren. Ich fiel ziemlich auf, wie ich dort auf dem Rücksitz saß und wie ein Angehöriger des Königshauses zu ihnen hinabschaute. Zur Abwechslung gab es mal keine Gesten und spöttischen Bemerkungen. Nicht, wenn Mom hinter dem Steuer saß. Das war wie ein Schutz durch Gottes Hand.

»Was willst du kaufen?« fragte sie, als wir auf die A 149 bogen.

»Nur ein paar Sachen für eins meiner Projekte.« Das war nicht direkt gelogen. Ich brauchte einen Spezialsensor und ein paar neue Steckkarten, mit denen ich mein tragbares Terminal für den Abstecher in den Sumpf aufrüsten wollte. Aber das konnte ich ihr kaum sagen.

Der Brennstoffzellenmotor des Autos beschleunigte uns leise auf siebzig Stundenkilometer. Es waren nur ein paar Lieferwagen auf der Straße und vier oder fünf Räder, deren Fahrer sich dick gegen die frostige Novemberluft eingehüllt hatten.

»Mom, weshalb ist Onkel Elton ins Gefängnis gekommen?«

Sie drehte sich nicht um, aber ich sah, daß ihre Hände sich um das Lenkrad verkrampften. »Wieso fragst du das?«

»Ich habe gerade an ihn gedacht. Er kommt mir nicht wie ein Verbrecher vor; eigentlich ist er genau wie Opa.«

»Na schön, du bist wohl alt genug. Aber du darfst es Edwyn nicht erzählen.«

»Versprochen.«

»Onkel Elton ist kein Verbrecher. Er denkt einfach nur nicht nach, das ist alles. Ich gebe Dad die Schuld, deinem Großvater. Elton war ein wenig zu leichtgläubig für all diese rebellische Philosophie, die Dad so von sich gibt. Hör du bloß nicht darauf!«

»Nein, Mom, werd' ich nicht.«

»Na schön. Elton hörte ständig, wie Dad über das

Establishment herzog, und wie autokratisch es ist. Er war jung und hitzköpfig und kam zum Schluß, daß das ganze Reden und Stöhnen nicht ausreichte, er wollte etwas *unternehmen*. Etwas, das dem Parlament in Brüssel einen gewaltigen Dämpfer aufsetzte. Sogar ich war damit einverstanden; Politiker sind so aufgeblasen und spießig. Es schadet ihnen nicht, wenn man ihnen gelegentlich mal zeigt, wo es langgeht, und daß sie nicht besser sind als alle anderen auch. Da Elton für eine Multimedia-Firma arbeitete, war es kein Problem. Er errichtete eine Site, die sich über das Parlament lustig machte. Bislang noch nichts Ungesetzliches. Aber dann lud er sie in ein paar Blocks, von denen er sich hätte fernhalten sollen. Ich glaube, das Tropicana war einer davon. Auch das war noch nicht so schlimm. Seine Parlamentsangehörigen waren auf Satire programmiert; die Phaces verspotteten und parodierten alles, was ihre Realworld-Gegenstücke in Brüssel sagten. Doch selbst das reichte Elton noch nicht. O nein, er mußte sie alle splitternackt im Parlament sitzen lassen.«

»*Was?* Alle Parlamentsphaces waren nackt?« Ich kicherte.

Mom kämpfte gegen ein Grinsen an. »Ja. Er hat genau das durchgezogen, was er sich in den Kopf gesetzt hatte, und machte sie zum Gespött. Sein Parlament war eine der populärsten Websites überhaupt. Halb Europa spinnte sich rein, um es zu sehen. Und als die echten Parlamentsmitglieder gegen die Site mit ihren Gegenstücken protestierten, beschwerten die Phaces sich über *sie* und behaupteten, sie bildeten die wahre Regierung. Schließlich glitt alles ziemlich ins Surreale ab.«

»Und deshalb hat man ihn ins Gefängnis gesteckt?«

»Nein. Nicht wegen der Satire. Sie haben ihn wegen Urheberrechtsverletzung drangekriegt. Das ist ein berühmtes Gesetz, zumindest kennen es alle, die in den

Medien tätig sind. Verstehst du, Aynsley, dein Gesicht gehört dir. Niemand darf deine Gesichtszüge ohne deine Erlaubnis reproduzieren. Das Gesetz sollte verhindern, daß Werbeagenturen mit großen Simulationsprogrammen Prominente nachahmen, um ihre Produkte an den Mann zu bringen. Aber es gilt für jeden. Und Elton hatte achthundert Parlamentsmitglieder ohne ihre Erlaubnis repliziert.«

»Das ist ja fürchterlich.«

»Es war eigene Dummheit. Die Autorität des Gesetzes hat obersten Vorrang. Wenn man es bricht, wird man bestraft. Das ist eine grundlegende Eigenschaft der Zivilisation. Das Gesetz soll uns davor schützen, daß andere Menschen sich auf eine Weise benehmen, die uns schaden könnte. Manche Verbrechen sind schwerwiegender als andere, und es gibt Abstufungen kriminellen Verhaltens. Nichts im menschlichen Verhalten ist nur schwarz oder weiß, und deshalb haben wir Gerichte und Richter. Sie sollen entscheiden, wie schlimm das jeweilige Vergehen ist, und eine entsprechende Strafe verkünden.«

»Bist du der Ansicht, daß man Onkel Elton ins Gefängnis schicken sollte?«

»Ja, aber nicht für drei Jahre. Aber wenn man bedenkt, welche Leute er verärgert hat, mußte es einfach dazu kommen.« Sie betrachtete mich im Rückspiegel. »Schau nicht so besorgt drein. Er ist nur in einer offenen Anstalt, nicht in einem Hochsicherheitsgefängnis. Die Nachrichten-Sites beklagen sich immer, das wären die reinsten Ferienlager.«

»Gut.« Nicht um Onkel Elton, sondern um mich machte ich mir Sorgen! Der Einbruch in die Dateien von *Bigene Industrie* bedeutete, daß ich bereits zum Verbrecher geworden war. Obwohl sie sich nicht beschweren konnten, denn das, was sie getan hatten, war viel schlimmer. Ich nehme an, das meinte Mom damit, daß die Gerichte ein Strafmaß bestimmen müssen. Wir alle hatten uns blindlings in diese Sache gestürzt, ohne großartig darüber nachzudenken, ob unser Vorgehen richtig oder falsch war. Und um ganz ehrlich zu sein, weil es eine Spannung erzeugte, die bei einem Spiel niemals aufkam. Aber die Realworld hat Regeln. Ich mußte in der Tat ernsthaft darüber nachdenken, ob wir das Richtige taten, wenn wir sie brachen.

Nicht, daß es ein so großes Vergehen war. Ich schlich mich nur in den Sumpf, um ein paar Algen zu suchen. Umweltschützer gingen seit Jahrzehnten so vor und zwangen die Umweltverschmutzer damit, hinter sich aufzuräumen. Aber wurde es damit recht?

Ich kramte mein Handy hervor und tippte Katies Nummer ein. Von uns allen war sie die besonnenste. Ich konnte ihr meine Sorgen anvertrauen und mit einer vernünftigen Antwort rechnen.

»Tut mir leid, Aynsley«, rief Mom. »Dein Anruf muß warten. Ich muß tanken.«

Wir fuhren auf die Tankstelle. Die alten Benzinpumpen standen noch an Ort und Stelle, wie rostige Wachtposten unter dem breiten Baldachin. Ich nahm an, daß es zu teuer war, sie abzubauen. Einen anderen Grund dafür, sie stehen zu lassen, gab es nicht. Englands letztes benzinbetriebenes Fahrzeug war vor zwei Jahren eingezogen worden; ich erinnere mich noch an die Zeremonie in den Nachrichten-Sites.

Mom hielt neben der Autogas-Säule.

Ich runzelte die Stirn, verstand nicht, wieso sie mir gesagt hatte, ich solle nicht telefonieren. Dann sah ich das Warnschild neben der Säule, das das Rauchen und Benutzen von Mobiltelefonen untersagte und die Fahrer anwies, ihre Kollisionswarn-Radargeräte auszuschalten. Autogas war ein flüchtiges Zeug, das leicht explodieren konnte.

Ich schaltete das Handy aus und steckte es wieder in die Manteltasche. Vielleicht war es am besten so. Was hätte ich Katie schon sagen können?

Ich war dazu verpflichtet, in den Sumpf zu gehen. Wenn ich darüber nachdachte, war ich das von dem Augenblick an gewesen, in dem ich den ersten Lichtsturm gesehen hatte.

8
DIE NACHT DER GROSSEN EXPEDITION

Colonel McFarlane winkte der Crew in der *Eagle* ein letztesmal zu, dann schloß er die Luftschleuse, zwängte sich durch das enge Innere des Landemoduls und nahm im Pilotensitz Platz. Auf zwei großen holographischen Bildschirmen auf seiner Konsole wirbelten bunte Graphiken und blitzten Icons auf. Zahlreiche Schalterreihen wurden von einem schwachen blauen Schimmer erhellt.

»Ich bereite die Trennsequenz vor«, sagte er.

In diesem Augenblick spinnte ich mich raus. Ich konnte es nicht mehr ertragen. Hätte ich noch eine Minute lang zugesehen, wäre ich bis zur Landung und dem ersten Schritt auf den Planeten in der GSA-Site geblieben.

Das einzige Geräusch in meinem Kokon war das übliche flüssige Gurgeln der Zentralheizung. Alle Sachen, die ich für den Sumpf brauchte, lagen ausgebreitet da: Kleidung auf dem Bett, Elektronik und Hardware auf dem Schreibtisch. Es war halb neun, und der Abend vor dem Fenster war ein dämmriges Dunkelgrau. Ich seufzte und machte mich bereit.

Das Anziehen bereitete die größten Probleme; ich hatte

noch nie versucht, über dem Websuit einen Mantel zu tragen. Nach einem Kampf von mehreren Minuten gelang es mir, mich in ihn hineinzuzwängen, obwohl es mir nicht leichtfiel, die Arme zu bewegen. Zuallererst bemerkte ich, wie warm mir geworden war. Ich packte den Rest meiner Ausrüstung in eine Schultertasche, stöpselte dann den VR-Anzug in das tragbare Terminal und überprüfte das Interface. Alles online.

Ich öffnete die Tür und spähte hinaus. Es war niemand in der Nähe. Ich ging den Korridor entlang. Edwyns Tür war geschlossen. Mom und Dad waren im Wohnzimmer, saßen auf dem Sofa. Beide trugen ihre Websuits. Das Computerdisplay verriet mir, daß sie sich zur Landung in die Olympus-Site der GSA eingeklinkt hatten. Sie würden nicht mal mitbekommen, daß ich das Haus verließ, geschweige denn, was ich da draußen tat.

Ich flitzte in die Küche und dann die Rampe hinab. Und ich beeilte mich dabei gehörig! Aber im Haus war mir nicht nur unangenehm warm, ich schwitzte mich fast zu Tode. Die Nacht gebot dem Einhalt. Ein scharfer Frost hatte eingesetzt und ließ jeden Grashalm im Mondlicht grobkörnig weiß leuchten. Drüben im Wash funkelten Navigationslichter auf den Mattenverankerungen; sie sahen aus wie die Skyline einer weit entfernten Stadt.

Als ich den Garten verlassen hatte, blieb ich stehen und senkte das Websuit-Visier. Ich schnippte den Schalter am Controller auf die Einstellung *Provider*. Überraschenderweise war er nicht vollständig von Spinnweben überzogen. Ich kann mich nicht daran erinnern, wann ich den Anzug zum letztenmal in diesem Modus benutzt hatte, wahrscheinlich im Geschäft, als ich ihn kaufte. Der Abend kroch zurück und umgab mich genau wie zuvor; der Bildsensor des VR-Anzugs übertrug meine Umgebung. Alle Anzüge werden mit einem Kameraring um die Kapuze geliefert; er sieht wie eine kleine schwarze

Krone aus. Sie bietet dem Träger – und jedem, der Zugriff darauf hat – ein Sehfeld von dreihundertundsechzig Grad. Im Hinterkopf Augen zu haben, ist nichts im Vergleich dazu. Es gibt sogar eine Focus-Shift-Funktion, so daß man seine Sicht von sich wegverlagern kann. Das war heute abend für mich wirklich praktisch; wenn die anderen sich reinspinnten, konnten sie auf mich aufpassen, und zwar in alle Richtungen.

Ich brachte noch zwei Programme online. Das erste war ein Lichtverstärker, der die Wirkung hatte, als richtete man einen großen Scheinwerfer auf die Bungalows. Er färbte die Welt mit einem unheimlichen Grün, aber ich konnte damit fast so deutlich sehen wie im hellsten Tageslicht. Eine Katze schlich an Mr. Griffins wackeligem Zaun entlang, eine fette, rötlichgelbe, die alle paar Schritte stehenblieb und sich verstohlen umschaute. Ich klatschte in die Hände, und sie sah abrupt auf und von einer Seite zur anderen, um festzustellen, woher das Geräusch kam. Ich schlug erneut in die Hände. Die Katze schaute völlig verblüfft in die Richtung, aus der sie gekommen war. Ich konnte sie sehen, sie mich aber nicht!

Das zweite Programm erhöhte meine Sicht automatisch um fünfzig Zentimeter. Als ich auf meinen eigenen Körper hinabblickte, schien ich dickes grünes Ölzeug und leicht verblichene Jeans zu tragen; die Füße steckten in robusten Wanderschuhen und roten Wollsocken, die fast bis an die Knie reichten. Auch dieses Programm hatte ich seit dem Kauf des Websuits nicht mehr benutzt; ich ziehe das Vogelavatar vor.

Nachdem alles online war, klinkte ich das tragbare Terminal ins Web ein und schuf damit meine eigene private Mikro-Site um mich herum. Bayliss, Katie, Selim und Drunlo spinnten sich rein. Das Terminal teilte jedem einem unterschiedlichen Standort am Kameraring zu, und ihre vertrauten Avatare materialisierten. Es hatte den

Anschein, als stünden sie direkt neben mir. Sie sahen sich langsam um und studierten die Umgebung.

»Sind das die Matten?« fragte Katie und zeigte auf die Lichterkonstellation, die vor dem Ufer leuchtete.

»Ja, du kannst ihre Anker sehen. Es sind riesige Eisensäulen, die tief in den Sand eingelassen sind, damit sie nicht verschoben werden können. Sechs Stück pro Matte, eine an jeder Ecke.«

»Und du wohnst hier, da drin?« fragte Drunlo. Er hatte die Hände auf die Hüften gelegt, hielt den Kopf schräg und betrachtete das Boot.

»Jau.«

»Das ist aber *komisch*, Aynsley.«

»Eigentlich nicht. Mom sagt, sie warte auf eine wirklich hohe Flut, so daß wir aufs Meer hinausgespült werden. Auf diese Weise sei das Leben interessanter, man weiß nie, in welchem Land man angespült wird.«

Seine Miene verriet mir, daß er das für noch seltsamer als das Haus selbst hielt.

»Dann muß das der Sumpf sein«, sagte Bayliss. Er war die paar Schritte zu dem Weg hinübergegangen und schaute zum dunkelsten Abschnitt des Horizonts hinüber.

»Genau.«

»Dann los«, sagte Selim eifrig. »Worauf warten wir?«

Ich marschierte den Weg entlang. Ich überprüfte das Programm kurz, um mich zu überzeugen, daß es funktionierte. Meine Stiefel knirschten im frostüberzogenen Gras und ließen sogar Abdrücke zurück.

»Hast du alle Gegenstände bekommen, über die wir uns unterhalten haben?« fragte Bayliss.

»Klar. Aber wenn dieser Schallstrahler nicht funktioniert, blasen wir die ganze Sache ab.«

»Natürlich.«

In der Nacht sah der Sumpf ganz anders aus. Ich

konnte den Weg ziemlich deutlich ausmachen, aber der Lichtverstärker verwandelte das hohe Gras und Schilf in lange Wedel, die im Wind tanzten. Das Navigationsprogramm lief in einer D-Box und zeigte mir auf der Karte ganz genau, wo ich war. Ohne dieses Programm hätte ich mich wohl innerhalb von ein paar Minuten völlig verirrt.

Schwankende Schilfrohre hoben sich bis über meinen Kopf und schnitten mir die Sicht auf die Bungalows und die Lichter der Ankerketten ab. Abgesehen von dem leisen Klatschen niedriger Wellen, die auf den Strand schlugen, war es still.

Ich erreichte den Zaun genau in dem Augenblick, in dem die D-Box es mir mitteilte. Anstatt nervös zu reagieren, konnte ich nur daran denken, daß Colonel McFarlane ein ähnliches Gerät in seiner Konsole hatte, das ihm half, den Weg zu seinem Ziel zu finden. Ich blieb neben einem der Pfosten mit einem Warnschild stehen. Auf der anderen Seite führte ein primitiver Trampelpfad tiefer in das Gelände. Der Karte in der D-Box zufolge würde er mich direkt zu einer der größten Müllkippen bringen.

»Ich sehe keine Hunde«, sagte Selim.

»Sie sind hier«, erwiderte ich. »Warte mal einen Augenblick.« Ich tippte das Tonprogramm ein, das ich vorbereitet hatte. Aus den Lautsprechern des tragbaren Terminals drang ein Zischen, dessen hohe musikalische Tonlage sich hob und senkte. Ich konnte mir bildlich vorstellen, wie die frostige Luft das Geräusch in kalten, kleinen Wellen über die Schilfbüschel und stehenden Teiche trug.

Wir mußte nicht lange warten. Zwei große Schäferhunde rannten den Weg auf mich zu. Sie warfen sich gegen den Zaun und versuchten, an ihm hinaufzuspringen. Ihre Vorderpfoten scharrten am Maschendraht. Ihr wütendes Bellen und Schnauben übertönte das Pfeifen meines Terminals.

Seltsamerweise waren es die vier anderen, die einen Schritt zurücktraten, als die Hunde erschienen. Mir fiel wieder ein, wo ich war, und ich nahm mit dem Schallstrahler Ziel. Als ich auf den Abzug drückte, erzitterte das kleine Gerät in meiner Hand. Angeblich feuert es einen Schallstrahl in nur eine Richtung ab, doch obwohl ich dahinter stand, zuckte ich zusammen, als ich etwas hörte, das wie der Schrei einer Todesfee klang. Einen schrecklichen Augenblick lang dachte ich, ich hielte das Gerät verkehrt herum und hätte auf mich selbst gezielt! Das Geräusch, das in meinen Ohren hämmerte (und bedenkt, sie wurden vom Visier meines Websuits bedeckt!), war nichts im Vergleich zu dem, was die Hunde erleiden mußten. Beide sprangen vom Zaun zurück, als stünde er plötzlich unter Strom. Sie wirbelten scharrend, kläffend und jaulend herum, richteten sich dann auf und rannten davon.

Ich nahm den Finger vom Abzug. Ich hörte, wie die Hunde durch das Unterholz brachen und spritzend durch die flachen Teiche liefen. Das Geräusch machte ihnen dermaßen zu schaffen, daß sie nicht mal den für sie angelegten Weg nahmen.

»Wow! Ist das nicht ätzend?« rief Selim.

»Es funktioniert«, sagte Katie. Sie klang erstaunt, gleichzeitig aber erfreut. »Es funktioniert tatsächlich.«

»Gut gemacht, Aynsley«, sagte Bayliss. »Das war brillant. Du warst ganz cool.«

Ich wies nicht darauf hin, daß ein Zaun zwischen mir und den Hunden gestanden hatte. Ihre Anerkennung wirkte Wunder für mein Selbstvertrauen. Wir gewannen tatsächlich, und das auch noch in der Realworld, wo es wirklich etwas *bedeutete*.

Sie alle sahen mich an und warteten darauf, daß ich sagte, wie es weitergehen sollte – ein wunderbares Gefühl. »Gehen wir«, sagte ich. Ich stöberte in der Schultertasche, bis ich die Drahtschere gefunden hatte. Es war nicht einfach, sich durch den Zaun zu schneiden. Am Boden hatten sich Gras und Unkraut festgesetzt. Ich mußte mich tief bücken, um die Maschen dort unten zu durchtrennen. Und das war bei all den Kleidungsschichten, die ich trug, ganz schön schwierig. Nachdem ich einen breiten horizontalen Schlitz geschnitten hatte, widmete ich mich wieder der Mitte und schnitt sie auf fast zwei Meter auf. Danach mußte ich die beiden Seiten wie Zeltfalten zurückklappen. Das war auch nicht einfach. Der Draht war steif und schien sich gegen alles zu wehren, was ich tat.

Schließlich hatte ich ein einigermaßen akzeptables Loch geschnitten.

»Du könntest einen Lastwagen durch diese Lücke fahren!« rief Selim. »Beeil dich, Aynsley, wir haben mit diesem Loch unglaublich viel Zeit verschwendet.«

Ich war versucht, ihm zu sagen, er solle sich verziehen, verbiß es mir aber. Es kam nur darauf an, die Mission vernünftig abzuschließen. Ich trat vorsichtig vor und spürte, wie die Stacheln des Drahts sich unter mir bogen. Ich wäre fast gestürzt, doch bevor ich umkippte, gelang es mir, mein Gewicht nach hinten zu verlagern.

Die anderen gingen einfach wie Geister durch den Zaun, außer Katie. Sie benutzte die Lücke, die ich geschnitten hatte, und bückte sich, um nicht mit den scharfen Rändern in Berührung zu kommen. Selim seufzte kopfschüttelnd.

»Aynsley hat sich große Mühe gemacht und trägt das gesamte Risiko. Daß wir ihm ein wenig den Rücken stärken, ist doch wohl das mindeste.«

»Na schön«, sagte Selim widerwillig. »Tut mir leid, Aynsley.«

»Schon in Ordnung.«

Katie grinste mir zu und verdrehte die Augen gen

Himmel. Ich erwiderte das Grinsen. Nachdem ich den Zaun hinter mir gelassen hatte, vergewisserte ich mich erst einmal, daß das Navigationsgerät die Koordinaten der Lücke gespeichert hatte. Auf diese Weise konnte ich sie jederzeit wiederfinden. Ich war nicht scharf darauf, eine zweite schneiden zu müssen.

Der Karte zufolge war die große Müllkippe noch hundertfünfzig Meter weit entfernt. Der schmale Weg, den die D-Box als gerade grüne Linie darstellte, war in Wirklichkeit nichts weiter als ein Streifen Gras, das niedriger stand als das Schilf, das auf beiden Seiten davon eine Mauer bildete. Ich setzte mich in Bewegung, aber es war anstrengend. Ich kam nicht besonders schnell voran.

»Achtet auf weitere Hunde«, sagte ich zu den anderen. Ich mußte meine gesamte Konzentration dafür aufbringen, mir den Weg durch das unentwirrbare Gras zu bahnen. Mit der rechten Hand hielt ich den Schallstrahler fest umklammert.

»Kannst du nicht schneller gehen?« meckerte Selim.

»He, hör auf, ihn zu nerven«, sagte Drunlo. »Laß dir so viel Zeit, wie du brauchst, Aynsley. Das ist faszinierend.«

»Ich hab' mich nicht beschwert, nur gefragt.«

»Es klang aber wie eine Beschwerde.«

»Na ja, es war aber keine, und wenn Aynsley sie für eine hielt, tut es mir leid. Und was meinst du überhaupt mit ›faszinierend‹?«

»Sieh dich doch nur mal um.« Drunlo breitete mit einer extravaganten Geste die Arme aus; er lächelte breit. »Das ist eine echte Wildnis. Ist sie nicht wunderschön?«

»Wunderschön? Das ist ein schrecklicher kleiner Sumpf. Ich wette, er stinkt auch fürchterlich.«

Ich hatte sie dabeihaben wollen, damit sie mir Gesellschaft und Unterstützung leisteten. Aber seien wir ehrlich, ich hätte es niemals gewagt, mich mitten in der Nacht allein in einen gefährlichen, gut bewachten Sumpf zu begeben. Als wir uns diese verrückte halsbrecherische Aktion ausgedacht hatten, war ich natürlich davon ausgegangen, daß sie mir tatsächlich *helfen* und nicht die ganze Zeit über nur herummeckern würden. Komisch, daß man trotz aller Phantasie nie eine genaue Vorstellung davon bekommt, wie etwas in der Realworld tatsächlich ablaufen wird. Opa bezeichnet das als ›menschliche Natur‹.

»Da kommt ein Hund!« rief Bayliss.

»Wo?« Die Panik verwandelte meine Stimme in ein hohes Piepsen.

»Vorne links.«

Ich feuerte den Schallstrahler schon ab, bevor ich richtig gezielt hatte. Der Hund lief neben dem Weg durch das Schilf, was wahrscheinlich meine Rettung war. Da die Halme steif gefrorenen waren, konnte er nicht so schnell laufen wie auf offenem Gelände. Ich sah, wie die Schilfbüschel zur Seite peitschten, als fege ein kleiner Wirbelsturm hindurch. Dann brach der Kopf des Hundes durch die froststarren Grashalme, die den Weg säumten. Die Kiefer waren so weit aufgerissen, daß sie meinen Kopf mit einem Biß hätten verschlucken können. Von Fangzähnen, die so lang wie meine Finger waren, tropfte Speichel.

Ich konnte nur den Schallstrahler in Richtung des Hundes stoßen, so wie ein Priester mit einem Kruzifix einen Vampir abwehrt. All meine Muskeln waren vor Angst erstarrt. Der Hund heulte auf, als er von der Schallwelle getroffen wurde. Ich sah die *Wut* in seinen Augen. Er erschauerte von der Schnauze bis zum Schwanz und stürmte in das Schilf zurück.

Mittlerweile war ich derjenige, der heftig zitterte. Ich konnte einfach nicht damit aufhören.

»Er ist weg, Aynsley«, sagte Katie. Sie stand vor mir und betrachtete besorgt mein Gesicht; eine Hand ruhte auf meiner Schulter. »Dir ist nichts passiert, du bist in Sicherheit.« Ihre Finger drückten mich schnell.

»Es ... es ...« Mehr bekam ich nicht heraus.

Bayliss ging zu der Stelle hinüber, an der der fliehende Hund das Schilf flachgedrückt hatte. »Ich kann ihn nicht mehr sehen. Der Hund wird wohl erst in Wales wieder stehenbleiben.«

»Was für ein Hund?« fragte Selim. Er war schwer mitgenommen. »Habt ihr gesehen, wie groß der war? Das war kein Hund, das war ein Säbelzahntiger!«

Drunlo stieß ihn an und runzelte die Stirn.

»Ist alles in Ordnung mit dir?« fragte Katie.

»Ja.« Ich atmete tief durch. »Ja, alles klar.«

»Dazu wäre ich nicht imstande gewesen«, sagte Bayliss. »Nicht in der Realworld. Ich wäre einfach davongelaufen. Das war unglaublich tapfer, Aynsley.«

»Danke.«

»Hört zu«, sagte Selim. »Das ist nicht ... na ja, dieser Abstecher ist nicht das, was ich mir vorgestellt habe. Wenn du jetzt umkehren möchtest, Aynsley, werde ich vorangehen. Niemand wird glauben, daß du feige bist. Nicht nach dem Hund. Du hättest hier schlimm verletzt werden können!«

Die anderen murmelten ihre Zustimmung.

Ich konnte der Versuchung kaum widerstehen. Da bin ich ganz ehrlich. Ich sah auf die D-Box. »Es sind nur noch siebzig Meter bis zum Rand der Müllkippe. Das ist zu nah, nachdem wir schon so weit gekommen sind. Ich gehe weiter. Zumindest, falls nicht noch ein Wachhund kommt. Dann werde ich wahrscheinlich abhauen.« Ich zwang mir ein Lächeln ab. »Bis dahin bin ich mit den Nerven sowieso am Ende.«

»Wenn du es wirklich willst«, sagte Katie.

»Hat der Schallstrahler eine Ladungsanzeige?« fragte Bayliss. Er klang sehr besorgt.

»Ja.«

»Du solltest sie lieber mal überprüfen. Ich kenne mich mit den Dingern zwar nicht besonders aus, aber ich glaube, man soll sie immer nur ganz kurz abfeuern.«

Ich betrachtete das kleine Gerät. Die Ladung der Energiezelle betrug nur noch dreiundzwanzig Prozent. Ich hätte auf den letzten Hund wirklich nicht so lange feuern sollen. »O verdammt.« Ich schaute von der Energieanzeige zur D-Box. Dreiundzwanzig Prozent und noch siebzig Meter. »Beeilen wir uns«, sagte ich und setzte mich wieder in Bewegung.

Diesmal gab es keine Sticheleien und keinen Streit. Alle blieben in meiner Nähe, als könnten sie mich irgendwie schützen, indem sie sich dicht um mich scharten. Leider war ich der einzige, der sie sehen konnte. Wären sie für den Rest der Welt sichtbar gewesen – und hätten sie einige der Avatarformen angenommen, die wir in Spielen verwendeten, die Dämonen und Zauberer, die außerirdischen Monster –, hätte sich kein Hund in meine Nähe gewagt. »Was ist denn das da?« fragte Drunlo.

Er schaute zu einem etwa fünf Meter entfernten Stück Gras hinüber. Ich zielte automatisch mit dem Schallstrahler in diese Richtung, aber diesmal beherrschte ich mich und drückte nicht auf den Abzug.

»Ich kann nichts Besonderes sehen«, sagte ich.

»Hinter den Büscheln hat sich irgend etwas bewegt. Ich habe es gesehen. Zumindest glaube ich das.«

»Noch ein Wachhund?« fragte Bayliss.

»Ich bin mir nicht sicher. Ich glaube, es war kleiner.«

Mir fiel ein, daß ich geglaubt hatte, eine Web-Spinne im Sumpf lauern zu sehen. Und das am hellichten Tag. Wußte der Himmel, was eine übermäßig aktive Phantasie alles in den Schatten des Mondscheins finden konnte!

»Feuere den Schallstrahler darauf ab«, sagte Katie. »Dann wissen wir es genau.«

»Wenn ich das tue, muß ich umkehren. Ich kann es mir nicht leisten, die Energie zu verschwenden. Außerdem ... wäre es ein Wachhund gewesen, würde er sich nicht verstecken. Das haben wir ja erlebt. Es war bestimmt bloß ein Fuchs oder Fasan.«

Wir warteten noch eine halbe Minute, aber nichts bewegte sich.

»Achte drauf«, bat ich Drunlo und ging weiter.

Als ich mich der Müllzone näherte, stand das Schilf nicht mehr ganz so dicht. Ich hörte das Murmeln eines kleinen Bachs in der Nähe. Dann fing der Gasprüfer zu piepsen an.

Auf die Idee mit dem Prüfer war Bayliss gekommen. Ich hatte das Gerät in einem Elektronikladen in King´s Lynn gekauft. Es war ein handelsübliches Modell, das hauptsächlich in Fabriken eingesetzt wird und die Arbeiter vor giftigen Dämpfen oder Gaslecks warnen soll. Es war ein Kinderspiel gewesen, es auf Wasserstoff und Methan einzustellen. Bayliss hatten eine technische Site gefunden, die uns die zusätzlichen Schaltkreise und Programme lieferte, die wir dafür brauchten. Wir hatten nur anderthalb Stunden gebraucht, um den Einschubstecker zu bauen.

»Sieht so aus, als wären wir da«, sagte Bayliss. Er betrachtete die D-Box, die die Daten des Gasprüfers anzeigte. »Da ist noch nicht viel Wasserstoff. Geh weiter, Aynsley, mal sehen, ob die Konzentration zunimmt.«

Ich hielt den Sensor in der ausgestreckten Hand, schaute nach vorn – und schrie überrascht auf. Vor mir stand eine Frau und sah mich an.

9
SPINNEN IM SUMPF

Ich nehme an, sie war etwa so alt wie Mom; es fällt mir schwer, das Alter von Erwachsenen zu schätzen. Sie trug ein schwarzes Kleid mit einem hohen Kragen und goldenen Knöpfen bis zum Hals. Darin wirkte sie schrecklich herrisch, als wäre sie eine bedeutende Kaiserin aus dem neunzehnten Jahrhundert. Ein Ring, den sie am linken Zeigefinger trug, schimmerte grün. Am beeindruckendsten war ihr Gesichtsausdruck. Ihre Verachtung war viel stärker als die des Wachhunds. Sie schien die Welt um sich mit völliger Abscheu zu betrachten.

Sie verschwand. Einfach so, nichts weiter. Sie ging nicht davon, sie kauerte nicht im Schilf nieder. Sie verschwand einfach.

»Wer war das?« flüsterte Katie verängstigt.

»Wo ist sie geblieben?« fragte Drunlo.

»Ruhe!« rief ich. »Habt ihr alle sie gesehen?«

Alle bestätigten es.

»Aber das ist eigentlich unmöglich«, sagte Bayliss. »Sie zu *sehen*, meine ich. Sie verschwand schneller als ein Avatar, das sich ausklinkt. Das heißt, sie kann nicht real sein; richtige Menschen können nicht einfach verschwinden.«

»Ein Geist schon«, sagte Selim.

Er zuckte zusammen, als Katie und Bayliss ihn wütend anstarrten.

»Tut mir leid«, sagte er schuldbewußt. »War nur so eine Idee.«

Dummerweise war ich bereits auf genau dieselbe Idee gekommen. Und sie wurde von einem kalten Gefühl begleitet, das unter meinen Mantel kroch und eine Gänsehaut erzeugte. »Geister sind nicht echt«, sagte ich. »Das war etwas anderes.« Das wollte ich mir in erster Linie wohl selbst einreden.

»Auf jeden Fall war sie kein Geist«, sagte Katie.

»Was dann?« fragte Drunlo. »Und vor allem, wo ist sie jetzt?«

»Denken wir die Sache doch mal logisch durch«, sagte Bayliss ernst. »Ein echter Mensch kann nicht einfach so verschwinden, nur ein Avatar. Daraus folgert, daß wir irgendein Avatar gesehen haben.«

»Aber das ist ein persönlicher Kommunikationskanal«, sagte ich. »Ich habe mich mit dem Terminal nicht in eine öffentliche Site eingespinned. Niemand dürfte imstande sein, sich einfach reinzudrängen und zu uns zu gesellen.«

»Das ist wahrscheinlich nur ein Verbindungsnadelöhr«, sagte Selim. »Sehen wir es doch ein, ausgerechnet heute abend werden alle Kommunikationsschaltkreise bis an das Maximum ausgelastet sein. Zwangsläufig werden ein paar Fehler auftreten.«

»Könnte sein«, sagte Bayliss widerstrebend.

»Mir hat nicht gefallen, wie sie uns angesehen hat«, sagte Katie. »Als ob sie uns kennen würde.«

»Tja, hat irgendeiner von uns sie erkannt?« fragte ich.

Das war bei keinem der Fall.

»Das hat nichts zu bedeuten«, stellte Selim klar. »Wenn sie ein Avatar war, hätte es jeder sein können. Es muß nicht einmal eine Frau gewesen sein.«

»Um wen könnte es sich also handeln? Wer könnte sich für uns interessieren?«

»Zum einen die Polizei. Oder jemand aus der Sicherheitsabteilung von *Bigene Industrie*«, sagte Bayliss. »In diesem Fall war es vielleicht kein Zufall, daß sie in unseren Kommunikationskanal eingedrungen ist. Schließlich sind wir in den Datenspeicher ihrer Firma eingedrungen; sie schaffen das bei uns bestimmt auch.«

»Und was machen wir jetzt?« fragte Drunlo.

»Das kann ich euch genau sagen«, erwiderte ich nachdrücklich. »Ich sammle ein paar Algen ein, und wir verschwinden schnell aus diesem Sumpf.«

»Gute Idee.«

Ich war noch vier oder fünf Meter vom Rand eines großen Teichs entfernt, einem der größten, die ich im Sumpf gefunden hatte, mit mindestens fünfzehn Metern Durchmesser. Da mich das Erscheinen der Frau völlig durcheinandergebracht hatte, war mir der Geruch in der Luft bislang noch nicht aufgefallen. Es stank wie nach Milch, die eine Woche lang in der Sonne gestanden hatte. Der Gassensor verriet mir, daß alle möglichen Chemikalien in der Luft trieben.

Während die anderen nach Hunden oder einem weiteren Auftauchen der Frau Ausschau hielten, kramte ich in meiner Schultertasche nach einer Taschenlampe. Das Lichtverstärkungsprogramm funktionierte zwar ausgezeichnet, ließ die Oberfläche des Teichs aber wie einen versilberten Spiegel aussehen. Als ich den Strahl der Taschenlampe darauf richtete, nahm alles wieder seine richtige Farbe an. Die Teichoberfläche bestand nicht einmal aus Wasser. Sie war mit einer dicken Schicht aus widerlichem, graugrünem Schlamm bedeckt, der anscheinend die Konsistenz von Reispudding hatte. Dauernd bildeten sich winzige Blasen, und es sah aus, als hätten die Algen Ausschlag bekommen. Sobald die Blasen so groß wie mein Daumennagel geworden waren, platzten sie mit einem leisen Ploppen auf. Die gesamte Vegetation um den Teich hatte eine kränklich gelbe Färbung angenommen. Das Schilf verwelkte, die dicken Stiele hingen herab und verschmolzen mit den Algen.

»Igitt!« rief Katie. »Das ist ja widerlich!«

»Schätz dich glücklich, daß du es nicht riechen mußt«, erwiderte ich.

Ich trat ans Teichufer. Auf den Algen lag ein toter

Frosch. Als ich weiter auf den Teich hinausschaute, sah ich noch mehr Frösche, die halb in den klebrigen grünen Schleim eingesunken waren. Auch mehrere kleine Vögel hatte es erwischt.

Plötzlich verabscheute ich *Bigene Industrie,* weil sie dermaßen auf Kostensenkung bedacht gewesen war. Welchen Unterschied hätte es für die Finanzlage einer Firma dieser Größe bedeutet, wenn sie ein paar Wochen gewartet hätte, bis der Ultraviolett-Zerkleinerer einsatzbereit war? Wegen dieser kleinlichen Habgier starben unschuldige Tiere in einem Reservat, das eigens zu ihrem Schutz eingerichtet worden war. Als hätten wir nicht schon genug Tod auf der Welt, trugen sie nur wegen ihrer Aktienkurse zusätzlich dazu bei.

»Nun mach schon, Aynsley«, drängte Bayliss leise. »Wir müssen hier wieder raus.«

»Genau.« Ich stöberte in der Schultertasche nach der Schöpfkelle, die ich gebaut hatte. Nichts Besonderes, nur ein Glasgefäß, das an einer Aluminiumstange befestigt war. Ich hatte gehofft, damit an Algenklumpen heranzukommen, falls sie außerhalb meiner Reichweite trieben. Allerdings hatte ich nicht damit gerechnet, so viel von dem Zeug zu finden!

Ich beugte mich vor und senkte das Gefäß zwischen die Algen. Eine Spinne tauchte aus dem verwelkten Schilf auf der anderen Seite des Teichs auf und trippelte über die Oberfläche auf mich zu. Das verdammte Ding mußte einen Meter groß sein und hatte eine grün und gelb gestreifte Haut. Ich erkannte es sofort: eine der Wachspinnen von *Bigene Industrie* aus deren Hauptquartier.

»Das ist doch nicht möglich!« rief Selim.

»O doch!« sagte Bayliss. »Die Firma hat unsere Kommunikationen abgefangen. Sie hat es auf uns abgesehen.«

Er hatte noch nicht ausgesprochen, als ich schon wußte, daß hier irgend etwas nicht stimmte. Aber ich kam beim besten Willen nicht darauf, was. Und meine Aufmerksamkeit galt nun wirklich etwas anderem!

Hinter der ersten Spinne tauchte eine weitere auf dem Uferstreifen auf, dann eine dritte.

»Was machen wir jetzt?« rief Selim.

»Abhauen!« rief ich zurück. Ich ließ das Algengefäß fallen. Ich ließ die Taschenlampe fallen. Ich ließ die Schultertasche fallen. Alles, um das Gewicht zu vermindern. Nur das tragbare Terminal und den Schallstrahler behielt ich.

Ich wich schnell rückwärts von dem Teich zurück, drehte dann um und sauste den überwucherten Pfad entlang.

»Aynsley, das ist sinnlos«, rief Bayliss. »Die Spinnen sind nicht am Teich, sie haben die Verbindung deines Terminals mit dem Web infiltriert. Du kannst ihnen nicht entkommen ... zumindest nicht, indem du davonläufst.«

Ich schaute über die Schulter zurück, und natürlich waren die Spinnen noch hinter uns. Sie waren sogar näher gekommen (oder etwa größer geworden?). Noch zwei waren aufgetaucht, insgesamt waren es nun fünf.

»Was soll ich tun?« rief ich. Aber ich blieb dabei nicht stehen.

»Offensichtlich sollen sie unsere Kommunikation unterbrechen. Sie versuchen, dein Terminal zu isolieren. Auf diese Weise werden sie uns trennen.«

»Laßt das bitte nicht zu!« Ich hatte es mittlerweile wirklich mit der Angst zu tun bekommen. Ohne das Terminal wäre ich allein und würde mich verirren.

»Wie halten wir sie auf?« fragte Katie.

»Sie sind nur Programme«, erwiderte Bayliss. »Feindselige Phaces, mehr nicht. Versuchen wir es mal mit unseren Gamewaffen.« Sein Avatar flackerte, als er auf die Tastatur seines VR-Anzugs tippte. Dann verwandelte er sich, sein ganz normales Hemd und die Jeans verdunkelten sich zu einer Kampfmontur der Army; eine graue Anti-Projektil-Panzerung legte sich um seine Glieder und den Torso, ein mit elektronischen Antennen bedeckter Helm senkte sich auf seinen Kopf. Plötzlich stand ein voll ausgerüsteter Centauri-Starship-Marine neben mir. Er fuhr herum, richtete seinen Laserkarabiner auf die vorderste Spinne und feuerte. Ein violetter Strahl schoß aus der Waffe, und seine Energie ließ die Luft brodeln. Die Spinne implodierte und wurde in flaumige bunte Flitter verwandelt, die sich schnell schwärzten. Dann war sie verschwunden.

»Wow!« rief Selim. »Ausgezeichneter Schuß, Major Bayliss, Sir!« Er veränderte sich ebenfalls, verwandelte sich in einen silbergrauen Robotkrieger mit Magnetgeschützen dort, wo eigentlich seine Hände sein sollten. Ich glaubte, ihn aus dem *Hellhunter-Squad*-Spiel zu erkennen.

Bayliss feuerte noch zwei Laserschüsse ab und schickte weitere Spinnen in die Vergessenheit. »Wir müssen verhindern, daß sie Aynsley erreichen«, sagte er. »Sie dürfen ihn nicht berühren.«

Die Geschütze des Robotkriegers jagten eine Salve Explosivgeschosse in eine Spinne. Sie zerbrach in einem Blizzard aus Pixeln, die wie Blätter von einem Wintersturm über den Sumpf geweht wurden.

Für jede zerstörte Spinne erschien eine neue hinter mir, manchmal sogar zwei. Katie stürmte an mir vorbei. Sie sah ganz toll aus in ihrem Kostüm einer Elfenprinzessin aus den Wäldern; das lange, kastanienbraune Haar floß über ihre Schultern. Sie schwang einen langen Silberstab über dem Kopf und schlug damit auf eine Spinne ein.

Drunlo hatte sich nicht verwandelt. Aber er hatte sich mit einer Armbrust bewaffnet. Pfeile aus scharlachrotem Licht schossen aus ihm hervor und durchbohrten Spinnen, als wären sie Ballons.

Sie mußten insgesamt über zwanzig Spinnen erledigt haben, als ihre Waffen allmählich die Wirkung verloren. Als Bayliss seinen Laser abschoß, traf der Strahl auf eine Spinne und zerstäubte zu einem Funkenregen. Die Spinne erzitterte unter dem Treffer, kroch aber weiter. Es war, als wäre der Laser plötzlich so harmlos wie eine Wasserpistole geworden.

»Sie passen sich an!« rief Bayliss. »Wir müssen uns modifizieren!« Seine Marine-Panzerung verwandelte sich in den khakibraunen Kampfanzug eines Soldaten aus dem Ersten Weltkrieg. Er zielte sorgfältig mit seinem Enfield-Gewehr und schoß auf die Spinne. Sie explodierte zu einem Nebel aus smaragdgrünen Sternen.

Katie wurde zu einer orientalischen Assassinin, ganz in schwarze Tücher gekleidet. Ein ekelhaft scharfer Dolch mit einer langen, gebogenen Klinge sproß aus ihrer Hand. Sie zog ihn über den Kopf einer Spinne und schlitzte ihr den Leib auf. »Ja! Kein Problem!« rief sie.

Doch mittlerweile waren es mehr Spinnen denn je zuvor. Zehn oder fünfzehn von ihnen umkreisten uns und krochen ganz langsam näher. Meine Beschützer wurden allmählich zurückgedrängt. Plasmastrahlen und Zauberschwerter blitzten um mich herum auf wie ein Sperrfeuer aus kleinen Blitzen. Trotz der Ablenkung war ich noch auf dem Weg, der zur Lücke im Zaun führte. Sie war nur noch zehn Meter entfernt. Ich konnte schon einen der Pfosten sehen.

Ich hatte keine Ahnung, was passieren würde, wenn ich erst einmal hindurch war; ob die Spinnen anhalten oder mich weiterhin verfolgen würden. Darüber zerbrach ich mir aber nicht den Kopf. Sobald ich auf der anderen Seite war, würde ich direkt nach Hause laufen. Alles andere war mir egal.

Eine Spinne zappelte vor mir aus dem Schilf. Sie war anders als die hinter mir, kleiner, vielleicht zwanzig Zentimeter groß, mit einer dunkel geschuppten, echsenähnlichen Haut. Auf ihrem Kopf befand sich eine kleine Metallscheibe. Einen irrwitzigen Augenblick lang dachte ich, sie balanciere eine Münze.

Katie sprang vor und stach auf sie ein. Ihr Messer fuhr einfach durch sie hindurch, ohne die geringste Wirkung zu zeigen.

»Verdammt!« fluchte sie. Ihre Erscheinung veränderte sich. Auf einmal stand eine Hexenkönigin zwischen mir und der dunklen Spinne; ihr hermelingesäumter Mantel schlug im Wind, ein goldenes Band bändigte ihr feuerrotes Haar. Sie hob ihren kristallenen Zauberstab, um den blaues Licht spielte, und stieß einen Bannspruch aus. Grünes Licht schoß herab und umgab die dunkle Spinne. Doch es zeigte nicht die geringste Wirkung!

»Nein!« stöhnte Katie. Dann runzelte sie die Stirn und ging geradewegs auf die Spinne zu. Die nahm nicht die geringste Notiz von ihr. »Aynsley, ich glaube ...« Sie bückte sich und streckte die Hand aus. Ihre Finger glitten einfach hindurch. »Aynsley! Sie ist echt!«

»Das ist unmöglich!« rief Bayliss.

Katie war zurückgesprungen, als hätte sie sich die Hand verbrannt. »Doch, sie ist real. Aynsley, verschwinde. Hau einfach ab!«

Ich starrte die dunkle Spinne entsetzt an. Zwei weitere erscheinen neben ihr auf dem Weg.

»Lauf, Aynsley. Lauf!«

Ein grausames Gelächter hallte in der Nachtluft. »Tja, meine Lieben, das ist genau das, was der arme Aynsley *nicht* kann.«

Die Frau materialisierte direkt vor mir. Diesmal war sie älter und noch imposanter. Ihre Lippen verzogen sich zu einem spöttischen Schnauben. »Wißt ihr, er hat euch alle reingelegt. Er hat euch die ganze Zeit über belogen.«

Sie streckte den linken Arm aus. Auf ihrem Zeigefinger

steckte ein heller Goldring mit einem großen roten Stein. Er berührte meine Schulter. Ich spürte gar nichts.

Mein tragbares Terminal stieß ein wildes Piepsen aus.

Ich wußte, was sie getan hatte, ohne in der D-Box nachsehen zu müssen. Ein wortloser Schrei kam über meine Lippen. Ich konnte nichts tun, um es aufzuhalten. Ich schaute hinab und sah, wie das Avatar-Programm zusammenbrach. Pixel regneten von meinen Jeans und robusten Stiefeln herab, und man sah, was tatsächlich vorhanden war. Nun konnten sie alle den motorbetriebenen Rollstuhl sehen, dessen abgenutzte Reifen tief im Schlamm steckten. Meine unbeweglichen Beine waren gegen die Kälte in eine Decke mit Schottenmuster gehüllt, während meine Füße in wattierten Thermalsocken steckten, die mit einem Klettverschluß an den Beinplatten befestigt waren.

»Aynsley!« keuchte Katie. In ihrem Tonfall schwangen Erstaunen und Mitleid mit.

Die drei anderen starrten mich einfach nur verblüfft an.

Ich rollte noch immer vorwärts, kam in dem dichten, verhedderten Gras jedoch nur schwer voran. Eine der dunklen Spinnen schoß unter ein Rad. Bevor ich bremsen konnte, raste der Rollstuhl schon über den aufgedunsenen Körper der Spinne und kippte langsam um. Ich warf mein Gewicht verzweifelt in die andere Richtung, doch es war zu spät.

Der Rollstuhl stürzte auf die Seite, und ich flog auf das eisverkrustete Gras.

10
DER ALLERGRÖSSTE LICHTSTURM DER WELT

Ich hatte die Augen fest zusammengekniffen. Ich wußte, die anderen würden mich anstarren, und das wollte ich nicht sehen. Ich konnte mir ihren Ausdruck des Mitleids und der Verlegenheit allerdings ganz genau vorstellen. So ist es immer, wenn jemand mich zum erstenmal sieht. Danach, nach dem ersten Mal, wenn man sich an mich gewöhnt hat, werde ich zu einem Ärgernis, bin ich der, auf den alle anderen warten oder auf den sie Rücksicht nehmen müssen.

Derjenige, der nicht mitmachen kann. Der Außenstehende. Das Opfer. Das Ziel.

»Er hat euch nicht die Wahrheit über sich anvertraut«, sagte die Frau. »Er hat euch vieles nicht anvertraut. Sein ganzes Leben ist ein Lügengewebe. Ich muß euch leider sagen, daß der arme Aynsley gar kein netter Junge ist. Wirklich gar nicht nett.«

»Warum sagen Sie das?« fragte Bayliss. »Wer sind Sie?«

»Ich bin eine Sicherheitsvorkehrung der Firma *Bigene Industrie*«, sagte sie ruhig. »Erinnert ihr euch an sie? Der Konzern, gegen den Aynsley in diesem Augenblick einen Hausfriedensbruch begeht. Dessen Dateien er mit gefährlichen Viren infiziert hat. Übrigens freut es euch vielleicht zu hören, daß wir nicht allzu viele medizinische Forschungsdaten verloren haben. Unsere neuen, biologisch produzierten Medikamente werden trotzdem planmäßig nächstes Jahr auf den Markt kommen und Menschen heilen.«

»Medikamente?« fragte Katie.

»Ja, Medikamente. Diesen Programmviren ist es so ziemlich egal, was sie zerstören. Ihr wußtet doch davon, oder?«

»Ich wußte es«, flüsterte sie. »Wir haben eine Cyberratte gefangen.«

»Natürlich. Aber es war Aynsley, der euch dazu überredet hat. Und er hat auch unseren Speicher infiziert. Habe ich recht?«

»Ja.«

»Dachte ich es mir. Aynsleys Familie ist mit solchen Angelegenheiten durchaus vertraut. Schließlich gibt es einen Kriminellen darin. Ich vermute, das hat er euch auch nicht gesagt.«

»Er hat es nie erwähnt«, gestand Bayliss demütig ein.

»Nein. Nun ja, sein Onkel Elton ist ein überzeugter Anarchist, der zur Zeit eine Gefängnisstrafe absitzt. Nicht gerade jemand, mit dem man prahlt, wenn man versucht, seine Freunde dazu zu bringen, einem zu folgen. Ehrlich gesagt bin ich froh, daß ihr euch nicht noch tiefer in seine Pläne verstricken ließet. Damit werden wir wohl nicht gezwungen sein, euch vor Gericht zu bringen.«

»Vor Gericht?«

»Ja.« Ihre Stimme klang sehr geduldig. »Ihr habt ein paar sehr ernste Verbrechen begangen. Oder glaubt ihr etwa, über dem Gesetz zu stehen?«

»Nein. Aber ...«

»Aber was?«

»Na ja, wir haben das doch nur getan, weil wir dachten, *Bigene Industrie* hätte hier illegal Algen abgeladen.«

»Ach ja, Aynsley hat die Fakten tatsächlich so verdreht, wie sie ihm in dem Kram passen. Wir wissen sehr wohl, daß einige der Algen aus den Solarmatten noch leben. Dieser Sumpf war ein Pionierversuch. Wir haben nie behauptet, daß alles perfekt ablaufen wird. Zufällig war die Sterilisationsmethode, die wir entwickelt haben, nicht hundertprozentig wirksam. Das ist sehr bedauerlich, aber so ist es nun mal. Doch wegen dieser kleinen Fehlfunktion wissen wir nun, wie wir die Prozedur richtig durchführen können. Das Ausprobieren ist seit Jahrhunderten Grundlage unserer Gesellschaft; auf diese Weise vollzieht sich der Fortschritt der Menschheit. Wir versuchen gerade, die entwichenen Algen zu neutralisieren. Die Aufgabe ist sehr schwierig, und angesichts der Tatsache, daß die Algen ein hochexplosives Gas absondern, auch sehr gefährlich. Deshalb ist dieses Sumpfgelände auch eingezäunt.«

»Weshalb haben Sie die Bevölkerung nicht gewarnt? Weshalb diese Geheimnistuerei?«

»Wir haben versucht, die Sache in aller Stille und effizient zu erledigen. Wenn die Leute glaubten, der Sumpf könnte explodieren, würde es eine Panik geben. Heacham würde zu einer Geisterstadt werden, niemand würde mehr zu Besuch kommen. Das lokale Wirtschaftsgefüge würde zerstört werden, und das würde Dutzende von Arbeitsplätzen kosten. Dafür wollen wir nicht verantwortlich sein.«

»Wäre es nicht gefährlich, würden die Leute es auch nicht glauben.«

»Ich wünschte, du hättest recht. Leider übertreiben die Medien gern. Wenn wir in einer Meldung bekanntgeben, daß wir uns mit einem kleinen technischen Problem befassen, und ein anderer verkündet, daß explosives Gas aus dem Boden dringt ... – was glaubst du wohl, welchen Bericht werden die Nachrichten-Sites veröffentlichen? Welcher hätte die höchste Zugriffsrate? Welcher würde der Nachrichtenagentur das meiste Geld einbringen? Ja, beide stimmen. Doch es liegt im Interesse der Site, den dramatischeren der beiden zu bringen. Ihr habt gesehen, was passiert, wenn jemand die Fakten nicht zutreffend darstellt. Denn ihr alle jagt hier illegal einem Phantom nach, während ihr euch eigentlich wie der Rest der Welt zur Marslandung auf die Olympus-Site der GSA spinnen solltet.«

»Ist das Algenproblem wirklich unter Kontrolle?« fragte Selim.

»Natürlich ist es das. Wir wissen, wo die Müllkippen sich befinden, und werden sie in einem halben Jahr neutralisiert haben. Dieser Sumpf soll in etwa einem Jahr für die Öffentlichkeit freigegeben werden. Diesen Termin hätten wir doch kaum bekanntgegeben, wenn wir nicht hart an der Arbeit wären, oder?«

Das alles klang so überzeugend. Sie hatte auf jede Frage, jedes nagende Problem eine Antwort. Alles, was ich getan und gesagt hatte, war falsch. Sogar ich zweifelte allmählich an mir. Die glatte Stimme ließ alles so plausibel klingen.

Ihr Gesichtsausdruck würde sich verändern, wie es immer der Fall war. Das Mitleid würde der Verzweiflung und Verärgerung weichen. In diesem Fall kam auch noch Betrug hinzu. Ich war derjenige, der sie hierhergeführt, der ihnen diesen Ärger eingebrockt hatte. Den sie sich nur ersparen konnten, wenn diese Frau nachsichtig war und sie nicht gerichtlich belangte. Worauf sie verzichten würde, wenn sich alle schön brav entschuldigten. Sie hatten ihre Lektion gelernt und würden so etwas nie wieder tun. Und ganz bestimmt würden sie nie wieder etwas mit mir zu tun haben wollen. Niemand würde sich morgen wieder reinspinnen, um diesem Hirngespinst nachzujagen.

Die Frau hatte mich genauso wirksam von ihrer Freundschaft getrennt, wie ich körperlich von ihnen getrennt war. In einer Minute würde ich völlig allein sein, von ihr mal abgesehen.

Ich hörte, daß neben mir etwas durch das Gras schlurfte, und öffnete die Augen. Eine der dunklen Spinnen schleppte meinen Schallstrahler davon. Sie befand sich bereits außerhalb meiner Reichweite. Die Metallscheibe auf ihrem Kopf schimmerte schwach im Mondschein. Ich kniff die Augen zusammen, um sie besser sehen zu können.

»Die Spinnen«, sagte ich schwach.

Die Frau schaute zu mir hinab. »Sei still, Aynsley. Du steckst schon tief genug in Schwierigkeiten.«

»Die Spinnen. Was sind sie? Katie, Selim, Bayliss, Drunlo, bitte, fragt sie einfach. Bitte!«

»Sei still, Aynsley!« sagte die Frau. Ihre Stimme war ziemlich scharf geworden.

Die vier sahen sich schweigend an. Bayliss und Katie runzelten die Stirn.

»Ja, was hat es mit ihnen auf sich?« fragte Bayliss. Er hielt die mit meinen Schallstrahler im Auge.

»Es sind einfach nur Roboter«, sagte die Frau. »Bestandteil unserer Sicherheitsvorkehrungen.«

»Nein, das sind keine Roboter«, sagte ich. »Sie leben. Seht euch die an, die unter meinem Rollstuhl zerquetscht wurde. Sie leben, aber sie sind nicht natürlichen Ursprungs.«

»Unsinn. Sie wurden so entworfen, daß sie so lebensecht wie möglich aussehen, das ist alles.«

Bayliss hatte sich neben der klebrigen Masse der zerquetschten Spinne zu Boden gekauert. »Aynsley hat recht.« Er schaute zu der Frau hoch. »Das ist kein Roboter.«

»Und seht doch, wie sie gesteuert werden«, sagte ich. »Diese Scheibe auf ihrem Kopf.«

»Was haben Sie getan?« fragte Katie. »Was sind das für Dinger?«

»Roboter«, bekräftigte die Frau streng. »Das ist nur Plastik, mehr nicht.«

Katie ging zu ihr und schüttelte den Kopf. »Nein. Mir ist jetzt klar, was Sie vorhaben. Sie wollen uns dazu bringen, Aynsley im Stich zu lassen. Ich glaube nicht, daß er uns belügen würde. Dafür kenne ich ihn zu gut.«

»Du weißt gar nichts über ihn, Mädchen. Du wußtest nicht mal, daß er behindert ist.«

»Ich muß auch nicht wissen, daß er behindert ist. Das gehört zur Realworld, ist eine rein körperliche Sache. Freundschaft ist nicht körperlich, bei ihr geht es um das Wesen eines Menschen. Das ist ja gerade das Schöne am Web, dort kann man sein wahres Ich nicht verbergen. Man muß ehrlich sein, man muß mit den anderen reden. Wir wissen, daß unsere Avatare nicht echt sind. Es kommt nicht darauf an, wie man aussieht, sondern, wer man ist, was man sagt. Aynsley ist ein wenig schüchtern, er redet manchmal dummes Zeug, und er ist vom Raumflug besessen, aber das macht ihn noch lange nicht zu einem schlechten Menschen. Er ist kein Lügner, hat uns jedenfalls noch nie belogen. Ich glaube ihm. Ich glaube, Ihre Firma versucht, die Sache mit den Algen zu vertuschen. Und ich *weiß* jetzt, daß Ihre Firma mit diesen fürchterlichen Spinnen ein paar schreckliche Experimente durchgeführt hat.«

»Katie hat recht«, sagte Selim und kam zu mir hinüber. »Aynsley ist einer von uns. Außerdem ...« Seine Lippen verzogen sich zu einem bedauernden Lächeln. Ich sah, daß er etwas in den Controller seines VR-Anzugs eingab. Das Avatar mit der perfekten Haut und den stattlichen Gesichtszügen verschwand. Ich wußte, daß ich ihn nun sah, wie er in Wirklichkeit war, er hatte dasselbe Lächeln. Aber dieser Junge war gewaltig. Ich meine das jetzt nicht im sportlichen Sinne, alles nur Muskeln und breite Schultern. Er war einfach nur dick und fett.

»Sehen Sie«, sagte Selim. »Wenn Aynsley gelogen hat, habe ich das auch. In der Realworld tun wir alle das. Wir müssen es; es macht das Leben bequemer und hilft uns, durch den Alltag zu kommen. Aber hier sind wir alle gleich. Wenn wir hier miteinander zurechtkommen, dann, weil wir uns wirklich mögen. Aynsley ist mein

Freund. Er würde mich nicht im Stich lassen. Und ich lasse ihn nicht im Stich.«

»Ich auch nicht«, sagte Bayliss. Er kam zu uns hinüber und stellte sich neben Selim.

Drunlo grinste. »Damit wären wir vier.«

»Nun ja«, sagte die Frau. Auf ihrem Gesicht lag wieder die ursprüngliche Verachtung. »Was für eine elende Ansammlung von Außenseitern. Bleibt ruhig zusammen, wenn ihr unbedingt wollt. Das ist mir ganz egal. Meinetwegen könnt ihr alle zusammen ins Untersuchungsgefängnis für jugendliche Straftäter wandern. Die Verbrechen, die ihr begangen habt, bleiben bestehen.«

»Aber sie sind nicht so groß wie die Ihren«, sagte Drunlo.

Die Frau versteifte sich und sah ihn argwöhnisch an.

»Aynsley und Selim sind nicht die einzigen, die ihre wahre Natur verschwiegen haben«, sagte Drunlo. »Das war auch bei mir der Fall.«

»Wie langweilig«, schnaubte die Frau. »Und was für ein Schicksal verbirgst du? Hast du einen Arm verloren, oder leidest du an irgendeiner Krankheit, so daß wir dich jetzt alle bedauern sollen?«

»Nein. Nichts dergleichen.« Drunlo lachte zufrieden. »Ich bin kein Mensch.«

»Drunlo!« prustete Katie.

»Ich komme aus Liliput«, sagte er. »Ich war früher ein Phace in der GulliverZone. Dann entwickelten wir Bewußtsein. Vergangenen Februar hat die UNO uns die Staatsbürgerschaft zuerkannt.«

Obwohl ich auf dem gefrorenen Boden auf der Seite lag und meine Arme schmerzhaft zurückgebogen waren, vergaß ich völlig, wie unbequem meine Lage war, und starrte ihn an. »Du verscheißerst uns!«

»Nein, keineswegs, Aynsley.«

Dann fiel mir ein, wie verzaubert er von den Bungalows und dem Feld gewesen war, als ich meinen Websuit auf den Provider-Modus umgeschaltet hatte. Natürlich war er dermaßen von den Socken gewesen! Für ihn mußte die Realworld so wunderbar und aufregend und andersartig sein wie für uns die Websites.

»Du bist ein Mensch, Drunlo«, sagte Katie. »Ein Mensch wie wir. Du hast nur keinen biologischen Körper, das ist alles.«

»Das ist doch die reinste Ironie, nicht wahr?« sagte Drunlo.

Mir gefiel sein Tonfall nicht, er war zu ruhig und höflich. Genau so sprechen die Menschen, wenn sie wirklich wütend sind. Er und die Frau starrten sich noch immer an.

»Sie haben uns noch immer nicht Ihren Namen verraten«, sagte er. »Aber das ist auch nicht nötig. Ich habe Sie schon einmal gesehen, als Sie sich als Kaiserin von Liliput ausgegeben haben. Nicht wahr, Zauberin?«

Wir alle drehten uns zu ihr um. Ich verspürte die gleiche Angst wie in dem Augenblick, als die Hunde auf mich zugelaufen kamen. Die Zauberin! Die größte Netzkriminelle, die es je gegeben hatte. Eine Frau, die in der Realworld und den Sites Menschen jagte, um mit ihnen zu experimentieren.

Als mir klar wurde, daß die anderen mich fast mit ihr allein gelassen hätten, wimmerte ich laut auf. »Geht nicht weg«, flüsterte ich ihnen zu. »Nicht jetzt!«

»Wir sind hier, Aynsley«, sagte Katie energisch. »Sie wird dich nicht kriegen, und sie wird keinen von uns kriegen.«

»Nein«, sagte die Zauberin. »Ich werde dich nicht erwischen, Aynsley. Jetzt nicht. Aber die Wachhunde werden dich kriegen.«

»Ich rufe Hilfe«, sagte Bayliss.

Die Zauberin stieß ein gemeines Lachen aus. »Tu das

nur, niemand wird rechtzeitig hier sein. Das ist ein armseliger kleiner Sumpf mitten im Nichts. Sie werden Stunden brauchen, um ihn zu finden.«

Ich drehte mich auf dem Boden um und suchte nach der dunklen Spinne, die meinen Schallstrahler hatte. Das fiese Ding krabbelte in das dichte Schilf und schleppte meine Waffe mit. Als ich versuchte, ihm hinterherzukriechen, verhinderten meine Beine, daß ich mehr als nur ein paar Zentimeter voran kam. Sie waren noch am Rollstuhl festgeschnallt.

Irgendwo in der Ferne heulte ein Hund.

»Ich werde dafür sorgen, daß du allein bist, wenn sie kommen«, zischte die Zauberin. »Keine Freunde, die dich trösten können, Aynsley. Du mußt dich allein mit den Hunden befassen. Niemand wird dein Weinen und Bitten hören. Das ist die Strafe dafür, daß du meine Pläne durchkreuzt hast.«

Netzspinnen tauchten hinter ihr auf und marschierten vorwärts.

»Zu den Waffen!« rief Selim. Sein pummeliger Körper wurde durch den eines großen Ritters in einer strahlenden silbernen Rüstung ersetzt. Er hob ein goldenes Schwert. »Alle für einen!« rief er und warf sich auf die Spinnen.

Drunlo kämpfte neben ihm; sein Körper leuchtete mit einem Halo aus rotem Feuer. Jede Spinne, die er berührte, zerfiel zu grauer Asche. Katie war zu einem großen, dunklen Werwolf geworden, und ihre gefährlichen Kiefer brachen Spinnenkörper in Stücke. Bayliss trug einen gelben Raumanzug und feuerte seine Atomstrahlenpistole ab.

Ich kämpfte mit den Klettverschlüssen an meinen Füßen. Die Angst und Dringlichkeit machte die Aufgabe zehnmal schwieriger, als sie es eigentlich war.

Katie mußte als erste nachgeben. Die Spinnen drangen

von allen Seiten auf sie ein und überwältigten sie. Ihr pelziger Leib verschwand unter ihnen. »Du bist mein Freund, Aynsley«, rief sie, bevor sie verschlungen wurde.

Ich hatte mich noch immer nicht von den Verschlüssen befreit. Der Hund heulte schon wieder. Diesmal war das Geräusch lauter. Selbst wenn Katie die Polizei *in diesem Augenblick* benachrichtigte, würde sie nicht mehr rechtzeitig hier sein. Niemand konnte noch rechtzeitig eintreffen. Mit mir war es endgültig vorbei.

Bayliss war der nächste. Eine Spinne schlich sich hinter ihn und schlang ihm ihre Beine um den Hals. Die beiden verschmolzen zu einem wirbelnden Tornado aus gelben Pixeln, die sich in die Erde bohrten.

Ich hörte damit auf, an den verdammten Verschlüssen zu zerren. Es war sinnlos. Ich brauchte jemanden in der Nähe, der zu meiner Rettung herbeieilte. Mom! Mom bestand stets darauf, daß ich das Handy mitnahm, für den Fall, daß ich in Schwierigkeiten geriet. Ich hatte es auch an diesem Abend mitgenommen, automatisch in die Schultertasche gesteckt. Aber die Schultertasche hatte ich in meiner Panik fallen lassen, als die erste Netzspinne aufgetaucht war. Ich fing zu schluchzen an.

Zwei Spinnen landeten auf Drunlo. Zuerst erloschen seine Flammen, dann sein gesamter Körper. Eine Fontäne aus zischendem Dampf schoß zu den Sternen hinauf.

Selim schob das Helmvisier seines Raumanzugs hoch. Er sah mich direkt an, sein Gesicht war qualvoll verzerrt. Tränen rollten seine Wangen hinab. »Aynsley!«

Jetzt bellte der Hund. Ich hörte, wie er durch das Schilf preschte, immer näher kam.

Ich sah keine herumliegenden Stöcke, mit denen ich ihn hätte abwehren können. Mir blieb nichts mehr. Das war das Ende. Dann fiel mir ein, warum ich hier war, welcher verrückte Kreuzzug mich überhaupt erst in diesen Sumpf gelockt hatte. Die Lichtstürme.

»Ruf mich an!« schrie ich. »Selim, ruf mich an! Mich! ANRUFEN!«

Sein Mund öffnete sich, aber ich konnte nicht sagen, ob er verstanden hatte oder seiner Verwirrung Ausdruck verleihen wollte. Er klinkte sich aus, bevor die letzten fünf Spinnen sich auf ihn stürzten.

»Ich habe gewonnen!« sagte die Zauberin triumphierend. »Du bist ganz allein.«

Ich rollte mich auf den Rücken und sah, daß sie zu mir hinabschaute. Ihr Lächeln war so kalt und trügerisch wie Eis.

Mein Handy klingelte.

Ich konnte gerade noch eben hören, wie es dort schrillte, wo ich die Schultertasche am Rand des Teichs fallen gelassen hatte. Jenes Teichs, der Wasserstoff freisetzte.

Die Zauberin hörte es ebenfalls. Sie wirbelte herum und schrie wütend: »NEIN!«

Das Schild an der Tankstelle hatte seine Berechtigung: In der Nähe von Gas sollte man Telefone wirklich ausschalten.

Der Sumpf explodierte.

11
LANDUNG AUF EINER NEUEN WELT

An die weiteren Ereignisse kann ich mich nicht mehr so ganz genau erinnern. Die Ärzte sagen, das läge an der leichten Gehirnerschütterung.

Am schlimmsten an der Explosion war das Geräusch. Es war so ähnlich, als hörte man einen Überschallknall aus einem halben Meter Entfernung. Nein, das stimmt eigentlich nicht, ich nehme es zurück. Am schlimmsten war die Druckwelle. Sie riß mich glatt vom Boden und schleuderte mich ins Schilf. Da meine Beine noch immer an den Rollstuhl geschnallt waren, renkte ich mir während meines kurzen Fluges beide Knöchel aus. Zum erstenmal war ich dankbar, daß ich unter der Hüfte nicht das geringste Gefühl hatte. Ihr hättet sehen sollen, wie dick sie geschwollen waren!

Den letzten Wachhund sah ich nicht mehr. Nicht, weil es zu dunkel gewesen wäre. Der halbe Himmel verwandelte sich in ein blendendes Weiß.

Diese erste Explosion war so gewaltig, daß sie eine Kettenreaktion in fast allen Müllkippen im Sumpf auslöste. Die gesamte Bevölkerung Heachams stürzte aus den Häusern und sah blauweiße Flammenbänder, die in die Nacht emporschossen. Einige meinte, es sei wie ein Feuerwerk mit Atomraketen gewesen.

Ich lag zwanzig Minuten lang ziemlich benommen da, bis der Suchtrupp mich endlich fand. Meine Freunde hatten der Polizei gesagt, wo ich war. Diesmal hörte man auf sie.

Mom und Dad waren ganz hektisch, als sie feststellten, daß ich mich nicht in meinem Kokon befand. Sie bekamen einen noch schlimmeren Schock, als Katie sie anrief.

Ich fühle mich noch immer schuldig deshalb.

Aber ich wurde geflogen! Ein richtiger Flug in einem Hubschrauber. Man brachte mich ins Krankenhaus von King´s Lynn.

Dort lernte ich Ariadne kennen, eine koreanische Netzpolizistin, die den Auftrag hatte, die Zauberin dingfest zu machen. Sie war per Hubschrauber aus London gekommen; ihr Team arbeitete eng mit dem dort ansässigen Criminal Intelligence Bureau zusammen. Offensichtlich wußten sie, daß die Zauberin in Europa war, aber nicht, was sie hier tat.

Ariadne flog mit mir zum Krankenhaus und stellte alle möglichen Fragen. Ich erinnere mich nicht mehr an viele davon. Sie interessierte sich allerdings *sehr* für die dunklen Spinnen.

Drunlo hatte Kontakt mit ihr aufgenommen. Er kannte sie aus der Zeit, als die Webcops die Zauberin in der GulliverZone gejagt hatten.

Ich habe keinerlei Erinnerung daran, daß ich im Krankenhaus eintraf. Dasselbe gilt für die nächsten zehn Stunden.

Als ich aufwachte, schliefen Mom und Dad auf einem Sofa neben meinem Bett. Meine Beine waren mit dicken Verbänden umwickelt. Ich hatte überall Schnitte und Prellungen abbekommen. Und ich will *wirklich* nicht darüber sprechen, wie meine Toilettengänge jetzt ablaufen.

Mom weinte viel und hielt meine Hand, während sie mich ausschimpfte, wie dumm ich gewesen sei. Dad war stiller, wütend und verängstigt. Ich mußte mir die ganze Du-hättest-mit-all-deinen-Problemen-zu-uns-kommensollen-Predigt anhören. Ich nickte und sagte, in Zukunft würde ich das auch. Ich erzählte ihnen nicht, wie die Kindern aus den anderen Bungalows mich behandelten, ich glaube, für den Augenblick hatte ich sie genug aufgeregt.

Danach kamen der Arzt und ein paar Schwestern herein. Er erklärte mir, abgesehen von meinen Knöcheln sei mit mir alles in Ordnung, und er wolle mich nur zwei Tage lang beobachten, weil er eine Gehirnerschütterung bei mir vermutete.

Ich durfte in Ruhe zu Mittag essen, aber die Schwester, die mir das Tablett brachte, erzählte mir, das Krankenhaus werde von Reportern geradezu belagert. Als sie die Zimmertür öffnete, erhaschte ich einen Blick auf zwei uniformierte Polizisten, die davor standen.

Nach dem Essen kam Ariadne vorbei. Sie musterte mich von oben bis unten mit einem vielsagenden Lächeln und zog sich dann einen Stuhl ans Bett heran.

»Du siehst besser aus als gestern abend, Aynsley.«

»Danke.«

»Da hast du ja eine ziemlich tolle Eskapade abgezogen.«

»Ja. Bin ich verhaftet?«

»Nein. Und man wird auch keine Anklage gegen dich erheben. Wir nicht, und *Bigene Industrie* ganz bestimmt nicht.«

»Ach was?« fragte ich überrascht.

»O nein. Die haben sowieso schon genug schlechte Publicity. Wenn sie jetzt noch Kinder vor Gericht schleppen, weil die enthüllt haben, wie sehr sie schon von der Zauberin unterwandert waren, würden sie es bloß noch viel schlimmer machen.«

Ich lächelte. Das war die erste gute Nachricht des Tages.

»So funktioniert das in der Realworld, Aynsley. Das Auftreten in der Öffentlichkeit und das Image haben da draußen eine große Bedeutung.« Sie zeigte auf das Fenster.

»Was soll das heißen ... die Zauberin hätte *Bigene Industrie* unterwandert?«

»Mein Team hat seit vergangenem Abend konzentriert ermittelt. Ihr müßt wissen, die Zauberin ist eine sehr wohlhabende Frau, mit ihren Beteiligungen am Web und Multimedia-Konzernen hat sie in den letzten paar Jahrzehnten sehr viel Geld verdient. Mit einem Teil davon hat sie einen großen Anteil an Aktien von *Bigene Industrie* gekauft, genug, um sich einen Sitz im Aufsichtsrat zu sichern. Das hat es ihr ermöglicht, eine Tochterfirma oder besser gesagt Abteilung vollständig zu kontrollieren und mehrere andere zu beeinflussen.«

»Was für eine Abteilung hat sie übernommen?«

»Die, die den Jockeychip entwickelt hat. Du weißt schon, Colonel McFarlane benutzt auch einen.«

»Ja, sicher. Warum hat sie sich ausgerechnet für diese Abteilung interessiert?«

»Hast du die Gerüchte über sie gehört? Sie ist eine alte Frau, die nun sehr große Angst vor dem Sterben hat. Sie will ihren Geist ins Web übertragen, wo sie ewig leben könnte. Die Jockeychip-Technologie bringt sie diesem Ziel einen Schritt näher, denn mit ihr kann man das Nervensystem direkt mit elektronischen Netzwerken verbinden. Doch zu ihrem Leidwesen war diese Technik noch in einem ganz frühen Anfangsstadium, als sie die Entwicklungsabteilung von *Bigene Industrie* übernahm, und die Zauberin ist eine ungeduldige Frau mit einem ganz eigenen Zeitplan. Sie zweigte Hunderte Millionen Euro ab, um den Jockeychip zu perfektionieren. Deshalb wurde die Ultraviolett-Maschine, die die Mattenalgen sterilisieren sollte, auch zu spät geliefert. Die Finanzen der Firma waren damals in einem fürchterlichen Zustand. Der Heacham-Sumpf war nur eins der Projekte, die darunter zu leiden hatten.«

»Ist es ihr denn jetzt möglich? Kann sie ihren Geist ins Web übertragen?«

»Die ehrliche Antwort lautet ... ich weiß es nicht. Sie hat die Jockeychip-Technik bereits auf eine Art und Weise benutzt, wie es niemals beabsichtigt war.«

»Die dunklen Spinnen!« rief ich.

»Genau. Die kleinen Scheiben auf ihren Köpfen waren modifizierte Jockeychips. Sie konnte damit ihre Gehirne kontrollieren.«

Ich erschauerte. »Was waren das für Spinnen?«

»Ziemlich schaurige künstliche Geschöpfe, die von einem anderen Labor der *Bigene Industrie*, das die Zauberin beherrschte, zusammengesetzt wurden. Eigentlich sollte es Forschungen auf dem Gebiet der Organtransplantation betreiben. Sie wurden aus Teilen anderer Tiere zusamengeschustert.«

»Das ist ja widerlich!«

»Du solltest irgendwann mal in die Frankenstein-Site reinspinnen oder vielleicht sogar das Buch von Mary Shelley lesen. Das Zusammennähen verschiedener Körperteile ist eine sehr alte Idee. Es ist nur jemand mit einem so verqueren Verstand wie dem ihren nötig, damit es auch funktioniert.«

»Werden Sie sie erwischen?«

»Ich hoffe es. Ich glaube, ihre Zeit ist abgelaufen. Sie wird immer verzweifelter, und das bedeutet, sie wird allmählich Fehler machen. Vor fünf Jahren hätte sie niemals zugelassen, daß jemand über so eine Kleinigkeit wie den Sumpf stolpert. Ich bin ihr dicht auf den Fersen, sehr dicht. Noch so ein kleiner Patzer ihrerseits, und wir haben sie. Du kannst sehr stolz auf dich sein, du hast dazu beigetragen, daß sie der gerechten Strafe nähergerückt ist.«

Mir fiel ein, was Selim gesagt hatte ... vor ein paar Jahren, so kam es mir vor. »Gibt es eine Belohnung?«

Ariadne lachte. »Nein, das kannst du vergessen! Weißt du, was für einen Schaden du verursacht hast? Heacham hat keinen Sumpf mehr, dort sieht es aus, als wäre eine Bombe eingeschlagen. Die Regierung wird Hunderttausende Euro ausgeben müssen, um die Schäden zu beseitigen und alles neu zu bepflanzen. Und dieses Geld werden die Steuerzahler aufbringen müssen, die sowieso schon unter ihrer Last stöhnen.«

»Oh. Das tut mir leid.« Ich spürte, wie die warme Röte meine Wangen hinaufstieg.

»Das will ich auch hoffen. Aber einige von uns wissen zu schätzen, was du getan hast.« Sie klappte die Aktentasche auf, die sie mitgebracht hatte, und holte ein flammneues, hochmodernes tragbares Terminal heraus. »Unser Ermessensfonds kann das verkraften«, sagte sie und legte es auf die Bettdecke. »Dein altes Terminal wurde völlig zerstört.«

»Das ist für mich?«

»Ja.« Sie holte mehrere Hilfsmodule aus der Taschen, einen Hub-Set und Hardcubes mit Zusatzprogrammen. »Ich habe meinen Privatcode in dein E-Mail-Adreßbuch geladen. Erstens, versuche so etwas nie wieder. Zweitens, wenn du entdeckst, daß im Web irgendein Verbrechen begangen wurde, gibst du mir Nachricht.«

»Versprochen.«

»Gott sei Dank. Wir wollen ja nicht, daß aus dir ein zweiter böser Onkel Elton wird, nicht wahr?«

Ich wurde schon wieder rot.

Ariadne stand auf und grinste. Dann drückte sie mir einen Kuß auf die Stirn. Zum Glück war niemand außer uns im Zimmer, das war noch peinlicher als Opas Umarmungen.

»Aber mit einem hatte die Zauberin recht, wie du erfreut vernehmen wirst.«

»Womit?« fragte ich.

»Nicht alles funktioniert gleich beim erstenmal. Gestern abend zum Beispiel kam es zum Versagen einer Treibstoffpumpe des Olympus-Landemoduls. Sie haben die Landung um einen Tag verschieben müssen.«

Mein Mund klaffte auf, und ich starrte sie ungläubig an.

Ariadne blinzelte, als sie zur Tür hinaus ging. »Paß auf dich auf, Aynsley.«

Ich zerrte an der Plastikumhüllung des Handschuhs und der Brille und stöpselte den Set in das tragbare Terminal ein. Im Boden öffnete sich eine Falltür, und Drunlo sprang heraus. »Du hast ja furchtbar lange gebraucht«, stöhnte er.

Selims Landekapsel sank aus dem Himmel und schwebte direkt vor dem Fenster. Die Klappe wurde geöffnet, und er sprang auf den Sims. »Hallo, Aynsley. Wie fühlst du dich? Ich hab' mir die Explosion im Sumpf heute bestimmt ein Dutzendmal in den Newssites angesehen. Das war *ätzend*.«

»So fühlte es sich auch an.«

Katie und Bayliss öffneten die Tür und kamen herein.

»Tut es weh?« fragte Bayliss.

Katie schnitt hinter seinem Rücken eine Grimasse.

»Nur, wenn ich lache.«

»Wir haben es diesen Spinnen gezeigt, was?« sagte Drunlo.

»Das kannst du laut sagen.«

»Mein *Hellhunter Squad*-Roboter wurde am besten mit ihnen fertig. Mit dem Avatar habe ich sie richtig fertiggemacht.«

»Zisch dich! Mit meiner Armbrust habe ich mindestens fünfzig erwischt!«

»Erzähl doch keinen Quatsch.«

Katie setzte sich auf die Bettkante. »Sieht so aus, als würden wir diese Schattenjagd noch ziemlich lange betreiben.«

»Da hast du wohl recht.«

»Aynsley?« fragte Drunlo zögernd.

»Meine Beine?« vermutete ich.

»Wenn du nicht darüber sprechen willst ... ich dachte nur, die Ärzte könnten so ziemlich alles heilen, was ihr Menschen kriegt.«

»Wir Menschen«, berichtigte Katie ihn leise.

Er lächelte sie dankbar an.

»Es ist eine Nervenfunktionsstörung. Sehr selten. Der Neurospezialist meint, sie können sie wohl behandeln, aber erst muß mein Wachstum abgeschlossen sein. Das dauert noch etwa fünf Jahre.«

»Das ist doch gar nicht mehr so lange hin«, sagte Selim. »Und bedenke doch mal, was du schon alles geleistet hast.«

»Danke. Und du hast gestern abend ja ziemlich schnell gewählt.«

Er strahlte. »Kein Problem.«

»Hat Ariadne gesagt, ob die Webcops eine dieser dunklen Spinnen gefunden haben?« fragte Drunlo.

»Kann das noch einen Moment lang warten?« erwiderte ich. »Diesmal will ich die Marslandung wirklich nicht verpassen. Heute können wir sie uns in aller Ruhe ansehen.«

Sie gaben bereitwillig nach, und ich spinnte uns in die GSA-Site rein. Colonel McFarlane schloß gerade die Luftschleuse. Er schwebte durch das Landemodul zum Cockpit und schnallte sich im Pilotensessel fest. Der Mars war eine wunderschöne rote Sichel, die erwartungsvoll vor der schmalen Sichtscheibe schwebte. Ich fragte mich, was den Colonel unten auf dem Planeten erwartete, wenn schon direkt vor meiner Haustür so außergewöhnliche Dinge geschehen konnten.

»Ich habe mitgezählt«, sagte Bayliss. »Wißt ihr, ich habe mit meiner Atompistole siebzehn Webspinnen erschossen!«

»Bayliss!«

ENDE

THE WEB

MAGGIE FUREY

HEXENKÜNSTE

Den Katzen in ewiger Liebe:
Für Owen und Amy, die letzten der Sechs,
und zur Erinnerung an Boswell, Lucy, Spice und Rose.

1
RITTERDÄMMERUNG

Der Ritter trabte auf seinem Schimmel auf die Lichtung. Das Licht der Sonne, die strahlend hell am blauen Himmel stand, glänzte auf seiner Rüstung, und er mußte vor dem grellen Schein die Augen zusammenkneifen. Die Rüstung aus glattem Stahl fühlte sich schwer und heiß an, aber der Ritter war froh, sie zu haben, denn er hoffte, sie würde ihm ausreichend Schutz vor dem tödlichen Monster bieten, das in dem dunklen dichten Wald lauerte, der ihn auf allen Seiten umgab.

Die Lichtung schien als Rastplatz so gut geeignet wie jeder andere. Er brauchte die Kreatur nicht zu jagen – früher oder später würde sie ihn finden. Das weiße Schlachtroß tänzelte eine Weile unruhig umher und senkte dann, als es keine Gefahr spürte, den Kopf und begann zu grasen. Der Ritter ließ die Zügel locker, blieb aber auf der Hut und ließ seine Augen keinen Moment von den düsteren Schatten unter den Bäumen. Das Pferd konnte sich entspannen, er jedoch nicht. Seine Nervosität speiste sich aus einem Gemisch von Erregung und Angst. Dies war die größte Herausforderung seines Lebens. Noch nie hatte er gegen einen Drachen gekämpft.

Plötzlich hob das Pferd den Kopf. Aus den Tiefen des Waldes drang lautes Krachen und das scharfe Knacken brechender Äste. Der Ritter konnte sehen, wie die Baumwipfel hin- und herschwankten, als ob ein starker Wind durch sie hindurchbliese – und dann wurden alle anderen Geräusche von einem lauten, wütenden Brüllen übertönt. Noch bevor der Ritter sich besinnen konnte, brach eine furchterregende und zugleich ehrfurchtgebietende Kreatur aus dem Wald hervor.

Der Kopf des Drachen auf dem langen, schlanken Hals

reichte fast bis zu den Baumwipfeln. Sein breites Maul war voller Zähne, die aussahen wie lange, gebogene Stahlmesser und massigen Kiefern entsprangen. Seine Haut bestand aus goldgrün schimmernden Schuppen, und als er die gewaltigen Schwingen entfaltete, die gerippt und ledern waren wie die einer riesigen Fledermaus, verdeckten sie die Sonne. Seine Augen sahen wie zwei riesige, glitzernde Rubine mit einem kalten, insektenhaften Blick auf den Ritter herab. Der atmete tief durch, brachte seine Lanze in Position und stürmte los.

Der Drache schrie vor Wut und sprang zur Seite, weg von der scharfen, hölzernen Lanze. In der Drehung streifte ein großer Flügel den Ritter, ließ das Pferd stolpern und hätte ihn beinahe aus dem Sattel gefegt. Der Ritter schwankte und taumelte, wäre fast zu Boden gefallen. Es gelang ihm aber, sich wieder aufzurichten, bevor das Pferd den anderen Rand der Lichtung erreichte. Er faßte die Lanze fester, nahm die Zügel in die linke Hand, schwang das Pferd herum und stürmte erneut los.

Das Monster senkte den Kopf, und sein funkelnder Blick glitt über den Ritter. Zu dessen Bestürzung zischten aus den Augen des Drachen zwei dünne, rote Strahlen, vereinigten sich genau vor ihm und verbrannten die Spitze seiner Lanze zu Asche. Dem Ritter verschlug es vor Schreck den Atem. So viel zu der Legende, daß Drachen Feuer spucken konnten: *Dieser* Drache arbeitete mit Laserstrahlen!

Wütend schleuderte der Ritter den schwelenden Stab seiner Lanze fort und zog hastig sein Schwert. Es glitt mit einem Klirren aus der Scheide. Der Drache wartete am anderen Ende der Lichtung, kauerte in Kampfpose, während seine großen Flügel durch die Luft wedelten und seine rubinroten Augen glühten. Der Ritter gab seinem Pferd die Sporen und galoppierte auf ihn zu. Ohne die höhere Reichweite durch die Lanze würde er sehr nah an den Drachen herangehen müssen, um ihn angreifen zu können – und dadurch gelangte er in Reichweite dieses furchterregenden Mauls. Er hatte nur eine Chance.

Der Drache brüllte seine Wut heraus und richtete sich mit einem furchterregenden Fauchen auf seinen Hinterpfoten auf, türmte sich höher und höher in den blauen Himmel. Das Herz des Ritters setzte aus. Wenn er einen guten Schlag anbringen und ihm das Schwert in den weichen Bauch stoßen könnte, würde er das Biest töten. Aber der Drache war zu schnell. Bevor er nah genug herankommen konnte, beschrieb der lange, knöcherne Schwanz einen Bogen und traf den Ritter wie eine Peitsche, fegte ihn unter ohrenbetäubendem Klappern der Rüstung aus dem Sattel. Das Schwert wurde ihm aus der Hand geschlagen und fiel ins hohe Gras. Das Pferd wieherte laut vor Angst, galoppierte davon und verschwand unter den Bäumen. Hilflos in der schweren Rüstung, lag der Ritter auf dem Rücken und erwartete sein Schicksal. Wie gebannt starrte er auf das Drachenmaul mit den bösartig scharfen Zähnen, das näher und näher kam und immer weiter aufklaffte ...

Auch wenn er es besser wußte, er konnte nicht anders, er mußte die Augen schließen, vermochte den gräßlichen Anblick nicht mehr zu ertragen – und als er sie wieder öffnete, hatte sich der Drache in ein lachendes, dunkelhaariges Mädchen mit leuchtenden braunen Augen verwandelt.

»Wipeout!« rief sie.

Einen Moment lang war Jack ihr böse, weil sie einen Narren aus ihm gemacht hatte, aber dann gewann sein Sinn für Fairneß die Oberhand. Es ließ sich nicht bestreiten: Sie hatte eindeutig gewonnen, und er hatte noch nie einen besseren Drachen gesehen. Er grinste zurück, stand auf und tippte einen Code in seinen Controller, um die Rüstung verschwinden zu lassen. »Wow! Irre, Leni. Was für ein Monster. Er war so *real*! Hast wohl im geheimen an deinen Tieren gearbeitet?«

»Irgendwie schon,« antwortete Eleni schüchtern. »Anna hat mir bei der Gestalt des Drachen ein wenig geholfen, und ich habe mir von Cat ein paar Tips geben lassen ...«

»Das würde erklären, warum sich dein Drache so gut bewegt. Mach nur weiter so, und eines Tages wird Cat eine große Überraschung erleben.«

»Oh, da bin ich mir nicht so sicher,« entgegnete Eleni scheu. Erst seit kurzem war sie stolze Besitzerin eines Websuits. Davor hatte sie nur die beschränkte Welt von VR-Brille und -Handschuh gekannt. Es würde noch einige Zeit dauern, bis ihre Schüchternheit sich gelegt hatte, aber im Web konnte jeder sein, was er wollte. Mit Hilfe ihrer Freunde, einschließlich der von Jack, wurde sie von Tag zu Tag mutiger. Bald würde sie wohl so selbstbewußt sein wie dieser Rom ... Jack mußte unwillkürlich in sich hineinkichern. Dann wäre der Tag gekommen, an dem jeder Rom, den Klugscheißer, austricksen könnte.

Eleni redete weiter. »Ich glaube, ich werde den Drachen eine Zeitlang als meine Standardgestalt im Web verwenden. Was meinst du?«

»Eine glänzende Idee! Wir könnten alles mögliche anstellen.«

»Was denn« fragte ein Stimmchen kühl. Eleni und Jack drehten sich um und erblickten eine grau getigerte Katze, die im Gras saß und sie aus runden, grünen Augen ansah. Um ihren Kopf schwirrte ein kleiner, blaugrüner Kolibri.

»Cat!« begrüßte Jack sie erfreut. »Mein Kobold – hat er dich gefunden?« Er war mächtig stolz auf seinen Kobold. Der kleine Kolibri war zwar noch immer im Erprobungsstadium, aber er schien ganz gut zu funktionieren.

Cat drehte ihre Ohren zu dem schwebenden Vogel. »Er wartete auf Level eins auf mich,« sagte sie. »Er hat mich sofort gefunden. Die nützlichste Neuentwicklung, die ich seit langem gesehen habe. Ich bin sicher, er wird sich durchsetzen.«

Jack konnte den Neid in ihrer Stimme hören und versuchte, sich das nicht zu Kopfe steigen zu lassen. »Du hast recht.« Er tippte einen Code in den Controller und der Kolibri verschwand in einem blauen Blitz. »Kobolde erleichtern das Auffinden von Leuten im Web. Ich bin sicher, es dauert nicht lange, und wir alle haben einen.«

Cat seufzte. »Du weißt gar nicht, wieviel Glück du hast, daß du Tür an Tür mit jemandem wohnst, der so unglaubliches Zeug wie das da entwirft, Jack.« Wie um das Thema zu wechseln, wandte sie sich mit einem Schlag ihres Schwanzes der jungen Griechin zu. »Hi, Leni.«

»*Yiasou,* Cat«, rief Eleni. »Wie gefällt dir der Drache?« Sie tippte auf ihren Armbandcontroller und nahm dadurch erneut die Drachengestalt an. Sie drehte sich zur Seite und entfaltete ihre großen Flügel.

»Dein Schwanz könnte ruhig ein wenig länger sein«, antwortete Cat.

»Ist das alles, was du dazu zu sagen hast?« fragte Jack. »Findest du ihn nicht großartig?«

Cat zuckte mit dem Schwanz. »Er ist mehr als großartig, er ist acht. Aber Leni hat mich gebeten, ihr dabei zu helfen, ihn richtig hinzubekommen, und das tue ich gerade.« Sie drehte sich zu der jungen Griechin um. »Und, hast du ihn besiegt?«

»Hab' ihn geradewegs aus dem Sattel gehauen«, berichtete Eleni selbstgefällig. »Er hatte überhaupt keine Chance. Nur gut, daß sie im Web keine echten Tiere erlauben. Wäre das Pferd kein Phace, sondern lebendig gewesen, würde es immer noch davonrennen ...« Sie wurde von einem hochfrequenten Tuten unterbrochen. Unter den Bäumen huschte eine grüne Spinne von der Größe eines Fußballs hervor und hielt auf Eleni zu. Das Mädchen wechselte augenblicklich in ihre menschliche Gestalt und blickte ungehalten zu der Spinne. »Es ist Mutter«, seufzte sie.

»Sechs«, murmelte Jack. »Mußt du wirklich schon gehen, Eleni? Eine grüne Spinne ist keine wichtige Nachricht. Es ist ja nicht so, als ob das Haus abbrennen würde oder so.«

»Sie wird wollen, daß ich ihr beim Abendessen helfe«, sagte Eleni ihm. »Ich hab' dir erzählt, wie es läuft, Jack. In meiner Familie hat jeder seine Aufgabe. Alle müssen helfen. Wenn du willst, kann ich ja später wiederkommen.«

»Okay.« Jack stieß ungeduldig nach der Spinne, die anscheinend versuchte, Elenis Bein hinaufzukrabbeln. »Ich werde versuchen, ein paar von den anderen zusammenzutrommeln, damit sie deine neue Gestalt sehen. Ich werde ihnen nicht verraten, wer es ist – mal sehen, ob sie es erraten. Ich werde hier sein – und wenn nicht, schicke ich dir meinen Kobold. Ich bin dann wahrscheinlich in der Menagerie.« Er grinste ihr zu. »Ich versuche, einen Phönix zu finden. Ich hab' mir überlegt, daß es ziemlich gut aussehen würde, wenn er in deiner Burg am Kamin hockt.«

Seit sich das Traumschloß-Rollenspiel abgeschaltet hatte, hatten die drei – Jack, Eleni und Cat; unter gelegentlicher Mithilfe von Rom – versucht, in einem angemieteten Bereich in B&F (Bildung und Freizeit) ihr eigenes Schloß zu bauen. An manchen Tagen waren die Resultate besser, an anderen schlechter.

»Was?« rief Eleni. »Und was schlägst du vor, damit er am Kamin *bleibt*?«

Jack zuckte die Schultern. »Uns wird schon was einfallen.«

Eleni kicherte. »Ein Phönix für den Kamin – das gefällt mir. Wie wär's dazu mit einer Meerjungfrau für den Burggraben? *Tha sas tho,* Jack, Cat – bis später.« Sie drückte ihren Ausklink-Knopf und explodierte in eine Wolke aus Funken bunten Feuerwerks, die sich noch einen Moment in der Luft hielten und umherwirbelten wie ein Schneesturm, bevor sie verschwanden.

»Wie schade«, meinte Jack, als Eleni weg war. »Wenn es nicht darum geht, ihrer Mutter zu helfen, muß sie auf ihre nervtötende Schwester aufpassen. Gönnen die ihr denn *gar keinen* Spaß?«

»Hey!« sagte Cat spitz. »Sie ist nicht die einzige, die zu Hause helfen muß. Eleni kann viel mehr Zeit im Web verbringen als *ich*! Wir haben nicht alle so viel Glück wie du, weißt du!«

»Das glaube ich auch nicht«, pflichtete Jack ihr bei. »Manchmal vergesse ich einfach, wieviel Glück ich habe.« Er zuckte die Schultern. »Gut, und was jetzt?«

Cat stand auf und streckte sich, machte mit ihrem grauen, pelzigen Rücken einen Buckel. »Wie wär's, wenn wir zur Menagerie rübergingen und nach den fabelhaften Biesterchen schauen, die du haben wolltest?«

Die Menagerie war eine Datenbank, die eine virtuelle Replik jeder nur vorstellbaren lebendigen Kreatur enthielt – einige gab es wirklich, andere waren bereits ausgestorben, und wieder andere gehörten ins Reich der Fabel. Man konnte sie wie einen Zoo besuchen und die Tiere kopieren, in Phaces verwandeln und in anderen Bereichen des Webs benutzen.

»Warum nicht?« Jack tippte den Menagerie-Code in seinen Armbandcontroller und beobachtete, wie Cat mit einer feinen Kralle das gleiche tat. Von weitem wirkte ihr Controller wie ein Teil des Tigermusters, das ihre Pfote bedeckte; wie jedesmal ertappte sich Jack bei der Frage, wie sie *wirklich* aussehe. Natürlich war es unmöglich zu erkennen, wie jemand wirklich aussah, solange er im Web war, aber die meisten User besaßen zumindest eine menschliche Gestalt, die normalerweise eine besser aussehende Version ihrer selbst war. Cat dagegen benutzte immer das gleiche Avatar und sprach nie über ihr Leben außerhalb des Web. Sie war ein absolutes Rätsel.

»Was ist los?« Cats Stimme riß Jack aus seinen Gedanken. Plötzlich erkannte er, daß er immer noch auf der Waldlichtung stand. Er runzelte die Stirn. »Wo ist die Menagerie?« murmelte er.

»Laß uns von Level eins aus einsteigen«, schlug Cat vor – aber als sie aus dem Bildungsblock hinaus- und nach Webtown hineinsprangen, war es genauso. Sie fanden bald den richtigen Wolkenkratzer, aber anstelle des Menagerie-Fensters befand sich dort nichts als totale graue Leere.

Jack sah Cat an. »Das ist unmöglich«, sagte er. »Ein Teil des Webs kann doch nicht einfach verschwinden. Was um alles in der Welt geht hier vor?«

2
Die Frau in Silber

Offenbar gab es überhaupt keinen Zugang zur Menagerie mehr. Es erschien ihnen wie das Eingeständnis einer Niederlage, die Fehlfunktion brav der nächsten Spinne zu melden, aber letztlich blieb ihnen nichts anderes übrig. Cat war von dem Rätsel fasziniert, und Jack vermutete, daß sie sich zugleich darüber ärgerte. Sie beschloß, nach Tropicana Bay rüberzuflitzen, um nachzusehen, ob Rom dort rumhing. Wenn irgend jemand der Sache auf den Grund kommen könnte, dann er, glaubte sie. Jack war schon recht lange im Web und wußte, daß er sich nun lieber nach Hause spinnte und etwas aß, bevor er webkrank wurde. Dann könnte er wenigstens ins Web zurückkehren, wenn Eleni wiederkam.

Als Jack seinen Ausklink-Knopf drückte, flackerte die Umgebung von Webtown kurz und verschwand in einem Meer aus wirbelnden, farbigen Partikeln. Wie ein Schwimmer durchbrach er die Oberfläche – und war wieder in der Realworld, wo sich der VR-Anzug eng an seinen Körper schmiegte. Er blinzelte in der fremden Umgebung. Es war immer wieder überraschend, hierher, in Annas Gästezimmer, zurückzukehren. Sie war die nächste Nachbarin seiner Familie und die beste Freundin seiner Mutter. Sie wohnte nur eine oder zwei Meilen von Jacks Elternhaus entfernt an der gleichen Straße. Wenn seine Eltern verreist waren, blieb er bei ihr, und das störte ihn nicht im geringsten. Anna war ein interessanter Mensch, jemand ganz Besonderes – die bekannte Entwicklerin einiger der beliebtesten Webspiele, die von den großen Firmen betrieben wurden. Und weil Jack sie so gut kannte, genossen er und seine Freunde den großen Vorzug, diese Spiele vor ihrer Veröffentlichung testen zu dürfen.

Jack erkannte plötzlich, wie hungrig er war, schälte sich aus dem Webanzug, zog ihn auf links und hängte ihn zum Lüften weg. Dann streifte er sich ein weites, bequemes altes Sweatshirt über und begab sich auf die Suche nach etwas Eßbarem. Er blieb kurz stehen und sah aus dem Fenster auf den sanften Regen, der über die Hügel strich. Irisches Wetter, dachte er. Diesem Ort schien es nie an Regen zu mangeln – *als ob die Welt nicht schon grau genug wäre, wenn ich aus dem Web rausspinne,* dachte er. Es dauerte immer eine Weile, bis man sich daran gewöhnt hatte, wieder in der Außenwelt zu sein. Nach der Rückkehr aus dem Web wirkten Bewegungen so, als ob man durch dicken Sirup ginge. Jack fühlte sich langsam und schwerfällig. Farben erschienen matt und trübe, Geräusche waren leicht gedämpft. Diese Wahrnehmungsverzerrungen dauerten nur etwa zehn Minuten, während der Verstand sich an die langsamere ›Realzeit‹ gewöhnte, aber diese zehn Minuten waren stets sehr eigenartig.

Als Jack in die Küche kam, wurde er von drei Katzen überfallen, die wohl auch meinten, es sei Zeit zum Essen. Während er zum Kühlschrank ging, strichen sie ihm mit einem jämmerlichen Miauen um die Beine. Es war wie der Versuch, durch pelziges Wasser zu waten. »Schon gut, schon gut«, sagte er begütigend zu ihnen und schüttete eine Handvoll Trockenfutter in ihre Näpfe. Wie gewöhnlich, reagierte jede anders. Max, ein riesiger, honigfarbener Pelzball, tauchte kopfüber in den Napf, als hätte er tagelang kein Fressen gesehen. Maya, genauso goldfarben, aber kurzhaarig und wie ein Leopard mit schwarzen Flecken gesprenkelt, fraß langsam, schnurrte beim Fressen und sah von Zeit zu Zeit mit ihren großen, bernsteinfarbenen Augen zu Jack auf. Der Burmakater Khan, ein geschmeidiger schwarzer Schatten, rümpfte seine Nase über das Katzenfutter und sprang auf den Tisch, um zu sehen, womit Jack sein Sandwich belegte.

»Wenn du *mein* Kater wärst …«, drohte Jack und schubste Khan wieder auf den Boden. Der Kater bedachte ihn mit einem finsteren Blick und ignorierte ihn dann völlig.

Gerade als er sein Sandwich fertig hatte, kam Anna rein, blinzelte und streckte sich, denn sie hatte Stunden in ihrem Websuit verbracht. Sie wirkte müde.

»Ein harter Tag?« fragte Jack sie.

»Kann man wohl sagen.« Anna fuhr sich mit den Fingern durch ihre kurzen, rotblonden Haare, bis sie wie Stacheln abstanden. Sie betätigte die Tastatur des Autokochs, und als die Maschine klingelte, zog sie einen Becher dampfenden Kaffees heraus. Sie öffnete den Verschluß, und das köstliche Aroma erfüllte die Küche. »Ich stecke bis über beide Ohren in Drachen«, fuhr sie fort. »Diese verflixten Viecher wollen sich einfach nicht anständig benehmen.« Sie ließ sich auf einem hohen Küchenhocker nieder und nahm geistesabwesend eins von Jacks Sandwiches. »Es sind nicht so sehr die Drachen ...«, fuhr sie mit einem Seufzer fort. »Es sind die Shifter – die Wesen, die ich als Feinde der Drachen in dem Spiel erfand. Nachdem ich diesen kleinen Plagegeistern erst einmal beigebracht hatte, ihre Gestalt zu verändern und durch Wände zu gehen, fingen sie an, überall aufzutauchen und wieder zu verschwinden. Es ist unmöglich, sie im Auge zu behalten.«

Jack lächelte in sich hinein. Es war nicht ungewöhnlich, daß Anna so sprach. Er freute sich auf ihre nächste Entwicklung – sie nannte sie ›Dragonville‹. Nachdem das überaus beliebte Traumschloß gezwungenermaßen hatte schließen müssen, suchten alle Spielefirmen nach einem Ersatz. Der Designer, der mit etwas Passendem herauskam, würde den Preis dafür selbst festlegen können. Jack stimmte mit Anna darin überein, daß Dragonville perfekt wäre – nur, daß das Programm kürzlich seinen eigenen Willen entwickelt hatte und alle möglichen Wege einschlug, die Annas Entwurf *nicht* vorgesehen hatte.

Wo wir gerade davon sprechen ... dachte Jack und fragte laut: »Hey, wußtest du schon, daß das Menagerie-Programm im Eimer ist? Kein Zugang mehr möglich! Alles, was wir sehen, ist eine seltsame graue Wand.«

Anna blickte von ihrem Kaffee auf. »Komisch. Weißt du, das ist nicht die einzige Funktionsstörung, von der ich in der letzten Zeit gehört habe. Ich frage mich, was da vorgeht. Das Web scheint voller Gremlins zu sein, meine unkontrollierbaren Shifter inbegriffen.« Sie betrachtete ihren Becher so finster, als sei er irgendwie schuld daran, dann hellte sich ihre Miene auf. »Ganz nebenbei, wie lief es denn mit Elenis Drachen? Wollte sie ihn heute nicht an dir ausprobieren?«

Jack verzog das Gesicht. »Es lief einfach toll. Sie hat mich über den Boden geschmiert. Ich wette, diese Laseraugen waren deine Idee.«

Anna lachte. »Nur etwas, an dem ich für Dragonville arbeite. Eleni hat sie sozusagen für mich getestet. Sie hat versprochen, sie außer dir und Cat niemand zu zeigen. Oh, das hätte ich beinahe vergessen. Zur Feier ihres neuen Webanzuges habe ich ein Geschenk für sie.« Sie legte das Sandwich weg, ohne davon gegessen zu haben, fischte in ihrer Tasche und hielt Jack schließlich einen Papierfetzen mit einer Zahlenreihe hin und etwas, das wie ein kleiner, glänzender, blauer Knopf aussah. »Da haben wir es ja. Steck das in den Eingangsport deines Controllers und bring Eleni dazu, diese Sequenz sowie ihren persönlichen Zugangscode in ihr Armband einzugeben. Das ist ihr ganz persönlicher Kobold . . .«, erklärte sie grinsend. »Diesmal ein echter. Warte nur, bis du ihn siehst.«

»Wow, acht!« Jacks Umarmung warf sie fast vom Hocker. »Danke, Anna. Eleni wird sich total freuen – und ein zweiter Kobold wäre echt praktisch.« Er grinste. »All diese Vets und Phreaks werden vor Neid ätzendgrün werden!«

Anna lachte. »Okay, gib vor ihnen an, soviel du willst. Für mich wird es eine gute Werbung sein, und je mehr diese kleinen Viecher getestet werden, um so besser.«

»Das gibt eine Menge Spaß, wenn jeder einen hat.« Bis jetzt besaß Jack den einzigen Kobold im Web. Kobolde waren Phaces, die die Gestalt kleiner fliegender Wesen annahmen. Wenn Jack einen seiner Freunde, beispielsweise Eleni, treffen wollte, konnte er ihren persönlichen

Zugangscode in seinen Armbandcontroller eingeben. Wenn sie im Web war, würde der Kobold sie finden und zu ihm führen. Mit der Zeit hoffte Anna, sie so zu programmieren, daß sie Nachrichten übermitteln konnten.

»Ist es genauso einer wie meiner? Ein Kolibri?« fragte er.

Anna schüttelte den Kopf. »Nein. Ich verrate dir nicht, was es ist. Laß dich überraschen. Ich habe auch einen für deine Freundin Cat.« Sie gab ihm einen anderen Knopf, diesmal einen roten. »Ihr Kobold ist wieder anders.«

»Das wird ihr gefallen.« Jack wußte, daß Anna eine Schwäche für Cat hatte. Er nahm an, das käme davon, daß sie auch gegenüber den Realworld-Tieren so empfand.

»Ich würde auch einen für Rom machen, aber bis ich dazu komme, hat er wahrscheinlich herausgefunden, wie er selbst einen machen kann.« Sie zog kritisch die Augenbrauen hoch. »Vergiß auf keinen Fall, ihm auszurichten, daß ich keine Raubkobolde im Web herumfliegen sehen will.«

»Du weißt, daß er das nicht tun würde.«

»Ich weiß. Er testet viel zu gerne die neuen Spiele, als daß er mit meinen Erfindungen herumspielen würde.« Sie grinste. »Ich gehe später nach Tropicana Bay und treffe deine Mutter. Soll ich ihr was ausrichten?«

»Nur das übliche: Liebe Grüße und so weiter«, antwortete Jack ihr. »Wenn ich nicht versprochen hätte, mich mit Eleni zu treffen, wäre ich mitgekommen. Hat Dad die Tournee noch nicht satt?« Jacks Vater war Musiker, der alten klassischen Rock spielte – Dinosaurier-Musik, wie Jack sie nannte. Die meisten seiner Vorstellungen wurden von zu Hause aus über das Web gegeben, aber von Zeit zu Zeit ging er auf Tour und gab Livekonzerte für die wenigen, die sich den Preis einer Eintrittskarte leisten konnten – zumeist Millionäre und Staatsoberhäupter.

»Sie haben jetzt schon genug«, sagte Anna. »Dein Dad meint, im Web sei das Herumreisen viel einfacher. Trotzdem müssen sie noch drei Wochen weitermachen, also werden wir uns in Geduld fassen.« Sie gähnte. »Ich geh' jetzt unter die Dusche und mach' ein Nickerchen. Diese verflixten Shifter hätten mir beinahe den Rest gegeben.«

»Dann bis später«, sagte Jack. »Ich treffe mich mit Eleni und Cat bei unserer Burg. Ich kann es gar nicht erwarten, bis sie ihre neuen Kobolde zu sehen kriegen.«

»Ich hoffe, *sie* funktionieren wie vorgesehen.« Annas Miene heiterte sich auf. »Hör mal, wie würde es dir und deiner Gang gefallen, morgen mit mir zu kommen und bei einer Vorschau auf Dragonville mitzumachen? Wenn ich erst einmal das Problem mit den Shiftern gelöst habe, sollte ich als nächstes zur Testphase übergehen. Ich würde gern wissen, was ihr davon haltet – mal schauen, ob ihr etwas findet, das ich vergessen habe.«

»Meinst du das im Ernst?« fragte Jack. Er hatte nicht erwartet, das neue Spiel so bald zu sehen. »Danke, würd' ich gerne machen und die anderen auch.« Er grinste. »Rom wird sich ein Loch in den Bauch freuen. Er hätte nicht im entferntesten damit gerechnet, so bald einen Blick auf deine Drachen werfen zu können.«

»Ganz zu schweigen von den Shiftern«, sagte Anna. »Ich würde gerne sehen, was er damit macht. Zur Zeit sind sie sogar noch schwieriger als er.«

»Ich geh' jetzt los und erzähle es ihnen. Auf jeden Fall treffe ich mich gleich mit Eleni. Bis später, Anna.«

»Bleib nicht zu lange auf«, antwortete sie automatisch. »Bis bald.« Sie biß in ihr Sandwich und verzog das Gesicht. »Jack! Erdnußbutter mit *Thunfisch*?«

Eleni beendete ihre Hausarbeit, ging dann hinunter an den Rand des Gartens und blickte über die stillen Wasser des Hafens. In der Biegung der Bucht ging die Sonne hinter dem alten Kloster unter, das auf dem Hügel stand. Der Abend war total still, abgesehen vom Plätschern des Wassers gegen die Felsen und dem Quaken kleiner Frösche oben im Olivenhain.

»Als ich so alt war wie du, erwachte zu dieser Abendstunde ganz Paleo zum Leben.«

Eleni fuhr beim Klang der Stimme auf, drehte sich um und sah Onkel Kostas den Pfad herunterkommen. Er blieb neben ihr stehen und sah über das Meer hinaus.

»Als das hier noch ein Urlaubsort war«, sagte er, »konnte man in der Bucht umhergehen und die Musik aus einem Dutzend verschiedener Tavernen hören. Überall roch es nach gutem Essen, und die Menschen gingen den ganzen Abend schwatzend und lachend die Straße rauf und runter.« Er seufzte. »Oh, war das schön – bevor das Web kam und alles zunichte machte. Außer den Reichen macht keiner mehr Urlaub, und sie reisen an exotischere Orte als diesen hier.«

Eleni zuckte mit den Schultern. »Aber du benutzt das Web. Und wenn du es haßt, warum hast du mir dann einen Webanzug gekauft?«

Onkel Kostas legte ihr die Hand auf die Schulter. »Ach, Elenichen. Ich kann es mir nicht leisten, das Web zu hassen. Darin liegt die Zukunft. Wenn du erwachsen bist, wird es alle Möglichkeiten bieten. Aber für die älteren wie deine Großeltern ... also, das schnelle Geld, das von den Touristen, ist weg. Einige kehren zur alten Lebensweise zurück – Fischerei und Anbau von Wein und Oliven. Die jüngeren Leute – die mit auch nur etwas Verstand – machen es wie du. Sie machen sich das Web zunutze.«

Eleni ging durch den stillen Garten zurück ins Haus.

Als sie in ihren Webanzug stieg, dachte sie über Onkel Kostas' Worte nach. *Wie* meine *Zukunft wohl aussehen wird,* überlegte sie. *Vielleicht könnte ich wie Anna Spiele entwerfen, wenn ich erwachsen bin. Jack findet meinen Drachen ziemlich gut.* Sie beschloß, loszuziehen und ihn weiter zu testen. Sie zog das Visier herunter, tippte auf ihren Controller und sprang ins Web.

Als sich das ebene goldene Flachland von Level eins vor ihr erstreckte, begann Eleni mit ihren Modifikationen. Sie fand ›Drachen‹ auf Tafel A ihres Armbandcontrollers und gab die Gestalt ein, die sie zuvor ersonnen hatte. Ihr Körper wurde größer, und ihre Arme sanken herab und wurden zu Beinen mit großen Füßen und Klauen. Flügel sprossen ihr aus dem Rücken, und an ihrem Hinterteil entstand ein langer, stacheliger Schwanz. Sie mochte das Gefühl, wie er hin- und herpeitschte.

In Drachengestalt ging Eleni auf den roten B&F-Block zu. Sie hatte ihn fast erreicht, als sich der blaue Erkundungsblock daneben zu kräuseln begann und eine Frau heraustrat. Sie war von Kopf bis Fuß in einen engen Anzug aus schimmerndem Silber gekleidet, und eine ausdruckslose silberne Maske verdeckte vollständig ihr Gesicht. Ihr dunkles Haar wehte wie eine Wolke nach hinten, und an einem Finger glänzte ein Goldring mit einem großen roten Stein. Sie wirkte, als hätte sie es eilig, hielt aber an, als sie Eleni sah.

»Was machst *du* denn hier?« fragte sie scharf.

Eleni wollte der Frau gerade sagen, daß es sich um eine Verwechslung handeln müsse, als ihr klar wurde, daß sie immer noch im Körper eines Drachen steckte. Diese Frau hatte sie mit einem anderen *Drachen* verwechselt. Wie eigenartig!

»Ich hab's dir gesagt«, keifte die Frau ungeduldig. »Du sollst hier nicht rumlungern, man wird dich sehen. Geh sofort zurück ins Labyrinth, du dummes Geschöpf.« Dann sah sie Elenis Controller. »Woher hast du das?« fragte sie. Sie sprang vorwärts, griff nach dem Handgelenk des Mädchens, aber Eleni wich zurück und stürzte sich in den B&F-Block. Die rote Oberfläche kräuselte sich und verschwand. Als das blaue Licht schwächer wurde, stand Eleni in Webtown. Aber sie war noch nicht in Sicherheit. Ein lautes, klingelndes Läuten ertönte, und als Eleni sich umdrehte, sah sie, daß die Luft um die Eintrittsstelle im blauen Kreis zu flackern begann. Die Frau kam hinter ihr durch!

3
DIE WARNUNG

Eleni wollte davonlaufen, aber es waren zu viele Leute auf dem Boulevard. Dann fiel ihr wieder ein, daß Drachen fliegen können. Sie schlug wie wild mit den Flügeln, sprang in die Luft und strich gefährlich niedrig über die Köpfe der Menge hinweg. Sie stieg zwischen den Gebäuden hoch und schwankte dabei unsicher von einer Seite zur anderen, bis sie den Dreh herausbekam, wie man gleichmäßig fliegt. Nach der ersten furchterregenden Minute begann sie wirklich Gefallen daran zu finden. Es war wie Schwimmen, nur hundertmal besser. Sie konnte sich an einer völlig neuen Aussicht auf Webtown erfreuen, das wie eine Stadt mit ihren Wohnblocks und Verbindungssträngen wild in eine vermeintliche Ferne wucherte.

Unter ihr bewegten sich Menschenmassen, zumeist in menschlicher Gestalt, aber alle jung und schön. Viele hatten ihre Haut mit hellen Farben getönt, und ihr Haar variierte in allen Farben des Regenbogens. Einige zogen die Form unheimlich aussehender fremder Wesen vor, während andere alle möglichen tierischen Formen angenommen hatten, auch wenn Eleni nichts so Dramatisches wie ihren Drachen erblicken konnte.

Als sie an ihre Drachengestalt dachte, erinnerte sich Eleni daran, daß nun keine Zeit zum Spielen war. Als sie erst mal weit genug außer Sichtweite der Eintrittsstelle war, suchte sie nach einem freien Platz und kam zwischen zwei Blocks herunter. Sie fummelte mit klobigen Klauen an ihrer Controller herum und war gerade dabei, ihren Ausklink-Knopf zu drücken, als sie ihre Meinung änderte. Wer war diese Frau überhaupt? Was wollte sie von einem Drachen? Anstatt sich auszuklinken, tippte Eleni den Code ein, der ihr ihre normale menschliche Gestalt zurückgab. Als sie wieder wie ein gewöhnliches Mädchen aussah, eilte sie über die bevölkerten Straßen zur Eintrittsstelle zurück.

Die Frau in Silber war noch immer da, direkt am blauen Eintrittsbereich, ging durch die Menge hin und her und sah sich jedes Gesicht genau an. Beim Anblick der ausdruckslosen Maske, die die Frau vor dem Gesicht trug, durchfuhr Eleni ein Schaudern. Die geheimnisvolle Gestalt wirkte noch unheimlicher, weil ihr Gesichtsausdruck verborgen blieb. Eleni war überzeugt, daß sie spürte, wie sie von unsichtbaren Augen fixiert wurde. Plötzlich bekam sie Angst, daß die Frau sie wiedererkennen könnte, obwohl sie ihre Gestalt verändert hatte. Sie verdrückte sich um eine Ecke außer Sichtweite, gab den Code für den Designbereich, den sie mit Jack und den anderen teilte, in den Controller, und verließ Webtown in einem blauen Blitz.

Als sie erst einmal die Sicherheit der gemieteten Site erreicht hatte, beschloß Eleni, jeden Gedanken an die seltsame Frau zu verdrängen. *Denk nicht mehr dran,* sagte sie zu sich. *Wenn du aufhörst, den Drachen zu benutzen, bist du völlig sicher.* Das war schade, aber sie konnte sich bestimmt was anderes einfallen lassen. Um sich abzulenken, sah sie sich die Burg, die sie mit ihren Freunden baute, genau an. *Etwas stimmt daran immer noch nicht,* dachte sie. *Liegt es am fehlenden Hintergrund?* Das Schloß ruhte rechteckig und solide auf einer flachen goldenen Ebene, die ziemlich genau wie Level eins aussah. Erst wenn sie mit dem Errichten des Gebäudes fertig wären, würden sie Gras und Bäume implantieren – oder vielleicht könnte die Burg in den Bergen stehen oder auf einem Kliff mit Blick aufs Meer? Die Auswahl in den Former-Datenbanken war grenzenlos.

Jeder, der einen Websuit besaß, konnte eine Site zum Entwerfen mieten, auch wenn die meisten Leute diese Gelegenheit nicht nutzten und vorgefertigte Unterhaltung vorzogen. Die Site verhielt sich wie Privatgelände, das nach den Bedürfnissen des Users verändert werden konnte. Aus den verschiedenen umfassenden Datenbanken konnte man jede Szenerie auswählen – Wüste, Dschungel oder sogar einen anderen Planeten. Man konnte jede Art von Gebäude implantieren, von einer Höhle über eine Bauernkate bis zur Villa. Aus der Menagerie-Datenbank konnte man sich auch Tiere aussuchen – alles von gewöhnlichen Hunden, Katzen, Kühen und Hühnern bis hin zu Greifen, Basilisken und Einhörnern.

»Yo, Leni!« Jemand rief von der Burgmauer nach ihr.

Eleni sah nach oben und erblickte ein kleines, grünes froschähnliches Alien, das ihr von den Zinnen zuwinkte. »Hallo, Rom!« rief sie. »Ich komme gleich hoch.«

Sie überquerte die Zugbrücke über dem noch leeren Burggraben und betrat die Burg durch das hohe bogenförmige Tor. Der Rittersaal war gewaltig, hatte behauene Säulen, eine geschwungene Wendeltreppe, die sich großartig für Schwertkämpfe eignen würde und einen Kamin, der groß genug war, um darin stehen zu können – und dennoch fehlte etwas. Sie hatten das Bauwerk aus dem ›Burgen‹-Verzeichnis der Datenbanken herunterkopiert, und bis jetzt war es nur ein Rohbau. Es mußten Spinnweben und Fledermäuse, ein paar halb heruntergebrannte Kerzen, geheime Gänge, Verliese und Gespenster her. Sie konnte kaum erwarten, bis Jack kam, damit sie anfangen konnten.

Zumindest besaß die Burg einen Bergfried. Den hatten sie programmiert, als sie das letzte Mal gekommen waren. Eleni stieg die enge Wendeltreppe hoch, die ihre Idee gewesen war, und trat oben durch die Tür hinaus, die auf das flache Dach des Turms führte.

Rom kam auf sie zugesprungen. »Hi, Leni. Wo hast du dich versteckt? Hab' dich eine Zeitlang nicht gesehen.«

»Hi.« In Gegenwart von Rom, dem ultra-selbstbewußten Web-Zauberer, war Leni immer sehr gehemmt gewesen, aber heute war das anders. *Das muß am Drachen liegen,* vermutete sie. Wie konnte man schüchtern sein, wenn man sich in etwas so Großes und Eindrucksvolles verwandeln konnte?

Auch wenn sich Eleni keine zwanzig Minuten zuvor geschworen hatte, die Drachengestalt nie wieder zu verwenden, erkannte sie, daß sie dem nicht widerstehen konnte. Es wäre echt acht, wenn sie einmal vor Rom angeben könnte. Sie grinste ihn an. »Ich hatte zu tun, Rom. Arbeit an einer neuen Gestalt. Willst du mal sehen?«

»Na klar. Ich bin immer an neuen Ideen interessiert.«

Eleni starrte ihn zornig an, tat so, als sei sie böse. »Du läßt deine kleinen grünen Pfoten von meiner neuen Gestalt! Du hast selber wirklich genug.«

»Friede, Friede!« Rom hielt seine ›kleinen grünen Pfoten‹ vor sich. »Du kannst einen Typ doch nicht schlagen, wenn er klein und grün ist! Mach schon, Leni, zeig sie mir.«

»Okay«, lachte Eleni. »Tritt zurück, Rom, und damit meine ich, *weit* zurück.« Sie gab den Drachencode in ihre Controller ein. Ihre normale Mädchengestalt schimmerte und zerbrach in tausend glitzernde Pixel, die sich ausdehnten und dann als Wirbel in Form eines neuen, viel größeren Wesens wieder zusammenzogen. Eleni spreizte ihre riesigen, goldgrünen Schwingen und lachte. »Und? Was meinst du?«

»Wow!« Rom war noch weiter zurückgetreten, sein breiter Mund stand offen. Eine lange, scharlachrote Zunge entrollte sich. Er sprang, als ob ihn jemand gekniffen hätte, und stopfte sie mit beiden Händen zurück. Das kleine grüne Alien verschwand in einem Glitzer-Wirbel, und Roms menschliche Gestalt erschien. Er starrte Eleni dermaßen intensiv an, daß es ihr peinlich wurde. Sie löste die Drachengestalt auf und verwandelte sich wieder in einen Menschen. »Gefällt er dir wirklich?« fragte sie.

»Einfach acht. Ich habe schon alle möglichen Formen angenommen, aber nie eine so *große*. Hättest du etwas dagegen, wenn ich den Drachen auch mal ausprobiere? Ich wette, daß wir ein paar hübsche Tricks aushecken könnten – wir könnten Jack und Cat zu Tode erschrecken, oder?«

Eleni hätte vor Freude platzen können. Rom war nicht leicht zu beeindrucken, aber anscheinend hatte sie es endlich geschafft. Endlich fühlte sie sich, als gehörte sie wirklich in die Welt des Web.

Der Drang, noch ein wenig mehr anzugeben, war unwiderstehlich. »Ich weiß nicht, was mit Jack und Cat ist, aber heute habe ich garantiert eine Frau auf Ebene Eins getäuscht«, sagte sie. »Sie hat mich für jemand ganz anderen gehalten.« Eleni runzelte die Stirn, als ihr wieder einfiel, wie die Frau versucht hatte, ihr Handgelenk zu fassen zu bekommen. »Sie trug diesen unheimlichen Silberanzug und eine gesichtslose, glänzende Maske. Es war furchtbar.« Sie schauderte. »Sie hat mir wirklich einen Schrecken eingejagt«, gab sie zu. »Ich verstehe nicht, wie es jemand möglich sein kann, mir im Web den Controller abzunehmen, aber ... Rom, was würde mit jemandem geschehen, der ohne Controller im Web hängenbleibt?«

Rom blickte sie mit sehr ernster Miene an. »Es ist furchtbar«, sagte er leise. »Vor einiger Zeit ist das ein paar Kids tatsächlich passiert ...«

Eleni hörte zu, während er ihr von seiner Freundin Ana Devi erzählte und den geisterhaften Formen der armen indischen Bettelkinder, die monatelang ohne Fluchtmöglichkeit im Web gefangen gewesen waren. »Am Ende stirbt man«, erklärte er ihr traurig, »aber bis dahin ist wohl ein langer, langsamer und schrecklicher Weg.«

»Was geschah mit der alten Frau, die diese Kinder gekidnappt hat?« fragte Eleni.

Rom zuckte mit den Schultern. »Wir konnten sie schließlich aufhalten. Ihr Haus brannte nieder, und ihre Ausrüstung wurde zerstört. Aber sie überlebte, und hin und wieder hat man sie im Web gesehen. Ich glaube, sie versucht immer noch, einen Weg zu finden, dort auch dann zu bleiben, wenn ihr Körper stirbt. Wenn du sie jemals zu sehen bekommst, Leni, hau so schnell ab, wie du kannst. Sie ist gefährlich. Das meine ich ernst.«

»Wie würde ich sie erkennen?« fragt Eleni neugierig. »Das ist das Web. Sie könnte doch jede Gestalt annehmen. Sie könnte sogar wie *du* aussehen, wenn sie wollte.«

»Oh, du würdest sie schon erkennen«, antwortete Rom. »Aus irgendeinem Grund verrät sie sich selbst. Egal, wie sie auch aussieht, sie trägt immer einen Ring mit einem großen roten Stein. Den kannst du nicht übersehen — was ist denn los, Leni?«

»Den Ring habe ich gesehen«, flüsterte Eleni. »Sie war es, Rom – die Frau, die versucht hat, meinen Controller zu stehlen. Die Frau in Silber! Das war *sie*!«

4
DIE KATZE MIT DEN GRÜNEN AUGEN

Gerade als Rom und Eleni einander erschrocken ansahen, begann der Ausblick vor ihnen zu zittern. Jack erschien auf der Bildfläche, als hätte er sich den Weg durch einen unsichtbaren Vorhang gebahnt. »Hallo, Rom, lange nicht gesehen. Hallo, Leni, schön, daß du da bist«, rief er. »Gut. Kommt ihr runter, oder soll ich raufkommen?«

»Wir kommen 'runter«, antwortete Rom. »Wir müssen dir was erzählen.«

»Acht. Und ich muß *Euch* was erzählen.« Jacks Grinsen nach zu urteilen, hatte er ihre Mienen eindeutig nicht bemerkt. »Habt ihr Cat gesehen?« fügte er hinzu. »Sie hat euch gesucht.«

»Nein«, rief Rom. »Müssen sie verpaßt haben. Los jetzt«, sagte er zu Eleni. Er faßte sie an der Hand, und gemeinsam verließen sie das Dach.

Als sie durch das große Burgtor herauskamen, stand Jack an der Zugbrücke. »Ich habe ...«, setzte er an, aber Rom unterbrach ihn.

»Wart mal, Jack. Hör zu. Es ist etwas passiert. Etwas Ernstes.«

Jack kannte den Großteil der Geschichte von der alten Frau im Web – Rom hatte sie ihm bereits erzählt. Als er hörte, daß sie Eleni bedroht hatte, runzelte er die Stirn.

»Wir hätten besser aufpassen sollen«, sagte er. »Leni, du glaubst, daß es der Drachen war, den sie anscheinend wiedererkannt hat?«

Eleni nickte. »Sie fragte mich, wie ich es geschafft hätte, rauszukommen und was ich auf Ebene eins machen würde. Dann befahl sie mir, ins Labyrinth zurückzukehren.«

»Labyrinth? Welches Labyrinth?« murmelte Jack.

»Eins ist klar«, sagte Rom. »Sie hält dort einen Drachen gefangen – oder eher jemanden oder etwas in der Gestalt eines Drachen. Ich frage mich, was sie vorhat . . .«

»Ich hoffe, daß wir das niemals herausfinden«, sagte Eleni bestimmt. »Nicht, wenn sie *so* gefährlich ist. Ich schäme mich nicht zuzugeben, daß sie mir Angst eingejagt hat. Schließlich gehen wir immer davon aus, daß das Web sicher ist.«

Jack runzelte die Stirn.

»Da ist noch etwas.« Er erzählte ihnen vom Verschwinden der Menagerie.

»Glaubst du, da könnte ein Zusammenhang bestehen?« fragte Eleni.

Rom nickte. »Es kann kein Zufall sein, daß beides am selben Tag passiert. Ich kann mir nicht vorstellen, was die alte Frau mit der Menagerie anfangen will. Trotzdem müssen wir die Sache im Auge behalten.«

»Okay, denk jetzt nicht mehr an sie, Leni«, sagte Jack, »sei nur vorsichtig mit der Verwandlung in einen Drachen, solange du allein bist. Rom, warum erwähnst du das nicht gegenüber dieser – wie heißt sie noch, diese Webpolizistin, die du kennst?«

»Ariadne«, antwortete Rom. »Ja, genau das könnte ich tun. Ich glaube aber nicht, daß wir das unseren Spinnen gegenüber erwähnen sollten. Einverstanden?«

Die drei sahen einander an. Jeder von ihnen wußte, wie Eltern sein konnten. Aus irgendeinem Grund machen sich Erwachsene viel zu viele Sorgen, und keiner der drei wollte seinen Zugang zum Web eingeschränkt sehen.

»Einverstanden!« antworteten die anderen im Chor.

Rom grinste. »Laßt euch davon in der Zwischenzeit nicht den Tag verderben. Was hast du gesagt, als du reingesprungen bist, Jack? Du wolltest uns was erzählen.«

Jacks Grinsen kam zurück. »Anna fragt, ob wir morgen mit ihr gehen und einen Blick auf das neue Spiel werfen wollen.«

Eleni entfuhr ein Freudenschrei.

»Ob wir *wollen*? Jederzeit!« rief Rom.

»Dann morgen früh«, sagt Jack. »Wir treffen dich an der Tropicana Bay. Ich hab' hier noch etwas«, fuhr er fort und freute sich darüber, ihnen noch eine Überraschung bereiten zu können. »Ein Geschenk für Leni. Eine Überraschung. Streck mal die Hand aus!«

Eleni trat neugierig vor.

»Jetzt«, sagte Jack. »Gib diesen Code in deinen Controller ein und dann deine PZC.«

Einen Augenblick lang schien Elenis Hand zu verschwimmen, dann verschlug es ihr vor Freude den Atem. Dort, auf ihrer Handfläche, stand eine perfekt geformte kleine Fee.

Rom stieß mit einem langgezogenen Pfeifen den angestauten Atem aus. »Wow, Jack. Ist ja ätzend! Hat Anna das programmiert?«

Jack nickte. »Das ist ein Kobold wie mein Kolibri. Wenn du jemals Rom oder mich – oder überhaupt irgend jemanden – brauchst, kannst du sie auf die Suche nach uns schicken, Leni. Wo immer im Web wir auch sind, sie wird uns finden. Anna meinte, sie hätte auch einen für dich gemacht, wenn du wolltest, Rom – aber du würdest wahrscheinlich vorher selbst einen erfinden.«

Rom grinste. »Das weiß man nie. Und ich liebe ihre Erfindungen. Sie ist eine echte Zauberin.«

Er streckte die Hand nach der Fee aus, aber zu ihm wollte sie nicht kommen. Das kleine schlanke Geschöpf war so groß wie Elenis Mittelfinger und glühte in einem rosagetönten goldenen Licht, das aus dem Inneren ihres Körpers zu kommen schien. Wie eine Libelle besaß sie zwei schimmernde Doppelflügel in der Farbe gedeckten Purpurs mit Spuren von Blau. Sie waren so zart, daß das Licht durch sie hindurchschimmerte.

»O Jack!« Eleni fehlten die Worte. Als sie ihre Hand noch ein wenig öffnete, sprang die Fee nach oben und stieg in die Luft. Sie blieb vor Eleni schweben, und ihre Flügel waren nur noch ein verschwommenes Blau.

Plötzlich entstand aus dem Nichts eine geschmeidige, graue Gestalt. Weiße Pfoten schlugen um sich und fegten die Fee mit Krallen aus der Luft.

»Cat!«

»Nein!«

»Laß das!«

Alle drei schrien sie gleichzeitig.

Die Fee entkam den flinken weißen Pfoten der grau getigerten Katze und flog wieder nach oben, wo ihre verschwommenen Flügel ein ärgerliches Brummen von sich gaben.

Cat starrte sie an und schlug beleidigt mit ihrem Schwanz hin und her. »Also, das blöde Ding hat es geradezu herausgefordert, wie es da so herumschwebte. Und warum regt ihr euch eigentlich so auf? Ich hab' ihr doch gar nicht weh getan.«

»Das war wirklich auf Kellerniveau«, sagte Jack wütend zu ihr.

»Warum willst du alles kaputtmachen, Cat?« fragte Eleni.

»Nun halt's Maul wegen deinem blöden Kobold«, knurrte Cat. Sie drehte ihnen den Rücken zu und begann sich die Pfote zu lecken.

»Es gibt keinen Grund zur Eifersucht«, sagte Jack zu ihr. »Anna hat dir auch einen gemacht.«

Cats Kopf drehte sich ruckartig um. »Sie hat einen Kobold für mich gemacht?« Ihre grünen Augen leuchteten erwartungsvoll auf.

»Na klar. Hast du gedacht, sie übergeht dich? Hier, ich brauche nur deinen PZC.«

Der Ausdruck auf Cats pelzigen Gesicht änderte sich nicht – konnte sich nicht ändern –, aber ihr Schwanz schlug schneller hin und her als jemals zuvor. »Ach, zisch dich«, fauchte sie, »ich will keinen von deinen blöden Kobolden.« Dann drückte sie ihren Ausklink-Knopf und war fort.

Jack, Rom und Eleni sahen einander bestürzt an, dann sagte Jack wütend mit finsterer Miene. »Warum hat diese hochnäsige, kleine …«

»Nein, Jack«, sagte Eleni mit einem Kopfschütteln. »Sie hat sich über etwas geärgert. Ich frage mich, was los ist?«

»Wer weiß? Wen interessiert's?« Jacks Stirn lag noch immer in Falten. »So was von Undank. Ich bring Anna dazu, den Kobold für Rom umzuprogrammieren.«

»Nein, wart noch ein bißchen«, drängte ihn Rom. »Du weißt, wie launisch Cat sein kann. Wahrscheinlich ist sie wieder okay, wenn sie zurückkommt.«

»Wenn sie sich so benimmt«, murmelte Jack finster, »kann sie froh sein, wenn wir sie überhaupt wieder aufnehmen.«

Die Szenerie wirbelte und zerstob in glitzernde Teilchen. Als Cat das Visier nach oben schob, war sie zurück in ihrer schummerigen und schmuddeligen Kabine im Cybercafé. Sie drückte den Knopf mit der Aufschrift FREIGABE, und ihre Marke sprang aus dem Schlitz in ihre Hand. Na gut, zumindest hatte die heutige Sitzung sie nicht viel gekostet. Mit vor Zorn ruckartigen Bewegungen schälte sie sich aus dem Websuit und warf ihn auf die Couch. Als sie die Tür erreichte, mußte sie sich den Tränenschleier aus den Augen wischen. *Das ist so unfair,* dachte sie. *Bevor Eleni sich einmischte, gab es nur Rom, Jack und mich. Oh,* warum *mußte sie diesen neuen Websuit kriegen?* Vorher war es gar nicht so übel gewesen. Solange Eleni noch eine Hub gewesen war, war Cat trotz ihres Problems ganz gut zurechtgekommen. Sie hatte täglich aushilfsweise bei den Nachbarn gearbeitet, um sich das Geld für Cybercafé-Marken zu verdienen. Aber jetzt, da die junge Griechin ihren eigenen Anzug hatte, konnte sie soviel Zeit mit den Jungen im Web verbringen, wie sie wollte, und Cat würde außen vor bleiben. Sie war sowieso im Nachteil – ohne Anzug konnte sie keinen Kobold haben, weil sie keinen persönlichen Zugangs-Code hatte. Und wie sollte sie ihnen das erklären? Sie durften niemals erfahren, daß sie keinen eigenen Anzug besaß, weil sie ihnen dann von Dad erzählen mußte; denn auf keinen Fall wollte sie bemitleidet werden – das hätte sie nicht ertragen können.

Cat lauerte im Ausgang und beobachtete vorsichtig die dunkle, graue Straße in beiden Richtungen, bevor sie aus dem Cybercafé schlüpfte. Sie hielt sich außerhalb des blaßgelben Lichtes der Straßenlaternen. Wenn irgendein Nachbar ihr Geheimnis entdeckte und Dad gegenüber erwähnte, wäre ihr Leben nicht mehr lebenswert. Als sie sich ein wenig vom Café entfernt hatte, verlangsamte sie ihren Schritt wie bei einem unschuldigen Bummel und betrachtete im Gehen die Schaufenster. Sie ging gerade die Straße hinauf, als hinter ihr ein Schrei ertönte. »Catherine!«

Cat fuhr herum und unterdrückte ein schuldbewußtes Keuchen. Hinter ihr kam die große, extrem dünne Gestalt ihres Vaters eilig die Straße herauf.

5
IN DER KATHEDRALE

Vielleicht geht's ja gut, versuchte Cat sich einzureden. *Schau unschuldig drein. Vielleicht hat er dich nicht gesehen, als du herausgekommen bist.* Aber als ihr Vater sie einholte, lag auf seinem Gesicht ein finsterer Ausdruck, und er packte sie fest am Arm.

»Was zum Teufel soll das?« Ihm stand die Zornesröte im Gesicht. »Wie oft habe ich dir gesagt, daß du dich von *diesem* Ort fernhalten sollst?« Er hatte jetzt angefangen zu schreien, und die Leute in der Nähe drehten sich um und sahen zu. Cat wich vor ihm zurück. Sie hatte ihn schon vorher wütend gesehen – in der letzten Zeit schien er fast immer wütend zu sein –, aber so fuchsteufelswild wie jetzt noch nie. In ihrem Magen spürte sie die Angst wie eine zusammengeballte Faust, darüber hinaus empfand sie jedoch auch Zorn. Vater hatte ihr lang genug das Leben zur Hölle gemacht. Welches Recht hatte er, sie so zu behandeln? »Laß mich *los*!« schrie sie ihn an und entwand ihm ihren Arm. Dann lief sie, so schnell sie konnte, die Straße hinauf – ohne zu wissen, wohin.

Cat hörte einen Wutschrei und die Schritte, mit denen ihr Vater hinter ihr über das Kopfsteinpflaster stampfte. Sie blieb in Bewegung, wagte es nicht, langsamer zu rennen oder sich umzusehen. Er konnte nicht weit hinter ihr sein. Vor ihr wichen die Passanten zur Seite. Manchmal rannte sie in Leute hinein, hatte aber keine Zeit, anzuhalten und sich zu entschuldigen. Cat eilte mit schmerzenden Beinen den Hügel hinauf und über den Marktplatz. Hier gab es keine Laufbänder. Weil Durham eine alte Stadt war, hatte man die traditionellen Schaufenster und die betonierten Bürgersteige erhalten und hielt Fahrzeuge aus dem Zentrum fern. Es sah genauso aus, wie es vor fünfzig Jahren ausgesehen hatte. Die Straße zwischen den Häusern, die sich in seltsamen Winkeln über sie beugten, war schmal; die meisten Läden verkauften komisches Zeug wie unverpackte Lebensmittel, handgemachte Kleidung oder Kerzen und schweren Schmuck. Es war, als würde man eine Reise in die Vergangenheit unternehmen. *Noch mehr Geschichte,* dachte Cat verzweifelt, als sie über den schmalen Bürgersteig rannte. *Ich habe die Vergangenheit so satt. Ich will in der Gegenwart leben.*

Cat wußte nicht, ob ihr Vater immer noch hinter ihr her war, aber weil es so sein konnte, wagte sie nicht, anzuhalten. Sie bemerkte kaum, wohin sie lief. Schweiß tropfte ihr beißend in die Augen, und sie japste nach Luft. Die Läden und Häuser, die die Straße säumten, nahm sie nur verschwommen wahr. Und plötzlich waren auf beiden Seiten keine Häuser mehr. Verwirrt blickte Cat um sich und stolperte. Obwohl sie sich noch fangen konnte, bevor sie hinfiel, begriff sie, daß sie nicht weiterlaufen konnte. Sie hielt sich die schmerzende Seite und starrte voller Angst zurück, aber kein Anzeichen von ihrem Vater.

Als sie um sich schaute, sah Cat, daß sie auf einem breiten, offenen Platz stand. Sie mußte den Hügel nach College Green hinaufgelaufen sein. Rechts lag der große, klobige Umriß der Burg. Jenseits des Rasens vor ihr, der im Sommer jeden Tag sorgfältig gegossen wurde, zeichnete sich die gewaltige Kathedrale gegen den Himmel ab. Angestrahlt vom silbrigen Flutlicht, wirkte sie mit ihren hohen Spitzbogenfenstern und dem rechteckigen Glockenturm wie ein Märchenpalast. Wenn Cat nach oben schaute, konnte sie Wasserspeier, Engel und Heiligenstatuen erkennen. Auch wenn sie Geschichte satt hatte, der Kathedrale wurde sie nie überdrüssig. Dazu war das Bauwerk zu alt und zu prachtvoll.

Es war auch ein gutes Versteck. Cat wußte, daß ihr

Vater weiter nach ihr suchen würde und es nur eine Frage der Zeit wäre, bis er auch hierherkäme. Schnell rannte sie über das Gras und ignorierte voller Gewissensbisse die Schilder, die das Betreten des Rasens untersagten. Eine Minute später befand sie sich im Inneren des Gebäudes.

Die Kathedrale war so riesig, daß es einem gar nicht so vorkam, als sei man im Inneren eines Gebäudes. Stille senkte sich wie eine dicke, weiche Decke über Cat. Weit oben unter den Deckenbögen hingen schwache elektrische Lampen. Von den dicken weißen Kerzen in den schwarzen Haltern aus Eisen, die größer waren als Cat, kam ein dezenteres, flackerndes Licht. Die Wände ragten mit ihren Bögen und schwindelerregenden Balkonen zu beiden Seiten wie Felsen in die Höhe, und eine Doppelreihe Pfeiler mit eingemeißelten Zickzacklinien und Rautenmustern zog sich von ihr weg zum nachtschwarzen Auge des großen Rundfensters in der Ferne. Cat schauderte es. Auch wenn der Raum nicht ganz leer sein konnte, denn das Echo entfernter Schritte war zu hören, war dennoch niemand zu sehen. Sie war noch nie im Dunkeln alleine hiergewesen. Schön war es, aber auch sehr gespenstisch. Plötzlich fiel ihr wieder ein, daß sie sich verstecken sollte. Was, wenn Dad jetzt hier hineinmarschierte?

Als ob ihn der Gedanke herbeigerufen hätte, vernahm Cat Schritte am Eingang der Kathedrale. Das Herz schlug ihr bis zum Hals. Innerhalb der Kathedrale durfte man nicht umherrennen. Zum einen würde man sie hinauswerfen, wenn sie jemand sähe, aber hier herrschte eine unheimliche Atmosphäre von *Wachsamkeit,* die in Catherine den Wunsch erweckte, wie eine Maus umherzuschleichen. Wo konnte sie sich verstecken? Ihr Blick fiel auf den dunkelblauen Samtvorhang, der die Tür zum Glockenturm verdeckte. Davor stand auf einem weißen

Pfosten ein Schild mit der Aufschrift WEGEN BAUARBEITEN GESCHLOSSEN. Das ideale Versteck! Sie vergaß, daß sie nicht rennen durfte, flitzte hinüber und verschwand hinter dem dicken Samt.

Der Vorhang roch nach Staub und Alter. In seinen Falten konnte sie sich bequem verstecken, auch wenn die Tür zum Turm natürlich abgeschlossen sein würde. Während sie auf die Schritte lauschte, lehnte sie sich gegen die Tür – und taumelte nach hinten, als diese leise hinter ihr aufschwang. Etwas rollte ihr unter die Füße, und sie setzte sich heftig auf die unterste Stufe der Wendeltreppe des Turms.

Das war zu schön, um wahr zu sein! Irgend jemand, vermutlich ein Arbeiter, hatte vergessen, die Tür des Glockenturms abzuschließen. Aber über was war sie gestolpert?

Sie tastete im Dunkeln herum, bis ihre Hand auf verstreut liegende, lange, weiche Objekte stieß, die so dick waren, daß sie sie kaum mit den Händen umfassen konnte. Kerzen! Irgend ein wunderbarer, freundlicher Mensch hatte in einer Nische am Boden der Treppe einen Kerzenvorrat hinterlassen. Wenn jetzt nur ... Sie tastete in der Nische umher und fand ein Regal und darauf, wie sie gehofft hatte, ein elektrisches Feuerzeug. Die Flamme mit der Hand abschirmend, zündete sie eine Kerze an und machte ihre zweite große Entdeckung: Die Turmtür ließ sich von innen verriegeln. Der Riegel war neu und ließ sich leicht und leise schieben. Cat fragte sich, wer ihn hier angebracht hatte und warum. Es war keine Überraschung, daß am Turm gearbeitet wurde – die alten Glocken hatten jahrelang nicht geläutet –, aber warum sollte jemand die Tür von *innen* verschließen wollen?

»Catherine! Catherine!«

Als sie ihren Vater rufen hörte, hielt Cat den Atem an. Kurze Zeit später hörte sie eine andere, leisere Stimme:

»Mein Herr, bitte bedenken Sie, daß dies ein Haus Gottes ist.«

Ihr Vater stapfte davon, wobei er Worte vor sich hinmurmelte, die in einer Kathedrale definitiv fehl am Platze waren, und Cat stieß einen Seufzer der Erleichterung aus. Jetzt würde er sie nie finden. Sie blieb besser, wo sie war, nur für den Fall, daß er draußen auf sie wartete.

Es war recht angenehm, in einem behaglichen Kreis aus Kerzenlicht auf den dunklen Stufen des Turms zu sitzen. Hier war es sehr viel friedlicher war als zu Hause, entschied Cat, als sie an die Siedlung und das kleine Haus dachte, das bis zum Bersten mit ihren drei jungen Brüdern und einer Schwester gefüllt war. Ganz zu schweigen von Dad, schweigsam, streng und finster – und voll bitterem Haß auf das Web.

Als Cat noch sehr jung gewesen war – eigentlich viel zu klein, um sich genau daran zu erinnern –, war ihr Vater Geschichtslehrer gewesen, aber als sich das Web immer weiter entwickelt hatte, konnte ein einzelner Hunderte von Kindern unterrichten. Dann erfand man die VR-Anzüge, und die althergebrachten Unterrichtsstunden verschwanden für immer. Die Kids lernten dadurch, daß sie erlebten, was immer gelehrt wurde – Lernen war zu einem Abenteuer geworden und zu einem Spiel. *Das muß unglaublichen Spaß machen,* dachte Cat wehmütig, *aber das Web hat Dad zum alten Eisen geworfen, und jetzt weigert er sich, in irgendeiner Weise damit zu tun zu haben.* Er war immer verbitterter und zorniger geworden, und nachdem Mutter ihn verlassen hatte, unterrichtete er Cat und ihre Geschwister selbst und schien nicht zu wissen oder sich darum zu kümmern, was sie versäumten. Die letzten drei Jahre war Cat stets, wenn sie Geld hatte, ins Cybercafé geschlichen, und nun, da Dad sie erwischt hatte, würde sie auch das nicht mehr tun können.

Sie ballte die Fäuste und hielt mit Mühe ihre Tränen

zurück. *Ich hasse ihn,* dachte sie erbittert. *Ich gehe nicht zu ihm zurück. Niemals gehe ich zu ihm zurück!*

Und so begann sie nach einer Weile darüber nachzudenken, was sie nun tun *könnte.* Cat war es nicht gewohnt, allein zu sein und fühlte sich schuldig, weil sie jetzt nicht zu Hause war und sich um ihre jüngeren Geschwister kümmerte. Würde Dad ihnen heute abend ihren Tee machen? Der Gedanke an Tee ließ Cat bewußt werden, daß sie fror und einen Bärenhunger hatte. Als sie die Stimme von irgendwo oben aus dem Treppenhaus rufen hörte, dachte sie, sie sei dabei, verrückt zu werden.

Zuerst kam sie leise, dann lauter – die dünne, hohe, zitternde Stimme einer alten Frau.

»Ich sehe dich. Warum da unten in der Kälte sitzen, wenn es oben in meinem Turm viel wärmer ist?«

6
DIE HEXE IN IHREM TURM

Wer ist das? überlegte Cat in Panik. *Was hat sie hier zu suchen? Woher weiß sie, daß ich hier bin? Das ist unmöglich. Und sie klingt genau wie eine Hexe.* Ein Schauer überlief sie. *Werd um Gottes willen erwachsen,* fuhr sie sich wütend an. *Nicht zu fassen, daß du in deinem Alter noch an Hexen glaubst.* »Wer – wer ist da?« versuchte sie zu rufen, aber die Worte blieben ihr im Hals stecken und kamen als Flüstern heraus.

»Eine Freundin, meine Liebe. Komm rauf in den Turm und wärme dich auf. Ich bin mir sicher, daß du auch ziemlich hungrig bist.«

Bei dem Gedanken an Essen gab Cats Magen ein peinliches Knurren von sich. Auch wenn man ihr immer wieder gesagt hatte, Fremden nicht zu trauen, wie konnte eine kleine alte Frau ihr etwas zuleide tun? Sie klang ziemlich nett, und außerdem war Cat zerfressen von Neugier. Wer war diese Frau? Was könnte sie hier wohl wollen?

Cat atmete tief durch, nahm die Kerze fest in die Hand und machte sich den Weg die steilen, ausgetretenen Stufen hinauf. Sie stieg und stieg, während die flackernde Kerze ihren Schatten über die steinernen Wände tanzen ließ. Sie hörte die Stimme kein zweites Mal. Die einzigen Geräusche waren das dumpfe Stapfen ihrer Füße auf der Treppe und ihr Atem, der um so lauter und schneller wurde, je weiter sie nach oben stieg. Manchmal kam sie an einer alten Holztür vorbei, aber jede, die sie ausprobierte, war fest verschlossen. Schließlich, als sie dachte, sie sei schon fast in der Spitze, öffnete sich eine der Türen, als sie sich dagegendrückte, und schwang mit einem Knarren nach innen. Cat traute ihren Augen nicht. Anstelle des leeren, von Spinnweben duchzogenen Raums, den sie erwartet hatte, war das Zimmer voller Wärme und lag in einem schwachen, aber anheimelnden roten Licht. Auf dem Fußboden lag ein Teppich, und die Fenster waren mit dicken Vorhängen verhängt. Cat blieb in der Tür stehen und keuchte auf, als sie zu einem großen, breitschultrigen Mann, dessen Arme und Beine etwa denselben Umfang hatten wie ihr Körper, aufsehen mußte.

»Schon in Ordnung. Brauchst vor Maxus keine Angst haben.«

Cat wandte den Blick von dem großen Mann ab, um zu sehen, wer da gesprochen hatte. In der Ecke saß eine sehr alte Dame in einem Rollstuhl. Sie erschien klein und zerbrechlich, und in dem Gewirr von Flaschen, Schläuchen und Drähten, die an ihrem Stuhl befestigt waren, wirkte sie verloren, aber ihre hervortretenden Wangenknochen, die dünne, hervorstehende Hakennase und die funkelnden dunklen Augen verliehen ihr einen Ausdruck von Arroganz und Macht. Dann, als sie lächelte, zerfiel ihr Gesicht überraschend in eine Ansammlung freundlicher Runzeln.

»Komm herein, meine Liebe, und stell dich vor; ich lasse Maxus etwas Suppe für dich aufwärmen.«

Cat ging langsam nach vorne. Die klaren dunklen Augen hielten sie gefangen wie ein Kaninchen, das von einer Schlange hypnotisiert wird. Die Frau streckte eine Hand vor, die wie eine knochige Klaue aussah, und Cat erblickte an einem der Finger einen massiven Ring mit einem großen, blutroten Stein. Die Frau lächelte erneut und hielt ihre Hand immer noch freundlich ausgestreckt, auch wenn ihre Augen wild funkelten. »Komm zu mir«, sagte sie sanft.

Als Cat nähertrat und ihre Hand in die knochige Klaue der Frau legte, verblüffte sie die Festigkeit des Griffs. Die alte Dame lächelte ihr zu. »Du kannst mich Miß Aldanar nennen, meine Liebe. Nun erzähl mir alles. Wer bist du, und warum versteckst du dich hier in meinem Turm?«

»*Ihr* Turm?« fragte Cat erstaunt. »Aber gehört er nicht der Kathedrale?«

»In gewisser Hinsicht.« Das Lächeln der Frau wurde breiter. »Aber laß uns einfach sagen, daß ich ihn mir für eine Weile ausleihe.«

»Und man läßt Sie?« fragte Cat fassungslos.

Das Lächeln der Frau verlosch wie ein Licht. »Ob man mich läßt? Keine Frage – man läßt mich. Wenn und falls du je mein Alter erreichst, wirst du herausfinden, daß Geld jede Tür öffnen kann. Weißt du, die Erhaltung der Kathedrale ist sehr kostspielig. Und jetzt ...« Das Lächeln kehrte wieder zurück. »Setz dich hier neben mich, iß deine Suppe und erzähl mir, was *du* hier machst.«

Cat drehte sich um und erblickte den riesigen, finsteren

Mann, der direkt hinter ihr stand und einen Teller mit etwas hielt, das tatsächlich sehr gut roch. Einen Moment lang zögerte sie und fragte sich, ob die Suppe mit Drogen oder etwas anderem versetzt worden war. Die alte Frau lachte meckernd. »Wenn ich dir etwas antun wollte – glaubst du wirklich, du könntest Maxus entkommen? Ich bräuchte dich auf jeden Fall nicht unter Drogen zu setzen, meine Liebe – oder zu vergiften.«

Plötzlich kam Cat sich sehr dumm vor. Die alte Frau mußte einsam sein, wenn sie hier eingesperrt war und der schweigsame, mißmutige Maxus ihre einzige Gesellschaft darstellte. Die arme alte Schachtel war wahrscheinlich ein wenig senil, aber sie bemühte sich um Freundlichkeit – und sie war sehr viel freundlicher als Cats Vater. »Vielen Dank.« Cat nahm den Teller und setzte sich neben dem Rollstuhl der alten Dame auf einen niedrigen Schemel. »Woher wußten Sie, daß ich unten im Turm war?« fragte sie.

»Überwachungs-Kamera.« Die Frau zuckte mit den Schultern, als sei das das Normalste auf der Welt. »Und über dasselbe System habe ich mit dir gesprochen. Jetzt keine Fragen mehr. Erzähl mir, was du da unten gemacht hast.«

Cat erzählte zwischen Schlucken aus der heißen, köstlichen Suppe ihrer neuen Bekannten die triste Geschichte.

»Und er läßt dich das Web *überhaupt nicht* benutzen?« unterbrach die Frau.

Cat schüttelte den Kopf. »Er haßt alles, was damit zusammenhängt.«

»Lächerlich. Und sowieso, ich glaube nicht, daß das überhaupt legal ist. Du hast Anspruch auf eine vernünftige Schulbildung.«

»Dad unterrichtet uns selbst.« Cat seufzte schwermütig. »Nach dem, was andere Kids mir so erzählen, verpasse ich eine ganze Menge.«

»Deinem Vater scheint es egal zu sein, daß du ziemlich im Nachteil sein wirst, wenn du erwachsen bist«, sagte die alte Dame scharf. »Der Dummkopf. Und so schleichst du dich bei jeder Gelegenheit raus ins Cybercafé? Na schön, gut für dich.«

Cat konnte es nicht glauben. Diese Frau, diese erstaunliche, stolze alte Dame, die mit ihrem treuen Diener allein in ihrem Turm lebte wie eine Hexe im Märchen, verstand Cat viel besser als ihre eigene Familie. Noch nie war jemand so freundlich zu ihr gewesen – *außer Jack vielleicht,* dachte sie und empfand plötzlich Gewissensbisse bei der Erinnerung an ihren Streit mit ihm.

»Na gut. Um wegzulaufen, bist du genau an die Richtige geraten.« Wieder verzog sich das runzlige alte Gesicht zu einem Lächeln. »Zufälligerweise könnte ich dir helfen.« Sie machte eine Geste zu Maxus, der sich hinter den Rollstuhl quetschte und einen Vorhang wegzog, der vor einer Nische hing. Er glitt mit einem Rattern beiseite. Cat keuchte auf. *Ich muß träumen,* dachte sie. Dort in der Nische befanden sich zwei Schaumform-Couches – und zwei wirklich ätzende Websuits.

»Ich brauche nur für mich keine zwei Anzüge«, sagte die alte Dame freundlich. »Ich habe von Anfang an im Websuit-Design mitgearbeitet und habe noch immer meine Finger drin. Das sind brandneue Versuchsmodelle. Sie müßten eine schnellere Reaktionszeit haben, dir klarere virtuelle Bilder geben *und* bequemer zu tragen sein. Ich brauche jemand, der mir hilft, sie zu testen – also gehört einer dieser Anzüge dir, solange du willst, meine Liebe.«

Cat traute ihren Ohren nicht. »Danke, oh, danke«, flüsterte sie. Jetzt konnte sie es den anderen gleichtun! Sie konnte so lange im Web bleiben, wie sie wollte und konnte Jack häufiger sehen. Ihr Blick blieb an den Webanzügen hängen. Sie war so glücklich, daß sie fast weinen wollte – und viel zu aufgeregt, um sich zu fragen, warum die beiden Anzüge mit einem geheimnisvollen Gewirr von Drähten verbunden waren, die alle in ein weißes Kästchen mit blinkender Digitalanzeige führten. Sie war viel zu sehr mit Pläneschmieden beschäftigt, als daß sie den Ausdruck totaler Gier in den funkelnden dunklen Augen der alten Frau wahrgenommen hätte – als ob *sie* eine Spinne wäre und Cat eine ahnungslose Fliege.

7
DRAGONVILLE

Der Strand von Tropicana Bay war ziemlich ruhig, auch wenn eine Reihe Leute im Wasser waren, auf den glitzernden Wellen ritten oder weiter draußen, wo das Meer ruhiger war, Windsurfing betrieben. Andere schwammen oder spielten mit den Delphin-Phaces, die sich in den silbrigen Wellen tummelten. Als Eleni ankam, saßen Jack und Anna bereits an einem der zierlichen Tische, die sich am Rand des dunkelroten Sandstrandes unter den mit gelben Blüten besetzten Bäumen verteilten.

Anna lächelte. »Da bist du ja«, sagte sie. »*Kalimera,* Eleni. *Ti kanis?*«

»Guten Morgen, Anna«, antwortete das Mädchen mit einem Lächeln. »Danke, mir geht's gut.«

»Jetzt«, sagte Anna, »müssen nur noch Rom und Cat kommen.«

»Sie kommt nicht«, unterbrach Jack.

Anna zog eine Augenbraue hoch. »Warum das denn nicht?«

Jack zuckte die Schultern. »Ich hatte keine Gelegenheit,

es ihr zu sagen«, gab er zu. »Wir hatten gestern einen Streit. Frag mich nicht, worum es ging, weil ich's immer noch nicht weiß. Sie erschien, als ich Leni ihren Kobold zeigte, und wenn du die Wahrheit wissen willst, ich glaube, Cat war ein wenig eifersüchtig. Aber als ich ihr erzählte, daß auch für sie einer dabei war, ist sie erst recht explodiert, oder etwa nicht, Eleni? Klinkte sich beleidigt aus.«

»Ich hab' sie noch nie so wütend gesehen«, pflichtete Eleni bei.

»*Das* kannst du laut sagen.« Die Stimme kam von Rom, der während ihres Gespräches aufgetaucht war.

»Hi, Rom«, sagte Anna. »Gutes Timing. Gut, da jetzt alle da sind, laßt uns anfangen, oder?«

Eleni folgte den anderen von Tropicana Bay zurück nach Ebene eins. Sie betraten den roten Bildungs- und Freizeitblock und befanden sich damit in Webtown.

»Wir müssen uns von hier aus reinspinnen«, sagte Anna, »ich habe noch keinen richtigen Zugang programmiert. Hier, ich geb' euch jetzt die Codes.«

Beim Eintippen der Codes in ihren Armbandcontrollern war Eleni innerlich recht aufgewühlt. *Was für ein Glück wir haben,* dachte sie. *Das brandneue Spiel Spitzen-Designerin, und wir bekommen es als erste zu sehen!* Dann gab sie die letzte Sequenz ein, und die Welt ringsum flimmerte und *veränderte* sich.

Eleni fand sich in schwindelerregender Höhe auf einem Sims wieder, mit Ausblick auf eine ausgedehnte Bergkette mit zerklüfteten schroffen Gipfeln und schattigen Cañons, die sich tief in die Erde einzugraben schienen. Der nackte Stein der Felsen und Gipfel war eingelegt in Schichten von rotem und goldenem Gestein. Obwohl Eleni wußte, daß sie erst kürzlich von Anna erschaffen worden waren, sah es so aus, als ob sie über Jahrtausende von Regen und Wind zu seltsamen, abgerundeten Formen ausgewaschen worden wären. In die Gipfel hatten sich viele Höhlen gebohrt, deren Schlünde dunkel vor dem Hintergrund der glühenden Felsen gähnten. Der Himmel war eher grün als blau, und die Schatten wiesen einen seltsamen, leicht purpurroten Stich auf.

Weit unten schlängelte sich ein Cañyon zwischen den nächsten Berggipfeln hindurch, und als Eleni hinunter blickte, blieb ihr Auge an einem silbernen Fleck hängen, der wie ein Funken inmitten der purpurnen Schatten glühte. Als er näherkam, konnte das Mädchen den schlanken, sehnigen Körperumriß erkennen, den langen, dünnen Schwanz und die großen ausgebreiteten Flügel, die Rippen hatten wie die einer gigantischen Fledermaus. Es war ein Drache!

Nun konnte man andere Drachen wie leuchtende Farbtupfer erkennen – Kupferrot, Saphirblau und glänzendes Smaragdgrün. Mit den kräftigen Flügeln schlagend, um zusätzlich Höhe zu gewinnen, rauschten die Drachen auf Eleni und ihre Freunde zu, wurden immer größer, je näher sie kamen.

»Sie sind so schön«, keuchte Eleni. »Viel eleganter als meiner.«

»Sie müssen mehr fliegen«, erklärte Anna ihr. »Deshalb wurden sie mit der Zeit immer stromlinienförmiger.« Sie tippte etwas in ihr Armbandgerät, den kompliziertesten Controller, den Eleni je gesehen hatte. Sehr viel komplexer als jene, die von dem Mädchen und ihren Freunden verwendet wurden, erstreckte sich Annas schlankes Gerät vom Handgelenk bis zum Ellbogen. Eleni wandte ihren Blick von der faszinierenden Tastatur ab, als ein warnendes Summen ertönte und, über dem Sims schwebend, eine D-Box materialisierte. Sie hing ruhig in der Luft, und Worte begannen über die dunkle Oberfläche zu scrollen:

WILLKOMMEN IN DRAGONVILLE! Hier finden Sie die untergegangene Zivilisation des Drachenvolkes, das seine berühmten Juwelenschätze vor den Shiftern beschützt, seinen tödlichen Widersachern.

Die Shifter kann man als nebelförmige graue Umrisse erkennen, die feste Objekte durchdringen und jede von ihnen gewünschte Form annehmen können. Sie speien Gift, das an den Opfern kleben bleibt. Jedesmal, wenn das Gift trifft, hat es eine andere Farbe. Fünf Treffer, und das Opfer ist ›tot‹ und scheidet aus dem Spiel aus. Auch die Shifter benutzen die Juwelenschätze, die die Drachen mit Energie versorgen, und stehlen sie, wann immer sie können. Drachen können Shifter töten, und verschiedenfarbige Tiere haben unterschiedliche Fähigkeiten.

Silber ist ein Eisdrache. Sein Atem läßt alles gefrieren.

Kupfer speit Feuer.

Smaragd kann wie die Shifter feste Gegenstände durchdringen.

Blau kann Shifter aus der Ferne aufspüren.

Gold ist eine Kombination aller Eigenschaften und wird erst ab Level drei und höher verwendet.

Als zusätzliche Waffen sind die Augen aller Drachen Laserstrahler.

Höhere Levels werden erklärt, wenn man sie erreicht.

Wählen Sie jetzt Ihren Drachen – und viel Glück!

Die D-Box verschwand. An ihrer Stelle befanden sich vier riesige Drachen von jeder Farbe außer Gold, die, so nahe sie nur konnten, vor dem Sims mitten in der Luft schwebten.

»Wow«, hörte Eleni Jack murmeln. »Wie wählen wir einen aus?«

»Schon haben wir etwas, das ich in der Anleitung vergessen habe«, sagte Anna. »Darum ist eine unverbrauchte Betrachtungsweise so nützlich.« Sie gab schnell etwas in ihren Controller ein. »Ich gebe euch den Code, der sie aufruft.« Sie streckte ihr Armbandgerät aus, damit sie den Code auf dem kleinen Display sehen konnten. »Ich schlage vor, ihr speichert die jetzt in euren eigenen Controllern. Später werde ich die Drachen auf Stimmsteuerung programmieren, so daß man einfach nur laut die Farbe oder einen Namen nennen muß, und sie kommen. Das wird uns viel Herumfummeln ersparen.«

»Ich werde Silber nehmen.« Jack ging nach vorne und tippte den Code in sein Gerät. Der glänzende Silberdrache wandte ihm den Kopf zu, die mit Edelsteinen besetzten Augen funkelten ihn an wie Rubine. Er kam näher und legte seine Kopf an den Sims, so daß Jack auf seinen Rücken krabbeln konnte.

»Setz dich genau da rittlings auf ihn, wo der Hals in die Schultern übergeht«, sagte Anna. »Wenn du einmal drauf sitzt, fällst du nicht runter.«

Als Jacks Drache sich von dem Sims wegbewegte, nahm Rom seinen Platz ein. »Kupfer«, sagte er entschlossen. »Mir gefällt die Vorstellung von einem Tier, das Feuer spuckt.«

Somit blieben zwei Drachen übrig, der smaragdfarbene und der blaue. Eleni zögerte. »Warum nimmst du nicht den blauen Drachen?« schlug Anna vor. »Ich nehme den grünen, wenn es dir nichts ausmacht – der ist noch nicht ganz fehlerfrei. An der Durchdringung fester Materie muß ich noch ein wenig arbeiten. Das ist sehr viel schwieriger, als man glauben würde.«

»Okay«, sagte Eleni. Sie rief den blauen Code auf und drückte ENTER. Der große Drachen wandte sich ihr zu. Seine Augen funkelten in seiner Haut, die von einem dunklen, intensiven Blau war wie in einer mondhellen

Nacht. Einigermaßen beklommen krabbelte sie vom Sims auf seinen warmen, festen Nacken. Auch wenn es nur ein Spiel war, die Landschaft war sehr überzeugend, und es schien, als sei der Weg nach unten schrecklich weit.

Als sich der Drache behutsam vom Kliff entfernte, spürte Eleni ihr Herz vor Aufregung schneller schlagen. Welch unglaubliches Gefühl, auf einem Drachen zu reiten! Sie begann zu experimentieren, ließ ihren Drachen einen Sturzflug machen, wenden und abtauchen. Sie lernte schnell, daß man ihn einfach lenken konnte. Sie brauchte sich nur in die gewünschte Richtung zu lehnen, und die Kreatur änderte die Richtung und nahm diesen Kurs.

»Auf dieser Stufe bleiben dir ein paar Minuten zur Erkundung, bevor die Shifter erscheinen,« rief Anna. »Warum schauen wir nicht mal in die Höhlen?«

Das Innere der Höhlen war wunderschön. Anna hatte die Felsen zum Leuchten entworfen, so daß es im Inneren aussah, als scheine Licht durch gelbe, rote, purpurne und grüne Blöcke dicken Glases. Den Boden bedeckte weicher Sand, der unter den Füßen glitzerte, und in jeder Höhle war ein Hort funkelnder Kristalle aufgestapelt, von denen jeder die Größe eines menschlichen Kopfes hatte. »Wenn euer Drache langsamer oder schwächer zu werden scheint, müßt ihr ihn hier reinbringen, damit er einen davon fressen kann«, erklärte Anna ihnen. »Wenn ihr das vergeßt oder die Shifter alle Kristalle stehlen oder euch davon abhalten, zu ihnen zu gelangen, fallt ihr irgendwann vom Himmel, und das Spiel ist vorbei.«

Als sie wieder an die frische Luft kamen, blickte Eleni über die Schulter ihres Drachen nach unten und sah das Glitzern eines Flusses, einen sich windenden Silberfaden, der den Grund des Cañons markierte. Zu beiden Ufern des Wassers erstreckten sich blasse Wiesen, und jenseits davon lag der dunklere Schimmer von Bäumen, aber

Eleni flog so hoch, daß das schwierig zu erkennen war. Dennoch bewunderte sie das Ausmaß an Details, die Anna in das Spiel eingebaut hatte. *Das ist wohl das Geheimnis ihres Erfolgs,* dachte sie ...

»*Alarm! Alarm! Näherkommende Shifter!*«

Eleni erkannte, daß ihr Drache den Alarmton von sich gegeben hatte.

»Paß auf! Hinter dir!« Das war Roms Schrei.

Der blaue Drache vollführte in der Luft einen unglaublichen, bogenförmigen Sturzflug, und Eleni erhaschte einen kurzen Blick auf einen verschwommenen Fleck, der aus den dunklen Höhlen in der Bergwand herausgeschossen kam. Im selben Moment nahm der Fleck die Form eines gigantischen Pterodaktylus an. Auch wenn die Gestalt bis hin zu den ledrigen fledermausähnlichen Flügeln und dem schmalen scherenförmigen Kiefer gleich dem eines Krokodils deutlich und detailliert war, konnte Eleni dennoch geradewegs durch ihren Körper auf die verschwommenen, dunstigen Umrisse der darunter liegenden Felsen blicken. In den krallenbewehrten Pranken hielt der große geflügelte Dinosaurier einen glitzernden roten Edelstein in der Größe von Elenis Kopf.

Zur Linken, wo Jacks Drache flog, ertönte ein knurrendes Geräusch. Aus den Augen des Silberdrachen stachen zischende Zwillingsstrahlen dunkelroter Energie wie Lanzen und vereinigten sich an dem Punkt, wo sich einen Moment zuvor noch der Pterodaktylus befunden hatte. Ein Stück Felsen rauchte, glühte und brach mit einem lauten Knall ab.

Plötzlich tauchte ein weiterer Shifter auf; er quoll aus der Felswand, durchdrang das Gestein so leicht, als bestünde es nur aus Spinnweben. Diese Kreatur nahm die Gestalt eines gigantischen Hais an, der mühelos durch die Luft schwamm, in seinem klaffenden Maul wimmelte es von einer Ansammlung furchterregender

Zähne. Er flog schräg ein, um die Kreatur, die den Edelstein trug, zu decken und nahm mit erschreckender Geschwindigkeit Kurs auf die Drachen.

»Ausschwärmen!« rief Jack.

Rom zog nach rechts, Eleni und Jack nach links – Eleni stieg nach oben und Jack tauchte unter das Monster ab.

»*Gefahr! Gefahr!*«

»Paß auf, Leni!«

Jacks Warnung und die des Drachen erfolgten genau im selben Moment. Gerade als Eleni ihren Drachen im Bogen zur Seite zog, ertönte ein scharfes Geräusch wie das von Fett, das in einer Bratpfanne spritzt, und sie spürte, wie etwas ihr Bein traf. Sie blickte herab und sah einen Fleck Schleim in leuchtendem, grellem Pink, der an ihrem Bein klebte und hinuntertropfte. Das war also das Gift. Noch vier Treffer, und sie wäre erledigt.

Rom nahm Kurs auf den anderen Shifter, den Pterodaktylus, und versuchte ihn abzufangen, bevor er mit seiner Beute entkommen konnte. Der Hai-Shifter hatte schnell gewendet und flog schon wieder dicht an Eleni heran, seine scharfen Zähne blitzten weiß in seinem grausamen, keilförmigen Gesicht. »Schieß!« drängte Eleni ihren Drachen, und aus seinen Laseraugen schossen die tödlichen roten Strahlen und trafen die dreieckige Rückenflosse des Hais an der Spitze. Die Kreatur schrie vor Schmerz und Wut auf. Eleni feuerte noch einmal, zeitgleich mit Jack, der sich von unten genähert hatte. Die dunkelroten Laser blitzen auf, und der Shifter wand sich schreiend zwischen ihnen, bevor er ins Nichts explodierte.

Jack ließ ein Triumphgeheul ab. »Erwischt!« Dann, als er hinter Eleni blickte, machte er ein langes Gesicht. »Uh-oh. Schnell, Leni. Rom braucht Hilfe!«

Das Mädchen wendete ihren Drachen und sah, daß vier riesige Kreaturen Rom umzingelten; drei davon trugen helle Edelsteine, die sie aus den Drachenhöhlen gestohlen hatten. Rom kämpfte tapfer, und sein Kupferdrache drehte und wendete sich, wich zur Seite und tauchte nach unten, schien aber zu ermüden. Die Strahlen aus seinen Laseraugen waren schwächer und zeigten weniger Wirkung als zuvor. Rom war schon mit Klecksen von dem Gift befleckt, das auch Elenis Bein bespritzt hatte. Es gab drei Flecken, einen in Pink, einen in Giftgelb und einen in Grellgrün. Noch zwei Treffer, und er wäre ›tot‹.

»Los!« schrie Eleni. »Wir müssen ihm helfen!«

Danach ging alles sehr schnell. Immer mehr dieser Kreaturen glitten in allen möglichen unheimlichen und absonderlichen Gestalten aus den Felsen. Einige kamen als Haie, andere als Quallen mit langen, rankenförmigen Fangarmen. Es gab Schlangen, weitere Pterodaktylen, gigantische Wespen und andere Monster, bei denen Eleni noch nicht mal im Ansatz die Art nennen konnte. Sie erkannte, daß sie keine Zeit zum Nachdenken hatte – es war alles nur Reaktion und Timing in Sekundenbruchteilen, als sie im Bogen wendete und darum kämpfte, die Shifter in Reichweite ihrer Laser zu bekommen. Nach einiger Zeit begann sie mit den anderen im Team zu arbeiten. Jack fror die Monster ein, so daß sie bewegungslos, blaß glänzend dahingen, von eisigen Atem seines Silberdrachen mitten in der Luft erwischt – dann sprengte Eleni sie mit ihrem Laser in tausend Stücke. Rom stieß herab um die glänzenden Kristalle zu fangen, die die Shifter fallen ließen.

Plötzlich gab es keinen Shifter mehr. Ein Summer ertönte, und eine D-Box mit einer blinkenden Nachricht erschien:

LEVEL 1 ERFOLGREICH ABGESCHLOSSEN.
BEGINN VON LEVEL 2 ...

Ein Geräusch wie ein Donnerschlag ertönte, und der grüne Drache kam geradewegs durch die Felswand gerast und wäre beinahe mit Jacks Tier zusammengestoßen. Die D-Box verschwand.

Anna wendete ihren Drachen und sah die anderen an. »Sorry, Leute, wir müssen abbrechen«, sagte sie. »Bei meinem Spiel ist etwas furchtbar schiefgegangen. Einer meiner Drachen ist verschwunden.«

8
CODEBRUCH ROT

Als Jack am nächsten Morgen erwachte, fiel ihm wieder ein, daß er heute für einen Tag zur Realworld-Schule nach Wicklow Town reisen mußte – und er war wie immer spät dran. In der Küche fand er eine müde, miesepetrige Anna vor, die in grimmigem Schweigen das Frühstück zubereitete. Sie kochte selbst, anstatt es dem Autokoch zu überlassen, und das war gewöhnlich ein Anzeichen dafür, daß sie sich abreagieren mußte. Dem scharfen Geruch nach, der in der Küche hing, erschien es fraglich, ob ihr das Essen gelungen war. An ihrem Gesichtsausdruck konnte Jack ablesen, daß er besser nicht fragte, ob sie in der Sache des verschwundenen Drachen Fortschritte erzielt habe. Statt dessen suchte er nach einem unverfänglichen Thema.

»Rührei«, sagte er heiter. »Das wäre schön. Normalerweise haben wir kein warmes Frühstück.«

»Ich bin normalerweise nicht die ganze Nacht auf«, entgegnete Anna knapp, schob Rühreier auf einen Teller und knallte ihn vor ihm auf den Tisch. Jack nahm eine Scheibe verkohltes, schwarzes Toastbrot und legte sie wieder hin. Er sah auf die schleimige, gelbe Eimasse voller brauner, verbrannter Klumpen und schluckte schwer. »Äh – hast du denn den Drachen gefunden?« fragte er im höflichsten Tonfall, der ihm möglich war.

Anna sah auf seinen Teller, blinzelte und lachte laut los. Sie kratzte die Eier in den Recycler. »Entschuldigung, Jack. Sollen wir noch mal von vorn anfangen?« Sie drehte sich mit einer Hand auf der Tastatur des Autokochs zu ihm um. »Was möchtest du wirklich zum Frühstück?«

»Ich glaube, ich nehme einfach Müsli«, sagte Jack hastig.

Anna kochte sich einen Tee und setzte sich ihm gegenüber, und es gab eine kurze Rangelei, als die Katzen um den Platz auf ihrem Schoß kämpften.

»Also bist du mit dem Spiel überhaupt nicht weitergekommen?« fragte Jack sie.

Anna zuckte die Schultern. »Ich weiß einfach nicht, was los ist. Wie zum Teufel konnte ich einen Drachen verlieren? Als wenn das nicht schlimm genug wäre, war diese Kreatur das fortgeschrittenste Phace, das ich je programmiert habe. Die Golddrachen waren etwas Besonderes – sie vereinigten alle Fähigkeiten der anderen Drachen und mehr noch; sie konnten sprechen.« Sie seufzte. »Mein Prototyp entwickelte sich sprunghaft – tatsächlich könnte ich schwören, daß er begonnen hatte, selbständig Probleme zu lösen. Von allem, was ich kenne, kam er künstlicher Intelligenz am nächsten.«

»Das klingt vielleicht blöd«, sagte Jack, »aber hast du schon mal darüber nachgedacht, ob er sich von allein davongemacht haben könnte?«

Anna schüttelte den Kopf. »Nein, dafür war er nicht weit genug entwickelt – aber glaub nur nicht, ich hätte an diese die Möglichkeit nicht gedacht«, fügte sie mit einem ironischen Lächeln hinzu. »Ich muß auch immer noch darüber nachdenken, ob nicht jemand an dem Spiel herumgepfuscht hat. Erinnerst du dich, daß ich dir von dem Ärger mit den Shiftern erzählt habe? Sie standen nie wirklich unter meiner Kontrolle, und das hätte nicht sein dürfen. Ich kriege Probleme, wenn sie in andere Bereiche des Web hinausströmen. Das könnte mich meinen Ruf als Entwicklerin kosten.«

Cat konnte sich nicht erinnern, wann sie je so glücklich gewesen wäre. Vermutlich mußte sie irgendwann zu ihrem Vater zurückkehren und fürchtete die Konfrontation – aber das lag weit in der Zukunft. Jetzt würde sie sich darüber nicht den Kopf zerbrechen. Sie hatte die Nacht auf dem Schaumform-Couch verbracht, das sie während ihrer Zeit im Web benutzen würde, und war am frühen Morgen mit einem Gefühl von Beklommenheit und Aufregung in ihrer Brust aufgewacht, als ob Weihnachten wäre.

Das erste, was sie sah, als sie ihre Augen öffnete, war ihr ganz persönlicher Websuit, der neben der Couch hing. Cat sah ihn an und fühlte ihr Herz schneller schlagen.

Fast ängstlich streckte sie eine Hand aus, um das elastische, schimmernde Material zu berühren.

»Hast du geglaubt, du hättest geträumt?« Die Stimme der alten Frau ließ sie auffahren. Miß Aldanar saß in ihrem Rollstuhl, als wäre er ein Thron und sie eine uralte Königin. Ihre funkelnden Augen schienen geradewegs in Cats Geist zu blicken.

»Ich hätte mir nie träumen lassen, einen Anzug zu besitzen, der so gut ist wie dieser«, antwortete Cat sanft.

Miß Aldanar lächelte. »Na schön, es wird Zeit, daß du ihn ausprobierst. Unten findest du eine Art Badezimmer – die sanitären Anlagen sind hier ein bißchen behelfsmäßig, aber wir kommen damit klar –, und Maxus wird dir etwas zum Frühstück geben. Dann ...« Sie deutete mit der Hand auf den Anzug. »Das Web gehört ganz allein dir, Cat.«

Als Jack am Nachmittag vom Realworld-Unterricht zurückkam, konnte er es nicht erwarten, ins Web zurückzukehren. Er wollte Rom und Eleni treffen und auf Schattenjagd nach den gestrigen Abenteuern im Drachenspiel gehen. Zu seinem Ärger waren sie nirgendwo zu finden. Dann fiel ihm wieder ein, daß zumindest Rom in den USA, in einer anderen Zeitzone, lebte und an einem Schultag jetzt noch Unterricht haben mußte. Eleni saß wahrscheinlich wieder einmal zu Hause fest und half ihrer Mutter.

Jack hinterließ ihnen auf Level 1 seinen Kobold und betrat den B&F-Block und das Spiel ›Space Command‹, bei dem er sich damit vergnügte, feindliche Raumschiffe abzuschießen und manchmal selbst abgeschossen zu werden. Für jemanden, der den gestrigen Tag mit einem Ritt auf seinem eigenen Drachen verbracht hatte, erschien das allerdings recht brav, und nach einiger Zeit erschien ein Typ namens Ralph und machte alles total kaputt.

Ralph war ein Phreak der schlimmsten Sorte – er *lebte* für dieses Spiel und spielte es die ganze Zeit. Weil er jeden Zug auswendig kannte, hatte niemand sonst eine Chance, wenn er auf der Bildfläche erschien. Auch wenn Jack sich eine totale Niederlage beibringen ließ, konnte er diesen Phreak nicht loswerden, der, wenn er sich im Web befand, das Aussehen eines altmodischen Piloten mit lederner Fliegerjacke, Helm, Schutzbrille und einem riesigen gezwirbelten Schnurrbart annahm. Ralph wollte auf Schattenjagd gehen, aber Jack wollte noch nicht mal als Toter dabei gesehen werden, wie er mit diesem öden Ein-

Mip in Tropicana Bay rumzog. »Ich kann nicht«, sagte er schnell. »Ich hab' versprochen, jemanden zu treffen.«

Kaum war Ralph abgezogen, um ein paar Phreak-Kumpel zu finden, überlegte Jack, was er als nächstes tun konnte. Er wußte, daß er eigentlich den Abgang machen sollte oder die Webkrankheit riskierte, aber hatte noch keine Lust zu gehen. *Warum sollte ich nicht Anna aufsuchen?* fiel ihm plötzlich ein. *Ich wette, sie ist immer noch in Dragonville und sucht ihre verschwundene Kreatur.*

Auch wenn Anna es eigentlich nicht mochte, wenn er allzu viel in ihren neuen Spielen rumhing, bevor sie fertig waren, wußte er doch, daß ein gelegentlicher Besuch von ihm willkommen war, und nun erschien es ihm als ein ebensoguter Zeitpunkt wie jeder andere. Er spinnte sich aus ›Space Command‹ raus und fand sich auf den belebten Straßen der B&F-Webtown wieder.

Es wäre ihm auf keinen Fall gestattet, sich in Annas Arbeitssite einzuschalten, aber er hatte immer noch den limitierten Code von gestern, der ihn nur nach Dragonville lassen würde. Rom kannte ein halbes Dutzend Wege, den Block zu betreten, vorbei an den langsamen Spinnen der unteren Levels, die die Site gegen Eindringlinge schützten, aber Jack wollte nicht dabei erwischt werden, wie er *einen davon* benutzte – nicht, wenn es nicht nötig war.

Sobald er sich dem Block näherte, umzingelten ihn die Spinnen und wiederholten beständig: »Code Bernstein-Sperrgebiet. Bitte entfernen Sie sich augenblicklich.« Jack grinste und tippte den Bernstein-Code, den Anna ihm gegeben hatte, in seine Controller. Plötzlich schienen die Spinnen ihn nicht mehr wahrzunehmen und machten den Abgang. Auch wenn das Spiel in Webtown keinen Eintrittsbildschirm haben würde, bevor es fertig war, konnte Jack sich direkt reinspinnen, indem er den Spielcode plus Annas persönlichem Zugangscode benutzte. Er gab die Codes in seinen Controller ein – und nichts geschah.

»Das ist komisch«, murmelte Jack. Er drückte erneut die Nummernfolge, diesmal sorgfältiger, für den Fall, daß er einen Fehler gemacht hatte. Aus der Tastatur brach ein schrilles elektronisches Kreischen hervor und auf dem Schirm begann eine Nachricht zu blinken:

CODEBRUCH ROT –
ZUTRITT FÜR UNBEFUGTE VERBOTEN

Codebruch? Jack dachte nach. Aber das ist unmöglich. Was bei allen Mips geht hier vor?

Plötzlich erkannte er, daß er großes Interesse auf sich zog. Wo auch immer er hinschaute, drehten sich Gesichter anklagend zu dem Missetäter um, der einen Sperrcode gebrochen hatte. Jack war peinlich berührt, aber das war noch nicht das schlimmste. Spinnen hasteten von allen Seiten auf ihn zu – und diese waren größer, schneller und sehr viel bedrohlicher als die gewöhnlichen, recht harmlosen Wächter. Ihre Stimmen waren ein kaltes, drohendes Summen:

»*Codebruch Rot. Codebruch Rot. Entfernen Sie sich unverzüglich!*«

»Sechs!« murmelte Jack und drückte seinen Ausklink-Knopf. Die Spinnen verschwanden in einem Funkenregen.

Jack riß sich das Visier herunter und stieß einen Seufzer der Erleichterung aus, als er um sich herum wieder die sicheren, vertrauten Wände seines Zimmers erblickte. Er fragte sich, ob die Spinnen seine Identität herausgefunden hatten. Würden sie ihn nur bei Anna melden, oder wurde bei einem Codebruch Rot die Webpolizei eingeschaltet? Und was war die Strafe? Würden sie ihm seinen PZC wegnehmen? Er nahm sich mit aller Kraft zusammen, bevor seine Phantasie vollends mit ihm durchging. »Das ist einfach blöd«, sagte er zu sich. »Es ist alles ein Mißverständnis – Anna muß den Code geändert haben und hat vergessen, es mir zu sagen. Ich lasse es sie besser wissen, damit sie die Sache richtigstellen kann.«

Während er sich immer noch ein wenig wackelig fühlte, kletterte er aus dem Websuit und ging in Annas Arbeitszimmer. Zu seiner Überraschung war dort keine Spur von ihr. Er fand sie in der Küche, wo sie am Tisch saß und den Kopf in ihren Händen stützte. Vor ihr befand sich eine unberührte Tasse Tee und eine leere Mikrospraydose mit ihrem Lieblingsmittel gegen Kopfschmerzen.

Jack vergaß seine eigenen Probleme. »Anna? Bist du okay?«

Anna sprang auf und sah ihn an, als würde sie ihn kaum erkennen. »Was? Oh, sorry, Jack, ich war meilenweit fort. Heute war ein totaler Alptraum.« Sie rieb sich erschöpft die Augen. »Ich kann nicht glauben, was passiert ist. Immer wenn ich Dragonville eingebe, haut mir so ein verdammter Idiot einen Codebruch Rot um die Ohren! Ich kann mein eigenes Spiel nicht mehr betreten!«

Anna schüttelte den Kopf. »Ich hab alles versucht, was mir einfiel, aber ich kann die verflixte Site nicht betreten. Es ist mir gelungen, den Codebruch Rot auszuschalten, so daß ich jetzt herumbasteln kann, ohne bei jeder Bewegung von Spinnen begraben zu werden, aber das ist auch alles.« Sie seufzte. »Ich kann allerdings eins sagen: Wer immer diesen Bruch installierte, ist ein Meister. Es dauerte einen halben Tag, das neue Programm aufzuspüren und die andere Hälfte, es unschädlich zu machen.«

»Aber wer würde ein unfertiges Spiel versiegeln wollen?« überlegte Jack. »Glaubst du, es könnte etwas mit dem Verschwinden anderer Sites zu tun haben, wie etwa der Menagerie?«

»Da könnte durchaus eine Verbindung bestehen«, gab Anna zu. »Auf jeden Fall könnte der Übeltäter jemand sein, der mein Spiel auf seine Weise vollenden will, und das macht mir wirklich Sorgen.« Anna runzelte die Stirn. »Dragonville ist unter meinem Namen registriert, und wenn irgend etwas schiefgeht, bin ich rechtlich gesehen dafür verantwortlich.«

9
CAT UND WASSERSPEIER

Ein Tag in der Realworld-Schule bedeutete Realworld-Hausaufgaben, aber Jack war viel zu sehr damit beschäftigt, sich den Kopf über das Rätsel zu zerbrechen, um sich an diesem Abend auf seine Aufgaben zu konzentrieren. Schließlich gab er es auf, sprang aus dem Bildungsblock raus und zurück auf Level 1. Vielleicht könnte er Rom und Eleni finden ... Aber er fand sie nicht, und sein Kobold war genau da, wo er ihn hinterlassen hatte. Stattdessen war der erste Mensch, den er traf, der letzte, den zu treffen er erwartet hatte. Zu seiner Überraschung kam ein schlankes Mädchen mit kurzen dunklen Haaren und großen, lächelnden grünen Augen zu ihm und streckte die Hand aus. »Ich habe deinen Kobold gefunden.« Sie biß sich auf die Lippe und sah von ihm weg. »Tut mir leid, daß ich neulich die Beherrschung verloren habe«, sagte sie. »Kannst du mir noch mal verzeihen?«

Das war doch nicht ...! Das konnte doch nicht ...

»Jack?« fragte sie. »Ich bin's, Cat.«

»Aber ...« Endlich fand Jack seine Stimme wieder. »Aber du kommst *nie* als Mensch ins Web.«

Cat zuckte die Schultern. »Das ist ein für allemal vorbei. Die Dinge haben sich für mich geändert, Jack.« Auf ihrem hübschen Gesicht erschien ein kleines Stirnrunzeln. »Gefalle ich dir etwa nicht?«

»Doch, sehr sogar«, sagte er schnell – und es stimmte. Das Komische dabei war, daß ihr kleines spitzes Gesicht mit den hohen Wangenknochen und den großen grünen Augen noch immer sehr katzenhaft aussah. Jack ertappte sich dabei, wie er darüber nachdachte, ob die menschliche Gestalt, die sie jetzt verwendete, irgendwie ihrem Aussehen in der Realworld ähnelte. Plötzlich erschien es sehr wichtig, dem Geheimnis, das Cat darstellte, auf den Grund zu gehen. »Wie wär's, wenn wir nach Tropicana Bay gingen?« schlug Jack vor. »Ich kann meinen Kobold ja ...« Er schlug sich mit der Hand vor die Stirn. »Das hätte ich ja fast vergessen. Ich habe immer noch *deinen* Kobold, den Anna für dich entworfen hatte; das heißt, wenn du ihn willst.«

Cats Gesicht überzog sich plötzlich mit einem breiten Grinsen. »Oh, Jack, sehr gerne! Was ich gesagt habe, tut mir wirklich leid. Ich hab's nicht so gemeint. Ich hatte einfach einen schlechten Tag.«

»Macht nichts«, sagte Jack und bewunderte die Veränderung an ihr. Es schien, als sei die alte, eingeschnappte Cat mit der spitzen Stimme verschwunden – für immer, hoffte er. Diese neue Version war sehr viel netter.

Jack gab auf seiner Tastatur den Code für Cats Kobold ein. Er streckte die Controller aus, damit sie die Zahlenfolge sehen konnte. »Gib diesen Code ein«, sagte er zu ihr, »und dann deinen PZC.« Cat tippte die zwei Zahlenfolgen in ihre Controller und auf ihrer ausgestreckten Hand entstand plötzlich eine kleine Gestalt.

»Igitt!« Jack verzog das Gesicht.

»Jack, wie kannst du so was sagen? Er ist *großartig*!« Cat strahlte vor Freude.

Diese Cat! Er würde sie nie verstehen. Jack sah wieder

zu dem kleinen Wasserspeier mit seinem schwarzen, pelzigen Körper, den langen, klauenbesetzten Spinnenfingern und den Fledermausflügeln. Sein runzliges Gesicht glich ebenfalls dem einer Fledermaus, mit der nach oben gezogenen Schnauze, langen weißen Fängen und den spitz abstehenden Ohren. Jack fand ihn einfach scheußlich. Als er mit dem Kopf näherkam, um sich den Kobold genauer anzusehen, schielte der ihn mit seinen funkelnden roten Augen an und machte eine unanständige Geste.

Cat juchzte vor Lachen. »Oh, Jack, er ist toll. Es ist das Erstaunlichste und Ätzendste, das ich je gesehen habe! Wie hat Anna das geschafft? Woher wußte sie so genau, was mir gefallen würde?«

Jack zuckte die Schultern. »Über Geschmack läßt sich nicht streiten, aber ich freue mich, daß er dir gefällt. Wenn du jetzt mit dem Bewundern der schrecklichen Kreatur fertig bist, wie wär's, wenn wir uns nach Tropicana Bay aufmachen?«

Cat streckte ihm die Zunge raus. »Er ist *nicht* schrecklich, und ich glaube nicht, daß ich jemals aufhören werde, ihn zu bewundern.

Aber Tropicana Bay klingt gut.«

Als Cat sich schließlich aus dem Web spinnte, war sie überrascht zu sehen, daß die Fenster der Kathedrale bereits dunkel waren. Sie hatte die letzten zwei Tage mit der Erkundung des Web verbracht – bei weitem der längste Zeitraum, den sie sich je darin aufgehalten hatte. Pausen hatte sie nur gemacht, um zu schlafen und um die Netzkrankheit zu lindern. Jeden einzelnen Moment hatte sie genossen. Es war so anders, unbegrenzten Zugang zum Web zu haben, und das Treffen mit Jack heute abend war das allerbeste daran gewesen. Es machte einen solchen Unterschied, wenn man nicht daran denken mußte, wie die Zeit verging.

Miß Aldanar sah sie aus Augen an, die hell in ihrem Falkengesicht brannten. »Na? Hattest du eine schöne Zeit, meine Liebe?«

»Es war acht!« sagte Cat begeistert, und dann fiel ihr ein, daß sie zu einer alten Frau sprach. »Das heißt, es war wunderbar.«

Miß Aldanar lachte. »Schon in Ordnung, ich weiß, was ›acht‹ bedeutet. Und überhaupt, es könnte sogar sein, daß ich das Wort aufgebracht habe. Zu meiner Zeit habe ich so viele Sachen erfunden, daß es mir schwerfällt, mich an alles zu erinnern«, fügte sie leise hinzu.

Cat war überrascht, als die alte Frau vorschlug, daß sie ein wenig Zeit zusammen im Web verbringen sollten. »Es gibt dort so viel, was ich dir zeigen kann«, sagte sie. »Ich kann dich an Orte bringen, die du normalerweise nicht betreten dürftest.«

Cat zögerte. Sie hatte vorgehabt, Jack morgen wiederzusehen, und sich darauf gefreut. Aber sie schuldete Miß Aldanar so viel. Sie hätte nichts von alledem, wäre die alte Dame nicht so nett gewesen. Es würde ihr nicht weh tun, ein paar Stunden zu opfern. Außerdem würde Miß Aldanar in ihrem Alter sowieso nicht allzu lange im Web bleiben. Cat konnte Jack jederzeit ihren neuen Kobold dalassen und ihn später treffen. So hätte sie wenigstens Gelegenheit, das kleine Phace auszuprobieren.

Unglücklicherweise entschloß sich Cats Gewissen, bereits einmal aufgescheucht, wieder sein häßliches Haupt zu heben. Dad würde sich jetzt große Sorgen um sie machen, und diesen verflixten Küken würde die große Schwester wahrscheinlich fehlen. Auch wenn sie nicht nach Hause zurückkehren wollte – zumindest jetzt noch nicht –, mußte etwas geschehen.

»Miß Aldanar?« begann sie vorsichtig. »Glauben Sie

nicht, wir sollten meinen Dad wissen lassen, daß es mir gutgeht?«

Und nun kam es ihr zum ersten Mal merkwürdig vor, daß ein Erwachsener sich so wenig um eine so wichtige Selbstverständlichkeit kümmerte.

Die Frau runzelte die Stirn. »Ich halte das für vernünftig, aber wir müssen sehr sorgfältig darüber nachdenken, was wir ihm mitteilen. Willst du wirklich nach Hause gehen, Cat? Ich dachte, du wärest dort unglücklich.«

Cat verspürte einen warnenden Stich. »Nein, nein«, sagte sie schnell. »Wenn ich zurückkehre, läßt er mich nie wieder hierherkommen. Er darf niemals von diesem Ort erfahren. Ich dachte nur ... also, daß er sich Sorgen macht. Das ist alles«, schloß sie lahm.

Miß Aldanars Stirnrunzeln wurde zu einem Lächeln. »Du hast selbstverständlich recht. Er soll sich nicht unnötig ängstigen. Warum machen wir uns nicht morgen wie geplant einen schönen Tag im Web, und bis dahin überlege ich mir, wie wir deinen Vater beruhigen. Wie hört sich das an?«

»Das wäre wundervoll«, sagte Cat dankbar. Sie verspürte unglaubliche Erleichterung. *Verlasse dich nur auf Miß Aldanar; sie weiß, was zu tun ist.* Die alte Dame war so unglaublich nett zu ihr!

Am nächsten Morgen wirkte Miß Aldanar äußerst lebhaft. »Nun, Maxus wird eine Zeit brauchen, mir in meinen Anzug zu helfen, also warum gehst du nicht schon vor? Wir treffen wir uns auf Level 1, sobald ich fertig bin. Du erkennst mich an meinem Ring.«

Cat nickte. »Bis dann.« Vielleicht würde sie, wenn sie schnell war, beim Warten zufällig Jack treffen. Sie streifte den eigenen Websuit über und war binnen Minuten in der Webwelt verschwunden.

Kaum hatte Cat die Realworld wohlbehalten verlassen, drehte sich die alte Frau zu Maxus massiger Gestalt um. »In Ordnung. Paß auf. Zuerst möchte ich, daß du mit mir nach Dragonville kommst. Jetzt, da wir endlich herausgefunden haben, wie man gestohlene Informationen in den Energiekristallen codieren kann, die diese Drachen sammeln, müssen wir diesen Teil des Plans in die Tat umsetzen. Wenn wir erst einmal die Drachen und Shifter losgelassen haben, möchte ich mich auf das Mädchen konzentrieren. Ich wage es nicht, noch mehr Zeit zu verschwenden, Maxus. Wir müssen sie uns heute greifen.«

Der große Mann runzelte die Stirn. »So bald schon?« fragte er traurig.

Die Augen der alten Frau funkelten vor Zorn. »Schwachkopf. Werd' mir jetzt bloß nicht weich, oder ich sorge dafür, daß du dir wünschst, du wärst nie geboren worden! Wir müssen handeln, bevor sie die Möglichkeit hat, Kontakt zu ihrer Familie aufzunehmen. Hast du das *kapiert*?«

Maxus seufzte. »Jawohl, Madam. Ich werde Sie nicht im Stich lassen. Ich weiß, wie wichtig das ist. Ich werde meinen Teil dazu tun. Es ist nur ...«

»Ich weiß, du großer Dummkopf«, sagte die alte Frau sanft. »Aber ich liege im Sterben. Begreifst du nicht, daß mir keine andere Wahl bleibt?«

Der große Mann wandte den Blick ab. »Ich weiß, Madam. Sie sind immer gut zu mir gewesen, seit Sie mich als Kind von der Straße geholt haben. Ich will Sie nicht verlieren.«

Der Anflug eines Lächelns überzog das knochige Gesicht der alten Frau. »Lieber Maxus«, sagte sie sanft. »Was würde ich ohne dich anfangen?« Sie atmete tief durch. »Also, ist dir jetzt klar, was du tun mußt? Zuerst lassen wir die Drachen und Shifter frei. Dann, sobald ich das Mädchen ins Labyrinth bringe, springst du hierher zurück und vertauschst die Verbindungen an beiden Webanzügen.« Sie deutete auf das weiße Kästchen, in dem die Kabelsätze beider Webanzüge verschwanden. »Wenn du dem Mädchen den Controller wegnimmst, ist sie garantiert im Web gefangen – und wenn ich in die Realworld zurückkehre, werde ich mich in einem gesunden jungen Körper wiederfinden.«

10
DRACHENÜBERFALL

Auch wenn der Herbst im Anzug war, war es noch warm genug, daß Elenis Familie ihr Frühstück draußen auf der Terrasse einnehmen konnte. Von dort blickte man auf die glitzernde Bucht hinaus, über der der weit entfernte Horizont im silbrigen Morgenlicht verschwamm. Weil Eleni es eilig hatte, ins Web zu kommen, schlang sie ihr Frühstück hinunter, entschuldigte sich hastig und verließ den Tisch, während der Rest der Familie noch beim Essen war.

»Ist der Unterricht so interessant, daß du seinetwegen davonstürmen mußt?« rief ihr Vater ihr nach. Eleni spürte, wie ihr Gesicht vor Scham erglühte. Wie er eindeutig vermutete, war ihr Ziel heute morgen *nicht* der Bildungsblock – zumindest nicht ganz. »Ich muß mich beeilen, Papa«, rief sie über die Schulter zurück. »Ich habe heute viel vor.« Also, das stimmte auf jeden Fall.

Gestern, sinnierte Eleni, während sie in den Websuit stieg, war einer jener schrecklichen Tage gewesen, an denen überhaupt nichts gelingen wollte. Es war ein Schultag gewesen, aber nach den Aufregungen des Vortages waren ihre Gedanken ganz woanders gewesen, und sie hatte nicht so gut abgeschnitten wie sonst. Sie war zu spät von Kérkyra nach Hause gekommen, hatte zu lange für ihre Haushaltsarbeiten gebraucht, und dann hatte Mama sich anscheinend alle Mühe gegeben, noch hundert weitere lästige Aufgaben zu finden, die sie erledigen sollte, bis es zu spät gewesen war, überhaupt noch ins Web zu gehen.

Heute morgen würde es jedenfalls anders laufen, das hatte Eleni sich geschworen. Sie war fest entschlossen, Jack abzupassen. Sie wußte, daß er zum Bildungsblock unterwegs sein würde, um die Schulaufgaben von gestern nachzuholen. Vielleicht konnten sie sich statt dessen zusammentun und endlich auf Schattenjagd gehen. Während sie es sich auf ihrer Schaumform-Couch bequem machte, zog sie das Visier herunter und stieß einen erleichterten Seufzer aus, als Level 1 plötzlich vor ihr erschien.

An diesem Morgen war in den Bildungssites viel Betrieb, und in den verschiedenen Blocks gingen Massen von Schülern ein und aus. Eleni überlegte, ob sie zum ersten Mal ihren Kobold ausprobieren sollte, aber wie sich herausstellte, war das gar nicht nötig. Als sie im Eingangsbereich wartete und dem Kobold Jacks Code eingab, sprang er herein. »Leni!« rief er. »Bin ich froh, dich zu sehen. Es ist alles mögliche passiert. Da kommst du nie drauf . . .«

Er faßte sie am Arm und schob sie zur Eintrittsstelle zurück. »Wo können wir uns unterhalten?« murmelte er. »Zu dieser Tageszeit ist überall zu viel los.«

»Wie wär's mit . . .« Die Worte wurden Eleni vom Kreischen einer Alarmsirene aus dem Mund gefegt – und darauf folgte ein ohrenbetäubendes Heulen. Ein glitzernder grüner Drache brach aus einem Gebäude im Bildungsblock hervor; in seinen Krallen hielt er einen Haufen funkelnder Kristalle. Menschen warfen sich schreiend zu

Boden, als das Monstrum über sie hinwegflatterte, andere spritzen wie flitzende Ameisen nach links und rechts, als der Drache sich gefährlich niedrig über Webtown in die Kurve legte. Mit einem infernalischen Bellen, das in der Realworld Trommelfelle zum Platzen gebracht hätte, umflog er die offizielle Eintrittsstelle und verschwand in der Wand.

Eleni und Jack sahen einander erschreckt an. Bevor sie auch nur die Zeit hatten, ihre Gedanken zu ordnen, wimmelte plötzlich das gesamte Areal vor Spinnen, von denen die meisten um einiges größer, dunkler und bedrohlicher waren als die gewöhnlichen, harmlosen kleinen Sicherheitspatrouillen. Eleni erschauerte, als sich ihnen eine große, dunkelgrün behaarte Kreatur von etwa der Größe eines Ponys näherte.

»*Ihre Papiere bitte*«, sagte sie. »*Nennen Sie Ihr Ziel und ihre persönlichen Zugangscodes.*«

Nacheinander gaben Jack und Eleni der Spinne ihre PZCs.

»*Zielort*?« fragte sie erneut.

»Sekundarstufenbereich«, sagte Jack hastig, »und wir sind spät dran.« Er ergriff Elenis Hand, zog sie schnell weg und hörte nicht auf, an ihr zu zerren, während sie zusammen die nächstbesten Straße hinunterliefen, bis sie ein gutes Stück außer Sichtweite der Spinnen waren.

Als sie schließlich anhielten, sah Eleni Jack an. »Was geht hier vor?« sagte sie. »Das war einer der Drachen aus Annas Spiel.«

»Der grüne«, sagte Jack grimmig. »Der durch Wände geht. Also darauf waren sie aus.«

»Wer?«

»Wer auch immer gestern den Zutritt zu Dragonville blockierte. Sieh nur, hier sind auch Spinnen. Geh weiter, als ob wir ein bestimmtes Ziel hätten, und ich erzähl dir davon.«

Eleni hörte mit Erstaunen zu, als Jack ihr von den Geschehnissen bei dem Versuch berichtete, nach Dragonville zurückzukehren, und daß Anna jetzt aus ihrem eigenen Spiel ausgesperrt war. »Aber das ist ja furchtbar«, sagte Eleni. »Wer könnte so etwas getan haben? Und weshalb?«

»Meine Vermutung ist ...« Jacks Worte wurden abrupt unterbrochen. Sie hatten sich bei ihrem ziellosen Gang in den Tertiärbereich mit seinen friedlichen grünen Rasenflächen, die von Universitätsblocks gesäumt wurden, verirrt. Gerade als Jack redete, quoll eine schattenhafte Gestalt aus der Wand einer nahe gelegenen Forschungseinrichtung – die verschwommene Gestalt eines gehörnten Dämons, dessen Klauenhand voller funkelnder Kristalle war. Mit einem bösartigen Lachen verschwand er in einem Flammenblitz, gerade als innerhalb des Blocks die Alarmglocken zu klingeln anfingen. Jack stöhnte auf. »Die Shifter sind ebenfalls frei. Wir sind ohne Frage im Eimer.«

Was in aller Welt geht hier vor? fragte Cat sich, als sie Level 1 betrat. Woher kamen all diese großen Spinnen? Also, wenn es hier irgendwelchen Ärger gegeben hatte, wäre es das beste, von hier zu verschwinden. Sie sollte nur noch ihren Kobold für Jack hinterlassen.

Cat tippte den Kobold-Code in ihr Armbandgerät und lächelte vor Freude, als der kleine schwarze Racker plötzlich auf ihrer Handfläche erschien und ihr mit einem boshaften Lächeln die Fänge zeigte. Das war viel besser als Lenis öde Fee. Mit schnellen Bewegungen gab sie Jacks PZC ein, und weil sie nicht wußte, wohin Miß Aldanar sie mitnehmen würde, programmierte sie den Kobold auf »Folge mir!«, der Funktion, die ihn befähigen würde, sie aufzuspüren, wohin auch immer sie im Web gehen würde. Der Kobold spreizte seine Fledermausflügel und flog weg, um auf Jack zu warten.

Cat erlebte eine weitere unerfreuliche Überraschung, als sie in die B&F-Webtown sprang. Die sonst so bevölkerten Straßen waren fast verlassen – abgesehen von mehr Spinnen, als sie je in ihrem Leben gesehen hatte. *Sie sind hinter mir her*! war der erste panikerfüllte Gedanke, der Cat durch den Kopf schoß. *Sei nicht so eine Hub,* sagte sie entschlossen zu sich. All diese fies aussehenden, High-Level-Spinnen für ein weggelaufenes Mädchen?

Trotzdem fühlte Cat sich an diesem allzu öffentlichen Ort in ihrer menschlichen Gestalt und mit ihrem eigenen Gesicht schrecklich exponiert. Auch wenn ihr niemand einfiel, der sie, abgesehen von ihren Freunden, erkennen könnte, machte die große Anzahl Spinnen sie nervös. Abgesehen davon: Wenn ihr Vater die Polizei über ihr Verschwinden informiert hatte, könnte ihre Beschreibung schon im Umlauf gebracht worden sein.

Cat fummelte ungeschickt vor Hast an ihrem Controller. In der nächsten Minute war das dunkelhaarige Menschenmädchen mit dem spitzen Gesicht verschwunden, und an seiner Stelle erschien eine kleine, grau getigerte Katze mit einem schwarz geringelten Schwanz, der unruhig hin und her zuckte.

Cat flitzte mit einem schnellen Blick nach links und rechts in einen engen Durchgang zwischen zwei Blocks, in dem sie hoffentlich außer Sicht bleiben und doch noch ein Auge auf die Eintrittsstelle haben konnte. Sie wünschte, Miß Aldanar würde sich beeilen und auftauchen. Sie hatte das Gefühl, daß die beeindruckende alte Frau jeder Spinne weit überlegen war.

Als Miß Aldanar dann schließlich kam, geschah das nicht aus der Richtung und nicht in der Gestalt, die Cat erwartet hatte. Tatsächlich konnte man die Frau nur an ihrem Ring und seinem funkelnden roten Stein erkennen.

Ihr dunkles Haar wehte nach hinten wie die Rauchwolke eines Leuchtfeuers und war aufgehellt von goldenen Lichtblitzen, die von Flammen hätten stammen können. In ihrem hautengen Anzug aus schimmernden Silber und der ausdruckslosen Silbermaske, die ihrem Gesicht ein Aussehen wie das einer Gottesanbeterin verlieh, sah sie wirklich wie die Hexe aus Cats Vorstellung aus.

Äußerst erleichtert schoß Cat hervor, um sie zu begrüßen, und vergaß in ihrer Aufregung, daß Miß Aldanar nicht in der Lage sein würde, *sie* zu erkennen. Zu ihrer Überraschung hatte die Frau damit überhaupt kein Problem. »Ah, da bist du ja«, sagte die Hexe lebhaft. »Mir gefällt deine Gestalt, meine Liebe. Es erfordert viel Talent, sich in Gestalt eines Tieres so ungezwungen zu bewegen. Jetzt verstehe ich, warum du dich Cat nennst – oder ist es genau umgekehrt? Stammt die Gestalt vom Namen?«

In diesem Moment kam eine riesige, stachelige schwarze Spinne zu ihnen geflitzt, und Cat schrak nervös vor der bedrohlichen Kreatur zurück.

»Sofortige Angabe der Identität erforderlich«, verlangte sie. *»Nennen Sie Ihr Ziel und Ihren persönlichen Zugangscode.«*

Miß Aldanars Silbermaske glitzerte kalt. »Zauberin«, schnappte sie sehr zu Cats Freude und Überraschung. »Code Dreifach Platin – Sicherheits-Override.«

Die Spinne schien auf der Stelle in sich zusammenzuschrumpfen.

»Bitte vielmals um Entschuldigung, Madam – Override akzeptiert.« Sie flitzte schnell davon.

»Komm hier lang«, sagte Miß Aldanar zu der höchst erstaunten Cat und wirkte so cool, als verspeiste sie Spinnen fortgeschrittener Levels zum Frühstück. »Wir haben nicht den ganzen Tag Zeit. Würde es dir was ausmachen, wieder deine normale Gestalt anzunehmen, meine Liebe. Ich mag die Katze, aber ich bin altmodisch genug, um mich besser zu fühlen, wenn ich mit einem Menschen spreche. Nun streck deinen Arm aus und laß mich dein Armbandgerät sehen.«

Als Cat wieder menschlich war, ergriff die Frau in der Silbermaske ihren Arm und begann, einen Code in ihren Controller einzugeben. »Sorry, Cat«, entschuldigte sie sich, »aber die Codes sind nur für Erwachsene, und ich kann sie dir nicht zeigen.«

Als die Hexe mit der Eingabe der Codes fertig war, gab es einen Blitz in Blau, ein Signal ertönte, und im nächsten Moment stand Cat mit der Frau in Silber auf einem hohen Felsen mit Ausblick auf einen zerklüfteten Gebirgszug aus rötlichem Gestein. Weit unten in den Purpurschatten eines Cañons spielten und flogen Drachen. Miß Aldanar drehte sich zu ihr um. »Wie findest du das, meine Liebe? Willkommen in Dragonville.«

Um Cat schien die Welt stillzustehen. »Dragonville?« platzte sie ohne nachzudenken heraus. »Aber das ist ein Spiel von Anna Lucas.«

Die kalte Metallmaske drehte sich langsam zu dem Mädchen um. Cat erkannte mit einem Schaudern, daß sich nichts in der Maske spiegelte, obwohl sie aus glänzendem Silber zu bestehen schien. »Und wer kann schon sagen, daß *ich* nicht Anna Lucas bin?« fragte die Zauberin mit einer Stimme, die klang, als ob Krallen über Stahl kratzten.

Plötzlich erkannte Cat, daß irgend etwas gefährlich schieflief. Warum hatte diese Frau sie angelogen? Und wer war sie überhaupt? Hatte Cat einen Fehler begangen, als sie ihr vertraute?

11
EIN VERTRAUTES GESICHT

Cats instinktive Eingebung war, ihren Ausklink-Knopf zu drücken und abzuhauen, so schnell sie konnte, aber die Neugier, die zu ihrem Namen paßte, gewann die Oberhand. Ihre neue Bekannte plante irgend etwas, aber andererseits hatte sie schließlich noch nie versucht, Cat etwas anzutun. Tatsächlich war sie stets nett zu ihr gewesen. Außerdem, wenn die Frau in Silber etwas mit dem Spiel anstellte, so sagte Cat sich, wäre es dann nicht besser, das herauszufinden, damit man die Designerin warnen konnte?

Cat zögerte, gefangen in einem Wirrwarr verschiedener Loyalitäten. Dann war es zu spät.

»Also, Cat«, lächelte Miß Aldanar. »Wie würde es dir gefallen, auf einem Drachen zu reiten?«

Und damit fiel die Entscheidung.

Der Ritt auf einem dieser mit großen Schwingen versehenen Wesen war eine unglaubliche Erfahrung. Cats flammenspeiender Kupferdrache glänzte wie eine brandneue Münze rotgolden im fremdartigen Sonnenlicht und sah genauso großartig aus wie das silberne Reittier der Hexe. Cat und ihr Drache flitzten weit über den Himmel, tauchten ab, zogen wieder hoch, gingen in Querlage und flogen Bögen wie ein großer roter Spielzeugdrache, der außer Kontrolle geraten war.

Nach einiger Zeit rief die Hexe sie zur Ordnung. »Komm mal mit, Cat; ich muß dir etwas zeigen.«

Widerstrebend führte Cat ihren Drachen neben den silbernen. »Aber es macht so viel Spaß«, protestierte sie.

»Sei still«, fuhr Miß Aldanar sie kalt an, »und tu, was man dir sagt. Vergiß nicht, was für ein Glück du hast, überhaupt hier zu sein.«

Cat fiel schmollend hinter dem Silberdrachen in Position und entschloß sich, ihr Schicksal nicht herauszufordern. Miß Aldanar konnte sehr nett sein, aber offenbar war es nicht sehr klug, ihr zu widersprechen. Eine Zeitlang flogen sie schweigend weiter, bis es Cat langweilte, sich die Berge und Cañons, Felsen und Klippen anzusehen. *Warum hab' ich bloß zugesagt, daß ich mit dem alten Drachen mitkomme,* überlegte sie finster. *Ich könnte jetzt bei Jack sein und Spaß haben. Wir könnten ... – Was zum Mip ist das?*

Zuerst dachte Cat, es handele sich um das berühmte ›Gesicht‹ auf dem Mars, die mysteriöse Erscheinung, die die Olympus-Expedition demnächst ein für allemal untersuchen würde. Das Bild unter ihr war viele Kilometer lang und füllte den Boden des Tals aus. Es besaß die Konturen eines gigantischen, in den weichen roten Stein gemeißelten Gesichts, und die Züge waren unverkennbar die einer jungen Miß Aldanar, des Gesichts, das jetzt von der ausdruckslosen Silbermaske verborgen wurde.

Der Silberdrache kreiste über dem stolzen und schönen Gesicht und verlor an Höhe, indem er sich in Spiralen hinabsenkte. Cat überlief ein Schauern – ob vor Aufregung oder vor Angst, war sie sich nicht sicher. Wenn sie sich in Annas Spiel befanden, wie kam dann dieses Gesicht hierher? Sie brachte ihr eigenes Reittier zum Abtauchen und holte Miß Aldanar schnell ein. »Gehen wir da *runter*?« schrie sie. »Sind das wirklich Sie?«

Die Zauberin schaute sie an. »Vertrau mir«, sagte sie freundlich. »Ich muß dir etwas zeigen.«

Cat schluckte ihre Zweifel hinunter und folgte der Frau in Silber nach unten. Tatsächlich schien es jetzt unmöglich, sich ihr zu widersetzen. Sie näherten sich dem riesenhaften Mund immer mehr, welcher zu einem rätselhaften Beinahe-Lächeln geöffnet war. *O nein,* dachte Cat. *O bitte, sicher nicht da rein ...* Als sie sich der riesigen Öffnung näherten, konnte sie einen finsteren Tunnel erkennen, der sich in die Tiefen der Erde hinabwand. Miß Aldanars Silberdrache begann, schwach wie ein Geist im Dämmerlicht zu schimmern, als er sich auf den Tunneleingang zubewegte. Und dann waren sie auch schon drinnen. Der Mund schnappte mit einem grauenhaften Quietschen hinter Cat zu. Sie schrie verängstigt auf, als die Dunkelheit sie verschluckte; völlig außer sich tastete sie nach ihrem Ausklink-Knopf – sie wollte um jeden Preis fliehen. Dann preßte panische Furcht ihr das Herz mit eisiger Faust zusammen. Sie war allein im Dunkeln, und ihr Controller war fort!

Im Bildungsblock schwirrten die Gerüchte umher wie die Fliegen. Trotz der Anstrengungen der Spinnen, die Ordnung aufrechtzuerhalten, war das normale Tagesgeschäft zum Erliegen gekommen. Jack und Eleni trennten sich eine Weile und streunten durch die Straßen, mischten sich unter die Webuser, die ebenfalls die wachsende Anzahl von Geschichten sammelten und weitergaben. Nach einer Stunde trafen sie sich am vereinbarten Ort wieder – bei der halbfertigen Burg in ihrer gemieteten B&F-Design-Site –, um zu vergleichen, was sie erfahren hatten. Sie saßen auf den Zinnen und ließen die Beine baumeln, während sie sich austauschten. Anscheinend waren überall im Web aus den verschiedensten Sites Daten gestohlen worden. Unter all dem verrückten und wunderbaren Zeug stach folgendes hervor:

> Die Abteilung Cryogenese der Universität hatte virtuell verschlüsselte Proben und die Ergebnisse ihrer jüngsten Kälteschlaf-Experimente verloren, bei denen es darum ging, lebendes Gewebe durch Einfrieren zu konservieren.

Bigene Industrie, die an einem fortgeschrittenem Projekt zur Züchtung von Gliedmaßen und Organen zu Transplantationszwecken arbeiteten, hatte ebenfalls streng geheime Versuchsdaten verloren.

Helnen Robotics, eine Firma, die bei der Entwicklung Künstlicher Intelligenz an der Spitze stand, dementierte verzweifelt, daß sie *irgend etwas* verloren habe – und jeder wußte, was das bedeutete.

Und, um Himmels willen: Während der Übertragung war ein ganzer Datenberg diverser Ergebnisse der Olympus-Expedition einfach verschwunden.

Jack runzelte die Stirn, als Eleni ihm von letzterem erzählte. »Was, in aller Welt, geht hier vor?« murmelte er. »Wer kann so was tun? Wozu brauchen sie das ganze Zeug – und was machen sie mit Annas Spiel?«

»Ich denke, du solltest mit ihr sprechen«, schlug Eleni vor. »Warum schickst du ihr nicht deinen Kobold?«

Jack schüttelte den Kopf. »Würd' ich ja, aber sie ist heute morgen nicht im Web. Sie war die ganze Nacht auf und hat versucht, sich in Dragonville reinzuspinnen, und als ich vorhin ins Web ging, schlief sie tief und fest.«

»Dann geh zurück«, drängte ihn Eleni. »Klink dich aus und red' mit ihr, Jack. Das sind ihre Geschöpfe, die im Web Amok laufen und alles Erreichbare stehlen. Was, wenn sie ihr das anhängen? Sie muß gewarnt werden!«

Jack sah sie erschreckt an. »Du hast recht. Daran habe ich noch gar nicht gedacht. Hör zu, Leni, ich komme so schnell ich kann zurück, und dann treffen wir uns in Tropicana Bay.«

»Und während du weg bist, versuche ich Rom zu finden«, fügte sie hinzu. »Wenn jemand die Lösung dieses Rätsels finden kann, dann er.«

»Gute Idee. Und wenn du schon dabei bist, halte Ausschau nach Cat. Ich hab' versprochen, mich heute mit ihr treffen, und bei allem, was passiert ist, hab' ich's glatt vergessen!«

»Mach ich. Bis später, Jack.« Dann drückte Jack seinen Ausklink-Knopf verließ das Web.

Jack zog eilig den Websuit aus und warf ihn ein wenig zu heftig auf die Couch. Er glitt über die Kante und verschwand zwischen Couch und Wand. Jack murmelte ein Wort, das er gar nicht kennen durfte, und ließ den Anzug vorerst, wo er war. Er würde sich ›sofort‹ darum kümmern, aber vorher mußte er Anna finden.

Sie war immer noch in ihrem Zimmer und schlief tief und fest. Die Katzen hatten sich mit ihr als drei schlummernde Pelzbälle auf der Tagesdecke zusammengerollt.

»Anna«, rief Jack und schüttelte sie an der Schulter. »Anna! Wach auf!«

»Wa ...« Anna rollte sich herum, und rechts und links sprangen empörte Katzen vom Bett. Sie öffnete verschlafen ein Auge und blinzelte zu Jack hoch. »Was ist kaputt?« wollte sie wissen

»Alles!« rief Jack. »Wach auf Anna, schnell! Es ist etwas Schreckliches passiert.« Er verschwendete keine Zeit und erzählte ihr, was er und Eleni heute morgen im Bildungsblock mitangesehen hatten.

»Meine *Drachen* sind frei?« Anna hörte auf, sich die Augen zu reiben, sprang aus dem Bett und stürzte in die Küche. Sie entnahm dem Autochef einen Becher Kaffee und hockte sich auf einen hohen Stuhl; ihr verschlafener Blick wurde plötzlich scharf und durchdringend. »Also gut, Jack, erzähl's mir noch mal, langsam und deutlich. Von Anfang an.«

Als Jack seine Darstellung dessen, was heute morgen

passiert war, beendet hatte, saß Anna einen Moment lang einfach da und wirkte fassungslos. Ihre Brauen hatten sich zu einem tiefen Stirnrunzeln zusammengezogen. Sie sprang vom Hocker auf und warf den Becher ungefähr dahin, wo der Recycler stand. »Ich geh' besser nachsehen ...« Sie verstummte und hielt inne, als wäre sie in Stein verwandelt worden, und starrte aus dem Fenster, durch das das Tal und die sich dahinter erstreckenden Hügel zu sehen waren. Drei weiße Autos rasten aus dem Tal die Straße hoch und näherten sich schnell.

Abrupt erwachte Anna wieder zum Leben. »Polizei!« keuchte sie. »Raus hier, Jack. Ich will nicht, daß du da mit reingezogen wirst. Wenn sie mich nicht verhaften, dann komm zurück. Wenn doch – geh nach Hause, ruf deine Mutter an und erzähl ihr alles. Nimm die Katzen mit.« Und schon verfrachtete sie ihn durch die Hintertür nach draußen, raffte die Katzen an sich und warf sie ihm hinterher. Empört über solch brüske Behandlung flitzten sie durch den Garten und stolzierten in den Wald. Als das Geräusch der näherkommenden Sirenen immer lauter wurde, folgte Jack ihnen nach.

»Ruf deine Mutter an!« schrie Anna Jack hinterher. »Ab in den Wald, schnell. Laß sie dich nicht sehen!« Die Tür schlug hinter ihm zu.

Der dichte Wald erschien Jack als undurchdringliches Gewirr aus kaum sichtbaren Wurzeln und dornigen Zweigen, die sich in seiner Kleidung verfingen und ihm die ungeschützte Haut zerkratzten. Er fluchte bei jedem Atemstoß und wischte sich das Blut von einem tiefen, schmerzenden Kratzer ab, der gefährlich nahe an seinem Auge über sein Gesicht lief. Wenn man so viel Zeit im Web verbringt, vergißt man manchmal, wie sehr einen die Dinge in der Realworld schmerzen und verletzen können.

Während Jack sich unter den Bäumen in Deckung hielt,

kletterte er den Hang entlang, bis er an eine Stelle kam, von der aus er die Vorderseite von Annas Haus sehen konnte. Im Gebüsch versteckt beobachtete er die Tür. Die schnittigen Polizeiwagen, jeder mit einem leuchtend gelben Streifen auf beiden Seiten, waren auf der Straße vor dem Haus geparkt. Verhörten sie Anna da drin? Machten sie ihr die Hölle heiß? Unfähig, etwas anders zu tun als zu beobachten und zu warten, hatte Jack noch nie so gefroren, und so einsam und hilflos hatte er sich auch noch nie gefühlt. Im Web war es anders, überlegte er bitter. Da war keiner größer oder stärker als er. Er war seiner Umgebung ebenbürtig und konnte fast immer einen Weg finden, die Dinge so laufen zu lassen, wie er es wollte. Zusammen kannten Rom und er fünfzig Möglichkeiten, eine Spinne auszutricksen, aber hier draußen in der Realworld war er angesichts der Macht und Stärke dieser Gesetzeshüter hilflos. Das war kein angenehmes Gefühl.

Als Jack fast vor Ungeduld explodiert wäre, öffnete sich die Vordertür und Anna kam heraus, flankiert von drei Beamten – zwei Frauen und einem Mann. Anna wurde in das vordere Auto gesetzt. Dann wurde der Wagen angelassen und fuhr mit brummendem Motor ins Tal hinunter. Anna war verhaftet!

Im diesem Moment kamen zwei weitere Beamte, mit Annas Ausrüstung voll beladen, aus dem Haus. Mit einem Schaudern erkannte Jack ihren Websuit. Sie luden alles in den zweiten Wagen. Schließlich jagten auch sie davon und ließen zwei Männer mit dem letzten Wagen zurück, die eindeutig das Haus bewachten. *Ich frage mich, warum,* überlegte Jack. *Vielleicht nehmen sie an, daß sie einen Komplizen hat oder so etwas.*

Dann traf ihn die Erkenntnis wie ein Schlag. *Hat sie auch, du Idiot. Dich!* begriff er. Und er war der einzige, der ihr jetzt helfen konnte. Er mußte die anderen wissen lassen, was soeben hier passiert war. Wenn sie bloß eine

Möglichkeit finden könnten, sich in das Spiel einzuhacken, vielleicht ... Ihn traf ein zweiter Schock. In der Hektik der Flucht hatte er seinen Websuit in Annas Haus gelassen!

12
EINBRUCH BEI NACHT

»Bist du *sicher,* daß du bis morgen zurechtkommst?« Auf dem Bildschirm runzelte seine Mutter die Stirn. »Ich kann unmöglich früher wieder da sein.«

»Überhaupt kein Problem, Mom«, seufzte Jack. »Ich weiß, wie man den Thermostat und den Autochef bedient, und ich werde ganz bestimmt gut abschließen. Was könnte da schiefgehen?«

»Du hast recht, Lieber. Entschuldige. Ich bin morgen nachmittag zurück, Okay? Bis dann.«

»Tschüß, Mama.« Jack schaltete den Schirm mit einem Seufzer der Erleichterung ab. Also, dieses Martyrium hatte er nun hinter sich. Warum gingen Eltern jedesmal in die Luft, wenn auch nur das geringste aus dem Ruder lief? Es half nicht im mindesten. *Nicht, daß das hier geringfügig wäre,* dachte Jack. Er schaute etwa zum zwanzigsten Mal aus dem Fenster. Endlich wurde es dunkel. Eine seltsame Mischung aus Erleichterung und Nervosität bewirkte, daß sich seine Gedärme wie verknotet anfühlten. Polizei oder nicht, er mußte in Annas Haus zurück, um seinen Websuit zu holen – wenn man ihn nicht schon fortgeschafft hatte.

Auf der Suche nach seiner Jacke gelangte Jack ins Schlafzimmer und fand dort die Katzen schlafend vor, vollgestopft mit Thunfisch. Gut, daß sie sich anscheinend eingewöhnt hatten. Es war furchtbar gewesen, sie im Wald zu jagen, denn die ganze Zeit mußte er befürchten, daß die Polizei ihn hören würde. Er ließ die Tierchen schlafend zurück, steckte sich seine Taschenlampe in die Jackentasche und wühlte in der Schublade des Tisches in der Diele herum, bis er den Ersatzschlüssel für Annas Hintertür gefunden hatte, den sie für Notfälle stets bei ihnen ließ. *Und wenn das ein Notfall ist,* dachte er, als er sich aus dem Haus hinaus in die Nacht schlich.

Die Polizisten hatten die Außenbeleuchtung an Annas Haus eingeschaltet. Jack konnte den Lichtschein am Ende der Straße sehen und war froh darüber. So hatte er etwas, auf das er in dieser pechschwarzen Nacht zuhalten konnte, auch wenn die hohe Hecke und ihr Schatten kein Licht zum unebenen Boden des Pfades unter seinen Füßen durchließ. Jack hatte es nicht gewagt, es im Wald mit seinem Gewirr aus Zweigen auch nur zu versuchen. Selbst die holprige, zerfurchte Straßenoberfläche war zuviel für ihn gewesen, weil er die Taschenlampe nicht benutzen konnte, denn es war möglich, daß die Polizisten Wache hielten. Zu seiner Bestürzung kostete es ihn Stunden, zum Ende des Pfades zu schleichen, eine Strecke, die er bei Tageslicht binnen zwei Minuten zurücklegte.

Als er am Fuß der Auffahrt um die Ecke bog, fiel er fast über die lange Schnauze eines Autos, das dort geparkt war. Ohne nachzudenken warf er sich zur Seite, landete in der Hecke und vergrößerte dabei seine Sammlung von Kratzern. Da lag er nun bewegungslos im Schatten und wagte kaum zu atmen. Aus dem Augenwinkel hatte er einen flüchtigen Blick auf eine dunkle Silhouette hinter der stromlinienförmigen Windschutzscheibe des Wagens erhascht. Die Polizisten saßen im Auto und beobachteten das Haus von der Straße aus.

Das war eine unerwartete Entwicklung. Eigentlich

hatte Jack angenommen, die Polizisten hätten es sich lachend und Kaffe trinkend in Annas Küche bequem gemacht. Aber klar: Obwohl Anna verhaftet und ihre Ausrüstung sichergestellt worden war, durften die Polizisten nicht frei über ihr Haus verfügen. Oder war es eine Falle? Lagen sie nur auf der Lauer, um zu sehen, ob jemand vorbeikommen würde? Also, ihn würden sie nicht sehen – nicht, wenn er es verhindern konnte. Anna hatte sich immer darüber beklagt, daß Hunde durch die Löcher in ihrer Hecke gekommen wären, aber jetzt war Jack froh darum. Er tastete in der Dunkelheit umher, bis er ein Loch gefunden hatte, und kroch hindurch.

Annas Garten war ein Flickenteppich aus hellem Licht und wie mit dem Messer geschnittenem Schatten. Indem Jack sich wie ein Wurm durch die schattigen Flecken schlängelte, gelang es ihm, sich dem Gebäude zu nähern, ohne seine Deckung zu verlassen. Hätte er erst die Rückseite des Hauses erreicht, wäre er außer Sicht der Polizei. Aber zuerst mußte er auf der Seite über den Rasen gelangen, wo er durch Scheinwerfer, die zur Abschreckung von Räubern gedacht waren, so hell angestrahlt wurde wie ein Fußballstadion. Einen anderen Weg gab es nicht. Wenn er seinen Websuit wiederhaben wollte, mußte Jack genau in Sichtweite der Männer im Auto dieses Stück offenen Geländes überqueren.

Er wartete zusammengekauert unter einem Busch und beobachtete die Gesichter der beiden Polizisten, blaß und deutlich sichtbar im Schein der Sicherheitsbeleuchtung. Er konnte sehen, daß sich ihre Lippen bewegten; sie unterhielten sich, wandten ihre Aufmerksamkeit jedoch keinen einzigen Augenblick lang vom Haus ab. Jack wartete und wartete, und mit der Zeit wurde ihm immer kälter. Schon waren seine Füße, seine Finger und seine Nasenspitze taub und schmerzten. *So was passiert im Web nie,* dachte er wehmütig. Um alles noch schlimmer zu machen, war der Busch einer von der dornigen Sorte, und die langen Spitzen stachen ihm schmerzhaft in den Rücken.

Endlose Minuten vergingen, bis Jack schließlich von einer unvermittelten Bewegung im Fahrzeug aus einem Tagtraum gerissen wurde. Endlich passierte etwas! Einer der Männer tastete auf dem Fußboden herum und kam mit einem Thermogefäß Kaffee wieder hoch. Jack spannte sich und bereitete sich darauf vor, loszulaufen. Das war vielleicht seine einzige Chance! Der zweite Beamte wandte sich dem ersten zu und hielt eine Tasse hoch; der andere goß ihm ein. Jack sprang auf und flitzte wie ein Kaninchen über den deckungslosen Rasen.

Seine tauben Füße hatte er vergessen. Schwankend und stolpernd spürte er, wie er zu stürzen drohte. Mit einer verzweifelten, schmerzhaften Anstrengung warf er sich nach vorn und sprang zur Hausecke. Er traf hart auf dem Boden auf und rollte sich unter die Holzbank, die an der Wand stand. Er war nun wieder außer Sicht – aber hatte man ihn entdeckt? Unbeweglich lag er da und wagte kaum zu atmen, lauschte auf das leiseste Geräusch vom Polizeiwagen, während Schmerzen wie von Nadelstichen wütend seine Beine hinaufjagten.

Nach ein paar Minuten entschied Jack, daß er in Sicherheit sein mußte. Er robbte an der Wand entlang, bis er die Hintertür erreichte. Weil Jack in Annas Abwesenheit so oft die Katzen fütterte, war der Einbrecheralarm glücklicherweise so eingestellt, daß er seine Stimme erkannte. »Ich bin's, Jack«, sprach er leise in das kleine braune Kästchen, das in die Wand eingelassen war, ließ dann die Schlüsselkarte in den Schlitz gleiten, öffnete die Tür nur so weit, wie unbedingt erforderlich, und glitt hinein.

Endlich konnte er die Taschenlampe benutzen. Den Lichtkegel mit einer Hand abschirmend, so daß nur ein sanftes rotes Glühen zwischen den Fingern hervordrang, schlich Jack durch die Küche und die dunkle Treppe hinauf ins Gästezimmer. Dort schaltete er die Lampe ab und tastete sich mit der Hand an der Seite der Couch entlang. Er stieß einen Seufzer der Erleichterung aus: Der Anzug war noch da! Jack legte die Taschenlampe weg und fischte den Transportsack unter der Couch hervor, rollte den Websuit zusammen und verstaute ihn sorgfältig. Als er den Reißverschluß der Tasche zuzog, stieß er mit der Hand gegen die Lampe, die auf der Couch lag. Klappernd fiel sie zu Boden und schaltete sich ein.

Mit einem entsetzten Stöhnen stürzte er sich auf die Lampe, um das Licht abzuschirmen, und tastete verzweifelt nach dem Schalter. Es folgte ein Moment der Stille, dann hörte Jack den Doppelknall von Autotüren, das Flüstern sich nähernder Stimmen, und das Knirschen von Stiefeln auf dem Kiesweg. Die Haustür wurde geöffnet, und Schritte kamen dröhnend die Treppe hoch. Die beiden Polizisten platzten in das Gästezimmer – und blieben stehen. Das Zimmer war leer.

Es dauerte einen Moment, bis einer der Polizisten sah, daß nun die Jalousie heruntergezogen war – anders als zuvor, als sie das Licht hatten durchscheinen sehen. Als er eine Ecke anhob, sah er das offene Fenster und das darunter liegende Vordach. Der Weg und der Garten dahinter waren vollkommen leer. Es war niemand zu sehen.

Jack rieb sich seine aufgeschürften Knie und die Schulter, die er sich beim überstürzten Sprung vom schrägen Dach des Vorbaus geprellt hatte. Nach einem ersten Moment der Benommenheit hatte er die immer noch offene Vordertür bemerkt. Augenblicklich war er ins Haus zurück und durch die Diele geschlichen, und hatte sich unter der Küchenbank versteckt. Nun hörte er, während er sich keuchend in der Dunkelheit zusammenkauerte, wie Schritte die Treppe hinunterdonnerten.

»Er muß auf der Straße sein«, sagte einer.

»Der kommt nicht weit«, antwortete der andere. »Der Wärmedetektor des Wagens wird ihn aufspüren.« Nach einigen Minuten hörte Jack das Anspringen des Motors und das Knirschen des Kieses, als sich das Auto entfernte.

Während der Schwebewagen die Straße entlangpatroullierte, wäre Jack beinahe eingeschlafen. Er blieb, wo er war, weil er wußte, daß in der Küche genug Geräte waren, die *seine* Körperwärme vor dem Detektor verbergen würden. Es fiel ihm schwer, Geduld zu bewahren. Schließlich war er davon überzeugt, daß die Polizei aufgegeben und sich auf den Rückweg nach Dublin gemacht hatte. Gerade, als er sein Versteck verlassen wollte, vernahm er jedoch das Dröhnen des Motors, und dann wieder Stille, als das Auto draußen hielt. Darauf hatte er gewartet. Mit einem Satz hetzte Jack durch die Hintertür, durch den Garten und in den Wald. Als er ein letztes Mal durch das schützende Gebüsch zurückblickte, sah er die Lichter im Haus angehen; den Polizisten war anscheinend endlich eingefallen, dort zu suchen.

Als Jack zerkratzt, aufgeschürft und schmutzig, aber triumphierend nach Hause kam, verschwendete er keine Zeit. Er wählte einen Sojaburger aus dem Autochef und wusch sich zwischen den Bissen, damit kein Schmutz in seinen Websuit gelangte. Vorsichtig zog er den kostbaren Anzug aus der Tragetasche und stöpselte ihn in das Terminal in seinem Zimmer. Schließlich war er soweit. Er hoffte nur, daß die anderen noch dort sein würden.

Als Jack sich auf Level 1 spinnte, wurde er sofort von einem winzigen Racker mit Fledermausflügeln angefallen, der schnatternd seinen Kopf umkreiste. Cat hatte ihm ihren Kobold dagelassen. *Ich muß sie schnell finden,* dachte er. *Sie sollte mit von der Partie sein.* Er folgte dem Kobold, weil er wußte, daß er mit Cats Armbandcontroller verbunden war und ihn automatisch zu ihr führen würde. Aber nach dem Abklingen von Blau-und-Signal fand er sich zu seiner Bestürzung in B&F-Webtown vor Annas Arbeitsblock wieder, und etwa zwanzig Spinnen kamen drohend auf ihn zu.

13
DIE DRACHENKÖNIGIN

Der Drache war ein Traum – oder vielmehr ein Alptraum, den man zum Leben erweckt hatte. Er war so riesig, daß seine ausgebreiteten Schwingen die gewaltige Kammer vom Boden bis zur Decke ausfüllten, und sein Kopf türmte sich so hoch, daß Cat sich zurücklehnen mußte, um ihn anzusehen. Seine Schuppen bestanden aus poliertem Gold, das an den Stellen blendete, wo sie das Licht einfingen, das in einem einzelnen, schmalen Strahl von irgendwo weiter oben herabfiel. Der Drache hockte auf seinem Hort, einem riesengroßen Stapel vielfarbiger Juwelen und starrte Cat mit kalt funkelnden Augen an, aus denen erbarmungslose Intelligenz sprach. Cat konnte nicht fliehen. Die Augen spießten sie auf, hielten sie an Ort und Stelle gefangen. Und sie erinnerten Cat an etwas: Das Bild von Miß Aldanars kalten, dunklen, funkelnden Augen hinter der Silbermaske schoß ihr durch den Kopf.

Miß Aldanar und ihr Silberdrache waren fast zur selben Zeit verschwunden wie Cats Armbandcontroller. Der andere Drache – der, auf dem sie hierhergeritten war – hatte sie abgeworfen und war verschwunden. Cat wußte, daß sie keine Fluchtmöglichkeit besaß. Niemals würde sie den Rückweg durch das unheimliche Labyrinth von Kammern finden, durch das sie in diesen riesigen und düsteren Raum gelangt war, mit seinen Tiefen, aus denen es widerhallte, und dessen Wände und Decke in den Schatten verschwanden.

Cat wich hastig einen Schritt zurück. *Ich bin im Web,* versuchte sie sich zu beruhigen. *Nichts kann mir weh tun – dieses Ding kann mich nicht fressen.* Irgendwie fiel es ihr schwer, das zu glauben. *Laß es keinen Hunger haben – bitte!* Der Drache legte den Kopf schräg und sah sie mit gelassener Neugier – *wie ein Vogel einen Käfer beäugt, bevor er ihn frißt,* dachte Cat bestürzt. Sie sah auf die riesenhaften Zähne, von denen jeder so lang war wie ihr Arm, und erschauerte. Der Drache schüttelte die gigantischen Flügel mit einem Geräusch, als ob jemand ein zehn Meilen langes Blatt Papier zerknüllte. »So«, sagte er mit kalter, klarer Stimme.

Cat keuchte. »Miß Aldanar.«

»Genau.«

»Warum ...« Cat versuchte, das Zittern aus ihrer Stimme zu verbannen, aber es gelang ihr nicht. »Warum haben Sie mich hierher gebracht? Mir gefällt es hier nicht. Können wir jetzt bitte wieder gehen?«

Die Tore flogen auf, schlugen mit einem dumpfen Donnern zurück gegen die Wand. Maxus stand mit grimmiger Miene da. »Es ist vollbracht, Madam«, meldete er leise.

Der Drache sah mit seinem gnadenlosen, unmenschlichen Blick auf Cat herab. »Kind«, sagte er, »du wirst nirgendwo hingehen. Du wirst für immer mit mir im Web bleiben.«

»Nein!« kreischte Cat. »Ich kann nicht hierbleiben!« Damit rannte sie zu den großen Bronzetoren, die den einzigen Zugang zur Kammer bildeten. Bevor sie sie erreichen konnte, quollen Shifter in allen möglichen unheimlichen Formen aus der Wand: Moskitos und Maden, riesige Wespen und Skorpione, Haie und Tintenfische.

Andere wirkten, als seien sie aus allen Horrorfilmen, die Cat je gesehen hatte, entwichen. Das waren Geister und Vampire, Zombies, die eine Spur verfaulten Fleischs hinter sich ließen, Armeen grinsender Skelette, hohläugige Mumien, die ihre fleckigen Bandagen hinter sich herzogen, und körperlose Köpfe, die mit den Zähen knirschten.

Die trockene, kalte Stimme des Drachen ertönte hinter Cat. »Glaube nicht, daß du hier nicht sterben kannst«, sagte sie mit metallischer Kälte in der Stimme. »Ich schwöre dir, du kannst.«

»Was kann denn nur schiefgegangen sein?« fragte Eleni Rom besorgt. »Glaubst du, daß etwas passiert ist?«

Seit Jack versprochen hatte, die anderen in der Tropicana Bay zu treffen, waren Stunden vergangen. Eleni und Rom hatten an den Tischen unter den Bäumen gesessen und den Leuten zugehört, die über die Diebstähle sprachen. Anscheinend riß die Verbrechensserie nicht ab. Sie waren verschiedene Male mit den Delphinen in der silbrigen See geschwommen, und abwechselnd hatten sie eine Stunde Pause vom Web genommen, um die Webkrankheit zu lindern. Aber Jack war noch immer nicht aufgetaucht. Rom zuckte mit den Schultern. »Wenn Jack versprochen hat zu kommen, dann wird er früher oder später kommen. Irgendwas muß ihn aufgehalten haben, das ist alles.«

Mit einem Anflug von Groll dachte Eleni, daß es für Rom ja in Ordnung sei, cool zu bleiben. Wo er lebte, war es ja auch nicht spät in der Nacht, und *seine* Mutter schien nicht von der Vorstellung besessen zu sein, daß junge Leute ihren Schlaf brauchten. *Mama ist sowieso schon unzufrieden mit mir,* dachte sie, *weil ich gesagt habe, ich könnte ihr heute abend nicht helfen. Wenn sie kommt und mich im Web erwischt, wo ich doch im Bett sein sollte, wird der Ärger kein Ende nehmen, aber jetzt kann ich mich auf keinen Fall ausklinken.*

Eleni hatte die Hoffnung beinahe aufgegeben, als Jack endlich eintraf. Er war kaum materialisiert, als er ihnen auch schon zurief: »Sie haben Anna verhaftet.«

Eleni und Rom sahen einander erschrocken an, Jack erzählte ihnen, was geschehen war.

»Das können wir nicht zulassen«, rief Eleni. »Wir müssen ihr helfen!«

»Wir müssen in die Spiel-Site«, stellte Rom fest. »Davon hängt alles ab. Wenn wir nur herausfinden könnten, wer wirklich dahintersteckt und der Polizei Beweise liefern ...«

»Anna konnte selbst nicht in die Site vordringen«, sagte Jack grimmig, »aber irgend jemand anders schon. Ich habe Cats wartenden Kobold gefunden, und er hat mich dort hingeführt – nur daß ich natürlich nicht nach Dragonville reinkam. Ich wurde weggespidert. Aber Cat ist ganz sicher da drin, also: Wie hat *sie* das geschafft?«

»Und wollte sie das?« fügte Rom leise hinzu; »oder steckt sie in Schwierigkeiten?«

Ich glaube, das Spiel wird genau wie das Traumschloß für immer schließen, dachte Eleni. *Was für eine Schande. Es war so wunderbar, auf einem Drachen zu reiten. – Einen Drachen reiten!?* Sie sprang auf. »Jack, Rom, ich hab' die Lösung! Ich weiß, wie ich uns in das Spiel bekomme!«

»Eleni, bist du *sicher,* daß das funktioniert?« fragte Rom. »Wir warten hier schon eine Ewigkeit.«

»Hast du eine bessere Idee?« fauchte Eleni. »Bildung muß der beste Ort sein. Sobald der Drache wieder auftaucht.«

»*Falls* er auftaucht.«

»Da!« rief Jack. Mit einem grünen Blitz platzte der Drache aus einer Wand des Forschungsgebäudes. Zwischen seinen Klauen hielt er einen einzelnen Kristall. Jack rief auf seinem Controller Annas Code auf, der die Kreaturen herbeizitierte. Eine Sekunde lange schien der Drache mitten in der Luft zu zögern, dann änderte er den Kurs und landete neben ihnen.

Dann brach das reine Chaos aus. Aus dem Nichts erschien eine Horde Spinnen. Leute rannten durcheinander – einige auf den Drachen zu, andere vor ihm davon. Eleni und die anderen kletterten rasch auf seinen Rücken, während Cats Kobold um sie herum flatterte. Eleni seufzte erleichtert auf, als der Drache wieder abhob. Dann löste sich die Webtown in Funkengestöber auf, und an ihrer Stelle umgaben sie die roten Berge von Dragonville.

»Gut gemacht, Leni!«

»Acht!«

Eleni strahlte vor Stolz. Cats Kobold verhielt sich nun enorm aufgeregt und führte den Drachen zwischen die hochaufragenden Bergketten. *Es sieht alles ziemlich gleich aus,* dachte Eleni. *Wohin fliegen wir nur?* Dann überquerten sie einen hohen Grat, und unvermittelt lag unter ihnen ein riesiges Gesicht, das das Tal von einer Seite bis zur anderen ausfüllte. Jetzt kannte Eleni ihr Ziel und wünschte sich, sie hätte von nichts gewußt. Ein Schauer überlief sie, als sich der gigantische Mund öffnete, um sie einzulassen, und sie in die Dunkelheit hinunterschlang.

Der Drache schüttelte sich, und Eleni bemerkte, daß sie abstürzte. Sie fiel nicht tief und landete unsanft auf einem kalten Felsen. Sie befand sich in einem finsteren Tunnel, der von trübem Lichtschein erhellt wurde, welcher durch einen etwa zwanzig Meter entfernten Torbogen schien. Als sie aufstand, erblickte sie neben sich Rom und Jack, aber der Drache war verschwunden.

Rom stöhnte. »Toll. Und was machen wir *jetzt*?«

Über Jacks Kopf ertönte ein eindringliches, wütendes Zwitschern. »Hau ab!« Er schlug nach Cats Kobold, der im Sturzflug auf ihn herabstürzte und ihm an den Haaren zog. »Ich denke mal, wir folgen dieser verflixten Kreatur.« Er zuckte die Schultern. »Zumindest scheint er zu wissen, wo es langgeht.«

»Und er hält wenigstens auf das Licht zu«, sagte Eleni.

Hinter dem Torbogen erhob sich eine lange Treppe mit einer riesigen alten Tür am oberen Ende. Die Treppe stand frei im Raum und wirkte ohne tragende Wände überaus seltsam. Jack stieg die Stufen herauf, gefolgt von Rom und Eleni. Er stieß die schwere, quietschende Tür auf und fand sich in einem riesigen, kreisförmigen Korridor mit Türen, die in jede Richtung führten. In der Mitte führte eine Wendeltreppe auf Galerien mit Räumen, die wiederum weiterführten. Die Treppe erstreckte sich höher als das Auge reichte. Gleich hinter der Tür fand er einen Waffenständer mit schwer aussehenden Gewehren, die ihn an Laserkarabiner erinnerten und mit eigenem, unheimlichem roten Licht leuchteten. Daneben schwebte eine D-Box in der Luft. Jack las:

> ZUGANG LEVEL 2: Willkommen im Labyrinth, der Heimat der Shifter. Hier liegt das geheime Zentrum von Dragonville. Achtung: Das Gewehr muß nach jedem fünften Schuß nachgeladen werden.

Direkt daneben befand sich das Bild eines roten Kristalls, der etwa halb so groß war wie ein Ei.

Als Jack ein Gewehr aufklappte und es überprüfte, fand er ein Rohr mit einem roten Kristall, der sich darin eingenistet hatte.

»So wie ich Anna kenne«, sagte Rom, während er sich ein Gewehr nahm und eins an Eleni weitergab, »werden überall im ganzen Haus noch mehr Kristalle an den unmöglichsten Stellen versteckt sein.«

Ein schauderhaftes Kreischen zerriß die Luft und erschreckte Jack derart, daß er seinen ersten Schuß verschwendete. Er fuhr herum und hielt das Gewehr fest. Eine weiße Gestalt, die ganz aus fließenden Gewändern und langem, wehendem Haar bestand, kam von oben herabgesaust und langte mit blutbefleckten Fingernägeln in der Länge von Messern nach ihm. Jack duckte sich, rollte sich ab, und die Hexe schlug auf dem Boden auf. Sie sprang mit einem ohrenbetäubenden Kreischen auf und ging wieder auf ihn los. Ihre dunklen Augen funkelnden bedrohlich, und ihre tödlichen Finger krallten nach seiner Kehle.

Während Jack zurückwich, zielten und schossen Rom und Eleni gleichzeitig. Dünne rote Strahlen zischten aus den Karabinern – aber die Hexe setzte Jack nach. Im Zurückweichen feuerte Jack mit seiner Waffe, aber das machte keinen Unterschied. *Das kann nicht sein,* dachte er verzweifelt, als er den Krallenfingern nur um Haaresbreite auswich. *Das ist nur ein Spiel. Die Freundin meiner Mutter hat dieses Biest* erfunden.

Sie hatte ihn jetzt fast an der Treppe festgenagelt. Jack sprang einen Augenblick zu spät beiseite, und ein rasiermesserscharfer Finger erwischte ihn am Arm. Er spürte, wie sein Ärmel zerriß, und dann einen heftigen, stechenden Schmerz. Jack sah herab und erblickte das Blut, das ihm aus der Armwunde schoß. *Das kann doch nicht sein!* Im Web wurde nie jemand verletzt – das war einfach nicht möglich. Aber gerade war genau das geschehen!

14
EINE WINZIGE CHANCE

Jack wußte nicht, ob sich die Verletzung auf seinen Realworldkörper auswirken würde, aber auf alle Fälle tat sie *weh*. Er begriff, daß dies kein Spiel mehr war und sie sich alle in höchster Gefahr befanden. Die Versuchung, sich auszuklinken, war übermächtig, aber er wußte, daß sie keine weitere Gelegenheit erhalten würden, in das Spiel zu gelangen. Wenn sie Cat retten und das Geheimnis des Diebes lüften wollten, dann war dies ihre einzige Chance. »Nichts wie raus hier!« rief er den anderen zu. In der Hoffnung, das Gespenst könnte den Korridor nicht verlassen, verschwand er durch die nächstgelegene Tür. Rom und Eleni waren direkt hinter ihm, die Hexe ihnen dicht auf den Fersen.

Jack schlug ihr die Tür vor der Nase zu. Auf der anderen Seite stieg das Kreischen und Heulen zu ohrenbetäubender Tonhöhe an, und er konnte hören, wie die blutbefleckten Krallen der Kreatur an dem Hindernis kratzten. Jetzt waren sie mit *seinem* Blut befleckt, erinnerte Jack sich. Er trat schnell zurück, beunruhigt, die Tür würde die Kreatur nicht draußen halten, aber nach einer Weile begriff er, daß er recht gehabt hatte. Die Hexe konnte nicht über den Korridor des ersten Levels hinausgelangen.

»Das ist also Level zwei«, sagte Rom. »Die Shifter sind diesmal sicher gemeiner.« Empört und böse sah er auf sein Gewehr. »Das verfluchte Ding ist nutzlos«, sagte er.

»Wer auch immer an diesem Spiel herumgepfuscht hat, muß die Gewehre herausprogrammiert haben«, fügte Jack hinzu.

»Und wenn schon, ich fühle mich besser mit irgendeiner Waffe«, sagte Eleni zu ihnen. »Außerdem könnte noch etwas kommen, das durch die Gewehre verwundbar ist«

»Das weiß man nie«, sagte Jack. Persönlich bezweifelte er das, aber obwohl das Gewehr bisher nutzlos gewesen war, wollte er bestimmt nicht die einzige Waffe zurücklassen, die er hatte. Zusammen mit den anderen begann er, den Raum nach weiteren Kristallen abzusuchen, um sie wiederaufzuladen, aber es gab nicht viele Stellen, an denen man nachsehen konnte. Diesmal hatten sie einen Ballsaal mit staubigem Boden und lauter Spiegeln an den Wänden betreten, an dessen Decke von Spinnweben bekränzte Kronleuchter hingen. Am Rand der Tanzfläche waren zierliche, kleine Stühle mit goldenen Rückenlehnen und Beinen und dicken roten Kissen aufgereiht. Hier gab es keine Fenster, so daß sie auf diesem Weg nicht entkommen konnten. Der einzige Ausgang war eine Tür am anderen Ende des Saales. Anscheinend funktionierte nur ein Kronleuchter, und der nur schwach. Jack rannte die Seite des Ballsaals entlang und warf bei seiner verzweifelten Suche nach weiteren Kristallen die kleinen Stühle zur Seite.

»Hört mal«, sagte Eleni plötzlich. »Musik. Könnt ihr sie hören?«

Zuerst war sie sehr leise, eine Art Walzer, der auf einem altmodischen Synthesizer gespielt wurde. In dem Moment, als Jack innehielt um zu lauschen, wurde sie lauter, und er konnte hinter der Melodie ein kratzendes, scharrendes Geräusch vernehmen. Im dicken Staub des Bodens des Ballsaals begannen Fußabdrücke zu erscheinen, zogen sich drehende Spuren in den Teppich aus staubigem Grau. Geisterhafte Füße tanzten – erst zwei Paar, dann vier und dann waren es plötzlich Dutzende. Rom, Eleni und Jack drängten sich zur gegenseitigen moralischen Unterstützung eng zusammen. Jack sah nach oben, und seine Finger faßten das Gewehr fester. In den Spiegeln entlang der Wände konnte er die Abbilder der Tänzer ganz deutlich sehen, aber wenn er wieder in den Raum blickte, konnte er nichts außer den Abdrücken erkennen.

Die Musik stockte und brach ab. Die Füße hörten wie ein Mann mit dem Tanzen auf. Plötzlich zeigten die Fußabdrücke alle in seine Richtung. Im Spiegel sah Jack, wie die Tänzer anfingen, sich vorwärts zu bewegen, bis sie ihn umzingelten. Er sah ihre bleichen, blutleeren Gesichter, ihr wildes, dunkles Haar und die langen Zähne, die sich glänzend von ihren blutroten Lippen abhoben. Er drehte sich um und floh, stürmte durch die neue Tür, bevor die Vampire ihn einfingen. Diesmal waren die anderen vor ihm. Mit einem Seufzer der Erleichterung schlug er die Tür hinter sich zu.

Der Raum, den sie betreten hatten, schien eine Art Arbeitszimmer zu sein, mit einem hellem Feuer im Kamin und riesigen Bücherregalen, die die Wände säumten. Rechts von Jack war ein Fenster mit zugezogenem Vorhang. Darunter stand ein schwerer alter Tisch mit einer Platte aus grünem Leder.

»Gut, viele Verstecke hier«, sagte Rom mit schwankender Stimme. »Sicher gibt es Kristalle für das Gewehr, und vielleicht finden wir sogar andere Waffen.«

»Der Tisch ist die naheliegendste Stelle, um nachzusehen«, meinte Eleni.

Jack dachte, er sei vielleicht zu naheliegend, sagte aber nichts. Sie wirkte, als hätten die Vampire ihr eine Heidenangst eingejagt, und er wollte sie nicht zusätzlich beunruhigen. »Na los«, sagte er zu ihr, »einen Versuch ist es wert.«

Zu Jacks großer Überraschung stellte sich heraus, daß Eleni recht hatte. In der untersten Schublade fand er eine Handvoll Energiekristalle. »Hier!« rief er Rom und Eleni zu.

Sie knieten alle drei vor der Schublade und wühlten nach Kristallen, als Jack das unangenehme Gefühl beschlich, daß sie nicht allein waren. Langsam hob er den Kopf über die Tischplatte und sah sich um. Es schien, als triebe ein dünner, blasser Rauch mühelos durch die solide wirkende Wand ins Zimmer. Dort driftete er nach unten und bildete eine neblige weiße Pfütze auf dem Boden. Allmählich begann er, sich zu einer plumpen Säule aufzutürmen. Nahe der Spitze der Säule erschienen zwei schrägstehende rote Augen.

Jack duckte sich hinter den Tisch, rollte sich darunter und kam feuernd wieder hoch. Rom sprang auf, um ihn zu unterstützen, und Eleni schoß von der Rückseite des Tisches aus. Die roten Strahlen aus ihren Gewehren schnitten einfach durch den rauchigen Körper der Kreatur hindurch. Die Erscheinung stieß ein unheimliches, schauriges, meckerndes Gelächter aus und begann, langsam auf sie zuzufließen. Wo sie vorbeigekommen war, waren alle Flächen mit einem Film aus glitzerndem Rauhreif überzogen.

»Los, Eleni, paß auf, daß du nicht da hinten in der Falle sitzt!« Jack faßte sie bei der Hand und sprang um die Erscheinung herum. Eleni zog er dabei hinter sich her. Er tauchte nach unten zum Fenster, aber hier gab es keinen Ausweg: Dahinter war nichts als tiefe Dunkelheit. Er konnte das Glas nicht zerbrechen, indem er mit dem Gewehr darauf schoß. Damit auf das Fenster einzuschlagen, half auch nicht. Und das Gespenst war direkt hinter ihm!

»Das hat keinen Zweck!« In der Ecke auf der anderen Seite warf Rom sein leergeschossenes Gewehr weg.

Während er sich schnell zurückzog, suchte Jack nach einem Ausweg. Er begriff, daß er einen schweren Fehler begangen hatte. Außer der Tür, die zurück zu den Vampiren führte, *gab* es keinen Ausweg aus dem Zimmer, und wenn er an denen vorbeikäme, würde er sich mit der Hexe befassen müssen.

Aber es mußte einen anderen Fluchtweg geben. Jack wußte, wie Anna arbeitete. Sie würde niemals eine derartige Sackgasse zulassen! Während er vor der Erscheinung weiter zurückwich, sah er sich wie wild im Zimmer um und hoffte auf eine Eingebung. Da war etwas Vertrautes an dem Kamin mit seiner hohen Verkleidung und den zwei Kerzenhaltern an beiden Enden. Plötzlich erinnerte er sich an einen komischen alten Film, den er mit Anna und seinen Eltern vor einiger Zeit gesehen hatte. Da gab es einen Kamin genau wie diesen hier, und wenn er sich recht erinnerte, ließ ein Kerzenhalter sich wie ein Hebel ...

Die Erscheinung war nun fast über ihm. Jack ergriff den Kerzenhalter und zog. Neben dem Kamin schwang ein Stück Wand beiseite und gab die dunkle Öffnung eines Geheimgangs frei. »Ja!« schrie Jack. »Los!« Er stieß Rom und Eleni hinein und folgte ihnen. Erleichtert seufzte er, als sich die Geheimtür knirschend hinter ihm schloß. Erst da fiel ihm auf, daß er wenigstens eine Kerze hätte mitnehmen sollen. Im Tunnel war es stockfinster.

Aber jetzt gab es kein Zurück mehr. Jack begann den engen Gang hinunterzuschlurfen, und erfühlte sich seinen Weg, indem er nach den Wänden tastete. Für eine oder zwei Minuten lang ging alles gut, dann stellte er fest, daß er seine Hände und vor sich die schattenhaften Umrisse von Eleni und Rom sehen konnte. Die Wände begannen in einem schwachen, blassen Grün zu leuchten, und unter seinen Fingern konnte Jack klebrigen, feuchten Schleim spüren. Etwas schnappte nach seiner ausgestreckten Hand. Der grüne Schleim wuchs aus der Wand heraus und erstreckte sich durch den ganzen Tunnel zu einem Wald langer, wogender Tentakel.

So sollte es einfach nicht sein. Das gibt es doch gar nicht! Er konnte nicht zurück. In den Räumen hinter ihm gab es zu viele Schrecken. Bevor er wußte, was geschah, verlor Eleni die Nerven. Sie feuerte eine Salve in den Gang und lief los, Rom einen Schritt hinter ihr. Jack setzte ihnen nach. Die Tentakel schnappten nach ihm, zischten wie tausend Schlangen. Sie hingen sich in einer feuchten Umarmung an seinen Körper, bespritzten ihn mit Schleim, der ihm die Haut verbrannte. Gerade als er darum kämpfte, sich zu befreien, hörte er, wie hinter ihm die Geheimtür knirschend aufging.

Mit einer Kraft, die der Panik entsprang, riß Jack sich los und lief weiter, kämpfte sich seinen Weg durch Büschel langer Arme, die sich an ihn klammerten. Das blasse Glühen der Tentakel spendete ihm genug Licht, um nach vorn zu sehen, aber er wagte es nicht, zurückzublicken und zu sehen, was hinter ihm geschah. Hals über Kopf stürzte er durch den gewundenen Gang und schirmte sein Gesicht vor der entsetzlichen Berührung durch die sich windenden Ranken ab.

Die Wand sah er erst, als es schon zu spät war. Jack knallte genau wie die anderen gegen das feste Hindernis und glitt neben ihnen zu Boden, halb betäubt und starr vor Angst. *Es gibt keinen Ausweg!*

Aber es muß einen geben! Es muß *doch einen Ausweg geben!* Jack rappelte sich auf und begann verzweifelt auf die Wand einzuschlagen. Als das nicht funktionierte, feuerte er immer wieder mit seinem Gewehr darauf, bis er die Ladung verbraucht hatte. Als der Lärm der Schüsse verebbte, hörte er aus dem Gang hinter sich ein sanftes, trockenes, raschelndes Geräusch. Jack kannte es aus dem Ballsaal. Es war das Flüstern vieler Stimmen und das Schlurfen Dutzender, unsichtbarer Füße.

Plötzlich wurde das leise Schlurfen von einem grauenhaften Kreischen übertönt. Jack erstarrte, und seine Finger verkrampften sich um das nutzlose Gewehr. *Nicht auch noch die Hexe!* Zunächst jedoch erblickte er die zarte Gestalt des rotäugigen Gespenstes, das um die Biegung des Ganges trieb. Die Augen glühten auf, als sie ihn erblickten, und die Erscheinung gab ein grimmiges, schauriges Meckern von sich. Die Geister hatten ihn gefunden.

Das Gespenst schwebte durch den Korridor auf Jack zu, und hinter ihm folgte sabbernd eine Horde schlurfender, jetzt sichtbarer Vampire. Die schlangengleichen Tentakel krümmten sich und zischten, als sie vorbeizogen, und ließen Schleim in glühenden Pfützen auf den Boden des Ganges tropfen.

Dann kam wieder das grauenhafte Kreischen. Jack schrie und preßte sich gegen die harte Felswand, als die Hexe von der Decke herab in den Gang stürzte. Hinter ihr folgten die Vampire und das kalte, nebelhafte Gespenst.

15
DRACHENSCHLACHT

Maxus berührte sein Handgelenk, und die Shifter verschwanden. Er nahm Cat bei der Hand, führte sie zurück zu dem Kristallhaufen und setzte sich neben sie auf den Boden. Er begann mit sanfter Stimme zu sprechen. »Laß mich erklären, was geschehen ist.« –

»Sie stiehlt meinen *Körper*?« keuchte Cat. »Aber das ist unmöglich!«

»Siehst du«, sagte Maxus sanft, »Miß Aldanar ist nichts unmöglich. Sie ist die geistige Mutter des Web. Sie gehörte zu den Initiatoren. Sie verbrachte Jahre damit, die Gerätschaften zu entwickeln, die du im Turm gesehen hast, und ihren bislang größten Sieg zu erringen: den Tod selbst zu betrügen.«

Cat hätte Maxus am liebsten ins Gesicht geschlagen. »Betrug ist es allerdings!« schrie sie. »Nur betrügt sie nicht den Tod, Maxus, sie betrügt *mich*! Sie hat ihr Leben gelebt, länger als die meisten Menschen. Meins hat erst begonnen. Vielleicht wäre ich genau so brillant und erfolgreich geworden wie sie, aber jetzt werde ich es niemals erfahren! Miß Aldanar hat mich um meine Chance gebracht. Verstehst du nicht, Maxus? Sie hat den Tod nicht besiegt, sie nimmt nur einen Austausch vor. Irgend jemand stirbt auf jeden Fall. *Irgend jemand muß immer sterben!*«

»SEI STILL, GÖRE!« kreischte der Drache.

Maxus wirkte verblüfft. »Aber sie hat recht!« rief er. »Gibt es keine andere Möglichkeit, Madam?«

»Hätte ich all das dann nötig?« knurrte der Drache. »Wie kannst ausgerechnet du glauben, daß ich wie ein Ghoul handeln *will*? Es bleibt keine Zeit mehr, du Schwachkopf! ICH WILL NICHT STERBEN!« Der Drache türmte sich über Maxus auf, seine Kiefer standen weit offen und die edelsteinbesetzten Augen glühten rot vor leidenschaftlichem Zorn.

Mit einem schrecklichen Schrei aus Furcht und Kummer schlug Maxus auf seinen Ausklink-Knopf und verschwand.

Eleni spürte in der Dunkelheit des Tunnel unter sich einen harten, plumpen Gegenstand. Sie tastete danach und brach in Lachen aus. »Das glaubt ihr nicht!« rief sie. »Ich sitze auf einem Hebel. Hier ist eine Falltür!«

Angespornt von schierem Schrecken, bewegten die drei sich schneller als je zuvor. Binnen Sekunden hatten sie die Falltür angehoben. Zeit, sich über den Fall oder die Dunkelheit Sorgen zu machen, besaßen sie nicht – nicht bei den Monstern, von denen sie verfolgt wurden. Wenn sie ihr Glück entweder mit den Geistern oder mit der Falltür versuchen mußten, dann gab es nur eine Wahl. Sie zwängten sich nacheinander hindurch, atmeten tief ein und ließen sich fallen.

Eleni stellte fest, daß sie eine lange, glatte Rutsche heruntersauste, dabei immer schneller wurde und nicht anhalten konnte. Plötzlich kam sie ins Licht hinausgeschossen und sauste in einen Stapel plumper, glitzernder Objekte, die sehr hart waren. Sie lag einen Moment regungslos da, um zu Besinnung zu kommen, und wagte nicht, aufzuschauen und festzustellen, was hier auf sie wartete.

»Heilige Mips!« murmelte Rom ehrfürchtig.

Was nun? überlegte Eleni. Sie nahm ihren Mut zusammen und sah nach oben, und immer weiter nach oben – sie blickte zu einem riesigen goldenen Drachen!

»Jack! Rom! Eleni!« Cat lief auf sie zu und kreischte. »Haut ab! Schnell, bevor es zu spät ist!«

»Es ist schon zu spät.« Die Stimme klang wie das dumpfe Dröhnen einer Kerkertür. Eleni sah den Drachen an und erblickte den großen roten Edelstein, der an einer goldenen Kette am Hals des Drachen hing. Sie dachte an eine große, dunkelhaarige, ganz in Silber gekleidete Frau mit einer Silbermaske. »Ich erinnere mich an Sie ...« keuchte sie.

Die Frau warf ihr einen kurzen Blick zu. »Schön, aber ich erinnere mich nicht an dich«, entgegnete sie lässig. Sie richtete ihren kalten, dunklen Blick auf Rom, der anscheinend seine Augen nicht von ihr abwenden konnte. »An *dich* erinnere mich allerdings nur zu gut. Für *dich* ist der Tag der Abrechnung lange überfällig.« Sie öffnete das riesige Maul zu einem ohrenbetäubenden Gebrüll. Aus ihren glühenden Augen schossen zischend zwei hellrote

Strahlen. Mit einem Angstschrei sprang Rom zur Seite. Die Laser schlugen genau da ein, wo er gestanden hatte und schmolzen den Steinboden zu einer glühenden Schlackepfütze.

Vor Zorn über den Fehlschuß brüllend, bäumte sich der Drache auf, bis er mit dem Schultern gegen die Decke stieß. Der große Kopf zuckte auf dem langen Hals wie der einer Schlange vor, und ein zweiter roter Strahl zischte durch die Luft. Wieder wich Rom aus, aber nun blieb ihm kaum noch Spielraum.

»Verteilt euch!« schrie Cat. »Das ist kein Spiel! *Sie kann uns töten!«*

»Das reicht!« schrie Jack. »Klink dich aus!«

»Ich kann nicht«, rief Cat. »Sie haben mir den Controller gestohlen.«

Eleni wußte, daß sie sie nicht alleinlassen durfte. Irgendwie mußten sie eine Möglichkeit finden, das Monster zu besiegen und ihre Freundin zu befreien. Ihr fiel ein, wie die Shifter Jack verletzt hatten. Sie war sich nicht sicher, ob Menschen im Web wirklich getötet werden konnten, aber sie wollte es eigentlich nicht darauf ankommen lassen. Sie wußte nicht, wie die Zauberin es zustande gebracht hatte, aber irgendwie waren die Dinge hier *realer* als sonst im Web üblich. Das war es! Man konnte die Verhältnisse im Spiel aus dem Spiel heraus beeinflussen, wie man die Realworld in der Realworld änderte!

Der knurrende Drache hatte Rom in eine Ecke gedrängt. Eleni konnte sehen, daß seine rubinroten Augen aufglühten. Gleich würde er feuern.

»Rom! Mach den Abgang!« schrie Jack.

»Nein!« Rom wirkte verängstigt, wich aber nicht von der Stelle.

Plötzlich wußte Eleni, was zu tun war. Sie tippte auf ihre Tastatur, und dann gab es in der Kammer *zwei* goldene Drachen. Rote Strahlen schossen aus Elenis Augen. Die Zauberin schrie vor Schmerz auf und schlug mit einem Flügel auf ihre rauchende Lederhaut, wo Eleni sie getroffen hatte. Sie ließ von Rom ab, fuhr herum und stellte sich ihrer neuen Herausfordererin. Dabei warf sie Jack und Cat mit der Spitze ihres umherpeitschenden Schwanzes nach hinten in eine Ecke.

Während die Hexe sich noch umdrehte, feuerte Eleni erneut. Der Strahl verfehlte den Kopf des anderen Drachen um Haaresbreite und schlug einen Brocken Mauerwerk aus der gegenüberliegenden Wand.

»Acht, Leni, gut gemacht! Weiter so!« rief Rom.

»Paß auf!« schrie Jack.

Die Hexe feuerte wie wild, und Eleni schrie vor Schmerz auf, als der blutrote Strahl ihr den Rand eines Flügels versengte. Die Zauberin nutzte den Augenblick der Ablenkung und griff rasend vor Zorn an. Sie zog ihren Kopf zurück, schlug wie eine Schlange zu und verbiß sich mit ihren riesigen spitzen Zähnen in Elenis Hals. Eleni schrie auf und versuchte sich freizukämpfen, aber sie hatte keine Chance. Die Zauberin hielt sie fest in den großen Kiefern gepackt und versuchte, Eleni zu erwürgen. Keine Chance für Eleni – sie würde sich ausklinken müssen.

Sie war gescheitert.

Aus der Ecke kam ein Kreischen von Cat. »Er ist wieder da! Mein Controller!«

Der Drache gab Elenis Kehle frei. Einen Moment lang blitzten Verblüffung und Zweifel in seinen Augen auf. Dann warf er den Kopf zurück und fing an zu lachen. »Und Maxus nannte *mich* grausam! Mach nur, meine Liebe. Klink dich aus, wenn du willst – wenn du es wagst. Spring in meinen gealterten Körper und sieh, wie *dir* ein Leben als verkümmertes altes Weib gefällt, das immer schwächer wird und ständig Schmerzen leidet.

Versuch *du* das mal, Cat, und dann sag mir ins Gesicht, ich hätte Unrecht getan!«

Cat sah sie voller Mitleid an. »Es *ist* Unrecht«, sagte sie mit fester, entschlossener, leiser Stimme, »und was immer Sie sagen, wird es nicht zu Recht machen. Damit müssen Sie leben.« Dann betätigte sie ihren Controller und war fort.

»Abgang für alle!« rief Jack. Er und Rom verschwanden, aber Eleni war eine Sekunde zu spät dran. Bevor sie sich bewegen konnte, hatten die Drachenkiefer sich erneut um ihren Hals geschlossen.

»Wenigstens dich werde ich behalten«, knurrte die Hexe zwischen ihren Zähnen hindurch.

»Werden Sie nicht!« Eleni würgte und tastete mit einer Klaue nach ihrem Controller. Ja, sie konnte ihn gerade erreichen. Sie hob den Kopf und feuerte mit den Lasern auf die Decke über dem zweiten Drachen. In dem Augenblick, als dieser explodierte und donnernd Tonnen von Gestein herunterwirbelten, schlug sie auf ihren Ausklink-Knopf und erhaschte einen letzten Blick auf die Hexe, die das gleiche tat. Als sich die Welt um Eleni auflöste, hörte sie noch den erschütternden Schrei äußersten Entsetzens.

»Nein. NEIN! MAXUUUUUUS!«

16
DANACH

Als Cat sich das Visier vom Gesicht riß, entfaltete sich um sie herum das Turmzimmer wie ein sicheres und bequemes Federbett. Vor Schock und Schreck noch immer wie betäubt, saß sie eine Weile nur da und starrte vor sich hin. Starrte – und starrte – und starrte auf den Anblick, der sich ihr stets bot, wenn sie sich ausklinkte: Miß Aldanar in einem Websuit auf der Couch gegenüber.

Maxus lag mit zitternden Schultern zusammengesackt über der Couch. Cat erkannte, daß er wie ein untröstliches Kind weinte. Sie schlüpfte aus ihrem Websuit und ging zu ihm. Als sie an Miß Aldanars Couch kam, sah sie, daß die alte Frau vollkommen reglos dalag und nicht mehr atmete. Die Verbindungen zu ihrem Lebenserhaltungssystem waren herausgerissen worden. Cat berührte Maxus sacht an der Schulter. »Das warst du, nicht wahr?« fragte sie sanft. »Danke, Maxus. Du hast mir das Leben gerettet.«

Maxus hob sein tränenüberströmtes Gesicht und sah Cat an. Es verursachte ihr ein eigenartiges Gefühl in der Magengrube, einen Erwachsenen derart weinen zu sehen; so, als würde auf der Welt nichts je mehr sicher sein. »Das ganze Zeug, das sie gestohlen hat«, flüsterte er mit brüchiger Stimme, »war für dich gedacht, hat sie gesagt.« Er räusperte sich und sprach fester weiter: »Sie arbeitete an einer Methode, einen Körper zu klonen, und du hättest deinen zurück haben können, wenn du so lange im Web überlebt hättest. Während dieser Zeit wollte sie dein Bewußtsein in einen Drachen verpflanzen. Er ist ein ziemlich fortgeschrittenes Modell, und sie glaubte, daß dir vielleicht das Dahinschwinden erspart geblieben wäre, das wir bei anderen Kindern beobachtet haben.«

»*Anderen Kindern?*« keuchte Cat.

Maxus nickte. »Frag nicht«, sagte er. »Du warst anders, du warst ihr so ähnlich. Sie mochte dich, sie mochte dich wirklich.«

Sie hat sich aber einen komischen Weg ausgesucht, das zu zeigen, dachte Cat. Maxus fuhr fort: »Sie hat mir versprochen, daß sie dir deinen Körper zurückgeben würde, aber ...« Er seufzte. »Als ich sie heute sah, ihr heute zuhörte, da sie annahm, gewonnen zu haben – nun, plötzlich vermochte ich nicht mehr, ihr zu glauben.«

Behutsam nahm er die Hände der alten Frau und faltete sie über ihrer Brust. »Sie war nicht immer so«, sagte er sanft. »Zu ihrer Zeit war sie eine sehr große und gute Frau, aber sie hatte von jeher Angst vor der Tod. Sie war besessen davon.« Er schüttelte den Kopf. »Egal, was sie auch tat und wie lang sie lebte, diese Furcht quälte sie. Am Ende mußte ich ihr helfen, frei zu sein – wie ich ihr stets geholfen habe.«

Es vergingen mehrere Tage, bevor sie sich alle wiedersehen konnten. Die Behörden brauchten so lange, um das Chaos zu beseitigen, das die Zauberin hinterlassen hatte. Schließlich wurde ein Treffen der vier Freunde in Tropicana Bay arrangiert, gemeinsam mit Anna, die wieder aus dem Polizeigewahrsam entlassen worden war, und mit Ariadne, der Webpolizistin, die von Anfang an auf der Spur der Zauberin gewesen war.

Cat freute sich über die Gelegenheit, mit der Polizistin zu sprechen, denn eine Frage hatte sie ziemlich beschäftigt. »Was ist mit Maxus?« fragte sie besorgt. »Ich weiß, daß er Miß Aldanar geholfen hat, aber er war derjenige, der sie am Ende aufgehalten hat. Und immerhin *hat* er mein Leben gerettet.«

Heute erschien Ariadne als große Frau mit ebenholzschwarzer, seidiger Haut, athletischem Körperbau und Augen wie aus flüssigem Gold. Als sie antwortete, blitzte ihr Lächeln weiß auf. »Mach dir keine Sorgen, Cat, das wurde alles berücksichtigt. Sie werden nicht zu hart mit ihm umspringen.«

»Wird das Spiel je wieder aufgemacht?« fragte Eleni Anna. Die Frau zuckte wehmütig die Schultern. »Ich fürchte nicht, Leni, zumindest nicht in dieser Form. Es scheint, als hättet ihr bei seiner Zerstörung ganze Arbeit geleistet.«

»Entschuldigung, Anna!« rief Eleni bestürzt.

Anna lachte. »Ist schon okay, Leni, es war nur Spaß. Ihr habt das Bestmögliche getan und habt euch unglaublich mutig verhalten. Die Behörden lassen Dragonville sowieso nicht wieder aufmachen. Sie sind der Meinung, ich sei ein wenig zu clever gewesen, als gut für mich ist, als ich eine Horde hochentwickelter Phaces konstruierte, die sich in andere Sites einschleichen können.«

»Sie haben Glück gehabt, daß Sie damit durchgekommen sind«, sagte Ariadne zu ihr. »Der Sieg über die Zauberin hat alle besonders milde gestimmt.«

»Jetzt machen Sie aber mal 'nen Punkt«, protestierte Anna. »Es war nicht *meine* Schuld, daß mein Spiel gekidnappt wurde. *Sie* konnten die Zauberin nicht davon abhalten, und ich sehe nicht ein ...«

»Friede, Friede!« Ariadne hob die Hände. »Sie haben in jeder Hinsicht recht. Ich hab' mir nur einen Spaß erlaubt.« Sie grinste Anna an, und Eleni konnte sehen, daß sich zwischen den beiden Frauen eine Freundschaft anbahnte.

»Was ist mit dem ganzen Zeug passiert, das gestohlen wurde?« fragte Rom.

Ariadne zuckte die Schultern. »Ich fürchte, das ist bei Elenis Explosion verschwunden. Niemand wird anfangen, das Spiel zu demontieren, um die verschwundenen Daten zu finden. Wir haben zuviel Angst, aus Versehen die Shifter zu reaktivieren. Das Spiel wurde in der Hoffnung versiegelt, daß man die Daten irgendwann in Zukunft wiedergewinnen kann.«

Jack fing Cats Blick auf, und die beiden verließen den Tisch und schlichen sich über den purpurroten Strand davon. »Und wie geht es deinem Vater?« fragte er.

»Als die Polizei herausfand, was zu Hause los gewesen

ist, arrangierten sie Termine bei Ärzten, Therapeuten und so für ihn.« Cat zuckte die Schultern, versuchte so zu tun, als sei ihr das egal. »Sie sagen, er würde über seinen Haß auf das Web hinwegkommen, und am Ende würde es ihm wieder gutgehen. In der Zwischenzeit muß ich mit meinen Geschwistern bei irgendwelchen Verwandten bleiben, die ich noch nie gesehen habe.« Jetzt konnte sie das Zittern in ihrer Stimme nicht unterdrücken.

»Nein, müßt ihr nicht«, sagte Jack schnell. »Anna und ich haben gestern abend darüber gesprochen, und sie hat vorgeschlagen, daß ihr nach Irland kommt und einige Zeit bei ihr verbringt. Sie bat mich, dich zu fragen ...«

Cats Freudenschrei schnitt ihm die Rede ab. »Jack! Stimmt das? Meinst du das ernst?«

Jack nickte. »Und ich wohne nur ein paar Blocks entfernt«, sagte er zu ihr. »Wir können alles mögliche anstellen, sowohl im Web als auch draußen.«

Cat lachte lauthals aus reiner Freude. »Oh, das ist wundervoll! Ich kann's gar nicht glauben! Ich muß mich bei Anna bedanken!«

Sie kamen genau zur rechten Zeit zum Tisch zurück, um Roms Stimme zu hören. »Anna, glaubst du, sie hätte uns wirklich töten können?«

»Wer weiß?« antwortete Anna. »Ihre Fähigkeiten überstiegen bei weitem alles, was wir bisher gesehen haben. Sagen wir einfach, es ist gut, daß wir das niemals herausfinden müssen.«

Rom wirkte einen Moment bestürzt, dann lachte er. »Ach, was soll's? Ich denke, das ist das Ende der Zauberin.«

Ariadne nickte. »Miß Aldanar ist ein für allemal erledigt, dank euch allen.«

In einem anderen Teil des Web, tief verschlossen in den zertrümmerten Ruinen einer verlassenen Spielsite, hob ein Drache sein goldenes Haupt. *Lebe ich noch?* dachte er. *Wie lange werde ich brauchen, um diesem Grab zu entkommen?*

Im Grunde spielte es keine Rolle, wie lange es dauern würde. Schließlich und endlich besaß der Drache alle Zeit der Welt.

Der Drache machte sich daran, sein Gefängnis sorgfältig zu untersuchen. Cat hätte die stolze, bösartige und halsstarrige Intelligenz erkannt, die dort hinter glühenden Rubinaugen eingesperrt war.

ENDE

WEBSPEAK - EIN GLOSSAR

Abbremsen	Siehe verlangsamen.
Acht	Gut (eine Spinne hat acht Beine).
Alias	Ein Spitz- oder Deckname. Zum Beispiel ist ›Metapher‹ Sarahs Alias.
Ausklinken	Das Web verlassen und in die Realworld zurückkehren.
Avatar	Personen im Web, die Repräsentationen echter Menschen sind.
Bite	Jemandem einen Streich spielen oder jemanden übervorteilen, auch ›tricksen‹ genannt
Bot	Programme mit KI.
Bug	Eigentlich: Käfer, Insekt. Begriff für ›schlecht‹ (ein Insekt hat sechs Beine).
BuS	Abkürzung für Blau und Signal. Begleiteffekt beim Sprung. Man sieht stahlblaues Licht und hört einen Klingelton. Springen wird deshalb manchmal auch als ›den BuS nehmen‹
Cog	Unfaßbar langweilig oder dumm. Kommt von ›*common garden spider*‹ – etwa: hundsgewöhnliche Kreuzspinne; ursprünglich nur in englischsprachigen Ländern verbreitet, nun allgemein benutzt.
Cybercafé	Ort, an dem man Getränke und Snacks bekommt und auch Zeit im Web mieten kann.
Cyberat	Siehe Cyberratte.
Cyberratte	Auch Cyberat. Ein Webgebilde, ein Nachkomme von Computerviren, der die Webprogramme infiziert.

Cyberspace	Die visuelle Repräsentation des Kommunikationssystems, das Computer verbindet.
Datenbox	Siehe D-Box.
D-Box	Eine Datenbox; ein Informationsreich, der erscheint, wenn man sich in der VR aufhält.
Ei	Ein jüngerer Bruder, eine jüngere Schwester oder ein lästiger Mitläufer. Auch bei den Geschwistern ist dieser Begriff immer gehässig gemeint.
Ein-Mip	Von begrenztem Wert oder beschränkter Intelligenz, abgeleitet von ›ein Ein-Mip-Verstand‹.
Flame	Eine Beleidigung oder häßliche Bemerkung.
Flamer	Jemand, der einen beleidigt.
Fliege	Ein Informationsbrocken, ein Hinweis oder Fingerzeig.
Ätzend	Adjektiv: Ausgezeichnet. Wird im Zusammenhang mit einem Ausrüstungsgegenstand (normalerweise einem Websuit) oder einem Programm benutzt. Der Ursprung dieser Wortbedeutung liegt im Spinnengift.
Gebäudeblöcke	Abkürzung GB – Übliche Anordnung von Sites im Web.
Hack	Substantiv: Der Hack, das Hacken. Jedes ungeplante Eindringen ins Web; alles, was jemanden zwingt, das Netz zu verlassen; ein Programmabsturz.

Handschuh und Brille Billiges, aber veraltetes System für die Wahrnehmung Virtueller Realität. Die Brille ermöglicht einem, die VR zu sehen, der Handschuh, Gegenstände aufzuheben.

Hub Jemand oder etwas, den oder das man nicht besonders mag oder dumm findet (von Handschuh und Brille).

Icon Ein Sinnbild, mit dessen Hilfe Programme oder Daten abgerufen werden können.

Id Interaktiver Display-Knoten.

Im Eimer Eine Katastrophe, wie in: ›Wir sind im Eimer‹.

Kellerniveau Auf der niedrigst möglichen Ebene. Oftmals als Beleidigung benutzt: ›Dein Verständnis der Lage ist tiefstes Kellerniveau«.

KI Künstliche Intelligenz. Computerprogramme, die intelligentes Verhalten an den Tag zu legen scheinen, wenn man mit ihnen interagiert.

Kokon Eine geheime Zuflucht. Auch das eigene Bett oder Zimmer.

Lahm Unglaublich langweilig oder dumm.

Magus Ein Zauberer.

Mip Von Million instructions per second, Million Instruktionen pro Sekunde.

Netz Siehe Web.

Netzfan Siehe Webfan.

Netzkrankheit Siehe Webkrank.

Netzpolizei Siehe Webcops.

Netzstadt Siehe Webtown.

Phace	Person, die man im Web trifft und die nicht echt ist; jemand, der von der Software einer Site oder eines Spiels geschaffen wurde.
Phreak	Jemand, der fanatisch Virtuelle Realität im Web erleben will. Von ›Freak‹ = Fan abgeleitet.
Pixel	Ein Punkt auf einem Bildschirm, einem Display oder in einem Hologramm; kleinste Darstellungseinheit.
Protokoll	Die Sprache, in der die Computer untereinander kommunizieren.
rausspinnen	Das Web oder eine Website verlassen.
Realworld	Was der Name besagt: Die echte, richtige Welt außerhalb des Web. Manchmal abschätzig benutzt.
reinspinnen	Das Web oder eine Website betreten.
Rundrufen	Über das Web Kontakt mit anderen Webusern aufnehmen.
Schattenjagd	Analyse dessen, was im Web geschehen ist, nachdem man es verlassen hat.
sechs	Schlecht (ein Insekt hat sechs Beine).
silky	Kriecherisch, übermäßig enthusiastisch, anbiedernd, nicht vertrauenswürdig.
SFX	Special Effects, Spezialeffekte (wie beim Film).
Site	Siehe Website.
Spammen	Das Web mit immer wieder der gleichen Information überfluten.

Spinne	Auch: Spider. Ein Webgebilde. Die Spinnen erscheinen in unterschiedlichen Größen und Verkleidungen und geben im Web Warnungen oder Informationen weiter. Das Wort wird auch allgemein für Lehrer oder Eltern benutzt.
Spider	Siehe Spinne.
Sprung	Der Augenblick des Übergangs ins Web oder zwischen einzelnen Websites. Man kann ›springen‹ oder ›einen Sprung tun‹. Dieser Slangausdruck findet auch im Alltag Anwendung. ›Spring rein‹ bedeutet zum Beispiel ›komm rein‹, mit ›mach ´nen Sprung‹ ist ›verzieh dich‹ gemeint.
Strang	Eine Lücke zwischen Reihen von Site-Wolkenkratzern in der Webtown. Mit diesem Begriff wird jede beliebige Straße, jeder Weg und jede Reise beschrieben.
sucken	Essen oder Trinken. ›Ich hab mir ´nen TFO und ´ne Coke gesucked‹.
Superzeit	Teile des Web, die noch schneller als normal laufen.
Tennessee Fried Ostrich	Schnellrestaurant-Kette, in Anklang an die berühmten ›Kentucky Fried Chicken‹ (Backhendl nach amerikanischer Südstaatenart), nur daß statt Hühnerfleisch das des Vogels Strauß benutzt wird (Ostrich = Strauß).
TFO	Siehe Tennessee Fried Ostrich.
Nadelöhr	Ein unerwartetes Problem oder Hindernis.

Verlangsamen	Das Gefühl, daß die Zeit langsamer abläuft, nachdem man die schnellere Zeit des Web erlebt hat.
Zisch dich	›Hau ab, ich mag dich nicht!‹; Kommt von ›Verzisch dich!‹
Vets	Veteranen eines jeden Spiels oder einer Site. Ultravets sind die *crème de la crème* der Vets.
VR	Virtuelle Realität. Die von Computersoftware geschaffene Illusion einer dreidimensionalen Realität.
VR-Anzug	Siehe Websuit.
Web	Auch: Netz. Das weltweite Netz der Kommunikationsverbindungen, Sites im Cyberspace, die der Unterhaltung, Weiterbildung oder Verwaltung dienen und in der Virtuellen Realität repräsentiert werden.
Webcop	Angehöriger der polizeiähnlichen Ordnungskräfte im Web.
Webfan	Person, die fanatisch im Web surft. (Siehe auch Phreaks.)
Webkrank	Auch: Netzkrank. Beeinträchtigung des Allgemeinzustands nach zu langem Aufenthalt im Web.
Website	Aufstellungsort, Standort eines Programms etc.
Websuit	Auch: VR-Anzug. Der mit Rezeptoren durchsetzte Ganzkörperanzug, der den Webusern erlaubt, die volle körperliche Illusion der Virtuellen Realität wahrzunehmen.
Webtown	Auch Netzstadt. In ihren ›Gebäudeblöcken‹ sind die einzelnen Websites untergebracht.

Webuser Benutzer des Web.

Webware Computersoftware, die benutzt wird, um das Web zu erschaffen und/oder zu erhalten.

weggespidert Von einer Spinne verscheucht oder durch ihre Warnung vertrieben werden.

Wipeout Bei einem Webspiel deutlich geschlagen oder bei jeder beliebigen Situation im Web fertiggemacht werden.

Witwe Adjektiv: Ausgezeichnet. Der Ausdruck leitet sich von Schwarze Witwe ab, einer besonders giftigen Spinne.